Choice

編輯的口味
讀者的品味
文學的況味

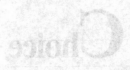

THE SILKWORM

抽絲剝繭

ROBERT GALBRAITH

羅勃・蓋布瑞斯 著

林靜華・趙丕慧 譯

獻給 Jenkins，沒有他……一切盡在不言中

……場景是血腥與報復，
故事是死亡，一把沾血的劍是書寫的筆，
而詩人是可憐的悲劇人物，
他的頭上戴著一個用燃燒的火柴取代月桂葉編成的花冠。

——托瑪斯·戴克《高貴的西班牙戰士》

1

問：汝以何為食？　答：斷斷續續的睡眠。

「那個名人，」電話那頭粗嗄的嗓子說，「最好死了，史崔克。」

臉上長出許多鬍碴的大塊頭在黎明的黑暗中踏著沉重的步伐，他一邊對著貼在耳朵上的行動電話講話，一邊露齒而笑。

「快了。」

「現在是他媽的清晨六點！」

「六點半，不過，假如你想要我手上的東西，你就必須來拿，」柯莫藍．史崔克說，「我現在就在你家附近，這裡有——」

「你怎麼知道我住什麼地方？」那個聲音問。

「你說過，」史崔克說，強忍著一個呵欠，「你正在出售你的住宅。」

「哦，」對方平靜下來，「記性真好。」

「這裡有一家二十四小時營業的咖啡——」

「去你的，晚一點到辦公室——」

「卡爾培柏，我今天早上還有另一個客戶，他付的錢比你多，而且我一整夜都沒睡，如果你要這個東西現在就出來。」

對方發出呻吟。史崔克聽見翻動被褥的聲音。

「外面最好暖一點。」

「長巷路上的史密斯斐德咖啡屋。」史崔克說完便掛斷電話。

他順著下坡路往史密斯斐德市場的方向走去時，不平衡的步伐更明顯了。規模龐大的史密斯斐德市場矗立在冬日的夜色中，這個肉品市場是一棟龐大的長方形維多利亞式建築，平時每天清晨四點就會有各種肉類被運到這裡卸貨，過去數百年來，牲畜的肉都在這裡經過切割、包裝、出售給倫敦各地區的肉鋪與餐飲業。史崔克在黑暗中可以聽到發號施令的吆喝聲，以及卸貨卡車怒吼的引擎聲與倒車的嗶嗶聲。他轉個彎進入長巷路時，四周立刻多出許多蒙頭裹臉的人在忙著幹活。

一小群身穿螢光夾克的送貨員畏縮在市場建築一角的獅鷲石像底下，戴著手套的手捧著馬克杯在喝茶。隔著馬路對面，一間宛如開放式壁爐般燈火通明的店面就是「史密斯斐德咖啡屋」，二十四小時營業，小小的店面內藏著溫暖與美味油膩的食物。

這家咖啡屋沒有廁所，但與相隔幾個店面的一家投注站協議讓它的顧客使用他們的廁所，不過這家投注站還要等三個鐘頭以後才會開門營業，於是史崔克走到旁邊的一條小巷，在一間緊閉的門扉前解放他的膀胱，把工作了一整夜喝下的淡咖啡一股腦兒排光。又餓又累的他終於回來了，帶著一個男人超越體能極限後的快感進入一個瀰漫著培根煎蛋的脂肪香的氛圍。

兩名身穿連帽外套和雨衣的男子剛剛離開，空出來一張桌子，史崔克便移動他龐大的身軀擠進那個窄小的空間，在一張硬木與鋼管組合而成的椅子重重坐下，滿足的嘆一口氣。他還沒開口，那個義大利老闆便端來一杯裝在一個白色的高馬克杯內的茶和幾片三角形白脫麵包放在他面前。不到五分鐘，他的面前又多了一份裝在大橢圓盤內的英式早餐。

史崔克和那些進進出出的壯漢構成一幅協調的畫面。他的身材高大，皮膚黝黑，一頭濃密鬈曲的短髮已微微往腦門上撤退，前額圓禿，底下是一個拳擊手的大鼻子和兩道粗黑的濃眉。他的下巴長出濃密的鬍碴，烏青的顏色使他的深色眼睛顯得更大。他一邊吃一邊以迷濛的眼光凝視對面的市場建築，離他最近的一個拱形大門，二號門，從逐漸淡化的夜色中浮現出來：一張嚴峻的石雕面孔，年代久遠、長滿鬍鬚，從大門上方回望著他。那是一個掌管牲畜屍體的神祇嗎？

他正準備吃香腸時多米尼克．卡爾培柏到了。這個記者的身高和史崔克差不多，但比他瘦，有著唱詩班少年的膚色，看起來很不相稱，彷彿有人將他的臉以反時針方向擰了一下，阻止他繼續長成女性化的帥氣。

「最好是有用。」卡爾培柏坐下時說，一邊拿下手套，一邊用懷疑的眼光看看四周。

「要不要吃點東西？」史崔克含著滿口的香腸問。

「不要。」卡爾培柏說。

「寧可等到有牛角麵包才吃？」史崔克笑著問。

「去你的，史崔克。」

要激怒這個私立學校畢業的傢伙幾乎是件輕而易舉的事。卡爾培柏以一種目中無人的態度點了一杯茶，卻又喊那個態度冷淡的服務生「老兄」（史崔克注意到了，覺得很有趣）。

「如何？」卡爾培柏一雙白皙的手捧著熱騰騰的馬克杯問。

史崔克伸手從大衣口袋掏出一個信封放在桌上，卡爾培柏拿出信封內的東西開始讀。

「他媽的，」過了一會兒他小聲說。他興奮地翻動那幾張紙，史崔克還在其中寫了些字，「你從哪裡弄來的？」

滿口香腸的史崔克伸出一根手指對著其中一張紙點了一下，上面有一行辦公室地址。

「他的私人秘書，」他終於把香腸嚥下後說，「他跟她一直有曖昧關係。另外還有兩個女的你已經知道了。她最近才發現她不可能成為下一任派克夫人。」

「你怎麼查到的？」卡爾培柏問，抬頭從那幾張紙的上方望著他，他的雙手因興奮而顫抖。

「這是偵探的工作，」史崔克又含著滿口香腸模糊地說，「你們這些傢伙以前不也是這樣，在你們開始向我們這種人尋求支援以前？不過她必須顧慮到她未來的生活，卡爾培柏，所以她不希望她的名字出現在報導中，好嗎？」

卡爾培柏哼了一聲。

「她偷這些東西之前就該想到——」

史崔克以一個快動作將那幾張紙從記者手中搶回來。

「她沒有偷，她今天下午幫這個傢伙去影印，她唯一做錯的一件事是拿給我看。但假如你要把她的私生活抖出來，卡爾培柏，我乾脆把它收回。」

「去你的，」卡爾培柏說，伸手去抓史崔克手中這批逃漏稅的證據，「好吧，我們不提她，但他一定會知道我們從什麼地方得到的，他又不是傻瓜。」

「他會怎樣，把她拉上法庭，讓她抖出她在過去五年內親眼目睹的其他每一件不法的勾當？」

「對喔，好吧，」卡爾培柏想了一下嘆口氣說，「給我，我不提她就是了，但我必須跟她見面，是吧？看她是不是真的。」

「那些都是真的，你不需要跟她見面。」史崔克堅定地說。

剛剛才跟他分手的那個顫抖、痴迷、背叛的女人，萬一與卡爾培柏單獨在一起肯定不安全。她正一心想報復那個曾經允諾她婚姻與兒女的男人，在這種心碎的情況下她一定會對她自己和她的前途造成無可彌補的傷害。史崔克沒有花太多時間便取得她的信任。她快四十二歲了；她一直以為她會為派克勳爵生兒育女；但她現在一心只想報復他。史崔克陪著她坐了好幾個小時，聽她訴說她痴迷的故事，看她流著淚在她的客廳走來走去，坐在沙發上前後搖晃身子，握緊拳頭頂著她的額頭。最後她終於同意了：以背叛象徵她將所有的希望埋葬。

「你不能去打擾她，」史崔克一隻拳頭緊緊握著那幾張紙，他的拳頭幾乎有卡爾培柏的兩倍大，「好嗎？沒有她，這仍然是一個天大的新聞。」

又皺起眉頭略略猶豫之後，卡爾培柏終於讓步。

「好吧，給我。」

記者將這些證據塞進他衣服裡面的口袋，大口喝他的茶。想到即將揭發一個英國上院議員的背後真相，他對史崔克的不滿似乎暫時消除了。

「彭尼維爾的派克勳爵，」他咬著牙得意地說，「你完了，老兄。」

「我想這個你的老闆應該可以買單吧？」帳單送到他們桌上時，史崔克問。

「行，行……」

卡爾培柏掏出一張十英鎊的紙鈔放在桌上，兩人一起離開咖啡屋。史崔克點燃一根香菸時，背後的門也關上了。

「你用什麼方法讓她開口？」兩人一起走在寒冷的路上，經過市場前依舊川流不息的摩托車與貨車時，卡爾培柏問道。

「我傾聽。」史崔克說。

卡爾培柏斜睨他一眼。

「我找的其他幾個私家偵探都把精力花在竊取電話訊息。」

「那是非法的，」史崔克說，對著逐漸淡去的夜色噴出一口煙。

「那麼——？」

「你保護你的消息來源，我保護我的。」

他們默默地走了五十碼，史崔克每走一步就跛得更明顯。

「這條新聞會鬧很大，很大，」卡爾培柏興奮地說，「這個偽善的老傢伙一直在譴責企業界貪婪，他自己卻在開曼群島窩藏了兩千萬英鎊……」

「很高興你滿意，」史崔克說，「我會把發票用電子郵件寄給你。」

卡爾培柏又斜睨他一眼。

「你知道湯姆瓊斯的兒子上個星期上報了？」他問。
「湯姆瓊斯？」
「威爾斯的熱門歌手。」卡爾培柏說。
「哦，他，」史崔克說，並不熱心，「我在軍中也認識一個湯姆．瓊斯。」
「你看了那篇報導沒？」
「沒有。」
「他接受訪問談了很多，他說他從未見過他的父親，也沒和他的父親說過話，我敢說他賺到的一定比你的帳單多更多。」
「你還沒看到我要給你的發票呢。」史崔克說。
「我說，接受一次小小的訪談你就可以省去幾天晚上聽秘書訴苦了。」
「你不要再瞎猜，」史崔克說，「否則我以後不再幫你做事了，卡爾培柏。」
「當然，」卡爾培柏說，「我還是可以寫出這樣的故事，說搖滾巨星有個不相往來的兒子是個戰爭英雄，從來不知道他的父親是何許人，目前從事私家——」
「支使人去竊聽電話也是非法的行為，我聽說。」
他們走到長巷路的上坡路段時腳步慢了下來，然後兩人面對面，卡爾培柏的笑容有點不自在。
「那，我等你的發票了。」
「會的。」
他們分道揚鑣，史崔克往地鐵車站的方向走去。
「史崔克！」卡爾培柏的聲音在他的背後迴盪，「你睡了她沒？」
「我等著看你的報導，卡爾培柏。」史崔克有氣無力地說，頭也不回。
他一跛一跛走進地鐵站入口，離開卡爾培柏的視線。

2

我們還要決鬥多久？因為我不能久留，也不能不留！我還有事。

——弗朗西斯·博蒙特與菲利普·馬辛杰《法國小律師》

地鐵站已經擠滿了人，星期一早晨看到的面孔都是鬆垮、憔悴、強打精神、認命的表情。史崔克找了一個位子坐下，他的對面坐著一個眼皮浮腫的金髮少女，腦袋一直左右搖晃在打瞌睡，不時驚醒坐直了，再茫然地看看站牌，深恐錯過站。

地鐵轟隆轟隆往前開，很快地將史崔克開往他稱之為「家」的地方，只有簡陋的兩個半房間和一片絕緣效果極差的屋頂。他在深層的疲憊中，看著四周一張張如綿羊般面無表情的面孔，忍不住想是什麼意外使他們成為現在的他們。平心而論，每一次出生都不過是一個機會。幾億精子在黑暗中盲目地游動，能讓一個人成為他自己的機會是不可思議的。他昏頭脹腦地臆測，這滿滿的車廂內有多少人是在計畫之中來到這個世界；又有多少人像他一樣，因意外而出生？

他讀小學時有個小女孩臉上有一塊酒紅色的胎記，史崔克始終覺得他和她有點相似，因為他們一出生就帶著不可磨滅的差異，而且這不是他們的錯。他們看不見，但別人看得見，並且以惡劣的態度一再對他們提起。偶爾有完全陌生的人對他感興趣，五歲的他還以為自己與眾不同，後來才明白那是因為他們眼中的他只是一枚由名歌星授精後的卵子，一個名人對妻子不忠的一個意外的證據。史崔克只見過他的生父兩次，還是做了DNA檢測後才使強尼·羅克比承認他們的父子關係。

多米尼克·卡爾培柏是史崔克最近在極偶然的情況下認識的一個既好色又喜歡瞎疑猜的人，

對任何人他都能聯想到這個外型粗獷的退役軍人和他那位年華老去的搖滾巨星父親。這種人的腦子動不動就想到信託基金與出手闊綽、私人飛機、貴賓室，以及需要時便能隨手取得的數百萬贈與。他們對史崔克的內斂與忙碌的工作感到好奇，他們問自己：史崔克為何疏遠他的父親？他是假裝困頓好從羅克比身上詐取更多金錢嗎？他的母親從她那有錢的情夫身上搾得的數百萬財產，他都如何處置？

每次遇到這種情況，史崔克都情不自禁懷念起軍中生活，在那裡他可以隱姓埋名，你的身家背景與你的父母來歷都不重要，重要的是你的工作能力。在特偵組，他所遇到過最接近隱私的問題是他在自我介紹時被要求重複一遍他那豪放、不拘小節的母親為他取的奇怪名字。

史崔克走出地鐵站時，查令十字路上已是車水馬龍，十一月的黎明曙光露臉了，灰撲撲的一點精神也沒有，到處都是遲遲不肯離去的黑影。他走進丹麥街，感覺全身疲憊痠痛，真希望他能在下一個客戶九點半抵達之前先小睡一下。向常一起站在路邊吸菸的吉他店女孩揮手打招呼後，史崔克走進「12酒吧咖啡屋」旁邊的黑色大門，爬上圍繞著鳥籠狀的老式電梯盤旋而上的金屬樓梯，經過二樓的繪圖師辦公室、三樓他自己的辦公室玻璃門，一直來到四樓的小樓梯口，這裡就是他現在的家。

上一任住戶，樓下酒吧的經理，已搬去更健康清爽的地方，在辦公室睡了好幾個月的史崔克趁此機會租下這層公寓，並對於這麼容易就解決他無家可歸的問題而心懷感激。樓上的空間以任何標準而言都嫌小，何況是一個堂堂六呎三吋的壯漢。他淋浴時幾乎沒有轉身的空間，客廳很尷尬的和廚房連在一起，而一張雙人床就幾乎把另一間臥室塞滿了。儘管房東強力禁止，史崔克的個人物品仍然有一部分還裝在紙箱內存放在樓梯口。

從他的小窗望出去可以看到別人家的屋頂，丹麥街在遠遠的下方，持續從酒吧傳出的重低音音響，聲音大到連史崔克自己的音樂也常被淹沒。

史崔克天生有條不紊的習性在這裡也展露無遺：床鋪得很整齊，碗盤洗得很乾淨，一切都井然有序。他需要刮鬍子和淋浴，但現在不急；把大衣掛好後，他將鬧鐘撥到九點半，然後和衣躺在床上。

幾秒鐘後他立刻睡著，但過了幾秒鐘──感覺上彷彿如此──他又醒來了，有人在敲門。

「抱歉，柯莫藍，真的很抱歉──」

他把門打開，他的助理──身材高瘦，有一頭金紅色頭髮的年輕女性──立刻道歉，但她一見到他立刻驚呼：

「你沒事吧？」

「在睡覺，一夜沒睡，是兩夜才對。」

「真抱歉，」蘿蘋又說，「但現在九點四十了，威廉．貝克已經到了，而且快要──」

「可惡，」史崔克喃喃地說，「鬧鐘大概沒撥好──給我五分鐘──」

「還有，」蘿蘋說，「來了一個女的，她沒有先預約，我告訴她你還有客戶沒空見她，但她不肯走。」

「五分鐘，先給他們泡杯茶什麼的。」

六分鐘後，換上乾淨的襯衫，身上帶著牙膏和體香劑的味道，但依然沒有刮鬍子的史崔克走進前面的辦公室，蘿蘋和她的電腦所在的地方。

「遲到總比不到好，」威廉．貝克帶著勉強擠出的微笑說，「幸好你有這麼一個漂亮的秘書，否則我早就走了。」

史崔克發現蘿蘋氣得脹紅了臉，轉過去假裝整理郵件。貝克說「秘書」顯然觸怒了她。這位身穿高級細條紋西裝的董事長聘請史崔克調查他公司的兩名董事。

「早，威廉。」史崔克說。

「不道歉？」貝克喃喃地說，兩眼望著天花板。

「哈囉，妳是誰？」史崔克不理會他，轉頭對坐在沙發上那個穿著一件棕色舊大衣的瘦小中年婦女說。

「莉奧諾拉．昆恩，」她回答，史崔克聽她的口音似乎來自英格蘭西南部。

「我今天早上很忙呢，史崔克。」貝克說。

他不待邀請便逕自走進裡面的辦公室，見史崔克沒有跟上去，他立刻又少了一點風度。

「我懷疑你是不是忘了軍中虛假的守時觀念，史崔克先生，請你過來。」

史崔克似乎沒有聽到他說話。

「妳希望我為妳做什麼事嗎，昆恩太太？」他問那個坐在沙發上的寒酸婦人。

「是我的丈夫——」

「史崔克先生，我一個鐘頭以後還有事。」威廉．貝克說，這次更大聲了。

「你的秘書說你有約，但我說我可以等。」

「史崔克！」威廉．貝克大聲喊，像在叫他的狗跟上去。

「蘿蘋，」疲憊的史崔克終於失去耐性，大聲說，「把貝克先生的帳單整理好，資料還給他；到今天為止。」

「什麼？」威廉．貝克大吃一驚，又走到前面的辦公室。

「他把你開除了。」莉奧諾拉．昆恩說。

「你的工作還沒有完成，」貝克對史崔克說，「你說還有——」

「你可以找別人幫你完成這些工作，那些不介意他們的客戶是笨蛋的人。」

辦公室內的氣氛似乎凝結了。表情木然的蘿蘋從外面的櫃子取出貝克的卷宗交給史崔克。

「你竟敢……」

「卷宗裡面有許多好東西足夠讓你呈上法庭，」史崔克說，將卷宗交給貝克，「價值遠遠超過你付的費用。」

「你還沒有結束……」

「他跟你結束了，」莉奧諾拉打斷他的話。

「妳閉嘴，妳這個蠢女——」威廉．貝克正要罵她，見史崔克往前踏出半步，他立即連連後退。幾個人都默不作聲，眼前這個退伍軍人似乎瞬間比前一秒鐘增大了一倍。

「請到我的辦公室坐，昆恩太太。」史崔克平靜地說。

她聽從他的話走進裡面的辦公室。

「你以為她有能力付你錢？」往後退的威廉．貝克冷笑說道，一隻手已經放在門把上。

「我的價格是可以商量的，」史崔克說，「假如我喜歡這個客戶的話。」

他跟在莉奧諾拉．昆恩身後進入他的辦公室，然後「砰」的把門關上。

3

……讓我獨自承受這些痛苦……

——托瑪斯．戴克《高貴的西班牙戰士》

「他活該，是吧？」莉奧諾拉．昆恩在史崔克對面的一張椅子坐下後說。

「是的，」史崔克同意，重重地坐進他的椅子，「他活該。」

儘管她白裡透紅的臉上幾乎沒有皺紋，淡藍色眼珠的眼白也很清澈，但她看上去仍有五十歲左右，頭上兩支塑膠梳將她纖細柔軟的灰色頭髮別在腦後，臉上戴著一副過時的寬塑膠框眼睛。她的外套雖然潔淨，但看得出是八〇年代買的，上面還有墊肩和大顆的塑膠鈕釦。

「妳是為了妳的丈夫而來，昆恩太太？」

「是的，」莉奧諾拉說，「他失蹤了。」

「失蹤多久？」史崔克，很自然的拿出一本筆記。

「有十天了。」莉奧諾拉說。

「妳有報警嗎？」

「我不需要警察，」她不耐煩地說，彷彿她已厭倦於解釋這件事，「我以前有報警過一次，結果每個人都責怪我，因為他只不過是和朋友在一起。歐文有時會離家出走，他是一個作家。」她說，彷彿這樣就可以說明一切。

「他以前也曾經離家過？」

「他比較情緒化，」她說，表情一黯，「心情不好就離家出走，但這次已經有十天了，我知道他心情不好，但家裡需要他，有奧蘭多，我還有事要忙，還有……」

「奧蘭多？」史崔克說，疲倦的腦子想到的是美國佛羅里達州的度假勝地。他可沒時間去美國，而且穿著舊大衣的莉奧諾拉．昆恩看起來也不像買得起機票讓他飛去奧蘭多。

「我們的女兒，奧蘭多，」莉奧諾拉說，「她需要照顧，我來這裡之前請一位鄰居陪她。」

有人敲門，蘿蘋亮麗的金色腦袋出現在門口。

「你要咖啡嗎，史崔克先生？還有妳，昆恩太太？」

他們各自點了飲料，蘿蘋離開後，莉奧諾拉又說：

「不會花你太多的時間，因為我想我知道他在什麼地方，只不過我沒有那裡的地址，而且沒有人願意接我的電話。已經十天了，」她又說，「家裡需要他。」

史崔克覺得以這種小事來求諸私家偵探未免太小題大作，尤其是她看起來很窮的樣子。

「假如是打一通電話就能解決的小問題，」他委婉地說，「妳有沒有朋友，或者……」

「不能找艾娜打這通電話，」她說。他發現自己對於她幾乎默認她在這個世上沒有什麼朋友而莫名其妙的感動（有時過度疲憊會使他這樣），「歐文叫他們不能說出他在什麼地方。我需要，」她簡單地說，「一個男人來打這通電話，逼他們說出來。」

「妳的丈夫叫歐文，是嗎？」

「是的，」她說，「歐文．昆恩，他是《荷巴特之罪》的作者。」

史崔克沒聽過這個人名，也沒聽過這本書。

「妳認為妳知道他在什麼地方？」

「是的，那天我們參加一場有許多出版人出席的派對，有人——他本來不肯帶我去，但我說，『我已經找了一個保母了，我要去。』——所以我聽到克里斯欽．費雪對歐文提起這個地方，作家的休閒會館。後來我對歐文說，『他告訴你的是什麼地方？』歐文說，『我不告訴妳，重點就在這裡，它是一個逃避老婆和孩子的地方。』」

她幾乎是在請史崔克和她的丈夫一起嘲笑她；有時做母親的也會假裝這樣，對她們孩子的傲慢無理而感到驕傲。

「克里斯欽．費雪是誰？」史崔克問，強迫自己集中精神。

「出版家，一個時髦的年輕人。」

「妳有試過打電話給費雪，問他這個休閒會館的地址嗎？」

「有，我連著一個星期天天打電話給他，他們都說他們會轉告他，讓他回電話，但是他一直沒有打來。我想是歐文叫他不要透露他在什麼地方。不過你一定可以從費雪那裡打聽到地址，我知道你很行，」她說，「你破了露拉．藍德利的案子，警察都束手無策。」

八個月前史崔克只有一個客戶，他的生意清淡，前途黯淡。後來他向皇家檢察署提出充分證據，證明一位知名的年輕女孩不是輕生，而是被人從四樓陽台推下去致死。他因此聲名大噪，並為他帶來源源不絕的生意。有幾個星期的時間，他是倫敦最有名的私家偵探，強尼．羅克比只是他的故事中的一個註腳；史崔克終於有他自己的名氣了，雖然大多數人還是把他的名字叫錯……

「我剛才把妳的話打斷了。」他說，努力思索。

「有嗎？」

「有，」史崔克看著他寫在筆記本的蟹形字，「妳說『有奧蘭多，而且我還有事要忙，還有——』。」

「喔，對，」她說，「自從他離家出走後就有奇怪的事發生。」

「什麼奇怪的事？」

「大便，」莉奧諾拉．昆恩煞有介事地說，「從我們的信箱扔進來。」

「有人把糞便扔進妳的信箱？」史崔克說。

「是的。」

「自從妳丈夫失蹤後？」

「是的，狗，」莉奧諾拉說。史崔克隔了一秒鐘才推想她指的是糞便，不是她的丈夫。「現在一天三、四次了，在晚上。一早起來就看到，心情怎麼會好。還有，有一個女人找上門來，樣子怪怪的。」

她停下來，等史崔克催她繼續說下去。她似乎很喜歡被問問題。史崔克知道，許多寂寞的人喜歡成為他人注意的焦點，會設法延長這種新的體驗。

「這個女的什麼時候找上門？」

「上個星期，她要找歐文，我說：『他不在家。』她說：『告訴他安琪拉死了。』然後就走了。」

「妳不認識她？」

「沒見過。」

「妳認識安琪拉？」

「不認識，但他有一些女粉絲有時會開他玩笑，」莉奧諾拉說，忽然健談起來，「譬如，有個女的曾經寫信給他，把她自己打扮成他書中的角色後拍照寄給他看。有些寫信給他的女人以為他寫了那些書，所以他能瞭解她們。很蠢吧，不是嗎？」她說，「那些都是瞎編的。」

「粉絲都知道妳丈夫住在哪裡？」

「不知道，」莉奧諾拉說，「不過她也可能是學生什麼的，他也教寫作，有時候。」

門打開，蘿蘋端著托盤走進來，將黑咖啡放在史崔克面前，再將一杯茶放在莉奧諾拉．昆恩面前後，她又出去了，並且把門關上。

「就這些奇怪的現象嗎？」史崔克問莉奧諾拉，「扔進來的糞便，和這個找上門的婦女？」

「還有，我想有人在跟蹤我，個子高高、皮膚黑黑的女孩，肩膀圓圓的。」莉奧諾拉說。

「這是另外一個女人？」

「是的，找上門那個女的身材矮胖，一頭紅色的長髮。這個女的黑黑的，有點駝背。」

「妳確定她在跟蹤妳？」

「是的，我想，我有兩次看到她在我後面，包括今天已經三次了。她不是附近的住戶，我以前沒見過她，我在雷布洛克綠園道住了三十多年了。」

「好，」史崔克緩緩說道，「妳說妳的丈夫心情不好？什麼事使他心情不好？」

「他和他的經紀人大吵一架。」

「為了什麼事？妳知道嗎？」

「他的書，他最近寫的一本書。他的經紀人麗莎告訴他，那是他寫得最好的一本小說，然後隔了一天，她約他出去吃飯，又告訴他那本書不能出版。」

「她為什麼改變主意？」

「問她呀，」莉奧諾拉說，頭一次表現出她的氣憤，「他聽了當然心情不好，誰都會。他花了兩年時間寫那本書。他回家後就進入他的書房，把它們通通帶走——」

「帶走什麼？」

「他的書、原稿和他的筆記，和所有東西。他一邊破口大罵，一邊把東西都裝進一個袋子裡，然後就離開了，從那以後我再也沒見到他。」

「他有行動電話嗎？妳有沒有試著打給他？」

「有，但是他沒接，他每次這樣離開後都不接電話。有一次還把他的電話扔到車窗外。」她說，又有一點為她丈夫的壞脾氣感到驕傲。

「昆恩太太，」史崔克說——儘管他對威廉．貝克說了那一番話，但他的好心畢竟還是有限——「我老實告訴妳，我的收費不便宜。」

「不要緊，」莉奧諾拉執拗地說，「麗莎會付。」

「麗莎？」

「麗莎——伊麗莎白．塔塞爾，歐文的經紀人，他離家出走都是她的錯，她可以從她的佣金扣除，歐文是她所代理的最好的作家，一旦她明白她錯了，她一定會把他找回去。」

史崔克不怎麼相信莉奧諾拉的保證。他放了三塊方糖在咖啡杯裡面，然後大口喝下，心中盤算著該如何做最好。他有點替莉奧諾拉．昆恩難過，她似乎對她行蹤飄忽的丈夫的壞脾氣已習以為常，也接受沒有人會回她電話的事實，她又相信她唯一可以找到的幫手能取得他應有的報酬。且不說她那有點古怪的態度，她倒是讓人感到幾分坦率與純真。然而，自從他的生意出乎意外開始興旺後，他便硬起心腸只接有利可圖的案子，曾經有少數幾個人帶著他們時運不濟的故事來找他，期待他能以他個人本身的不幸遭遇（報章雜誌不但對他加以報導，並且大肆宣染）而生起惻隱之心免費協助他們，但他們都失望的離開了。

但莉奧諾拉．昆恩——她和他一樣，也很快的把她的茶喝完——這時已經站起來，彷彿他們已談好條件，事情都解決了。

「我得回去了，」她說，「我不希望離開奧蘭多太久，她很想念她父親，我告訴她我會請人找他。」

史崔克最近在幫幾個有錢的少婦擺脫她們的城市丈夫。自從發生金融危機後，這些丈夫在她們眼中已逐漸失去魅力。但現在這個案子是要幫一個妻子找回她的丈夫，看起來似乎有意義多了。

「好吧，」他說，一邊打呵欠一邊將筆記本推向她，「我要妳的聯絡電話和地址，如果有一張妳丈夫的照片會更方便。」

她用一種圓圓的、幼稚的筆跡寫下她的住址和電話號碼，但他索求照片的要求似乎讓她感到意外。

「你要照片幹嘛？他在作家會館，你叫克里斯欽．費雪告訴你會館在什麼地方就行了。」

疲倦又渾身痛的史崔克還沒有離開他的辦公桌，她已經走出辦公室了。他聽見她對蘿蘋輕快地說：「謝謝妳的茶。」然後通往樓梯的玻璃門迅速打開又「喀嗒」一聲輕輕關上，他的新客戶就這麼走了。

4

能有一位足智多謀的朋友實在難能可貴……

——威廉．康格里孚《雙重交易者》

史崔克一屁股坐在前面辦公室的沙發上。這張沙發幾乎是全新的，相當貴，他把最早裝潢辦公室時買來的那張二手沙發坐壞了之後又新換的。沙發的表面是仿皮材質，擺在展示間看起來很氣派，但假如你坐下的方式不對，它會發出類似放屁的聲音。他的助理——身材高瘦、曲線玲瓏，潔淨晶瑩的皮膚，和一對明亮的藍灰色眼睛——從她的咖啡杯上方看著他。

「你的氣色很差。」

「一整個晚上聽一個歇斯底里的女人講一個貴族的風流韻事和違法逃漏稅的勾當。」史崔克說著打了一個大大的呵欠。

「派克勳爵？」蘿蘋吃驚的問。

「正是他。」史崔克說。

「他——？」

「他同時和三個女人發生曖昧關係，並且在海外窩藏了數百萬財產，」史崔克說，「如果妳不怕倒胃口，可以看看這個星期日的《世界新聞》週刊。」

「你怎麼發現的？」

「從一個熟人的熟人的熟人。」史崔克說。

他又打呵欠，一個看起來很痛苦的大呵欠。

「你應該上床睡覺。」蘿蘋說。

「是啊，應該。」史崔克說，身子卻不動。

「甘弗瑞下午兩點才會來，今天早上沒有別人了。」

「甘弗瑞，」史崔克嘆一口氣，揉揉他的眼窩，「為什麼我的客戶淨是些混蛋？」

「昆恩太太看起來不像混蛋。」

他從粗大的指縫間迷濛地看她一眼。「妳怎麼知道我接了她的案子？」

「我知道你會，」蘿蘋掩不住一個得意的微笑，「她是你喜歡的那種型。」

「一個八〇年代的中年婦女？」

「你喜歡的客戶，而且你想激怒貝克。」

「好像奏效了，不是嗎？」

電話響了，蘿蘋笑吟吟地接電話。

「柯莫藍・史崔克辦公室，」她說，「哦，嗨。」

是她的未婚夫馬修。她斜睨一下她的老闆，他已經閉上眼睛頭往後靠，雙手抱著寬闊的胸膛。

「聽我說，」馬修在蘿蘋的耳邊說；他每次在上班時間打電話來口氣都不是很友善，「我必須把喝酒的日子從星期五改到星期四。」

「喔，馬修。」她說，盡可能掩飾失望與渴盼的語氣。

這已是他們第五次安排這個刻意見面聊天的機會。三個人當中，蘿蘋是唯一沒有更改過時間、日期或場地的人，但每次更改她都表現出很樂意配合。

「為什麼？」她喃喃地說。

沙發那邊忽然傳出打鼾的聲音。史崔克已經坐在沙發上睡著了，頭往後仰靠在牆上，雙手依然抱胸。

「十九日公司有聚會，」馬修說，「如果我不參加，不露面，不大好。」

她壓下想責備他的衝動。他在一家很大的會計公司上班，有時他會表現出彷彿他任職外交部似的，有義務要參加交際應酬。

她知道他更改日期的原因。在史崔克的要求下，三人見面喝酒的事一延再延，每一次都說他臨時有急事，儘管這些理由都是真的，馬修卻很不高興。他雖然沒有說出來，蘿蘋知道馬修心裡想著史崔克是在暗示他的時間比馬修的時間更寶貴，他的工作比馬修的工作更重要。

她為柯莫藍．史崔克工作的八個月期間，她的老闆和她的未婚夫始終都沒見過面，甚至史崔克遭殺手伏擊的那個狼狽的夜晚，蘿蘋用她的外套蓋在他被刺傷的手臂上將他送往醫院急救，後來馬修去醫院接蘿蘋時他也沒見到史崔克。當她渾身沾著血跡，打著哆嗦從史崔克縫合傷口的房間出來時，馬修拒絕了蘿蘋的提議，不願去見她受傷的老闆。他對整件事早已十分氣憤，即便蘿蘋一再向他保證她從未遇過任何危險。

馬修始終不希望她在史崔克的偵探社長期工作，他一開始便抱持懷疑的態度，不滿意史崔克的貧困、無家可歸，並認為史崔克的職業荒唐可笑。蘿蘋帶回家的點點滴滴消息：史崔克曾在特偵組（皇家憲兵隊的便衣警察單位）任職，他榮獲英勇勳章，他失去右小腿，他有多方面的長才等等——馬修（在她眼中，她一直認為他很能幹）不是知道得很少就是完全不了解，因此不但不能在兩個男人中間（她原本天真地期待）搭起一座橋樑，反而更加深他們的隔閡。

史崔克一夕成名，忽然從失敗轉為成功後，反而更加深馬修對他的敵意。蘿蘋後來才明白，她指責馬修的態度前後矛盾——「你先是不喜歡他無家可歸一貧如洗，現在你又不喜歡他聲名大噪後帶來許多生意。」——只有使情況更為惡化。

但她也明白，在馬修眼中，史崔克最大的罪惡是他們去了醫院之後，他買了那件合身的設計師洋裝送給她。史崔克的本意是送她這件禮物以示感激，同時也向她道別。但是當蘿蘋得意又興奮地穿上它展示給馬修看並見了他的反應後，她就再也不敢穿它了。

蘿蘋只希望安排一個面對面的聚會，但史崔克一再延期只有更加深馬修的不滿。上一次史崔克甚至放他們鴿子，他的理由是他不得不繞個大圈子好擺脫客戶那個心生懷疑的妻子的跟蹤——雖然被蘿蘋接受了，因為她知道這件棘手的離婚案關係錯綜複雜，但此舉卻使馬修更認定史崔克的目的無非是為了突顯自我與態度傲慢。

蘿蘋好不容易才使馬修同意第四度嘗試雙方見面喝酒聊天，時間和地點都是馬修挑選的，但現在，在蘿蘋已再度取得史崔克的同意後，馬修卻又要改期了，這使她很難不相信他這麼做無非是為了向史崔克展示他也有別的事要忙；他也（蘿蘋忍不住這麼想）可以目中無人。

「好吧，」她對著電話嘆一口氣，「我來問柯莫藍，看星期四行不行。」

「妳好像很不滿意。」

「馬修，不要鬧了，我來問他，好嗎？」

「那晚上見了。」

蘿蘋放回話筒。史崔克已呼呼大睡，鼾聲大如引擎，張著嘴，兩腿分開，兩腳平伸，雙手抱胸。她嘆口氣，看著她熟睡的老闆。史崔克從未對馬修展現過任何敵意，也從來不曾批評過他。反倒是馬修對史崔克意見很多，一有機會便嘮叨如果不是蘿蘋決定替這個喜歡鬧事、欠一屁股債、無法付她合理工資的私家偵探工作，她應該可以從其他任何一個工作得到更多的收入。如果馬修能聽從她，改變他對柯莫藍．史崔克的看法，喜歡他，甚至欣賞他，她在家的日子就會輕鬆許多。蘿蘋是個樂觀的人，她喜歡這兩個男人，為什麼他們就不能彼此互相欣賞？

史崔克忽然又打了一個響亮的鼾聲後猛然驚醒。他睜開眼睛，瞇著眼看她。

「我打鼾了。」他說，抹一抹嘴巴。

「還好，」她撒謊，「柯莫藍，假如我們把星期五喝酒的事改到星期四，你可以嗎？」

「喝酒？」

「跟馬修和我，」她說，「記得嗎？魯培爾街的『國王的兵器』酒吧。我有寫給你。」她有點強顏歡笑地說。

「喔，」他說，「對，星期五。」

「不，馬修希望——他星期五不行，可以改到星期四嗎？」

「喔，好啊，」他無精打采地說，「我想上去睡一下，蘿蘋。」

「好，那我就記下星期四了。」

「星期四有什麼事？」

「喝酒，和——唉，算了，你去睡吧。」

玻璃門關上後，她茫然地瞪著電腦螢幕。門又忽然打開，她嚇一跳。

「蘿蘋，可以請妳打電話給一個叫克里斯欽．費雪的傢伙嗎？」史崔克說，「告訴他我是誰，告訴他我在找歐文．昆恩，我要他給昆恩的那個作家會館的地址？」

「克里斯欽．費雪……他在哪裡工作？」

「好傢伙，」史崔克低聲含糊地說，「我沒問。我太累了。他是個出版商……新潮的出版商。」

「沒問題，我會找到他，你去睡吧。」

玻璃門又再度關上，蘿蘋把注意力放在Google上，不到三十秒鐘她便查出這個克里斯欽．費雪是一家取名為「火線」的出版社的創辦人，地點在埃克斯茅斯市集路上。

她撥著出版社的電話時，想起那張已在她的皮包內擺了一個星期的婚禮邀請卡。蘿蘋一直沒有告訴史崔克她與馬修的結婚日期，她也沒有告訴馬修她想邀請她的老闆來參加婚禮。如果星期四的聚會進行順利的話……

「『火線出版公司』，」電話被接起，一個刺耳的聲音傳來。蘿蘋立刻專心辦她手上的事。

5

最令人苦惱的莫過於自己的念頭。

——約翰．韋斯特《偽君子》

那天晚上九點二十分，史崔克穿著一件T恤和短褲躺在他的羽絨被上，旁邊的椅子上還有一點吃剩的外帶咖哩，面向床鋪的電視正在播報新聞，他邊聽邊閱讀報紙上的體育版。他買了一盞廉價的檯燈放在床邊的一個箱子上，用來取代他右小腿的金屬義肢在燈光下散發出銀光。

星期三晚上在溫布利足球場有一場英格蘭與法國隊的足球友誼賽，但史崔克對兵工廠隊即將於那個星期六在他們的主球場與熱刺隊對決的大賽比較感興趣。他從小就跟著他的泰德舅舅成為兵工廠隊的球迷，至於泰德舅舅一輩子都住在康瓦耳，卻為何會支持兵工廠隊，史崔克始終沒有問他。

史崔克床邊的小窗外，朦朧的光輝籠罩著夜空，星星在一眨一眨閃爍。白天雖然睡了幾個鐘頭，卻沒能減輕他的疲憊。但他此刻還不怎麼想睡，尤其是剛吃下一大盤羊肉飯和一杯啤酒。蘿蘋手寫的一張便條放在他的床邊；那是她要下班之前交給他的。紙條上寫了兩個約會，第一個是：

克里斯欽．費雪，明天早上九點半。火線出版社，埃克斯茅斯市集街。

「他為什麼要跟我見面？」史崔克驚訝地問她，「我只要他給昆恩的那個作家會館的地址。」

「我知道，」蘿蘋說，「我是這麼告訴他的，但他好像很興奮，很想見你。他說他明天早上九點有空，他要跟你見面。」

史崔克注視著便條，心裡納悶：我在扮演什麼角色嗎？

那天早上他在身心俱疲的情況下放棄了一個也許能為他帶來更多生意的有錢客戶，接著他又容許莉奧諾拉．昆恩在沒有明確允諾付他報酬的情況下強迫他接下她的案子。此刻她不在他面前，他幾乎想不起他接下她的案子那一刻心中對她的憐憫與好奇。現在他在他簡陋、寒冷、安靜的斗室中，發現他答應幫她找回她的丈夫事實上是一個不切實際也不負責任的承諾。他的目的莫不是要還清他的債務，好找回一點自由的時間：星期六下午去阿聯酋球場看一場足球賽，星期日悠閒地躺在床上？他日夜不休工作了幾個月後終於開始有盈餘了，許多客戶因為他第一次辦案帶來的名氣，以及比較安靜的口碑傳播而被他吸引，他難道就不能再多忍耐威廉．貝克三個禮拜？

史崔克再看一眼蘿蘋寫的便條，不由得問自己，這個克里斯欽．費雪為什麼會興奮地想當面見他？有可能是史崔克本人的關係嗎？是因為他破了露拉．藍德利的謀殺案？還是（更糟的）他是強尼．羅克比的兒子？你很難判定自己的聲譽水平。史崔克自認他一夕暴紅的名氣已開始降溫了，前陣子他還很紅，但最近幾個月記者打來的電話減少了，他很久沒有被任何立場中立的文章提到，也很久沒有聽到露拉．藍德利的名字被再度提起。陌生人又像他以前經常遇到的，叫他「凱莫藍．史椎克」。

但另一方面，這個出版家也許了解一點失蹤的歐文．昆恩的事，急著想告訴史崔克。但他為何不肯告訴昆恩太太呢？史崔克無從想像。

費雪的約會底下是蘿蘋提醒他的第二個約會：

十一月十八日，星期四，晚上六點半，「國王的兵器」酒吧，魯培爾街二十五號。

史崔克知道她為什麼把日期寫得這麼清楚：她決心這次——第三次還是第四次了？——他和她的未婚夫一定要見到面。

馬修也許不會相信，但史崔克很感激這位會計師的存在，以及蘿蘋戴在無名指上那枚藍寶石鑲鑽訂婚戒指。馬修也許是個討厭鬼（蘿蘋一定想不到，史崔克把她不經意提到的有關她未婚夫的話都記得一清二楚），但他是個很好的屏障，把他和這個可能破壞他平靜的女孩有效的阻隔開來。

史崔克始終無法抵擋蘿蘋帶給他的溫暖。她在他最低潮的時候堅持留下來與他共事，協助他改變命運；而且，他也不能否認她長得非常好看。他認為她的訂婚適時擋住了一陣持續不斷吹送的微風，倘若任由這股微風再自由吹送下去，難免會嚴重擾亂他的自在。史崔克自認在經歷過一段長期動盪不安、開始與結束都同樣離不開謊言的關係後正逐漸恢復中。他不想改變目前的單身狀態與方便，並且成功地避開任何進一步的情感糾葛，雖然他的妹妹露西曾多方嘗試為他介紹渴望約會的女伴。

當然，馬修與蘿蘋一旦結婚，馬修很可能會利用他的新身分說服他的新婚妻子離開這個他顯然很不欣賞的工作（史崔克已正確無誤地解讀蘿蘋在這方面的談話中所表現的猶豫與迴避的態度）。不過，史崔克相信一旦決定婚期，蘿蘋一定會告訴他，因此他認為目前這個危機仍然十分遙遠。

他又打了一個大呵欠後將報紙摺好扔在椅子上，把注意力轉向電視新聞。他搬到這個小閣樓後的一個奢侈享受就是裝了衛星電視。他的小手提電視機現在安穩的坐在一個衛星盒子上面，不再依賴微弱的室內天線後，電視畫面變得非常清晰。司法部大臣肯尼斯．克拉克正在宣佈將裁減三億五千萬英鎊法律扶助預算的計畫。史崔克在朦朧的疲倦下看著這個臉色紅潤、身材肥胖的司法大臣告訴議會，他希望「讓那些每次遇到困難就訴諸法律的人知難而退，鼓勵他們考慮以更適當的方法來解決紛爭」。

他的意思自然是告訴那些窮人應該放棄法律援助。史崔克的客戶一般仍求之於費用昂貴的律師，他最近接的案子大部分都代表那些多疑又經常背叛的有錢人。他所蒐集的情報主要是交給他們那些手段圓滑的律師，讓他們在刻薄的離婚案和激烈的商業紛爭中能取得對他們更有利的和解。一些有錢的客戶穩定地將他介紹給情況與他們相似，也面臨同樣問題的男男女女。這是他在這一行享有聲譽後所得到的回報，雖然多半是重複性的工作，但同時也有利可圖。

新聞播報結束後，他費力地下床，拿起床邊椅子上殘餘的食物，艱難地走進他的小廚房清洗碗盤。他從不忽視這些小地方：在軍中養成自重的習慣，即便在他十分困頓的時候也從不忽略。事實上，這些習慣也不完全是在軍中養成的。他從小就是一個愛整潔的孩子，這是向他的泰德舅舅學的，舅舅從他的工具箱到船屋無一不是井然有序，與史崔克大而化之的母親麗妲簡直是天壤之別。

清洗完畢，史崔克在馬桶解了小便。由於緊鄰淋浴間，馬桶經常是潮濕的。接著他又回到廚房，站在水槽前刷牙，因為那裡的空間比較大。十分鐘後，史崔克回到他的床鋪，解下他的義肢。新聞報導結束後接著是第二天的氣象預報：氣溫零下，有霧。史崔克在他截肢的小腿末端擦上舒緩的粉末；今天晚上沒有前幾個月那麼疼痛了。儘管他今天吃了一份全套的英式早餐，又吃了外帶的咖哩飯，但因為他又可以自己煮飯，所以他的體重減輕了一些，相對的也減輕一點小腿所承受的壓力。

他將遙控器指向電視螢幕；一個開懷大笑的金髮女郎和她的洗衣粉立刻消失，螢幕變成黑色。史崔克費力地將身體移到床罩底下。

當然，假如歐文．昆恩躲在他的作家會館，要把他找出來就很容易了。聽起來，他似乎是個狂妄自負的傢伙，帶著他的珍貴作品連夜出走……

史崔克腦中那個男人肩上扛著旅行袋怒氣沖沖離開的模糊影像來得急也去得快。他迅速進入一個安逸無夢的酣睡中，樓下酒吧低音吉他的微弱脈動很快就被他自己刺耳的鼾聲淹沒了。

6

噢，泰托先生，我們知道，有你在一切就安心了。

——威廉．康格里乎《為愛而愛》

第二天早晨八點五十分，史崔克走向埃克斯茅斯市集街時，四周仍籠罩在一片刺骨的寒霧中。這裡給人的感覺不大像倫敦街道，兩邊的人行道上擺了許多咖啡座，房屋牆面粉刷柔和的色彩，一座金碧輝煌的仿羅馬式磚造教堂——聖耶穌基督教堂——矗立在薄霧中。寒冷的霧、商店櫥窗內珍奇的古董，路邊的咖啡桌椅；如果再加上海水的氣味和海鷗的哀鳴，他會以為他回到了康瓦耳，他度過最安定的童年生活的地方。

一家麵包店隔壁一扇不起眼的門上有個小招牌，顯示火線出版社就位在這裡。史崔克在九點整按了門鈴後進入一道陡峭的粉刷樓梯，他扶著樓梯欄杆，略顯費力的爬上樓。

他在樓梯口見到一個瘦小、時髦、戴眼鏡，大約三十歲左右的年輕人，他有一頭披肩的鬈髮，身上穿著牛仔褲、背心，和一件袖口有點波浪摺飾的渦紋襯衫。

「嗨，」他說，「我是克里斯欽．費雪。你是凱莫藍吧？」

「柯莫藍，」史崔克主動糾正他，「不過——」

他本來想說叫他凱莫藍也行，因為長期以來一直有人叫錯他的名字，但克里斯欽．費雪立刻說：「柯莫藍——康瓦耳巨人。」

「對。」史崔克說，有點意外。

「我們去年出版了一本有關英國民間傳說的童書，」費雪說，推開白色的雙扇門，帶領史崔克進入一個擁擠的開放式空間，裡面的牆上掛滿海報和排列不怎麼整齊的書架。史崔克經過時，一個邋遢的黑髮少女抬頭好奇地望著他。

「咖啡？茶？」費雪問，一邊引領史崔克走進另一個小房間，這裡有絕佳的視野可以俯視寂靜、朦朧的街道。「我可以叫小玉下去幫我們買。」史崔克婉拒了，據實說他剛喝過咖啡，但他心中也在暗忖，費雪似乎有意與他長談。史崔克覺得以目前的情況來看這似乎有些不合理。「那，一杯拿鐵就好，小玉。」費雪對著門外大聲說。

「請坐。」費雪對史崔克說，然後在牆上一排排書架中翻找，「這個巨人柯莫藍不是住在聖米歇爾山嗎？」

「是的，」史崔克說，「後來被傑克殺死了，《魔豆》中的故事。」

「這裡應該有，」費雪說，仍然在書架上尋找，「《不列顛群島民間故事集》。你有小孩嗎？」

「沒有。」史崔克說。

「喔，」費雪說，「那我就不忙著找了。」

他笑笑，在史崔克對面的椅子坐下。

「請問，是誰聘僱你？我可以猜猜看嗎？」

「請便。」史崔克說，他的原則一向是不禁止他人的猜測。

「是丹尼爾．查德，或者是邁可．范寇特，」費雪說，「我猜對了嗎？」

他的玻璃鏡片後面現出專注、銳利的眼神，雖然沒有透露出任何訊息，但史崔克仍然嚇一跳。邁可．范寇特是一位非常有名的作家，最近才獲得一個重要的文學獎，他為什麼會對失蹤的昆恩感興趣？

「恐怕不是，」史崔克說，「是昆恩的妻子，莉奧諾拉。」

費雪的表情吃驚得有點誇張。

「他的妻子？」他茫然地重複，「那個長得很像殺人魔蘿絲·魏斯特、看起來像老鼠的女人？她請私家偵探做什麼？」

「她的丈夫失蹤，已經失蹤十一天了。」

「昆恩失蹤？可是——可是……」

史崔克看得出費雪原本期待一場非常不一樣的對話，他引頸期盼的對話。

「可是，她為什麼叫你來找我？」

「她認為你知道昆恩在什麼地方。」

「我怎麼會知道？」費雪問，顯然十分困惑，「他又不是我的朋友。」

「昆恩太太說她有一次在派對上聽到你告訴她丈夫一個作家會館——」

「哦，」費雪說，「畢格利廳，對，不過歐文不會在那裡！」他笑的時候立刻變成一個戴眼鏡的淘氣小精靈：嘻嘻哈哈，帶點狡猾。「就算給他們錢，他們也不會讓歐文·昆恩進去。天生的攪局大王。管理那個地方的一位女士恨死他了，他為她的第一本處女作寫了一篇尖酸刻薄的評論，她一直不原諒他。」

「你能給我那裡的地址嗎？」史崔克問。

「我這裡有，」費雪說，從他的牛仔褲後面口袋拿出一支行動電話，「我現在就打……」

他果真把行動電話放在他們中間的桌面上，然後為了史崔克還刻意打開麥克風。電話鈴聲響了整整一分鐘後，一個上氣不接下氣的女聲接電話：

「畢格利廳。」

「嗨，是仙儂嗎？我是火線出版社的克里斯欽·費雪。」

「喔，嗨，克里斯，你好嗎？」

費雪的辦公室門打開，那個邋遢的女孩從外面進來，一語不發的將一杯拿鐵放在費雪面前後就出去了。

「仙仙，我打電話，」門關上後，費雪說，「是想知道歐文．昆恩有沒有住在妳那裡，他一直都沒去，是吧？」

「昆恩？」

儘管距離遙遠，又是簡單的一句話，仙儂厭惡的語氣在塞滿書籍的房間內依然聽得很清楚。

「是的，妳有看到他嗎？」

「一年多沒見到了，幹嘛？他該不會想來這裡吧？這裡不歡迎他，我可以告訴你。」

「不用擔心，仙仙，我想他老婆得到錯誤的情報了。再聊。」

費雪不等她說再見就掛斷電話，熱心地轉向史崔克。

「看吧？」他說，「我告訴過你，他就算想去畢格利廳也不可能如願。」

「他太太打電話給你時，你為什麼不告訴她？」

「喔，原來她是為了這個打電話！」費雪恍然大悟說，「我還以為是歐文叫她打電話給我。」

「他為什麼要叫他太太打電話給你？」

「噢，拜託，」費雪笑著說，見史崔克臉上沒有笑容，他又尷尬地笑笑後說，「為了《邦彼士墨利》（Bombyx Mori）這本書，我想這是昆恩的典型作風，叫他太太打電話給我來試探我的口風。」

「《邦彼士墨利》，」史崔克重複說道，盡可能掩飾詢問或猜疑的語氣。

「是，我以為昆恩在糾纏我，想知道還有沒有幫他出版這本書的機會。他會做這種事，叫他太太打電話。不過，現在如果有人敢碰這本書，那個人一定不是我。我們是小出版社，我們沒本錢打官司。」

認清假裝知道更多內幕不可能得到任何收穫後，史崔克改變策略。

「《邦彼士墨利》是昆恩最新完成的小說？」

「是的，」費雪說，啜一口他的外帶拿鐵，順著他的思慮繼續說道，「那麼，他失蹤了，是嗎？我還以為他會躲在一旁看好戲。我一直認為他的目的在此，還是他失去勇氣了？聽起來不像歐文會做的事。」

「你幫昆恩出版書有多久了？」史崔克問。費雪懷疑地看著他。

「我沒有幫他出過書！」他說。

「我以為——」

「他的前三本書都由羅普查德出版……還是四本？不，事情是這樣的，幾個月前，我和他的經紀人麗莎．塔塞爾一起參加一場派對，她偷偷告訴我——有一點——她不知道羅普查德還能繼續忍受昆恩多久，於是我說，我很樂意看看他的下一本書。昆恩最近被歸類為叫好不叫座的作家，我們可以設計一點別出心裁的宣傳來行銷。無論如何，」費雪說，「他有一本《荷巴特之罪》，那是一本好書，我想他一定還有一些才華。」

「她有把《邦彼士墨利》寄給你看嗎？」史崔克問，一邊暗罵自己前一天沒有向莉奧諾拉．昆恩多問一點問題。這就是在過度疲勞的情況下接客戶的結果。史崔克通常會在比訪談的對象多瞭解一些的情況下與對方見面，現在他覺得這次面談嚴重暴露出他的準備不夠充分。

「有，她上上個星期五派人送來一本複印本，」費雪說，他的笑容比剛才更狡猾了，「可憐的麗莎犯了一個嚴重的錯誤。」

「為什麼？」

「因為她顯然沒有好好讀過，或者根本沒讀完。東西送來之後，隔了兩小時我便接到她慌慌張張打來的電話：『克里斯，我弄錯了，我給你的是另一本原稿，請你不要看，立刻還給我，我會在辦公室等。』我這輩子還沒聽過麗莎．塔塞爾如此驚慌的口氣，她向來是個令人畏懼的女人，大男人都怕她。」

「那麼你還她了沒有？」

「當然沒有，」費雪說，「我在星期六花了一整天讀它。」

「結果呢？」史崔克問。

「沒有人告訴你？」

「告訴我……？」

「它的內容，」費雪說，「他做了什麼。」

「他做了什麼？」

費雪的笑容不見了，他放下咖啡。

「有人警告我，」他說，「倫敦一群頂尖的律師警告我不能透露內容。」

「誰聘請那些律師？」史崔克問。見費雪沒有回答，他又說，「除了查德和范寇特以外還有誰？」

「只有查德，」費雪說，立刻落入史崔克的圈套，「不過，假如我是歐文，我會更擔心范寇特，他是個很壞的傢伙，會一輩子記仇。可別說是我講的。」他又急忙補一句。

「你說的這個查德呢？」史崔克說，在半明半暗中摸索。

「丹尼爾．查德，羅普查德出版公司的執行長，」費雪說，有點不耐煩，「我不明白歐文怎麼會以為他修理了他的出版商之後還能全身而退，但這就是歐文。他是我所見過最自大、最瘋狂的傢伙。我想他大概以為他可以把查德描寫成——」

費雪發出尷尬的笑聲。

「我是在給自己找麻煩。這麼說好了，我很驚訝歐文會以為他能逃得過，也許他終於發現大家都知道他在暗示什麼，一時心裡害怕，所以躲起來了。」

「這本書涉及毀謗，是嗎？」史崔克說。

「小說都會有一點灰色地帶，不是嗎？」費雪說，「假如你用一種怪異的方式說出真相——

我不是在暗示什麼，」他急忙撇清，「就說，他所說的這些東西是真的，它不可能字字句句都是真實，但每個人都看得出來；他寫了好幾個人物，用一種非常巧妙的方式……事實上，你會覺得它很像范寇特早期的作品，用了許多血腥與晦暗的象徵主義手法……你會有點看不懂，卻又想知道袋子裡有什麼，火堆裡面有什麼？」

「有什麼？」

「不管啦——那只是書裡面寫的東西，莉奧諾拉沒有告訴你嗎？」

「沒有。」史崔克說。

「怪了，」克里斯欽．費雪說，「她應該會知道。我一直以為昆恩是那種會在飯桌上朗讀他的作品給家人聽的人。」

「你既然不知道昆恩失蹤，為什麼又以為查德或范寇特會請私家偵探？」

費雪聳聳肩。

「我不知道，我以為他們其中之一想知道他打算如何處置這本書，這樣他們就可以制止他，或警告別的出版商他們會提出告訴。或者，他們也許想報復歐文——以牙還牙。」

「這是你急著見我的原因嗎？」史崔克問，「你和昆恩有什麼過節嗎？」

「沒有，」費雪笑著說，「我只是好奇，想知道發生什麼事。」

他看看手錶，打開他面前一本書的封面，然後將他的椅子略略往後推。史崔克明白他的暗示。

「謝謝你撥出時間，」他說，站起來，「假如你有歐文．昆恩的消息，可以告訴我嗎？」

他給費雪一張名片。費雪從他的辦公桌繞過來送史崔克出門時對著名片皺眉。

「柯莫藍．史崔克……史崔克……我聽過這個名字，不是嗎……？」

費雪忽然恍然大悟，他的精神又來了，彷彿電池充飽了電。

「我的天，你是露拉．藍德利那個案子的偵探！」

史崔克知道他可以再回去坐下，要一杯拿鐵，再多享受一個小時費雪對他的興趣。但他沒有，他禮貌而堅定地離開，幾分鐘後，他又再度出現在寒冷迷濛的街道上。

7

我發誓，我絕無讀它之過。

——班．強森《脾氣人人不同》

接到電話，得知她的丈夫沒有在作家會館後，莉奧諾拉．昆恩的聲音顯得有些焦慮。

「那他在什麼地方呢？」她問，自問的意味似乎多過於問史崔克。

「他離家出走時通常都去哪裡？」史崔克問。

「飯店，」她說，「他還有一次住在一個他不怎麼熟的女人家裡。奧蘭多，」她忽然說，把話筒拿開，「把那個放下，那是我的，我說，那是我的。什麼？」她又對著史崔克的耳朵大聲說。

「我沒說話。妳要我繼續找妳的丈夫嗎？」

「當然要，不然誰去找他？我又不能離開奧蘭多。問麗莎．塔塞爾他在什麼地方，她以前有找到過他。希爾頓，」莉奧諾拉忽然說，「他有一次住在希爾頓飯店。」

「哪一家希爾頓？」

「我不知道，問麗莎，是她把他逼走的，她應該幫忙把他找回來。她不肯接我的電話。奧蘭多，把它放下。」

「妳還能想到其他任何人嗎？」

「沒有了，否則我早就去問他們了，不是嗎？」莉奧諾拉沒好氣地說，「你是偵探，你去找他！奧蘭多！」

「昆恩太太，我們必須——」

「叫我莉奧諾拉。」

「莉奧諾拉，我們必須考慮到妳的丈夫有可能為他自己帶來傷害，如果報警，」電話那頭傳來屋裡嘈雜的聲音，史崔克不得不提高音量，「我們就可以早一點找到他。」

「我不要報警，他有一次失蹤了一個星期，我去報警，結果發現他跟他的女友在一起，他們很不高興。如果我再這麼做，他會生氣。總之，歐文不會——奧蘭多，不要動它！」

「警方可以更有效發佈他的照片——」

「我只要他平靜地回來。他為什麼不回來呢？」她生氣地說，「他有的是時間平靜下來。」

「妳看過妳丈夫寫的新書嗎？」史崔克問。

「沒有，我都是等他寫完，印好了加上封面以後才看。」

「他有沒有告訴妳關於那本書的事？」

「沒有，他不喜歡談論他的作品，在他……奧蘭多，放下！」

他不知道她是否故意掛斷電話。

清晨的寒霧已經散去，雨打在他的辦公室窗戶上。一個客戶馬上就要到了，又是另一個正在辦理離婚，想知道她的準前夫把財產藏在什麼地方的婦女。

「蘿蘋，」史崔克走到前面的辦公室說，「請妳從網路下載一張歐文．昆恩的照片好嗎？如果妳能找到的話。還有，打電話給他的經紀人伊麗莎白．塔塞爾，看她是不是願意回答幾個簡單的問題。」

他正要回自己的辦公室時，忽然又想起一件事。

「還有，妳可以幫我查一下『邦彼士墨利』（bombyx mori）這個字嗎，看它是什麼意思？」

「怎麼寫？」

「天知道。」史崔克說。

十一點三十分，即將離婚的婦女到了。她是個四十開外，但外表看起來年輕得可疑的婦女，她全身散發出令人心煩意亂的魅力和一種麝香味，蘿蘋總覺得她一出現，辦公室就變得非常擁擠。史崔克和她一起進入他的辦公室，兩個小時之內，除了雨水穩定打在窗戶上的劈啪聲，以及她敲打電腦鍵盤的聲音外，蘿蘋只聽到兩人輕微的交談聲，平靜、沉著的聲音。蘿蘋已習慣於從史崔克辦公室傳出哭聲、呻吟聲，甚至叫嚷聲。突然安靜下來最可怕，有一次一位男客戶看了史崔克用長鏡頭拍到他的妻子與情人在一起的照片後真的昏倒了（他們後來才知道，他是輕微中風）。

當史崔克和他的客戶終於出現，她又給了他周到得令人生厭的道別後，蘿蘋遞給她的老闆一張放大的歐文．昆恩照片，是她從巴斯文學節的網站下載的。

「我的天！」史崔克說。

歐文．昆恩是一個身材高大肥胖、皮膚白皙的人，大約六十歲左右，一頭凌亂的灰黃頭髮和兩撇荷蘭畫家范．戴克的翹鬍子。他的兩顆眼珠顯然顏色不同，使他的凝視顯得格外強烈。他拍這張照片時，身上披著一件提洛爾斗篷，頭上戴著一頂裝飾羽毛的呢帽。

「你一定不相信他能隱姓埋名多久，」史崔克說，「妳可以多複印幾份嗎？我們也許得拿到各個飯店給他們看，他的妻子認為他有一次住進希爾頓飯店，但她不記得哪一家，所以妳可以打電話到每一家希爾頓問問看他有沒有登記住房？我想他大概不會用他的本名，妳可以試著描述一下……伊麗莎白．塔塞爾那邊有沒有消息？」

「有，」蘿蘋說，「信不信由你，我剛準備打給她，她就自己打來了。」

「她打來這裡？為什麼？」

「克里斯欽．費雪告訴她你去找過他。」

「然後呢？」

「她今天下午要開會，但她想約你明天早上十一點在她的辦公室見面。」

「是嗎？」史崔克說，覺得很有意思，「現在越來越有趣了，妳有問她知不知道昆恩的下落嗎？」

「有，她說她不知道，但她還是想見你。她的氣焰很盛，像個女校長。還有，」她繼續說，「『邦彼士墨利』是拉丁文 bombyx mori，也就是『蠶』的意思。」

「蠶？」

「嗯，而且你知道嗎？我一直以為蠶吐絲結繭就跟蜘蛛吐絲結網一樣，你知道他們是如何從這些蠶取得蠶絲的嗎？」

「不知道。」

「他們把蠶吐絲結成的繭放在水中煮，」蘿蘋說，「活生生放進去煮，這樣才不會破壞蠶繭。蠶絲就是從蠶繭抽出來的。有點殘忍，對吧？你為什麼想了解蠶？」

「我想知道歐文．昆恩為什麼把他的小說定名為《蠶》，」史崔克說，「倒不是我想研究什麼學問。」

他花了一個下午的時間整理繁瑣的盯梢書面報告，並期待天氣能夠好轉。樓上的糧食吃光了，他必須出去採購。蘿蘋下班後，史崔克繼續工作，雨量也持續增大，不斷打在他的窗子上。最後他穿上大衣下樓，在傾盆大雨中走在潮濕黑暗的查令十字路上，去最近的超市購物。那裡近來多了許多可以外帶的食物。

回家的路上，兩手各拎著一大袋食物的他，忽然靈機一動走進一家即將打烊的舊書店。櫃臺後面那個人不確定他們有沒有歐文．昆恩的第一本小說《荷巴特之罪》，據說是他寫得最好的一本。但經過不確定的喃喃自語，又在他的電腦上仔細尋查一番後，那個人終於交給史崔克一本同一個作者寫的另一本小說《巴爾札克兄弟》。又累、又濕、又餓的史崔克付了兩英鎊後把這本破舊的精裝本小說帶回他閣樓上的家。

把買回來的補給品放好，為自己煮了麵吃之後，夜幕已然低垂，窗外又黑又冷，史崔克靠在床上，翻開這個失蹤作家寫的書。

這本書的文體精緻得有點做作，辭藻華麗，故事發生在古代，有超現實的情節。書中的兩兄弟分別叫瓦里科塞爾與瓦司，他們被反鎖在一間庫房內，另一個已經死去的兄弟屍體躺在牆角逐漸腐爛。兄弟倆酒後為了文學、忠誠與法國作家巴爾札克而發生爭執，他們嘗試為他們死去的兄弟聯合編寫他的一生。瓦里科塞爾老是撫摸他疼痛的睪丸，史崔克認為這是暗示作者腦袋的一個拙劣的隱喻。小說中大部分的書寫工作似乎都是瓦司在做。

讀了五十頁後，史崔克自言自語罵了一聲「胡扯」，便把書扔到一旁，上床睡覺。

前一天晚上倒頭呼呼大睡的好眠不見了，大雨用力捶打他的斗室小窗，他睡得很不安穩，一整夜都在作噩夢，第二天早晨醒來那種不安的感覺仍餘波蕩漾，如同宿醉一般。大雨依舊不斷打在窗上，他打開電視，獲悉康瓦耳正遭受嚴重的水患侵襲，許多人被困在車上，或被迫從住家緊急撤離，暫時住進緊急救難中心。

史崔克拿起他的行動電話撥打那個有如自己鏡中的影像般熟悉的電話號碼，這個號碼代表他一生的安定與平靜。

「哈囉？」他的舅媽接電話。

「我是柯莫藍，你們都好嗎，瓊安？我剛看到新聞。」

「我們目前都還好，親愛的，海邊那一帶比較嚴重，」她說，「天氣不好，要小心，有暴風雨，但不會像聖奧斯特爾那麼危險。我們也正在看新聞。你好嗎，小柯？很久沒見了，泰德和我昨天晚上還在說很久沒有你的消息，我們說，既然你又恢復單身，要不要耶誕節過來跟我們一起過？你說呢？」

他手上拿著行動電話，既不能穿衣服也無法穿戴他的義肢。她連續講了半個鐘頭，滔滔不絕天南地北的聊，接著忽然話鋒一轉，攻進他寧可保留的私生活領域。好不容易，在追問過他的愛情生活、債務，和他被截肢的腿後，她終於放他一馬。

史崔克進入辦公室時已經遲到，他又累又煩，身上穿了一套黑西裝，蘿蘋猜想他是不是與伊麗莎白．塔塞爾見過面後要去和正在辦理離婚的黑髮女士一起吃午餐。

「聽到消息了嗎？」

「康瓦耳鬧水災嗎？」史崔克問，按下電熱壺開關，因為蘿蘋幫他準備的第一杯茶由於瓊安講個沒完早就冷了。

「威廉和凱特要訂婚了。」蘿蘋說。

「誰？」

「威廉王子，」蘿蘋愉快地說，「和凱特．密道頓。」

「哦，」史崔克淡淡地說，「很好啊。」

他原本也是訂婚中人，直到幾個月前。他不知道他的前未婚妻的新喜事進行得如何，也不想猜測他們何時會結束（當然，一定不會像他這樣，臉上被她抓傷不說，還殘忍地告訴他她背叛他，說他永遠無法給她威廉與凱特即將舉行的那種婚禮）。

蘿蘋判斷得等到史崔克手上拿到一杯茶後，她才能安全打破鬱鬱寡歡的沉默。

「你進門之前，露西打電話來提醒你星期六晚上的生日餐會，又問你會不會帶誰去。」

「好。」他悶悶地說。

「星期六是你的生日？」蘿蘋問。

「不是。」史崔克說。

「那是哪一天？」

他嘆氣。他不想要蛋糕、卡片或禮物，但她臉上有期待的表情。

「星期二。」他說。
「二十三日？」
「是的。」
隔了一會兒之後，他才想到他也應該互動一下。
「那麼，妳的生日呢？」她的猶豫讓他有點慌了，「老天，該不會是今天吧？」
她笑了。
「不是，已經過了。十月九日。不要緊，那天是星期六，」她說，仍然對他慌張的表情感到好笑，「我不會整天坐在這裡等人送花給我。」
他也回她一個微笑。他覺得他似乎應該補償一下，因為他不但錯過她的生日，而且從未想過要去打聽她的生日是哪一天，於是他又說：
「還好妳和馬修還沒選定婚禮日期，至少你們不會和皇家婚禮撞期。」
「噢，」蘿蘋紅著臉說，「我們已經選好日期了。」
「真的？」
「是的，」蘿蘋說，「在一月八日。我把要給你的請柬帶來了。」她說，急忙從她的皮包翻出邀請卡（她還沒有問過馬修要不要邀請史崔克參加婚禮，但現在已經來不及了），「在這裡。」
「一月八日？」史崔克說，接過那個銀色的信封。「離現在只有——怎麼？——七個星期而已。」
「是的。」蘿蘋說。
兩人的談話暫時停頓下來，史崔克一時想不起要吩咐蘿蘋辦什麼事；過一會兒他想起來了，他一邊說話，一邊用那個銀色信封拍打他的手掌，彷彿在談公事。
「希爾頓的事進行得如何？」
「我問過幾家，昆恩沒有用他的本名登記住房，也沒人認得我的描述，不過，希爾頓有很多家，我是按名單一家一家問。你和伊麗莎白・塔塞爾見過面後要做什麼？」她隨口問。

「假裝我想在梅菲爾街買一層公寓，讓自己看起來像某人的丈夫，試圖在他妻子的律師阻止他之前瞭解一下他的資本，好把錢藏到海外。

「唉，」他說，將還未拆開的結婚請柬塞進他的大衣口袋內，「該走了，還得去把一個爛作家找出來。」

8

我接過那本書，老人便消失了。

——約翰．李利《恩底米翁：月亮上的男人》

史崔克用站的搭了一站地鐵前往伊麗莎白．塔塞爾的辦公室。（他搭短程地鐵時一點也不敢輕忽，得在他的義肢上使力以防跌倒。）途中他忽然想到，蘿蘋並沒有指責他接下昆恩的案子。當然，蘿蘋沒有立場指責她的老闆，但她拒絕更高的薪水，投入大量時間與心力與他共事，如果她期待他的債務早日還清後至少幫她加點薪也是合情合理。她真是個少見的女性，不批評，也不會因為不滿意而保持沉默；她是史崔克生命中唯一不會試圖改變他或糾正他的女性。在他的經驗中，女人經常會期待你明白她們想盡辦法要改變你是在顯示她們有多麼愛你。

這麼說，她再過七週就要結婚了。七個星期之後她就成為馬修太太……但他就算曾經聽過她未婚夫姓什麼，這一刻也想不起來。

在宰濟街站等電梯時，史崔克忽然有個衝動，很想打電話給他那位即將離婚的黑髮客戶。她曾明白表示，她很歡迎這樣的發展：想像晚上在騎士橋她家那張溫香軟玉的床上同枕共眠的感覺。但這個念頭一出現立刻被他摒棄，這種行為是瘋狂的；比接一個可能拿不到報酬的失蹤案更糟糕。

他為什麼要把時間浪費在歐文．昆恩身上呢？他在滂沱大雨中低著頭問自己。思索了一會兒後他在心上回答自己：好奇，也許還有一點更難以捉摸的東西。他在雨中瞇著眼走在士多街上，專心注意腳下濕滑的人行道，一邊想著他那些有錢的客戶不斷讓他看到形形色色的貪婪與報復，已嚴重影響他的樂趣。他很久沒有調查人口失蹤案了，幫昆恩的家人找回離家出走的昆恩應該可以為他帶來滿足。

伊麗莎白．塔塞爾的文學工作室位於一處都是黑磚建築的住宅小區，在繁囂的高爾街附近一條安靜的死胡同內。史崔克在一塊不起眼的銅牌旁邊找到門鈴，他按鈴，鈴聲輕輕響了一下後，一個穿開領襯衫的蒼白青年幫他開門，門內是一道鋪紅地毯的樓梯。

「你就是那位私家偵探嗎？」青年以惶恐又帶點興奮的語氣問。史崔克跟在他後面上樓，身上的雨水一路滴在已磨損的地毯上。樓梯頂上是一扇赤褐色的門，進了門是一間大辦公室，早期大概是這戶人家的門廳與客廳。歲月使它的優雅慢慢褪成年久失修，凝結在窗上的污垢使玻璃變得模糊，空氣中有一股陳年菸味，牆上排列幾座塞得滿滿的書架，骯髒的壁紙幾乎被加了框的文學插畫覆蓋。一張陳舊的地毯上有兩張面對面的厚重辦公桌，但沒有人坐。

「我可以幫你把大衣掛起來嗎？」年輕人問。一個身材瘦小、一臉受驚表情的女孩忽然從其中一張辦公桌後面出現，她一隻手拿著一塊髒海綿。

「我擦不掉，拉爾夫！」她著急地對那個年輕人小聲說。

「討厭，」拉爾夫煩躁地抱怨，「伊麗莎白的老狗在莎莉的辦公桌底下嘔吐，」他小聲說，一邊將史崔克被雨淋濕的大衣掛在門後一個維多利亞式衣架上。「我去通知她你到了。妳繼續擦，」他對他的同事說，然後走進第二扇赤褐色的門。門虛掩著留了一點門縫。

「史崔克先生到了，麗莎。」

房間內傳出響亮的狗吠，緊接著是從人的肺部深處發出的深沉的咳嗽聲，只有年老的煤礦工人才會有的那種咳嗽聲。

「抓著牠。」一個粗嗄的嗓子說。

經紀人的辦公室門開了，拉爾夫從裡面出來，手上緊緊抓著一隻雖然年紀不小但仍相當活潑的杜賓犬的頸圈。同時出現一名大約六十歲左右，身材高大瘦削、五官雖大卻相貌平平的婦人。她有一頭修剪成完美幾何型的鐵灰色短髮，身上那套剪裁合身的黑色套裝和猩紅色的口紅為她帶來幾分時髦的衝勁。她散發出成功的年老女性特有的以莊嚴取代性魅力的氣質。

「你最好把牠帶出去，拉爾夫，」經紀人說著，一雙暗橄欖綠的眼睛望著史崔克。雨水依然不斷的打在窗上。「還有，別忘了帶清理狗大便的袋子，牠今天有點拉肚子。」

「請進，史崔克先生。」

她的助理做出嫌惡的表情，將那隻腦袋酷似埃及神祇阿努比斯的大狗拖出她的辦公室；史崔克與杜賓犬擦身而過時，大狗精神奕奕地低聲咆哮。

「咖啡，莎莉。」經紀人對那個表情驚慌的女孩瞪一眼，女孩急忙把海綿藏在背後。她就像剛才突然出現般，又突然消失在辦公桌後面。史崔克希望她在準備飲料之前會先把她的手洗乾淨。

伊麗莎白．塔塞爾擁擠的辦公室幾乎是前面辦公室的縮影：有一股陳年菸味和老狗的體味。她的辦公桌底下有一個毛呢狗籃；牆上掛滿舊照片和圖片，史崔克認出其中一張大張的是相當有名的童書插畫家平克曼，但他不知道他是否仍健在。經紀人無聲的示意史崔克坐在她對面的椅子上。史崔克必須先把堆放在椅子上的一疊文件和幾本舊的《書商》雜誌移走，然後從她桌上的一個盒子取出一支菸，用一個縞瑪瑙打火機點上，深深吸一口後又咳了好一陣子。她的咳嗽帶著氣喘的雜音。

「克里斯欽．費雪，」她咳完後回到辦公桌後面的皮椅坐下，用沙啞的聲音說，「告訴我，歐文又再度上演他那齣著名的失蹤戲碼。」

「是的，」史崔克說，「他在你們為那本書發生爭吵的當天晚上就失蹤了。」

她張口，但她想說的話立即又被一陣咳嗽取代。可怕的撕裂聲從她的軀體深處發出。史崔克默默地等她咳完。

「聽起來很嚴重。」當她好不容易再度平靜下來時，史崔克說，但想不到她卻又用力吸一口菸。

「流行性感冒，」她喘著氣說，「老醫不好。莉奧諾拉什麼時候去找你？」

「前天。」

「她有能力聘僱你嗎？」她沙啞著問，「我想你的收費一定不便宜，偵破藍德利案的人。」

「昆恩太太說妳會付。」史崔克說。

她粗糙的臉頰脹成紫色，深色的眼睛因為咳嗽變得水汪汪的。她瞇起眼。

「哼，你可以回去告訴莉奧諾拉，」她強忍著另一陣咳嗽，胸膛在帥氣的黑外套底下劇烈起伏，「我不會為找回那個混蛋而付出任何一毛錢。我不——不再是他的經紀人了。告訴她——告訴她——」

她又冒出一陣粗暴的咳嗽。

門打開，那個瘦小的女助理進來，手上捧著一個沉重的木托盤顯然有些不勝負荷，托盤上擺了兩副咖啡杯和一只咖啡壺。史崔克站起來從她手上接過托盤；桌上幾乎沒有地方可以放置。女孩立刻騰出一點空間，但因為太緊張又打翻一疊文件。

咳個不停的經紀人做出一個憤怒的警告手勢，女孩驚慌失措地離開了。

「沒用的——小——」伊麗莎白．塔塞爾氣喘咻咻地說。

史崔克將托盤放在桌上，但不理會散落在地毯上的文件，然後坐回他的椅子。這個經紀人是經常可見的那種欺凌弱小的人：有些女人小時候有個嚴格而霸道的母親，她們年歲漸長之後從這些敏感的童年記憶中覺醒，不管是有意識還是無意識，她們便利用這個事實再去欺壓別人。史崔克不會受這種人的影響；一方面他自己的母親，無論她犯下什麼錯誤，年輕時非常疼愛他們；另一方面，他能感受到這個表面兇悍的人內心隱藏的脆弱。菸不離口，褪色的照片，以及辦公桌底下的老狗臥舖，在在顯示她是一個比她的年輕助理所能想像的更敏感、更缺乏自信的人。

當她的咳嗽好不容易緩和後，史崔克倒了一杯咖啡給她。

「謝謝。」她用粗嗄的嗓子喃喃地說。

「那麼，妳把昆恩開除了？」他問，「妳那天晚上有告訴他嗎？你們一起吃晚飯時？」

「我不記得了，」她用沙啞的聲音說，「場面很快就變得很激烈，歐文站在餐廳內對我大吼大叫，然後掉頭就走，把帳單留給我。如果你有興趣的話，可以找到許多目擊者。歐文把那天的場面搞得可熱鬧了。」

她又伸手去拿香菸，想了一下後，也給史崔克一支。為他們兩人都點上菸後，她說：

「克里斯欽．費雪對你說了什麼？」

「沒什麼。」史崔克說。

「為你們兩個好，我希望這句話是真的。」她不悅地說。

史崔克不作聲，只是吸菸和喝咖啡。伊麗莎白等著，顯然希望聽到更多消息。

「他有提到《蠶》嗎？」她問。

史崔克點頭。

「他怎麼說？」

「說昆恩在這本書中寫了許多大家都認得出來的人物，經過一點偽裝之後。」

氣氛一時變得很緊張。

「我希望查德真的去告他，這樣才能封住他的嘴，不是嗎？」

「妳有嘗試聯絡他嗎，那天昆恩離開……你們那天在什麼地方吃晚飯？」

「河岸咖啡館，」她用沙啞的聲音說，「沒有，我沒有嘗試聯絡他，沒什麼好談的了。」

「他也沒有和妳聯絡？」

「沒有。」

「莉奧諾拉說妳告訴昆恩，他那本書是他歷來最好的作品，然後妳又改變主意，拒絕幫他出版。」

「她說什麼？我不是──不──是──」

這是她最劇烈的一陣咳嗽。當她急促而慌亂地咳嗽時，史崔克有個強烈的衝動，很想拿走她手上的香菸。這一陣咳嗽終於過去後，她一口氣喝下半杯熱咖啡，而咖啡似乎也讓她安定了一些。她的嗓子比較有力了，又說：

「我不是這麼說的，『他歷來最好的作品』──他這樣告訴莉奧諾拉？」

「是的，不然妳怎麼說？」

「我生病了，」她不理會他的問題，用粗啞的聲音說，「流感，一個禮拜沒上班，歐文打電話到辦公室，說小說完成了；拉爾夫告訴他我在家養病，於是歐文便叫人把原稿送到我家，我不得不下床簽收。這是他的典型作風。我發高燒到一百零四度，幾乎站不住，他的書完成了就希望我立刻讀。」

她又喝一大口咖啡，然後說：

「我把文稿往玄關桌上一放就直接回到床上。歐文開始打電話，每小時打一通，想知道我的看法。星期三、星期四，他持續不斷的糾纏我……

「我做這一行三十年來從來沒有這樣過，」她沙啞地說，「我那個週末本來是要去度假的，我期待很久了。我不想取消行程，也不希望歐文在我度假時每隔三分鐘就來一通電話，所以……為了擺脫他……我到現在還覺得很難過……我草草看了一下。」

她用力吸一口菸，又開始咳嗽，平靜下來後她說：

「我不覺得它會比他的前兩本書更糟，甚至可以說有點進步，是一個相當有趣的隱喻，有些形象非常逼真，中古時代的神話故事，一本恐怖版的《天路歷程》。」

「妳有從妳讀過的哪一部分認出任何人嗎？」

「書中的人物似乎多數都是象徵性的，」她說，有點自我辯護的味道，「包括那幅把自己美化的自畫像。有許多悖——悖離現實的性行為，」她停下來咳嗽，「還是跟以前一樣，全都雜合在一起，我想……但我——我沒有仔細讀，我首先要承認這一點。」

他看得出她不習慣認錯。

「我——我草草讀了最後的四分之一，就是他寫到邁可和丹尼爾那部分，我隨便看了一下結尾，很詭異，而且有點無聊……假如我不是病得那麼嚴重，假如我有好好讀過一遍，我自然會馬上告訴他他不可能全身而退。丹尼爾是一個奇——奇怪的人，非常敏——敏感，」她又咳嗽了，但她決心把話說完，於是她又咻咻地說，「邁——邁可又是一個很壞——很壞的人——」接著又是一陣劇烈的咳嗽。

「昆恩先生為什麼要出版一本會使他吃上官司的書？」史崔克等她停止咳嗽後問道。

「因為歐文認為他不受社會一般人所受的那些法律束縛，」她粗聲說，「他認為他是天才，一個頑童，他以敢於冒犯他人自豪，他認為那是勇敢，英雄的作風。」

「妳看了書之後採取什麼行動？」

「我打電話給歐文，」她說，閉了一下眼，彷彿在對自己生氣，「說：『是的，非常好。』然後我叫拉爾夫到我家來拿那個東西，並請他複印兩份，一份送去給傑瑞．華德葛瑞夫，他是歐文在羅普查德出版公司的責任編輯，另一份給，老——老天，給了克里斯欽．費雪。」

「妳為什麼不用電子郵件把稿子傳到辦公室？」史崔克好奇地問，「妳們沒有把它儲存在隨身碟或其他記憶裝置嗎？」

她將香菸捻熄在一個裝滿菸屁股的玻璃煙灰缸內。

「歐文堅持使用他寫《荷巴特之罪》時使用的一台老電動打字機。我不知道他到底是念舊還是愚笨。他對科技一無所知，也許他嘗試過用筆記型電腦但成效不佳。這是他想出來的又一個讓自己進退兩難的事。」

「妳為什麼會把副本交給兩家出版社？」史崔克問，雖然他已知道答案。

「因為傑瑞．華德葛瑞夫是出版界的一個大好人，」她回答，又啜一口咖啡，「但是最近連他也對歐文和他的脾氣失去耐性。歐文上一本由羅普查德出版的書幾乎沒賣出去，我覺得再給他們一次機會是合理的。」

「妳什麼時候發現那本書的真正目的？」

「那天晚上，」她用沙啞的聲音說，「拉爾夫打電話給我，他已經把複印本送出去了，便隨手翻一翻原稿，看了之後他打電話給我說：『麗莎，妳真的讀過這本書嗎？』」

史崔克可以想像這個蒼白的年輕人打這通電話時那種憂慮的心情，他所需要的勇氣，他做這個決定之前再三考慮的痛苦。

「我不得不承認我沒有……或者說沒有全部看完，」她喃喃自語，「於是他讀了幾段我漏掉的句子……」

她拿起那個縞瑪瑙打火機心不在焉地打開後抬頭看史崔克。

「我嚇壞了。我打電話給克里斯欽．費雪，但只聽到答錄機的聲音，於是我留話告訴他，給他的那份文稿是初稿，是我弄錯了，請他不要看，並且請他盡──盡快還給我。我接著又打給傑瑞，但也聯絡不到他。他有告訴過我，他週末要和他太太去度假慶祝他們的結婚紀念日。我希望他沒空讀，所以我又把我留給費雪的話同樣留給他。

「然後我打電話給歐文。」

她又點了一支菸。吸菸時她的鼻翼張開，嘴唇兩邊的紋路更深了。

「我幾乎插不上嘴，但就算我說了也沒什麼差別。歐文以他特有的方式和我討論，興高采烈的。他說我們應該見面一起吃飯，慶祝這本書的完成。

「我只好勉強下床換衣服，到河岸咖啡廳等他，然後歐文來了。

「他那天甚至沒有遲到，他通常都會遲到。他簡直是飄飄欲仙，得意洋洋，他真的以為他做了一件勇氣十足又很了不起的事。我還沒有切入要點之前，他就開始談改編成電影劇本的事。」

她從猩紅色的嘴唇吐出一口煙時，模樣真的很像一條龍，兩隻閃亮的黑眼睛。

「我告訴他，我認為他寫的這本書既邪惡又卑鄙，不能出版。他大發雷霆，把椅子都推倒了，然後開始破口大罵，對我做了人身攻擊又侮辱我的職業後，他告訴我，如果我沒有足夠的勇氣代理他，他要自己出版這個東西——在網路上出版。然後他怒氣沖沖的走了，把帳單留給我。這一……一點也不……」她抱怨，「不稀奇……」

她激動的情緒又引發另一波更嚴重的咳嗽。史崔克心想她搞不好真的會窒息。他想從椅子上站起來，但她揮手制止他。最後，她一張臉脹成紫色，兩隻眼睛淚汪汪的，用嘶啞的聲音說：

「我盡我所能挽救，我的週末度假計畫泡湯了；我一直在打電話，希望能聯絡上費雪和華德葛瑞夫，一次又一次留話，一直站在圭相的懸崖上，希望能收到較理想的訊號——」

「妳是那邊的人嗎？」史崔克問，有點驚訝，因為他一點也聽不出她有康瓦耳的口音。

「我的一個作者住在那裡。我告訴她我有四年沒有離開倫敦了，她便邀我去度週末，她要帶我看遍她書中描述的所有美麗的地方。確實是有許多我這輩子沒見過的美景，但我滿腦子那本要命的《蠶》，想盡辦法阻止任何人讀它。我無法入睡，覺得很可怕……

「星期日中午，我終於接到傑瑞的電話了，他根本就沒去慶祝結婚紀念日，而且說他沒有接到我的電話，所以他讀了那本書。

「他很厭惡，也很氣憤。我告訴傑瑞，我正在盡我的力量阻止這個東西……但我不得不承認我同時也寄了一份給克里斯欽。傑瑞一聽，氣得當場掛我電話。」

「妳有告訴他，昆恩揚言要把這本書放在網路上發表嗎？」

「沒有，我沒有，」她沙啞著說，「我暗中祈禱這只是一個空洞的威脅，因為歐文一點也不懂電腦。但我擔心……」

她拉長了聲音。

「妳擔心？」史崔克催她。

她沒有回答。

「這個自己出版說明了一件事，」史崔克謹慎地說，「莉奧諾拉說昆恩拿了他的原稿和所有筆記連夜出走。我曾懷疑他是否想把它銷毀，或扔進河裡，但假如他帶走是為了把它轉成一本電子書。」

這個情報並不能緩和伊麗莎白．塔塞爾的情緒，她咬著牙說：

「他有一個女友，他教寫作班時認識的，她就是在網路上發行自己的作品。我之所以知道她是因為歐文曾經試圖向我推薦她寫的可怕的情色幻想小說。」

「妳有聯絡她嗎？」史崔克問。

「有，事實上，我有。我想恐嚇她，告訴她假如歐文找她，讓她幫忙把這本書格式化或放在網路上出售，她很可能會吃上官司。」

「她怎麼說？」

「我聯絡不到她。我打了幾次電話，也許她不再使用那個電話號碼了，我不知道。」

「可以給我她的詳細地址嗎？」史崔克問。

「拉爾夫有她的名片，我請他幫我打電話給她的。拉爾夫！」她大聲喊。

「他和波波還在外面！」外面的辦公室傳來女孩恐懼的聲音。伊麗莎白．塔塞爾翻白眼，自己站起來。

「叫她找一定找不到。」

經紀人走出去把門帶上後，史崔克立刻站起來，走到辦公桌後面觀察牆上一張吸引他目光的照片。但他必須先把書架上的一幅畫像移開，畫像上是兩隻杜賓犬。

吸引他目光的照片是Ａ４紙張的尺寸，彩色的，但已經褪色了。從照片中四個人的衣著看來，至少是二十五年前拍攝的，拍照地點就在這棟建築外面。

伊麗莎白很容易就可以認出來，她是其中唯一的女性，高大的身材，平庸的五官，一頭迎風飄動的黑色長髮，身上穿了一件樣式簡單的綠松石與桃紅色的低腰洋裝。她的一邊站著一個瘦削的金髮美少年；另一邊是個矮小、皮膚灰黃、表情陰鬱的男子，以他的身材比例，他的頭顱顯得過大。他看起來有點眼熟，史崔克心想他也許曾經在報紙或電視上看過他。

站在這個他一時想不起來但可能很有名的男士旁邊的，是年輕時候的歐文．昆恩。他是四個人當中個子最高的，身上穿著一套發縐的白西裝，髮型很像上短下長的刺蝟頭。他讓史崔克不由得想起發福後的搖滾歌星大衛．鮑伊。

門悄無聲息的開了。史崔克沒有要掩飾行動的意思，轉頭面對經紀人，後者手上拿著一張紙。

「那是阿福，」她望著他拿在手上的畫像，「牠去年死了。」

他把她的狗的畫像放回書架上。

「喔，」她恍然大悟地說，「你是在看另一張。」

她靠近那張褪色的照片，和史崔克並肩站在一起，他發現她的身高接近一百八，身上有 John Player Specials 香菸和 Arpège 香水的味道。

「那天是我開始當經紀人的第一天。他們三位是我最早代理的作家。」

「他是誰？」史崔克指著那個金髮美少年問。

「約瑟夫．諾斯，他們當中最有才華的，截至目前為止。可惜他很年輕就死了。」

「那這位——？」

「當然是邁可．范寇特了。」她說，語氣有點驚訝。

「我想說他看起來很面熟，妳還代理他嗎？」

「沒有！我以為……」

他聽得出她沒說出口的意思：我以為人人都知道。世界中的世界：也許倫敦整個文學界早已知道為何著名的范寇特不再是她代理的作家。但他不知道。

「為什麼妳沒有繼續當他的經紀人？」他問，回到他的座位。

她將手上那張紙從桌上遞給他；那是一張看起來有點磨損又有點髒的名片的影印本。

「許多年前，我必須在邁可和歐文當中做選擇，」她說，「像個傻—傻瓜一樣，」她又開始咳嗽了，她的聲音破裂，變成一種沙啞的喉音，「我選擇了歐文。

「這是我手上唯一的凱絲琳．肯特的聯絡資料。」她又說，堅定地不再進一步談范寇特。

「謝謝妳，」他說，將那張紙摺好塞進他的皮夾。「昆恩和她來往多久了，妳知道嗎？」

「有一陣子了，莉奧諾拉在家帶奧蘭多，他便帶她去參加派對。可恥。」

「妳不知道他可能躲藏在什麼地方嗎？莉奧諾拉說妳找到過他，前幾次他——」

「我沒有『找』歐文，」她氣憤地說，「是他在飯店住了一個禮拜以後才打電話給我，要求預支版稅——就是他所謂的餽贈金錢——來償還客房迷你酒吧的帳單。」

「妳給了，是嗎？」史崔克問。她似乎不是一個容易被勸服的人。

她臉上痛苦的表情似乎承認了她引以為恥的弱點，但她的回答卻出乎預料。

「你見過奧蘭多沒？」

「沒有。」

她張開嘴巴似乎想繼續說，但想了一下後說道：

「歐文和我認識很久了，我們是好朋友……以前……」她又說，語氣有著深深的痛苦。

「在這之前，他都住在哪些飯店？」

「我記不住全部，有一次住在肯辛頓希爾頓；聖約翰森林大道的丹努比斯飯店。都是規模龐大的豪華飯店，有他在家享受不到的舒適。除了衛生習慣外，歐文算不上是個波希米亞型的人。」

「妳很熟悉歐文，妳想他有沒有可能……？」

她以一種微微不屑的態度幫他把話接下去。

「『做出什麼傻事？』——當然不會。他無法想像這個世界少了歐文．昆恩這個天才後會怎樣。不，他正在外面計畫要如何報復我們，對於沒有發動全國人力去尋找他而忿忿不平。」

「他經常演出失蹤的戲碼還期待人家去尋找他？」

「哦，是的，」伊麗莎白說，「他每次演出一場小小的失蹤記都期待他能登上頭條新聞。問題是，他第一次做這種事時——很久以前了，他和他的第一個編輯共同策畫的——奏效了，的確引起媒體小小的關注與騷動，從那以後他就一直抱著希望。」

「他的妻子說，如果她報警，他會生氣。」

「我不知道她為什麼會有這種想法，」伊麗莎白說，又為自己點了一根菸，「歐文認為像他這麼重要的人，政府至少得出動直升機和警犬去尋找他。」

「好吧，謝謝妳撥出時間，」史崔克說著準備起身，「也謝謝妳願意見我。」

伊麗莎白舉起一隻手，說：

「不，不是，是我想請你幫忙。」

他耐心地等著，看得出她不習慣求人。她默默地抽了一會兒菸，又再度誘發一陣咳嗽，她勉強把它壓下去。

「這個……這個……《蠶》這件事對我造成很大的傷害，」她好不容易用沙啞的嗓子說，「羅普查德出版公司這個星期五即將舉行的週年慶派對，我的邀請名單被撤銷了。我交給他們的兩本文稿也被退回，連一聲道謝都沒有。而且我還擔心可憐的平克曼最近的一本書，」她指著牆上年邁的童書作家的照片，「外面謠言紛紛，說我和歐文共謀，說我慫恿他把邁可．范寇特早年犯下的一起醜聞案改頭換面後又再度提出來，目的是要攪局，為這本書掀起一場論戰。

「如果你打算訪談每一位認識歐文的人，」她說，提到了重點，「我會很感激你，請你告訴他們——特別是傑瑞．華德葛瑞夫，假如你見到他的話——我不知道書裡面寫了些什麼，如果不是病得那麼嚴重，我絕不會把它寄出去，更不會寄給克里斯欽．費雪。我，」她猶豫了一下，「太不謹慎，但也僅此而已。」

原來這是她急著見他的原因。他已得到兩家飯店和一個情婦的地址，她的請求不能說不合理。

「如果有機會，我一定會轉告。」史崔克說，站起來。

「謝謝你，」她粗聲說，「我送你出去。」

他們走出辦公室立即聽到一陣狗吠。拉爾夫和那隻老狗已經散步回來了。拉爾夫用力拉住戴口罩的狗，被雨淋濕的頭髮閃閃發亮。老狗對史崔克咆哮。

「牠向來不喜歡陌生人。」伊麗莎白．塔塞爾漫不經心地說。

「他咬過歐文。」拉爾夫主動說，彷彿這樣能使史崔克覺得好過一點，因為那條狗一直想往他身上撲過去。

「是啊，」伊麗莎白說，「可惜……」

但她又開始一陣猛咳，夾雜哮喘聲的咳嗽。其他三人靜靜地等她平復。

「可惜沒把他咬死，」她終於用沙啞的聲音說，「那樣就能為我們省掉許多麻煩了。」

她的兩個助理都露出震驚的表情。史崔克與她握手道別。門關上，也隔絕了杜賓犬的狂吠與咆哮。

9

太太，裴老爺在家嗎？

——威廉·康格里孚《如此世道》

史崔克走出濕漉漉的小院時打電話給蘿蘋，她的電話忙線中。他停下來背靠著一堵牆，把大衣領子翻上來擋雨，每隔幾秒鐘便按一下重撥，兩隻眼睛望著對面房屋上的一塊藍色牌匾，上面寫著這裡是知名的文學贊助者奧圖萊因·莫瑞爾夫人的故居。想當然耳，圍牆內當年必然也曾討論過猥褻的影射小說。

「嗨，蘿蘋，」當她終於接電話後，史崔克說，「我遲到了，請妳幫我打電話給甘弗瑞，告訴他我已經和目標約好明天見面。然後告訴卡洛琳·英格里斯今天沒有其他行動了，不過我明天會打電話給她向她報告最新進展。」

更改行程後，他請蘿蘋打電話到聖約翰森林大道的丹努比斯飯店，看能不能查到歐文·昆恩有沒有住進去。

「希爾頓那邊進行得如何？」

「沒有結果，」蘿蘋說，「我問到只剩兩家了，都沒有，如果他有住進任何一家飯店，那他要麼使用不同的名字或化名，要麼飯店的員工不善於觀察。我不相信他們會錯過他，尤其是他穿那樣的斗篷。」

「妳有試過肯辛頓那一家嗎？」

「有，那邊也沒有。」

「啊，好吧，我又得到另一條線索了：他有一個獨立出版的女友，叫凱絲琳．肯特，我晚一點也許會去拜訪她，今天下午我不接電話了，我要跟蹤布羅克赫斯特小姐，如果有事請妳用簡訊通知我。」

「好的，祝你跟蹤愉快。」

但這是一個沉悶且毫無成果的下午。史崔克在跟蹤一個高收入的私人秘書，她那位多疑的老闆兼情人懷疑她和他的對手有性交易與出賣商業機密的行為，但布羅克赫斯特小姐說她下午要請假去除毛、修指甲和做人工日光浴來討好她的情人這件事看來是真的。史崔克坐在那家 spa 會館對面的尼洛咖啡屋，透過雨淋的玻璃窗等待、觀察了近四小時，引來每一個推著嬰兒車找地方聊天的婦女的不滿。後來布羅克赫斯特小姐終於出來了，果然是古銅色的皮膚，他推想她從脖子以下的體毛應該也都除乾淨了。史崔克跟蹤了一小段路後看見她坐上一部計程車。奇蹟似的，在這種雨天，史崔克竟然也在她幾乎離開他的視線之前招到一部計程車，但這趟在雨中塞車情況下的沉著追逐最後果然如他所料——根據車行的方向——在那位多疑的老闆家門前宣告結束。史崔克一路上暗中拍照，付了計程車費後，他也在心上打卡下班了。

此時還不到四點，陽光逐漸西斜，下個不停的雨使天氣越來越冷。他從一家飲食店門前經過，櫥窗內閃爍著耶誕燈泡。他的心思又飄回康瓦耳，這是他在很短時間內第三度想到它了，它在呼喚他，對他耳語。

他有多久沒有回去那個美麗的濱海城市，那個他度過一段最平靜的童年生活的地方？四年？五年？他的舅舅和舅媽每次「上來倫敦」——他們總是這麼說——都住在他的妹妹露西家，享受幾天都會生活。史崔克每次都會去跟他們見面，上次他還帶他的舅舅去阿聯酋球場看了一場對抗曼徹斯特隊的球賽。

他的行動電話在他的口袋內震動，蘿蘋果真如他指示，沒有打電話，改以發簡訊。

甘弗瑞先生要求明天早上十點在他的辦公室見面，還有更多事要交代。蘿蘋。

謝謝。史崔克也回她簡訊。

除了發簡訊給他的妹妹或舅媽，他從不在寫給其他人的簡訊後面附上一個吻。

史崔克在地鐵車上構思他的下一步行動。他不時在腦中臆測歐文·昆恩的下落；對於這個作家如此難以捉摸，他一半感到焦慮，一半又感到好奇。他從皮夾取出伊麗莎白·塔塞爾給他的那張紙，凱絲琳·肯特的姓名底下是富勒姆區一棟大樓的地址和一個行動電話號碼。名片最底下還印了幾個字：獨立出版作家。

史崔克對倫敦某些地區的瞭解不下於計程車司機。他小時候雖然沒有在高級住宅區活動過，但他曾經跟著他不斷遷徙的母親住過倫敦市內的許多地方，通常是佔住空屋或國民住宅，但假如她當時的男友有足夠的經濟能力，他們偶爾也會住進比較好的環境。他認得凱絲琳·肯特的地址，那是一批早期興建的國民住宅組成的克萊蒙·阿特里社區，其中有許多住宅已轉售給私人擁有。醜陋的四方形磚造大樓每一層都有陽台，與富勒姆的百萬高級住宅只相隔短短數百碼的距離。

家裡反正也沒有人在等他，他又在尼洛咖啡屋坐了一個下午，吃了不少咖啡和蛋糕，因此他沒有搭地鐵北線，改搭區域線到西肯辛頓站下車，然後走在黑暗的北區路上，經過幾家咖哩店和許多開大窗的小商店，小店顯然都受到經濟不景氣的影響。等史崔克走到他要找的高樓林立區時，天色已經暗了。

斯塔福·克里普斯大樓是最靠近馬路的一棟國民住宅，位於一所低矮的現代化醫院後面。當年負責興建這些國民住宅的建築師們十分樂觀，或許是被滿腦子的社會主義理想沖昏了頭，竟以為它們的住戶會快樂地照料窗口的花台，倚在陽台欄杆上愉快地和他們的鄰居打招呼聊天？事實上，這些公共地區都被住戶用來堆積雜物：舊床墊、嬰兒車、廚房用具，一包包看似髒衣服的東西堆在那裡任其日曬雨淋，彷彿裝滿垃圾的櫥櫃被攔腰鋸開公諸大眾。

一群穿連帽外套的少年在幾個大型的塑料回收桶旁邊喧嘩、吸菸，用懷疑的眼光看著他走過去。他比他們任何一個都高大壯碩。

「他媽的大傢伙。」史崔克走過去時聽到其中一個少年說。他放棄顯然已經無法使用的電梯，直接朝水泥樓梯走去。

凱絲琳・肯特的公寓在四樓，他必須走過一長條與樓面同寬的陽台。史崔克敲門前發現，不同於她的鄰居，凱絲琳家的窗戶內有窗簾。

沒有人應門。假如歐文・昆恩在裡面，那麼他顯然決意不讓人知道，因為裡面沒有燈光，也沒有任何動靜。一個嘴巴叼一根菸、面帶怒容的婦人從隔壁的門探頭出來，以探尋的眼光看了史崔克一眼後又迅速縮回去。

陽台上颳起一陣寒風。史崔克的大衣因沾了雨水而發亮，但他知道他沒有覆蓋的腦袋肯定還是那副模樣：雖然淋了雨依舊是一頭短短的鬈髮。他雙手插進大衣口袋，摸到一個硬硬的被他遺忘了的信封。凱絲琳・肯特家門口的燈壞了，於是史崔克又走過兩戶人家，在一個會亮的燈泡底下打開這個銀色的信封。

麥克・艾拉寇特先生、夫人之女公子

蘿蘋・維妮西雅

與

馬修・約翰・康利菲先生

謹詹於二〇一一年一月八日星期六下午兩點
於馬森市聖瑪利亞教堂舉行婚禮
並於史文頓公園敬備茶點接待各位嘉賓
敬邀閣下大駕光臨

這張請柬散發出一種軍方的威嚴：婚禮將如此這般舉行。他和夏綠蒂始終沒有進展到廣發喜帖的地步，不像這張鐫刻著黑漆花體字的乳白色邀請卡。

史崔克將喜帖又放回他的口袋，折回去凱絲琳陰暗的公寓門口等待。他站穩腳跟，望著底下被雙頭街燈照明的李利路、路過的車頭燈，以及穿梭而過沙沙作響的紅色和琥珀色的汽車倒影。樓下那群穿連帽外套的少年聚了又散，一會兒又有人加入，再度聚攏。

到了六點半，那群少年離開了。史崔克一直望著他們，直到他們遠離他的視線。同時有一名婦女從他們的反方向過來，當她走到一盞街燈下時，他看到她的黑傘底下飄動著紅色的頭髮。她的腳步有點蹣跚，因為她沒有撐傘那隻手提了兩個沉重的購物袋。她雖然不時甩動她濃密的鬈髮，但從遠距離看，她給人的印象似乎不怎麼樣；她被風吹亂的頭髮十分醒目，但寬鬆的大衣底下那兩條腿卻很瘦。她越走越近，全然不知史崔克就在四樓上觀察她。接著她穿過前庭，離開了他的視線。

五分鐘後，她又出現在史崔克站立的那層樓陽台。她逐漸靠近，從大衣的鈕釦間洩漏出她有一副肥胖的梨形身軀。她一直走到距離史崔克十碼的地方才猛然發現他，因為她都一直低著頭，但是當她抬頭時，他發現她有一張佈滿皺紋與浮腫的臉，看起來遠比他預期的更老。她看見史崔克立即停下腳步，並發出驚呼。

「你！」

史崔克明白由於燈泡故障的關係，她看到的他只是一個輪廓。

「你他媽的混蛋！」

購物袋摔落在水泥地上，發出玻璃撞擊的聲音：她對著他衝過來，兩隻手握成拳頭在空中揮舞。

「你混蛋，你混蛋，我絕不會原諒你，絕不原諒，你離我遠一點！」

史崔克不得不躲開她幾個狂亂的拳頭。他往後退，她則一邊尖叫，一邊徒然地捶打他，企圖攻破他的拳擊防衛。

「你等著……琵琶會宰了你……你等著……」

隔壁鄰居的門又開了，叼著菸的婦人又出現。

「喂！」她說。

玄關的燈光照在史崔克身上，照亮了他的五官。紅髮婦人半吃驚、半叫嚷著蹣跚後退離開他。

「搞什麼鬼呀？」鄰居說。

「我想是認錯人了。」史崔克輕鬆地說。

鄰居砰的一聲把門關上，偵探和他的攻擊者又再度被黑暗籠罩。

「你是誰？」她小聲說，「你想幹嘛？」

「妳是凱絲琳．肯特嗎？」

「你想幹嘛？」

接著，她忽然一陣驚慌，「如果是我猜想的那件事，我已經不幹了！」

「抱歉？」

「那麼，你是誰？」她問，比剛才更害怕了。

「我叫柯莫藍．史崔克，我是個私家偵探。」

他對於有些人在家門口乍然見到他之後的自然反應早已見怪不怪。凱絲琳的反應——驚詫得噤若寒蟬——就是相當典型的一種。她連連後退，差點被她自己扔在地上的購物袋絆倒。

「誰派私家偵探來監視我？是她，對吧？」她激動地說。

「我受雇尋找作家歐文．昆恩，」史崔克說，「他失蹤快兩個禮拜了，我知道妳是他的朋友……」

「不，我不是，」她說，彎腰去拿她的東西；購物袋又發出沉重的匡啷聲，「你告訴她，就說是我說的，他們愛怎樣隨他們。」

「你們不再是朋友了嗎？妳不知道他在什麼地方？」

「我才不管他在什麼地方。」

一隻貓神氣活現地從陽台邊緣走過去。

「請問妳最後一次——」

「不，你不用問，」她說，做了一個氣憤的手勢，手上的購物袋也隨之一晃。史崔克嚇一跳，以為那隻貓會被她從陽台上掃下去。貓喵了一聲後跳開。她立刻憤恨地踢牠一腳。

「討厭的東西！」她說。貓逃走了。「請你讓開，我要進去了。」

他往後退了幾步讓她走到門口。她找不到鑰匙。手上拎著東西掏口袋找不到鑰匙後，她不得不把東西先放下擱在腳邊。

「昆恩先生和他的經紀人為了他的新書發生爭執，」凱絲琳在掏口袋時，史崔克說，「我懷疑是不是——」

「我才懶得管他的書，我沒看。」她又說。她的手在發抖。

「肯特太太——」

「小姐。」她說。

「肯特小姐，昆恩先生的妻子說有個女的去她家找他，從她的描述，聽起來好像——」

凱絲琳已找到她的鑰匙，卻又掉到地上。史崔克彎腰幫她撿起來；她從他手上一把搶過去。

「我不明白你在說什麼。」

「妳上個禮拜沒有去他家找他？」

「我說過，我不知道他在哪裡，我什麼也不知道，」她不悅地說，把鑰匙用力插進鎖孔後轉動。

她撿起地上的購物袋，其中一只又發出沉重的匡啷聲。史崔克認出那是當地一家五金行的購物袋。

「看起來很重。」

「我的浮球閥壞了。」

然後她當著他的面用力把門關上。

10

弗東：我們是來決鬥的。

克雷蒙：那麼好好決鬥吧，先生；不過，不消三、兩下……

——弗朗西斯．博蒙特與菲利普．馬辛杰《法國小律師》

第二天早上蘿蘋從地鐵站出來，她的手上拿著一把累贅的雨傘，天氣潮濕悶熱很不舒服。一連下了幾天傾盆大雨，地鐵車廂內充滿濕衣物的氣味，人行道也濕滑難行，雨水成天拍打著窗戶，但今天的天氣竟出乎意料轉為晴朗。別人也許會因為大雨停了，灰濛濛的雲消失了而為之精神一振，但蘿蘋沒有，她和馬修狠狠吵了一架。

當她推開鐫刻著史崔克的姓名與頭銜的玻璃門，發現她的老闆已在他的辦公室內關起門講電話時，她幾乎是鬆了一口氣。她暗暗覺得她必須先打起精神來面對他，因為史崔克是她與馬修昨夜爭吵的主因。

「妳已經邀請他來參加婚禮？」馬修嚴厲地說。

她擔心晚上他們一起喝酒時史崔克也許會提到邀請的事，如果她不先提醒馬修，史崔克會首當其衝受到馬修不悅的衝擊。

「從什麼時候開始我們不先跟對方講一聲就擅自邀請別人了？」馬修說。

「我本來就想告訴你的，我以為我說了。」

講完之後蘿蘋開始生自己的氣，她從未對馬修說謊。

「他是我的老闆，他會期待受到邀請。」

這不是真的；她懷疑史崔克會有這種期待。

「我希望他來參加。」她說。這倒是實話。她希望她從未體驗過的如此快樂的上班生活能和目前仍無法磨合的私生活拉近一點；她希望史崔克能來參加她的婚禮，贊同（贊同！為什麼要他贊同？）她嫁給馬修。

她早知道馬修會不高興，但她一直希望這兩個男人見了面後會互相欣賞，何況他們還沒有對彼此產生好感又不是她的錯。

「我想邀請莎拉．薛洛克參加時我們還為此鬧得很不高興。」馬修說。這句話對蘿蘋無異是個沉重的打擊。

「那就邀請她呀！」她生氣地說，「但這根本是兩回事，柯莫藍又沒有想勾引我上床，你發這個牢騷是什麼意思？」

兩人吵得正緊張時，馬修的父親來電話，說馬修的母親上週身體不舒服，經過診斷後發現是小中風。

後來，她和馬修都覺得為史崔克爭吵太沒意思，便在理論上和解但仍不滿意的狀態下就寢。但蘿蘋知道兩人都還在生氣。

快到中午時，史崔克終於從他的辦公室出來。他今天沒有穿西裝，而是穿了一件有破洞的髒毛衣、牛仔褲和運動鞋。他的臉上有二十四小時不刮便會長出來的黑鬍碴。蘿蘋盯著他看，忘了自己的煩惱。她沒想到——即便是他睡在辦公室那段日子——史崔克也會有如此落魄的模樣。

「剛才為英格里斯的檔案打了幾通電話，又為朗文問了幾個電話號碼。」史崔克告訴蘿蘋，順便把幾個老式的棕色卷宗交給她，每個卷宗的脊背上都有手寫的序號，它們都是史崔克在特偵組時使用的，至今仍是他最喜愛的整理資料的方式。

「你這是——故意打扮的嗎？」她瞪著他的牛仔褲膝蓋上一塊看似油漬的髒東西說。

「是的，為了甘弗瑞。說來話長。」

史崔克一邊為他們兩人泡茶，一邊討論目前三個案子的細節。史崔克告訴蘿蘋最新的情報和未來的調查重點。

「歐文．昆恩案呢？」蘿蘋接過馬克杯後問，「他的經紀人怎麼說？」

史崔克往沙發上一坐，沙發和往常一樣發出響亮的屁聲。他將他與伊麗莎白．塔塞爾面談，以及他去找凱絲琳．肯特的經過詳細告訴她。

「她第一眼看見我時，我敢說她一定以為我是昆恩。」

蘿蘋笑了。

「你沒那麼胖。」

「謝了，蘿蘋，」他訕訕地說，「當她發現我不是昆恩，也還不知道我是什麼人時，她說，『我已經不幹了』。妳會有什麼聯想嗎？」

「不知道……不過，」她躊躇地說，「我昨天倒是查到一點凱絲琳．肯特的資料。」

「什麼樣的資料？」史崔克問，有些驚訝。

「你告訴我她是一個獨立出版作家，」蘿蘋提醒他，「我就想是不是能從網路上找到一點蛛絲馬跡，結果……」她按兩下滑鼠點出頁面，「發現她有一個部落格。」

「好極了！」史崔克說，很高興的離開沙發，繞到蘿蘋背後跟她一起看電腦。

這個顯然是業餘設計的網頁名為「我的文學人生」，上面以素描的方式畫了一枝羽毛筆，還有一張比凱絲琳．肯特本人好看的照片，史崔克猜想大概是十年前的舊照。部落格內張貼了一些文章，像寫日記那樣按時間先後排列。

「裡面有許多文章談到傳統的出版家就算被一本好書砸到腦袋也不知道那是好書。」蘿蘋說，緩緩捲動頁面給史崔克看，「她已經寫了三本她所謂的情色幻想系列小說，叫《梅琳娜傳說》。讀者可以下載到 Kindle。」

「我不想再讀任何爛書了；我已經受夠了那本《叭兒殺客兄弟》，」史崔克說，「有沒有任何提到昆恩的文章？」

「多得很，」蘿蘋說，「有意思的是，他就是她所謂的『名作家』，簡稱『名家』。」

「我不相信她有本事和兩個作家搞曖昧，」史崔克說，「不是他是誰。說他『有名』倒是有點誇張。妳在莉奧諾拉找上門之前有聽過昆恩的名字嗎？」

「沒有，」蘿蘋承認，「在這裡，你看，十一月二日。」

今天晚上和名家討論到「情節」與「敘述」。兩者當然不一樣。「情節」是事情的經過，「敘述」是你要如何把它呈現給你的讀者，以及呈現到何種程度。

以我的第二本小說《梅琳娜的犧牲》為例。

他們往哈德雷爾森林前進時，藍道挺起他英俊的身軀觀察他們離森林還有多遠。他的身材因經常騎馬與射箭而維持得很好——

「往下看吧，」史崔克說，「看還有沒有跟昆恩有關的文章。」蘿蘋順從地找出十月二十一日的文章。

名家打電話來說他不能和我見面（又一次）。家裡有事。我除了說我能理解外還能怎樣？我知道如果我們相愛，事情會變得很複雜。我不能公開談論這件事，只能說他還有一個他不愛的妻子，因為他們中間有一個「第三者」。這不是他的錯，也不是「第三者」的錯。他的妻子不肯離開他，即使這樣對每個人都好，因此我們正處於一種有時感覺像在「煉獄」的狀態。

他的妻子知道有我這個人但假裝不知道。我不明白她怎能忍受和一個想跟別的女人在一起的男人共同生活，因為我做不到。名家說她總是把「第三者」擺在第一位，甚至比「他」更重要。自私自利往往被冠上一個「照顧者」的假面具，這是多麼奇怪的一件事。

有人說我錯在愛上一個已婚的男人。我的朋友們，你們不用告訴我，我的S姐姐和我自己的母親也都很少嘮叨我。我也想放下，但除了說「心」有它的理由外，我還能說什麼，這是「理由」所不知道的。今天晚上我又再度為一個新的「理由」而哭泣，他告訴我他的「傑作」即將完成——他說這是他寫得「最好」的一本小說——「我希望妳會喜歡它，裡面有妳。」

當一個名作家把你寫進他最好的作品時你還能說什麼？我明白他是以一個「非作家」所不能的方式在給我，這讓我感到驕傲與謙虛。不錯，我們寫作的人會讓人走進我們的心，但是走進我們的「書」?!那是一種殊榮，是無法相提並論的。

忍不住愛上名家，「心」自有它的「理由」。

底下還有一些對話。

假如我告訴妳他曾經為我朗讀他的小說，妳會怎麼說？琵琶 2011。

妳開玩笑，琵，他都不肯為我朗讀！！！凱絲

妳等著，琵琶 2011 xxxx

「有意思，」史崔克說，「非常有意思，肯特昨夜攻擊我時，告訴我有個叫琵琶的人會宰了我。」

「那你再看這個！」蘿蘋興奮地說，點出十一月九日那天的文章。

第一次見到名家時，他對我說：「妳不可能寫出好文章，除非有人流血，那個人也許是妳。」看過這個部落格的人都知道，我以隱喻的方式在這裡以及我的小說中割開我的命脈。但今天，我覺得我被一個我相信的人狠狠捅了一刀。

「噢，麥基斯！汝奪走我的平靜——我樂於看到汝受折磨。」

「這句話引述自哪裡？」史崔克問。

蘿蘋靈活的手指在鍵盤上飛舞。

「約翰．蓋伊的《乞丐歌劇》。」

「挺有學問的，對於一個分不清『你是』和『你的』，以及亂用大寫的女人而言。」

「我們又不是文學天才。」蘿蘋指摘他。

「謝天謝地，還好不是。」

「但是你看引文底下的評論。」蘿蘋說，又回到凱絲琳的部落格。她按一下連結，頁面上出現一行句子。

我會給妳他X%@的好看，凱絲。

寫這則評論的人仍舊是琵琶2011。

「琵琶好像是個難搞的人，不是嗎？」史崔克說，「這裡有沒有提到肯特靠什麼生活？我相信，憑她的情色幻想小說一定難以維生。」

「這就有點奇怪了，你看這個。」

凱絲琳．肯特在十月二十八日那天的文章這樣寫道：

和大多數作家一樣，我也有一份白天的工作。為了安全理由我不能透露太多。這個星期我們那個地方又加強安全，因此我的同事（也是在基督教家庭長大的，在我的私生活問題上自認為道德高尚）便藉口向上級建議，應該檢查部落格這些東西，免得洩漏敏感的資訊。幸好理智獲勝，沒有採取任何行動。

「奇怪了，」史崔克說，「加強安全……女子監獄？精神病院？還是工業機密？」

「還有這個，十一月十三日。」

蘿蘋在網頁上點出最近的文章，是凱絲琳宣稱被狠狠捅一刀之後的唯一一篇文章。

我摯愛的姐姐和乳癌長期對抗後終於在三天前去世了。謝謝大家的祝福與支持。

這篇文章底下有兩則評論，羅蘋點開。琵琶 2011 寫道：

聽到這個消息很難過，凱絲，送妳全世界的愛。xxx

凱絲琳回覆：

謝謝，琵琶，妳是個真正的朋友。xxxx

凱絲琳感謝大家的支持之後只哀傷地寫了這個短短的對話。

「為什麼？」史崔克問。

「什麼為什麼？」蘿蘋說，抬頭看他。

「這些人為什麼要做這種事？」

「你是說寫部落格嗎？我不知道……有個人不是曾經說過，沒有經過考驗的人生是沒有價值的人生？」

「是啊，柏拉圖，」史崔克說，「但這不是考驗人生，它是在展示生活。」

「啊，我的天！」蘿蘋說，因為忽然想起一件事，心一慌把她的茶潑了，「我忘了，還有一件事！昨天下午我正要下班時克里斯欽．費雪來電話，他問你有沒有興趣寫一本書。」

「他說什麼？」

「寫書，」蘿蘋說，看到史崔克臉上嫌惡的表情直想笑，但她忍住，「寫你的一生，你從軍的經驗和破獲露拉．藍德利案──」

「妳回電話，」史崔克說，「告訴他不要。我對寫書沒興趣。」

他把杯子裡的茶喝光，走向衣架，那裡除了掛他的黑色大衣外還有一件陳舊的皮夾克。

「你沒忘記今天晚上吧？」蘿蘋又有點不安地說。

「今天晚上？」

「喝酒，」她無奈地說，「和我及馬修，在『國王的兵器』酒吧。」

「沒有，沒忘，」他說，心想為什麼她的表情如此緊張與無奈，「我想我一整個下午都會在外面，所以我會直接去那邊跟你們會合。八點，是吧？」

「六點半。」蘿蘋說，更緊張了。

「六點半，好，我會去的……維妮西雅。」

她嚇一跳。

「你怎麼知道？」

「請柬上寫的，」史崔克說，「很少見的名字，有什麼典故嗎？」

「我……我是在那裡出生的，」她說，臉色泛紅，「在威尼斯。你的中間名是什麼？」她在他的笑聲中又好氣又好笑地問，「C.B.史崔克——這個 B 是什麼？」

「我得走了，」史崔克說，「晚上八點見。」

「六點半！」她對著關上的門大聲說。

史崔克這天下午的目的地是十字架區一家出售電子配件的商店，裡面有個房間專門解鎖失竊的行動電話與筆電，取出個人資料後，再把洗乾淨的機子和有用的資料賣給需要的人。

這家生意興隆的商店老闆為史崔克的客戶甘弗瑞先生帶來許多不便。甘弗瑞先生和史崔克多方追查到的這家商店老闆一樣，都不是正派人物，甚至比他有過之而無不及，但甘弗瑞犯了一個錯誤，冒犯了這個人。史崔克建議甘弗瑞，他去面談時甘弗瑞最好暫時躲開。他知道這個對手的能耐；他們有一個共同的熟人。

目標在樓上的一間辦公室接見史崔克，這個房間和伊麗莎白．塔塞爾的辦公室一樣五味雜陳，兩個穿緊身裝的年輕人懶洋洋的在後面剔指甲。史崔克假扮成他們的熟人推薦的一個前來應徵的混混，準備接受他的準雇主託付他去盯梢甘弗瑞先生的兒子——他對這個青少年的一舉一動瞭如指掌。他給史崔克的任務與報酬是：砍他一刀給五百英鎊酬勞。（「我不要殺人，只要給他老爸一個警告，懂嗎？」）

史崔克離開那個地方時已經過了六點。他確定沒有被跟蹤後所撥的第一通電話是給甘弗瑞本人，甘弗瑞嚇得說不出話來表示他終於明白他要對付的是何等人物。

然後史崔克打電話給蘿蘋。

「我會遲到，抱歉。」他說。

「你在哪裡？」她問，聲音聽起來很緊張。他可以聽見背景中酒館內的聲音：人聲與笑聲。

「十字架區。」

「喔，天哪，」他聽見她低聲說，「那要很久——」

「我叫計程車，」他安慰她，「我會盡快。」

史崔克坐在計程車上沿著上街急馳而去時心中想著，馬修為什麼選在滑鐵盧區的酒館？是故意讓史崔克跑遠路嗎？還是報復史崔克上一回挑選他比較方便的酒館？史崔克希望「國王的兵器」有賣餐點，他忽然覺得飢腸轆轆。

計程車開了四十分鐘才抵達目的地，部分原因是十九世紀都是勞工在光顧的這家酒館所在的街道交通十分紊亂。史崔克選擇下車，終結了這個一臉不高興的計程車司機一直要弄清楚門牌號碼的舉動。這一帶的街道與門牌號碼顯然不按牌理出牌。他下車後徒步，又想馬修是否故意挑這麼一個難找的地方。

結果他發現，「國王的兵器」是一間位於街道轉角的美麗的維多利亞式酒館，門外站著許多穿西裝的年輕的上班族，還有一些人看起來像學生，他們都在吸菸與喝酒。他靠近時，一小群人自動讓開，給了他一個比他的身高與寬度更大的迴旋空間。他跨過門檻進入這間小酒吧時，內心還微微抱著希望，不知他們會不會因為他身上這套衣服太邋遢而過來請他出去。

在此同時，後面一間擺了許多小飾品、由玻璃隔開來的人聲鼎沸的小天井內，馬修正在看他的手錶。

「快七點十五了。」他告訴蘿蘋。

穿西裝打領帶，一表人才的他，一如往常仍是那個房間內長得最帥的男子。蘿蘋早已習慣一些女性看著他從旁經過時臉上的表情；她始終不確定馬修到底知不知道她們那種迅速燃燒的眼神。今晚他們被迫和一群喧鬧的學生共坐一張長桌；身高六呎一吋，下巴上有個窩，還有一雙清澈的藍眼睛的馬修，看起來就像蘇格蘭高地牧場上的一匹受過良好訓練的良駒。

「那是他。」蘿蘋說，鬆了一口氣，但又有點擔憂。

史崔克看起來似乎比他離開辦公室時顯得更壯碩也更粗暴。他神態自若地穿過擁擠的房間走向他們，眼睛注視著蘿蘋耀眼的金色腦袋，一隻大手握著一瓶「酒鬼」啤酒。馬修站起來，但他的姿態彷彿是很勉強的把自己支撐起來。

「柯莫藍，嗨，你找到地方了。」

「你是馬修，」史崔克說，伸出一隻手，「抱歉我遲到了，我很想早點離開，但是我跟一個沒有得到他的允許你絕不會轉身離開的人在一起。」

馬修回報他一個空洞的微笑。他原本預期史崔克是那種話很多的人：自我推銷、故意讓他的工作顯得很神秘。但從他的外表看，他倒像個換輪胎工人。

「請坐，」蘿蘋緊張地對史崔克說，一面自己移到板凳的最邊邊，幾乎要掉下去。「你餓嗎？我們才在說要點東西來吃。」

「他們有很好吃的食物，」馬修說，「泰式的，雖然比不上『芒果樹』，但也不錯。」

史崔克露出一個敷衍的微笑，他早料到馬修是這種人：談到上流社會住宅區的餐廳便如數家珍，好證明他在倫敦才住上短短一年已是個經驗老到的都會人。

「今天下午的事辦得如何？」蘿蘋問史崔克。她暗忖，假如馬修聽了史崔克所做的事，他就會和她一樣，對史崔克的調查過程入迷，他的偏見自然也就消失了。

但史崔克簡略的述說他那天下午的工作情形時，馬修一點也不掩飾他的漠不關心。史崔克見他們兩人的杯子已空，便提議再去幫他們買飲料。

「你可以表現出一點興趣。」史崔克離開座位後，蘿蘋對馬修小聲說。

「蘿蘋，他去一家商店和人見面，」馬修說，「我想他們很快就會談購買拍片版權的事了。」

馬修很滿意自己的機智，說完便將注意力轉移到對面牆上寫在一塊黑板上的菜單。

史崔克帶著飲料回來，蘿蘋堅持改由她去吧台點餐。她很擔心這兩個男人單獨在一起，但又覺得她不在場也許他們就可以自行分個高下。

蘿蘋不在，馬修短暫的自鳴得意立刻消逝。

「你曾在軍中服役。」他發現自己對史崔克這樣說，儘管他已決心不讓史崔克的生活經驗成為他們今晚談話的主題。

「是的，」史崔克說，「在特偵組。」

馬修不知道那是什麼單位。

「我父親以前在皇家空軍，」他說，「和傑夫．楊同一個時期。」

「誰？」

「威爾斯橄欖球聯盟球員。曾入選二十三次。」馬修說。

「哦。」史崔克說。

「我父親是空軍中隊長，一九八六年退伍，後來便自己經營房地產迄今。他做得還不錯。不能跟你父親比啦，」馬修說，有點自我辯護的意思，「但還算不錯。」

笨蛋。史崔克心中暗罵。

「你們談些什麼？」蘿蘋焦慮地問，坐下來。

「爸爸。」馬修說。

「可憐的人。」蘿蘋說。

「為什麼可憐？」馬修不悅地問。

「這……他為你媽擔憂，不是嗎？小中風？」

「喔，」馬修說，「那個。」

史崔克在軍中見過像馬修這種人：他們通常是軍官階級，但平靜的外表底下總缺乏一點安全感，使他們做事經常會矯枉過正，有時還會弄巧成拙。

「羅塞法藍西那邊的事進行得如何？」蘿蘋問馬修，希望他能表現給史崔克看，讓他知道他是個好男人，希望他展現出她心愛的那個真正的馬修。「馬修正在查這家小出版社的帳目。他們很奇怪，不是嗎？」她對她的未婚夫說。

「我不能說它『奇怪』，但他們的帳目確實一塌糊塗，」馬修說，接著他侃侃而談，直到食物送來，拉拉雜雜講一堆，還提到「九十K」和「二十五萬」，每一句話彷彿鏡子一般，無非都在盡可能展現他的優點：他的聰明，他的敏捷的思考，他比那些更資深但卻更遲鈍、更愚蠢的同事還優秀，他為他查帳的那家公司的一夥笨蛋帶來多少恩惠。

「……他們都快要在兩年之內破產了，卻還在找藉口開耶誕派對；一點也不覺悟。」

馬修自信滿滿的對這家小出版社嚴厲批判一番後食物便送上來了，緊接著是一陣沉默。蘿蘋本來希望馬修能把他告訴她的，他在那家小出版社看到的一些溫馨有趣的事再說一遍給史崔克聽，但此刻她卻無話可說。不過，馬修提到出版社的派對卻讓史崔克想到了一個點子。史崔克的咀嚼更慢了，他忽然想到一個可以查到歐文．昆恩下落的絕佳機會，他那超強的記憶不由自主想起一個他幾乎忘記的情報。

「有女朋友嗎，柯莫藍？」馬修直截了當問史崔克；這是他亟欲了解的一點，但蘿蘋總是含糊其詞。

「沒有，」史崔克心不在焉的說，「抱歉——我馬上回來，得去打個電話。」

「好，沒問題，」馬修氣憤地說，但這時史崔克已經離開了，「你遲到了四十分鐘，現在飯還沒吃完你又要開溜，我們就坐在這裡等你想回來再回來。」

「馬修！」

站在黑暗的人行道上，史崔克拿出香菸和他的行動電話。點了菸後，他離開旁邊吸菸的同伴，走到附近巷內一個安靜的地方，站在鐵軌下方磚造拱門底下的暗處。

電話響了三聲後卡爾培柏接電話。

「史崔克，」他說，「你好嗎？」

「好，想請你幫個忙。」

「說吧。」卡爾培柏沒有立即允諾。

「你有個表妹叫妮娜，在羅普查德出版公司上班——」

「你怎麼知道？」

「你告訴我的。」史崔克耐心地說。

「什麼時候？」

「幾個月前，我為你調查那個狡猾的牙醫時。」

「你的記性真好，」卡爾培柏說，吃驚的成分多於印象深刻，「少見的。她怎麼啦？」

「你可以幫我聯絡她嗎？」史崔克問，「羅普查德出版公司明天晚上舉辦週年慶派對，我想去。」

「為什麼？」

「我有一個案子，」史崔克避重就輕地說。他從不讓卡爾培柏知道他正在調查的名流離婚案以及企業決裂的案子細節，儘管卡爾培柏經常要求他告訴他，「我不久前才給了你一個獨家新聞。」

「好吧，」記者猶豫了一下才很不情願地說，「我想我可以幫你這個忙。」

「她是單身嗎？」史崔克問。

「怎麼？你也想來一腿？」卡爾培柏說。史崔克發現卡爾培柏對於史崔克可能想上他表妹的念頭似乎好玩的成分多於惱怒。

「沒有。我是想知道，假如她帶我去參加派對，會不會讓人起疑心。」

「喔，對。我想她最近才和一個人分手。我不知道。我會把她的電話號碼用簡訊傳給你。你等著看星期日的報紙，」卡爾培柏忍不住興奮地說，「一場大海嘯就要把派克勳爵淹沒了。」

「先幫我打個電話給妮娜，好嗎？」史崔克要求他，「告訴她我是誰，讓她先知道我的用意？」

卡爾培柏答應後便掛斷電話。史崔克不急著回去見馬修，好整以暇地把菸抽完才進入餐廳。他穿過擁擠的房間，低著頭避免撞到懸掛在頂上的盆栽與路牌，心想，這個房間就像馬修：太過刻意。屋裡的裝潢還包括一座老式的火爐和一個古老的錢櫃、許多購物籃、舊版畫和盤子：一堆從舊貨商店收集來的裝飾品。

馬修本來希望他能在史崔克回來之前把麵吃完，好強調他去了很久，但仍然沒來得及。蘿蘋的表情很悽慘，史崔克猜想他出去時，兩人也許談了些什麼，他不禁為她感到難過。

「蘿蘋說你是橄欖球選手，」他對馬修說，決定還是再勉強自己一下，「想來是郡的代表隊，是嗎？」

他們又費力的聊了一個小時。每當輪到馬修可以談他自己時，氣氛就會比較好些。史崔克注意到蘿蘋習慣為馬修提詞和起話頭，目的無非是幫他找到一個他可以炫耀的話題。

「你們兩個在一起多久了？」他問。

「九年。」馬修說，又有點回到先前好鬥的口氣。

「那麼久了？」史崔克驚訝地說，「你們讀大學時就在一起了？」

「小學，」蘿蘋含笑說，「六年級。」

「學校很小，」馬修說，「她是唯一一個聰明又漂亮的女生，毫無選擇。」

白痴。史崔克心想。

他們一起走到滑鐵盧車站；在黑暗中徒步，偶爾談兩句，然後在地鐵站入口處分手。

「看吧，」蘿蘋與馬修一起走向電梯時，她絕望地說，「他人很好，不是嗎？」

「守時個屁，」馬修說，只要是抨擊史崔克的話，沒有一句不是愚蠢的，「他遲到四十分鐘很可能就毀了軍人的名譽。」

但這句話等於默認了史崔克的出席，雖然缺少熱情，但蘿蘋覺得還算差強人意。

同時，馬修也在默默的想他絕不會對別人承認的心事。蘿蘋對她老闆的形容一點也沒錯——酷似陰毛的鬈髮，虎背熊腰的拳擊手外型——但馬修沒想到史崔克的身材會如此高大。馬修向來很得意自己是辦公室裡最高的一個，但史崔克比馬修還要高出幾吋。不但如此，倘若史崔克侃侃而談他在阿富汗與伊拉克的經驗，或告訴他們他那條腿是如何被炸斷，或他如何獲頒使蘿蘋留下如此深刻印象的勳章，馬修一定會認為他很愛現而引為不齒。但史崔克對這些事都保持緘默反而使馬修更氣惱。史崔克的英雄主義，他的軍旅生涯，他的海外經驗與他所受的危難，似乎都對他們的談話構成威脅。

車廂內坐在他身邊的蘿蘋也沈默不語。今天晚上她一點也不開心，她以前都不知道馬修是這種人；至少以前沒見過他這樣。在搖晃的車廂內，蘿蘋暗暗想著，史崔克在為事情傷腦筋，但他卻透過他的眼睛讓她看見馬修。她不很清楚他為什麼要這樣——問馬修橄欖球的事——有人也許會認為這是禮貌，但蘿蘋心裡明白……或者，她只是氣他遲到，然後拿他所做絲毫沒有惡意的事來責怪他？

於是這對訂婚男女快速趕回家，兩人都同樣默默的生另外那個男人的氣。而那個全然不知情的男子卻已在搖搖晃晃的北線地鐵車廂內呼呼大睡了。

11

告訴我為何如此忽視我。

——約翰·韋斯特《馬爾菲的女公爵》

「請問，是柯莫藍·史崔克嗎？」次日上午八點四十分，一個上層社會女孩的口音在電話中問道。

「我是。」史崔克說。

「我是妮娜，妮娜·拉塞勒。」

「哦，是。」史崔克說。他正光著上身站在廚房水槽邊的一面圓鏡前刮鬍子。鏡子擺在廚房是因為浴室光線很暗，空間又小。他用手背把嘴邊的鬍子膏抹掉後說：

「他有告訴妳怎麼一回事嗎，妮娜？」

「有。你想滲透到羅普查德出版公司的週年慶派對。」

「『滲透』，這個語氣太強烈了點吧。」

「可是這樣說比較刺激。」

「好吧。」他說，覺得很有意思，「妳答應嗎？」

「唔唔唔，當然，好玩。我可以猜你為什麼想來刺探每一個人嗎？」

「又來了，『刺探』，言重了！」

「別掃興嘛，讓我猜猜看？」

「妳猜吧，」史崔克說，從他的杯子喝一口茶，兩眼望著鏡子。又起霧了，短暫的陽光消失了。

「《蠶》，」妮娜說，「我猜對了沒？猜對了，是吧？說啊，說我猜對了。」

「妳猜對了。」史崔克說。妮娜高興得尖叫。

「我不應該談論它的。它被鎖起來了，公司內部的電子郵件滿天飛，律師頻繁進出丹尼爾的辦公室。我們要在哪裡見面？我們應該先找個地方碰面後再一起去，你不覺得嗎？」

「是啊，當然，」史崔克說，「什麼地點對妳比較方便？」

他雖然從掛在門後的大衣口袋取出一枝筆，但他心中其實渴望晚上待在家裡，好好睡一覺，充分休息，明天星期六一早好去跟蹤他的黑髮客戶出軌的丈夫。

「你知道『老柴郡乳酪酒館』嗎？」妮娜說，「在艦隊街上？公司的人不會去那裡，而且從那邊走路去辦公室很近。我知道它是老掉牙的酒館，但是我喜歡。」

兩人講好七點半見面。史崔克繼續刮鬍子，一邊自問有沒有可能在昆恩的出版商派對上見到任何知道昆恩下落的人。問題是——他默問鏡中的他，兩個他同時用力刮著他們下巴上的鬍碴——你老是以為你仍在特偵組。你這麼認真，這個國家也不會報答你，老兄。

但他知道沒有第二條路；這是他成長後走到哪就帶到哪的一個簡單而堅定不移的個人道德準則：做事，把事做好。

史崔克打算白天都待在辦公室，正常情況下他喜歡這樣。他和蘿蘋一起做文書工作；她很勤快，是一個徵詢意見的好對象，現在又對調查技巧產生濃厚的興趣。不過，他今天下樓時卻有點遲疑，果然，他那經驗豐富的天線已察覺到她的招呼態度有點不自然，他很怕她一會兒後就會問他：「你覺得馬修如何？」

史崔克走進裡間辦公室，藉口打電話把門關上，心想，這就是和你唯一的員工在上班以外的時間見面的壞處。

幾個小時後，飢餓迫使他不得不走出來。蘿蘋和往常一樣早已買了三明治，但她沒有敲門通知他買回來了。這似乎表示她對前一天晚上的聚會也覺得有點尷尬。為了盡量拖延論及此事的機會，同時希望假如他一直不提這件事，也許時間久了她就不會再提起（雖然他知道這種戰術對女人始終無效），史崔克老實告訴她，他剛剛和甘弗瑞先生通過電話。

「他會去報警嗎？」蘿蘋問。

「呃——不會，甘弗瑞不是那種有人找他麻煩他就立刻報警的人。他和打算砍他兒子的人幾乎一樣壞，但這回他沒轍了。」

「你沒有想過把那個幫派人物付錢叫你做的事給錄音下來交給警方嗎？」蘿蘋不假思索問。

「沒有，蘿蘋，因為這樣會洩漏情報來源，而且，假如我一邊監視一邊還要躲避他雇用的殺手，這樣會影響我的生意。」

「可是甘弗瑞不能一直把他的兒子藏在家裡呀！」

「他不需要，他臨時決定帶全家人去美國度假，然後從洛杉磯打電話給我們那位喜歡動刀的朋友，告訴他，他已考慮再三，決定不再介入他的商業利益了。這件事不能做得太啟人疑竇。那個傢伙已經幹了不少卑鄙事警告他息事寧人，例如：拿磚頭敲破他的汽車擋風玻璃，打電話威脅他太太之類的。

「看來我下個星期又得跑一趟十字架區，告訴他那個少年始終沒出現，然後把猴子還給他，」史崔克嘆一口氣，「理由不是很充分，但我不希望他們找上我。」

「他給你一隻——？」

「猴子——意思是五百英鎊，蘿蘋，」史崔克說，「不然約克郡人怎麼說？」

「砍一個孩子給五百，太少了吧。」蘿蘋勉強說，然後見史崔克沒有防備，忽然又說，「你覺得馬修如何？」

「好人。」史崔克不假思索說出一句言不由衷的話。

他勉強壓下想多說兩句的衝動。她不是傻瓜；他知道她直覺的想聽謊言，想聽虛偽的話。但他仍然迅速改變話題。

「我在想，也許明年，我們收入增加，妳也加薪了，我們就可以再多請一個人。我這樣幹很累，沒辦法長期這樣。妳最近回掉多少客戶？」

「一兩個。」蘿蘋冷冷地說。

史崔克心想，自己對馬修的事已不夠熱心了，不能再繼續虛偽下去，於是他很快又退回他的辦公室，把門關上。

然而，史崔克在這件事上只對了一半。

蘿蘋對他的反應感到洩氣。她知道史崔克如果真的喜歡馬修，一定不會只說一句「好人」就算了。他會說「他很不錯」，或「我以為妳找的是一個比他更差的對象」。

但讓她更生氣也更傷心的是他提議再多請一個人。蘿蘋回到她的電腦，比平常更用力也更快速地敲打鍵盤，打出準備離婚的黑髮婦女這個星期的發票。她本來以為——這種想法顯然是錯誤的——她在這裡不只是個秘書。她協助史崔克取得充分的證據將殺害露拉．藍德利的兇手定罪；其中有些證據還是她個人蒐集的，她主動的。後來那幾個月，她有好幾次超越私人秘書的職責，和史崔克假扮成夫妻一起進行調查工作，轉移那些一看到史崔克粗壯的身材便直覺的起防衛心的門房與頑固的目擊者的注意力，更別提假冒各種不同身分的女性打電話，這是史崔克低沉的嗓音做不到的事。

蘿蘋以為史崔克和她的想法一樣：他偶爾會說：「妳適合接受調查訓練。」或「妳可以去上反監視課程。」她以為一旦生意基礎打穩了（她可以理直氣壯的說她幫了不少忙），她便可以接受一些必要的訓練。但此刻看來，這些話都只是隨口說說，用來安撫她這個打字員而已，那麼她在這裡工作有什麼意義？她為什麼要放棄比這裡更好的東西？（蘿蘋在氣憤中忘了她一點也不喜歡人力資源公司為她找的工作，無論薪水有多高。）

搞不好，新來的員工是個女的，並且有能力做這些有用的工作，而蘿蘋她，反而淪為接待員和他們兩人的秘書，從此再也無法離開她的辦公桌。這可不是她留下來與史崔克共事——放棄高薪，又為她自己與馬修帶來緊張關係——的初衷。

五點整，蘿蘋立刻停下沒打完的句子，穿上風衣準時下班。她離開時隨手把門用力關上。砰的關門聲把趴在桌上睡覺的史崔克驚醒了。他看看手錶，五點鐘，心想誰在這個時候進辦公室。當他打開裡間的門時發現蘿蘋的外套和手提包都不見了，電腦也關機了，他這才明白蘿蘋連再見都不說一聲就下班了。

「喔，拜託。」他煩躁地說。

蘿蘋很少生氣；這是他喜歡她的幾個重點之一。我不喜歡馬修又有什麼關係？我又不跟他結婚。史崔克在心底喃喃抱怨，把辦公室鎖好，上樓回他的小斗室，準備吃過飯換了衣服後出去和妮娜．拉塞勒會合。

12

她是個充滿自信的女人，樂觀機智，伶牙俐齒。

——班．強森《沉默的女人》

這天晚上，史崔克在漆黑冷冽的河濱大道上往艦隊街的方向走去。他雙手捏成拳頭插在口袋裡，右腳又開始痛了，但他仍在疲憊與疼痛許可的情況下加快腳步。他很後悔離開他那個安寧舒適的小房間；對於今晚的冒險是否能得到任何有利的情報他毫無把握。但令他感到意外的是，在這個寒冷多霧的冬夜他又再度看到這個古老城市的美。

每一個觀光客帶來的污染都被十一月的寒夜擦拭得乾乾淨淨：「老爺鐘酒館」的十七世紀門面上晶亮的窗戶熠熠生輝，散發出典雅的古董味；矗立在聖殿關方碑尖頂的那條龍只能看出輪廓，繁星滿天的夜色襯托出它威猛的形象；遠處迷濛的聖保羅大教堂圓頂明亮得有如初升的月亮。他快接近目的地時，看見旁邊的磚牆上高掛著一塊牌匾，述說艦隊街的報業史——《時人之友報》、《丹迪信使報》——但卡爾培柏和他的報社同業早已被趕出他們的大本營艦隊街，遷移到瓦平街和加納利碼頭，如今這個地區已成為司法區，史崔克這個行業的最高殿堂「皇家法庭」居高臨下俯視著路過的偵探。

就在這種心胸寬闊與難得一見的懷舊氣氛中，史崔克朝馬路對面那盞圓形黃燈走過去，那邊應該就是「老柴郡乳酪酒館」的入口。他走進通往入口的狹窄甬道時微微彎腰，避免腦袋撞上低矮的楣石。

跨進低矮的木門，裡面就是一間掛滿古老油畫的小前廳。史崔克再度彎腰，閃躲那一塊寫著

「本店只招待男士」的褪了色的木牌，一抬頭立刻發現一名白皙嬌小的女孩熱烈地向他招手，她臉上的五官最醒目的就是那對褐色的大眼睛。她穿著黑色大衣，畏縮在燃燒木頭的壁爐旁，兩隻白皙的小手捧著一個空酒杯。

「妮娜？」

「我就知道是你，多米尼克形容你長得像一個T字。」

「我可以請妳喝杯酒嗎？」

她要了白酒。史崔克為自己買了一杯撒母耳史密斯啤酒後側著身走過去，挨著她坐在一張不舒服的硬板凳上。酒館內到處都是倫敦口音。妮娜彷彿看出他的心事，說道：

「這裡仍然是一間真正的酒吧。許多人不來的原因是認為觀光客太多，但狄更斯來過，強森和葉慈都來過……我喜歡。」

她對他粲然一笑，他也回她一個微笑，幾口啤酒下肚後他覺得暖洋洋的。

「妳的辦公室有多遠？」

「走路大概十分鐘，」她說，「就在河濱大道附近，是一棟新建築，屋頂上還有一個空中花園，現在一定冷死了，」說著，她打了一個寒顫，立刻把大衣裹緊一點，「但老闆們都找藉口不肯租別的地方。現在出版業的時機不好。」

「妳說《蠶》惹出麻煩？」史崔克問。他將擱在桌底下的義肢盡量往前伸，很快導入正題。

「麻煩，」她說，「算是輕描淡寫了。丹尼爾・查德大發雷霆，你不可以在一本居心不良的小說中把他寫成壞人。不能，不可以，這樣不好。他是個奇怪的人，他們說他進入這個家族事業是身不由己，他實際上是想成為一個藝術家，很像希特勒。」她說了之後兀自咯咯笑。

酒館內的燈光在她的大眼睛內跳動。史崔克覺得她看起來像一隻機警、興奮的老鼠。

「希特勒？」史崔克說，覺得很有趣。

「他發脾氣時會像希特勒那樣大叫大嚷——這個星期我們可領教到了。在這之前，沒有人聽過丹尼爾大聲吭氣。但他對傑瑞大吼大叫；我們隔著牆都可以聽見。」

「妳讀過那本書沒？」

她猶豫了一下，嘴角現出一個頑皮的微笑。

「沒有正式……」最後她說。

「但是非正式……」

「我只有偷偷翻一下。」她說。

「它不是被鎖起來了嗎？」

「呃，嗯，在傑瑞的保險箱內。」

她俏皮地往旁邊斜睨一眼做出一個怪表情，史崔克不禁也跟著微微嘲笑這位無辜的編輯傑瑞。

「問題是，他把保險箱的密碼告訴大家了，因為他常忘記，這樣他就可以讓我們提醒他。傑瑞是全世界最循規蹈矩的好人，他大概沒想到就算我們不應該讀，我們也還是會讀。」

「妳是什麼時候讀的？」

「他拿到稿子之後的那個星期一。那時已經傳言滿天飛了，因為克里斯欽．費雪在那個週末已經打電話給不下五十個人，並且在電話中朗讀那本書的部分內容。我聽說他還把它掃描下來，用電子郵件廣發各地。」

「這是在律師介入之前的事吧？」

「是的。律師打電話給每一個人，警告我們假如談論這本書將會引發什麼後果。真是胡說八道。他們說，假如公司執行長被嘲弄——我們是要公開宣揚呢，還是就讓它成為謠言——公司名譽將會受損，最終我們的飯碗也會不保。我不知道律師如何能板起面孔說出這種話。我父親是王室法律顧問，」她輕快地說，「他說公司外面已經有這麼多人知道了，查德很難去追究我們的責任。」

「他是個好執行長嗎，這個查德？」史崔克問。
「我想是吧，」她不安地說，「但他非常神秘，而且很嚴肅……昆恩這樣寫他實在很奇怪。」
「怎麼說……？」
「查德在書中的角色被取名叫『色老二』……」
史崔克被他口中含著的一口啤酒嗆到，妮娜見狀咯咯地笑了。
「他被取名為『色老二』？」史崔克問，哈哈大笑，伸出手背擦嘴。妮娜也哈哈笑；對一個擁有女學生氣質的她而言，這是一個不經意說出的黃色笑話。
「你也學過拉丁文？我後來放棄了，我討厭它，但我們都知道它是什麼意思，是吧？我查過。他在書中名叫 Phallus Impudicus，它其實是一種長得酷似男性生殖器的蕈菇，又名臭蘑菇，因為它會發出惡臭，而且……」她又笑了，「它們看起來很像腐朽的門鈕。這是典型的歐文作風：喜歡幫人家取下流名字來突顯他們的特徵。」
「色老二有什麼特徵？」
「啊，他走路的姿態像丹尼爾，說話像丹尼爾，長相也像丹尼爾。而且他有戀屍癖，喜歡一個被他殺死的英俊作家。真是既殘酷又噁心。傑瑞常說，歐文認為假如他不能使讀者至少噁心兩次，他這一天就算白過了。可憐的傑瑞。」她平靜地說。
「為什麼說『可憐的傑瑞』？」史崔克問。
「他也有被寫在這本書裡面。」
「他又是什麼樣的老二？」
妮娜又咯咯笑。
「我沒法子告訴你，我沒讀到傑瑞那部分，我只有隨便翻一下看看丹尼爾的部分，因為大家都說寫得很噁心又很好笑。傑瑞只離開辦公室半個鐘頭而已，所以我沒有太多時間。但我們都知道裡面有他，因為丹尼爾把傑瑞叫進去辦公室，讓他和律師見面，叫他也在那些無聊的電子郵件上簽名，警告我們如果談論《蠶》，天會塌下來。我想，歐文抨擊傑瑞應該會讓丹尼爾覺得好過一點。他知道人人都喜愛傑瑞，我猜他認為我們都會三緘其口來保護傑瑞。

「可是，天知道昆恩為什麼會跟傑瑞過不去，」妮娜又說，臉上的笑容退去一點，「傑瑞從不樹敵。歐文確實是一個混蛋，真的。」說完，她陷入沉思，垂下雙眼望著她的空酒杯。

「要不要再來一杯？」史崔克問。

他又走向吧台。對面牆上的玻璃箱內有一隻灰色鸚鵡的標本，他看得出這是酒館內唯一的一件真貨。於是他在接納這一點原汁原味的古老倫敦的心情下，禮貌地假設這隻鸚鵡一度曾經在這幾面牆內聒噪，而不是從舊貨商店買來的雜貨。

「妳知道昆恩失蹤了嗎？」史崔克回到座位後問妮娜。

「知道，我有聽到傳言。我不會感到驚訝，他惹出這麼大的風波。」

「妳認識昆恩嗎？」

「不算認識。他有時會來辦公室，披著他那件可笑的斗篷賣弄、炫耀，總是想引人側目。我覺得他有點討人厭，而且我一向不喜歡他的書。傑瑞叫我讀《荷巴特之罪》，我覺得寫得很糟糕。」

「妳知道有誰最近和昆恩聯絡過嗎？」

「我認識的都沒有。」妮娜說。

「沒有人知道他為什麼要寫一本會讓他吃上官司的書嗎？」

「大家都在猜他和丹尼爾大吵一架。他幾乎和每個人都吵架；天知道他這些年來和多少家出版社鬧翻。

「我聽說丹尼爾會幫歐文出書是因為他認為這樣做能讓人以為歐文原諒了他過去對約瑟夫·諾斯很惡劣的往事。歐文和丹尼爾彼此都不喜歡對方，這是人盡皆知的事。」

史崔克想起掛在伊麗莎白．塔塞爾辦公室牆上那個美麗的金髮青年。

「查德對諾斯有多惡劣？」

「詳細情形我不太清楚，」妮娜說，「但我知道他以前對他很壞。我知道歐文曾發誓他永遠不會為丹尼爾工作，但他後來幾乎走投無路了，只好假裝他錯怪了丹尼爾，丹尼爾也接納他，因為他認為這樣能讓人以為他是個好人。大家都這麼說。」

「就妳所知，昆恩和傑瑞．華德葛瑞夫吵過架嗎？」

「沒有，所以才會覺得奇怪。他為什麼要抨擊傑瑞？他那麼好！但從我聽到的那些，你實在看不出——」

史崔克發現她頭一次認真想了一下才繼續嚴肅地說：

「你實在看不出歐文和傑瑞究竟有什麼過節。而且我說了，我沒有讀到那一部分。但歐文攻擊了許多人，」妮娜繼續說，「我聽說裡面也有他自己的妻子，而且他對麗莎．塔塞爾的態度也十分卑鄙，她也許不是什麼好人，但人人都知道她無論在任何情況下都對他始終如一。麗莎以後再也不能和羅普查德繼續往來了；每個人都很氣她。我知道丹尼爾下令將她從今晚的來賓名單中剔除——這是一件很丟臉的事。而且我們兩個星期之後還要為拉瑞．平克曼辦一場派對，他也是她代理的作者，他們不能不邀請她參加——拉瑞實在是一個老好人，大家都愛他——但天知道，假如她出現會得到什麼樣的接待。

「無論如何，」妮娜說，甩一甩她的淺褐色劉海，忽然改變話題，「既然共同出席參加派對，那我們是怎麼認識的？你是我的男朋友，還是什麼？」

「這個場合允許攜伴參加嗎？」

「是的，但我沒有告訴任何人我跟你來往，所以我們不可能認識很久。我們不妨說我們倆上個週末才在一場派對上認識，好嗎？」

史崔克從她虛構約會的語氣中聽出熱情，也聽出一點不安與滿足的虛榮。

她喝完她的第三杯酒時，他說：「我先去上個廁所再走。」然後費力地從板凳上站起來。通往「老柴郡乳酪酒館」地下室的樓梯很陡，天花板又很低，他雖然已經彎腰低頭，還是撞到了腦袋。他一邊揉太陽穴，一邊暗暗咒罵，覺得這一撞彷彿是個當頭棒喝，提醒他什麼是好主意，什麼又是壞主意。

13

據說，你有一本書
你在其中巧妙舉出
潛伏城內
所有惡名昭彰的罪犯之名

——約翰．韋斯特《偽君子》

史崔克從過去的經驗知道有一種女人特別吸引他，她們的共同特徵是聰慧靈巧，以及彷彿接觸不良的燈火般時有時無的熱度。她們往往長得很漂亮，且如同他的老友大衛．波華斯所說，都「他媽的怪」。這種類型的女人到底為什麼吸引史崔克，他始終沒空細想，但一向有許多簡潔有力理論的波華斯認為，這類女人（「神經質，接受過度的教養」）潛意識裡都在尋找他所謂的「粗獷的拉車大馬的血統」。

史崔克的前未婚妻夏綠蒂可以說是這類女人中的佼佼者，美艷、聰明、易怒、不完整。她在面對家人的反對與親朋好友毫不掩飾的厭惡下一而再、再而三回到史崔克身邊。今年三月他終於結束了這段分分合合長達十六年的關係，但她幾乎立刻又投入她的前男友——多年以前史崔克在牛津大學從他身邊將她搶過來——的懷抱。從那以後除了一個特殊的夜晚之外，史崔克自動自發禁慾。他醒著的時候都在工作，成功地抗拒他的美麗的黑髮客戶——即將離婚的她曾多次明說暗示邀約他一起殺時間或排遣寂寞。

但他總有向危險的衝動屈服，勇於面對偶發的情慾糾葛的時候。此刻妮娜．拉塞勒就在他身邊，和他一起走在闃黑的河濱大道上——她的兩步等於他的一步——一邊告訴他她在聖約翰森林大道的詳細住址，「這樣才能顯示你去過我住的地方」。她的身高還不及他的肩膀，史崔克對嬌小的女人向來興趣缺缺。她滔滔不絕談論羅普查德出版公司時會發出不太必要的銀鈴笑聲，而且還有一、兩次觸碰他的手肘來加強語氣。

「到了。」她終於說道。他們正接近一棟有旋轉門的現代大樓，建築物的石料上雕出亮橘色的「羅普查德」幾個字。

寬敞的大廳內有幾個穿晚禮服的人站在一排金屬滑門前。妮娜從她的皮包拿出邀請卡給那個身著邋遢的燕尾服、看來像是臨時請來的雇員看一眼，然後和史崔克加入其他的二十多人一起走進一座鑲鏡面的大電梯。

他們隨著人群進入一個擁擠的開放空間，樂隊正在為舞池內稀疏的舞者伴奏。妮娜對史崔克大聲說：「這層樓是會議廳，平時有隔開。好了——你想見誰？」

「任何一個和昆恩很熟，有可能知道他下落的人。」

「那只有傑瑞了……」

後面又有一群來賓從電梯出來，他們被推擠到人群中。史崔克覺得妮娜像一個孩子般，一隻手抓著他的大衣背後，但他沒有相對的牽著她的手，或做出任何能顯示他們是男女朋友的動作。他偶爾會聽到她和從旁經過的人打招呼，最後他們終於走到最遠的牆邊，那裡有一長排陳列派對餐點的桌子，穿白色外套的侍者正在為賓客服務，在那邊講話比較可以不必拉大嗓門。史崔克拿了兩塊精緻的蟹餅吃，暗暗遺憾它們的體積太小。妮娜則在一旁東張西望。

「沒看到傑瑞，不過他有可能在屋頂抽菸。我們要上去嗎？唔唔唔，看那邊——丹尼爾・查德混在人群中！」

「哪一個？」

「禿頭的那個。」

公司老闆四周空出一小段距離，彷彿一圈被壓扁的玉蜀黍圍繞著中央一架高聳的直升機，他正在和一名穿黑色緊身洋裝、曲線玲瓏的年輕女性交談。

「色老二」，史崔克忍不住覺得好笑，查德的禿頭果不其然名副其實。他比史崔克想像中年輕，身材更好一些，而且他的濃眉底下有一對凹陷的眼睛，一個鷹勾鼻，和一張薄薄的嘴，外表堪稱英俊。他的深灰色西裝不算特別出色，但他的淺紫色領帶卻比一般寬，上面還有人類鼻子的圖案。史崔克接受過警官訓練，對服裝的品味直觀的偏向傳統，此刻不由得對執行長這個小而搶眼的不協調裝扮感到好奇，尤其是它偶爾引來旁人訝異的眼光與竊笑。

「飲料在哪裡？」妮娜踮著腳尖問。

「在那邊，」史崔克發現窗前有一座吧台，從窗戶看出去是漆黑的泰晤士河，「妳在這裡，我去拿。白酒？」

「香檳好了，如果丹尼爾講究排場的話。」

他不著痕跡的繞路穿過人群好接近查德，後者正在聽他的同伴說話。她和那些明白自己是失敗的談話者一樣，臉上的表情有點失望。查德一隻手拿著一杯水，史崔克注意到他的手背長滿紅得發亮的濕疹。他走到查德背後立即停下來，不著痕跡的讓路給一群迎面而來的年輕女性通過。

「……實在太好笑了。」穿黑洋裝的女孩緊張地說。

「是，」查德說，明顯的感到乏味，「可想而知。」

「紐約很棒嗎？我的意思是——不是棒——有效率嗎？有趣嗎？」他的同伴問。

「忙，」查德說。史崔克雖然看不到執行長的正面，卻感覺他在打呵欠，「一直透過網路談事情。」

雖然還不到八點半，一個穿三件式西裝的肥胖男子顯然已經喝醉了，他走到史崔克面前停下來，很有禮貌的請他繼續往前走。史崔克沒辦法，只好順從這個無聲的請求，離開丹尼爾．查德的語音範圍。

「謝謝，」幾分鐘後妮娜從史崔克手上接過香檳，說道，「那我們到樓上的空中花園？」

「好啊，」史崔克說。他也拿了一杯香檳，他倒不是喜歡香檳，而是其他飲料他都不喜歡。「和丹尼爾．查德談話那個女的是誰？」

妮娜帶著史崔克走向一座金屬螺旋梯時扭過頭去看。

「喬安娜．華德葛瑞夫，傑瑞的女兒。她剛完成她的處女作。怎麼？你喜歡那種型嗎？」她問，帶著一聲輕笑。

「不。」史崔克說。

他們爬上格柵狀的樓梯。史崔克又一次大力仰賴樓梯扶手。他們走到大樓樓頂時，冰冷的夜晚空氣洗滌了他的肺部。眼前是一片片柔軟光滑的草地、盆花和小樹，到處有椅凳點綴其間；這裡甚至有一片燈光照耀的池塘，火紅的魚兒在黑色的蓮葉底下穿梭。形狀像巨大鋼鐵蘑菇的戶外暖爐矗立在整齊的方形草坪間，人們都擠在它們四周取暖，背對著這片人工田園風景，面對他們的吸菸伙伴，點燃的香菸頭發出點點紅光。

從這裡俯瞰倫敦市風景美極了，眼前宛如一片鑲了寶石的黑絲絨。倫敦眼閃耀著藍色的霓虹燈，有紅寶石窗戶的OXO大樓，南岸中心，大笨鐘，國會大廈則在右手邊閃耀著金光。

「來吧，」妮娜說，大膽的牽起史崔克的手，帶他走向三名女性聚集而成的一個小團體，她們雖然沒有吸菸，但仍吐出白色的煙霧。

「嗨，各位，」妮娜說，「有沒有看到傑瑞？」

「他喝醉了。」一個紅頭髮的女孩大膽地說。

「喔，不！」妮娜說，「他向來表現得那麼好！」

一個瘦高的金髮女孩轉頭看看她的背後，喃喃地說：
「他上個禮拜也在楊梅餐廳喝得半醉。」
「都是《蠶》惹的禍，」一個黑色短髮、看起來性子很急的女孩說，「週末去巴黎慶祝結婚紀念日的活動也取消了。我猜費妮拉又發脾氣了，他什麼時候才會離開她呀？」
「她有來嗎？」金髮女孩熱烈地說。
「有吧，」黑髮女孩說，「妳不為我們介紹嗎，妮娜？」
一陣混亂的介紹使史崔克記不住哪一個是米蘭妲、莎拉，或艾瑪，四個女人很快又回到傑瑞．華德葛瑞夫醉酒又不快樂的話題。
「他早在幾年前就該把費妮拉休了，」黑髮女孩說，「壞女人。」
「噓！」妮娜說，四個女人立刻安靜下來。一個幾乎和史崔克一般高的男士朝著他們慢條斯理走過來。他的一張圓臉被一副角質框眼鏡和一綹褐色的頭髮遮去一半，一杯滿滿的紅酒幾乎溢出來灑在他手上。
「沉默之罪，」他帶著和藹的微笑說。他把這幾個字說得字正腔圓，史崔克確信他喝醉了。「猜三次妳們在討論什麼：昆恩的蠶——嗨，」他對著史崔克說，伸出一隻手，兩人的眼睛平視，「我們沒見過面，是吧？」
「傑瑞—柯莫藍，柯莫藍—傑瑞，」妮娜立刻說，「我的約會對象，」她又說，對旁邊三個女孩解釋的成分大於對眼前這位身材高大的編輯。
「凱莫藍，是嗎？」華德葛瑞夫一隻手圈著耳朵問。
「差不多。」史崔克說。
「抱歉，」華德葛瑞夫說，「一隻耳朵聾了。妳們幾位女士在這位高大的陌生人面前聊八卦，」他帶點幽默地說，「也不管查德先生明白指示不得讓公司以外的人知道我們的罪惡秘密？」

「你不會去檢舉我們吧，傑瑞？」黑髮女孩說。

「如果丹尼爾真的想讓那本書消音，」紅髮女孩不耐煩地說，但她仍然轉頭看了一下，確認老闆沒有在附近，「他就不該派律師到處去滅火。許多人不斷打電話給我，問到底是怎麼回事。」

「傑瑞，」黑髮女孩勇敢地問，「為什麼你一定要去跟律師談？」

「因為書裡面也有我，莎拉，」華德葛瑞夫說，他的手一揮，杯中酒灑在精心修剪過的草坪上，「而且還提到我的耳朵聾了。」

四個女人都發出震驚與不滿的聲音。

「你對昆恩一直都很好，他怎能這樣對待你？」黑髮女孩問。

「歐文之歌的重點是我無端粗暴對待他的傑作。」華德葛瑞夫說著，用他沒拿酒杯的那隻手做出剪刀狀。

「喔，就這樣？」金髮女孩說，有點失望，「這有什麼了不起？他能談成生意就很幸運了，以他的作風來說。」

「看樣子他又神隱了，」華德葛瑞夫說，「都不接電話。」

「懦弱的混蛋。」紅髮女孩說。

「我倒是替他擔心。」

「擔心？」紅髮女孩不可思議地說，「你不會是當真吧，傑瑞？」

「如果妳讀了那本書，妳也會擔心，」華德葛瑞夫說，微微打了個嗝，「我想歐文大概出事了，那本書看起來像自殺遺囑。」

金髮女孩小聲笑出來，見華德葛瑞夫瞪她立刻止住笑。

「我不是開玩笑，我覺得他精神崩潰，那些詭異的情節背後的弦外之音是：每個人都反對我，每個人都給我難堪，每個人都討厭我——」

「每個人確實都討厭他，」金髮女孩插嘴說。

「有理智的人都認為這本書不能出版，現在好了，他失蹤了。」

「他老幹這種事，」紅髮女孩不耐煩地說，「這是他的拿手絕活，不是嗎，離家出走？戴維斯葛林出版社的黛西．卡特告訴我，她們編他那本《巴爾札克兄弟》時他也有兩次怒氣沖沖的走了。」

「我替他擔心，」華德葛瑞夫固執地說，喝一大口他的紅酒後又說，「搞不好割腕——」

「歐文才不會自殺！」金髮女孩嘲諷地說。華德葛瑞夫低頭看她，史崔克覺得他的眼神有憐憫也有厭惡。

「人是會自殺的，米蘭妲，當他們覺得他們再也沒有活下去的理由時，他們會自殺，就算別人認為他們的痛苦是無稽之談，也不會使他們改變主意。」

金髮女孩現出不可置信的表情，看看左右尋求支持，但沒有人附和她。

「作家和一般人不一樣，」華德葛瑞夫說，「我沒見過哪一個好作家不怪的，那個麗莎．塔塞爾應該最清楚。」

「她說她不知道那本書的內容，」妮娜說，「她跟每一個人說她生病了，沒有仔細讀。」

「我知道麗莎．塔塞爾，」華德葛瑞夫怒聲說，史崔克看出這個個性隨和、喝得醉醺醺的編輯真的動怒了，「她把這本書送出去時當然心裡明白，她認為這是她最後一次靠歐文海撈一筆的機會。又正好可以把她最痛恨的范寇特的醜聞公開……現在事情鬧大了，她才和她的客戶斷絕關係。無恥。」

「丹尼爾今晚拒絕邀請她，」黑髮女孩說，「我不得不打電話通知她，真可怕。」

「你知道歐文有可能去什麼地方嗎，傑瑞？」妮娜問。

華德葛瑞夫聳肩。

「任何地方都有可能，不是嗎？但無論他在什麼地方，我都希望他沒事。儘管他幹了這些事，我還是忍不住喜歡這個傻瓜。」

「他寫了范寇特什麼醜聞？」紅髮女孩問，「聽說和一篇書評有關……」說完，除了史崔克外，每個人都加入議論。華德葛瑞夫抬高聲音蓋過其他人，幾個女孩立刻對這位能力比她們強的男性展現出應有的禮貌，立時沉默下來。

「我以為每個人都知道了，」華德葛瑞夫又打了個小嗝說，「簡單的說，邁可．范寇特的第一任妻子雅絲蓓寫了一本很爛的小說，結果有一本文學雜誌刊登一篇匿名的諷刺性仿作。她把它剪下來別在她的洋裝前面後開瓦斯自殺，效法美國女作家希薇雅．普拉斯。」

紅髮女孩大驚。

「她自殺？」

「是滴，」華德葛瑞夫說，又豪邁地喝一大口酒，「作家都很怪。」

「那篇仿作是誰寫的？」

「大家都認為是歐文，他矢口否認，但從這件事後來的發展，我猜想是他，」華德葛瑞夫說，「雅絲蓓死後，歐文和邁可就斷絕往來了，但在《蠶》中，歐文想出一個絕招，暗示那篇文章真正的作者是邁可本人。」

「天哪。」紅頭女孩說，目瞪口呆。

「提到范寇特，」華德葛瑞夫說，看一眼手錶，「我是來通知妳們，九點鐘樓下會有一項重大的宣佈，妳們可別錯過了。」

他說完便又慢條斯理走開了。兩個女孩捻熄香菸跟在他後面，金髮女孩走到附近加入另一組人。

「傑瑞很可愛吧？」妮娜問史崔克，裹著羊毛大衣瑟瑟發抖。

「很有雅量，」史崔克說，「其他人似乎都不認為昆恩完全不知道自己在做什麼。要不要進去，屋裡暖一點？」

疲憊在史崔克的神智邊緣徘徊，他很想回家，讓他的腿睡覺（他都這樣對自己形容），然後閉上他的雙眼，好好睡他個八小時，明天早上再去跟蹤另一個偷腥的丈夫。

樓下人潮更多了，妮娜數度停下來對著熟人的耳朵大聲說話。史崔克被介紹認識一位矮胖的浪漫小說家——他似乎對這廉價的香檳與嘈雜的樂隊十分著迷——以及傑瑞．華德葛瑞夫的太太。一頭黑色鬈髮的她熱情地和妮娜打招呼。她也喝得醉醺醺。

「她老是發脾氣，」妮娜冷冷地說，急忙脫身，將史崔克帶到活動舞台附近，「她娘家有錢，她老是說她是下嫁傑瑞。勢利鬼。」

「她對妳的王室法律顧問老爸印象很好，是吧？」史崔克問。

「你的記性好得驚人，」妮娜說，露出欣賞的表情，「不，我想是……嗯，事實上是因為我是尊敬的妮娜．拉塞勒。我的意思是，誰會在乎？不過像費妮拉這種人就很在乎。」

一名員工正在吧台旁的一張木造講台調整麥克風的角度。一面旗幟裝飾著羅普查德的商標——兩個名字中間加上一個繩結——和「百年紀念」這幾個字。

接下來是漫長的十分鐘等待，史崔克禮貌而適度地回應妮娜的閒聊。由於她個子小，大廳內又越來越喧嘩，這樣的互動還是有點費力。

「拉瑞．平克曼有來嗎？」他問，想起伊麗莎白．塔塞爾辦公室牆上那位年邁的兒童作家。

「喔，沒有，他不喜歡熱鬧。」妮娜輕鬆地說。

「你們不是要幫他開一個派對嗎？」

「你怎麼知道？」她嚇一跳，問道。

「妳剛才在酒館告訴我的。」

「哇，你真的有在注意聽，不是嗎？是啊，我們為了重印他的耶誕故事集要舉辦一場晚宴，不過是小型的，拉瑞不喜歡人群，他很內向。」

丹尼爾・查德終於上台了。交談聲慢慢變成耳語，最後完全平息。查德打開他的演講稿開始清喉嚨時，史崔克注意到氣氛變得有點緊張。

史崔克心想，他想必練習了很久，但他的公開演說技巧依然很差。查德不時抬頭機械式地望著觀眾頭上的某個定點；他沒有和任何人的眼神接觸；有時甚至幾乎聽不到聲音。他向台下的聽眾簡略介紹羅普出版公司的輝煌歷史後，謙虛地談到出版社的前身，他祖父創建的查德圖書公司，以及兩家公司的合併。他並且以同樣單調的語氣，敘述他十歲時發現他是這家全球公司的領導人時的喜悅與驕傲。他的小笑話贏得全場熱烈的笑聲，史崔克覺得這些笑聲出自窘迫的成分和出自酒精作用的成分一樣多。他不自覺凝視著那一雙看似被灼傷的嚴重發炎的手。他在軍中曾認識一名年輕士兵，他的濕疹在承受巨大壓力之下日益嚴重，不得不住院醫治。

「毫無疑問，」查德說，翻到下一頁。個子最高，同時又靠近講台的史崔克看得出那是講稿的最後一頁。「出版業正面臨迅速改革與接受新挑戰時期，但有件事依舊和一百年前一樣不變，亦即：內容就是王道。羅普查德出版公司自詡擁有全世界最好的作家，我們將持續激勵人心、接受挑戰、為人類帶來歡樂。在這方面，」──丹尼爾幾乎達到高潮的態度不是因為興奮，而是他的苦難即將結束而鬆一口氣──「我很榮幸，也很高興在此宣佈，我們這個禮拜簽到一位世界級的作家。各位女士、各位先生，讓我們歡迎邁可・范寇特！」

群眾明顯的驚訝聲彷彿一陣微風吹過，一名婦女興奮地大聲喝采，後面有人開始鼓掌，於是掌聲有如熱烈的爆竹般從後面一直燃燒到前面。史崔克看見遠處有一扇門打開，一顆大頭出現，一張神情乖戾的臉，熱情的員工立刻將范寇特淹沒，幾分鐘後他才又現身在舞台上與丹尼爾握手。

「噢，我的天，」熱烈鼓掌的妮娜不停地說，「噢，我的天。」

和史崔克一樣比大多數女賓高出一個頭和肩膀的傑瑞・華德葛瑞夫，站在舞台正對面的遠處，他手上又端著一杯滿滿的葡萄酒所以無法鼓掌。他將酒杯舉到嘴邊，臉上沒有笑容，默默地看著范寇特站在麥克風前示意大家安靜。

「謝謝，丹，」范寇特說，「我從沒想到我會站在這裡。」他說，這句話引起全場哄堂大笑，「但我感覺好像回到家一樣。最早我幫查德圖書公司寫書，後來又幫羅普出版社寫書，那都是美好的時光。以前我年輕氣盛，」——台下有人竊笑，「現在我是年老氣盛，」更多笑聲，連丹尼爾·查德都微笑，「我希望將來能為各位出氣，」查德和觀眾都大笑；全場似乎只有史崔克和華德葛瑞夫不受影響。「我很高興回來，我會盡我所能使——怎麼說，丹？——使羅普查德公司持續激勵人心、接受挑戰、為人類帶來歡樂。」

掌聲如雷；兩個男人在閃動的鎂光燈中互相握手。

「我想得花五十萬英鎊，」站在史崔克旁邊一名酒醉的男子說，「外加十Ｋ才能使他今晚站在這裡。」

范寇特正對著史崔克從講台下來。他習慣性的陰沉表情只有在拍照時才會改變，但許多隻手紛紛朝他伸過來時他顯得很開心。邁可·范寇特不會鄙視奉承。

「哇，」妮娜對史崔克說，「你想得到嗎？」

范寇特的大頭消失在人群中，曲線玲瓏的喬安娜·華德葛瑞夫出現，也想擠到這位名作家身邊，這時她的父親忽然出現在她背後，醉醺醺的腳步一個踉蹌，他伸手用力抓住女兒的前臂。

「他還要去談事情，喬喬，別去煩他。」

「媽咪都直接衝過去了，你為什麼不去抓她？」

史崔克看著喬安娜氣呼呼的走開。丹尼爾·查德此時也已不見人影；史崔克猜想他大約是趁大家都忙著和范寇特打招呼時偷偷溜走了。

「妳們的執行長不喜歡鎂光燈。」史崔克對妮娜說。

「聽說他現在已經好多了，」妮娜說，仍然望著范寇特那個方向，「十年前他幾乎沒辦法從他的演講稿抬頭。不過他是個好企業家，你知道，很精明的一個人。」
好奇與疲倦在史崔克體內搏鬥。
「妮娜，」他說，將她從包圍范寇特的人群中拖出；她順從的跟著他，「妳說那本《蠶》的原稿放在哪裡？」
「在傑瑞的保險箱內，」她說，「在這層樓底下，」她啜一口香檳，大眼睛亮晶晶，「你想的跟我想的一樣嗎？」
「妳進去會很困難嗎？」
「很困難，」她毫不在意地說，「不過我帶了鑰匙卡，而且大家都很忙，不是嗎？」
史崔克暗忖，她的父親是王室法律顧問，他們不敢隨便開除她。
「妳想我們能不能複印一份？」
「那就走吧。」她說，將她杯子裡的飲料喝光。
電梯是空的，底下一層樓黑漆漆的，一個人也沒有。妮娜用她的鑰匙卡開門進入編輯部，帶領他從容的穿過空蕩蕩的辦公桌，朝角落上一間大辦公室走過去。這裡唯一的光源來自窗外倫敦市長明的燈光，偶然閃動的橘紅色小燈來自待機中的電腦。
華德葛瑞夫的辦公室沒有上鎖，但放在一座書櫃後面的保險箱上有一個小鍵盤。妮娜輸入四位數的密碼，保險箱門立刻彈開，史崔克看見裡面有一疊不整齊的紙張。
「就是它。」她高興地說。
「小聲點。」史崔克勸她。
她幫他在門外的影印機複印時，他一直在觀察動靜。那連續不斷的影印機呼呼聲讓人意外地感到安慰。沒有人來；沒有人看見；十五分鐘後，妮娜將原稿放回保險箱，然後把門鎖上。
「好了。」

她用幾條粗橡皮筋將複印本捆在一起交給他。他接過來時她停了幾秒沒放開手；他心動了一下，有點意亂情迷。他應該還她這個人情，但他實在太疲倦了；跟她一起回聖約翰森林大道她的公寓，和帶她回丹麥街他的小閣樓都不是個好主意。明天晚上請她喝杯酒也許比較合適？接著他又想起明天晚上他的妹妹要在她家幫他辦一場慶生會，露西說過他可以帶朋友去。

「明天晚上願意去參加一場很乏味的慶生會嗎？」他問她。

她笑了，很開心的樣子。

「怎樣乏味？」

「樣樣乏味，妳去可以讓它熱鬧一點。想去嗎？」

「嗯……有何不可？」她開心地說。

這個邀請似乎把他欠的人情還了；他感覺索求肉體之歡的意願減輕了。他們在一種友好情誼的氣氛下離開黑暗的辦公室，《蠶》原稿的複印本藏在史崔克的大衣裡面。記下她的住址和電話號碼後，他以如釋重負的心情將她平安送上計程車。

14

他有時坐一整個下午，閱讀這些令人生厭、邪惡（簡直是膿包，我無法忍受！）、卑鄙的詩文。

——班・強森《脾氣人人不同》

他們遊行反對戰爭——史崔克就在那場戰爭爆發後的第二天失去一條腿——幾千個人舉牌遊行穿越寒冷的倫敦市區，走在隊伍最前面的是軍人的家屬。史崔克聽軍中的友人說，蓋瑞・托普雷——史崔克失去一條腿的那次爆炸中另一名不幸喪生的同袍——的父母也會參加這場示威遊行，但史崔克沒想過要加入他們的行列，他沒辦法把他對這場戰爭的感覺壓縮成寫在四四方方的白色紙牌上的黑字。「做事，把事做好」是他過去與現在始終堅持的信念，遊行不啻是暗示事實上並不存在的懊悔。因此他套上他的義肢，穿上他最好的一套義大利西裝，然後前往龐德街。

他要找的那個丈夫堅稱他目前分居的妻子——亦即史崔克的黑髮客戶——有一回在他們一起住進一家飯店時，因為醉酒而遺失了幾件非常貴重的珠寶。史崔克偶然得知這個丈夫今天早上要去龐德街辦事；他有個預感，那幾件遺失的珠寶可能會意外出現。

他的目標走進珠寶店時，史崔克在馬路對面的一家商店外假裝瀏覽櫥窗。半個小時後那個人離開珠寶店，史崔克去喝一杯咖啡，好整以暇的坐了兩個鐘頭，然後漫步走入那間珠寶店，對店員說他的太太喜歡翡翠。他瀏覽了半個鐘頭，故意看了幾件不同的珠寶，最後假裝看上他的黑髮客戶懷疑被她那個步入歧途的丈夫偷走的那條一模一樣的項鍊。史崔克當場將它買下。由於他的客戶已事先交給他一萬英鎊，因此交易順利達成。花一萬英鎊來證明她的丈夫欺騙，對於一個準備收受數百萬和解金的女人來說是小事一樁。

史崔克在回家途中買了一份烤肉串。他把那條項鍊放進他辦公室的一個小保險箱（通常用來保管犯罪的佐證照片）鎖好後上樓，為自己泡了一杯濃茶，脫下西裝，打開電視，這樣他就可以一邊注意兵工廠隊和熱刺隊的比賽得分。然後他舒服地靠在床上，開始閱讀他前一天晚上竊取的小說原稿。

如同伊麗莎白・塔塞爾所說，《蠶》是邪惡版的《天路歷程》。背景是一處傳說中的荒地，故事中與書同名的主角邦彼士（一個年輕的天才作家）住在一個島嶼上，那個島嶼住著一群天生愚笨盲目，看不出他有天分的人。青年於是決定從島嶼出發，踏上一段看似象徵意義的旅途前往一個遙遠的城市。史崔克已大致看過《巴爾札克兄弟》，對這本書中豐富而奇特的語言和想像力已不感覺陌生，但他對主題的興趣吸引他繼續讀下去。

從繁複的敘述和常見的猥褻字句中第一個出現的熟悉人物是莉奧諾拉・昆恩。天縱英才的邦彼士（Bombyx）在旅途中行經一處有許多怪物出沒的危險之地時遇到魔女（Succuba）——一個被直稱為「用舊了的妓女」的婦人。她把他抓了綁起來強暴他。魔女被形容成和莉奧諾拉本人一樣：瘦而邋遢，戴著一副大眼鏡，率直的態度，面無表情。邦彼士被連續強暴了幾天後說服魔女釋放他。她對於他要離開非常悲傷，於是邦彼士答應她跟隨他一起踏上旅途。這本小說經常出現詭異的、如夢般的大逆轉，這是其中的第一個例子。險惡、可怕的情勢，在沒有充分理由或道歉的情況下逆轉成圓滿的、合情合理的。

又讀了幾頁，邦彼士與魔女遭到一個名叫壁虱（The Tick）的怪物攻擊。史崔克立刻認出它是伊麗莎白・塔塞爾：方下巴、嗓音低沉、令人望而生畏。同樣的，怪物一旦不再侵犯他後，邦彼士又同情起它來，允許它加入他們一起同行。但怪物壁虱有個不良的習慣，會在邦彼士入睡時吸他的血，他因此開始變得瘦弱。

邦彼士的性別可以怪異地轉變。他除了有哺乳能力之外，很快的也出現懷孕的跡象，但另一方面他又持續和經常在他的旅途中出現的許多豪放女尋歡作樂。

史崔克看著這些華麗猥褻的辭藻，心想有多少真實人物的寫照被他忽略了。邦彼士和其他人所遭遇的暴力令人不安；他們露骨地說出乖僻與殘酷的言語。這是一本極度性變態的小說。但邦彼士純真的本性卻在書中一再被提起，讀者顯然會因為他簡單但極具影響力的陳述而不得不寬恕他與身邊那些怪物共謀策畫的罪行。史崔克在閱讀的當下，不禁想起傑瑞·華德葛瑞夫說昆恩的精神有問題；他開始同意他的看法……

球賽即將開始。史崔克放下小說原稿，感覺自己彷彿被長期禁錮在一間黑暗、骯髒的地牢，遠離自然光與空氣。現在他開心地充滿期待。他相信兵工廠隊一定會獲勝——熱刺隊已有十七年沒有在兵工廠隊的主場贏球了。

接下來的四十五分鐘史崔克開心得不得了，他支持的球隊以二比零領先，他不時大吼大叫為球隊加油。

中場休息時，他很不情願的把電視關成靜音，又回到歐文·昆恩詭異的奇幻世界。

他一直讀到邦彼士接近他的目的地時才又認出書中的角色。圍繞著城市的護城河上有一座橋，橋上站著一個腳步蹣跚且近視的大傢伙：剪刀手（The Cutter）。

剪刀手戴著一頂粗俗的帽子而不是戴角質框眼鏡，肩上背著一只蠕動的、血跡斑斑的袋子。邦彼士接受剪刀手的提議，帶領他、魔女和壁虱從一道密門進城。已看到許多性暴力的史崔克，毫不意外的發現剪刀手的意圖是想閹割邦彼士。在接下來的決鬥中，剪刀手肩上的袋子掉下來，從裡面跳出一個女侏儒。剪刀手急忙去追那個女侏儒，顧不得邦彼士、魔女與壁虱乘機逃走。邦彼士和他的同伴在城牆上找到一個裂縫後回頭發現剪刀手正把那個女侏儒扔進護城河企圖淹死她。

史崔克看得入迷，竟沒注意到比賽又開始了。他看一眼無聲的電視。

「幹！」

二比二平手：難以置信地，熱刺隊竟把比數拉平了。史崔克大驚，把原稿往旁邊一扔。兵工廠隊的防守在他眼前崩潰。這場球應該打贏才對，兵工廠隊已被晉升為頂級聯隊了。

「幹！」十分鐘後，一個頭球從門將法比安斯基的頭上飛過去。

熱刺隊贏了。

他又一連臭罵了幾聲後把電視關了，然後看看他的手錶。只有半個鐘頭的時間容許他沐浴更衣，然後他必須前往聖約翰森林大道接妮娜·拉塞勒。這趟去布羅姆利區來回得花掉他不少銀子。他以厭惡的心猜想昆恩會如何完成他的最後四分之一小說，心中不由得同情起伊麗莎白·塔塞爾，她在最後那幾段都沒有再被提起。

他甚至不確定他為何要讀它，除了好奇以外。

史崔克垂頭喪氣的走向浴室，心中但願他晚上能待在家裡；一方面又缺乏理性地想，他如果不是為《蠶》邪惡、猥褻的情節而分心，兵工廠隊也許就獲勝了。

15

我告訴你，現在城市不流行打聽男女關係。

——威廉．康格里孚《如此世道》

「如何？你對《蠶》有何看法？」他們坐上一部他幾乎付不起的計程車離開她的公寓時妮娜問他。倘若不邀請她，史崔克自己會搭乘公共運輸工具往來布羅姆利區，雖然比較費時，也不方便。

「一個心理有病的人寫的作品。」史崔克說。

妮娜笑了。

「你還沒讀過歐文的其他小說呢，它們幾乎一樣糟糕。我承認這本書讓人覺得很噁心。那你對丹尼爾那個腐朽的門鈕又有什麼看法？」

「我還沒看到那裡，很期待。」

她在昨天晚上穿的那件溫暖的羊毛大衣底下穿了一件緊身的黑色洋裝。他去聖約翰森林大道接她時，她請他進入她的公寓等她拿手提包和鑰匙，因此他看到她曼妙的身材。當她發現他兩手空空時，便順手從她的廚房抓了一瓶紅酒。她是個聰明、漂亮又懂禮貌的女孩，但才剛認識就願意見他，第二天星期六晚上又願意跟他一起出去，顯示她行事魯莽或有求於他。

當車子快速離開倫敦市區，開往寬敞的住宅內陳列咖啡機與高畫質電視機的高級住宅區，開往他從未擁有過，而他的妹妹焦急地認為他應該擁有的一切時，他再一次自問他到底在扮演什麼角色。

就像這次露西在她家為他舉辦慶生會。基本上，露西是個很無趣的人，儘管她在家比在任何地方更煩躁，她仍認為她的家很有吸引力。她堅持為他辦一場生日餐會，卻不明白他壓根兒不想要。露西經常在她的小天地慶祝生日，永遠不會忘記生日：生日一定要有蛋糕、蠟燭、生日卡和禮物；一定要把時間記下來，規矩要保留，傳統要延續。

計程車進入黑牆隧道，高速行駛在泰晤士河底下，進入倫敦南區。史崔克認為帶妮娜參加家庭聚會的舉動等於宣告他不願順從露西的安排。妮娜雖然依循傳統帶了一瓶葡萄酒當伴手禮，但她的情緒高昂，勇於冒險，樂意接受機會。她獨居，談的都是書籍而不是孩子；換句話說，她不是露西欣賞的那種女人。

離開丹麥街大約一小時，荷包短少了五十英鎊後，史崔克攙扶妮娜下車，走進露西的住家那條闃黑寒冷的街道。露西家的前院有一棵高大的木蘭樹，史崔克帶領妮娜走過樹下的車道。按門鈴之前，他有點勉強地對她說：

「我也許應該告訴妳：今晚是為我舉辦的生日聚餐。」

「啊，你應該先告訴我！祝你——」

「不是今天，」史崔克說，「小事一樁。」

然後他按門鈴。

史崔克的妹夫格瑞開門迎客後頻頻拍他的臂膀，見到妮娜後又誇張的展現驚喜之情，這是因為露西不在場他才會有這種表現。一會兒，露西手上拿著一把短劍似的橡皮刮刀匆匆跑出來，她在正式服裝外面又多穿了一條圍裙。

「你沒說你會帶人來！」史崔克彎腰親吻她的臉頰時她在他耳邊悄悄說。露西個子矮，金髮圓臉；沒有人會認為他們是兄妹。她是他們的母親和另一位知名的音樂家瑞克私通後所生的孩子。瑞克是個節奏吉他手，但不同於史崔克的父親，他一直和他的女兒保持友好關係。

「我以為妳叫我帶一個客人來。」格瑞將妮娜迎進客廳時，史崔克對他的妹妹小聲說。

「我是問你會不會帶，」露西生氣地說，「喔，我的天——我得再去多擺一副——可憐的瑪格麗特——」

「誰是瑪格麗特？」史崔克問，但露西已舉著橡皮刮刀匆匆走向餐廳，把她的貴賓單獨扔在玄關。史崔克嘆一口氣，跟著格瑞和妮娜進入客廳。

「驚喜！」一名髮線已退的金髮男子從沙發上站起來，他戴眼鏡的妻子坐在沙發上笑咪咪地望著史崔克。

「我的老天，」史崔克說，欣喜地走上前去握那隻朝他伸過來的手。尼克與依莎是他的老友，在史崔克分隔兩地——倫敦與康瓦耳——的早期生命中，他們是唯一一對幸福的夫妻。

「沒有人告訴我你們會來！」

「是啊，就是要給你驚喜呀，肥貓，」史崔克親吻依莎時，尼克說，「你認識瑪格麗特嗎？」

「不，」史崔克說，「我不認識。」

這是為什麼露西想知道他會不會帶朋友來的原因；這個瑪格麗特是露西認為他會喜歡，可以跟他一起長久住在前院種著一棵大木蘭樹的房屋的那種女人。瑪格麗特的皮膚黑而油膩，看起來很孤僻，身上穿了一件顯然是她比較瘦的時候買的豔紫色洋裝。史崔克確信她一定離過婚。他已培養出這方面的神通。

「嗨，」當身穿緊身洋裝的瘦妮娜和格瑞聊天時，瑪格麗特和他打招呼。簡短的寒暄道盡了辛酸。

於是七個人坐下來吃晚餐。史崔克從軍中退役後就很少和他的平民朋友見面。他刻意加重的工作量模糊了上班日與週末的界線，但他此刻又重新發現他多麼喜歡尼克和依莎，如果他們三人能單獨相處吃一盤咖哩那就太好了。

「你們是怎麼認識柯莫藍的？」妮娜熱烈地問。

「我和他在康瓦耳讀同一所學校，」依莎說，對著坐在對面的史崔克微笑，「他老是請假，來來去去，對吧，小柯？」

於是他們一邊吃煙燻鮭魚，一邊聊起史崔克與露西不完整的童年：他們隨著居無定所的母親遊遍各地，他們時常回去聖莫斯，以及在他們的童年與青春期成為他們的代理家長的舅舅與舅媽。

「後來小柯又被他的母親帶去倫敦，那時候幾歲，十七歲？」依莎說。

史崔克看得出露西不喜歡談這些事，她不願意談他們不尋常的成長過程，不願意談他們聲名狼籍的母親。

「結果和我讀同一所綜合學校，」尼克說，「那真是一段快樂時光。」

「認識尼克很有用，」史崔克說，「他熟悉倫敦就像熟悉他的手背一樣；他的父親是計程車司機。」

「你也是計程車司機嗎？」妮娜問尼克，對史崔克的三教九流朋友很感興趣。

「不是，」尼克愉快地說，「我是一個腸胃科醫生。肥貓和我一起開十八歲生日派對——」

「——小柯邀請他的朋友大衛和我專程從聖莫斯去參加派對。那是我第一次去倫敦，我好興奮——」依莎說。

「——我們就是在那裡認識的。」尼克接著說，望著他的妻子，眉眼間盡是笑意。

「這麼多年都還沒有小孩嗎？」格瑞問，他自己有三個兒子。

席間短暫的沉默，史崔克知道尼克和依莎多年來一直想生個孩子，但沒成功。

「還沒有，」尼克說，「妳呢，妮娜？」

提到羅普查德出版公司終於使瑪格麗特有了一點生氣。她始終繃著臉從餐桌另一頭默默地望著史崔克，彷彿他是一盤吃不到的美味小點。

「邁可・范寇特剛剛和羅普查德簽約，」她說，「我今天早上在他的網站看到這個消息。」

「哎呀，這個消息昨天才公佈呢。」妮娜說。這「哎呀」一聲讓史崔克想起多米尼克・卡爾培柏叫服務生「老兄」。他心想，這是說給尼克聽的，也或許是為了表現給史崔克看，讓他知道她也可以融入勞工階級。（史崔克的前未婚妻夏綠蒂從不改變她的語彙或口音，無論她置身何處。她也不喜歡他的任何一個朋友。）

「噢，我是邁可・范寇特的忠實讀者，」瑪格麗特說，「他的《空屋》是我最喜歡的小說之一。我喜歡那些蘇聯人，范寇特有些地方會讓我想起杜斯妥也夫斯基……」

史崔克猜想，露西一定對她說過他曾讀過牛津大學，說他很聰明。他但願瑪格麗特在千里之外，但願露西能多瞭解他一點。

「范寇特不會寫女人，」妮娜輕蔑地說，「他試過，但就是寫不好。他筆下的女人都是脾氣暴躁，乳頭，和衛生棉條。」

尼克正在喝酒，突然聽到「乳頭」差點噴出來；史崔克笑尼克的模樣，依莎也咯咯笑著說：「你們兩個都三十六歲了耶，拜託。」

「反正我覺得他很棒，」瑪格麗特說，臉上毫無笑容。她已被剝奪一個可能的伴侶——儘管他只有一條腿又體重過重——她不想再失去邁可・范寇特。「而且他好有魅力，世故又聰明，我一直都很欣賞他。」說著，她對坐在旁邊的露西嘆一口氣，顯然是指過去的不幸。

「他的頭太大，」妮娜說，輕鬆否定她前一天晚上見到范寇特時的興奮之情，「而且他很傲慢。」

「他為那個年輕的美國作家所做的一切讓我很感動，」露西收拾前菜，示意格瑞去廚房幫忙時，瑪格麗特說，「幫他完成他的小說——那個死於愛滋病的年輕作家，叫什麼名字來著——？」

「約瑟夫・諾斯。」妮娜說。

「我很驚訝你晚上會出來，」尼克平靜地對史崔克說，「在下午發生那件事之後。」

令人遺憾的是，尼克是熱刺隊球迷。

格瑞端著一大盤帶骨羊排出來，聽到尼克的話，立刻接下去。

「一定被刺痛了吧，小柯？大家都認為他們穩贏？」

「什麼事？」露西放下馬鈴薯與蔬菜，像一個命令全班遵守秩序的小學老師似的說，「喔，不要談足球了，格瑞，拜託。」

於是瑪格麗特又接續剛才的對話。

「是的，《空屋》是范寇特以一個已故的朋友遺留給他的房子所得到的靈感而寫的。他們年輕時曾在那裡度過一段快樂時光，真的非常感人。它是一個敘述懊悔、失落、雄心受挫的故事——」

「約瑟夫．諾斯那間房屋事實上是遺留給邁可．范寇特和歐文．昆恩兩人共同擁有的，」妮娜嚴正地糾正瑪格麗特，「而且他們兩人都寫了取材自那間房屋的小說；結果邁可獲得布克獎——歐文卻廣受批評。」妮娜又轉頭對坐在旁邊的史崔克說。

「那間屋子發生了什麼事？」露西遞給他一盤羊肉時，史崔克問妮娜。

「喔，這是很久以前的事了，房子要出售，」妮娜說，「他們不願意共同持有；他們互相仇視已經很多年了，自從雅絲蓓．范寇特為了那篇文章自殺之後。」

「妳不知道那間房子在哪裡？」

「他不在那裡。」妮娜半自語地說。

「誰不在哪裡？」露西說，毫不掩飾她的不滿。她為史崔克所做的種種計畫已被破壞，現在她永遠都不會喜歡妮娜了。

「我們有個作家失蹤了，」妮娜告訴她，「他的太太請柯莫藍幫忙去找。」

「他是個成功的作家嗎？」格瑞問。

格瑞顯然對他太太不時為她傑出但貧窮的哥哥擔心而感到厭煩。史崔克雖然生意不斷，工作量繁重，但「成功」這兩個字從格瑞口中說出卻暗指一切，史崔克聽了有如身上長出蕁麻疹般的不自在。

「不，」他說，「我想你不能說昆恩成功。」

「誰聘僱你，柯？出版社嗎？」露西焦慮地問。

「他的太太。」史崔克說。

「她會付錢吧？」格瑞問，「你可不能當跛鴨，小柯，這是做生意的首要原則。」

「我很驚訝你沒有把這些智慧語錄記下來。」露西為瑪格麗特夾菜（補償她無法把史崔克帶回家、和他結婚、住在離她家只有兩條街的新房，享受露西和格瑞送給他們的嶄新咖啡機）時，尼克對史崔克小聲說。

飯後他們移到客廳，坐在三件式的米黃色沙發上，送給史崔克的卡片和禮物都擺在那裡。露西與格瑞買了一支錶送他，「我知道你上一支錶壞了。」露西說。史崔克很感動她仍記得，心中不由得對她生出一股溫情，把他對她的種種不滿——今晚硬把他拖來這裡，喋喋不休的批評他的生活，她選擇嫁給格瑞等等——暫時拋開。他脫下他自己買的便宜但實用的手錶，戴上露西送的新錶：又大又亮，手環造型的金屬錶帶，看起來幾乎和格瑞的手錶一模一樣。

尼克和依莎送他一瓶「你喜歡的那種威士忌」：Arran 單一純麥威士忌。這讓他強烈的想起夏綠蒂，他第一次嚐到這種酒時是跟她在一起。但任它幾許憂鬱的回憶都被突然出現在門口的三個穿睡衣的人影給趕跑了，其中個子最高的一個問：

「可以吃蛋糕了嗎？」

史崔克向來不喜歡小孩（露西常感嘆他的這種心態），和這幾個他不常見面的外甥也不很熟。最大的和最小的跟著他們的母親離開客廳去拿蛋糕；但老二卻繞過沙發和桌椅朝史崔克走過去，遞出一張自製的卡片。

「這是你，」傑克指著圖片說，「接受你的動章。」

「你得過動章？」妮娜問，睜著大眼含笑問。

「謝謝你，傑克。」史崔克說。

「我要當軍人。」傑克說。

「都是你不好，小柯，」格瑞說。史崔克覺得這句話帶著些許敵意，「買軍人公仔送他，還告訴他你有一把槍。」

「兩把槍，」傑克糾正他的父親，「你有兩把手槍，」他對史崔克說，「但你把它們交回去了。」

「好記性，」史崔克說，「你有前途。」

露西捧著自己烘焙的蛋糕出來，上面插著三十六根燃燒的蠟燭，還裝飾著幾百顆五顏六色的巧克力豆。格瑞關了燈，大家合唱生日歌，史崔克真想奪門而逃，叫一部計程車回家。但他表面上仍含笑吹熄蠟燭，迴避瑪格麗特的眼光——她坐在附近的一張椅子上用熾熱的眼光大膽地注視著他。他是被他好心的朋友與家人安排來扮演裝飾性伴侶的角色，這不是他的錯。

史崔克在樓下的浴室打電話叫了一部計程車，半個鐘頭後，他以遺憾的口吻和宣告他和妮娜必須回去了；他第二天一早就得起床。

他們一起走到擁擠的玄關，史崔克躲開瑪格麗特想對嘴親他的企圖，他的幾個外甥深夜吃了甜食興奮過動，格瑞則堂而皇之的協助妮娜穿上大衣。尼克趁亂對史崔克小聲說：

「我以為你不喜歡小女人。」

「我是不喜歡，」史崔克平靜地說，「但她昨天幫我偷了一樣東西。」

「是嗎？為了感謝她，你還是讓她在上面吧，」尼克說，「免得像瓢蟲一樣被你壓扁。」

16

……我們晚餐不要吃生肉，因為你會見到血，會吃不下。

——托瑪斯．戴克與托瑪斯．密道頓《貞潔妓女》

史崔克第二天早晨醒來立刻明白他不是睡在自己的床上。這張床太舒服；這些床單太細柔；灑在床罩上的日光是從房間的另一邊照進來，而打在窗上的雨隔著窗簾聲音變小了。他將自己撐起來坐著，瞇著眼打量妮娜的臥室，昨晚在燈光下他只匆匆看了一眼。接著他從對面的鏡子看見自己裸露的身體，濃密的黑色胸毛為他背後的淺藍色牆壁增添一塊黑色的污漬。

他沒看到妮娜，但他聞到咖啡香。一如他的預期，她在床上十分主動熱情，把他在慶生會上感受的少許鬱悶一掃而光。現在他在想如何才能快速脫身，怕待太久又會激起他不打算迎合的期待。

他的義肢靠在床邊的牆上，他正要移動身子下床時又立刻縮回去，因為臥室門開了，妮娜走進來。她已穿好衣服，頭髮是濕的，腋下夾著報紙，一手擎著兩只裝了咖啡的馬克杯，另一手端著一碟牛角麵包。

「我跑出去了，」她上氣不接下氣說，「天啊，外面好冷，你摸摸我的鼻子，凍僵了。」

「妳用不著如此。」他說，指牛角麵包。

「我餓死了，而且這條路上有家很棒的麵包店。你看這個——《世界新聞》——多米尼的獨家新聞！」

一個東窗事發的上院議員的照片被登在頭版顯著的位置。他在海外藏匿資產的資料是史崔克透露給卡爾培柏的，旁邊還有他的兩個情婦的照片，以及史崔克從議員的私人秘書那裡取得的開曼群島的相關文件。醒目的標題寫著：「膨」尼維爾的派克勳爵。史崔克從妮娜手中接過報紙很快的看一遍，卡爾培柏果然遵守諾言，沒有在文中提到那個夢碎的私人秘書。

妮娜和史崔克並肩坐在床上一起看報紙，一邊饒有趣味地喃喃說道：「哇，天哪，怎麼有人，瞧他，」以及「哎呀，好噁心。」

「對卡爾培柏無傷。」兩人都看完後，史崔克把報紙一闔說。這時他注意到報紙版頭上的日期：十一月二十一日——今天是他前未婚妻的生日。

他的心窩霎時抽痛起來，不受歡迎的鮮明記憶猛然襲上心頭……一年前的今天，幾乎是同樣這個時間，他從荷蘭公園大道夏綠蒂的身邊醒來。他還記得她一頭烏黑的長髮，榛子色的眼珠，他再也看不到、再也無法觸碰的胴體……那天早上他們很快樂：那張床像一艘救生艇，在無止境的洶湧波濤中載沈載浮。他送她一條手鍊，是他忍痛借了高利貸（但她不知道這回事）買的……兩天後是他的生日，她送他一套義大利西裝。他們一起出去吃飯，並在他們相識十六年之後，終於選定結婚日期……但挑定日子卻為他們的關係帶入一個痛苦的新局面，彷彿破壞了他們習以為常的不安的緊張關係。夏綠蒂的脾氣益發反覆無常與任性。爭執、當眾吵鬧，摔杯盤、指責他不忠（他現在認為，事實上是她在私會她現在即將訂婚的對象）……他們又掙扎了近四個月，直到那一次很難堪的互相指責與大發雷霆，最後終於永遠結束。

史崔克聽見衣服的窸窣聲，轉頭去看，驚訝地發現他仍在妮娜的臥房內。妮娜正打算脫下她的上衣，再回床上陪他。

「我不能留下來。」他趕緊告訴她，再度伸手去拿他的義肢。

「為什麼？」她雙手環抱在胸前，抓住她的上衣衣角，「拜託——今天是星期日！」

「我還有事，」他說謊，「禮拜天也得工作。」

「喔。」她說，想讓自己的語氣聽起來灑脫，但神情卻有些沮喪。

他喝咖啡，和她愉快的交談，但避免提及個人。她看著他套上義肢走進浴室，等他再出來穿衣服時，她已縮在一張椅子上，有點落寞的小口啃著牛角麵包。

「妳真的不知道這間房屋在哪裡？昆恩和范寇特共同繼承的那間房子？」他一面穿長褲，一面問她。

「什麼？」她一臉茫然，「喔——天哪，你不會要去找吧？我告訴過你，它可能早在幾年前就賣掉了！」

「我去問昆恩太太好了。」史崔克說。

他告訴妮娜他會打電話給她，但他故意輕鬆帶過，這樣她就明白這不過是一個空洞的承諾，一種形式；然後他帶著微微的感激——但沒有罪惡感——離開她的公寓。

他走在陌生的街道上朝地鐵站走去時，雨又再度打在他的臉上和手上。妮娜剛才買麵包那家店鋪的櫥窗閃耀著耶誕燈飾。史崔克龐大的身影划過雨打不停的潮濕路面。他一隻冰冷的手抓著一只塑膠袋，是露西給他的，讓他裝他的生日卡、生日禮物威士忌和新手錶的包裝盒。

他的思緒又不由自主飄回到夏綠蒂身上。他想像三十六歲的她看上去只有二十五歲，正在和她的新未婚夫慶祝她的生日。她或許已收到鑽石戒指了，史崔克心想；她老是說她不在乎這些東西，可他們為了他無法給她的那些亮晶晶的東西而吵得不可開交時，他彷彿被什麼東西狠狠砸在臉上……

他成功嗎？格瑞打聽歐文．昆恩時這樣問。他的意思是：「他有大車嗎？有豪宅嗎？有豐厚的銀行存款嗎？」

史崔克經過「披頭咖啡館」，模仿披頭四的「Fab Four」成員的黑白大頭照從玻璃門上愉快地探頭看他，然後他進入溫暖的地鐵站。他不想在這個下雨的星期天獨自一個人待在丹麥街他的小閣樓，他要在夏綠蒂的生日這天讓自己忙一點。

他停下來掏出行動電話，撥給莉奧諾拉．昆恩。

「喂？」她唐突地說。

「嗨，莉奧諾拉，我是柯莫藍．史崔克——」

「你找到歐文沒？」她問。

「還沒，我打電話給妳是因為我聽說妳丈夫的朋友留了一棟房子給他。」

「什麼房子？」

她的聲音聽起來疲倦而煩躁。他想到他在工作上調查的那些有錢的丈夫，這些男人瞞著他們的妻子購置單身公寓，心想他會不會洩漏了歐文沒讓他家人知道的秘密。

「沒這回事嗎？不是說有個叫約瑟夫．諾斯的作家留下一棟房子給——？」

「哦，那個，」她說，「在塔加斯路，是啊，不過那是三十多年前的事了。你問這個幹嘛？」

「它賣掉了嗎？」

「沒有，」她氣憤地說，「因為那個范寇特不讓我們賣，為了洩恨。他從來不使用，就是空在那裡，讓它慢慢霉爛。」

史崔克背靠著售票機旁的牆壁，兩眼盯著由蜘蛛網狀的支架支撐的圓形天花板。他又一次在心中告訴自己，這就是在過度疲勞的情況下接客戶的後果，他應該先問清楚他們有沒有其他任何資產，他應該先調查清楚才對。

「有誰看到妳先生去那裡嗎，昆恩太太？」

她發出嘲笑的聲音。

「他不會去那裡！」她說，彷彿史崔克說她的丈夫躲在白金漢宮似的。「他討厭那個房子，他從來不去！再說，我不認為那裡會有家具。」

「妳有鑰匙嗎？」

「我不知道，但歐文不會去那裡！他有許多年沒去了，現在應該沒法子住了，舊房子，什麼都沒有。」

「請妳找找鑰匙——」

「我沒辦法去塔加斯路，我有奧蘭多！」她說，依舊是那一套，「何況，我說過了，他不會——」

「我現在就過來，」史崔克說，「拿鑰匙，如果能找到的話，請妳找找看。我們任何地方都不能錯過。」

「是的，可是——今天是禮拜天，」她說，語氣有點吃驚。

「我知道，請妳看一下能不能找到鑰匙好嗎？」

「好吧，」她停了一下才說，「不過，」她仍然不死心，「他不會去那裡！」

史崔克搭地鐵，換一趟車後到西傍公園站下車，然後將大衣領子豎起來遮擋冰冷的雨水，朝他們第一次見面時莉奧諾拉寫給他的地址走去。

這裡又是倫敦另一個奇怪的地區，百萬豪宅與四十多年歷史的勞工階級住宅只相隔短短的距離。雨水洗刷過的場景有如一幅怪異的西洋鏡鏡頭：嶄新優美的公寓大樓矗立在安靜而單調的露台後面，豪華的新屋與舒適的舊屋參差在一起。

昆恩的家在南路上，是一條安靜的街道，兩旁有磚造的小屋，經過一家白石灰牆、取名叫「寒冷的愛斯基摩人」的酒館後再走一小段路就到了。又冷又濕的史崔克瞇起眼睛打量酒館頂上的招牌，上面畫了一個快樂的伊努伊特人坐在一個釣魚冰孔旁，背後是一輪初升的太陽。

昆恩家的門是綠色的，油漆已開始剝落，看起來髒髒的。房子的正面樣樣都很陳舊，包括那扇只剩一個鉸鍊的大門。史崔克按門鈴時想起昆恩偏好住舒適的飯店，內心不由得對這個失蹤的人起了一點反感。

「你動作很快，」莉奧諾拉開門時咕噥著說，「進來吧。」

他隨著她走過狹窄陰暗的走道，左手邊有一扇門開著，看得出是歐文的書房，裡面又髒又亂，抽屜拉開，一台老舊的電動打字機斜立在書桌上。史崔克可以想像昆恩對伊麗莎白．塔塞爾大發雷霆後從打字機撕下紙張的畫面。

「找到鑰匙沒？」他們來到走道盡頭一間陰暗有霉味的廚房時史崔克問。廚房內的器具看起來至少都有三十年以上的歷史。史崔克依稀記得，他的瓊安舅媽好像也有一台一模一樣的八〇年代深棕色微波爐。

「找是找到了，」莉奧諾拉指著廚房桌上的六支鑰匙說，「但我不知道是哪一支才對。」這幾支鑰匙都沒有裝鑰匙圈，其中有一支很大，看起來像教堂大門的鑰匙。

「塔加斯路幾號？」史崔克問她。

「一七九號。」

「妳最後一次去是什麼時候？」

「我？我沒去過，」她似乎真的漠不關心，「我沒興趣，無聊。」

「什麼事無聊？」

「留給他們，」她不耐煩地回答史崔克禮貌的詢問，「那個約瑟夫．諾斯把它留給歐文和邁可．范寇特。他說要讓他們在那裡寫作，但他們始終沒用過。白費力氣。」

「妳都沒去過？」

「沒有，他們繼承那段時間我剛生下奧蘭多，我沒興趣。」她又說。

「奧蘭多是那個時候出生的？」史崔克驚訝地問。他以為奧蘭多是個十歲的過動兒。

「一九八六年，是的，」莉奧諾拉說，「但她有點智障。」

「哦，」史崔克說，「是嗎？」

「現在正在樓上生氣呢，因為我叫她不可以下來。」莉奧諾拉忽然侃侃說道，「她會偷東西。

她知道那是不對的，但還是要偷。隔壁的艾娜昨天過來，她從她的手提袋偷拿皮夾被我逮到。她不是為了錢，」她立刻解釋，彷彿他作了指控，「而是喜歡那個顏色。艾娜明白，因為她瞭解她，但不是每個人都瞭解。我告訴她那是錯的，她知道那樣做不對。」

「那，我可以把這些鑰匙都帶去試試看嗎？」史崔克問，將鑰匙都拿在手上。

「你要就拿去吧，」莉奧諾拉說，但她又執拗地說，「他不會在那裡。」

史崔克將鑰匙放進口袋，婉拒了莉奧諾拉稍作猶豫之後開口請他喝咖啡或喝茶的提議，重新走入寒冷的雨中。

他朝不遠的西傍公園地鐵站走去時發覺他的右腳又開始跛了。他因為急著離開妮娜的公寓，沒有像平時那樣仔細穿戴他的義肢，也沒有塗抹減緩皮膚摩擦的粉末。

八個月前（他被刺傷手臂那天）他曾經從樓梯上摔下來，後來他去看醫生，醫生說他截肢的那隻腳膝關節的韌帶受傷，雖然可以治好，但勸他回去要冰敷、休息，並進一步檢查。但史崔克沒有時間休息，也不想再回去檢查，他只是把膝蓋包紮起來，每次坐下時記得抬高他的腳。後來疼痛消退了一大半，但每當他走太多路時，它又會開始抽痛腫脹。

史崔克走的那條路蜿蜒伸向右邊，一個高高瘦瘦的人走在他後面，那個人低著頭，史崔克只看見黑色的頭罩。

當然，理智的做法是現在就回家，讓他的膝蓋休息。今天是星期天，他沒有必要淋雨在倫敦街頭趴趴走。

他不會在那裡。他的腦中響起莉奧諾拉的聲音。

但與其回丹麥街，坐在緊靠屋簷的床上聽雨打玻璃的劈啪聲，近在咫尺的樓梯口紙箱內裝滿夏綠蒂的照相本……

不如繼續往前走，思索他人的問題……他瞇著眼睛看兩旁經過的房屋，不時瞥一眼跟在他背後二十碼左右的人影。雖然從黑色的外套看不出那個人的身材，但史崔克從短而急促的腳步聲猜想那是個女人。

現在史崔克注意到一個奇怪的現象，她走路的方式有些不尋常，不像是在濕冷的天氣出來散步。她沒有低頭擋雨，也沒有維持穩定的步伐朝一個目標前進，她只是踩著碎步跟在後面。史崔克逐漸發現，她偶爾會在大雨中露出臉來，然後又消失在頭罩底下。她在注意他。

他和莉奧諾拉第一次見面時她是怎麼說的？

我想有人在跟蹤我，高高的、皮膚黝黑的女孩，肩膀圓圓的。

史崔克故意加快腳步後又放慢腳步試探，發現兩人之間始終保持一定的距離，她隱藏在頭罩下的臉更常出現了，有點紅潤的模糊的臉，察看他的位置。

她沒有跟蹤人的經驗。跟蹤是史崔克的專長，假如是他，他會走在對面的人行道上假裝一邊講行動電話，掩飾他對目標的專注與單一興趣……

為了好玩，他假裝猶豫了一下，彷彿他忽然懷疑他的方向是正確的。後面的黑影冷不防也停下腳步，不敢動彈。史崔克繼續往前走，過了幾秒，他聽見背後潮濕的人行道又響起她細碎的腳步聲。她笨到連自己走路很大聲都沒發覺。

西傍公園站出現在前面不遠的地方，是一長排低矮的黃磚建築。他要在那裡面對她，問她現在幾點，看清她的臉。

走進地鐵站，他立刻躲到入口的另一邊等她出現。

大約三十秒後他瞥見那個高瘦的黑色身影冒雨走向地鐵站入口，兩手依然插在口袋內；她很擔心她會失去他，也許他已經上車了。

他立刻信心十足的翻身朝門口走去，去面對她——不料，他的義肢在潮濕的地磚上打滑，身體重心跟著一偏。

「幹！」

他兩腳岔開，很沒尊嚴的滑倒在地。經過幾秒鐘的慢動作後，他屁股著地，硬生生坐在他裝在塑膠袋內的威士忌酒瓶上，疼痛異常。他看見她在入口處忽然靜止不動，然後像一頭受驚的小鹿頃刻消失了。

「可惡。」他躺在潮濕的磁磚上怒罵，售票機附近的人都轉頭看他。他跌倒時又再一次把他的膝蓋扭了，感覺上好像韌帶斷了，原本已經痠痛的膝蓋此刻更尖叫抗議。他在心中暗暗咒罵地板沒有擦乾，義肢的腳踝製造得不夠靈活。他想站起來，但沒有人過來幫忙，人們大概都以為他喝醉了，尼克與依莎送他的威士忌這時已經從塑膠袋掉出來，匡啷啷滾到地板上。

終於有個倫敦地鐵站的員工過來扶他站起來，一邊口中喃喃地說旁邊有警告地板濕滑的標示，先生沒看到嗎？是不是標示不夠明顯？接著又撿起史崔克的威士忌遞給他。滿面羞愧的史崔克低聲道謝後一跛一跛走向查票口，恨不得立刻逃出數不清的注視的眼光。

平安登上南向的車廂後，史崔克伸出疼痛的腿，從西裝褲外撫摸他的膝蓋。他感覺一碰就痛，和春天從樓梯上摔下來時一樣。他現在很氣那個跟蹤他的女孩，開始推測這到底是怎麼一回事。

她是什麼時候開始跟蹤他的？她是否一直在監視昆恩的家，看著他進去？她也許（不可能吧！）把史崔克誤認為歐文．昆恩？凱絲琳．肯特就曾在陰暗的光線下誤會他……史崔克在漢默史密斯站換車之前提早幾分鐘從座位站起來，為危機四伏的下車行動做準備。等他抵達目的地男爵街站時，他已跛得很厲害了，真希望能有一根手杖。他小心翼翼踩著覆蓋許多骯髒泥印的地板，走出豌豆綠色的維多利亞式售票廳，很快便離開這個遮風避雨、裝飾著新藝術風格的文字與石雕門楣、有地鐵站珠寶之稱的小站，繼續進入無情的風雨中，往附近車行轆轆的雙線馬路走去。

他很高興的發現，他正在走的這條路正是那棟房屋所在的塔加斯路。

雖然倫敦到處可以見到畸形的建築，但他從未見過與環境如此強烈衝突的建物。眼前這一排暗紅色的磚造老屋顯然是早年更具信心、更富有想像力的時代的產物，但交通繁忙的車輛卻無情地從兩邊呼嘯而過，因為這裡是從西區進入倫敦市區的主幹道。

這是一群裝飾華麗的維多利亞晚期藝術作品，一樓的窗戶用鉛條裝飾成格狀，樓上向北的窗戶是大型的拱形窗，很像是已燬於祝融的水晶宮的碎片。史崔克雖然又濕又冷又痛，還是停下來欣賞一下一七九號，讚歎它與眾不同的建築，心想假如范寇特改變心意同意將它出售，昆恩會不會反對？

他踏上白色的前門台階，門上有砌磚的遮雨棚，上面雕刻了垂飾、卷雲與徽章。史崔克用冰冷麻木的手指將鑰匙一支一支拿出來試。

試到第四支時順利地插進鑰匙孔，可以毫不費力地轉動，彷彿和多年以前一樣。門鎖發出喀噠一聲輕響，前門應聲而開。他跨過門檻後隨手把門關上。

一陣強烈的衝擊立刻迎面襲來，他彷彿被打了一記耳光，又彷彿被當頭淋下一桶水。史崔克急忙找他的大衣領子，翻上來蓋在他的口鼻上。本來應該聞到塵埃與舊木材氣味的地方，卻傳來一股強烈的化學藥品氣味，刺激著他的鼻子與喉嚨。

他不自覺伸手將旁邊牆上的開關打開，天花板上兩個光禿的燈泡立刻放光，狹窄而空蕩的玄關裝飾著蜂蜜色的木嵌板，同材質的旋扭狀門柱交錯成一道拱門。乍看之下，它寧靜、優雅，比例相當協調。

但史崔克瞇起眼睛仔細看木作上一片看似燒灼的痕跡，發現有人到處潑灑一種具有腐蝕性的酸性液體——燃燒了房間內寂靜、多塵的空氣——看起來像是一種肆無忌憚的破壞行動；它破壞了陳年木地板上的亮光漆，損毀前方木造樓梯的光澤，甚至潑灑在牆壁上，使大片粉刷漆被漂白褪色。

史崔克透過粗呢大衣的領子吸了幾口氣後，猛然意識到以一間無人居住的房屋，這個地方未免過於溫暖。暖氣被調高使刺鼻的化學藥品氣味更急遽飄蕩，不像在一般冬天寒冷的氣溫下慢慢消散。

他的腳下傳出紙張的沙沙聲。他低頭看到一張不完整的餐廳外賣菜單和一個信封，上面寫著「致屋主或管理員」。他彎身將它拾起，那是隔壁鄰居所寫的一張簡短但憤怒的紙條，抱怨這間屋子傳出惡臭。

他扔下紙條，任由它掉落在門墊上，然後往前走進大廳，觀察每一處被潑灑到化學物質的物體的傷痕。他的左手邊有一道門，他打開。裡面的房間光線黯淡，空蕩蕩的，並沒有被潑灑到類似漂白水的化學物質。一樓還有另一個房間，是一間破爛不堪的廚房，同樣也沒有裝潢。這裡沒有逃過一劫，連餐具櫃上半條不新鮮的麵包也被波及。

史崔克上樓。有人曾上樓或下樓潑灑大量的強烈腐蝕性物質；只見它被任意潑灑，連樓梯口的窗檽上也有，上面的油漆起泡後爆開。

上了二樓，史崔克忽然停下腳步，即便透過厚羊毛大衣，他仍聞到另一種氣味，一種連刺鼻的化學物質都無法遮掩的氣味。甜甜的、腐臭的、令人作嘔，一種腐肉的惡臭。

他沒有嘗試推開二樓幾扇關閉的門，相反的，他拎著裝著他的生日禮物威士忌的塑膠袋，跟隨潑灑溶液者的腳印往三樓緩緩走上去。這地方的樓梯亮光漆已被燒毀，雕花欄杆的亮光蠟也被燒焦了。

史崔克每踏出一步，腐臭味就更強烈一些。他想起有一回他們在波士尼亞，拿長棍子插進地裡後拔出來聞棍子的尖端，這是尋找萬人塚最萬無一失的方法。他用大衣領子將嘴巴摀得更緊後來到三樓，這裡曾經被一名維多利亞風格的藝術家利用為工作室，在永恆的北極光中工作。

史崔克先把他的襯衫袖子拉下來蓋住他的手，這樣才不會在木門上留下痕跡，然後他毫不猶豫的把門推開。木門的鉸鍊微微發出一點聲響，然後是斷斷續續的蒼蠅飛舞的營營聲。

他有預料到死亡，但沒想到會是這種景象。

一具屍體：被綑綁，腐爛，發臭，並且被開膛破肚，裡面的五臟六腑不見了，躺在地板上而不是吊在想來應該是它原來所在的鐵鉤上。但這個看起來像是一頭被屠宰的豬卻穿著人的衣服。

它躺在高大的拱形桁樑底下，浸浴在透過羅馬大窗射入的光線中。這雖然是一棟民宅，窗外的車輛川流不息，史崔克卻感覺他彷彿站在一座噁心的殿堂，親眼目睹獻祭似的屠殺，一種不神聖的褻瀆行為。

腐爛的屍身四周擺著七個餐盤與七副餐具，彷彿它是一大塊帶骨的肉。屍體被剖開，從喉部一直開到骨盆。史崔克雖然站在門檻，但他的身高使他可以看到剖開的地方成了一個黑色的窟窿，裡面的內臟都不見了，彷彿已被取出分食。屍身被燒得體無完膚，更帶給人它曾被煮食饗宴的強烈的邪惡印象。腐爛的屍首有多處燒焦的地方微微發亮，似乎有液體從那裡滲出。四台暖氣機嘶嘶作響，加速屍體的腐化。

那張腐爛的臉距離史崔克最遠，最靠近窗戶。史崔克只是瞇著眼觀察，沒有移動，盡可能屏住呼吸。屍身下巴上還有一撮黃色的鬍子，一個被燒焦的眼窩清晰可見。

此時，已見過不少死亡與殘缺屍體的史崔克，在幾乎窒息與化學物質和屍臭的交互作用下極力忍住嘔吐的衝動。他把他的塑膠袋掛在手臂上，從口袋掏出他的行動電話拍照。他沒有進入房間，而是從他站立的地方，盡可能以不同的角度拍下現場的照片。接著他退出房間讓門自動關上，但即使這樣也無法減輕惡臭，然後他撥打九九九。

儘管亟於呼吸雨水沖刷過的新鮮空氣，但史崔克仍小心翼翼步下已受損失去光澤的樓梯以防跌倒，然後站在街上等候警察到來。

17

就算你還有一口氣，死後也不能飲酒了。

——約翰．弗萊契《血腥兄弟》

這已不是史崔克第一次在倫敦警察隊的強烈要求下前往蘇格蘭場，他上一次去也和死屍有關。而且，他在偵訊室待了幾個鐘頭後忽然發覺，被限制行動若干小時之後，他的膝蓋已沒有前一天晚上與妮娜共枕時那麼疼痛了。

獨自一人待在不比一般辦公室文具櫃大的小房間內，他的思緒就像那些蒼蠅盯著他在那個藝術家工作室發現的死屍一樣，在他腦中徘徊不去。他忘不了那個恐怖的畫面。在他的職業生涯中，他見過人的屍體被偽裝成自殺或發生意外；看過屍體上被蓄意掩飾生前曾遭受酷刑的可怕痕跡；他看過男人、女人、小孩受重傷肢體殘缺的畫面；但他在塔加斯路一七九號看到的那一幕是他以前從未見過的。那種狠毒的行為就像舉行過狂歡獻祭，顯然是由一個虐待狂精心安排的。他覺得最可怕的是潑灑腐蝕性液體與屍體內臟被掏空：他有遭到刑求嗎？兇手在昆恩四周擺設餐具時他仍活著，還是已經死了？

昆恩陳屍的地方此刻肯定有許多穿戴全副保護裝備的專家在收集法庭證據。史崔克真希望他也在場。他最痛恨發現屍體之後被限制行動。他的內心充滿專業人士的挫折感。警察趕到現場後，他立刻從一個無意間撞見兇案現場的人被貶為有犯罪嫌疑的人。（他忽然想到，「場景」這個名詞十分適合現場那一幕：屍身被綑綁，浸浴在那一扇有如教堂大窗的光線下……一種惡魔威力下的犧牲者……七個盤子，七副餐具……）

偵訊室的窗子上結了一層霜，擋住外面的視線，他只看得到天空的顏色，此時尚未天黑。他在這個小房間待很久了，警方還沒有做好筆錄。你很難從他們拖延偵訊時間這件事判斷出有幾分是真的懷疑，有幾分是惡意的。當然，發現兇案死者的人理應接受徹底偵訊，因為他們知道的往往比他們願意透露的更多，而且他們通常了解內情。但史崔克破獲露拉．藍德利兇殺案無異是羞辱了倫敦警察隊，因為他們信誓旦旦的說她是自殺的。史崔克認為剛剛走出偵訊室那個褐髮女警探的態度是故意給他難堪的想法並非他的偏見；他也不認為有必要讓那麼多她的同事進來——有些人進來只是瞪著他看，有些人則對他冷言冷語。

但假如他們認為他們會造成他的不便，那他們就錯了。他沒有去任何地方，而且他們還請他吃了豐盛的午餐，如果能允許他吸菸他就更舒服了。那個偵訊他一個小時的女警官告訴他，他可以在有人陪伴的情況下出去外面在雨中吸菸，但惰性與好奇使他留在座位上。他的威士忌還在塑膠袋內，假如他們再留他更久一點，他也許會把它開來喝。他們有給他一個塑膠杯裝的水。

背後的門傳來一聲低語。

「神秘的鮑伯。」一個聲音說。

倫敦警察隊暨英國地方自衛隊的李察．安士提笑嘻嘻的進來，他的頭髮被雨淋濕，腋下夾著一疊文件。他的一邊臉頰有嚴重傷疤，右眼底下的皮膚緊繃。他們被送去喀布爾的野戰醫院後安士提的視力被搶救回來，昏迷不醒的史崔克後來被醫生截肢，保存了他的膝蓋。

「安士提！」史崔克說，握住對方伸過來的手，「怎麼——？」

「僭越了，老兄，我奉命負責這件案子。」安士提說著，坐在那個傲慢的女警探留下的椅子上，「你在這裡不大受歡迎，你知道。不過你運氣好，迪吉叔叔支持你，為你擔保。」

他總是說史崔克救了他的性命。這也許是真的。他們在阿富汗的泥路上遭到攻擊，史崔克也說不上他為何意識到即將發生爆炸，那個在前方路邊迅速跑開、看起來很像他的小兄弟的年輕人也許只是在躲避槍擊；他只知道他對開車的駕駛兵大吼煞車，但司機沒有聽從指令——也許是沒聽到——於是他伸手抓住安士提的上衣背後，一把將他拖到軍車後面躲避。安士提假如留在原地，下場也許就和坐在史崔克正前方的蓋瑞．托普雷一樣，他們後來只找到托普雷的頭顱和軀體為他下葬。

「你得把這件事再重新敘述一遍，老兄。」安士提說著，在他面前展開想必是那位女警官所寫的筆錄。

「我可以喝酒嗎？」史崔克有氣無力地問。

在安士提饒有趣味的眼光注視下，史崔克從塑膠袋取出那瓶 Arran 單一純麥威士忌，倒出大約二指寬在他的塑膠水杯內。

「好，他的妻子聘僱你去找死者……我們假設這具屍體就是這位作家，這個——」

「歐文．昆恩，是的，」安士提瞇著眼睛辨認他同事的筆跡時，史崔克為他補充，「他的妻子在六天前聘僱我。」

「那時候他已經失蹤？」

「十天。」

「但她都沒有去報警？」

「沒有。他常幹這種事：不告而別，然後又回家。他喜歡自己一個人跑去住飯店。」

「她這次又為什麼去找你？」

「家裡有事。他們有一個智障的女兒，錢也不夠用了。他這次離家的時間比往常更久一點，她以為他是去一處作家休閒會館，她不知道那個地方的名稱，但我查過了，他不在那裡。」

「我還是不明白她為什麼不找我們而去找你。」

「她說她以前曾經找過你們，結果他對她發脾氣。顯然他是跟女友在一起。」

「這個我來查。」安士提說，一邊做筆記，「你因為這樣才去那間屋子？」
「我昨天晚上才知道昆恩擁有一半的產權。」
短暫的沉默。
「他的妻子沒有告訴你？」
「沒有，」史崔克說，「她的說法是他討厭那個房子，從來不去。她給我的印象是她幾乎忘了他們擁有那棟房子——」
「有可能嗎？」安士提喃喃地說，搔著他的下巴，「假如他們很窮的話？」
「情況很複雜，」史崔克說，「另外一個產權持有人是邁可·范寇特——」
「我聽過他的名字。」
「她說他不讓他們賣房子。范寇特和昆恩兩人感情不好。」史崔克喝一口他的威士忌；酒精溫暖了他的喉嚨和腹部。（昆恩的腹部，他的整個消化器官，都被掏光了，它們會被送去什麼地方？）「總之，我在午餐時間過去看，結果發現他——或者說他的大部分屍體——在那裡。」
威士忌使他更想抽菸了。
「我聽說屍體一塌糊塗。」安士提說。
「想看嗎？」
史崔克從他的口袋掏出行動電話，找出屍體照片，從桌上遞過去給他看。
「我的天，」安士提說。他對著死屍默默地沉思了一會兒後厭惡地問，「他旁邊那些東西是什麼……餐盤嗎？」
「是的。」史崔克說。
「你知道它是什麼意思嗎？」
「不知道。」史崔克說。

「知道他活著最後一次被看見是在什麼時候嗎？」

「他的妻子最後一次見到他是五號晚上，他和他的經紀人一起吃飯，經紀人告訴他，他的最新作品不能出版，因為他毀謗了不知多少人，其中有兩個是很愛打官司的人。」

安士提望著女警探勞琳斯的筆記。

「這一點你沒有告訴布麗姬。」

「她沒問。我們沒有處得很融洽。」

「這本書多久會上市？」

「不會上市，」史崔克說，又注入少許威士忌在他的水杯內，「它還沒有出版。我剛說過，他和他的經紀人吵架，因為她告訴他這本書不能出版。」

「你讀了嗎？」

「大部分。」

「他的妻子給你一本？」

「沒有。她說她沒讀過。」

「她說她忘了她還有另一棟房子，然後她又沒有讀過自己丈夫寫的書。」安士提沒有刻意強調地說。

「她的說法是她只在它們印刷、裝訂完成有封面之後才讀，」史崔克說，「我相信她說的話。」

「嗯……哼，」安士提說，在史崔克的證詞上又添加幾筆，「你是如何取得那本原稿的？」

「我不想說。」

「可能會有問題喔。」安士提說，瞥他一眼。

「不會是我。」史崔克說。

「我們也許必須再重提這件事，鮑伯。」

史崔克聳聳肩，然後問：

「他的妻子接到通知了嗎？」

「這時候應該知道了。」

史崔克沒有打電話給莉奧諾拉，她的丈夫已經死了的消息必須由受過相關訓練的人親自上門通知。他做過這種事，好幾次了，但他久已疏於練習；何況，他已經把今天下午應盡的責任獻給歐文．昆恩被褻瀆的遺體，守著他，直到他把他安全的交到警方手中。

他在蘇格蘭場接受偵訊時並沒忘記莉奧諾拉即將面對的一切。他想像她開門後發現門外站著一個警官——也許是兩個——看見他們身上的制服便是第一個可怕的警訊；冷靜、諒解、同情地請她進入屋內談話的舉動有如鐵鎚般重重敲在她心上。（但他們不會告訴她，至少一開始時不會說她的丈夫身上被一條紫色的粗繩綑綁，或告訴她兇手掏空了他的胸腔與腹腔；他們不會告訴她，他的臉被酸性溶液燒焦難以辨認，或告訴她有人在他四周擺設餐盤，彷彿他是一頭巨大的烤……史崔克想起露西在二十四小時前端到餐桌上的羊排。他不是一個容易受驚嚇的人，但滑順的威士忌此刻似乎忽然哽在他的喉頭，他不自覺放下水杯。）

「有多少人知道這本書寫些什麼，你想？」安士提緩緩問道。

「不知道。」史崔克說，「現在可能有很多人知道了。昆恩的經紀人伊麗莎白．塔塞爾——就照這個發音拼寫，」他說，安士提振筆疾書，「把它寄給火線出版社的克里斯欽．費雪，他是個唯恐天下不亂的人。現在有許多律師介入，試圖制止傳言。」

「越來越有趣了，」安士提喃喃地說，快速動筆，「你還想吃點什麼嗎，鮑伯？」

「我想抽菸。」

「快好了。」安士提說，「他毀謗誰？」

「問題是，」史崔克說，伸展他疼痛的右腿，「它是毀謗或揭發真相。不過，我認出這幾個人是——給我紙和筆，」他說，因為寫的會比講的快。他一邊大聲說出姓名，一邊寫下：「作家邁可．范寇特；昆恩的出版商丹尼爾．查德；昆恩的女友凱絲琳．肯特——」

「有女朋友？」

「是，他們顯然在一起一年多了，我去找過她——住在斯塔福．克里普斯大樓，在克萊蒙．阿特里小區內。她說他不在她的公寓，她也沒見到他……麗莎．塔塞爾，他的經紀人；傑瑞．華德葛瑞夫，他的編輯，以及，」——他猶豫了一下——「他的妻子。」

「他把他的妻子也寫進他的小說？」

「是的，」史崔克說，將名單推給安士提，「不過，裡面還有許多人物我不認得，如果你要找出他放進書裡的人物，你有得找的了。」

「那本原稿還在你手上嗎？」

「沒有，」史崔克早料到他有此一問，便隨口否認。讓安士提自己去找一本沒有妮娜指紋的複印本吧。

「你還有想到任何有幫助的線索嗎？」安士提問，坐正身體。

「有，」史崔克說，「我不認為是他太太幹的。」

安士提瞥一眼史崔克，臉上微微帶笑。史崔克是他兒子的教父，他們坐在那輛軍車上遇襲的兩天前兒子才出生。史崔克見過提摩西．柯莫藍．安士提好幾次了，但對他一直沒什麼印象。

「好吧，鮑伯，幫我們簽個名，我開車送你回去。」

史崔克仔細讀過那篇證詞，愉快地更正了幾個勞琳斯警探拼錯的字，然後簽名。

當他和安士提在長廊上往電梯方向走去時，他的行動電話響了。史崔克的膝蓋一直在疼痛抗議。

「我是柯莫藍．史崔克。」

「是我，莉奧諾拉。」她說，聽起來幾乎和她平時一樣，只不過語氣有點激動。

史崔克向安士提示意他不進電梯後離開他，走到一扇黑窗下，從窗戶望出去可以看見底下的車輛在不曾停歇的雨中川流不息。

「警察去找過妳沒？」他問她。

「有，我現在和他們在一起。」

「我很遺憾，莉奧諾拉。」他說。

「你還好嗎？」她粗聲問。

「我？」史崔克說，有些驚訝，「我很好啊。」

「他們沒有為難你吧？他們說你正在接受偵訊。我告訴他們，『他發現歐文是因為我拜託他去找的，為什麼要逮捕他？』」

「他們沒有逮捕我，」史崔克說，「只是需要我作證。」

「可是他們把你留置到現在。」

「妳怎麼知道？」

「我在這裡，」她說，「我在樓下大廳，我要見你，我叫他們帶我來。」

他大吃一驚，威士忌在他腹中作用的結果使他想到的第一句話是：

「那誰照顧奧蘭多？」

「艾娜，」莉奧諾拉說，將史崔克的關懷視為理所當然，「他們什麼時候才會放你走？」

「我現在就要走了。」他說。

「誰？」史崔克掛斷電話後安士提問，「夏綠蒂擔心你？」

「我的天，不是，」他們一起跨進電梯時史崔克說。他完全忘了他沒有告訴安士提他們分手的事。史崔克這位倫敦警察隊的朋友生活圈只侷限在這裡，對外面的流言蜚語一無所知。「都過去了，幾個月前結束的。」

「真的？痛苦的分手。」電梯往下走時安士提說，表情是真的遺憾。但史崔克覺得安士提是為他感到失望。他的朋友當中數安士提最喜歡夏綠蒂，因為她不但人長得美，還會講黃色笑話。當他們兩人出院、除役、返回城市各自回家時，安士提最常對他說的一句話是：「帶夏綠蒂一起過來。」

史崔克本能的想保護莉奧諾拉，不讓她與安士提見面，但這是不可能的。電梯門一打開他便看見她，瘦小如鼠，毫無彈性的頭髮用兩把梳子別在腦後，身上穿著她的舊大衣，雖然腳下穿著一雙黑鞋，給人的感覺卻仍像穿著臥室的拖鞋。兩名穿制服的警官陪著她，其中一位是女性，想來應該是去報訊的，然後帶她過來。史崔克從他們投給安士提的警告眼色推測，他們必定對莉奧諾拉給的理由存疑；他們認為她聽到她丈夫死訊後的反應頗不尋常。

臉上沒有淚痕，彷彿什麼事也沒發生的莉奧諾拉看見史崔克後似乎鬆了一口氣。

「是你，」她說，「他們為什麼把你留置那麼久？」

安士提好奇地望著她，但史崔克沒有為他們介紹。

「我們過去那邊談好嗎？」他問她，指著靠牆的一張長椅說。當他一跛一跛走在她身邊時，他感覺那三名警官在他們背後聚攏了。

「妳還好嗎？」他問她，半希望她也許會表現出一點沮喪，好減少那幾個旁觀者的好奇心。

「不知道，」她說，一屁股坐進塑膠椅座，「我無法相信，我沒想到他會去那裡，這個傻蛋。我想是小偷進去把他殺了，他應該和以前一樣去住飯店才對，不是嗎？」

這麼說，他們沒有對她透露太多。他認為她應該比她外表所顯現的更震驚，更超出她對自己的了解。她來探望他的舉動彷彿一個迷失方向的人不知道該怎麼辦，只好求助於理應幫助她的那個人。

「妳要我送妳回去嗎？」史崔克問她。

「我想他們會送我回去，」她說，依舊是她提及伊麗莎白．塔塞爾會付錢給史崔克時那種一點也不操心的口吻。「我來看你是要確定你沒事，我沒有給你帶來麻煩，同時我想請你繼續為我工作。」

「繼續為妳工作？」史崔克重複道。

他有那麼一瞬間猜想她是否仍不確知到底發生了什麼事，以為昆恩仍躲在某個地方要他去把他找出來。她那有點怪異的態度背後莫非含藏某種更嚴重的基本認知問題？

「他們認為我有嫌疑，」莉奧諾拉說，「我看得出來。」

史崔克猶豫了一下，他差點說「不會吧」，但這是謊言。他深知莉奧諾拉將是第一個也是最重要的一個嫌疑人——她有一個乏味、不忠的丈夫；她選擇不報警，拖了十天後才開始尋找他；她有那間空屋的鑰匙，她丈夫的遺體就在那裡被發現，而她無疑的有能力在出其不意的情況下奪取他的性命——於是他問道：

「妳為什麼會這麼想？」

「我看得出來，」她又說，「從他們對我說話的態度，而且他們說他們要進屋子檢查，搜查他的書房。」

這是例行公事，但他明白她認為這是侵入行為，是不好的預兆。

「奧蘭多知道發生了什麼事嗎？」他問。

「我告訴她了，但我想她不了解，」莉奧諾拉說，然後他頭一次看見她眼中含淚，「她說，『像噗噗先生那樣』——噗噗先生是我們家那隻已死了的貓——但我不知道她是否了解，她不會真正了解。你永遠猜不透奧蘭多的心。我沒有告訴她他被人殺了。我實在想不通。」

談話停頓了一下，史崔克忽然岔開心思，希望他說話時沒有散發出威士忌酒味。

「你能繼續為我工作嗎？」她直接問，「你比他們行，所以我一開始就找你。你願意嗎？」

「好。」他說。

「因為我看得出他們認為我有嫌疑，」她又說，然後站起來，「從他們對我說話的態度。」

她把大衣再拉緊一點裹著身體。

「我要回去了，奧蘭多在家。我很高興你沒事。」

她慢慢走向護送她的兩名警官，那位女警官似乎有些驚訝被她當計程車司機使喚，但她瞥一眼安士提後答應開車送她回去。

「這是怎麼回事？」兩名女士走遠之後，安士提問史崔克。

「她擔心你會逮捕我。」

「她有點怪，不是嗎？」

「嗯，是有一點。」

「你沒有告訴她詳情吧？」安士提問。

「沒有。」史崔克說，對這個問題感到不悅。他知道該如何把犯罪現場情形轉達給嫌疑人。

「你要小心，鮑伯，」他們離開旋轉門走進雨夜時，安士提說，「你不要完全受人控制，這是謀殺案，你在這一區塊又沒有很多朋友可以幫忙，老兄。」

「知名度被高估了。聽我說，我會叫計程車——不要，」他不理會安士提的反對，堅定地說，「我要先抽根菸再走，多謝了，李察。」

他們相互握手；史崔克翻起他的衣領擋雨，揮手道別後便一跛一跛的走在黑暗的人行道上。他吸進第一口甜美的香菸後幾乎為能擺脫安士提而高興。

18

我發現，引發嫉妒之處，
心中的犄角比頭上的犄角更危險。

——班．強森《脾氣人人不同》

史崔克完全忘了蘿蘋星期五下午是帶著被他歸類為惱怒的心情離開辦公室的。他只知道他想找個人談當天發生的事，而那個人就是她。他通常避免在週末打電話給她，但事情的演變使他覺得有充分理由發簡訊給她。於是他在漆黑、濕冷的街上跋行了十五分鐘後，從計程車上發簡訊給她。

蘿蘋在家，蜷縮在扶手椅內閱讀她上網購買的一本書《調查訪談心理學與實務》。馬修在客廳，與遠在約克郡的母親通電話，她最近又不舒服了。蘿蘋不時提醒自己看他一眼、對他報以同情的微笑時，他總是無奈的翻白眼。

她的行動電話發出震動，蘿蘋不悅地瞄一眼；她正想專心閱讀她的書。

找到已被殺害的昆恩。柯。

她發出一聲驚呼，把馬修嚇了一跳。書本滑落在她腿上，然後掉到地板上。她不予理會，抓起行動電話跑進臥室。

馬修和他的母親又繼續講了二十分鐘，然後他走到臥室外面，隔著關閉的門扉偷聽。他聽到蘿蘋在發問，接著她似乎得到一長串回答。她談話的音質使他深信那是史崔克打來的電話。他咬緊了他的牙關。

蘿蘋終於從臥室出來了，一臉震驚的表情。她告訴她的未婚夫，史崔克找到了那個他在尋找的失蹤者，但那個人被謀殺了。馬修雖然也感到好奇，但他討厭史崔克，而且他竟敢在星期日晚上與蘿蘋聯絡。這三件事在他心中拉拔。

「我很高興今天晚上總算有一件事可以引起妳的興趣了，」他說，「我知道妳對媽生病的事覺得很無聊。」

「你這個虛偽的傢伙！」蘿蘋被這個不公正的指控氣得幾乎喘不過氣來。

兩人的口角愈演愈烈。單方邀請史崔克參加婚禮；馬修瞧不起蘿蘋的工作；他們將來要如何共同生活；他們彼此在對方的眼中又如何：蘿蘋對於兩人的關係基礎這麼快就被拿出來檢驗與指責感到驚駭，但她沒有讓步。她沒忘記生活中這兩個男人帶給她的挫折感與憤怒——馬修看不見她為何如此重視這份工作；史崔克則看不見她所具備的潛能。

（但他發現屍體後有打電話給她……她也問了——「你還告訴了誰？」——他回答：「沒有，只告訴妳。」完全沒意識到這句話對她的意義。）

同時，馬修也一肚子委屈。他最近發現一件他知道不該抱怨的事，這使他更嚥不下這口氣：蘿蘋沒有替史崔克工作之前，兩人只要吵架都是她先讓步，她先道歉，但她善於和解的天性似乎因為這個莫名其妙的工作而有了極大的轉變……

他們只有一間臥房。蘿蘋從衣櫥頂上拉出一條毯子，再從裡面翻出一條乾淨的床單，然後宣佈她要去睡沙發。馬修相信她不久就會打退堂鼓（因為沙發很硬，睡起來不舒服），因此沒有勸她。

但他以為她會軟化的想法錯了。第二天早晨醒來後他發現沙發是空的，蘿蘋不見了。他的憤怒指數立即升高。她顯然比平時提早一個鐘頭上班了。他想像——馬修平時不是富有想像力的人——那個粗笨醜陋的混蛋打開的是他公寓的門，而不是樓下的辦公室……

19

……我將為你打開
這本深深烙印在我身上的罪孽之書
……我的疾病存在我的靈魂內
——托瑪斯．戴克《高貴的西班牙戰士》

史崔克將他的鬧鐘撥早一點，決定給自己一點不受客戶或電話打擾的安靜時間。他聽到鬧鐘響後立刻起床，淋浴、吃早餐，仔細地將義肢穿戴在一直腫脹未消的膝蓋上。醒來後四十五分鐘，他已一跛一跛走進他的辦公室，腋下夾著那本還沒讀完的《蠶》。他沒有向安士提透露的一個疑點使他決意盡快把書看完。

他為自己煮了一杯濃茶後坐在蘿蘋的辦公桌，那裡的光線比較好，然後開始閱讀。

躲過剪刀手，抵達目的地進城之後，邦彼士決定擺脫他這趟長途之旅的兩個同伴魔女與壁虱。他把她們送進一家妓院，她們對那裡的工作似乎都很滿意。於是邦彼士獨自去尋找一位有名的作家虛榮，希望虛榮能成為他的良師益友。

邦彼士在暗巷裡遇到一個長得像妖怪的紅髮女人，她手上抓著一把死老鼠，準備帶回去當晚餐吃。當女妖（Harpy）獲悉邦彼士的身分後便邀請他去她家，結果發現那是一個洞穴，地上到處可見動物的頭骨。史崔克明白接下來肯定是描寫性愛，果不其然轟轟烈烈長達四頁，包括邦彼士被綑綁吊在天花板上受鞭打。事後，和壁虱一樣，女妖也想吸邦彼士的乳，但他雖然被綑綁，仍然將她擊退。當邦彼士的乳頭射出一道不可思議的耀眼光芒時，女妖流著淚，也露出她自己的乳房，但從她的乳房流出的卻是黑褐色的黏液。

史崔克皺著眉頭想像這個畫面。他感覺昆恩的風格不但類似仿諷，而且極度仿諷得讓人生厭。這一幕場景讀來彷彿一種猛爆性的邪惡，一種被壓抑的虐待狂的爆發。昆恩耗費數月，甚至數年的時間為的只是盡其所能引發痛苦與憂傷嗎？他的精神失常了嗎？一個能如此精於掌握自己風格的人——雖然史崔克一點也不喜歡——能被歸類為瘋狂嗎？

他喝一口茶，又熱又乾淨的茶讓人心安，然後繼續讀下去。邦彼士滿懷厭惡地準備離開女妖的洞穴時，又有一個角色衝進來：陰陽人（Epicoene）。啜泣的女妖為他介紹那是她的養女。陰陽人身上的袍子掀開，露出一根男性的生殖器。她堅稱她與邦彼士的靈魂是雙胞胎，因為兩人都同時是男性又是女性。她請他檢驗她的雙性肉體，但要求他先聽她唱一首歌。不料他以為會有一副美妙嗓子的她一張口，竟發出如同海狗的吠叫聲。邦彼士掩著耳朵奪門而逃。

此時邦彼士才首度發現城中央的一座山上矗立著一座光之城堡。他爬上通往城堡的陡峭街道，途中遇到一名男侏儒站在一扇黑暗的門前和他打招呼。侏儒自我介紹是作家虛榮（Vainglorious）。他有范寇特的眉毛，也有范寇特陰沉的表情與傲慢的態度。他邀請邦彼士到他家住一晚，「久聞你過人的才華」。

令邦彼士驚駭的是，屋內有個少婦被鐵鍊鎖在一張掀蓋的書桌上寫作。烙鐵在熊熊的火焰中熾熱燃燒，每一支扭曲的烙鐵上都有文字，如：頑固的誘餌、滔滔雄辯。虛榮解釋說，他讓他年輕的妻子石女（Effigy）也開始寫作，這樣他在創作他的下一本鉅著時她才不會去打擾他。但虛榮又說，遺憾的是石女沒有才華，因此她必須受懲罰。說著，他從火焰中取出一支烙鐵。邦彼士奪門而逃時，背後傳來石女痛苦的尖叫。

邦彼士加快腳步往光之城堡趕去，希望能找到庇護。城堡大門上有個名牌寫著色老二（Phallus Impudicus），但邦彼士敲門後無人回應。於是他繞著城堡走一圈從窗戶往內看，直到看見一個全身赤裸的禿頭男子站在一具金髮少年的屍體旁。屍體上佈滿刀傷，並且從每一個傷口射出不可思議的耀眼光芒，與邦彼士的乳頭射出的光芒一樣。他發現色老二挺起的生殖器似乎正在腐爛。

「嗨。」

史崔克嚇一跳，抬頭看，蘿蘋穿著她那件風衣站在門口，她的臉頰紅潤，金紅色的長髮鬆開有點凌亂，從窗外射入的朝陽彷彿將她的頭髮鍍上一層金。史崔克這一刻才發現她長得很美。

「妳為什麼這麼早來上班？」他聽見自己在問。

「想知道到底是怎麼回事。」

她脫下風衣，史崔克不敢看，內心暗暗責備自己。正當他腦中塞滿禿頭裸男露出腐爛的生殖器的畫面時，她的自然美出其不意出現在他眼前，他不由得有些心慌……

「你要再來一杯茶嗎？」

「太好了，謝謝。」他說，視線仍停留在原稿上，「給我五分鐘，我把它看完……」

他帶著潛入污池的感覺再度全神貫注在《蠶》的詭異世界中。

邦彼士在城堡外從窗戶往內窺伺時，一群頭戴風帽的奴僕粗暴的將他逮捕拖進城堡，把他身上的衣服剝光，帶到色老二的面前。此時邦彼士已大腹便便，顯然即將分娩。色老二對他的奴僕下了預告不祥之兆的指示，天真的邦彼士以為他即將成為一場盛宴的貴賓。

此時史崔克已辨認出六個人物——魔女、壁虱、剪刀手、女妖、虛榮，以及色老二——現在又多一個陰陽人，七位賓客圍坐著一張大桌，桌上有個冒煙的大罐，還有一個和人一般大的空盤子。

邦彼士抵達大廳後發現餐桌沒有他的座位。其他來賓都站起來，手上拿著繩索朝他逼近，並將他制伏。他被綑綁放在大盤上，然後被剖腹。在他腹中漸漸長大的東西這時出現了，是一顆散放超自然光芒的球體。色老二將光球取出，放入一個匣子鎖起來。

冒煙的水罐裡面裝的是硫酸。七個攻擊者興高采烈地將硫酸潑在仍活著痛苦尖叫的邦彼士身上，等他歸於沈寂時，他們開始吃他。

小說的結尾是賓客走出城堡，一面談論他們對邦彼士的記憶，絲毫沒有悔意。他們離開空蕩蕩的大廳、桌上仍在冒煙的遺體，以及宛如一盞明燈掛在遺體上方的光球。

「狗屎！」史崔克小聲說。

他抬頭，蘿蘋不知什麼時候放了一杯新泡的茶在他旁邊。她坐在沙發上，安靜地等他看完。

「都在這裡面，」史崔克說，「昆恩的下場都寫在這裡。」

「什麼意思？」

「昆恩小說中的主角和昆恩本人的死法一模一樣。綑綁、剖腹、身上被潑灑酸性溶液。書裡面他們還把他吃了。」

蘿蘋瞪著他。

「那些餐盤，刀和叉……」

「完全一樣。」史崔克說。

他沒有多想，從他的口袋掏出行動電話，找出他拍的那些照片，然後看見她驚駭的表情。

「不行，」他說，「抱歉，我忘了妳不是——」

「給我。」她說。

他忘了什麼？忘了她沒有受過訓練或沒有經驗；忘了她不是女警或軍人？她要符合他一時忘記的條件，她要加強訓練，超越自己的能力。

「我想看。」她言不由衷地說。

他不安地將電話交給她。

蘿蘋沒有皺眉，但是當她看到屍體上被掏空的胸腔與腹腔時，她震驚得覺得自己的五臟六腑似乎也縮小了。她拿起她的馬克杯，卻發現她一口也喝不下。最可怕的是臉部的特寫，被不明液體侵蝕後發黑，一隻眼窩燒成焦黑……

那些餐盤也一樣可憎。史崔克拍了一張特寫；那種擺設是刻意安排的。

「我的天。」她茫然地說，將電話還給他。

「現在妳讀這一段。」史崔克說，翻到相關的頁碼後遞給她。

她默默地閱讀，讀完後她抬頭看他，那雙眸子似乎比平常大一倍。

「我的天。」她又說。

她的行動電話響了，她從擱在旁邊沙發上的皮包掏出電話看一眼，是馬修。她仍在生他的氣，所以拒絕接聽。

「你想有多少人，」她問史崔克，「讀過這本書？」

「現在恐怕有不少人讀過了，費雪用電子郵件到處轉傳其中的片段；加上他與律師間的往來書信，這件事已鬧得沸沸揚揚了。」

史崔克一邊說著，腦中忽然現起一個念頭，假如這是昆恩的本意，那麼這種宣傳方式再巧妙不過了……但他被綑綁，不可能在自己身上潑灑硫酸，也不可能將自己剖腹……「它被鎖在羅普查德出版公司的保險箱，但公司一半以上的人都知道保險箱密碼，」他繼續說，「我就是這樣拿到的。」

「但你不覺得兇手有可能是裡面的——？」

蘿蘋的行動電話又響了，她看一眼，是馬修。她又再度拒絕接聽。

「不一定，」史崔克回答她沒說完的問題。「不過被他寫在書中的人將是警方約談名單上的重點。我認出的角色當中，莉奧諾拉說她沒讀過，凱絲琳．肯特也這麼說——」

「你相信她們？」蘿蘋問。

「我相信莉奧諾拉，但是對凱絲琳．肯特沒有把握。那句話怎麼說的？『我樂見汝受折磨』？」
「我不相信女人會做出這種事。」蘿蘋立刻說，瞥一眼史崔克放在書桌上的行動電話。
「妳沒聽說那個澳洲婦女嗎，她把她的愛人剝皮、分屍，將他的頭顱和臀部煮了之後拿給他的孩子吃？」
「真的假的？」
「真的，妳上網查就知道。女人說變就變。」史崔克說。
「他是個大塊頭……」
「如果是一個他信得過的女人呢？他認識的、和他有性關係的女人？」
「我們確定知道讀過的人有誰？」
「克里斯欽．費雪、伊麗莎白．塔塞爾的助理拉爾夫、塔塞爾本人、傑瑞．華德葛瑞夫、丹尼爾．查德——除了拉爾夫、費雪與妮娜．拉塞勒外，他們都是書中的角色——」
「誰是華德葛瑞夫和查德？誰又是妮娜．拉塞勒？」
「昆恩的編輯，他的出版社老闆，還有幫我偷這個複印本的女孩。」史崔克說，拍拍原稿。
蘿蘋的行動電話第三次響了。
「抱歉，」她不耐煩地說，拿起電話，「什麼事？」
「蘿蘋。」
馬修的聲音有奇怪的鼻音，他一向不哭，平時吵架他也不會特別有懊悔的表現。
「什麼事？」她說，但沒有剛才那麼尖銳了。
「媽又中風了，她……她……」
她的心猛然往下沉。
「馬修？」

他在哭。

「她，死了。」他說，像個小男孩。

「我馬上過來，」蘿蘋說，「你在哪裡？我馬上過來。」

史崔克注視她的表情，他看到死亡的消息，希望不是她心愛的人，不是她的父母，不是她的兄弟……

「好，」她說，人已經站起來，「你等我，我馬上過來。」

「馬修的母親，」她告訴史崔克，「她死了。」

那種感覺太不真實了，她無法相信。

「他們昨天晚上還在通電話，」她說，想起馬修對她翻白眼和她隱約聽到的談話聲，她的內心頓時充滿溫柔與同情，「我很抱歉，但——」

「去吧，」史崔克說，「代我向他致意，好嗎？」

「好的。」蘿蘋說，開始拉她手提袋上的帶子，但因為激動，手指有些笨拙。她打從讀小學時就認識康利菲太太了。她將風衣搭在手臂上，玻璃門打開又關上了。

史崔克一雙眼睛對著蘿蘋消失的地方又多望了幾秒，然後他看看手錶，還不到九點，那個即將離婚的黑髮女子再過半個鐘頭就到了，她的翡翠項鍊還在他的保險箱內。

他把馬克杯收拾好洗乾淨，然後取出他找回的項鍊，再把《蠶》的原稿放進保險箱，將水壺注滿水，然後察看他的電子郵件。

他們的婚禮要延期了。

他不想幸災樂禍。他拿出他的行動電話撥給安士提，後者幾乎立刻接聽。

「鮑伯？」

「安士提，我不知道你是否已經有這本書，不過我想你應該知道，昆恩在他生前的最後一本小說描述他被謀殺的情景。」

「再說一遍？」

史崔克為他解說，從他講完後對方短暫的沉默看來，安士提顯然還不知道這個消息。

「鮑伯，我要原稿的副本，如果我派人過來——？」

「給我四十五分鐘。」史崔克說。

他的黑髮客戶抵達時他仍在複印。

「你的秘書呢？」她劈頭第一句話便問，嬌滴滴的故作驚訝，彷彿是他刻意安排他們倆單獨在一起。

「請病假，上吐下瀉，」史崔克煞有介事地說，「我們開始好嗎？」

20

良心可是沙場老將的同志？

——弗朗西斯．博蒙特與約翰．弗萊契《悖信者》

當天晚上史崔克獨自坐在他的辦公桌前，外面車馬喧囂，他一隻手叉著星洲炒麵吃，另一隻手振筆疾書。那天的工作告一段落後，他終於有空把全副精神貫注在歐文．昆恩的兇殺案上，用他那一筆龍飛鳳舞、不易辨認的剛硬筆跡寫下待辦事項。他在某幾個事項旁邊寫了一個「安」字代表安士提。一個沒有權利介入調查的私家偵探若以為他有權將工作委託給負責辦案的警探，史崔克肯定會被視為自大或自欺欺人，但他毫不在意。

史崔克曾在阿富汗與安士提共事過，對他的能力沒有太高的評價。他認為安士提雖然能幹但想像力不足。他在辨認模式這方面極具效率，追查已知線索的能力也很強。史崔克並非輕視這些特質——已知線索往往正是答案，而有條不紊的標記則是證明的手段——但這起兇殺案乃經過精心策畫，前所未見，有虐待狂傾向，而且風格怪誕，靈感取之於文學，手段則殘酷無情。安士提能充分理解這宗從昆恩本人的幻想糞土孕育出來的謀殺計畫嗎？

他的行動電話鈴聲劃破寂靜。他拿起電話貼在耳邊，聽見莉奧諾拉．昆恩的聲音時才明白他期待的是蘿蘋。

「妳好嗎？」他問。

「警察在這裡，」她說，完全省略社交禮貌，「他們在搜查歐文的書房，我不願意，但艾娜說我應該讓他們搜查。都發生這種事了，他們就不能給我們一點安寧嗎？」

「他們有不得不搜索的立場，」史崔克說，「歐文的書房也許有助於他們找到兇手的線索。」
「比如什麼？」
「我不知道，」史崔克耐心地說，「但我認為艾娜是對的，最好讓他們進去。」
對方沉默。
「妳還在電話上嗎？」
「是的，」她說，「現在他們把書房鎖上了，我不能進去。而且他們還要再來。我不喜歡他們在這裡，奧蘭多不喜歡。其中有一個人，」她的口氣聽起來很氣憤，「還問我要不要搬出去住一陣子。我說『我不要』。奧蘭多從來沒有住過別的地方，她沒辦法適應。我哪裡也不去。」
「警察沒有說有問題要問妳嗎？」
「沒有，」她說，「只有問他們能不能進去書房。」
「好，假如他們要問妳——」
「我應該請一個律師，對，這是艾娜說的。」
「我明天早上過來看妳好嗎？」他問。
「好，」她的口氣聽起來很高興，「十點過來，我必須先出去買點東西。我不能整天都在外面，我不想把他們單獨留在家裡。」
史崔克掛斷電話後又再度想到，對警方而言，莉奧諾拉的態度可能對她不太有利。安士提（如同史崔克）看得出，莉奧諾拉那種帶點遲鈍、無法做出別人眼中的適當行為、固執地拒絕看她不想看的東西——也可以說是使她得以忍受與歐文共同生活的煎熬的特質——明白顯示她不可能殺死歐文．昆恩嗎？或者，她怪異的性格、她與生俱來（雖然不明智）的誠實使她不願表露人情之常的哀傷，加深了安士提世俗的心原本就存在的疑慮，以致他看不見其他的可能性？
史崔克專注地，甚至可以說狂熱地振筆疾書，左手仍不斷將食物餵進口中。他的思慮源源不絕、切中要點，快速寫下他亟欲解答的疑問、他想察看的地點、他要追查的路徑。這是他的行動計畫，也是他想催促安士提朝正確方向調查的方法。他要協助安士提看到事實：丈夫遇害不一定都是妻子下的毒手，即便這個丈夫不負責任、不可靠、不忠實。

史崔克終於放下手上的筆，把剩下的炒麵分兩大口吃完，然後清理辦公桌。他將筆記放進歐文．昆恩的檔案夾，把檔案夾脊背上的「失蹤人口」字樣劃掉改寫「兇殺」。他把燈熄滅，關上玻璃門，正想上鎖時忽然又想起一件事，於是他又回到蘿蘋的電腦前。

他從電腦上點出BBC的網站，果然沒看到頭條新聞，因為無論昆恩自恃有多高，他仍然不是一個非常有名的人。他在重點新聞「歐盟已同意援助愛爾蘭共和國紓困」底下找到三則報導。

> 一名男子陳屍於倫敦塔加斯路一間住宅，據信死者為五十八歲的作家歐文．昆恩。死者的遺體昨日被其家屬的友人發現，警方已朝兇殺方向展開調查。

報導中沒有刊登昆恩穿提洛爾斗篷的照片，也沒有詳述他遇害時的恐怖景象。不過現在還早；有的是時間。

上樓回到他的公寓，史崔克感到有點精神不濟。他坐在床上疲倦地揉眼睛，然後和衣躺在床上，也沒解下義肢。他一直不願多想的問題此刻開始浮現……他為何沒有提醒警方昆恩已失蹤近兩週？他為何沒有想到昆恩可能已經死了？當警探勞琳斯對他提出這些問題時他已有答案，合理的答案，清晰的答案，但他發現這些答案並不能滿足他自己。

他不需要拿出他的行動電話看昆恩屍體的照片，昆恩被綑綁、遺體遭腐蝕的畫面似乎已印在他的視網膜上。怎樣的狡猾、怎樣的深仇大恨、怎樣的變態使昆恩的文學著作化為真實？什麼樣的人會去剖開一個男人的身體，在他身上潑灑酸性溶液，取出他的內臟，然後在他被掏空的屍體四周擺設餐盤？

史崔克無法擺脫自己應該如同他所接受過的訓練，彷彿一隻食腐鳥般老遠就嗅到現場氣味的不合理念頭。以他過去享有的聲譽，他對不尋常、危險、可疑現象的直覺，他怎麼沒想到這個喜歡嗆呼、喜歡自吹自擂、喜歡自我宣傳的昆恩已離家出走太久；而他又怎麼會太沉默？

因為這個傻瓜老是喊狼來了……因為我累斃了。

他翻身將自己從床上撐起來走向浴室，但他的思緒一直在那具屍體上轉：屍體上的大窟窿，焦黑的眼窩。兇手在屍體仍血流如注、昆恩尖叫的迴音在那個寬敞的空間也許還沒有完全止息時便移動它，然後輕輕擺放刀叉……他又產生一個疑問：鄰居有沒有聽見昆恩最後的狂叫？

史崔克終於上床了，他用一隻毛茸茸的手臂擋住雙眼，聆聽自己的聲音。他的念頭有如一個不肯安靜的工作狂，喋喋不休地對他嘮叨。鑑識工作已進行了一天多，就算不完整他們也會提出報告。他應該打電話給安士提，看他們怎麼說……

夠了。他告訴自己疲憊又過動的大腦，夠了。

他在軍中時，無論是睡在光禿的水泥地，或睡在崎嶇不平的地面，或睡在不平整、會隨著他的身體移動而尖叫抱怨的行軍床時，他都能以意志力讓自己馬上入睡。因此他現在也以同樣的意志力順利地進入夢鄉，如同一艘戰艦緩緩出航駛向黑暗的水域。

21

那麼他死了嗎？
最後死了，永遠死了嗎？

——威廉．康格里孚《悲傷的新娘》

第二天早晨八點四十五分，史崔克緩緩步下樓梯，心中不只一次自問，他為什麼不想辦法把那個鳥籠電梯修好？他摔倒後至今膝蓋仍腫脹疼痛不已，因此他給自己一個小時的充裕時間前往雷布洛克林蔭大道，因為他坐不起計程車。

他打開樓下大門，一陣刺骨的寒風撲面而來，接著一片白光在他眼前幾吋的地方急促閃動。他眨眨眼，看見三名男子的輪廓在他面前舞動。他伸手遮擋另一波連續的鎂光燈。

「史崔克先生，你為什麼不通知警方歐文．昆恩失蹤了？」

「你早知道他死了嗎，史崔克先生？」

有那麼一瞬間他想退回去，把他們擋在門外，但這樣等於他被困在裡面，一會兒之後依然得再度面對他們。

「無可奉告。」他冷冷地說，正對著他們走過去絲毫不肯讓步。記者只好後退讓他通過。有兩個人繼續提問，另一個人倒著往後退，手上不停拍照。平時經常與史崔克一起站在門口抽菸的吉他店女孩從櫥窗內驚訝地看著這一幕。

「你為什麼沒有告訴任何人他已失蹤兩個多禮拜，史崔克先生？」

「你為什麼不通知警方？」

史崔克默默地邁著大步往前走，他的雙手插在口袋，神情冷峻。他們跟在他旁邊小跑步，想辦法讓他開口，彷彿兩隻尖嘴的海鷗對著一艘拖網漁船俯衝。

「又想對他們炫耀了嗎，史崔克先生？」

「跟警方較量嗎？」

「名氣有讓你的生意更好嗎，史崔克先生？」

他在軍中練過拳擊。他想像他一個轉身，朝對方的肋骨方向揮出一記左鉤拳，那個小混蛋倒下去……

「計程車！」他大聲喊。

他坐進計程車時又是一陣急速的閃光；幸好前方的交通號誌轉成綠燈，計程車順利駛離路灣，那幾個人又跟著跑了幾步後終於放棄。

計程車轉彎時他回頭看一眼，心中暗罵混蛋。一定是倫敦警察隊某個混蛋告訴他們屍體是他發現的。這個人不會是安士提，他已在正式聲明中壓下這個消息，但其中有一個混蛋為了露拉．藍德利的案子一直對他懷恨在心。

「你是名人嗎？」計程車司機問，從後視鏡注視他。

「不是。」史崔克簡短回答，「請送我到牛津圓環好嗎？」

計程車司機一聽是短程便喃喃抱怨。

史崔克拿出他的行動電話，發簡訊給蘿蘋。

我離開時門外有兩個記者，妳就說妳在克勞迪上班。

然後他打電話給安士提。

「鮑伯。」

「我剛在門口被堵，他們知道屍體是我發現的。」

「怎麼知道的？」

「你問我？」

對方沉默了一下。

「早晚都會有人知道，鮑伯，但這個消息不是我給的。」

「嗯，我看到新聞報導寫『家屬的友人』。他們以為我沒有向你們報案是因為我想出名。」

「拜託在官方聲明上反駁這個消息，李察，他們這樣死纏爛打，我還得討生活呢。」

「老兄，我沒有——」

「我來處理，」安士提保證，「聽著，不如你晚上過來吃飯？初步鑑識報告出來了；咱們好好討論一下。」

「好，好極了，」計程車即將抵達牛津圓環時史崔克說，「幾點？」

他在地鐵車廂內依舊站立，因為坐下後再站起來會給他疼痛的膝蓋帶來更多壓力。列車經過皇家橡樹站時他察覺他的行動電話在震動，他看到兩封簡訊，第一封是他的妹妹露西傳來的。

生日快樂，棍子！xxx

他完全忘了今天是他的生日。他打開第二通簡訊。

嗨，柯莫藍，謝謝你的提醒，果然看到記者，他們還在門外徘徊。待會兒見。蘿。

幸好今天天氣暫時放晴了，史崔克在十點不到準時抵達昆恩家門口，它在微弱的陽光下依舊和他上一次造訪時一樣陳舊與落魄，不過還是有不一樣的地方，一名警官站在門外。那是一個身材高大的年輕警官，有個看起來好勇鬥狠的下巴，他看見史崔克一跛一跛朝他走過來時，兩道眉毛立即揪在一起。

「請問你是誰，先生？」

「哼，早料到了。」史崔克說，不理會他，逕自去按門鈴。儘管安士提邀他共進晚餐，此時他對警察仍缺少同情，「你的職權也不過爾爾。」

門開了，史崔克發現站在他面前的是一個瘦長的女孩，她的皮膚蒼白，一頭蓬亂的淺褐色鬈髮，一張大嘴，臉上是單純率真的表情。她有一雙清澈的淡綠色大眼，但兩眼分得很開。她身上穿著一件不是長運動衫就是短洋裝的衣服，露出瘦削的膝蓋，腳上穿著一雙毛茸茸的粉紅色短襪。她平坦的胸前抱著一隻長絨大紅毛猩猩。這隻玩具猩猩的手掌有魔鬼粘，兩隻手沾在一起掛在她的脖子上。

「啊囉。」她說，身體微微左右搖晃，重心在兩隻腳上移來移去。

「哈囉，」史崔克說，「妳是奧蘭——？」

「請問你叫什麼名字，先生？」那個年輕的警官大聲問。

「行——如果你能先告訴我你為什麼站在這間屋子外面。」史崔克含笑說。

「有媒體會來騷擾。」年輕警官說。

「有人來，」奧蘭多說，「帶著相機，媽媽說——」

「奧蘭多！」莉奧諾拉從屋內大聲喊，「妳在幹嘛？」

她踩著沉重的腳步走出玄關，出現在她女兒背後，蒼白的臉顯得很憔悴，身上穿著一件裙邊脫線的深藍色舊洋裝。

「噢，」她說，「是你，進來吧。」

史崔克跨過門檻時對那個警官笑笑，後者瞪他一眼。

「你叫什麼名字？」前門關上後，奧蘭多問史崔克。

「柯莫藍。」他說。

「好奇怪的名字。」

「是啊，」他說，然後他又忍不住說，「這是一個巨人的名字。」

「好好玩。」奧蘭多搖晃身子說。

「進去，」莉奧諾拉簡短地對史崔克說，一手指向廚房，「我上個廁所，馬上過來。」

史崔克走進狹窄的走道，書房的門關著，他猜想大概仍鎖著。

進入廚房後，他驚訝地發現他不是唯一的訪客，羅普查德出版公司的編輯傑瑞．華德葛瑞夫坐在廚房餐桌旁，手上握著一束暗紫色與藍色的鮮花，蒼白的臉上甚是焦慮。另外還有一束花仍包在玻璃紙內，和幾個骯髒的陶盆一起放在水槽中。裝食物的超市購物袋還沒有打開，擱在旁邊。

「嗨，」華德葛瑞夫說，站起來，透過他的角質框眼鏡誠懇地望著史崔克。他顯然認不出他曾在黑漆漆的空中花園見過的這位私家偵探，因為他問道：「你是親屬嗎？」並伸出一隻手。

「親屬的朋友。」史崔克與他握手時說。

「太可怕了，」華德葛瑞夫說，「一定要來看看是否需要幫忙。我到了以後她一直在廁所裡面。」

「是。」史崔克說。

華德葛瑞夫又坐下，奧蘭多一步一步橫著走進廚房，手上抱著她那隻長絨紅毛猩猩。廚房內幾個人中表情最自在的奧蘭多大膽地望著他們兩人。

「你的頭髮很好看，」許久之後，她終於對傑瑞．華德葛瑞夫說，「好像有做過。」

「我想是吧。」華德葛瑞夫說，對她微笑。她又一步一步橫著走出廚房。

接著是短暫的沉默，華德葛瑞夫一邊玩弄鮮花，兩隻眼睛上上下下打量這間廚房。

「真不敢相信。」最後他說。

他們聽見樓上傳出馬桶沖水的聲音，接著是下樓的腳步聲，然後莉奧諾拉回來了，後面跟著奧蘭多。

「抱歉，」她對兩位男士說，「我有點不舒服。」

她顯然指她的腸胃。

「莉奧諾拉，」傑瑞．華德葛瑞夫尷尬地說，站起來，「妳有朋友在，我不打擾了——」

「他？他不是朋友，他是偵探。」莉奧諾拉說。

「什麼？」

史崔克想起華德葛瑞夫有一隻耳朵聽不見。

「他有一個巨人的名字。」奧蘭多說。

「他是一個偵探。」莉奧諾拉大聲說，聲音蓋過她的女兒。

「喔，」華德葛瑞夫說，嚇一跳，「我不——為什麼——？」

「因為我需要，」莉奧諾拉簡單地說，「警方認為是我殺了歐文。」

沒有人說話，華德葛瑞夫有明顯的不自在。

「我爸死了。」奧蘭多說，她的眼光直接而迫切，希望能得到回應。史崔克覺得他應該說點什麼，便說：

「我知道，這是一件令人難過的事。」

「艾娜說這件事讓人痛心。」奧蘭多說，彷彿她期待更新穎的回答，接著她又溜出去了。

「坐吧，」莉奧諾拉請兩位男士坐下，「這是給我的嗎？」她又說，指著華德葛瑞夫手上的花。

「是的，」他說，笨拙地將花遞給她，但仍然站著，「莉奧諾拉，我不想佔用妳太多時間，妳一定有許多事要——要安排，而且——」

「他們不肯給我他的遺體，」莉奧諾拉老實不客氣地說，「所以我還不能做任何安排。」

「喔，這裡還有一張卡片，」華德葛瑞夫拚命想找話說，摸摸他的口袋，「這裡……如果有任何我們幫得上忙的地方，莉奧諾拉，任何——」

「我看誰也幫不上忙，」莉奧諾拉簡短地說，接過他遞來的信封後坐下來。史崔克早已拉了一張椅子坐在桌邊，很高興能減輕他腿上的重量。

「那，我走了，」華德葛瑞夫說，「對了，莉奧諾拉，我實在不願意在這種時刻問妳，但……妳這裡有《蠶》的副本嗎？」

「沒有，」她說，「歐文帶走了。」

「我很抱歉，不過，假如……我可以看看還有沒有多的，沒帶走的？」

她透過那副過時的大眼鏡望著他。

「警察把他留下的全都拿走了，」她說，「他們昨天一下子就把書房搜索之後鎖起來，把鑰匙帶走——現在連我自己都進不去。」

「喔，假如警方需要……不，」華德葛瑞夫說，「好吧，不，我自己會出去，不要起來。」

他從走道出去，然後他們聽見前門關上的聲音。

「不懂他為什麼要來，」莉奧諾拉繃著臉說，「大概想讓自己覺得做了一件好事吧。」

她打開他給的卡片，正面是一幅紫羅蘭水彩畫，裡面有許多人的簽名。

「現在都做好人了，因為他們感到內疚。」莉奧諾拉說，將卡片往麗光板桌面一扔。

「內疚？」

「他們向來不欣賞他，你必須行銷自己的書，」她出人意外地說，「你必須自己做宣傳。出版社應該幫忙促銷才對，但他們都不幫他安排上電視，或幫他做任何他需要的事。」

史崔克猜想這大概是她從她丈夫那邊聽來的抱怨。

「莉奧諾拉，」他說，取出他的筆記本，「我可以問妳幾個問題嗎？」

「我想可以吧，不過我什麼都不知道。」

「妳有聽說哪些人在本月五日歐文離家以後和他說過話或見過他的嗎？」

她搖頭。

「沒有任何朋友或家人？」

「沒有，」她說，「你要喝茶嗎？」

「好，謝謝，」史崔克說，他不敢指望這間骯髒的廚房能變出什麼好東西，他只是想讓她繼續說話。

「妳和歐文的出版社員工熟不熟？」他在水壺注水的嘈雜聲中問。

她聳聳肩。

「羅普查德出版社的人妳都不熟？」

「幾乎不認識，那個傑瑞是有一次我在歐文的簽書會上見過。」

「不熟。為什麼會熟？跟他們合作的是歐文，又不是我。」

「妳也沒讀過《蠶》，是嗎？」史崔克謹慎地問。

「我已經告訴過你了，他的書沒出版以前我不會讀。為什麼每個人都問我這個問題？」她從她正在打開的餅乾包裝袋上抬頭問。

「這跟他的遺體有什麼關係？」她忽然問，「他出了什麼事？他們不肯告訴我。他們拿走他的牙刷去做 DNA 檢驗。他們為什麼不讓我看他？」

他以前也面對過這種疑問，從其他妻子、其他哀傷的父母那裡。他稍稍讓步，和以前一樣，告訴她部分實話。

「他陳屍在那裡好一段時間了。」他說。

「多久?」

「他們還不知道。」

「什麼原因?」

「我想他們也還不確定。」

「可是他們一定……」

她沒有繼續說下去,因為奧蘭多又拖著腳步走進來,手上不但抱著她的紅毛猩猩,還握著一捆色彩鮮豔的圖畫。

「傑瑞去哪裡了?」

「回去上班了。」莉奧諾拉說。

「他的頭髮很好看,我不喜歡你的頭髮,」她對史崔克說,「毛毛的。」

「我也不怎麼喜歡它。」他說。

「他現在不想看圖畫,多多,」她的母親不耐煩地說,但奧蘭多不理會她母親,把圖畫攤開在桌上給史崔克看。

「我畫的。」

這些圖畫看得出來有花、鳥和魚,其中有一張畫在一張兒童餐菜單的背面。

「很漂亮,」史崔克說,「莉奧諾拉,妳知道警察昨天搜索書房時有找到任何與《蠶》有關的東西嗎?」

「有,」她說,將茶包丟進邊緣有缺角的馬克杯,「兩個用過的打字機色帶;它們掉落在書桌後面。他們出來問我其他的在哪裡;我說他離家時全都帶走了。」

「我喜歡爹地的書房，」奧蘭多說，「因為他會給我紙張讓我畫圖。」
「那間書房是個線索，」莉奧諾拉說，打開電水壺開關，「他們花很多時間詳細檢查。」
「麗莎阿姨有進去過。」奧蘭多說。
「什麼時候？」莉奧諾拉問，兩手各拿著一個馬克杯望著她的女兒。
「她來的時候妳在上廁所，」奧蘭多說，「她走進爹地的書房，我有看到。」
「她沒有權利進去，」莉奧諾拉說，「她有到處翻嗎？」
「沒有，」奧蘭多說，「她只是走進去，然後走出來，她有看到我，她在哭。」
「是啊，」莉奧諾拉滿意地說，「她也是對我哭哭啼啼的，又一個內疚的人。」
「她什麼時候來的？」史崔克問莉奧諾拉。
「星期一一大早，」莉奧諾拉說，「來問有沒有需要她幫忙的。幫忙！她幫得還不夠嗎！」
史崔克的茶淡而無味，奶水又加太多，看起來彷彿沒見過茶包似的。他喜歡的茶要煮成木餾油的顏色。他禮貌地啜一口茶，想起伊麗莎白．塔塞爾說過恨不得她的杜賓狗一口把昆恩咬死。
「我喜歡她的口紅。」奧蘭多說。
「妳今天看任何人的東西都喜歡，」莉奧諾拉面無表情地說，端著她的淡茶坐下來，「我問她為什麼要這樣做，為什麼要告訴歐文那本書不能出版，害他那麼生氣。」
「她怎麼說？」史崔克問。
「她說他把許多人都寫在那本書裡面。」莉奧諾拉說，「我不懂他們為什麼這麼生氣，他經常如此，」她啜一口茶，「他也常把我寫進去。」
史崔克想到魔女，那個「用舊了的妓女」，不禁對歐文．昆恩生起反感。
「我想問妳有關塔加斯路那間房子的事。」
「我不懂他為什麼去那裡，」她立刻說，「他討厭那裡，他很早以前就想把它賣掉，但那個范寇特一直不肯賣。」

「是啊，我也在想為什麼。」

奧蘭多不知什麼時候已坐在他旁邊的椅子上，一隻光腳折起坐在屁股底下，用一盒似乎平空變出來的蠟筆興致勃勃地為一條大魚添加彩色的魚鰭。

「邁可·范寇特這些年來為什麼都不肯賣掉它？」

「和那個約瑟夫當初遺留給他們時的規定有關。他有說要如何使用它。我不知道，你要去問麗莎，她都知道。」

「歐文最後一次去那裡是什麼時候，妳知道嗎？」

「好幾年前，」她說，「我不知道，很久了。」

「我還要圖畫紙。」奧蘭多說。

「我沒有紙了，」莉奧諾拉說，「都在爹地的書房裡，畫在這個背面好了。」

她從凌亂的桌面上拿了一張宣傳單推過去給奧蘭多，但她的女兒把它推開，無精打采的走開了，紅毛猩猩仍掛在她的脖子上。他們旋即聽見她企圖強行進入書房的聲響。

「奧蘭多，不可以！」莉奧諾拉大吼，跳起來急忙跑出去。史崔克乘機轉身將大部分奶茶倒在水槽內，茶水濺在包裝鮮花的玻璃紙上洩漏了形跡。

「不行，多多，妳不能進去，不，我們不可以——我們不可以，放開手——」

一陣高八度的哭叫聲後緊接著重重的腳步聲，顯示奧蘭多上樓了。莉奧諾拉回到廚房，一張臉激動得通紅。

「我今天一天有得罪受的了，」她說，「她的情緒不穩定，不喜歡警察在這裡。」

她神經質地打了一個呵欠。

「妳有睡覺嗎？」史崔克問。

「睡得不多，因為我一直在想，到底是誰？誰殺害他？我知道有人不喜歡他，」她煩亂地說，「可他就是這種個性，喜怒無常，一點小事就會生氣，他向來如此，並不是故意的。誰會為了這個殺他？

「邁可．范寇特一定還有那間屋子的鑰匙，」她繼續說道，忽然改變話題，雙手手指交握，「昨天晚上我睡不著覺，忽然想到這一點。我知道邁可．范寇特不喜歡他，但那是很久以前的事了，無論如何，歐文都沒有做邁可硬說是他做的那件事。他沒有寫那篇文章。不過，邁可．范寇特不會殺歐文。」她用她那雙和她女兒一樣無辜的清澈眼睛注視著史崔克，「他很有錢，不是嗎？他是名人……他不會。」

史崔克對於一般大眾認為名人都是聖潔的——即便在媒體詆毀、追查，對他們窮追不捨的時候——怪現象始終感到不可思議。無論有多少名人被控強暴或殺人，仍然有人幾乎不信邪地堅稱：不是他，不可能是他，他那麼有名。

「還有那個該死的查德，」莉奧諾拉脫口罵道，「寫信來威脅歐文。歐文始終不喜歡他，現在他居然在那張卡片上簽名，還說假如有需要他幫忙的地方……那張卡片呢？」

那張有紫羅蘭花樣的卡片從桌上消失了。

「她拿走了，」莉奧諾拉說，又脹紅了臉，「她拿走了，」然後她對著天花板猛然大吼一聲：「多多！」把史崔克嚇一跳。

這是一個處於極度憤怒狀態的人最先表現出來的傷痛，如同她的腸胃不適一樣，透露出她那乖戾的外表底下承載著多少痛苦。

「多多！」莉奧諾拉又大吼，「我是怎麼告訴妳的，不是妳的東西不可以拿——？」

奧蘭多又不聲不響的突然出現在廚房，身上仍然掛著她的紅毛猩猩。她一定早在他們沒有察覺的情況下，像貓一樣靜悄悄地下樓。

「妳拿了我的卡片！」莉奧諾拉憤怒地說，「我不是告訴過妳，不是妳的東西不可以拿嗎？卡片呢？」

「我喜歡上面的花，」奧蘭多說，交出那張漂亮但已被捏縐的卡片。她的母親從她手上一把搶過去。

「這是我的，」她對她的女兒說。「你看，」她又繼續對史崔克說，手指著那一串工整的筆跡：『若有任何需要，請不吝告知。丹尼爾．查德。』——偽君子。」

「爹地不喜歡單尼查，」奧蘭多說，「他告訴我的。」

「他是一個偽君子，我知道。」莉奧諾拉說，瞇著眼睛看其他的簽名。

「他送我一枝畫筆，」奧蘭多說，「他摸我以後。」

一陣短暫的沉默。莉奧諾拉抬頭看她。史崔克舉到嘴邊的馬克杯停在那裡不動。

「什麼？」

「我不喜歡他摸我。」

「妳在說什麼？誰摸妳？」

「在爹地的公司。」

「別胡說。」她的母親說。

「爹地帶我的時候，我看到——」

「他在大約一個多月以前帶她，因為我要去看醫生，」莉奧諾拉告訴史崔克，一張臉又脹紅了，顯然又要發脾氣，「我不知道她在胡說什麼。」

「……我看到他們要印在書上的圖片，都是彩色的。」奧蘭多說，「然後丹尼查摸——」

「妳又不認識誰是丹尼爾．查德。」莉奧諾拉說。

「他沒有頭髮，」奧蘭多說，「爹地帶我去看那個女士後我把我最漂亮的一張畫送給她。她的頭髮很好看。」

「什麼女士？妳在說什麼——？」

「丹尼查摸我，」奧蘭多大聲說，「他摸我，我大叫，後來他就給我一枝畫筆。」

「妳不要到處去講這種事，」莉奧諾拉說，心力交瘁的聲音有點沙啞，「我們受的還不夠嗎——別傻了，奧蘭多。」

奧蘭多脹紅了臉，怒視她的母親，然後離開廚房。這次她把門用力關上，但門不但沒關上反而彈開來。史崔克聽見她踏著重步咚咚上樓，不久開始沒來由地尖叫。

「現在她生氣了，」莉奧諾拉呆滯地說，淚水奪眶而出。史崔克將一旁粗劣的廚房紙巾拿過來，撕下幾張放在她手中。她無聲地哭泣，瘦削的肩膀在顫抖。史崔克默默地坐著，小口啜著他那杯極難喝的茶。

「我和歐文是在一家酒館認識的，」她忽然喃喃地說，推開眼鏡擦拭臉上的淚水，「他去參加節慶，在懷河畔海伊，我沒聽過他的大名，但我從他的裝扮和他的談吐看得出他不是個等閒之輩。」

她對歐文的崇拜雖然歷經長期被他忽略、不快樂、隱忍他的壞脾氣、自己必須想辦法繳清帳單，以及窩在這間簡陋的小屋中照顧他們的女兒後早已消融殆盡，但從她疲憊的眼神中仍隱隱看得出一絲英雄崇拜。這種激情再現也許是因為她的英雄——和所有的英雄一樣——死了；也許從今以後它會像一盞長明火般燃燒，她會忘記那些不好的印象，只留下她曾經愛過的美好回憶……只要她不去閱讀他最後一本小說的原稿，以及他對她的惡意描寫……

「莉奧諾拉，我想再問妳一件事，然後我就離開。上個星期還有人從妳的信箱扔狗大便嗎？」

「上個星期？」她用濃濃的鼻音說，繼續擦拭淚水，「有，好像是星期二，還是星期三？不過，還是有，有一次。」

「妳有看到妳覺得是在跟蹤妳的那個女人嗎？」

她搖頭，擤鼻涕。

「也許是我的想像，我不知道……」

「妳還有生活費嗎？」

「有，」她一邊擦眼睛一邊說，「歐文有保險，我有叫他領出來，因為奧蘭多的關係，所以我們生活沒問題。艾娜會先借我，直到那筆錢撥下來。」

「那我走了。」史崔克說著，站起來。

她跟在他後面走出去，仍然不停的吸鼻子，門還沒有關上，他便聽她大聲說：

「多多！多多，下來，我不是有意的！」

外面那個年輕警官半攔著史崔克的去路，表情顯得很氣憤。

「我知道你是誰，」他說，一隻手仍抓著他的行動電話，「你是柯莫藍·史崔克。」

「你很機靈嘛，不是嗎？」史崔克說，「現在讓開，孩子，咱們得去幹正經事了。」

22

……這是個怎樣的殺人兇手、冥府惡犬、魔鬼？

——班·強森《陰陽人》，又名《沉默的女人》

忘了膝蓋痛時站起來會更痛，史崔克進了地鐵車廂便找了一個角落坐下，然後打電話給蘿蘋。

「嗨，」他說，「那些記者走了沒？」

「沒有，還在外面徘徊。你上報了，你知道嗎？」

「我看了BBC網站，打電話給安士提，叫他幫忙把有關我的消息淡化，他辦了沒？」

他聽見敲打鍵盤的聲音。

「有，新聞中引述他的話：『警探李察·安士提證實死者遺體是由私家偵探柯莫藍·史崔克發現的，史崔克今年初才——』」

「別管這個了。」

「『史崔克先生受死者家屬委託尋找昆恩先生。死者過去也曾多次離家出走。史崔克先生沒有任何嫌疑，警方對他發現屍體後立刻通報感到滿意。』」

「好個迪奇，」史崔克說，「今天早上他們暗示我知情不報是為了招攬生意。奇怪，媒體對一個五十八歲的死者這麼感興趣，不過，他們似乎還不知道這起兇殺案有多恐怖。」

「他們感興趣的不是昆恩，」蘿蘋告訴他，「而是你。」

這個想法並沒有為史崔克帶來喜悅，他不希望他的臉孔出現在報章雜誌或電視上。他因破獲露拉·藍德利案而被刊登在報紙上的照片只有小小一張（因為需要更多版面刊登那位美麗動人的名模照片，尤其是她半裸的照片）；他黧黑陰沉的五官經過烏黑的報紙油墨印刷後更難看了，而且他進入法庭為藍德利案作證時還刻意避免被拍到正面。他們也曾經翻出他以前著軍裝的舊照，但那是很多年前拍的，體重比現在輕了數十磅。自從他短暫出名後，他獨自走在路上都沒有人認出他。他可不希望他的平淡生活遭到破壞。

「我可不想再撞見一群記者，不要，」他苦笑說，感覺膝蓋隱隱作痛，「就算給我錢我也會逃。妳可以出來跟我見面——」

他最喜歡的地點是「圖騰罕酒館」，但他不想說得太明顯，免得被記者知道又蜂擁而入。

「——大約四十分鐘後在劍橋見好嗎？」

「沒問題。」她說。

史崔克掛斷電話後才想起兩件事。第一件，他應該先問候甫喪母的馬修；其次，他應該請她把他的楞杖帶出來。

這家十九世紀營業迄今的酒館位於劍橋廣場。史崔克在樓上的一張高背皮椅找到蘿蘋，酒館內到處是亮晃晃的黃銅吊燈與鑲金框的明鏡。

他一跛一跛走向她時，她關切地問：「你還好嗎？」

「我忘了告訴妳，」他說，小心翼翼在她對面的椅子上坐下，並發出一聲呻吟，「我星期天又把膝蓋弄傷了，想逮一個跟蹤我的婦女。」

「什麼婦女？」

「她從昆恩家一路跟蹤我到地鐵站，我在那裡像個傻瓜一樣摔了一跤，結果她跑掉了。她符合莉奧諾拉形容的自從昆恩失蹤後就一直在她家附近徘徊的那個女人的模樣。我可以一口氣喝下一大杯飲料。」

「我去買，」蘿蘋說，「今天是你的生日，我帶了一樣禮物送你。」

她將一個小籃子放在桌上，籃子用玻璃紙覆蓋，還繫上裝飾的絲帶，裡面是康瓦耳出產的食物和飲料，有啤酒、汽水、甜點與芥末。他感動得不得了。

「妳用不著這麼客氣……」

但她已經走向吧台，所以沒聽見。她再回來時手上拿著一杯葡萄酒和一杯富樂精釀啤酒。他說：「多謝。」

「不客氣。那麼，你認為這個陌生女子在監視莉奧諾拉的房子？」

史崔克暢快地喝了一大口啤酒。

「對，而且還有可能把狗大便扔進她家，」史崔克說，「但我不覺得她跟蹤我會有什麼收穫，除非她認為我有助於她找到昆恩。」

他將那隻受傷的腳抬高擱在桌底下的腳凳上時痛得臉部肌肉扭曲。

「我這個禮拜應該要去跟蹤布羅克赫斯特小姐和勃內特的丈夫才對，這一摔可真摔對時候。」

「我可以代替你去跟蹤他們。」

蘿蘋不自覺興奮地說，但史崔克彷彿沒聽見。

「馬修好嗎？」

「不好，」蘿蘋說，她不知道史崔克是否聽到她的提議，「他要回去陪他的父親和妹妹。」

「在馬森，是嗎？」

「是的，」她猶豫了一下，然後說：「我們的婚禮要延期了。」

「我很遺憾。」

她聳聳肩。

「我們不能在這麼短的時間內倉卒舉行婚禮……這對全家都是一個嚴重的打擊。」

「妳和馬修的母親處得好嗎？」史崔克問。

「是的，當然，她……」

但事實上，康利菲太太一直都是個不容易相處的人；她有憂鬱症，或者說蘿蘋感覺她有憂鬱症。過去二十四小時她一直為此感到內疚。

「……很好，」蘿蘋說，「那，可憐的昆恩太太呢，她還好嗎？」

史崔克述說他去拜訪的經過，包括傑瑞．華德葛瑞夫的短暫停留，以及他對奧蘭多的印象。

「她有什麼問題？」蘿蘋問。

「他們所謂的學習障礙吧？」

他頓了一下，想起奧蘭多坦率純真的笑容，和她一直抱在身上的紅毛猩猩。

「我在的時候她說了一件奇怪的事，好像連她的母親都不知道。她說，她有一次和她父親一起去公司，昆恩的出版社老闆摸了她。她還說得出他的名字叫丹尼爾．查德。」

他看見蘿蘋臉上現出駭異的表情，想起這句話也在那間骯髒的廚房引起類似的驚詫。

「嗄，怎樣摸？」

「她沒說明。她說『他摸我』，然後說『我不喜歡被摸』，後來他送她一枝畫筆。不過，也許不是這回事，」史崔克見蘿蘋沉默不語、表情凝重後又說，「他也許不小心碰到她才給她一個東西安撫她。我在那裡的時候她一直發脾氣，為了得不到她想要的東西，或她母親責備她而尖叫。」

他肚子餓了，便撕開蘿蘋送他的禮物上的包裝紙，拿出一條巧克力撕開包裝。蘿蘋坐在一旁沉思不語。

「問題是，」史崔克打破沉默說，「昆恩在《蠶》中暗示查德是同性戀，我猜他大概是這種人。」

「嗯，」蘿蘋不置可否說，「你相信昆恩在那本書中所寫的一切？」

「從找律師來反制昆恩這件事判斷，查德很不高興。」史崔克說，掰下一大片巧克力塞進嘴裡，「還有，《蠶》裡面的查德是個殺人兇手，也可能是個強暴者，而且他的生殖器有腐爛現象，所以他真正憤怒的也許不是同性戀這件事。」

「昆恩的著作中常出現雙性戀的主題，」蘿蘋說。史崔克望著她，口中持續咀嚼巧克力，卻揚起了眉毛。「我上班之前去了一趟佛伊爾書店，買了一本《荷巴特之罪》，」她解釋道，「裡面寫的都是雙性戀。」

史崔克嚥下口中的巧克力。

「他自己一定也是這種人；《蠶》裡面也有，」他說，看了一下巧克力的包裝紙，「這是在馬里昂製造的，我小時候住的附近海邊……《荷巴特之罪》如何，好看嗎？」

「如果不是它的作者被殺，我看了前面幾頁後就懶得繼續看下去了。」蘿蘋坦承。

「也許為了促銷故弄玄虛，所以被殺。」

「我的看法是，」蘿蘋固執地強調，「你不能完全相信昆恩所說的其他人的性生活，因為他筆下的人物似乎都有性倒錯的問題。我有上維基百科網站查過，他的小說最大的特點是裡面的人物都不斷的轉變性別或性傾向。」

「《蠶》就是這樣，」史崔克嘟囔說，又吃了一塊巧克力，「這個很好吃，要不要也來一塊？」

「我應該減肥的，」蘿蘋哀怨地說，「為了婚禮。」

史崔克認為她完全沒有減肥的必要，但她掰了一小塊吃時他什麼話也沒說。

「我一直在想那個兇手。」蘿蘋說。

「我一向樂意聽取心理學家的意見。請說。」

「我不是心理學家。」她半笑著說。

蘿蘋沒有讀完她的心理學學位。史崔克不曾問她原因，她也從未主動說明。這是他們倆的共同點，大學沒讀完就輟學。他離開是因為他的母親離奇的死於吸毒過量，也許是這個緣故，他總認為蘿蘋中輟學業也是因為受到重大的創傷。

「我一直在想，他的遇害為什麼和這本書有如此明顯的關聯。從表面看，它像一起蓄意報復與懷恨的行為，為了昭告社會昆恩因為寫這本書而罪有應得。」

「看起來是這樣，」史崔克同意。他的肚子仍然很餓；他伸手從隔壁桌上拿來一張菜單，「我要吃牛排薯條，妳想吃什麼？」

蘿蘋隨便點了一客沙拉，為了不讓史崔克動到膝蓋，她去吧台點餐。

「但從另一方面來看，」蘿蘋回來坐下後繼續說道，「複製書上的最後結局也可能是一個隱藏不同動機的好辦法，不是嗎？」

她是硬著頭皮就事論事，彷彿他們是在討論一個抽象問題，但蘿蘋始終無法忘記昆恩屍體的照片：遺體身上被剖開留下的黑色大窟窿，一度是眼睛和嘴巴的燒焦的裂口。她如果多想一點昆恩遇害的慘狀，很可能就吃不下飯，或者會在史崔克面前洩漏她內心的恐懼。此刻史崔克正以敏銳的眼神注視著她，讓她有些倉皇失措。

「承認他死亡的慘狀讓妳覺得噁心是正常的。」他含著滿口的巧克力說。

「我不會覺得噁心，」她言不由衷，接著又說，「嗯，當然——我的意思是，它很可怕——」

「是很可怕。」

假如他仍在特偵組，這時候他就會開玩笑了。史崔克還記得他們常在下午開類似的黑色幽默，這是讓他們持續完成某些調查的唯一方式。但蘿蘋還沒有準備好以專業的冷酷無情來保護自己，以此證明她可以平靜的談論一個被開膛破腹的人。

「動機是一種討厭的東西，蘿蘋，十次中有九次是當你找出什麼人之後才會知道為什麼。我們要調查的是手段與機會。以我個人之見，」他喝一口啤酒，「我想我們要找的或許是一個有醫學常識的人。」

「醫學——？」

「或解剖學。從他們對昆恩所做的來看，不像是業餘的。他們大可把他大卸八塊再取走內臟，但我看不出這個手法有任何瑕疵，那是乾淨俐落、一刀下去的切口。」

「是，」蘿蘋說，想保持客觀的態度，「確實。」

「除非我們面對的是一個以為拿到一本教科書範本的文學瘋子，」史崔克沉吟，「它看起來彷彿在行刑，但誰知道……如果他是被綑綁後下藥迷昏，他們又有足夠的膽量，也許就能像上生物課那樣處置他……」

蘿蘋忍不住了。

「我知道你常說律師要找的是動機，」她有點急切地說（自從她為他工作之後，史崔克便一再重複這句座右銘），「不過你暫時先聽我說，兇手一定覺得按照書中所寫的方式殺死昆恩比明顯的不利情勢更重要——」

「怎樣的不利情勢？」

「使它成為一宗——一宗精心策畫的謀殺案在籌備上的困難度，以及那些有嫌疑的人會被鎖定為讀過這本書的人——」

「或者是聽過故事細節的人，」史崔克說，「妳說『鎖定』，但我不確定我們要找的是少數幾個人。克里斯欽．費雪到處散播這本書的內容；羅普查德的原稿副本放在一個公司半數以上的人都能打開的保險箱內。」

「可是……」蘿蘋說。

一個臉上毫無笑容的服務生過來，將餐具和紙巾粗魯地放在他們的桌上，蘿蘋立刻打住。

「可是，」服務生離開後她繼續說，「昆恩不可能最近才遇害，是吧？我的意思是，我不是專家……」

「我也不是，」史崔克說著，把最後一口巧克力吃掉，然後興趣缺缺的望著花生糖，「但我知道妳的意思，屍體看起來至少在那裡有一個星期了。」

「再說，」蘿蘋說，「從兇手讀了《蠶》到真正殺死昆恩，中間一定會有時差。他們必須做許多準備，還要把繩索、腐蝕性溶液、餐具送進一間無人居住的房屋……」

「除非他們早已知道昆恩打算去塔加斯路，否則他們還得跟蹤他，」史崔克說，決定放棄花生糖，因為他的牛排薯條送上來了，「或者把他騙去那裡。」

服務生放下史崔克的餐盤與蘿蘋的沙拉，對兩人的道謝冷淡地哼了一聲後走了。

「所以妳認為在計畫與執行上，兇手不大可能在昆恩失蹤後兩三天就讀完那本書，」史崔克說，一邊叉起食物，「問題是，我們越是把兇手開始計畫殺害昆恩的時間往後推，對我的客戶就越不利。莉奧諾拉只需要走幾步路；昆恩這本書剛寫完她就可以閱讀了。這樣推想的話，他也有可能在幾個月前就告訴她他要如何寫這本書的結尾。」

蘿蘋食不知味的吃著她的沙拉。

「莉奧諾拉．昆恩好像……」她試探性地說。

「好像是那種會把她的丈夫開膛剖腹的女人？不，不過警方懷疑她，而且假如妳要找動機，她確實有。昆恩是一個差勁的丈夫，不可信賴、搞外遇，而且他喜歡在他的著作中以令人厭惡的方式描寫她。」

「你不認為是她幹的，是嗎？」

「我不認為，」史崔克說，「但我們必須要有比我的看法更有力的證據來使她免於入獄。」

蘿蘋不待問他便逕自拿了兩人的玻璃杯去吧台續杯；當她又在他面前放下一杯啤酒時，史崔克不由得對她生出極大的好感。

「我們還得注意一個可能性，就是有人擔心昆恩會在網路上自行出版這本書，」史崔克將薯條放進口中時說，「他在一家滿座的餐廳內公然揚言要這麼做。這有可能引發殺害昆恩的動機，在適當的條件下。」

「你是說，」蘿蘋徐徐說道，「假如兇手發現原稿內有他們不想讓人知道的東西？」

「正是。書裡面有些部分含有隱義，假如昆恩發現了某個人什麼重大的秘密而借著這本書揭露出來呢？」

「這麼說就合理了，」蘿蘋緩緩說道，「因為我一直在想，為什麼殺他呢？事實上，這些人幾乎都有辦法處理一本毀謗他人的書，不是嗎？他們可以告訴昆恩他們不願意經手它或出版它，或者他們可以揚言對他採取法律行動，好比這個查德。他的死一定使書中描寫的這些人處境更加困難，不是嗎？現在已經有很多人知道了。」

「我同意。」史崔克說，「不過妳這是假設兇手作過理性的思考。」

「這不是一宗意氣用事的兇殺案，」蘿蘋反駁，「他們經過策畫，他們有仔細考慮過，他們一定早已設想到後果。」

「又說對了。」史崔克邊吃薯條邊說。

「我今天早上看了一點《蠶》。」

「在妳對《荷巴特之罪》感到厭煩之後？」

「是的……它放在保險箱內……」

「妳讀越多會越高興，」史崔克說，「妳讀了多少？」

「我跳著讀，」蘿蘋說，「我讀到一點魔女和壁虱。它寫得很惡毒，但不會讓人覺得有任何東西……嗯……隱藏在裡面。他基本上就是在指責他的妻子和他的經紀人像寄生蟲一樣依附他，不是嗎？」

史崔克點頭。

「但後來讀到陰……陰……你怎麼說？」

「陰陽人？雌雄同體？」

「你認為那是一個真實人物嗎？還有唱歌那件事呢？他的意思好像不是真的唱歌，不是嗎？」

「還有，他的女友女妖又為何住在一個有許多老鼠的洞穴裡？這是象徵性的寓意，還是另有玄機？」

「還有剪刀手扛在肩上的沾血跡的袋子，」蘿蘋說，「和他企圖淹死的侏儒……」

「以及在虛榮家中火堆內的烙鐵，」史崔克說，但蘿蘋現出困惑的表情，「妳還沒讀到那裡？傑瑞．華德葛瑞夫在羅普查德的週年慶派對上對我們幾個人說過，說范寇特最早──」

「史崔克？」

史崔克的行動電話響了，他掏出來看是多米尼克．卡爾培柏的名字。他微微嘆一口氣後接聽。

「說吧。」

「這到底是怎麼回事？」

史崔克不想浪費時間假裝他不明白卡爾培柏在說什麼。

「不能說，卡爾培柏，怕會影響警方的調查。」

「去你的──已經有一個警察告訴我們了。他說這個昆恩被殺的情形和他最近一本書中所描寫的殺人情節一模一樣。」

「是嗎？那你要付多少錢給這個笨蛋叫他閉嘴，然後再把這個案子搞砸？」

「媽的，史崔克，你捲入這樣的謀殺案都沒想到要打個電話通知我？」

「你以為我們是什麼交情，老兄，」史崔克說，「就我所知，我幫你做事，你付我錢，如此而已。」

「我介紹你認識妮娜，你才能混進那家出版社的派對。」

「我額外多給了你許多你沒開口要的有關派克的情報，你至少要給我一個人情，」史崔克說，用另一隻手叉住一塊逃走的薯條，「我大可不必給你，轉賣給其他小報。」

「如果你要錢──」

「不，我不要錢，豬頭，」史崔克生氣地說。蘿蘋專心看她手機上的 BBC 網站，「我不要把《世界新聞》拉進來攪和，影響凶殺案的調查。」

「如果你接受個人專訪，我可以給你一萬。」

「再見，卡爾──」

「等一下，告訴我是哪一本書──他描寫謀殺案那本。」

史崔克假裝猶豫了一下。

「布爾札克……《巴爾札克兄弟》。」他說。

他幸災樂禍地笑笑，將菜單拿過來挑選甜點。他希望卡爾培柏花一個下午的時間研究那令人痛苦的語彙與撫摸陰囊。

「有什麼新聞嗎？」蘿蘋從她的行動電話抬頭時，史崔克問她。

「沒有，除非《每日郵報》說親朋好友都認為琵琶．密道頓比凱特更適合威廉王子也算是新聞。」

史崔克對她皺眉。

「我只是在你講電話時隨便看看。」蘿蘋自我辯護地說。

「不，」史崔克說，「不是這個，我只是忽然想起──琵琶 2011。」

「我不──」蘿蘋說，不懂他的意思，她的腦子仍然在想琵琶．密道頓。

「琵琶 2011──凱絲琳．肯特的部落格那個人。她說她有聽過一點《蠶》的內容。」

蘿蘋大吃一驚，急忙又上網查。

「在這裡！」數分鐘後她說，「『假如我告訴妳他曾經為我朗讀』！那是……」蘿蘋捲動網頁，「十月二十一日，十月二十一日！她可能在昆恩失蹤之前就已經知道結局了。」

「對，」史崔克說，「我要來一客蘋果酥派，妳要嗎？」

蘿蘋又去吧台點餐回來後，史崔克說：

「安士提叫我今天晚上去他家吃飯，說他已經有一些初步的鑑識報告。」

「他知道今天是你的生日嗎？」蘿蘋問。

「天哪，不……」史崔克說，他那反感的語氣使蘿蘋忍不住笑。

「有那麼糟嗎？」

「我已經吃過一次生日餐了，」史崔克鬱鬱地說，「我可以從安士提那裡得到的最佳禮物最好是昆恩的死亡時間。他們確定的時間越早，可疑的嫌犯人數就會越少，剩下的就是那些最先拿到原稿的人，不幸的是，這其中包括莉奧諾拉，不過現在妳又找到這個神秘的琵琶，以及克里斯欽·費雪——」

「為什麼是費雪？」

「手段與機會，蘿蘋。他很早就拿到原稿了，肯定要列入名單中；再來是伊麗莎白·塔塞爾的助理拉爾夫，伊麗莎白·塔塞爾本人，以及傑瑞·華德葛瑞夫。丹尼爾·查德也許比華德葛瑞夫晚一點讀到；凱絲琳·肯特否認讀過，但我覺得不可信。再來就是邁可·范寇特。」

蘿蘋驚訝地抬頭。

「他怎麼會——？」

史崔克的行動電話又響了；這次是妮娜·拉塞勒。他猶豫了一下，但想到她的表哥也許告訴她剛剛才和史崔克通過電話，於是他接聽了。

「嗨。」他說。

「嗨，名人，」她說。他聽出一點激動的語氣，不很成功的在掩飾她高昂的情緒，「我都不敢打電話給你，怕你被媒體電話、慕名者什麼的包圍了。」

「沒那麼多，」史崔克說，「羅普查德那邊的情況如何？」
「鬧翻天了，沒人工作；大家都在談這件事。它真的是謀殺嗎？」
「看起來是。」
「天哪，我不敢相信……我想你是不會告訴我囉？」她問，有質問的口氣。
「警方不希望在這個階段洩漏細節。」
「我和這本書有關，不是嗎？」她說，「《蠶》。」
「我不能說。」
「丹尼爾．查德摔斷腿了。」
「抱歉？」他說，被這句前後不連貫的話嚇一跳。
「一連發生這麼多怪事，」她說，語氣有點激動，又有點做作，「傑瑞則是稀里糊塗，丹尼爾剛剛從得文郡打電話給他，又對他大吼大叫——半個辦公室都聽到了，因為傑瑞不小心按到麥克風，情急之下又一時找不到按鈕關掉。他沒辦法離開他的週末度假屋，因為他摔斷了腿。我是說丹尼爾。」
「他為什麼對華德葛瑞夫大吼大叫？」
「沒有把《蠶》保護好，」她說，「警方不知從哪裡得到原稿的副本，丹尼爾很不高興。
「總之，」她說，「我只是想打個電話向你道賀——我想應該可以向發現屍體的偵探說恭喜吧，不是嗎？等你不那麼忙的時候再打電話給我。」
他還沒來得及開口她就掛斷電話了。
「妮娜．拉塞勒，」服務生又送來他的蘋果酥派和蘿蘋的咖啡時，他說，「那個女孩——」
「幫你偷了那本書的原稿。」蘿蘋說。
「妳這種記憶力在人力資源公司絕不會被大材小用。」史崔克說著拿起他的湯匙。

「你說邁可．范寇特有嫌疑是當真的嗎？」她平靜地問。

「當然，」史崔克說，「丹尼爾．查德一定有告訴他昆恩的所作所為——他不會希望范寇特從別人口中聽到這件事，不是嗎？范寇特對他們來說是一張王牌。不，我想我們應該假設范寇特早就知道那裡面——」

蘿蘋的行動電話響了。

「嗨。」馬修說。

「嗨，你好嗎？」她焦急地問。

「不太好。」

酒館內不知什麼人這時忽然打開音樂：「第一天見到你，驚為天人……」（*First day that I saw you, thought you were beautiful...*）

「妳在哪裡？」馬修立刻嚴厲地質問。

「噢……在一家酒館。」蘿蘋說。

空氣中似乎瞬間充滿酒館的嘈雜聲；玻璃杯碰撞的聲音，從吧台傳來喧嘩的笑鬧聲。

「今天是柯莫藍的生日。」她焦急地說。（馬修和他的朋友也都在彼此的生日去酒館慶祝……）

「很好，」馬修說，聽起來很生氣的樣子，「我晚一點再打給妳。」

「馬修，不——等——」

滿口蘋果酥派的史崔克從眼角瞥見她站起來，沒有多作解釋便往吧台那邊走去，顯然是想回撥電話給馬修。這位會計師很不高興他的未婚妻出去外面吃飯，沒有待在辦公室內哀悼他的母親。

蘿蘋撥了又撥，好不容易終於接通了。史崔克把他的蘋果酥派和啤酒都吃完後發現他需要去上廁所。

坐著吃、喝、和蘿蘋講話時，他的膝蓋都沒怎麼痛，但他站起來時它卻強烈抗議，等他回到座位時他已痛得微微冒汗了。他從蘿蘋臉上的神情判斷，她大概還在設法安撫馬修。等她終於講完電話回來時，他以簡短的答覆回應她的關心。

「我可以代替你去跟蹤那個布羅克赫斯特小姐。」她又毛遂自薦，「如果你的腿太——？」

「不用。」史崔克斷然回絕。

他很生氣，氣他自己，也氣馬修，而且忽然覺得有點噁心想吐。他不應該吃了巧克力後又一口氣吃了牛排、薯條、蘋果酥派和三杯啤酒。

「我要妳回辦公室，把甘弗瑞的最後一張發票打出來，如果那些討厭的記者還在附近，妳就發簡訊給我。如果他們還在，我就直接從這裡去安士提家。

「我們真的必須考慮再多找一個人了。」他低聲說。

蘿蘋聽了臉色一沉。

「那我回去打發票。」她說，拿起她的外套和手提袋就離開了。史崔克瞥見她臉上有怒氣，但他自己也在賭氣，沒把她叫回來。

23

依我之見，我不認為她有一個這麼黑暗的靈魂能做出如此血腥的事。

——約翰·韋斯特《偽君子》

下午在酒館把腿抬高並沒能使史崔克的膝蓋消腫，走去搭地鐵途中他買了止痛藥和一瓶廉價紅酒後前往格林威治。安士提與他的太太海莉——大家都叫她海莉——住在艾希本罕綠園道；由於地鐵中央線班車誤點，這趟路花了他一個多小時。他一路站著，將重心放在他的左腳，想起他去露西家花了數百英鎊計程車費，不禁又心疼起來。

等他從碼頭區輕軌鐵路下車時，豆大的雨點又打在他臉上了。他翻起衣領，一跛一跛走進暮色中，原本五分鐘的徒步路程他卻走了近十五分鐘。

拐個彎進入家家戶戶門前都有美麗花園的整潔街道時，史崔克才猛然想起他似乎應該買個禮物送他的義子。他一心只想到和安士提討論鑑識報告，完全忽略了社交禮節。

史崔克不喜歡安士提的妻子。她過於熱絡的態度藏不住她的多嘴，總是出其不意來上那麼一句，彷彿從皮草大衣底下忽然亮出一把銳利的尖刀。她每次見到史崔克都會忙不迭表達她的感激與關懷，但他看得出她渴望瞭解他起起伏伏的往事，想多知道一些他的搖滾巨星父親、他已故的吸毒母親的消息。他更可以想像她亟於了解他與夏綠蒂分手的詳細經過——她總是熱情的接待夏綠蒂，但這種熱情仍無法掩飾她的反感與猜忌。

海莉在提摩西·柯莫藍·安士提的命名儀式——他們不得不延後到提摩西十八個月大時才舉

行，因為他的父親和他的教父必須搭機撤離阿富汗，並且分別從各自的醫院出院後才能舉行——結束後的聚會上堅持上台說話。她含淚敘述史崔克如何拯救了她兒子的父親，以及他應允成為提摩西的保護天使這件事對她的意義有多深。想不出什麼理由拒絕她的史崔克在海莉演講時一直低頭望著桌布，他不敢接觸夏綠蒂的眼光，怕她會逗他發笑。他記得很清楚，那天夏綠蒂穿了一件他最喜歡的孔雀藍緊身洋裝，將她完美的曲線展露無遺。雖然他當時拄著枴杖，截肢的小腿也還沒有裝上義肢，但這個美麗的女人挽著他，等同他的半條腿一樣。他從一個「只有一條腿的男人」搖身一變成為一個意外得到一個豔光四射的未婚妻的男人。當她走進房間時，所有男人都立刻停止說話注視她。他相信過來與她寒暄的男人一定都認為他遇到奇蹟。

「柯米，親愛的，」海莉一開門便親暱地說，「瞧你，大名人……我們還以為你把我們忘了呢。」

除了她以外沒有人叫他柯米，他也懶得告訴她他不喜歡這個稱呼。

她愛憐地摟他一下，他知道她是在對他的單身狀態表達同情與遺憾。從外面淒冷的冬夜進入她家的感覺是溫暖與光明，他與海莉擁抱後很高興的發現安士提出現了，手上拿著一杯敦霸啤酒迎接他。

「李察，先讓他進來，真是的……」

但史崔克已接過啤酒，先喝他幾大口後才脫下外套。

史崔克的三歲半義子衝進客廳，口中發出尖銳的引擎聲。他長得很像他的母親，她的五官雖小巧可愛，卻很奇怪的都擠在那張臉的中央。提摩西身上穿著超人睡衣，正用一支塑膠光劍猛敲牆壁。

「哦，提米，親愛的，不要，我們才剛重新粉刷……他不肯睡，要等著見他的柯莫藍叔叔。我們常對他提起你。」海莉說。

史崔克毫無半點熱情的望著小傢伙，發現他的義子對他也興趣缺缺。提摩西是史崔克認識的唯一讓他願意記住生日的孩子，倒不是他想買禮物送他，而是這個孩子出生後兩天，他們在阿富汗乘坐的那輛軍車在一條泥路上遇襲，爆炸奪走了史崔克的右小腿和安士提的半張臉。

史崔克在住院的漫長日子中，從未向任何人吐露他曾經想過為什麼他會抓住安士提把他拉到車子後面。他一次又一次在心中回憶：那個奇特的預感，幾乎確定馬上就要爆炸了，然後他在同樣可以抓蓋瑞·托普雷警官的那一瞬間卻伸手抓了安士提。

是因為史崔克知道安士提在前一天與海莉Skype，從電腦上見到他那個也許永遠看不到的新生兒？就是因為這樣才使史崔克伸手抓了年齡較大的地方自衛隊警官，而不是已訂婚但沒有孩子的紅帽憲兵？史崔克不知道。他不喜歡小孩，也不喜歡這位他拯救的、免於守寡命運的人妻。他知道自己只不過是數百萬軍人——無論是為國捐軀或依然健在——中的一個，憑著他的直覺與訓練精良的迅速反應而永遠改變了其他人的命運。

「你要為提米讀床邊故事嗎，柯莫藍？我們有一本新書喔。對不對，提米？」

史崔克一點也不想為小孩讀床邊故事，尤其是讓一個過動的孩子坐在他腿上，搞不好他亂踢會踢到他的右膝蓋。

安士提帶著他走進寬敞的廚房與用餐區。廚房的牆壁是乳白色，木地板是本色，房間另一頭的法式窗前有一張長木桌，四周圍繞著幾張黑色的高背椅。史崔克依稀記得上次他和夏綠蒂一起來時它們不是這個顏色。海莉跟在他們後面進來，將一本彩色圖畫書塞在史崔克手上。他別無選擇只好坐在餐椅上，他的義子緊靠著他坐在旁邊的一張椅子上。然後他開始朗讀這本由羅普查德出版社發行（他平時不太注意這個）的《愛跳的袋鼠凱拉》。提摩西似乎對凱拉的滑稽動作興趣缺缺，自始至終都一直在揮舞他的光劍。

「該睡覺了，提米，給柯米叔叔親一個。」海莉對她的兒子說。男孩在史崔克無聲的祝福下跳下椅子跑出廚房，大喊大叫抗議。海莉跟在後面，母子兩人的大嗓門隨著他們上樓而逐漸減弱。

「他會把提莉吵醒。」安士提預言。果然，海莉再出現時手上抱著一個哭鬧的一歲幼兒。她將嬰兒塞給安士提後便轉向烤箱。

史崔克木然坐在廚房餐桌旁，肚子越來越餓，並且十分慶幸他沒有孩子。安士提花了大約四十五分鐘才把提莉哄上床睡覺。好不容易，一鍋燉肉終於端上桌了，外加一杯敦霸啤酒。史崔克本想放鬆心情大快朵頤，不料海莉·安士提又對他發動攻勢。

「我非常非常遺憾你和夏綠蒂分手了。」她對他說。

他的口中塞滿食物，只好口齒不清地謝謝她的慰問。

「李察！」當她的丈夫為她倒一杯葡萄酒時她愉快地說，「我不能喝！我們又在等待下一個了。」她一手撫著腹部，驕傲地對史崔克說。

「恭喜。」他說，對於他們如此興奮期待下一個提米或提莉而感到驚訝。

這時他們的兒子又出現了，大聲宣告他肚子餓。令史崔克失望的是，安士提離開餐桌去哄他的兒子，留下海莉瞪著一雙晶亮的小眼睛從滿滿一叉紅酒燉牛肉的上方注視著他。

「她十二月四日要結婚了，我無法想像你對這件事的感受。」

「誰要結婚？」史崔克問。

海莉現出驚訝的表情。

「夏綠蒂。」她說。

他聽見他的義子下樓的模糊哭聲。

「夏綠蒂十二月四日要結婚了。」海莉說。明白她是第一個告訴他這個消息的人後她非常興奮，但見了史崔克陰鬱的表情後她又緊張起來。

「我……我聽說的。」她說。安士提回來了，她急忙垂下眼光。

「小壞蛋。」安士提說，「我告訴他，要是他再離開床鋪，我就打他屁股。」

「他太興奮了，」海莉說，仍然為自己察覺到史崔克的怒氣而有點忐忑不安，「因為柯米在這裡。」史崔克口中咀嚼的燉肉忽然變得索然無味。海莉．安士提怎麼會知道夏綠蒂要在哪一天結婚？安士提夫婦與夏綠蒂及她未來的丈夫——他（史崔克還記得他以前瞧不起他）是第十四世克羅伊子爵的兒子——並非同一個圈子中的人，海莉．安士提又何嘗知道那個隱密的上流紳士俱樂部、薩佛街的裁縫店、吸食古柯鹼的超級名模——那個一輩子靠信託基金生活的尊貴的傑戈．羅斯便經常與她們在一起廝混——的世界？她知道的還沒有史崔克知道的多。天生來自那個世界的夏綠蒂從前和史崔克在一起時都刻意挑選社交界的兩不管地帶；他們無法融入彼此的社交環境，兩種截然不同的標準互相擦撞的結果，使他們遇到任何事情都必須為取得共同立場而掙扎。

提摩西又回到廚房，嚎啕大哭。這回他的父母雙雙站起來陪他回房間。史崔克沉浸在他自己的回憶中，幾乎沒有察覺夫妻倆都不見了。

夏綠蒂有一個繼父曾經企圖引誘她就範。她說謊就像其他女人呼吸一樣自然，簡直是壞到骨子裡。她和史崔克連續相處最長的時間是兩年，但他們對彼此的信任崩潰的次數和重聚的次數一樣多，而且每一次（史崔克覺得）都比上一次更脆弱，但是對彼此的渴望也更增強。十六年來，夏綠蒂屢次違抗她的家人與朋友對史崔克的懷疑與鄙視，一次又一次回頭，投向這個身材壯碩的私生子，後來更成為殘障退伍軍人的懷抱。如果是他的朋友，史崔克一定會勸他離開不要回頭，但他自己卻忍不住要去看她，彷彿他的血液中帶有一種病毒，以至於他懷疑這種病毒是否能連根拔除；大概頂多也只能希望把病情控制住。他們最後一次決裂是在八個月前，他破獲露拉．藍德利案而成為新聞人物前不久。那次她終於說了一個不可原諒的謊言，他下決心永遠離開她，而她也回到那個男人仍持續獵殺松雞，女人的家族金庫中仍藏有冠冕的世界——她曾經告訴他，她輕視那個世界（但連這句話看來也是謊言……）。

安士提夫婦回來了，這次少了提摩西，卻又多了個一邊嗚咽一邊打嗝的提莉。

「你一定很高興沒有孩子吧？」海莉愉快地說，抱著提莉坐回她的位子。史崔克對她皮笑肉不笑，並不反駁。

他們曾經有個孩子，或者更正確地說，一個虛幻的影子；先是說有孩子，後來又說孩子死了。夏綠蒂告訴他她懷孕了，但拒絕去看醫生。她不斷更改就診日期，最後索性宣佈都過去了，毫無半點跡象顯示這是一件真實的事。這是一個大多數男人都無法原諒的謊言，而對史崔克而言——她一定也知道——這個謊言終結了所有的謊言，也終結了他對她長期以來的渲染狂的最後一點信任。

十二月四日結婚，還有十一天……海莉．安士提怎麼會知道？

此刻他反常地對兩個孩子的哭鬧而心存感激，因為這一鬧有效打斷了他們在吃大黃奶皇派時的談話。安士提建議他們再帶一杯啤酒到他的書房討論鑑識報告是史崔克這一整天聽到的最好的消息。他們離開略顯不悅的海莉，她顯然認為她花錢請史崔克吃飯沒有得到相當的代價，但又不得不照顧此刻已經很睏的提莉和完全清醒的提摩西——他又出現了，宣稱他不小心把水打翻在床上。

安士提的書房很小，裡面擺滿了書。他讓史崔克坐他的電腦椅，自己坐在一張舊沙發床上。窗簾沒有拉上；史崔克在橘色的街燈照耀下看見如浮塵般迷濛的雨絲。

「法醫們都說這是他們所見過最棘手的案子。」安士提開口便說。史崔克立刻集中注意力。「先提醒你，這是非正式報告，我們還沒有完成調查。」

「他們有沒有說他致死的原因？」

「頭部受到重擊，」安士提說，「他的後腦殼凹陷。也許不是立即死亡，但光是腦部的創傷便足以使他喪命。他們無法確定他被開膛剖腹時已經死了，但他那時候應該是沒有知覺的。」

「難得的慈悲。知道他是在被擊昏前或擊昏後被綑綁的嗎？」

「這一點有些爭議。他有一隻手的手腕在繩索綑綁下呈現瘀血，他們認為這顯示他是先被綑綁後被殺。但我們找不到證據顯示他被綑綁時是否仍有知覺。問題是，滿地的酸性溶液消滅了地板上可能顯示的掙扎跡象，或屍體曾被拖拉移動的痕跡。他是一個高頭大馬的壯漢——」

「如果被綑綁就很容易。」史崔克說，想起瘦小的莉奧諾拉，「不過，能知道他被擊昏的角度也不錯。」

「從上面。」安士提，「不過我們仍然不知道他是站著、坐著還是跪著被擊昏……」

「我想我們可以確定他是在那個房間被殺的，」史崔克想了一下後說，「我看沒有人有那麼大的力氣可以把這麼重的屍體扛上樓梯。」

「大家的共識是，他大致上是死在屍體被發現的地點。那裡的酸性溶液濃度最高。」

「你們知道那是什麼溶液嗎？」

「喔，我沒說嗎？是鹽酸。」

史崔克努力回憶他所學的化學常識，「他們不是用那個來鍍鋼鐵的嗎？」

「還有別的用途。那是一種可以合法買到的腐蝕性物質，在工業加工方面用量很大。它也是一種耐用的清潔劑。詭異的是，人體也會自然產生鹽酸，在我們的胃液中。」

史崔克小口啜著啤酒，沈思。

「在那本書裡面，他們對他潑硫酸。」

「硫酸是含硫化物的酸性溶液，鹽酸是從硫酸提煉的，能強烈腐蝕人的肌肉——你看到了。」

「兇手從哪裡找到這麼多鹽酸？」

「信不信，看起來好像早就存放在屋子裡。」

「怎麼會——？」

「還沒有找到可以提供線索的人。廚房地上有一些空的容器，樓梯底下的壁櫥內也有塵封已久的鹽酸容器。它們都是伯明罕一家工業化學公司製造的，空桶上有痕跡，看起來像是戴手套留下的印子。」

「有意思。」史崔克說，一邊搔著他的下巴。

「我們仍在調查它們是什麼時候購買，以及如何購買的。」

「重擊他頭部的是什麼東西？」

「工作室內有個老式的門擋，一個很堅固的鐵器，形狀就像門擋，上面有一個把手，幾乎可以斷定就是它。它符合他腦殼上的傷口，上面也同樣被潑了許多鹽酸。」

「死亡時間大約是什麼時候？」

「啊，這個就有點棘手了。昆蟲學家不肯斷定，說從屍體狀況無法作一般推測。光是鹽酸產生的氣體就會使昆蟲有一段時間不敢接近，所以無法以昆蟲寄生的情況判斷死亡日期。自重的綠頭蒼蠅都不會在酸性溶液內產卵。我們在沒有被潑到鹽酸的地方找到一、兩隻蛆，但一般的寄生蟲倒是沒有發現。

「同時，屋內的暖氣被調高，屍體也可能比這種天氣的一般情況下腐爛得更快。不過鹽酸也會混淆正常的分解，他身上有些地方被鹽酸腐蝕到侵入骨頭。

「決定因素應該是內臟、生前的最後一餐等等。但它們又被摘除乾淨，看來是兇手帶走了，」安士提說，「我以前從未聽說過這種事，你呢？好幾磅重的內臟被掏光。」

「沒有，」史崔克說，「我也是第一次遇到。」

「基本上，法醫拒絕說出一個時間表，只說他死亡至少十天。但最優秀的一位法醫安德希爾私下告訴我，他認為昆恩死亡的時間應該有兩個星期了。不過他說，就算他們握有證據也是模稜兩可，辯護律師都可以拿來大作文章。」

「藥理學方面呢？」史崔克問，他的心思依然繞著昆恩龐大的身軀，要搬動一個如此龐大的屍體殊不容易的問題上打轉。

「他可能有被下藥，」安士提說，「我們還沒有拿到血液檢驗報告，我們也還在分析廚房內瓶瓶罐罐的內容物。不過，」——他一口喝光他的啤酒，以一個誇耀的動作放下酒杯——「還有另一件事使他很容易被下毒手。昆恩喜歡被綑綁——玩性愛遊戲。」

「你怎麼知道？」

「女朋友說的，」安士提說，「凱絲琳．肯特。」

「你已經和她談過了嗎？」

「是的，」安士提說，「我們找到一個計程車司機，他在十一月五日晚上九點，在離他家兩條街的地方搭載昆恩，然後送他到李利路下車。」

「那就是斯塔福．克里普斯大樓，」史崔克說，「所以他離開莉奧諾拉後就直接去找女朋友？」

「啊，不，他沒找到，肯特不在家，她去陪她臨終的姐姐。我們有確證，她那天晚上在療養院過夜。她說她有一個月沒見到他了，但她出人意料的坦白他們的性生活。」

「你有問得很詳細嗎？」

「我有個感覺，她以為我們知道得很多，所以我們沒怎麼費力她就都據實以告了。」

「我提示一下，」史崔克說，「她告訴我她沒讀過《蠶》——」

「她也這樣告訴我們。」

「——但她在書中的角色具有會把人綑綁強暴的特性。也許她希望筆錄上寫她綑綁人是為了性愛，不是虐待或謀殺。莉奧諾拉說昆恩全都帶走的原稿副本呢？所有筆記和那台老打字機的色帶呢？你們都找到了嗎？」

「沒有，」安士提說，「除非我們查出他去塔加斯路之前去過什麼地方，否則我們會假設兇手把它們都帶走了。那裡除了廚房有一點食物和飲料，另外一個房間內有一張露營床墊和睡袋外，其他什麼都沒有。看來昆恩是在那個房間過夜的。那個房間也被潑了鹽酸，昆恩睡覺的床上到處都是。」

「沒有發現指紋？腳印？不明的毛髮，泥巴？」

「沒有。我們的人仍在裡面調查，但鹽酸把可能看得見的痕跡都消滅了，我們的人必須戴上面具，呼吸道才不會被鹽酸氣體灼傷。」

「除了這個計程車司機承認看到昆恩外，還有任何人在他失蹤之後看見他嗎？」

「沒有人看見他進入塔加斯路，不過我們找到一八三號的鄰居，她發誓她看見昆恩在一點的時候離開那裡，十一月六日的凌晨一點。那個鄰居是去參加篝火晚會後回家。」

「那時天很黑，她家又隔了兩戶，她能看到什麼？」

「一個穿斗篷的高大身影，提著一個旅行袋。」

「旅行袋？」史崔克說。

「對。」安士提說。

「這個穿斗篷的人有坐車嗎？」

「沒有，他走出去，不過路口顯然停著一部車。」

「還有其他發現嗎？」

「普特尼那邊還有一個老頭信誓旦旦說他在十一月八日看見昆恩。他打電話給當地警察，他的描述完全符合昆恩的特徵。」

「昆恩當時在做什麼？」

「在布利林頓書店買書，那個老頭就在那裡工作。」

「他的證詞可信嗎？」

「啊，他是年紀大了，但他聲稱他記得昆恩買了什麼書，他對昆恩的形容也很明確。另外，我們還找到住在犯罪現場對面的一個婦女，她說她在十一月八日凌晨看見邁可．范寇特從門前經過。你知道，就是那個大頭作家，很有名的那個？」

「嗯，我知道。」史崔克緩緩說。

「證人宣稱她回頭看他，因為她認出他。」

「他只是走過去？」

「她是這麼說。」

「有針對這一點去查證范寇特嗎？」

「他現在人在德國，不過他說等他回國後他樂意和我們合作。房地產經紀人也在想辦法協助。」

「塔加斯路還有其他任何可疑的活動嗎？道路監視器的錄影帶？」

「唯一一台監視器拍不到那間房屋，它的角度對準路上的交通，不過我還是把它們都留下來以備萬一。我們還找到另一個鄰居，另一頭的，隔了四戶，他宣稱他看見一個穿全身罩袍的胖女人在十一月四日下午自行開門進去，她手上提著一家清真館外賣食品的塑膠袋。他說他會注意到她是因為那間房子已經空很久了。他說她進去了大約一小時，然後就離開了。」

「他確定她是走進昆恩那一戶？」

「他是這麼說。」

「她有鑰匙？」

「他這麼說的。」

「穿罩袍，」史崔克說，「見鬼了。」

「我不敢保證他的視力很好，他戴的眼鏡鏡片很厚。他告訴我，他不知道那條街上有任何回教婦女，所以他特別留意。」

「所以自從昆恩離家後有兩個人宣稱看見他：一個在十一月六日凌晨，一個是十一月八日在普特尼看到他。」

「是的，」安士提說，「但我不會對他們抱太大希望，鮑伯。」

「你認為他離家當天晚上就死了，」史崔克說，陳述的意味大於疑問。安士提點頭。

「安德希爾也這樣認為。」

「沒有看到刀子？」

「沒有。唯一一把刀在廚房內，很鈍，日常使用的那種，絕不可能拿來做那件事。」

「我們知道的還有誰有那間屋子的鑰匙？」

「你的客戶，」安士提說，「顯然昆恩自己也有一副鑰匙。范寇特有兩副，他已在電話中告訴我們。昆恩借了一副給他的經紀人，請她幫他們整修房屋；她說她把鑰匙還回去了。隔壁鄰居也有一副，萬一那裡有什麼問題他也可以進去查看。」

「惡臭傳出時他沒有進去嗎？」

「另一邊鄰居塞了一張紙條抱怨有惡臭，但那個有鑰匙的鄰居在案發之前兩個禮拜去紐西蘭。我們有打電話給他，他說他上一次進去那間屋子大約是在五月，他送了兩件包裹過去，裡面有幾個工人，他把包裹放在玄關。昆恩太太不太清楚過去這些年有誰來借過鑰匙。

「她是個奇怪的女人，這個昆恩太太，」安士提隨口又說，「不是嗎？」

「我不覺得。」史崔克言不由衷地說。

「你知道鄰居聽到她在他後面追喊他嗎，他離家那天晚上？」

「我不知道。」

「對，她追著他跑出去，大叫，鄰居都說，」——安士提密切注視著史崔克——「她大聲喊『我知道你要去什麼地方，歐文！』」

「喔，她以為她知道，」史崔克聳聳肩說，「她以為他要去克里斯欽．費雪向他提起過的作家休閒會館，畢格利廳。」

「她不肯搬出去住。」

「她有個智障的女兒，從來沒有在外面住過。你認為莉奧諾拉能制伏昆恩嗎？」

「不能，」安士提說，「但我們知道他喜歡被綑綁，我不相信他們結婚三十多年她會不知道這件事。」

「你認為他們吵架，然後她跟蹤他，再提議把他綁起來做愛？」

安士提對這句話象徵性地笑笑，然後說：

「這點對她非常不利，鮑伯，心懷怨恨的妻子持有那間屋子的鑰匙，她又比誰都容易看到那本書的原稿，假如她知道他有情婦，特別是假如她知道昆恩拋下她和女兒去找肯特。但是她說『我知道你要去什麼地方』是指這個作家休閒會館，而不是塔加斯路那間房屋。」

「你這樣解說頗能讓人信服。」史崔克說。

「但你不這麼想。」

「她是我的客戶，」史崔克說，「我既然收費就得另作他議。」

「她有沒有告訴你她以前做什麼工作？」安士提問，帶著一種準備打出最後一張王牌的語氣，「早年在懷河畔海伊，他們還沒有結婚以前？」

「說下去。」史崔克說，有一點點擔心。

「她在她叔叔的肉舖工作。」安士提說。

書房外，史崔克聽見提摩西．安士提又從樓上下來了，正失望地嚎啕大哭。在他們不太熟稔的關係中，史崔克頭一次感受到他與這個小男孩有一樣的同理心。

24

有教養的人都說謊——何況，妳是女人；
妳永遠不能說出內心的想法……

——威廉・康格里夫《為愛而愛》

在喝下幾杯敦霸啤酒、談論不少血腥場面、鹽酸及綠頭蒼蠅的催化下，那天晚上史崔克作了個詭異的噩夢。

夏綠蒂要結婚了，史崔克奔向一座怪異的哥德式教堂，用兩條完好無缺、功能健全的腿奔跑，因為他知道她剛生下他的孩子，他必須去看他，去拯救他。她果然獨自一個人在一個寬敞黑暗的空間，正在換穿一件血紅色的禮服。他沒看見他的孩子，他也許全身赤裸，無助的被棄置在某個冰冷的房間。

「他在哪裡？」史崔克問。

「你不能見他，你又不想要他。何況他不是很正常。」她說。

他擔心一旦找到嬰兒會看到他不想看的。他沒看到她的新郎，但她戴上厚厚的鮮紅色面紗準備結婚了。

「別找他了。他的模樣很可怕。」她冷冷地說，從他身邊走過，獨自離開祭壇，走向另一邊的大門。「你只能摸他，」她轉頭對他大聲說，「但我不要你摸他。你終究會看到他的，他一定會被公佈……」她的聲音漸去漸遠，人也在從敞開的大門射入的光線中化為一縷婆娑起舞的鮮紅影子，「在媒體上……」

他在昏暗的曙光中猛然驚醒，他的喉嚨很乾，他的膝蓋雖經過一夜的休息，但仍感覺又腫又痛，情況不是很好。

寒冬彷彿一道冰河，一夜之間覆蓋了整個倫敦。他的閣樓小窗結上一層厚厚的寒霜。由於門窗不夠嚴密、屋頂下又完全沒有絕緣設備，房間裡的氣溫已急速下降。

史崔克起身，伸手從床尾取了一件毛衣穿上。他套上他的義肢，發現去了一趟格林威治後他的膝蓋又更腫了。洗澡水比平時花了更長的時間才熱；他將恆溫器的溫度調高，一面擔心水管會爆裂，排水管會結冰。他心裡想著零度以下的生活空間，又擔心昂貴的水電工錢。把身子擦乾後，他從樓梯口的紙箱找出他以前用過的運動繃帶包紮他的膝蓋。

現在他知道了——彷彿他經過一整夜後才想通——海莉．安士提為何會知道夏綠蒂的結婚計畫。他真笨，為什麼沒有早一點想到。但事實上他在潛意識中早已知道了。

梳洗完畢、更衣、吃過早餐後他下樓。他從辦公桌後面的窗子往外看一眼，發現如刀鋒般銳利的寒氣已將前一天在外面枯候的一小群記者趕走了。他走到前面蘿蘋的辦公室時，冰雹劈劈啪啪的打在窗子上。他在電腦前坐下，打開搜尋引擎，打上：夏綠蒂．坎貝爾與尊敬的傑哥．羅斯的婚禮。

搜尋結果無情地立即出現。

《Tatler》雜誌，二〇一〇年十二月：封面女郎夏綠蒂．坎貝爾即將與準夫婿克羅伊子爵舉行婚禮……

「《Tatler》雜誌。」史崔克大聲說。

這本雜誌因為經常報導夏綠蒂那些朋友的社交新聞，他才知道它的存在。她有時會買一本，然後在他面前炫耀地朗讀，對她曾經睡過的男人或她曾經去過的豪宅評頭論足一番。

現在她是這期耶誕節特刊的封面女郎。

儘管已包紮繃帶，他的膝蓋仍在支撐他走下金屬樓梯進入街道時激烈抗議。書報攤前一早就有許多人大排長龍。他冷靜地檢視架上的雜誌：廉價雜誌刊登肥皂劇明星的消息，昂貴的雜誌刊登的是電視紅星的消息；十二月份的雜誌幾乎銷售一空，十一月份的還剩很多。《Vogue》雜誌的封面是穿白衣的艾瑪．華特森（「超級巨星特刊」），《Marie Claire》雜誌的封面是穿粉紅衣的蕾哈娜（「豔星特刊」），《Tatler》雜誌的封面則是……

白皙細嫩的皮膚，烏黑的秀髮輕拂隆起的顴骨，一雙淡褐色的大眼睛，彷彿熟透的蘋果般的小雀斑。她的兩邊耳垂上各垂吊著一粒碩大的鑽石，第三顆大鑽戴在她輕撫臉頰的手指上。他的心彷彿被一個大鐵鎚狠狠敲了一記，但表面上仍不動聲色。他取下那本雜誌，那是架上的最後一本，付了錢後立刻返回丹麥街。

八點四十分。他把自己關在他的辦公室內，坐下來，雜誌擱在他面前。

準克羅伊！昔日的野丫頭夏綠蒂．坎貝爾即將成為未來的子爵夫人

副題從夏綠蒂天鵝般細長優美的頸子橫跨過去。

這是自從她在這間辦公室抓破他的臉，並立即投向尊敬的傑哥．羅斯的懷抱後他頭一次正眼看她。他猜想他們一定將這些照片做過特殊效果處理，她的皮膚並非如同照片所顯示的毫無瑕疵，她的眼白也沒有這麼純淨，不過其他地方倒是沒有太誇大，她的骨架本來就很細緻，（他相信）她手上的鑽石應該也是這麼大。

他緩緩打開雜誌內頁，找到那篇報導。在一張跨頁照片中，夏綠蒂身穿一件閃亮的銀白色曳

地禮服顯得十分苗條，站在一條掛著壁毯的長廊中央；她的旁邊是傑哥．羅斯，他倚著一張牌桌，彷彿一隻放蕩的北極狐兩眼凝視著她。接下來還有更多照片：夏綠蒂坐在一張古老的四柱床上，頭往後仰開懷大笑，雪白的鎖骨往上提，從透明的乳白色上衣內顯露出來；夏綠蒂和傑哥穿牛仔褲與長統靴，手牽手在他們未來家門前的公園散步，腳下跟著兩隻傑哥的傑克羅素㹴犬；夏綠蒂迎風站在古堡的要塞上，肩上披著子爵的蘇格蘭格紋披肩回頭凝望。

海莉．安士提想必認為為花四英鎊十便士買這本雜誌十分划算。

今年十二月四日，克羅伊古堡（絕對不能說「克羅伊堡」——會激怒克羅伊家族）的十七世紀古老教堂將整修煥然一新舉辦百年來第一場婚禮。美麗的夏綠蒂．坎貝爾——母親為一九六〇年代的時尚名媛杜拉．克雷蒙，父親為學術界與廣播界名人安東尼．坎貝爾——將與尊敬的傑哥．羅斯——克羅伊古堡與克羅伊子爵名銜繼承人——結為連理。

未來的子爵夫人與她的準夫婿傑哥．羅斯俱為話題人物，但傑哥．羅斯對此說一笑置之，稱他的家人都歡迎這位昔日的野丫頭加入他們古老且地位崇高的蘇格蘭家族。

「事實上，我母親一直都希望我們結婚，」他說，「我們就讀牛津大學時便已開始交往，但我們那時候都太年輕……在倫敦重逢……正好雙方都各自結束一段關係……」

是嗎？史崔克心想，你們都各自結束一段關係嗎？還是我睡她的同時你也在睡她，以致她一面懷疑自己懷孕，一面又擔心不知道孩子的父親是誰？屢次更改日期來掩飾一切，讓她自己可以有更多的選擇……

她少女時代就讀比戴爾斯學校時曾失蹤七天，引發全國性的搜索……二十五歲時進入療養院……

「這些都是過去的事了，往前看吧，這沒什麼好說的，」夏綠蒂爽朗地說，「我年輕時候愛玩，現在應該定下來了，老實說，我有點迫不及待。」

愛玩？史崔克對著她美麗的照片問。愛玩，站在屋頂上揚言要跳下去？愛玩，從精神病院打電話給我，求我帶妳出院？

羅斯剛結束一段鬧得滿城風雨的婚姻……「我希望我們能安定下來不受律師的干擾，」他嘆一口氣……「我等不及當繼母！」夏綠蒂嬌羞地說……

（「我如果和安士提那兩個討厭的孩子再多相處一個晚上，柯莫藍，我對天發誓，我一定會打破他們的腦袋。」還有，在露西家的後花園看史崔克的外甥玩足球，「這些小鬼為什麼這麼討人厭？」這句話不巧被露西聽到了，一張圓臉立刻……）

他的名字從文中跳出來。

……與強尼．羅克比的長子柯莫藍．史崔克一段令人意想不到的交往……強尼．羅克比的長子

他猛然合上雜誌，將它用力扔進垃圾桶。

斷斷續續維持了十六年。十六年的折磨、瘋狂和偶爾的狂喜，然後——她屢次離開他，如同其他女人投身鐵軌般投入其他男人的懷抱——他退出了。他是以破釜沉舟的決心離開她，因為他明白他必須穩如泰山的站在那裡，等著被離棄後再被接受，永遠不能畏懼，不能退縮。但那天

晚上他再一次面對她那無法自圓其說的連篇謊言，說她的肚子懷著他的小孩，接著她開始歇斯底里，大發雷霆。於是他這座山終於動搖了：他走出她的家門，一個煙灰缸從後面追上來。

她宣佈與羅斯訂婚時他一隻烏青的眼圈尚未消腫。她只花了三個星期，因為她知道回應痛苦的唯一方式就是不計任何後果，盡可能傷害那個罪人。他心裡明白——無論他的朋友說他有多麼自負——《Tatler》雜誌上的圖片，文中提及他們分手的傷人字眼（他幾乎可以聽見她對雜誌的採訪者說：『他是強尼．羅克比的兒子。』）；他媽的克羅伊古堡……等等，等等，都只有一個目的，就是傷害他，讓他看，讓他明白，讓他後悔，讓他同情。她早知道羅斯是何種人；她告訴過史崔克他那些難以掩蓋的酗酒與暴力行為，這些年來名門貴族的八卦圈使她對他的情況瞭如指掌。她曾笑說她幸運逃過一劫；嘲笑他。

穿上結婚禮服自我犧牲。看我燃燒，藍仔。再過十天就要舉行婚禮了，他這一生若有任何深信不疑的事，就是假如他此刻打電話給夏綠蒂，對她說「跟我一起私奔」——即便他們已經撕破臉，她對他說過許多狠毒的話、連篇的謊言，層層重擔終於壓得他們關係破裂，他相信她也一定會答應。逃遁是她的命脈，而他一直都是她最愛的目的地、自由與安全。她一次又一次在他們吵架之後——假如情緒創傷也會流血，他們一定早就失血過多而死——對他說：「你知道，我需要你，你是我的一切。你是讓我唯一感到安全的地方，藍仔……」

他聽見樓梯口的玻璃門打開又關上，蘿蘋上班的熟悉聲音，脫下她的外套，在水壺中注水。

工作一向是他的救贖。夏綠蒂最痛恨他可以從狂亂暴力的現場，從她的眼淚、哀求與要脅下立即轉而完全沉浸在工作上。她曾攔阻他穿上他的軍服，阻止他回去工作，強迫他放下調查任務，但從未成功過。她痛恨他的專注、他對軍隊的效忠、他摒棄她的能耐，將這一切視為一種背叛、一種遺棄。

此刻，在這個寒冷的冬季早晨，坐在他的辦公室內，她的照片被他扔在旁邊的垃圾桶內，史崔克發現自己渴望命令，渴望一宗被派往國外的任務，滯留在另一個大陸。他不想跟蹤出軌的丈夫和女友，或介入那些卑鄙的生意人的小爭執。眼前只有一個足以和夏綠蒂抗衡的主題能讓他思考，那就是死於非命。

「早，」他說，一跛一跛走進前面的辦公室，蘿蘋正在泡茶。「我們要趕快把茶喝了，我們要出去。」

「去哪裡？」蘿蘋驚訝地問。

冰雹依然打在辦公室的玻璃窗上，她仍可以感覺到她匆匆走過濕滑的人行道，趕著進入屋內時冰雹打在臉上後產生的灼熱感。

「去辦與昆恩案有關的事。」

這是一句謊言。警方已大權在握，他能做得比他們更好嗎？要找出這個兇手需要多一點奇巧、乖違的技巧，但在他內心深處，他知道安士提缺乏這種覺察力。

「你十點和卡洛琳·英格里斯有約。」

「討厭，把她往後延好了。事情是這樣的，法醫認為昆恩失蹤後不久就遇害了。」

他喝一大口熱呼呼的濃茶。她似乎好一陣子沒見到他如此堅定，如此精力充沛了。

「如此一來，焦點就要放在較早讀過原稿的人。我要查看他們住在什麼地方，以及他們是否獨居，然後我們去偵察他們的屋子，看拎著一袋內臟進出會不會很困難，以及有沒有可能掩埋的地方或焚燒的證據。」

工作不多，但他今天只能做這些，而且他迫切的想找點事情做。

「妳一起去，」他又說，「妳對這種事很在行。」

「什麼事？當你的華生醫生嗎？」她說，一副興趣缺缺的樣子。前一天她從劍橋帶著怒氣離開，到現在還沒完全消氣。「我們上網查就可以找到他們的屋子，從 Goole Earth 看。」

「嗯，想法是不錯，」史崔克反駁她，「那麼，既然可以看過期的圖片，又何必去勘查地點？」

她為之語塞，只好說：

「我很樂意——」

「好。我打電話取消英格里斯的會晤，妳上網找出克里斯欽・費雪、伊麗莎白・塔塞爾、丹尼爾・查德、傑瑞・華德葛瑞夫，以及邁可・范寇特這幾個人的住址。我們再跑一趟克萊蒙・阿特里小區，從掩埋證據的角度再觀察一遍；那天我在黑暗中有看到許多垃圾箱和灌木叢……喔，還有，打電話給普特尼的布利林頓書店，我們找那位自稱在十一月八日見過昆恩的老人談談。」

他大步走進裡間辦公室，蘿蘋在她的電腦前坐下，剛掛上的圍巾將冰冷的水滴在地板上，但她不在乎。昆恩被殘害的遺體照片仍存留在她腦海揮之不去，但她有一種衝動（彷彿那是一個邪惡的秘密，不敢讓馬修知道），想知道得更多，想查明所有內情。

她氣的是史崔克看不出她和他一樣內心燃燒著這種渴望，而他應該是最能體會的人才對。

25

一個好管閒事的無知男人，做了事，卻不知道他為什麼……

——班．強森《沉默的女人》

他們離開辦公室時天上忽然下起鵝毛大雪。蘿蘋已上網查出幾個住址儲存在她的行動電話上。史崔克想先去塔加斯路，因此蘿蘋在地鐵車廂內向他報告她上網搜尋的結果。這個時段已是交通尖峰的尾聲，車廂內雖然人很多，但不是非常擁擠。他們交談時不斷聞到潮濕羊毛、塵垢、與Gore-Tex的氣味。三名看起來十分疲倦的義大利背包客站在旁邊，和他們一起握著同一根立柱。

「在書店工作那位老先生正在休假，」蘿蘋告訴史崔克，「下週一回來上班。」

「好，那我們就等那時候再去找他。我們的嫌犯呢？」

蘿蘋聽到這個字眼不禁揚起眉毛，但仍然回答：

「克里斯欽．費雪和一個三十二歲的女友一起住在康頓路。你說呢？」

「可能，」史崔克同意，「不是很方便……我們的兇手需要安靜、不受干擾地丟棄沾血的衣物，更別提十幾磅重的人體內臟。我要找的是妳可以自由出入、不會被看到的地方。」

「我從Google街景看到那個地方的照片，」蘿蘋以挑釁的語氣說，「那間公寓和其他三間公寓共用一個出入口。」

「而且它離塔加斯路有好幾哩遠。」

「你該不會真的以為是克里斯欽．費雪幹的吧？」蘿蘋說。

「有點難以相信，」史崔克承認，「他不認識昆恩，他沒有被寫進那本書——我看不出。」

他們在霍爾本站下車，蘿蘋刻意配合史崔克放慢腳步，但她沒有針對他的跛行或他利用上身推動自己前進的方式表示任何意見。

「伊麗莎白・塔塞爾呢？」他邊走邊問。

「住在富勒姆廣場路，獨居。」

「好，」史崔克說，「我們去看看，看她最近有沒有新挖的花圃。」

「這不應該是警方做的事嗎？」蘿蘋問。

史崔克皺眉。他很清楚他是一頭在這宗案子邊緣鬼鬼祟祟徘徊的胡狼，希望能撿到獅子留下的一點殘骨剩肉。

「也許是，」他說，「也許不是。安士提認為是莉奧諾拉幹的，他不會輕易改變心意；我知道，我曾經和他一起在阿富汗辦過案。談到莉奧諾拉，」他不經意地說，「安士提發現她過去在一家肉舖工作。」

「喔，好傢伙。」蘿蘋說。

史崔克忍不住笑。蘿蘋一緊張，約克郡口音就格外明顯，他聽到的是「好價伙」。

他們換乘比較空的皮卡迪利線前往男爵街；史崔克鬆一口氣，找了一個座位坐下。

「傑瑞・華德葛瑞夫和他的妻子住在一起，是吧？」他問蘿蘋。

「是的，如果她的名字叫費妮拉。他們住在肯辛頓區的哈茲里特路。還有一個喬安娜・華德葛瑞夫住在地下室——」

「那是他們的女兒，」史崔克說，「剛出道的小說家，她也參加了羅普查德出版社的週年慶派對。那麼丹尼爾・查德呢？」

「他住在皮姆里科區的索塞克斯街，和一對名叫娜妮妲與曼尼・拉莫斯的人同住——」

「聽起來像傭人。」

「他在得文郡也有一座房地產：帝斯巴恩園。」

「他摔斷腿了，現在應該是住在那裡。」

「范寇特的資料沒有登錄在電話號碼簿上，」她說，「不過網路上有許多相關的記載。他在丘麥格納村還有一棟伊莉莎白式的大宅，叫安所園。」

「丘麥格納？」

「位於薩默塞特郡，他和他的第三任妻子住在那裡。」

「有點遠，今天沒辦法去了，」史崔克遺憾地說，「他在塔加斯路附近沒有可以把內臟藏在冷凍庫的單身公寓嗎？」

「沒發現這方面的資料。」

「那麼，他去查看犯罪現場時住在哪裡？或者他去那個地方懷舊一下的時候？」

「假如真的是他。」

「嗯，假如真的是他……還有凱絲琳．肯特。我們知道她住的地方，也知道她一個人住在那裡。安士提說，昆恩在十一月五日晚上先去找她，但她不在家，也許昆恩忘了她在她姐姐那裡。」史崔克笑著說，「或許他發現她不在家後便改去塔加斯路？她可能從療養院回來後便去那裡和他會面。我們把她的家排在第二順位。」

他們往西行時，史崔克告訴蘿蘋另外有目擊者宣稱看見一名穿全身罩袍的婦女在十一月四日進入那間屋子，同時又有人看見昆恩在十一月六日凌晨離開那裡。

「但其中有一個或兩個目擊者有可能看錯或說謊。」他說。

「一個穿罩袍的女人。你不覺得，」蘿蘋試探地說，「那個鄰居也許是個反穆斯林分子？」

與史崔克共事使蘿蘋眼界大開，以前她從不知道群眾心理存有如此多樣強烈的恐懼與怨恨。藍德利兇殺案破案後掀起的風潮使蘿蘋每天都收到許多讓她好氣又好笑的信件。

有一名男子請求史崔克將他的才華用來調查世界銀行體系對「國際珠寶」的控制，說他雖然沒有能力聘請史崔克，但無疑的，史崔克一定會因此而揚名國際。一名年輕婦女從一間有安全措施的精神病院寄來一封長達十二頁的書信，請求史崔克協助她證明她的家人全部被神秘帶走，並且被與他們長得一模一樣的冒牌貨掉包。一名性別不詳的匿名者要求史崔克協助他們揭發一個全國性的撒旦儀式的陰謀，這些陰謀透由公民諮詢局辦事處在執行。

「他們可能是精神病患，」史崔克說，「瘋子都喜歡殺人，他們能從中得到快感。首先，人們必須聽他們的。」

一名包穆斯林頭巾的年輕婦女從對面座位看他們談話。她有一雙美麗的、水汪汪的褐色大眼。

「假如真的有人在四日當天進入那間房屋，我必須說穿罩袍是一個進出都不會被人認出的好主意。你能想出其他任何可以把臉和身體都完全隱藏而不會有人質疑的方法嗎？」

「他們還拎一個清真館外賣的塑膠袋？」

「這麼說，他的最後一餐是清真食物？所以兇手才取走他的內臟嗎？」

「這名婦女……」

「不可能是個男人……」

「……有人看到她在一個小時後離開？」

「安士提是這麼說的。」

「所以他們不是在那裡埋伏等待昆恩？」

「不是，不過他們可能有擺設餐盤。」史崔克說，蘿蘋不由得現出畏懼的表情。

戴頭巾的年輕婦女在格洛契斯特路站下車。

「我懷疑書店裡面會裝閉路電視。」蘿蘋嘆口氣說。自從藍德利案後，她動不動就想到監視攝影機。

「我以為安士提會提到這個。」史崔克說。
他們從男爵街站出來後又遇上大雪。兩人瞇著眼睛，依照史崔克的指示，頂著鵝毛大雪走向塔加斯路。史崔克覺得他更迫切需要一根手杖了。他從醫院出來後，夏綠蒂曾送他一根典雅的麻六甲白籐手杖，說是她曾祖父的遺物。這根漂亮的古董手杖對史崔克來說太短，他走起路來會向右傾斜。她把他的東西裝箱讓他搬出她家時並沒有把那根手杖放進去。
他們接近那間房子時，明顯看出鑑識小組仍在一七九號工作。它的大門被圍上塑膠帶，一名警官雙手抱胸，在寒風中站在門外守衛。他們逐漸接近時她轉頭過來，瞇起眼睛注視著史崔克。
「史崔克先生。」她忽然說。
一名黃頭髮的便衣警察站在門口和另一個人說話，那個人進屋後，便衣警察轉頭看見史崔克，立即快步走下滑溜的台階。
「早。」史崔克輕鬆地和他打招呼。蘿蘋對他的滿不在乎既欽佩又不安；她天生是個守法的人。
「你回來做什麼，史崔克先生？」那個黃髮便衣警察和氣地說，兩隻眼睛不時瞟向蘿蘋。她隱隱有被冒犯的感覺，「你不能進去。」
「可惜，」史崔克說，「那我們只好在附近看看了。」
史崔克不理會兩名警察注視的目光，一跛一跛走到一八三號，進入大門登上台階。蘿蘋只好跟著他；她可以感覺到背後有兩雙眼睛一直在盯著他們。
「我們要做什麼？」他們走進磚砌的頂棚底下避開那兩個警察的目光時，蘿蘋小聲問。這一戶看似一間空屋，但她有點擔心也許會有人忽然開門出來。
「打量一下住在這裡的婦人是否看得到一個身穿斗篷、手上提著旅行袋的人在半夜兩點離開一七九號，」史崔克說，「妳知道嗎？我認為她可以，除非那盞街燈熄滅。好，我們去另一頭看看。」
「很冷，不是嗎？」兩人折回去從那兩名警察旁邊經過時，史崔克對他們說。「安士提說過去四個門，」他又接著對蘿蘋小聲說，「那就是一七一號……」

史崔克又走上前門台階，蘿蘋傻傻的跟在他後面。

「我本來想他會不會看錯房屋，但一七七號門口有一個紅色的塑膠垃圾桶，穿罩袍的婦女必須走上垃圾桶後面的台階才看得到——」

這戶人家的前門開了。

「請問有什麼事嗎？」一名戴厚鏡片、談吐斯文的男子說。

史崔克向他道歉，說他找錯地方。那個黃髮警官從一七九號外面的人行道不知喊了些什麼，見沒人理會，他急忙爬過大門口的塑膠帶，往他們的方向小跑步過來。

「那個人，」他唐突地大聲說，手指著史崔克，「不是警察！」

「他沒說他是警察。」戴眼鏡的男子略帶驚訝地說。

「我想我們這邊的事辦完了。」史崔克對蘿蘋說。

「你不擔心你的朋友安士提，」他們回頭往地鐵站走去時蘿蘋問他。她的語氣雖然有打趣的味道，但她仍迫不及待想離開現場，「對你這樣鬼鬼祟祟在犯罪現場附近徘徊會不高興嗎？」

「他一定會不高興，」史崔克說，看看四周的道路監視器，「但我的工作不是要讓安士提高興。」

「他好心告訴你鑑識報告的結果。」蘿蘋說。

「他這樣做的目的是想提醒我不要接這個案子。他認為一切跡象都指向莉奧諾拉。問題是，就目前看來，似乎是如此。」

街道上車流往來頻繁，但史崔克只看到一台攝影機，而且有許多分岔的小路通往四面八方，一個穿著歐文．昆恩那種斗篷，或穿著全身罩袍的人很可能無法被辨認出身分來。

史崔克在地鐵站買了兩杯咖啡後，兩人通過豌豆綠色的驗票大廳，前往西布隆普頓站。

「妳要記住，」他們站在伯爵園站月台等待轉車時史崔克說。蘿蘋注意到史崔克一直將他的重心放在他健康的左腿上，「昆恩是在十一月五日煙火節那天失蹤的。」

「天啊，對喔！」蘿蘋說。

「到處都在放煙火，隆隆聲不絕於耳，」史崔克說，大口喝他的咖啡，好準備上車；走在這潮濕冰冷的地板上，他沒有把握咖啡和他自己都能平安無事。「到處都在施放煙火，吸引每個人的注意力，難怪那天晚上沒人看見一個穿斗篷的人進入那間屋子。」

「你是說昆恩？」

「不一定。」

蘿蘋針對他這句話思索了一下。

「你認為書店那個人說昆恩在八日當天進去書店是在說謊？」

「我不知道，」史崔克說，「現在還太早，不宜下定論，不是嗎？」但他明白，他心中是這麼認為。十一月四日、五日在空屋附近發生突發事件的可能性極大。

「奇怪，人們注意的事，」他們爬上西布隆普頓站紅綠兩色相間的樓梯時，蘿蘋說。現在史崔克每一次放下右腿都會痛得皺眉，「記憶力真是個奇怪的東西，不是嗎——」

史崔克忽然覺得他的右腿膝蓋一陣劇痛，立即無力地趴在鐵軌上方的天橋欄杆上不能動彈。走在他後面一個穿西裝的男子發現一個體型壯碩的殘障人士突然擋住他的去路，不耐煩地喃喃抱怨，從他身邊繞道而過。蘿蘋繼續說話，往前走了幾步後才發現史崔克沒有在她身旁。她急忙回頭，看見他一張臉慘白，額上冒著豆大的汗珠，緊緊靠在欄杆上站著不動。趕路的通勤者紛紛從他身邊繞路而行。

「感覺好像脫臼了，」他咬著牙說，「我的膝蓋。可惡……可惡！」

「我們叫計程車。」

「這種天氣叫不到的。」

「那我們再去搭地鐵回辦公室。」

「不，我要——」

他站在鐵柵天橋上，頭頂上是拱形的玻璃屋頂，雪花紛紛下在玻璃罩上。他從沒有像現在這一刻那樣強烈感覺到他的資源不足。從前都有車輛可以供他駕駛，他也可以把證人叫到面前來問話。他是特偵組的頭頭，負責人。

「如果你想做這件事，我們就得叫計程車，」蘿蘋堅定地說，「從這裡走到李利路還有一段很長的距離。你沒有——」

她猶豫了一下，除了拐彎抹角提及外，他們從未正式談論過史崔克的不良於行。

「你沒有手杖什麼的嗎？」

「但願我有，」他蠕動發麻的嘴唇說。都這種時候了，還有什麼好假裝的？他甚至無法走到天橋的另一端。

「我們可以去買一支，」蘿蘋說，「藥房通常都有賣，我們去找找看。」

接著，她又稍作猶豫，然後說：

「靠在我身上。」

「我太重了。」

「只是保持平衡，利用我當枴杖。來吧。」她堅定地說。

他用一隻手臂攬著她的肩膀，他們緩緩走過天橋，在出口處停下腳步。雪暫時止住了，但寒冷依舊，甚至比先前更冷。

「這裡為什麼都沒有椅子？」蘿蘋問，四處張望。

「歡迎光臨。」史崔克說。他們一停下來，他立刻將他的手臂從她肩膀上收回。

「你想它出了什麼問題？」蘿蘋問，低頭望著他的右腳。
「我不知道，今天早上很腫，也許我不該穿上義肢，但我又不喜歡撐枴杖。」
「你在這種情況下沒辦法走到李利路。我們叫一部計程車，你回辦公室——」
「不要，我要做點事，」他生氣地說，「安士提認為是莉奧諾拉幹的。不是她。」
當你痛成這樣時，一切都只能縮減到基本面。
「好吧，」蘿蘋說，「那我們分頭去辦，你坐計程車，好嗎？好嗎？」她堅持說。
「好吧，」他說，被擊敗了，「妳去克萊蒙．阿特里小區。」
「我要去察看什麼？」
「道路監視器，藏匿衣物和內臟的地方。如果那些東西在肯特手上，她不可能把它們放在家裡，會發臭。用妳的手機拍照——把任何可能用得上的東西都拍下來……」
他一邊說，一邊覺得這幾件事實在小得可憐，但他必須找點事做。如果硬要找個原因的話，他老是想到奧蘭多，想到她咧開嘴傻笑和她抱著紅毛猩猩的模樣。
「然後呢？」蘿蘋問。
「去索塞克斯街，」史崔克想了一下後說，「一樣的事，然後給我一個電話，我們再會合。妳必須給我塔塞爾和華德葛瑞夫家的地址。」
她交給他一張紙條。
「我去叫計程車。」
他還沒來得及說謝謝，她已走到寒冷的街上。

26

我得小心我的腳下：
在如此濕滑的人行道上，人得穿上釘鞋，否則可能摔斷頸子……

——約翰．韋斯特《馬爾菲的女公爵》

幸好史崔克的皮夾內還有五百英鎊現鈔，那是人家指示他去砍一名少年所給的酬勞。他吩咐計程車司機送他去伊麗莎白．塔塞爾居住的富勒姆廣場路。他一路上忙著記錄車行路線，到了距離她家不到四分鐘的路程時他看見一家Boots藥房。他請司機靠邊停一下，一會兒後他從藥房出來時手上多了一支可調整高度的手杖，走起路來也顯得輕鬆許多。

他估計這段路如果是一個健康的婦女徒步，應該不到半個鐘頭便能走完。伊麗莎白．塔塞爾的住處與兇案現場的距離，比凱絲琳．肯特的住處與兇案現場的距離更遠，但對這一帶相當熟悉的史崔克確信她可以穿過許多住宅區巷道來避開道路監視器，甚至可以藉著開車來躲避偵測。

塔塞爾的住家在寒冷刺骨的冬日下顯得十分單調與晦暗。它也是一棟磚造的維多利亞式建築，但沒有塔加斯路的住宅那麼華麗或別出心裁。它位於一處轉角上，門前有一座小花園，花園在幾株茂盛的金鏈花遮掩下顯得格外陰暗潮濕。史崔克從花園大門外向內窺伺時天又開始下冰雹，他用一隻手掌圈著火點燃一根香菸，觀察到房屋前後都有花園，園內並種植許多樹叢，在寒冷的冰雹中顯得陰影幢幢，可以有效阻隔他人的視線。從樓上的窗戶望出去，底下便是富勒姆廣場路墓園，在這個嚴寒季節顯得格外陰沉，光禿的樹枝指向灰色的天空，古老的墓碑朝遠方排排站。

他能想像伊麗莎白．塔塞爾身穿時髦的黑色套裝，嘴唇塗著猩紅色的口紅，帶著她對歐文．

昆恩的滿腔怒火，在夜色的掩護下回到這裡，身上沾滿血跡與鹽酸，手上拎著一袋內臟嗎？

寒意啃噬著史崔克的脖子和手指。他將香菸捻熄，請計程車司機載他去肯辛頓區的哈茲里特路。他在觀察伊麗莎白．塔塞爾的住家環境時，司機一直以好奇與懷疑的眼光注視著他。史崔克坐進計程車後立即以他在藥房買的一瓶水吞下兩顆止痛藥。

計程車內的空氣窒悶，有一股長年累積的菸草、塵埃與皮革的氣味。擋風玻璃上的雨刷彷彿無聲的節拍器，規律地刷新寬大忙碌的漢默史密斯路上模糊的視線。道路兩旁有許多小辦公大樓和一排排緊靠在一起的陽台住宅。史崔克從車窗內注視著路邊的拿撒勒斯養老院，這又是一棟貌似教堂的紅磚建築，看起來很寧靜，但有一座警衛大門，一間警衛室將需要照顧與不需要照顧的老人宿舍隔開。

博萊斯大樓從起霧的朦朧車窗進入他的眼簾，這是一幢有圓形穹頂的宮殿式建築，在灰色的冰雹中看起來像一塊粉紅色的大蛋糕。史崔克依稀記得它好像已被某個大型博物館用來當倉庫儲存檔案。計程車從這裡右轉進入哈茲里特路。

「幾號？」司機問。

「我在這裡下車。」史崔克說，他不想在屋子的正門口下車，他也沒忘記他得還人家這筆錢。他把身體重心都放在那支手杖上，慶幸它的底部包覆橡皮可以抓地止滑。他付了計程車費，緩緩走向華德葛瑞夫的住宅一探究竟。

這一帶住宅是名副其實的連棟透天厝，連地下室在內共四層樓高，金黃色的砌磚立面裝飾著典雅的山形牆，最上層窗戶底下雕刻了花環，窗外安裝鑄鐵欄杆。大多數建築都已改成公寓，門前沒有花園，只有幾級台階通往地下室。

這條街道已開始呈現沒落的跡象，有點像中產階級在有點神智不清的狀態下隨便在陽台上擺幾盆盆栽，另一家陽台停著一輛腳踏車，第三家陽台上有潮濕軟癱的衣物被遺忘在冰雹底下，想來馬上就要結冰了。

華德葛瑞夫與他的妻子共住的樓房是少數幾家沒有改成公寓的房屋之一。史崔克抬頭往上看，心想一個出版社編輯得賺多少錢才能買下這樣一棟房屋，但他又立刻想起妮娜說過華德葛瑞夫的妻子「娘家有錢」。華德葛瑞夫家的陽台（史崔克必須過馬路才能看得清楚）放著兩張被雨水淋濕的躺椅，椅套是早期企鵝平裝書的封面設計，躺椅旁邊還有一張類似巴黎小餐館使用的那種小鑄鐵桌。

他點燃一根香菸，又過馬路去看華德葛瑞夫的女兒居住的地下室，一面想著昆恩送出他的原稿之前，是否曾經和他的編輯討論過《蠶》的內容。他有向華德葛瑞夫透露他如何構思《蠶》的最後一幕嗎？這個戴角質框眼鏡、溫文儒雅的人是否熱心點頭稱是，協助潤飾所有荒唐的情節，明白他終有一天會將它實現？

地下室的前門附近堆了幾個黑色的垃圾袋，看來喬安娜．華德葛瑞夫正在進行大掃除。史崔克轉身望著附近大約五十多扇可以俯瞰華德葛瑞夫家兩扇前門的窗戶思索，華德葛瑞夫必須有很好的運氣，才不會被許多人看見他進出。

但史崔克又鬱鬱地想到，問題是即便華德葛瑞夫被人看見他在深夜兩點拎著一大袋可疑物品回家，陪審團恐怕也會被說服那時歐文．昆恩早已死去多時。他的死亡時間有太多疑點，兇手這時候已有漫長的十九天可以拋棄證據。

歐文．昆恩的內臟會在什麼地方？史崔克問自己，你會如何處置數十磅重剛切下的人體腸胃？掩埋？扔進河裡？丟進公共垃圾箱？它們一定很難完全燃燒……

這時候華德葛瑞夫家的前門打開了，一名黑髮婦女皺著眉頭走下台階。她穿著一件大紅色的短外套，表情十分不悅。

「我一直從窗口看你，」她朝他走過來時大聲說。他認出她是華德葛瑞夫的妻子費妮拉，「你想幹嘛？你為什麼一直在注意我的房子？」

「我在等房屋仲介，」史崔克撒謊，一點也不覺得尷尬，「這個地下室樓層要出租，是嗎？」

「喔，」她嚇一跳，「沒——過去三家才是。」她說，用手指著。

他看出她囁嚅地想道歉，但終究決定不必麻煩。相反的，她踩著和這種雪天極不相稱的細高跟鞋走向不遠處的一輛富豪轎車。她的黑頭髮露出灰色的髮根，她從他旁邊經過時呼出的氣息有一絲難聞的酒味。史崔克知道她可以從後視鏡看他，便朝她指示的方向一跛一跛走過去，一直等到她把車開走——還差點撞上一輛迎面而來的雪鐵龍——他才小心翼翼地走到路底，再進入一條巷道。在這裡他可以從圍牆上方看到一長排私人住宅的後院。

華德葛瑞夫住家的後院沒有什麼特別之處，只有一間破舊的小棚子，院內的草皮已經磨損，顯得有點髒亂，角落上有一套生鏽的舊家具落寞的立在那裡，顯然已被棄置多時。史崔克注視著這個凌亂的畫面，沮喪地想著他看不到的獨立車庫、其他設施和車房。

想到他必須在寒冷潮濕的天氣走一大段路，史崔克不禁暗暗呻吟，開始斟酌他的選擇。這裡離肯辛頓奧林匹亞站最近，但他要搭乘的區域線只有在週末才通車。若以地上鐵車站來說，漢默史密斯站比男爵街站更方便，因此他決定走遠路過去。

他咬著牙忍受右腿的疼痛，剛走到博萊斯路時他的行動電話響了，是安士提。

「你到底在玩什麼把戲，鮑伯？」

「什麼意思？」史崔克問，繼續一跛一跛往前走，膝蓋彷彿刀割般劇痛。

「你在犯罪現場附近徘徊。」

「回去看看，這是人民的權利，我沒有採取任何行動。」

「你試圖訪問一個鄰居——」

「那是他剛好開門，」史崔克說，「我沒有問他昆恩的事。」

「史崔克——」

他發現安士提改變了對他的稱呼。他一點也不感到遺憾。他向來就不喜歡安士提為他取的綽號。

「我告訴你，你不要妨礙我們調查。」

「沒辦法，安士提，」史崔克實話實說，「我有客戶——」

「忘了你的客戶吧，」安士提說，「我們蒐集到的情報越多，她的嫌疑就越大。我勸你減少你的損失，因為你正在為自己樹敵。我警告你——」

「你已經警告過了，」史崔克說，「你說得再清楚不過。沒有人會怪你，安士提。」

「我不是為了自保才警告你。」安士提怒聲說。

史崔克繼續默默地往前走，手機仍尷尬地壓在他的耳朵上。過一會兒安士提說：

「我們拿到藥物檢驗報告了，血液中只有少量的酒精，沒別的了。」

「好。」

「還有，我們今天下午派警犬去馬京沼澤搜索，希望能趕在天氣惡化以前完成，聽說馬上會有暴風雪。」

史崔克知道馬京沼澤是英國規模最大的垃圾掩埋場；它收受倫敦、大都會區與商業區的廢棄物，這些廢棄物由醜陋的平底駁船從泰晤士河運到下游。

「你認為這些內臟被扔進垃圾箱了，是嗎？」

「環保垃圾斗。塔加斯路口有一戶人家在整修；十一月八日之前他家門口放了兩台環保垃圾斗，這麼冷的天，那些內臟大概不會招來蒼蠅。我們問過了，建築商把環保垃圾斗的垃圾運到馬京沼澤傾倒。」

「那麼，祝你好運了。」史崔克說。

「我是想幫你省點時間和力氣，老兄。」

「是，非常感激。」

史崔克真心誠意謝過安士提前一天晚上的熱情招待後掛斷電話，然後他停下腳步，靠在路邊的圍牆上另外撥一通電話。一個矮小的亞洲婦女推著助行器走過來，她一直走在他後面，但他絲毫沒有察覺。她靠近他時不得不繞行，但她不像西布隆普頓站天橋那個男人，她沒有對他發出怨言。這支手杖就像罩袍一樣，為他提供了保障；那名亞洲婦女從他身邊經過時還對他微笑。

電話鈴聲響了三聲後莉奧諾拉．昆恩接電話了。

「討厭的警察又來了。」她劈頭便說。

「他們要做什麼？」

「這回他們要求在屋子裡外都檢查，現在正在花園，」她說，「我一定要同意嗎？」

史崔克遲疑了一下。

「我想同意是合理的。聽著，莉奧諾拉，」他不後悔將他的態度一改為軍中的專橫，「妳有律師嗎？」

「沒有，為什麼？我又沒被逮捕，還沒有。」

「我想妳需要一個律師。」

對方短暫沉默。

「你有認識比較好的律師嗎？」她問。

「有，」史崔克說，「妳打電話給依莎．賀伯特，我現在給妳她的電話號碼。」

「奧蘭多不喜歡警察在這裡到處翻弄——」

「我現在把她的電話號碼用簡訊傳給妳，我要妳馬上打電話給她，好嗎？馬上。」

「好吧，」她粗聲粗氣地說。

他掛斷電話，從他的手機找出他的老同學的電話號碼發給莉奧諾拉，然後他打電話給依莎向她解釋並道歉。

「這有什麼好抱歉的？」依莎愉快地說，「我們歡迎被警察找麻煩的人，我們是靠這個吃飯的。」

「她也許符合法律援助資格。」

「以最近的情勢發展，幾乎沒有人具備這種資格了，」依莎說，「希望她夠窮。」

史崔克的手凍得發麻，又感到飢腸轆轆。他把手機塞進外套口袋，一跛一跛走到漢默史密斯路。對面人行道旁有一間看起來很不錯的酒館，外觀漆成黑色，圓形的鑄鐵招牌是一艘揚帆出航的大船。他朝酒館走過去，發現當你拄著手杖時，司機必須多一點耐心等待。

一連兩天上酒館……可天氣實在太壞，他的膝蓋又痛得難受；史崔克一點也不覺得內疚。

「阿比昂酒館」的裝潢和它外觀所顯現的一樣給人舒適的感覺。狹長的空間盡頭有一座燃燒木頭的壁爐，樓上的空間有圍欄和光亮的木地板。通往二樓的一座黑色螺旋形鑄鐵樓梯底下有兩座音箱和一支麥克風。乳白色的牆壁上掛著許多知名音樂家的黑白照片。

壁爐附近的椅座都被人佔用了，史崔克買了一杯啤酒後順手拿了一份菜單，走向面朝街道的臨窗高桌。他找了一張高腳椅坐下時發現，牆上艾靈頓公爵和羅伯·普蘭特的照片中間夾著他的長髮父親，照片中的他表演後汗水淋漓，顯然正在和他的貝斯手——據史崔克的母親說，他曾經企圖勒死他——開玩笑。

（「強尼的動作始終不夠快。」麗妲曾對她什麼也不知道的九歲兒子說。）

他的行動電話又響了，他接電話，兩隻眼睛依舊盯著牆上的照片。

「嗨，」蘿蘋說，「我回到辦公室了，你在哪裡？」

「在漢默史密斯路的阿比昂酒館。」

「你有一通奇怪的電話，我回來後聽到留言。」

「說吧。」

「丹尼爾・查德打來的，」蘿蘋說，「他想跟你見面。」

史崔克皺眉，眼光從他父親的真皮連身裝移到冒出火光的壁爐。「丹尼爾・查德想跟我見面？丹尼爾・查德怎麼會知道我這個人？」

「拜託，是你發現屍體的！現在消息滿天飛了。」

「喔，對喔——是這回事。他有說為什麼嗎？」

「他說他想提供一點意見。」

一個禿頭裸男挺著腐爛的生殖器的影像彷彿一張投影片般迅速出現在史崔克腦中，他立刻將它排除。

「我還以為他摔斷腿在得文郡休養動彈不得。」

「他是，他問你介不介意去得文郡和他見面。」

「哦，是嗎？」

史崔克斟酌這項提議，他想到他的工作量，他這個星期要訪談的人。最後他說：

「如果把勃內特往後延，我可以在星期五過去。他到底想怎樣？我得租一部車，一部自排車，」他說，他的右腳在桌底下抽痛，「妳能幫我租一輛車嗎？」

「沒問題。」蘿蘋說。他聽到她書寫的聲音。

「我有好多事要告訴妳，」他說，「妳要不要跟我一起吃中飯？他們這裡有很不錯的餐點，妳如果搭計程車不到二十分鐘就到了。」

「一連兩天？我們不能老是坐計程車和在餐廳吃飯，」蘿蘋說。雖然如此，她的語氣顯然很高興這個提議。

「不要緊，勃內特喜歡花她前夫的錢，我會記在她帳上。」

史崔克掛斷電話，選好牛排與啤酒肉餡派後，他一跛一跛走到吧台點餐。

回到座位後，他又心不在焉的讓他的視線飄向他穿緊身皮衣的父親，他的一頭長髮貼在他開懷大笑的窄臉上。

他老婆知道我但假裝不知道……她不肯離開他，即便這樣做對大家都好……

我知道你要去什麼地方，歐文！

史崔克的目光順著對面牆上一排巨星的黑白照片掃過去。

我被騙了嗎？他默默地問約翰藍儂，後者透過夾在鼻梁上的圓形鏡片嘲諷地望著他。

為什麼他不相信——即使面對他都不得不承認的反面跡象——莉奧諾拉謀害她的丈夫？為什麼他一直深信她走進他的辦公室不是為了掩飾罪行，而是真的認為昆恩像一個壞脾氣的孩子離家出走而生氣？他可以對天發誓，她完全沒有料到她的丈夫會發生意外……想著、想著，他不知不覺喝光了一杯啤酒。

「嗨。」蘿蘋說。

「妳動作很快嘛！」史崔克看到她有些訝異，說。

「不盡然，」蘿蘋說，「路上塞車。我可以去點餐嗎？」

她走向吧台時一些男客都轉頭看她，但史崔克沒有注意到。他仍在想瘦弱、平庸、臉色蒼白、正被警方搜查的莉奧諾拉．昆恩。

蘿蘋又幫史崔克帶一杯啤酒回來，她自己則買了一杯番茄汁。她給史崔克看她那天早上在丹尼爾．查德的倫敦市區住宅外拍攝的照片。那是一棟白色的灰泥粉刷別墅，裝飾了許多欄杆，閃亮的黑色大門兩旁還有門柱。

「它有個古怪的小院子，阻隔了外面街道的視線。」蘿蘋說，給史崔克看一張照片，幾個大肚希臘甕內種了一些矮樹叢，「我想查德有可能把那些內臟埋在其中一個甕裡，」她輕率地說，「把樹拔出來，再把內臟埋在土裡。」

「難以想像查德會做這麼費力或骯髒的工作，不過這也是一種想法，」史崔克說，想起查德完美無瑕的西裝和花俏的領帶。「克萊蒙．阿特里小區呢，是不是還像我記憶中有那麼多可以隱藏的地方？」

「多得很，」蘿蘋說，又給他看另一組照片，「公共垃圾箱、樹叢等等。問題是，我無法想像誰能偷偷摸摸做這件事而不被看到，或沒有人立刻注意到。那裡經常有人在附近活動，而且你走到哪裡都有大約一百扇窗戶從高處望著你。如果在半夜，又有攝影機在監視。

「不過，我倒是注意到一件事。嗯……這只是一個想法啦……」

「說下去。」

「大樓前方有一家醫院，他們也許會丟棄一些——」

「人體廢棄物！」史崔克說，放下他的啤酒，「好一個想法。」

「那我應該繼續追查嗎？」蘿蘋問，盡可能隱藏她受到史崔克讚美的眼光後內心的喜悅與驕傲，「查出他們如何以及什麼時間——」

「當然！」史崔克說，「這條線索比安士提的好太多了。他認為，」他回應她詢問的眼光，解釋道，「內臟應該是被丟棄在塔加斯路附近的一個環保垃圾斗，兇手把內臟帶出去後丟棄在路口的垃圾斗內。」

「那也有可能。」蘿蘋說，但史崔克又皺起眉頭，像極了馬修每次聽到她提起史崔克的想法或看法時的表情。

「這起兇殺案是經過精心策畫的，我們面對的不是一個會把一大袋從屍首取下的人體內臟隨便扔在路口了事的殺人兇手。」

他們默默的坐著，蘿蘋不由得揣測史崔克不喜歡安士提的理論，原因也許不在客觀的評估，而是先天的競爭。蘿蘋懂得男性的自尊；除了馬修之外，她還有三個兄弟。

「伊麗莎白．塔塞爾和傑瑞．華德葛瑞夫的住處是什麼情況？」

史崔克告訴她華德葛瑞夫的妻子認為他在窺視她家。

「脾氣很壞。」

「怪了，」蘿蘋說，「假如我看到有人在看我家，我的結論會是他們，你知道，就是看而已。」

「她跟她的丈夫一樣喜愛杯中物，」史崔克說，「我可以從她講話時聞到酒氣。伊麗莎白．塔塞爾的住處倒是很適合一個殺人兇手藏匿。」

「什麼意思？」蘿蘋半有趣、半擔心地問。

「非常隱密，幾乎看不到。」

「但我還是不認為——」

「——兇手是個女的，妳的意思是。」

史崔克默默的喝他的啤酒，思考了一、兩分鐘，他想採取一個他知道一定會激怒安士提更甚於激怒他人的行動。他沒有權利質問嫌疑人，他已被警告不要妨礙警方的調查。

他拿起他的行動電話，想了一下，然後撥打羅普查德公司的電話找傑瑞．華德葛瑞夫。

「安士提叫你不要妨礙他們調查！」蘿蘋提醒他。

「是啊，」史崔克說，電話那頭寂靜無聲，「他剛才又強調一遍，但我還沒有告訴妳其他事——」

「哈囉？」電話那頭傳來傑瑞．華德葛瑞夫的聲音。

「華德葛瑞夫先生，」史崔克自我介紹，雖然他已將他的姓名告訴華德葛瑞夫的助理，「我們昨天早上在昆恩太太家見過面。」

「是的，當然。」華德葛瑞夫說，禮貌但疑惑的語氣。

「我想昆恩太太有跟你提過，她聘僱我是因為她擔心警方懷疑她。」

「我相信這不是真的。」華德葛瑞夫立刻說。

「你是說他們懷疑她，還是她殺害她的丈夫？」

「這──兩者都是。」華德葛瑞夫說。

「丈夫死了，妻子通常都會受到嚴密的監視。」史崔克說。

「我想是吧，但我不……我無法相信其中任何一個，」華德葛瑞夫說，「這件事實在太不可思議，而且可怕。」

「是的，」史崔克說，「我想，我們是否能見個面，我想問你幾個問題？我很樂意，」他說，瞄一眼蘿蘋，「到你府上──下班後──任何你方便的時間。」

華德葛瑞夫沒有立即答覆。

「我當然會盡力幫助莉奧諾拉，但你認為我能告訴你什麼？」

「我對《蠶》有興趣，」史崔克說，「昆恩先生在這本書中寫了許多影射人物。」

「是的，」華德葛瑞夫說，「確實。」

史崔克猜想華德葛瑞夫是否已接受過警方約談；他是否已被要求解釋沾血袋子裡面裝的是什麼東西，被溺斃的侏儒又象徵什麼。

「好吧，」華德葛瑞夫說，「我不介意和你見面，但我這個星期的時間都排滿了，你可以……我想想看……星期一午餐時間可以嗎？」

「太好了，」史崔克說，心疼地想到這意味他必須請他吃午餐，他寧可去華德葛瑞夫的家中看看。「什麼地點？」

「在辦公室附近好了；我有一整個下午的時間，你介意我們到河濱大道辛普森餐廳嗎？」

史崔克覺得這是一個奇怪的選擇，但仍然同意。他注視著蘿蘋，說：「一點鐘嗎？我請我的秘書先訂位。到時候見。」

「他要見你？」史崔克一放下電話，蘿蘋馬上說。

「是的，」史崔克說，「有點可疑。」

她搖頭，半笑不笑的。

「從我聽到的，他似乎不怎麼熱中，而且你不覺得從他答應見你這件事來看，他似乎沒有良心不安？」

「不見得，」史崔克說，「我告訴過妳，許多人接近我這種人，目的無非是想打聽調查進行得如何。他們不能自絕於他人，他們覺得有必要為自己提出解釋。

「我先去上個廁所……等一下……還有更多要告訴妳……」

史崔克拄著新手杖一拐一拐走開時，蘿蘋慢慢啜飲她的番茄汁。

窗外飄過一陣雪花後又迅速消失了。蘿蘋抬頭注視對面牆上的黑白照片，微微驚訝的認出史崔克的父親強尼．羅克比。父子兩人除了身高都在六呎以上外其他沒有一點相似之處；他們是靠DNA檢驗才證明血緣關係。在維基百科網站的羅克比詞條中，史崔克被列為這位超級巨星的兒子。史崔克曾告訴蘿蘋，他們父子只見過兩次面。蘿蘋對著羅克比曲線畢露的緊身皮褲凝視了一會兒後，趕緊強迫自己將視線移向窗外，生怕被史崔克發現她在看他父親的下體。

史崔克回來時他們的餐點也送上來了。

「警察現在正在莉奧諾拉家的裡裡外外搜索。」史崔克拿起他的刀叉時說。

「為什麼？」蘿蘋問，刀叉暫時停在半空中不動。

「妳想為什麼？搜索血衣，察看花園有沒有新挖的土坑埋藏她丈夫的內臟。我已經讓她找一位律師了，他們還沒有足夠的證據可以逮捕她，但他們不死心。」

「你真的不相信是她幹的？」

「我不相信。」

史崔克把盤中的食物一掃而空後才又再度開口。

「我想找范寇特談談，我想知道他為什麼願意和昆恩同時成為羅普查德旗下的作家，他不是很痛恨他嗎，他們一定有機會在那邊見到面。」

「你認為范寇特殺死昆恩，這樣他才不會在公司的聚會見到他？」

「說得好。」史崔克挖苦地說。

他將他的啤酒一飲而盡，再度拿起他的行動電話撥了查號台，一會兒後電話被轉接到伊麗莎白．塔塞爾的文學工作室。

她的助理拉爾夫接電話。史崔克報出姓名，年輕人的聲音立刻變得既害怕又興奮。

「喔，我不知道……我問問看，請稍候。」

但他顯然不太熟悉電話機的操作方式，因為史崔克聽到喀嗒一聲後線路依舊是通的，他可以聽見拉爾夫遠遠的聲音告知他的老闆史崔克來電話，接著是塔塞爾不耐煩的大嗓門。

「他又想幹嘛？」

「他沒說。」

沉重的腳步聲，聽筒被拿起來的聲音。

「哈囉？」

「伊麗莎白，」他輕快地說，「是我，柯莫藍．史崔克。」

「知道，拉爾夫告訴我了，什麼事？」

「我在想，我們能不能見個面，我仍然為莉奧諾拉工作，她認為警方懷疑她是殺她丈夫的兇手。」

「那你要找我談什麼？我又不能告訴你是不是她殺的。」

史崔克可以想像拉爾夫和莎莉在那間五味雜陳的舊辦公室聽見這句話後臉上震驚的表情。

「我還有幾個與昆恩有關的疑問。」

「喔，天哪，」伊麗莎白低吼，「好吧，我想可以的話就明天午餐時間，否則我要忙到——」

「明天行，」史崔克說，「但不一定非要午餐時間，我可以——？」

「我午餐時間比較方便。」

「那好。」史崔克立即說。

「夏洛特街的佩斯卡托里餐廳，」她說，「十二點半，除非另外通知。」說罷，她便掛斷電話。

「這些出書人真愛吃午餐，」史崔克說，「他們不想讓我去他們家是怕我發現他們把昆恩的內臟藏在冷凍庫，這樣想會不會太錯怪他們？」

蘿蘋的笑容消失了。

「你知道，你很可能因此失去一個朋友，」她說，穿上她的外套，「到處打電話問東問西。」

史崔克哼一聲。

「你不在乎？」她問。他們一離開溫暖的地方，寒冷的雪花立即落在他們身上，幾乎凍傷他們的臉。

「我還有很多朋友。」史崔克說。這是事實，他一點也沒誇大。

「我們應該每天午餐時間都喝杯啤酒，」他又說，將重心都放在他的手杖上。他們往地鐵站的方向走去，兩人都低頭頂著白茫茫一片雪花，「算是上班日的下午茶時間。」

蘿蘋現出微笑，這是自從她為史崔克工作以來她最享受的一天，但她絕不能讓仍在約克郡協助安排母親喪禮的馬修知道她一連兩天都在酒館吃飯。

27

我應該相信一個我已知他對朋友悖信的男人！

——威廉・康格里孚《雙重交易者》

英國全國各地都籠罩在一片皚皚白雪之下，晨間新聞報導英格蘭東北部已淪陷在雪粉中，車輛彷彿無助的羊群被困不能動彈，車頭燈無力地閃爍著。倫敦在持續黑壓壓的天空下無奈地等待暴風雪降臨。史崔克邊換衣服邊看電視上的氣象圖，心想第二天開車去得文郡的計畫不知是否能成行，不知M5公路有沒有封閉。他雖然決定去和行動不便的丹尼爾・查德見面——他的邀請尤其讓史崔克感到奇怪——但以他的腿目前的狀況，即便開自排車他仍然有些擔心。

他們要派警犬去馬京沼澤搜索了。他穿戴義肢時——他的膝蓋更腫也更痛了——一邊想像牠們敏感、顫動的鼻子在暗灰色的雲層與盤旋的海鷗底下探測新近傾倒的垃圾。由於日光時間縮短，牠們或許已經開始工作了，拖著值勤的員警在冰凍的垃圾山搜尋歐文・昆恩的內臟。史崔克也曾經和警犬共事過，牠們搖屁股、搖尾巴，為搜索任務增添幾分不協調的情趣。

他對於連走樓梯下樓也疼痛難忍而感到心煩意亂。如果是一個理想的境地，他前一天就會在他截肢的部位冰敷，抬高他的腿而不是踏遍倫敦每個角落，只因為他必須讓自己不去想夏綠蒂和她的婚禮——很快就要在整修一新的克羅伊古堡教堂……不能說克羅伊堡，因為那樣會激怒他媽的克羅伊家族。離婚禮還有九天……

史崔克打開玻璃門時轟蘋桌上的電話響了。他皺著眉急忙去接電話。布羅克赫斯特小姐那個患有疑心病的情人兼老闆通知史崔克，他的私人秘書重感冒躺在他的床上休息，因此在她可以下床活動之前暫時不需要花錢請史崔克監視她了。史崔克剛放下聽筒，電話又響了。這次是另一個客戶卡洛琳．英格里斯，她以激動、顫抖的口吻說，她和她迷途知返的丈夫已重修舊好。史崔克誠摯的恭喜她時蘿蘋進門了，一張臉凍得紅通通。

「外面情況越來越糟了，」她掛起她的外套時說，「剛才是誰？」

「卡洛琳．英格里斯，她和魯伯特和好了。」

「什麼？」蘿蘋吃驚地說，「在交了那麼多豔舞女郎之後？」

「他們為了孩子要保住婚姻。」

蘿蘋不可置信的哼了一聲。

「約克郡那邊暴風雪似乎非常嚴重，」史崔克說，「假如妳想明天請假，今天提早下班——？」

「不，」蘿蘋說，「我已經訂好星期五晚上的臥鋪夜車，我沒問題。如果我們失去英格里斯，我可以打電話給等待候補的客戶——？」

「暫時不要，」史崔克說，重重的坐在沙發上，忍不住伸手去摸腫脹疼痛的膝蓋。

「還在痛？」蘿蘋怯怯地問，假裝沒看見他皺眉。

「嗯，」史崔克說，「但這不是我不想接新客戶的原因。」他又立刻說。

「我知道，」蘿蘋說。她背對他，打開電水壺開關，「你要專心調查昆恩的案子。」

史崔克聽不出她的語氣是否帶有譴責。

「她會付錢，」一會兒後他說，「昆恩有保壽險，她有逼他領出來，所以現在有錢了。」

蘿蘋聽出他自我辯護的口氣，心裡有點不高興。史崔克這句話似乎暗指她唯利是圖。她為了他而拒絕收入更高的工作難道不能證明她不是這種人？他難道看不出她也在盡力協助他證明莉奧諾拉．昆恩沒有殺害她的丈夫？

她將一個裝茶的馬克杯、一個裝水的玻璃杯，以及止痛藥放在他旁邊。

「謝謝。」他咬著牙說，對止痛藥感到不耐煩，雖然他打算吞服兩倍的劑量。

「我叫一部計程車十二點送你去佩斯卡托里餐廳，好嗎？」

「就在附近而已。」他說。

「你知道嗎？有驕傲就有愚蠢。」蘿蘋說。他頭一次看見她真的有點動氣了。

「好吧，」他挑了挑眉說，「我就坐計程車。」

事實上，當他三個小時之後拄著新買的廉價手杖一跛一跛走向在丹麥街底等候的計程車時，他的心情是輕鬆愉快的，他現在知道他不一定要戴上他的義肢了。車行短短數分鐘後便抵達夏洛特街，計程車司機對於載短程顯然很不悅。

伊麗莎白還沒有到，但她已先用她的名字訂位。史崔克被帶到一張緊靠著卵石粉刷牆的二人桌，餐廳內的天花板有粗獷的木桁縱橫交錯；吧台上方掛著一艘木槳船。對面靠牆的地方有亮麗的橘色皮座椅。史崔克習慣性的叫了一杯啤酒，坐下來享受四周明亮、愉悅的地中海迷人風情，欣賞雪花從窗外飄落。

他沒等候多久經紀人便抵達了。她朝他這邊走過來時他想站起來，但立刻又跌坐在椅子上。伊麗莎白似乎沒有發現。

她看起來好像比他上一次見到她時又瘦了一些；剪裁合身的黑色套裝、猩紅色的口紅和鐵灰色的短髮今天沒有為她帶來一股銳氣，反倒給人拙劣偽裝的感覺。她的臉色發黃，而且臉皮有點鬆弛。

「妳好嗎？」他問。

「你想我會好嗎？」她粗聲說，「什麼事？」她對彎著腰站在桌邊的侍者粗魯地問，「喔，老樣子，水。」

她以一種該說的都說完了的姿態拿起她的菜單。史崔克看得出任何同情或關懷的問候此刻都不受歡迎。

「湯就好了。」她對過來點菜的侍者說。

「謝謝妳願意再跟我見面。」史崔克等侍者離開後說。

「誰知道莉奧諾拉需要什麼樣的協助。」伊麗莎白說。

「怎麼說？」

伊麗莎白瞇著眼睛看他。

「你別裝傻，她告訴我她接到歐文的消息後便要求警方帶她去蘇格蘭場探望你。」

「沒錯。」

「她有沒有想過那成何體統？警方也許預期她會情緒崩潰，想不到她卻要求去探望她的偵探朋友。」

她用力壓下想咳嗽的衝動。

「我想莉奧諾拉不會顧慮到她給別人的印象。」史崔克說。

「不會，你說得對，她不是一個聰明人。」

史崔克心想伊麗莎白．塔塞爾又以為她能給世人何種印象；她知道她一點也不討人喜歡嗎。她讓剛才壓下的咳嗽肆無忌憚的釋放出來，史崔克等待她那一陣海狗似的吠叫聲平息了之後才問：

「妳認為她應該假裝悲傷？」

「我沒有說它是假的，」伊麗莎白怒斥道，「我相信她以她有限的方式感到難過。我只是覺得多表現一點遺孀的哀傷也無妨。一般人都會這麼想。」

「妳和警方談過了吧？」

「當然。我們在河濱咖啡館吵了一架，原因只為我沒有好好讀過那本要命的書。警方想知道我最後一次和歐文見面之後的行蹤，特別是我和他見面後那三天。」

她以質詢的眼光注視著史崔克，後者仍維持不動聲色。

「我猜他們認為我們吵架後三天之內他便遇害了。」

「我不知道，」史崔克撒謊，「妳如何告訴他們妳的行蹤？」

「我說歐文氣沖沖離開後我就直接回家了，一直睡到第二天早晨六點起床，搭計程車去派丁頓，和朵卡絲在一起。」

「妳的一個作家，我記得妳說過？」

「是的，朵卡絲・潘潔利，她——」

伊麗莎白發現史崔克臉上微微帶笑，自己也不自覺露出微笑。這是他們認識以來她頭一次面帶笑容。

「信不信由你，這是她的本名，不是化名。她寫情色小說，但以歷史浪漫小說的面貌呈現。歐文對她的書嗤之以鼻，但她的銷售量讓他眼紅。它們像熱門蛋糕那麼夯。」伊麗莎白說

「妳什麼時候從朵卡絲那邊回來？」

「星期一傍晚。它本來應該是一個很棒的長週末，」伊麗莎白繃著臉說，「但多謝《蠶》，那個週末過得很慘。

「我一個人獨居，」她繼續說，「無法證明我回家了，我沒有一返回倫敦便立刻殺死歐文，雖然我很想這麼做……」

她喝一大口水後繼續說道：

「警方對這本書很感興趣，他們似乎認為它給許多人帶來殺人動機。」

她頭一次明顯的想從他那裡得到消息。

「起初看似很多人，」史崔克說，「但假如他們推測的死亡時間是正確的，昆恩在河濱咖啡館和妳大吵一架後三天之內就遇害，那麼嫌犯人數就會相對減少。」

「怎麼說？」伊麗莎白尖銳地問。這讓他想起他在牛津大學的一位最嚴厲的導師，他常用這三個字來質問他的學生，把它當作一根巨大的針來戳破立論薄弱的推理。

「我恐怕無法告訴妳，」史崔克輕鬆地說，「不能妨礙警方的調查。」

她暗沉的皮膚毛孔粗大，上面還有粗糙的顆粒。一雙深橄欖色的眼睛隔著小桌注視他。

「他們問我，」她說，「我把原稿寄給傑瑞和克里斯欽之前還有給誰看過——答案是：沒有。他們又問我，歐文在寫作期間會跟誰討論書的內容。我不懂他們為什麼這麼問，」她說，描黑的眼睛緊緊盯著史崔克，「他們認為有人慫恿他嗎？」

「我不知道，」史崔克又撒謊，「他在寫作期間會跟別人討論書的內容嗎？」

「他也許會向傑瑞．華德葛瑞夫透露一點。他連他的書名都不肯告訴我。」

「真的？他不會徵詢妳的意見？妳有說妳是牛津大學英文系——？」

「剛開始有，」她氣憤地說，「但歐文完全不重視，他自己是在羅弗堡或哪個地方中途輟學的，沒有拿到學位。是的，而且邁可有一次還好心地告訴歐文，我們還在作學生的時候，我『很不幸的被引導成為』一個作家，歐文永遠記得這句話。」回憶往日時光使她發黃的皮膚增添一抹紫色的彩暈，「歐文和邁可一樣，對學文學的婦女懷有偏見，他們都不在乎女人讚賞他們的著作，當……當然——」她搗著餐巾咳嗽，然後紅著臉氣憤地說，「歐文是我見過最喜歡聽到讚美的作家，他們都一樣永不知足。」

他們的餐點送上來了：伊麗莎白點的是番茄羅勒湯，史崔克點的是鱈魚薯條。

「我們上次見面時妳告訴我，」史崔克嚥下一大口食物後說，「妳曾經有一度必須在范寇特和昆恩之間作選擇。為什麼妳選擇了昆恩？」

她正對著滿滿一匙番茄湯吹涼，看似經過認真的思索後才回答。

「我覺得——當時——他受到的懲罰遠超過他做錯的事。」

「這和有人撰文批評范寇特妻子的小說有關嗎?」
「不是『有人』,」她平靜地說,「那是歐文寫的。」
「妳確定?」
「他寄給雜誌社之前拿給我看。我恐怕得說,」伊麗莎白以冷漠的挑釁眼光注視史崔克,「我看了那篇文章後忍不住大笑。它實在寫得太逼真又太好笑了。歐文真的很會模仿別人的文筆。」
「後來范寇特的妻子自殺了。」
「這當然是一件不幸的事,」伊麗莎白不帶感情地說,「但誰也不會料到。坦白說,一個會因文章遭受批評就自殺的人,一開始根本就不該寫小說,但,邁可當然很氣歐文,而且我覺得他越來越恨他,因為歐文聽到雅絲蓓自殺的消息後他膽怯了,矢口否認文章是他寫的。對於一個喜歡被視為無所畏懼又毫無缺點的人,這無異是一種懦弱的表現。
「邁可要我放棄歐文,我拒絕了,從那以後邁可就不再和我說話。」
「那時候歐文幫妳賺的錢會比范寇特多嗎?」
「天哪,不,」她說,「我留住歐文不是為了金錢利益。」
「那是為什麼——?」
「我剛剛說過了,」她不耐煩地說,「我相信言論自由,甚至認為可以自由到激怒別人的程度。再說,雅絲蓓自殺那天莉奧諾拉也生了一對早產雙胞胎,分娩過程不順利,男嬰死了,奧蘭多則……我想你應該已經見過她了?」
史崔克點頭,忽然又想起他那天作的夢:夏綠蒂生了一個孩子,但她不肯給他看……
「腦部受傷,」伊麗莎白繼續說,「所以,那時候歐文自己也遭遇不幸,但他不像邁可,他不認為他有錯——」
她又咳嗽,看到史崔克微微詫異的眼光,她不耐地比了一個稍候的手勢,意思是等她咳完她會解釋。最後，她喝了一口水後用沙啞的嗓子說：

「邁可鼓勵雅絲蓓寫作是為了讓她在他寫作時不要去打擾他。他們沒有共通之處，他娶她是因為他有感於自己是低下的中產階級。她是一個伯爵的女兒，以為嫁給邁可後從此可以過著每天參加文學派對與光芒四射的知性會談的生活。她不知道邁可工作時她大部分時間必須一個人過。她是，」伊麗莎白輕蔑地說，「一個能力不足的女人。

「但她對於可以成為一個作家的遠景感到非常興奮。你知道，」經紀人嚴厲地說，「有多少人認為他們可以寫作嗎？你一定想不到我每天收到多少爛東西。雅絲蓓的小說在正常情況下一定會被退稿，但邁可鼓勵她寫作，因此他沒有膽量告訴她寫得很爛。他把它交給他的出版商，他們為了討好邁可便接受了。文章登出一個禮拜後便出現那篇諷刺性的仿作。」

「昆恩在《蠶》中暗示那篇諷刺仿作的真正作者是范寇特。」史崔克說。

「我知道——但我不會去激怒邁可．范寇特。」她又說了一句耐人尋味的話。

「什麼意思？」

伊麗莎白停頓一下，史崔克看得出她在斟酌如何告訴他。

「我是在一個，」她緩緩說道，「研究詹姆斯一世時期血腥復仇悲劇的文學指導小組認識邁可的。我們不妨說，這是他的自然環境，他崇拜那些作家；崇拜他們的虐待狂和他們的強烈追求報復……強暴、同類相食、女裝打扮的被毒害的骷髏……邁可對施虐性的懲罰非常著迷。」

她瞥一眼史崔克，後者正密切注視著她。

「怎麼了？」她簡短地問。

他心想，昆恩的兇殺案細節何時才會在報紙上揭露？有卡爾培柏的報導，真相很快就會暴露出來。

「妳選擇昆恩而沒有選擇范寇特時，他有對妳採取施虐性的報復行動嗎？」

她低頭望著面前那一碗紅色的番茄湯，忽然將它用力推開。

「我們本來是很好的朋友，非常親近，但自從我拒絕放棄昆恩那天起，他就沒再跟我說過一句話。他還盡可能警告其他作者不可接受我的代理，說我是一個沒有榮譽觀念或沒有原則的女人。

「但我有一個神聖的原則，這一點他心知肚明，」她堅定地說，「歐文寫那篇仿作，比起邁可對其他作家所做百倍於此的事算是小巫見大巫。當然，事後我非常後悔，但那時候——少數幾次中的一次——我確實認為歐文是清白的。」

「但他一定很受傷，」史崔克說，「妳認識范寇特的時間比認識昆恩的時間長。」

「現在我們敵對的時間比友好的時間長。」

史崔克認為這不是一個恰當的回答。

「你不要以為……歐文並不是一直——他不是一直都那麼壞。」伊麗莎白不安地說，「他非常執著於男子氣概，不管是在生活上或作品上。有時它被用來隱喻創作天分，但有時它又可以被視為藝術成就的障礙。《荷巴特之罪》中的荷巴特既是男人又是女人；他必須在建立親子關係與放棄作家抱負之間作選擇：墮掉胎兒，還是放棄他的創作理念。

「但是一旦成為真正的父親——你知道，奧蘭多不是……你不會選擇讓你的孩子去……去……但他愛她，她也愛他。」

「除了他有幾次離家出走，去找情人或去住飯店揮霍以外。」史崔克說。

「好吧，他是不可能當選『年度模範父親』，」伊麗莎白粗聲說，「但他們之間還是有愛。」

餐桌上暫時沈默下來，史崔克決定不要打破沉默。他相信伊麗莎白這次同意與他見面，和她上一次主動要求與他見面一樣，一定都有她自己的理由，他很想聽她說。因此他繼續吃他的魚等待。

「警方問我，」他幾乎把盤中的食物吃光時，她終於說，「歐文有沒有勒索我。」

「真的？」史崔克說。

餐廳內人聲鼎沸，觥籌交錯的噪音不絕於耳，外面雪下得更密了。此刻又是一個他曾經告訴蘿蘋的熟悉現象：嫌疑人希望能再一次提出解釋，深恐他們第一次沒有解釋清楚。

「他們查到過去這些年來從我的帳戶轉到歐文帳戶的大筆金錢。」伊麗莎白說。

史崔克沒答腔；他們上一次見面時他得知她幫昆恩繳付飯店帳單這件事已讓他大感意外。

「他們以為有誰能勒索我？」她撇著鮮紅的嘴唇問他，「我的職業生涯絕對誠實，我沒有可供人議論的私生活，我就是那種被定義為清白的老處女，不是嗎？」

史崔克判斷，雖然是一句反問，但他說什麼都一定會冒犯她，因此他什麼也沒說。

「事情起因於奧蘭多出生時，」伊麗莎白說，「歐文賺來的錢幾乎都花光了，莉奧諾拉生產後又在加護病房住了兩個禮拜。邁可．范寇特又逢人便說歐文害死他的妻子。

「歐文是一個棄兒，他和莉奧諾拉都沒有家人，我以一個朋友的立場借錢給他們處理嬰兒的事。然後我又預支版稅給他貸款買一間較大的房子。後來發現奧蘭多的智力發展有問題，於是我又協助他們為奧蘭多找專家治療。我就這樣不知不覺成為這個家庭的私人銀行。每次版稅下來，歐文總是嚷著要還我錢，有時我的確也會拿回來幾千英鎊。

「歐文像一個不成熟的孩子，這點會使他讓人難以忍受或覺得他不可愛。他不負責任、容易衝動、自私自利、而且很沒有良心，但他也可以很有趣、熱心、迷人。他有一種會讓人憐憫的奇怪的脆弱，無論他的行為多麼惡劣，你都會想保護他。傑瑞．華德葛瑞夫有這種感覺，別的女性有這種感覺，我也有這種感覺。而且，事實上我不斷的希望，甚至相信，他有一天會再寫出另一本《荷巴特之罪》。他寫的每一本可怕的書中總是有讓你無法將他完全抹煞的東西。」

侍者過來收拾他們的餐盤，殷勤的詢問她是否不滿意她的湯，她倨傲地揮揮手，要了一杯咖啡。史崔克則接受甜點單。

「但奧蘭多很可愛，」伊麗莎白粗聲說，「奧蘭多很可愛。」

「對……她好像，」史崔克說，緊盯著她，「前幾天看到妳進入昆恩的書房，莉奧諾拉在上廁所的時候。」

他不認為她能預料到他會有這一問，她自己似乎也沒料到。

「她看到了，是嗎？」

她喝一口水，遲疑了一下，然後說：

「我對《蠶》中描繪的人物存疑，想乘機找找看歐文有沒有留下其他會引起麻煩的備忘錄。」

「妳有找到任何東西嗎？」

「沒有，」她說，「因為那間書房像垃圾場一樣，我馬上就發現找起來太費事，」她抬起下巴，挑釁地說，「而且老實說，我不想留下指紋。所以我很快就離開了，那是——也許可以說是可恥的——一時衝動起的念頭。」

她似乎把她要說的都說完了。史崔克點了一客蘋果草莓酥派，主動對她說：

「丹尼爾．查德想見我，」他告訴她。她驚訝地瞪大了一雙橄欖綠的眼睛。

「為什麼？」

「我不知道。除非雪下得太大，否則我明天去得文郡拜訪他。在我見到他之前，我想知道他在《蠶》中為什麼被描繪成殺害一個金髮少年的兇手。」

「我不會告訴你這本骯髒書的線索，」伊麗莎白怒聲說，又恢復先前挑釁與狐疑的態度，「不，我不會這麼做。」

「可惜，」史崔克說，「因為大家都在議論紛紛。」

「我把這本該死的書發出去已鑄下大錯了，我還要再用八卦來加重我的罪過嗎？」

「我是個言行謹慎的人，」史崔克向她保證，「我不會告訴任何人我的消息來源。」

但她只是冷冷地注視著他，不為所動。

「凱絲琳．肯特呢？」

「她怎樣？」

「在《蠶》中，她的洞穴為什麼會到處是老鼠的頭骨？」

伊麗莎白沒有回答。

「我知道凱絲琳．肯特就是書中的女妖，我見過她本人，」史崔克耐心地說，「妳的解釋可以為我節省一點時間，我想妳一定也想知道誰殺了昆恩吧？」

「人可以，」她輕蔑地說，「一眼就看穿嗎？」

「是的，」他老實說，「可以。」

她皺眉，然後不出他所料，說：

「好吧，我反正沒有必要對凱絲琳．肯特效忠。如果你一定要知道，歐文是以粗俗的方式講述她在一個動物實驗機構做事的事實。他們對老鼠、狗、猴子做各種可惡的實驗，歐文有一次帶她參加一場派對，所以我才會知道。她穿得很暴露，一直想巴結我，」伊麗莎白輕蔑地說，「我看過她的作品，她使朵卡絲．潘潔利看起來像艾瑞絲．梅鐸那麼有才華。典型的渣滓──渣滓──」

史崔克趁她摀著餐巾咳嗽時趕快吃幾口他的蘋果草莓酥派。

「──網路帶給我們的糟粕，」她把話說完，眼中一汪水，「更可惡的是，她似乎期待我站在她那邊，指責那些攻擊他們實驗室的討厭的學生。我的父親是獸醫，我從小就與動物為伍，我愛牠們勝於愛人。我覺得凱絲琳．肯特是一個可怕的人。」

「妳知道女妖的女兒陰陽人是誰嗎？」史崔克問。

「不知道。」伊麗莎白說。

「剪刀手袋子裡的侏儒呢？」

「我不再進一步解釋這本可惡的書了！」

「妳知道昆恩是否認識一個叫琵琶的婦女？」

「我沒見過琵琶，不過他教過創作；許多婦女都想找出她們存在的目的。他就是在那裡搭上凱絲琳．肯特的。」

她啜一口她的咖啡，看看手錶。

「妳可以告訴我約瑟夫．諾斯這個人嗎？」史崔克問。

她狐疑地瞥他一眼。

「為什麼？」

「好奇。」史崔克說。

他不知道她為何選擇回答；也許是因為約瑟夫．諾斯已去世很久，或者是他第一次去她凌亂的辦公室時感覺到的一點懷舊之情。

「他來自美國加州，」她說，「到倫敦尋根。他是同性戀，比邁可、歐文和我小幾歲，他的第一本小說把他在舊金山的生活寫得非常生動。

「邁可介紹他和我認識。邁可認為他寫的東西是一流的，的確也是，但他不是一個快手。他喜歡參加派對，而且，我們都過了一、兩年後才知道他有愛滋病毒陽性反應，卻又不知愛惜自己的身體。後來病毒全面演發成愛滋病，」伊麗莎白清一清喉嚨，「你應該還記得愛滋病剛出現時引起多少恐慌。」

史崔克常被人誤認為比他的實際年齡至少老十歲，事實上，他是從他母親口中知道（她從不顧慮小孩敏感的心理，經常口沒遮攔）這種致命的疾病是經由雜交與共用針頭而傳染的。

「約瑟夫生病後，那些在他名盛一時、聰明、美麗的時候爭相要認識他的人全都消失不見了，只剩下——多虧他們——邁可和歐文。他們倆經常陪他，但他的小說沒寫完就過世了。

「邁可生病，沒辦法參加約瑟夫的葬禮，但歐文是扶靈人。約瑟夫為了感謝他們照顧他，就把他那間漂亮的房子遺留給他們兩人，他們過去經常在那裡聚會，徹夜討論文學。我也參加過幾次，那是一段……快樂時光。」伊麗莎白說。

「諾斯死後他們有經常使用那間屋子嗎？」

「我沒辦法代替邁可回答，但我懷疑他和歐文鬧翻後就沒再去過。他們在約瑟夫的葬禮過後不久就鬧翻了。」伊麗莎白聳聳肩說，「歐文不敢去，因為他怕碰見邁可。約瑟夫有在遺囑中特別規定，我想他們稱之為限制使用財產協定吧。約瑟夫規定這間房子要保存為藝術家的庇護所，所以邁可這些年來才一直不肯出售。有段時間它出租給一個雕刻家，但不久就作罷了。當然，邁可多方挑剔承租者，目的無非是截斷歐文的經濟來源，而且他有能力聘請律師執行他的計畫。」

「諾斯沒完成的小說後來如何了？」史崔克問。

「喔，邁可放下他自己的小說，幫約瑟夫完成他的作品。這本書叫《走向起跑線》，由哈洛韋佛出版公司發行。那是一部經典之作，一直不斷的再版。」

她又看錶。

「我得走了，」她說，「我兩點半要開會。請給我外套。」她對一個從旁經過的侍者說。

「有人告訴我，」史崔克說，他記得很清楚，是安士提告訴他的，「說妳前陣子曾監督整修塔加斯路那間房子？」

「是的，」她淡淡地說，「又是一件昆恩的經紀人為他做的不尋常工作。還不就是統籌修繕的事，把工人找來。我把一半帳單寄給邁可，他透過他的律師付錢。」

「妳有鑰匙？」

「我交給工頭，」她冷冷地說，「然後又還給昆恩。」

「妳自己沒有去看他們工作？」

「當然有，我必須去檢查有沒有做好。我想我去了兩次。」

「妳知道整修時有用到鹽酸嗎？」

「警方也問了鹽酸的事，」她說，「為什麼？」

「我不能說。」

她很生氣。他懷疑人們常拒絕對她透露消息。

「我只能把我對警方說的告訴你：它也許是陶德．哈克尼斯留下來的。」

「誰？」

「我告訴過你的那個租房子的雕刻家。他是歐文找來的，范寇特的律師找不出理由拒絕，不過沒人知道哈克尼斯主要是做金屬蝕刻藝術，會用到具有腐蝕性的化學物品。他確實對那間屋子造成很大的傷害，所以才被請走。范寇特那邊負責清理作業，然後把帳單寄給我們。」

侍者送來她的外套，上面還沾了一點狗毛。她站起來時，史崔克聽見她的胸腔發出一絲微弱的哨音。伊麗莎白．塔塞爾近乎霸氣地和他握了手後便離開了。

史崔克又叫了計程車回辦公室，心中隱隱打定主意要和蘿蘋修好；那天早上他們倆似乎有點一言不合，他也搞不清楚到底是怎麼回事。但等他好不容易走進辦公室時，他的膝蓋已經痛得讓他冒冷汗了，而蘿蘋劈頭第一句話又把他想挽回的心意驅散。

「租車公司剛打電話來，他們沒有自排車，不過他們可以給你——」

「一定要自排車！」史崔克怒氣沖沖地說，跌坐在沙發上，沙發偏又發出響亮的屁聲，讓他更加生氣，「我這種狀況沒辦法開手排車！妳有打電話——？」

「我當然有問過別家公司，」蘿蘋冷冷地說，「我到處都問過了，明天沒有人能給你自排車，再說天氣預報會很糟，我想你最好——」

「我要去和查德面談。」史崔克說。

疼痛與恐懼使他發怒：他擔心他必須放棄義肢改用枴杖，要把褲腿別起來，忍受人們注視的眼光，憐憫的眼光。他痛恨醫院消毒長廊上的硬塑膠椅；痛恨他厚厚的病例被翻出來審查，旁觀者對他的義肢竊竊私語，平靜的醫療人員勸他要休息、要寵愛他的腿，彷彿它是一個他必須隨時帶在身邊的生病的孩子。他在夢中不是一條腿，在夢中他有兩條完好的腿。

查德的邀請是一個天外飛來的禮物，他要把握。他有許多問題要問昆恩的出版商。這個邀請來得太奇怪，他想聽查德非要把他拖去得文郡的理由。

「你聽到我說的話沒？」蘿蘋問。

「什麼？」

「我說，『我可以開車載你去』。」

「不要，不可以。」史崔克毫不感激地說。

「為什麼不可以？」

「妳要回約克郡。」

「我明天晚上十一點才去王十字車站。」

「明天會有暴風雪。」

「我們早一點出發，或者，」蘿蘋聳肩，說，「你取消查德的約，不過下週的氣象預報也不樂觀。」

在蘿蘋鐵灰藍的眼睛注視下，他要從忘恩負義一改而感激她實在有點難。

「好吧，」他僵硬地說，「謝了。」

「那我得去取車。」蘿蘋說。

「好。」史崔克咬著牙說。

歐文．昆恩不認同女人的文學地位；他，史崔克，私下裡也有一個偏見，但他的膝蓋疼痛難忍，眼下又租不到自排車，他能有什麼選擇？

28

……從我持槍面對敵人以來，所有的拓險之中，
唯有那次是我參加過最致命、最危險的……

——班．強森《脾氣人人不同》

隔天清晨五點，頭髮上仍有晶瑩的雪花，蘿蘋登上了當天的第一班地鐵。她圍著圍巾、戴著手套，斜揹著一只小背包，拎著一個度週末的袋子，袋子裡裝了黑色連衣裙、大衣、皮鞋，是預備要參加康利菲太太的喪禮穿的。來回得文郡一趟，她恐怕趕不回來，所以打算在歸還租來的汽車之後，直接到王十字車站去。

坐在幾乎是空蕩蕩的車廂內，蘿蘋省視自己對眼前的這一天是何種心情，結果發現她是五味雜陳。最主要的情緒是興奮，因為她深信史崔克必定是有絕佳的理由要去找查德。蘿蘋學會了要信任老闆的判斷以及他的直覺；而馬修最著惱的一點也就在這裡。

馬修……蘿蘋戴著黑手套的手握緊了身邊的袋子提手。她一直在跟馬修說謊。蘿蘋是個老實人，兩人交往的九年間，不曾說過一次謊，最近卻破了例。有些謊話並不算謊話，只是刻意省略了重點。週三晚間馬修在電話裡問她當天的工作情況，蘿蘋概略地陳述了一遍，但是刪改修訂的部分可真不少，也沒老實說她和史崔克跑到昆恩被殺的屋子去，中午又在阿比昂酒館用餐，當然更沒提從西布隆普頓車站走路過橋時史崔克沉重的胳臂壓在她的肩膀上。

不過還是有睜眼說瞎話的時候。昨晚馬修跟史崔克一樣問她是否應該請一天假，搭早一點的火車。

「我有想過。」她當時說，謊言脫口而出，完全不經大腦。「可是車票賣光了。大概是天氣太壞了吧，大家都不想冒險開車，所以都改搭火車。我也只能坐夜車了。」

否則我還能說什麼？蘿蘋自問道。漆黑的車窗映照出她自己緊繃的面容。讓馬修知道的話絕對會火冒三丈。

其實，她是自己想要到得文郡去；她想要幫史崔克的忙；她想要從電腦前走出來，去調查，雖然文書工作給了她寧靜的環境以及成就感。這樣又有什麼不對嗎？馬修卻有意見。蘿蘋的工作與他的期待不符，他原本希望她能進入廣告公司，進入人力銀行，薪水比目前高將近一倍。倫敦的生活費太高了。馬修想要換個大點的公寓。她覺得像是馬修的負擔……

再者，史崔克也是個問題。談到他總讓蘿蘋有挫折感，胃也會打結：我們早晚得再找個人進來。他老是提起這個未來的合夥人，而蘿蘋也在心中勾勒這位神秘人物：短髮、一臉精明的女性，就如那位在塔加斯路的命案現場外站崗的女警。她必定是很幹練的人，受過的訓練讓蘿蘋難望其項背，而且也不會被像馬修這樣子的未婚夫拖累（在明亮半空的地鐵車廂裡，她還是首次公然跟自己這麼說呢）。

可是馬修是她生命的軸心，是恆存的中心點。她愛他，一直都愛他。他陪她走過了最艱苦的時光，換作是別的男人，早就離棄她了。她想要嫁給他，而且也會嫁給他。只是，之前兩人連一點最起碼的歧異也沒有，真的沒有。但她的工作性質，她決定要留下來為史崔克工作，還有史崔克這個人，卻讓兩人的戀情出現了雜音，透露出危險，而且是從所未聞的……

蘿蘋租的豐田陸上遊艇（Land Cruiser）昨晚就已停在唐人街的 Q-park 地下停車場，因為丹麥街完全找不到停車位，這裡還算是最近的了。蘿蘋穿了最低跟的一雙鞋，右手拎著過夜的袋子，快步穿過黑暗，到立體停車場，不肯再去想馬修，也不肯去想要是他看見她為了和史崔克共乘六小時而急急忙忙趕路，不知會作何感想。蘿蘋把袋子放進後車廂，坐入駕駛座，設定衛星導航，調整暖氣，再繼續熱車。

史崔克遲到了，這可不像他。蘿蘋利用這段時間熟悉儀表板。她很喜歡車子，很喜歡開車。十歲她就在叔叔的農場上駕駛牽引車，不過手煞車得要別人幫忙放下。她只考了一次就拿到了駕照，不像馬修。不過她後來漸漸曉得了不能拿這件事來取笑馬修。

後照鏡裡似乎有動靜，所以她抬起頭。史崔克一身暗色套裝，正拄著兩支枴杖吃力地走來，右褲管釘在膝蓋以上。

登時，蘿蘋的胃一陣不舒服——倒不是因為那條斷肢，她以前也看過，而且情況還更難堪。她會不舒服是因為這還是她認識史崔克以來，頭一次看見他在公共場所不使用義肢。

她下了車，一看見他臭著一張臉，就後悔了。

「想得真周到，租了輛四輪傳動車。」他說，默默警告她不要提到他的腿。

「欸，我覺得這樣的天氣還是開這種車比較保險。」蘿蘋說。

史崔克轉到乘客座那邊。蘿蘋知道絕不能去扶他一把；她能感覺到史崔克的四周似乎劃出了一塊禁止入內區，彷彿他是以心電感應去拒絕任何的協助或同情，可是蘿蘋仍擔心沒人幫忙，他坐不進車裡。史崔克把枴杖丟進後座，金雞獨立了一會兒，隨後以上半身的力量（蘿蘋竟從來沒有見識過），把自己弄進了車裡，過程相當順利。

蘿蘋匆忙跳進車裡，關上門，扣好安全帶，倒車出發。史崔克一現身就拒人於千里之外，兩人之間就如豎起了一道高牆，而且她除了憐憫之情也多了怨懟，怨史崔克連對她都這麼的不假詞色。她幾時為了他大驚小怪過？又幾時待他像隻老母雞了？她至多也只是拿止痛藥給他……

史崔克知道自己不可理喻，但知道歸知道，他反而更著惱。今早起床，他就發覺膝蓋又熱又腫，而且一碰就痛，如果仍執意要穿義肢，根本是發神經。所以他像小孩子一樣，以背著地，一級一級下了金屬梯。戶外的溫度在零下，曙光仍未穿透黑暗，拄著兩支枴杖橫越覆冰的查令十字路，其中的辛苦不足為外人道，卻只換來那些早起行人的白眼。他打死也不願再淪落到這種地步，可是形勢比人強，而這一切只因為他短暫遺忘了他自己並不像夢中的史崔克有健全的四肢。

幸好，讓史崔克寬慰的是蘿蘋的駕駛技術很不錯。他的妹妹露西一碰到方向盤就變得注意力不集中，讓同車乘客膽顫心驚。而夏綠蒂每次駕駛她的凌志，總會讓史崔克全身痠痛：闖紅燈、闖單行道、一邊抽菸一邊打電話，險些擦撞腳踏車和停在路邊正在開啟的車門……自從「維京人」在那條黃土路上炸翻了之後，史崔克就對駕駛非常挑剔，非專業司機總讓他驚魂不定。

漫長的靜默之後，蘿蘋開口了。

「背包裡有咖啡。」

「嗄？」

「背包裡——有保溫瓶。我覺得除非沒有必要，中途不應該停車。背包裡還有餅乾。」

雨刷來回拂開片片雪花。

「妳設想得真周到。」史崔克說，拒人於千里之外的態度也瓦解了。他早餐沒吃，都是忙著裝義肢害的，接著又到處找別針把褲管別起來，再把杖翻出來，下樓更是耗費了一倍的時間。蘿蘋儘管心情也不好，還是露出了淡淡的一笑。

史崔克給自己倒了杯咖啡，吃了幾片鬆脆的酥餅，饑餓感一消，就更能欣賞蘿蘋操控陌生車輛的技術。

「馬修開的是什麼車？」在波士頓莊園高架橋上飛馳時他問道。

「我們沒在倫敦買車。」蘿蘋說。

「對，沒必要。」史崔克說，私下裡反省，要是他付給蘿蘋應得的薪水，他們只怕就能買得起汽車了。

「你打算要問丹尼爾．查德什麼？」蘿蘋問道。

「很多事。」史崔克說，把餅乾屑從外套上撢掉。「先問他是否和昆恩鬧翻了，如果是，是為了什麼？我想不通昆恩那個傢伙——他很顯然是個混蛋——他為什麼決定要攻擊那個掌握了他的生計而且還有錢能把他告到傾家蕩產的人？」

史崔克啃了幾口酥餅，嚥下，又說：

「除非是就像傑瑞．華德葛瑞夫說的，昆恩在寫書時真的精神崩潰了，因為書賣不好，就對每一個他認為有責任的人發飆。」

蘿蘋昨天趁著史崔克去和伊麗莎白．塔塞爾吃午飯，把《蠶》讀完了，就說：

「如果他精神崩潰，文字就會前言不對後語啊。」

「他的語法也許沒問題，可是如果你說內容根本就是發癲，可能不會有很多人不同意。」

「這一本跟他其他的作品水準很接近。」

「可是沒有一本像《蠶》這麼有病。」史崔克說。「《荷巴特之罪》和《巴爾札克兄弟》都還有情節。」

「這本也有情節。」

「有嗎？難道說邦彼士的信步漫遊只是個很方便的手法，能把一大堆對不同人士的攻擊串聯起來？」

汽車經過了希斯洛機場的匝道，雪下得又快又急，兩人談著小說的詭誕之處，笑論邏輯的跳脫，以及內容的荒謬。兩邊的行道樹彷彿撒上了成噸的糖霜。

「說不定昆恩是生不逢時，晚了四百年。」史崔克說，仍在吃餅乾。「伊麗莎白．塔塞爾跟我說有一齣詹姆士一世時代的復仇劇，寫一個被毒死的骷髏偽裝為女人，有人跟它上床，一命嗚呼了。其實倒是相差不了多少，『色老二』不是也準備要——」

「別說了。」蘿蘋說，半是笑，半是打哆嗦。

但史崔克並沒有因為她抗議或反感而中斷。他說話時，潛意識裡有什麼閃動了一下。有人跟他說過……有人說過……但回憶如水銀般稍縱即逝，有如一條小魚鑽進了池塘的雜草叢中。

「一具被毒死的骷髏。」史崔克喃喃說，竭力想要捕捉住模糊的回憶，卻功敗垂成。

「我昨天晚上也把《荷巴特之罪》看完了。」蘿蘋說，超了一輛慢吞吞的豐田 Prius。

「妳還真有自虐狂。」史崔克說，伸手拿第六塊餅乾。「妳不會是看上癮了吧？」

「沒有，而且這本也寫得不好，全都是——」

「一個陰陽人懷了孕，跑去墮胎，因為孩子會阻撓他在文學界的發展。」史崔克說。

「你也看了！」

「沒有，是伊麗莎白．塔塞爾跟我說的。」

「裡頭有一個血淋淋的麻布袋。」蘿蘋說。

史崔克斜睨了她蒼白的側臉一眼，她雖然嚴肅地盯著馬路，眼睛卻朝後照鏡閃了閃。

「裝了什麼？」

「打掉的胎兒。」蘿蘋說。「好恐怖。」

史崔克消化這個訊息，汽車正通過了到美登赫的轉彎處。

「奇怪。」他最後說。

「是詭異。」蘿蘋說。

「不，是奇怪。」史崔克不改口。「昆恩常常重複。這是他從《荷巴特之罪》裡挪用的第二個情節了。兩個陰陽人，兩個血淋淋的布袋。為什麼？」

「噯，」蘿蘋說，「其實並沒有一模一樣。《蠶》裡的布袋並不是陰陽人的，裡頭也沒有裝打掉的胎兒……有可能他是變不出什麼新花樣了。」她說。「有可能《蠶》就像是——就像是把他所有的想法堆成營火，一次燒盡。」

「是他寫作生涯的火葬木堆吧。」

史崔克靠著椅子沉思，窗外風景漸漸多了田園風光。樹木之間可見遼闊的田野，被層層白雪覆蓋，襯著珍珠灰的天空，紛飛的大雪仍然不斷落在汽車上。

「妳知道嗎，」史崔克終於說，「我覺得有兩種可能。要不是昆恩真的精神崩潰，分不清楚自己在寫什麼，結果真心相信《蠶》是一部曠世巨作，不然就是他就是故意找碴，那麼複製情節就有個好理由了。」

「什麼理由？」

「關鍵就在這裡了。」史崔克說。「跟他別的書互相參照，他是在幫讀者了解他寫《蠶》的用意。他是想說出真相，同時要避開誹謗罪。」

蘿蘋仍盯著大雪紛飛的公路，卻把臉湊過來，眉頭緊鎖。

「所以你覺得這是他的精心設計？你覺得他是故意要掀起軒然大波的？」

「只要靜下來想一想，」史崔克說，「就會知道這是一筆很划算的買賣。像他那樣自我中心又厚臉皮的人，差不多一本書也賣不出去，現在攪起了這麼大的風波，全倫敦的人都在傳八卦，威脅要告他，惹惱了一堆人，又影射某位有名的作家……然後消失無蹤，法院找不到你，拘票送不到你身上，在別人能阻止你之前，電子書就已經問世了。」

「可是伊麗莎白．塔塞爾跟他說不能出版時，他很憤怒。」

「真的嗎？」史崔克若有所思。「抑或是在作戲？他一直纏著塔塞爾，要她讀他的書，是不是因為他準備了一場戲，打算在大庭廣眾之下大吵一頓？聽起來他像是個極愛現的人。搞不好這是他的促銷手法。他覺得羅普查德沒讓他的書得到足夠的注意——這是莉奧諾拉告訴我的。」

「那你是覺得他跟伊麗莎白．塔塞爾在餐廳見面，其實早就計畫要怒沖沖離開？」

「有可能。」史崔克說。

「然後跑到塔加斯路去？」

「說不定。」

這時太陽出來了，結霜的樹頂輝閃著光點。

「而他也果然如願了，不是嗎？」史崔克說，瞇著眼睛，因為幾千朵雪花在擋風玻璃上閃爍。「還有什麼比這個辦法更能引起話題嗎？就只可惜他沒能活著看見自己上ＢＢＣ的新聞。

「啊，糟了。」他低呼一聲。

「怎麼了？」

「我把餅乾吃光了……抱歉。」史崔克說，後悔不迭。

「沒關係。」蘿蘋說，覺得好笑。「我吃過早餐了。」

「我沒吃。」史崔克說。

熱咖啡下肚，兩人的對談，以及蘿蘋為他設想周到，都讓他死也不肯討論斷肢的頑固逐漸消融了。

「該死的義肢就是穿不上。我的膝蓋腫得像發酵麵糰：我得去見一個人。花了我不少工夫才想通了。」

蘿蘋也猜了個八九不離十，但她仍很感激史崔克坦誠相告。

汽車駛過高爾夫球場，幾畝地的廣褒空間覆著皚皚白雪，唯有旗幟鮮明，裝滿水的碎石坑經冬陽一照，閃動著白鑞的光芒。快到斯文敦時，史崔克的手機響了。他看了眼號碼（他還以為是妮娜．拉塞勒的連環叩呢），發現是他的老同學依莎。而且也看見六點半有一通莉奧諾拉．昆恩的未接電話，不免擔憂；那時他必然是在查令十字路上艱難地走著。

「依莎，嗨。有什麼事？」

「一大堆呢。」她說。聲音顯得細小遙遠，史崔克一聽就知道她在開車。

「莉奧諾拉．昆恩星期三有沒有打電話給妳？」

「有，我們那天下午見了面。」她說。「而且我才剛剛跟她通過話。她說她今早打電話給你，可是沒人接。」

「喔，我今天很早就出門了，一定是錯過了。」

「我獲得她的允許，轉達——」

「出了什麼事？」

「她被帶到警局訊問了，我現在正要趕過去。」

「媽的。」史崔克說。「媽的，他們查到了什麼？」

「她跟我說他們在她和昆恩的臥室裡找到了照片，很顯然他喜歡被綁起來，而且喜歡拍照留念。」依莎就事論事的語調中不失挖苦。「她說得好像是在講怎麼養花蒔草似的。」

史崔克聽得見背景裡隱隱有倫敦市中心的車水馬龍，而在高速公路這邊，最吵的聲音就是雨刷咻咻、引擎呼嚕，偶爾會有不怕死的汽車在盤旋的雪花中呼嘯而過。

「還以為她應該有那個腦袋，把照片處理掉呢。」史崔克說。

「我會假裝沒聽到你建議要把證據湮滅掉。」依莎故作拘謹地說。

「那些照片不是證據。」史崔克說。「耶穌基督，那兩個人當然會有不正常的性生活——不然的話，就憑莉奧諾拉是要怎麼留得住像昆恩那樣的男人？安士提的心靈太純潔了，問題就出在這裡；他以為只要不是傳統的性交體位，就全都有犯罪傾向。」

「你對負責調查的警員個人的性癖好這麼了解？」依莎問，覺得好玩。

「他就是我在阿富汗從車後面拖出來的傢伙。」史崔克喃喃說。

「喔，原來如此。」依莎說。

「而且他一口咬定莉奧諾拉是兇手。如果他們就只有幾張不雅的照片——」

「未必。你知道昆恩夫婦租了間車庫嗎？」

史崔克凝神傾聽，瞬間擔憂了起來。難道他猜錯了？錯了個十萬八千里？

「你知不知道啊？」依莎問道。

「他們查到了什麼？」史崔克問，不復輕佻。「可別是內臟吧？」

「你說什麼？聽起來怎麼像『可別是內臟』？」

「他們查到了什麼？」史崔克自行更正。

「我也不知道，不過等我到了那兒，應該就會知道。」

「她還沒被捕吧？」

「只是去接受詢問，不過他們一口咬定是她，我看得出來，而且我覺得她並不了解情況有多嚴重。她打電話給我還是沒口子抱怨她得把女兒託給鄰居帶，她女兒很不高興——」

「她女兒二十四了，有學習障礙。」

「喔。」依莎說。「真遺憾……喂，我快到了，我得掛電話了。」

「隨時聯絡。」

「可別心急，我有個感覺，我們得磨上好一會兒。」

「狗屁。」史崔克掛上電話時說。

「怎麼了？」

有輛巨型油罐車從慢車道岔出來，想要超過一輛後車窗貼著內有嬰兒的三陽喜美。史崔克看著它銀色砲彈似的龐然車身在覆冰的路面上搖擺，而蘿蘋立刻放慢了車速，拉長車距，史崔克對她的反應默默激賞。

「警方把莉奧諾拉帶去問話了。」

蘿蘋倒抽口涼氣。

「警方在他們的臥室裡找到了昆恩被綑綁的照片，也在一間出租車庫裡找到了東西，可是依莎不知道是什麼——」

史崔克發生過類似的意外。前一秒鐘寧靜祥和，後一秒鐘就血肉橫飛。時間慢了下來。每一種知能都在瞬間緊繃，提高警覺。

油罐車拱了起來。

他聽見自己大吼「煞車！」因為上一次他就是採取同樣的行動，不讓死神得逞——

可是蘿蘋卻猛踩油門，汽車呼地前衝，卻沒有空間能夠挪閃。他們的車撞上了側面的冰封馬路，旋轉了幾圈，又被喜美追撞；喜美翻了過去，車頂在下，在冰面上滑行，衝向路肩；又一輛福斯高爾夫和賓士互撞，卡在一起，對著油罐車直撞過去——

他們衝下了路旁的深溝，蘿蘋以毫釐之差閃過了翻覆的喜美車，史崔克死命抓著門把，豐田全速撞上凹凸不平的地面——他們鐵定會衝進溝裡，說不定還會翻車——而油罐車的車尾正搖搖擺擺朝他們撞來，眼看就要要了他們的命，誰知他們的速度實在太快，閃了過去，千鈞一髮——繼續陡的一跳，史崔克的頭撞上了車頂，汽車一歪斜，又回到了連環車禍另一邊的滑溜柏油路上，毫髮無傷。

「他媽的——」

蘿蘋終於踩了煞車，完全控制住車子，在路肩停了下來，蒼白的臉色直可比拍打在擋風玻璃上的雪花。

「喜美車裡有小孩。」

史崔克尚未開口，蘿蘋就下了車，車門砰的一聲。

史崔克向後仰，想去抓柺杖，從沒有比此時此刻更感覺到殘障的不便。好不容易把柺杖拉到了前座，就聽見了警笛聲。他瞇眼從雪花片片的後車窗望出去，看見遠處有藍光閃爍，警察已經趕到了。他再跑過去也不過給他們再添一個獨腿的累贅，於是他把枴杖往後一丟，連聲咒罵。
十分鐘後蘿蘋回來了。
「沒事了。」她喘著氣說。「小傢伙沒事，幸虧有兒童安全椅。油罐車司機滿身是血，不過神志清楚——」
「妳還好嗎？」
她的身體有些抖，但仍微笑以對。
「我沒事。我只是很怕會看見一個死掉的孩子。」
「那就好。」史崔克說，深吸了一口氣。「妳是在哪裡學會開車的？」
「喔，我上過幾堂進階駕駛課。」蘿蘋說，聳了聳肩，把眼前的濕髮撥開。
史崔克瞪著她。
「什麼時候？」
「就在我大學休學之後不久。我……我有點不知何去何從，幾乎都宅在家裡。是我爸要我去學的，我一直都很喜歡開車。
「反正也只是打發時間。」她說，一面扣上安全帶，轉動引擎。「有時候在家裡，我會到農場裡去練車。我叔叔有塊地，他讓我在那裡練車。」
史崔克兀自瞪著她看。
「妳確定不需要稍微休息一下再——？」
「不用了，我把姓名地址給他們了。我們該走了。」
她換檔，平穩地上了高速公路。史崔克怎麼也沒辦法不去盯著她平靜的側臉；她的眼睛又盯在馬路上，兩手握著方向盤，穩健放鬆。
「我在軍中見識過的防禦性駕駛都沒辦法跟妳相提並論。」他跟她說。「那些人還是將車的駕駛兵，是受過訓練要在火線下逃脫的呢。」他回望堵塞了馬路的翻覆車輛。「我還是不知道妳是怎麼讓我們逃過一劫的。」

幾乎撞車並沒有讓蘿蘋珠淚漣漣，但是這幾句讚美卻突然讓她覺得想哭，讓她不用再矜持。她費了九牛二虎之力才壓抑下情緒波動，發出輕輕的一笑，說：

「你現在知道如果我踩了煞車，我們就會筆直撞上油罐車了吧？」

「嗯。」史崔克說，也笑了起來。「真不知我怎麼會那麼說。」他以謊言找託詞。

29

你的左手邊有條路，
能迴避良心的苛責
轉入懷疑與憂懼的森林
——湯瑪斯．基德《西班牙悲劇》

儘管險些發生車禍，史崔克和蘿蘋仍在剛過十二點就抵達了得文郡的提佛頓鎮。蘿蘋遵照衛星導航的指示，經過了一棟棟靜謐的鄉村屋宇，屋頂都積著厚厚的白雪，穿過了一道別致的小橋，底下的水色如硬石，又在小鎮的另一頭經過一幢十六世紀的教堂，居然十分的宏偉，與馬路隔著一扇電動門。

一名長相好看的菲律賓青年正忙著以手把電動門撬開。他穿著平底帆布鞋和一件過大的大衣。一看見豐田越野車，就揮手要蘿蘋搖下車窗。

「凍住了。」他說，言簡意賅。「麻煩等一下。」

他們等了五分鐘，他終於融化了大門的冰，在持續飄落的雪花中挖出了一片空地，讓門能夠打開。

「要不要載你回屋子裡？」蘿蘋問他。

他爬進了後座，跟史崔克的枴杖同坐。

「你們是查德先生的朋友嗎？」

「他在等我們。」史崔克避重就輕。

豐田越野車駛上一條蜿蜒的私人車道，雖然地面因為下了一夜的雪而起伏不定卻難不倒豐田車。車道兩邊的杜鵑叢葉色深綠，不肯承載皚皚白雪，所以車道只有黑白二色：敷了一層白粉的車道兩側簇擁著濃密的綠葉牆。蘿蘋的眼前開始蹦出點點金光，距離早餐已經很久了，而且史崔克又把餅乾吃光了。

她停好豐田，下了車，仰望帝斯巴恩園，暈眩感和微微一種如在夢中之感仍揮之不去。帝斯巴恩園矗立在一片深暗的樹林邊，屋子一側與樹林相連。龐大的長方形建築改建成很大膽的樣式：半面屋頂換成玻璃，另一半似乎是太陽能面板。仰望只有骨架的透明建築，透視明亮的淡灰色天空，蘿蘋的暈眩感只變得更嚴重，她也想起了史崔克手機裡的恐怖照片，照片上那處充滿了玻璃和光線的圓頂空間就是昆恩殘缺的屍體橫陳之地。

「妳還好嗎？」史崔克關切地問她。蘿蘋的臉色十分蒼白。

「嗯。」蘿蘋說，很想留住在他眼中的不讓鬚眉形象。她深吸了幾口霜冷的空氣，跟著史崔克前進，他雖然拄枴杖，行動卻極敏捷，踩著碎石路走向入口。搭便車的年輕人一句話也不多說，消失無蹤了。

丹尼爾．查德親自來開門，身上是一件中式領、類似罩衫的嫩黃綠色上衣，寬鬆亞麻長褲。他也一樣拄著兩支枴杖，左腳和小腿打著厚厚一層石膏。查德俯視史崔克空蕩的褲管，好幾秒都無法移開目光。

「你還覺得自己很不幸嗎？」史崔克說，伸出了手。

他的笑話沒收到預期的效果，查德沒笑。公司派對上圍繞著他的那種彆扭、異類的氣氛仍然包圍著他。他跟史崔克握手，卻迴避他的眼睛，而他的開場白是：

「我一整個早上都在等你來電取消這次的會面。」

「不，我們趕來了。」史崔克說，多此一舉。「這位是我的助理，蘿蘋，是她開車送我過來的。」

希望——」

「不行，不能讓她坐在外面的雪地裡。」查德說，但聽不出什麼暖意。「進來吧。」

他拄著枴杖後退，讓路給他們越過門檻，室內是木地板，打磨得極光亮，泛出蜂蜜色。

「可以請兩位脫鞋嗎？」

這時，右邊磚牆上一扇對開門裡走出一名中年菲律賓婦女，矮胖的身材罩著黑衣，手上拿著兩只白色亞麻布袋，很顯然是等著裝史崔克和蘿蘋的鞋子。蘿蘋把鞋子交給了她，腳底直接接觸地面，竟無端端讓她覺得很脆弱。但史崔克仍只是金雞獨立。

「喔。」查德說，又瞪著眼看。「那……史崔克先生就不用脫鞋了，娜妮妲。」

女人無聲地退回了廚房。

也不知是什麼緣故，帝斯巴恩園的內部讓蘿蘋的暈眩感居然變得更嚴重。敞亮的內部沒有用牆隔開。通向二樓的迴旋梯選用的是鋼鐵玻璃材質，以粗鋼纜懸吊在天花板上。而查德的大號雙人床就在他們頭頂上，乍看像黑色皮革，床的上方磚牆上似乎還吊了一個巨型的鐵絲網十字架。蘿蘋匆匆收回視線，覺得更不舒服了。

一樓大多數的家具都是真皮立方體，非黑即白。鋼質暖氣管垂直排列，間或可見造型簡單的木質、金屬書架。但是在這個極簡的房間裡卻有一個極顯著的焦點，就是一座一人高的白色大理石天使雕像：天使高踞在岩石上，半身切開，露出了一半的頭顱、內臟、大腿骨。而她的胸部，看得蘿蘋傻了眼，是一丘脂肪嵌在一圈肌肉上，酷似蕈菇的菌褶。

為了這麼一尊石雕覺得不舒服，委實可笑，因為這一具剖開的軀體只是以冰冷的石頭雕成的，不過是無知無感地褪色變白，哪裡像史崔克存在手機裡的那張腐爛的屍體照……不要去想它……她真該叫史崔克至少留片餅乾給她的……她的上唇已經在冒汗，她的頭皮……

「妳還好嗎，蘿蘋？」史崔克突然出聲。從兩個男人的神情判斷，她知道自己一定面無血色，除了可能會昏倒之外，更讓她難堪的是變成了史崔克的累贅。

「抱歉。」她從麻木的唇間擠出聲音。「長途開車……能不能給我一杯水……」

「呃——好吧。」查德說，活像水是什麼珍貴資產似的。「娜妮妲？」

黑衣婦人又出現了。

「小姐需要喝杯水。」查德說。

娜妮妲示意蘿蘋跟她走。蘿蘋走入廚房，耳中仍聽見出版商的枴杖輕輕敲在木頭地板上。倉卒一瞥間，她只知道廚房有不鏽鋼流理台和白牆，剛才幫他們開門的青年正握著一隻大平底鍋在翻動，然後她就發現自己坐在一張矮凳上了。

蘿蘋還以為查德會跟著進來查看她是否沒事，可是娜妮妲把一杯冰水塞進她手裡時，她只聽見查德在她的頭頂某處說話。

「謝謝你去開門，曼尼。」

年輕人不作聲。蘿蘋聽見查德的枴杖又嘟嘟嘟退開，廚房門也關上了。

出版商回客廳後，史崔克說：「都是我不好。」他覺得十分內疚。「我把她準備的東西都吃光了。」

「娜妮妲可以幫她弄點東西吃。」查德說。「請坐吧。」

史崔克跟著他經過大理石像，溫暖的木地板上反映出朦朦朧朧的雕像倒影。兩個人四支枴杖向房間另一頭而去，那裡有黑色燒柴鐵爐，輻射出一圈暖意。

「很棒的地方。」史崔克說，坐進一張比較大的黑色真皮立方體，把枴杖擺在一邊。他這句話是違心之論；他個人偏好實用舒適的裝潢，而查德的家在他看來只是為了炫耀，中看不中用。

「嗯，我跟建築師討論過許多次。」查德說，閃現了一絲熱情。「那裡是工作室，」——他指著另一道謹慎隱藏住的門——「還有游泳池。」

他也坐了下來，把打著石膏的腿伸長。

「你這是怎麼了？」史崔克問他，同時朝那條腿點了點頭。

查德以枴杖指著金屬玻璃迴旋梯。

「那一摔可不輕啊。」史崔克說，打量著梯子的高度。

「骨頭斷掉的聲音整棟房子都聽到了。」查德說，居然還樂滋滋的。「我都不知道真的聽得見呢。」

「要咖啡或茶嗎？」

「茶就好。」

史崔克看到查德把沒受傷的腿放到座位旁一片小銅板上，輕輕一踩，曼尼就從廚房過來了。

「麻煩泡茶，曼尼。」查德說，語氣溫馨，與他平時的態度截然不同。年輕人再次消失，仍是臭著一張臉。

「那是聖麥可山嗎？」史崔克說，指著爐子附近掛的一幅畫。畫風樸拙，似乎是畫在板子上。

「這是阿佛瑞·瓦利斯的作品。」查德說，又是隱約一絲得意。「筆法純樸……原始天真。家父認識他。瓦利斯直到七十好幾才認真作畫。你知道康瓦耳嗎？」

「我在那兒長大。」史崔克說。

但查德比較有興趣談的是阿佛瑞·瓦利斯，又一次說到這位畫家直到晚年才找到了真正的職業，自顧自細數起這位畫家的作品，絲毫不在乎史崔克對這話題興趣缺缺。查德是個不愛視線接觸的人，兩隻眼睛從畫作溜到房間各處，只偶爾才會瞥史崔克一眼。

「你才剛從紐約回來吧？」史崔克趁查德歇口氣的時候趕緊提問。

「對，去開了三天的會。」查德說，談話的熱忱消失了。他像是在宣讀財報似的說：「時機艱難，電子閱讀設備問世，改變了遊戲規則。你看書嗎？」他問史崔克，問得直白。

「有時候。」史崔克說。他的公寓裡有本破舊的詹姆斯．艾洛伊，讀了四個星期還沒讀完，因為太多時候他都因為晚上太累而無法專心。他最喜歡的一本書還放在平台上的箱子裡沒拆封，那本書有二十年了，也有很長一段時間沒有翻閱了。

「我們需要讀者。」丹尼爾．查德喃喃說。「多一點讀者，少一點作家。」

史崔克很想搶白一句：啊，起碼你擺脫掉一個了。不過他把話嚥了回去。

曼尼出現了，端著一張有腿的透明塑膠盤，放在他的雇主面前。查德傾身把茶倒入白色高瓷杯裡。史崔克發覺他的皮沙發並不會像他自己辦公室裡的那張，會發出放屁一樣的討厭聲音，不過話又說回來了，人家砸下的錢恐怕有十倍多。查德的手背也和在公司派對上一樣紅通通的，而且嵌在懸吊式二樓地板下方的燈光一照，他的樣子比隔著一段距離看要老得多；可能有六十歲，不過那對深陷的眼睛、鷹勾鼻、薄唇，嚴厲中不失英俊。

「他忘了牛奶。」查德說，掃視托盤。「你要加牛奶嗎？」

「要。」史崔克說。

查德嘆口氣，只是他並沒有跺地板上的銅板，反而掙扎著以獨腳和枴杖站起來，蹣跚進入廚房。而史崔克則若有所思地瞪著他的背。

丹尼爾．查德的屬下都認為他是個怪人，唯有妮娜說他很精明。《蠶》激得他狂怒難抑，讓史崔克覺得他是個過於敏感的人，判斷力恐怕不是很可靠。他記得公司週年派對上查德發表演說，口齒不清，賓客群瀰漫著一股微覺難堪的氣氛。怪人一個，很難解讀……

史崔克的視線向上飄。大理石雕像上方的高處，雪花輕輕落在透明屋頂上。史崔克猜玻璃一定是加熱了，雪花才會一觸即融。他不由得又想起了昆恩，在一處圓頂窗下，內臟被掏空，雙手縛在身體上，全身焦黑，逐漸腐爛。驀然間，他也像蘿蘋一樣，覺得帝斯巴恩園的玻璃天花板很容易勾起不愉快的回憶。

查德從廚房回來了，拄著枴杖搖搖晃晃走過來，一手還拿著一小罐牛奶，表演特技似的。
「你大概很奇怪我為什麼請你到這裡來。」查德等到又坐下後，兩人都端著茶，這才開口。
史崔克擺出了願聞其詳的表情。
「我需要一個信得過的人。」查德說，並不等史崔克回答。「一個外部的人。」
他瞧了史崔克一眼，就又把視線釘在阿佛瑞．瓦利斯的畫上。
「我認為，」查德說，「可能只有我知道歐文．昆恩並不是獨力寫作的，他還有同夥。」
「同夥？」史崔克過了一會兒才說話，因為查德似乎是在等什麼反應。
「對。」查德激切地說。「一點也沒錯。是這樣的，《蠶》的風格是歐文的，可是還有一隻幕後黑手。有人在協助他。」
查德灰黃色的皮膚脹紅了。他抓緊了身邊的一支枴杖，撫摸著杖頭。
「警察應該會很感興趣，如果說有證據。」查德說，總算直視著史崔克的臉了。「如果歐文是因為《蠶》的內容而被殺的，那他的同夥不就很可疑嗎？」
「可疑？」史崔克反問道。「你覺得是這名同夥慫恿昆恩在書裡加料，好讓第三者萌生殺意？」
「我……嗳，我也不確定。」查德說，皺著眉頭。「他可能沒想到會是這種結果——可是他確實是想要興風作浪。」
他把枴杖越抓越緊，指關節又變白了。
「你為什麼會覺得昆恩有幫手？」史崔克問道。
「書裡影射的事，有些歐文不可能會知道，除非是有人透露給他。」查德說，現在又瞪著石雕的側面。
「我覺得警方如果對同夥有興趣，」史崔克慢吞吞地說，「也是因為這個人可以幫警方找到兇手。」

這是實話，卻也是在提點查德有個人慘死。但兇手的身分似乎引不起查德的興趣。

「是這樣嗎？」查德問道，微微蹙眉。

「對，」史崔克說，「我是這麼認為。如果他們會想查出這個同夥，也是為了要多了解一些書中隱晦不明的部分。警方一定會追查一個方向，那就是昆恩被殺是否是為了不讓他揭露他在《蠶》裡影射的什麼事情。」

丹尼爾・查德瞪著史崔克，表情呆愣。

「喔，我倒沒……對。」

出乎史崔克的意料，查德拄著枴杖站起來，來回踱步，步態蹣跚，像極了多年前在塞利橡樹醫院史崔克做的初步復健運動。史崔克這時才發現查德是個強健的人，絲質衣袖下二頭肌起伏有力。

「那，兇手——」查德開口說，突然又厲聲說：「幹什麼？」盯著史崔克的肩後。

是蘿蘋從廚房出來了，現在的氣色好多了。

「不好意思。」她說，停下腳步，一臉的緊張。

「我們在談很機密的事。」查德說。「很抱歉，能不能請妳回廚房去？」

「我——好吧。」蘿蘋說，她嚇了一跳，而史崔克也看得出她心裡很不舒服。她投給他一眼，期待他說句話，但史崔克保持沉默。

對開門關上了之後，查德這才氣憤地說：

「這下子我忘了要說什麼了，一點也想不起來——」

「你要說兇手的事。」

「對，對。」查德狂躁地說，又開始踱步，拄著枴杖左搖右晃。「如果兇手知道了歐文還有同夥，會不會也想要殺他滅口？說不定就是這樣子。」查德說，比較像是自言自語，眼睛盯著昂貴的木地板。「說不定就是這個原因……對。」

最靠近史崔克的牆有一扇小窗，窗外只見毗鄰房屋的樹林，墨黑之中唯有片片雪花飄落，如夢如幻。

「不忠，」查德突然說，「我最恨不忠了。」

他不再躁動地來回踱步，而是轉身面對著偵探。

「如果，」他說，「我告訴你我懷疑是誰在協助歐文，請你幫我蒐證，你會覺得有義務把證據交給警方嗎？」

這問題不好回答，史崔克心裡這麼想著，一面漫不經心地撫摸下巴，今早因為太匆忙，鬍子刮得不夠乾淨。

「如果你是想請我證實你的懷疑……」史崔克說得很慢。

「對。」查德說。「我是，我想要確定。」

「那麼答案是不，我覺得我不需要告訴警方我在調查什麼。可是如果我發覺他確實有同夥，而他們很可能殺害了昆恩——或是知道兇手是誰——我認為我有這個義務要通知警方。」

查德坐到了一個真皮立方塊上，鏘鎯一聲把枴杖丟在地板上。

「可惡。」他說，不悅的語氣在周遭的堅硬表面上彈跳，而他則俯身檢查是否把光亮的木地板撞凹了。

「你知道我也受昆恩的太太委託，要找出殺他的兇手吧？」史崔克問道。

「我聽說了。」查德說，仍在檢查木板。「跟我要的調查互不干涉吧？」

他這種只顧自己的作風還真教人無言以對，史崔克心裡想。他想起了查德的卡片，畫著紫蘿蘭，銅版印刷字寫著：務請不吝指教。搞不好是他的秘書要他寫的。

「你願意告訴我這一位合作作家是誰嗎？」史崔克問道。

「這件事實在是太讓人情何以堪了。」查德嘟囔道，眼睛從阿佛瑞·瓦利斯的畫飄到天使石雕，又飄到迴旋梯。

史崔克一言不發。

「是傑瑞．華德葛瑞夫。」查德說，瞄了史崔克一眼，立刻看向別處。「我也會跟你說我為什麼會懷疑是他——我是怎麼知道的。

「他有好幾個禮拜行為怪異。我第一次注意到是他打電話來跟我說《蠶》的事，告訴我昆恩做了什麼。他既不覺得尷尬，也沒有道歉。」

「你難道以為華德葛瑞夫會為了昆恩寫的東西道歉？」

這問題似乎出乎查德的意料。

「這個嘛——歐文是傑瑞負責的作家，所以，是的，我是覺得歐文那——那樣子描繪我，總會有些後悔。」

而史崔克難繫難羈的想像力又盡情揮灑，讓他的腦海中出現了一幅畫面：全身赤裸的「色老二」立在一名年輕人的屍體前，而這具屍體還散發出不自然的光芒。

「你和華德葛瑞夫的關係不好嗎？」他問道。

「我對傑瑞．華德葛瑞夫很容忍，非常容忍。」查德說，不理睬史崔克開門見山的提問。「他去年到治療機構去住了一年，我還是讓他領全薪。可能他覺得委屈，」查德說，「可是我是一直支持他的，真的，換作是別人，比較精明的人，可能就會保持中立。傑瑞個人的不幸並不是我造成的。他還是有積怨。對，我敢說他絕對覺得忿忿不平，無論有沒有道理。」

「對什麼忿忿不平？」史崔克問道。

「傑瑞不喜歡邁可．范寇特。」查德喃喃說，眼睛落在爐中的火焰上。「邁可跟傑瑞的太太費妮拉在多年前有過——有過一段情。事實上，我為了跟傑瑞的交情，還真的警告過邁可要檢點。沒錯！」查德說，還點頭，自己佩服自己採取了行動。「我跟邁可說那樣子不厚道也不聰明，即使是以他的情況……是這樣的，邁可在不久之前才失去了第一個太太。

「邁可可聽不進去我的勸告，還一氣之下跑去跟另一個出版商合作。董事會非常不高興。」查德說。「我們花了二十多年才把邁可再哄回來。

「可是這麼多年過去了，」查德說，禿了的腦袋瓜只是又一個反射的表面，與四周的玻璃、光亮的木頭、鋼鐵無異，「傑瑞總不能還以為他個人的反感能夠凌駕公司的政策吧。自從邁可同意要回羅普查德之後，傑瑞就一門子心思想要……想要暗中傷害我，在上百種的小地方做手腳。

「我認為事情應該是這樣的。」查德說，不時瞥史崔克一眼，彷彿是在衡量他的反應。「傑瑞私下把簽下邁可的條件告訴了歐文，我們並不想讓內情曝光。歐文跟范寇特為敵恐怕有二十五年的歷史了。於是歐文和傑瑞決定要一起編寫這本……這本可怕的書，把我跟邁可描寫成——極盡誣衊之能事。藉此沖淡邁可回鍋的重要性，也一舉報復我們兩個、報復公司、報復他們想抹黑的人。

「最明顯的一點是，」查德說，聲音在空蕩的房間中迴響，「我叫傑瑞把原稿收好，我說得非常清楚，可是他卻讓別人隨意閱讀，還故意讓閒言閒語傳遍了整個倫敦，他辭職了，害我看起來——」

「華德葛瑞夫幾時辭職的？」史崔克問道。

「前天，」查德說，接著又說：「而且他極不願意和我一起向昆恩提告，單就這一點就可知——」

「也可能是因為他覺得交給律師只怕會讓那本書更受矚目？」史崔克說。「華德葛瑞夫本身也出現在《蠶》裡面了，不是嗎？」

「哈！」查德嘻皮笑臉地說。這還是他在史崔克面前首次表現出幽默感，但史崔克覺得效果很不討喜。「可別只看表面啊，史崔克先生。歐文就一直蒙在鼓裡。」

「什麼事蒙在鼓裡？」

「那個『剪刀手』就是出自傑瑞的手筆——我讀第三遍的時候才想通的。」查德說。「非常聰明，非常聰明：乍看之下以為是在攻訐傑瑞，其實是在揭費妮拉的瘡疤。其實他們兩個並沒有離婚，卻非常不幸福。非常不幸福。

「沒錯，我都看出來了，在一讀再讀之後。」查德說。他點頭，懸吊式天花板上的聚光燈在他的頭顱上映照出漣漪似的光。「『剪刀手』這個角色不是歐文寫的，他根本和費妮拉不熟，他不會知道那樁陳年舊事。」

「那血淋淋的麻布袋和侏儒到底是──？」

「去問傑瑞，」查德說。「要他告訴你。我幹嘛要幫著他散播謠言？」

「我一直在納悶，」史崔克說，識趣地轉移了話題，「既然昆恩是你旗下的作家，邁可．范寇特又何必同意回來羅普查德，他們兩人不是關係交惡嗎？」

短暫的沉默。

「我們並沒有法定責任要出版歐文的下一本書。」查德說。「我們有先審稿的權利，就這樣。」

「所以你認為是傑瑞．華德葛瑞夫跟昆恩說為了讓范寇特高興，他就要被捨棄了？」

「沒錯，」查德說，瞪著自己的指甲。「我是這麼想的。而且，我最後一次跟歐文見面也鬧了個不歡而散，所以他聽說我可能會釋出他，就算我在全英國的出版商都不要他時簽下了他，他只怕也不會念這一點恩情──」

「你們為了什麼不歡而散？」

「喔，他上次來辦公室，把女兒也帶來了。」

「奧蘭多？」

「據他說，這個名字還是維吉妮亞．吳爾芙的小說主角的名字呢。」查德略一停頓，眼睛掠向史崔克，再盯住自己的指甲。「她──不太正常。他的女兒。」

「是嗎？」史崔克說。「哪方面不正常？」

「智力方面。」查德咕噥道。「他們來時我正在美術部門，歐文跟我說他帶他女兒來四處看看——其實他根本超出了分際，可是歐文老是自來熟……倚老賣老，自以為了不起，老是……

「他女兒要去抓一張封面樣本——好髒的手——我抓住她的手腕，以免她把樣本毀了——」他在半空中模擬動作；一種厭惡的表情也伴隨著這個幾近褻瀆的動作。「純粹是出於直覺，我是想保護樣本，可是她非常不高興，鬧得很厲害。非常尷尬，非常不舒服。」查德嘟囔道，似乎連回溯都讓他渾身難受。「她差不多歇斯底里了，歐文氣炸了。當然，這是我的滔天大罪，還有把邁可．范寇特找回羅普查德。」

「你覺得，」史崔克問道，「誰最有理由因為《蠶》裡的描繪而不高興？」

「我真的不知道。」查德說。略頓一下之後，他又說：「呣，我倒不覺得伊麗莎白．塔塞爾會很樂意看見她自己被描寫成寄生蟲，畢竟這麼多年來她一直幫著歐文，不讓他在派對裡喝醉出醜，不過恐怕，」查德冷冷地說，「我對伊麗莎白沒有多少同情心。她不先讀過就把書送出去，粗心大意不啻是犯罪。」

「你在看完原稿之後有沒有和范寇特聯絡？」史崔克問道。

「我得讓他知道昆恩做了什麼。」查德說。「最好是讓他從我這裡聽說。他才剛從巴黎領prix prevost 獎回來，我打那通電話可不是給他錦上添花的。」

「那他有何反應？」

「邁可馬上就恢復了開朗。」查德含糊地說。「他要我別擔心，說歐文是傷人三成，自傷七成。邁可倒是挺喜歡跟他對敵的。他極為平靜。」

「你有沒有跟他說昆恩在書裡是如何寫他，或是隱喻他的嗎？」

「當然說了。」查德說。「我不能讓他從別人口中聽見。」

「他也一點都不生氣？」

「他說：『我還沒出招呢，丹尼爾。我還沒出招呢。』」

「你覺得他這句話是什麼意思？」

「喔，邁可是出了名的刺客。」查德說，淡然一笑。「他可以把人生吞活剝，只需要簡練的五個——啊，我說『刺客』，」查德說，突然變得焦慮，卻也不失好笑，「自然是指在文學上——」

「那是當然。」史崔克讓他放心。「你也邀請范寇特跟你一起採取法律行動嗎？」

「邁可最瞧不起藉司法來矯正這類事情了。」

「你認識剛過世的約瑟夫．諾斯吧？」史崔克像聊天似的問道。

查德的臉部肌肉緊繃，像在黯淡的皮膚下戴著面具。

「那是——那是非常久以前的事了。」

「諾斯跟昆恩是朋友吧？」

「我拒絕了約瑟夫．諾斯的小說。」查德說，薄唇蠕動。「就只有這麼件事。另外有六家出版社也一樣。在商言商，我是看走了眼。他死後小說倒是滿暢銷的。當然啦，」他又輕蔑地說，「我認為邁可改寫了很大一部分。」

「昆恩埋怨你拒絕了他朋友的書？」

「對，他鬧得還挺兇的。」

「可是他還是來羅普查德？」

「我拒絕約瑟夫．諾斯的書絲毫沒有個人立場。」查德說，臉頰變紅了。「歐文後來也終於了解了。」

又是一陣彆扭的停頓。

「嗯……你如果受雇去查——查這一類的罪犯，」查德說，改變話題，卻太露痕跡，「你是跟警方合作，還是——？」

「是啊。」史崔克說，暗地苦笑，想起了近來他在警局那裡碰了一鼻子灰，但也很高興查德把這個話題送上門來。「我在倫敦警察隊有不少人脈。你的一舉一動似乎沒有給他們值得關切的理由。」他說，隱隱強調「你的」二字。

這種挑撥又圓滑的說法果然奏效。

「警察調查過我的舉動？」

查德說得像個受驚的孩子，連故作鎮定都忘了。

「咳，這也是情理之常啊，凡是《蠶》提到的人，警方是勢必要調查的。」史崔克說得漫不經心，小口飲茶。「另外也要調查五號之後每個人的行蹤，那時昆恩丟下太太，帶著書出走，這些事都會是他們的清查重點。」

查德立刻就大聲回憶起自己的活動，顯然是為了要安他自己的心，不過也正中史崔克下懷。

「我一直到七號才聽說了書的事。」他說，又盯著打石膏的腳。「傑瑞打電話來，我就在這裡……後來我直接回倫敦──曼尼載我去的。我晚上待在家裡，曼尼和娜妮妲可以作證……週一我跟律師在辦公室見面，跟傑瑞談話……那晚我去參加晚宴──在諾丁山，是好朋友──然後曼尼再載我回家……週二我很早就寢，因為週三一大早我要到紐約去。我在紐約一直待到十三號……十四號整天在家裡……十五號……」

查德的喃喃自語逐漸停歇，可能是恍悟了他沒有必要向史崔克自清。他投給偵探的一眼忽然變得謹慎。查德本想要拉攏一個同盟；史崔克看得出他在瞬間醒悟，知道這樣的關係本身就是把雙刃劍。史崔克倒不擔心。這次會面他的收穫比預期的多；這時候失去雇主損失的也只是金錢。

曼尼靜悄悄地走了過來。

「要吃午餐嗎？」他不客氣地問查德。

「再五分鐘。」查德說，還露出笑容。「我得先跟史崔克先生道別。」

曼尼穿著橡膠底鞋子大步走開了。

「他在使性子。」查德跟史崔克說，還不自在地笑了半聲。「他們不喜歡這裡，他們喜歡倫敦。」

他撿起地板上的枴杖，恢復了站姿。史崔克也起而效之，只是更吃力。

兩人像奇特的三足動物搖搖擺擺走向前門，查德像是直到此時才想起了禮貌。「呃——昆恩太太還好嗎？」他問道。「她是個身材粗壯的紅髮女人吧？」

「不是。」史崔克說。「她很瘦，頭髮都灰白了。」

「喔。」查德說，不怎麼感興趣。「那我是看見別人了。」

史崔克在廚房的對開門前停了下來。查德也停下來，一副受到侵犯的表情。

「我沒有時間待客了，史崔克先生——」

「我也很忙，」史崔克愉快地說，「可是我如果把助理撂下了，她可能不會太高興。」

查德顯然忘了還有蘿蘋這個人，忘了剛才很專橫地把她趕走。

「喔，對、對——曼尼！娜妮妲！」

「她在洗手間。」矮壯的婦女說，從廚房裡出來，手上拎著亞麻布袋，裡頭裝著蘿蘋的鞋子。

眾人在略微彆扭的沉默中等待。蘿蘋終於出來了，面無表情，穿上了鞋子。

大門一開，寒風就如利刀刺入兩人溫熱的臉頰，史崔克與查德握手，而蘿蘋則直接走向汽車，坐進了駕駛座，一句話也沒說。

曼尼又穿著厚大衣出現了。

「我跟你們一起出去。」他跟史崔克說。「去檢查大門。」

「大門如果卡住了，他們可以按對講機，曼尼。」查德說，但是年輕人不理睬，逕自坐進了後座。

三人默默行經黑白色的車道，車外仍是白茫茫的一片。曼尼按下一起帶過來的遙控器，大門很順利地打開了。

「謝謝。」史崔克說，轉頭看後座的年輕人。「恐怕你得冒著大雪走回去了。」

曼尼從鼻子裡冷哼，下了車，摔上車門。蘿蘋剛換到一檔，曼尼就又出現在史崔克的車窗外。

蘿蘋立刻煞車。

「有事嗎？」史崔克說，把車窗搖下來。

「不是我推的。」曼尼兇巴巴地說。

「嗄？」

「從樓梯上摔下來。」曼尼說。「我沒有推他，他騙人。」

史崔克和蘿蘋瞪著他看。

「你信不信？」

「信。」史崔克說。

「那就好。」曼尼說，朝他們點頭。「那就好。」

他轉身就朝房子走了，橡膠鞋底有點滑。

30

……看在我們的交情上，我會讓你知道我籌劃的事。坦白說，也是我們兩個人敞開來講……

——威廉·康格里孚《為愛而愛》

史崔克堅持，所以他們就到提佛頓休息站，在漢堡王吃午餐。

「妳需要先吃點東西再上路。」

蘿蘋陪著他進去，差不多是一言不發，甚至也不提曼尼的驚天一語。史崔克對她冰冷又微帶殉道的態度雖然不意外，卻不耐煩。她去排隊點餐，因為他無法兼顧餐盤和枴杖。等她端著滿滿一盤食物回來，放在抗熱塑膠板桌面上，他才設法解除緊繃的氣氛。

「欸，我知道查德把妳當下人，妳以為我會在查德面前力挺妳。」

「我沒有。」蘿蘋想也不想就反駁。（聽見他說出來反倒害她覺得自己在鬧脾氣，很幼稚。）

「妳說沒有就沒有。」史崔克說，懊惱地聳聳肩，咬了一大口漢堡。

兩人不悅地進食了一兩分鐘，最後蘿蘋天生的誠實性格占了上風。

「好吧，我有，一點點啦。」她說。

油膩的食物舒緩了情緒，也很感動她自己承認，史崔克說：

「我正從他口裡挖出很有用的消息，蘿蘋。受訪者暢所欲言的時候，千萬不能找他吵架。」

「很抱歉我這麼外行。」她說，又覺得被刺傷了。

「喔，拜託。」他說。「誰又說妳——？」

「你錄用我的時候，是有什麼打算？」她突然質問道，手上的漢堡尚未拆封就又丟回托盤上。潛伏了幾週的怨怒終於到了臨界點。她不在乎聽見了什麼，她要的是真相。她到底是打字員兼接待員，還是別的？難道她留下來為史崔克工作，幫助他爬出了貧窮的泥淖，就只是為了要像內勤人員閃到一邊去？

「打算？」史崔克跟著說，瞪著她看。「什麼意思？打算什麼？」

「我還以為你是要我——我以為我會接受一些——一些訓練。」蘿蘋說，臉頰粉紅，眼睛也明亮得不自然。「你自己提到過幾次，可是最近你又說要再找個人進來。我接受減薪，」她顫抖著說，「我推掉了薪水更高的工作。我還以為你是想要我當——」

她的怒火壓抑得太久，讓她快要瀕臨落淚邊緣，但她打定了主意，絕不會哭出來。她為史崔克虛構出的搭檔是不會哭的；那個一本正經的前女警是絕不會哭的，無論是什麼危機她都會以強悍、不帶感情的作風度過……

「我以為你是要我當——我沒想到我只是個接電話的。」

「妳沒有只接電話。」史崔克說，剛吃完了第一個漢堡，濃眉下的雙眼正看著她和怒氣苦苦掙扎。「妳這個星期跟我一起調查過殺人嫌犯的房子。妳剛才在高速公路上還救了我們兩個的命。」

可是蘿蘋可沒有這麼容易打發。

「你要我留下來是想要我做什麼？」

「我不知道自己有特別的計畫。」史崔克慢吞吞地說，而且也沒說真話。「我不知道妳對這份工作這麼認真——還想受訓練——」

「我怎麼可能不認真？」蘿蘋大聲質問他。

小小的餐廳內一角有一家四口，都瞪著他們。蘿蘋壓根不管，她突然怒火中燒。這一路又寒冷又漫長，史崔克吃光了所有的餅乾，他很訝異她的駕駛技術那麼好，她被趕到廚房去跟查德的僕人待在一起，現在又這樣——

「你給我的是那份人力資源工作願意付的一半——一半——薪水！你覺得我為什麼會想留下來？我幫了你，我幫你破了露拉・藍德利案——」

「好。」史崔克說，舉起了一隻手背毛茸茸的大手。「好，我說。可是妳如果不喜歡聽，可別怪我。」

蘿蘋瞪著他，滿臉通紅，直挺挺坐在塑膠椅上，碰也沒碰食物。

「我留下妳確實是認為可以把妳訓練起來。我沒錢讓妳去上課，可是我覺得妳可以邊做邊學，等將來我付得起錢了再去上課。」

除非是聽見下文，否則蘿蘋才不要軟化態度，所以她一聲不吭。

「妳很有做這一行的潛質，」史崔克說，「可是妳就要嫁的男人非常討厭妳做這一行。」

蘿蘋張口又閉上，忽然喘不過氣來的感覺讓她也失去了說話的能力。

「妳每天都準時下班——」

「我才沒有！」蘿蘋說，忿忿不平。「你大概沒注意，可是我為了要來這裡，為了要把你大老遠送到得文郡，我連假都沒休——」

「因為他不在家，」史崔克說。「因為他不會知道。」

被奪走呼吸的感覺越發嚴重。史崔克怎會知道她雖然不算是騙了馬修，也隱瞞了實情？

「就算是——無論是不是，」她說，聲音不太穩定，「我自己的職業也是由我——不是由馬修決定的。」

「我跟夏綠蒂分分合合了十六年。」史崔克說，拿起了第二個漢堡。「分的時候多。她恨透了我的工作。每次分手都是這個因素——其中的一個因素，」他糾正自己，極其嚴謹，不容失真。「她不懂什麼叫職業。有些人就是不懂，充其量工作就代表地位和薪資，工作本身毫無價值。」

他開始拆開包裝紙，而蘿蘋則狠狠瞪著他。

「我需要的搭檔是能夠一起超時工作的。」史崔克說。「週末加班也無所謂。我不怪馬修會替妳擔心——」

「他才沒有。」

蘿蘋想都不想就說了。她一心一意只想要駁斥史崔克說的話，不知不覺遺漏了一件可厭的真相。事實上，馬修並沒有多少想像力。他並沒有看見殺害露拉．藍德利的兇手把史崔克刺得渾身浴血。即使她描述了歐文．昆恩被五花大綁、挖去內臟，他似乎也感覺不出那種慘狀，只因為但凡與史崔克有關的事，他都被嫉妒的瘴氣給蒙蔽了。他對蘿蘋的工作反感並不是出於保護慾，而蘿蘋在此之前也始終沒敢承認。

「我的工作可能會有危險。」史崔克說，嘴裡還有一大口的漢堡，好似沒聽見她的話。

「我一直都很有用。」蘿蘋說，聲音比他的濃濁，雖然口中無物。

「我知道。少了妳，我也不會有今天。」史崔克說。「沒有人比我更感激短期人力仲介公司弄錯了。妳非常了不起，我不可能——妳可千萬別哭啊，那一家人已經有很多好戲看了。」

「我才不甩呢。」蘿蘋說，臉埋進了滿手的餐巾紙裡。史崔克笑了出來。

「既然妳想要這樣，」他對著她的紅金色頭頂說，「妳可以等我拿到錢之後，開始上跟監課。可是妳如果成了我的在職訓練搭檔，我不時會請妳做一些馬修可能不喜歡的事情。我要說的就是這些。妳自己得想清楚。」

「我會的。」蘿蘋說，強抑下大哭大叫的衝動。「我要的就是這樣，這也是我留下來的原因。」

「那就開心點，吃妳的漢堡。」

蘿蘋發現喉頭堵著，要吃東西很困難。她覺得虛弱，卻歡欣得意。她沒弄錯，史崔克在她身上看出了她也有的特質。他們並不是只為薪水而共事的兩個人……

「那，說說丹尼爾．查德吧。」她說。

那一個好管閒事的四口之家收拾東西離開了，臨去時仍不忘偷瞄這一對男女，搞不清楚是怎麼回事（是情人間的口角？家人爭吵？怎麼會這麼快就合好了？）。

「疑神疑鬼，有點古怪，自私自利。」五分鐘後，史崔克如此作結道。「不過他的話也並不是一無可取。傑瑞．華德葛瑞夫很可能和昆恩合寫這本書。但是另一方面來說，他會辭職也可能是受夠了查德，他那個人恐怕不是一個容易共事的人。

「妳要喝咖啡嗎？」

蘿蘋瞧了瞧手錶。雪仍在下；她怕高速公路會塞車，那她就趕不上到約克郡的火車了。可是剛才一番話，她決定要展現她對工作的投入，所以同意來杯咖啡。況且，趁著仍坐在史崔克的對面，她還有些話想一吐為快。坐在方向盤後說根本無法讓她滿意，因為她沒辦法盯著史崔克的反應。

她端著兩杯咖啡以及史崔克要的一塊蘋果派回來了。「我自己也查出了一些查德的事。」她說。

「僕人嚼舌根？」

「不是。」蘿蘋說。「我在廚房時，他們差不多連句話也沒跟我說。他們兩個的心情好像都很差。」

「查德說他們不喜歡到得文郡這裡來，他們喜歡倫敦。他們是姐弟嗎？」

「母子吧。」蘿蘋說。「他管她叫姆媽。

「是這樣的，我要上洗手間，員工的洗手間就在一間畫室隔壁。丹尼爾．查德對解剖學很有一套。」蘿蘋說。「四面牆壁上都是達文西的解剖圖，角落裡還有一具解剖模特兒。看了讓人心裡發毛——是蠟做的。而且在畫架上，」她說，「還有一幅非常翔實的畫像，畫的是那個傭人曼尼，躺在地上，一絲不掛。」

史崔克放下了咖啡。

「這個消息倒是非常有意思。」他慢吞吞地說。
「我就知道你會喜歡。」蘿蘋說，故作正經地微笑。
「讓我們多少又了解一點為什麼曼尼要強調他沒有把老闆推下樓。」
「他們真的很不喜歡你跑去，」蘿蘋說，「不過那可能是我的錯。我說你是私家偵探，可是娜妮妲聽不懂，她的英語沒有曼尼好，所以我就說你算是某種警察。」
「所以他們認為查德找我去是為了要投訴曼尼對他暴力相向。」
「查德有沒有提？」
「一個字也沒有。」史崔克說。「他更在乎的是華德葛瑞夫的背叛。」
上過洗手間之後，兩人又回到冰雪世界中，辛苦地走過停車場，瞇著眼睛抵擋迎面而來的雪花。豐田的車頂已經積了薄薄一層霜了。
「妳要趕到王十字是吧？」史崔克問，一面看錶。
「除非高速公路上又碰上麻煩。」蘿蘋說，悄悄摸了摸門內側的木質裝貼。
他們剛到M4，就看見每一個跑馬燈都在警示天氣惡劣，時速限制降到六十哩。這時，史崔克的手機響了。
「依莎？情況如何？」
「嗨，小柯。不幸中的大幸。他們沒有逮捕她，不過偵訊得滿認真的。」
史崔克把手機轉成免持，讓蘿蘋也聽，兩人一起聆聽，都專注地蹙著眉。雪花擊打擋風玻璃，汽車在旋舞的雪花中穿行。
「他們絕對以為是她。」依莎說。
「根據什麼？」
「她有機會，」依莎說，「還有她的態度。她真的在自掘墳墓，偵訊時脾氣很壞，而且一直在談你，結果只是更刺激警察。她說你會揪出真正的兇手。」

「要命喔。」史崔克說，惱火了。「那間倉庫裡放了什麼？」

「喔，對了。裡面放了一堆垃圾，可是卻有一張焚燒過、沾滿了血跡的一塊抹布。」

「媽的，那有什麼了不起。」史崔克說。「可能在裡面好幾年了。」

「鑑識之後就知道了，不過我同意，並不是什麼值得調查的證據，再說他們也沒找到內臟。」

「妳也知道？」

「現在人人都知道了，小柯，上了電視了。」

史崔克和蘿蘋匆匆互看了一眼。

「幾時的事？」

「中午。我猜警方是知道消息就要走漏了，所以把她帶走，試試在消息曝光之前能不能從她那裡問出什麼來。」

「消息是他們自己人走漏的。」史崔克生氣地說。

「你這麼說會不會太莽撞了？」

「我就是從跟警察買消息的記者那兒知道的。」

「喲，你還認識不少好玩的人嘛。」

「這是我的地盤啊。謝謝妳通知我，依莎。」

「沒什麼。盡量別讓她坐牢，小柯。我滿喜歡她的。」

「是誰打的？」蘿蘋在電話掛斷後才問。

「康瓦耳的老同學，是個律師。她嫁給了我的倫敦朋友。」史崔克說。「我把莉奧諾拉交給她，因為——媽的。」

汽車轉了個彎，發現前方大排長龍，蘿蘋踩煞車，跟在一輛寶獅後面。

「媽的。」史崔克又罵，還瞄了瞄蘿蘋的側面。

「又出車禍了。」蘿蘋說。「我看到警車燈在閃。」

要是她得打電話給馬修，說她不去了，說她錯過了夜車，單憑想像，她就知道馬修的臉色會有多難看。他母親的葬禮耶……誰會連葬禮都錯過？她其實是可以早就趕到那兒的，到馬修父親家，幫著照料，安撫哀傷的情緒。她過夜的袋子應該已經放進家裡的房間，參加葬禮的衣服也燙好，掛在舊衣櫃裡，一切準備就緒，只待隔天早晨走幾步路到教堂去。康利菲太太要下葬了，她未來的婆婆，她卻選擇冒雪開車載史崔克，結果現在交通大堵塞，距離馬修母親下葬的教堂還有兩百哩的路程。

他絕對不會原諒我。要是因為這件事而害我錯過了葬禮，他絕對不會原諒我。

為什麼她偏偏得做這樣的選擇，偏偏挑上今天？為什麼天氣偏要這麼壞？蘿蘋的胃因焦慮而翻觔斗，可是車陣卻不見鬆動。

史崔克不說話，只打開收音機。「接招」的樂聲充滿了車內，唱著什麼前進，事實上卻是動彈不得。音樂輾壓著蘿蘋的神經，但是她沒吭聲。

長蛇陣向前挪了幾呎。

拜託，上帝，讓我準時趕到王十字，蘿蘋在腦中祈禱。

汽車在大雪中爬行了四十五分鐘，午後的陽光很快就變弱了。夜車離站的時間原本像大海那麼遼遠，此時對蘿蘋而言卻像是快速放水的游泳池，不出多久可能就只剩下她一個人坐在池中，孤立無援。

總算看見前方的車禍了；警察，燈光，撞爛的福斯馬球（Polo）。

「妳會趕到的。」史崔克說，這還是他打開收音機之後第一次開口。兩人等待著交通警察揮手放行。「放心好了，妳會趕上的。」

蘿蘋不回答。她知道要怪也只能怪她自己，不能怪史崔克，他本就叫她放假一天。是她自己堅持要陪他到得文郡的，是她騙馬修說買不到車票的。她應該從倫敦一路站到哈洛蓋特，那就不會錯過康利菲太太的葬禮了。史崔克和夏綠蒂分分合合了十六年，是他的工作害他們兩人分手的。她不想失去馬修。她為什麼要這麼做；她為什麼要提議載史崔克？

車流緩慢，車輛極多。五點不到，他們又在里丁外環陷入了尖峰時段的交通，走走停停，最後又停了下來。史崔克調大收音機音量，收聽新聞。蘿蘋想要關心新聞會如何報導昆恩一案，可是一顆心卻飛到了約克郡，彷彿她的心已經躍過了交通，躍過了橫亙在她與家之間這雪花飄飄、遙不可及的迢迢長途。

「警方已證實作家歐文·昆恩的屍體六天前在倫敦男爵街一棟房屋內尋獲。昆恩的死狀與他生前最後一本未出版的書中男主角一模一樣。目前並沒有逮捕嫌犯。

「負責本案的李察·安士提督察今天下午召開了記者會。」

史崔克聽出安士提的聲音做作緊張。如果由他作主，他是不會以這種方式對外發佈消息的。

「凡是能夠取得昆恩先生最後一本小說稿子的人，都歡迎你跟警方聯絡——」

「警官，你能不能說說昆恩先生是怎麼死的？」一名急切的男性問道。

「我們正在等完整的鑑識報告。」安士提說，話說到一半就被另一名女記者打斷了。

「你是否能證實昆恩先生部分的屍體被兇手切除了？」

「昆恩先生的腸子有一些被兇手從犯案現場帶走了。」安士提說。「我們正在追查幾條線索，但是我們也要請民眾提供消息。本案兇手手段兇殘，我們相信兇手極其危險。」

「別又來了。」蘿蘋氣急敗壞地說，史崔克抬頭一看，只見前方又是一堵紅燈牆。「不要又車禍了……」

史崔克關掉了收音機，搖下車窗，把頭伸進飛旋的雪花中。

「不是。」他對蘿蘋大聲喊。「有車子陷進路邊了……撞進雪堆裡……馬上就可以走了。」他跟她保證。

可是卻足足花了四十分鐘才清理掉障礙。三線道塞滿了汽車，雖然恢復了通車，車速卻與爬行無異。

「我趕不上了。」蘿蘋說，嘴巴發乾。好不容易才到了倫敦的邊緣，已經十點二十了。

「趕得上。」史崔克說。「把那個討厭的玩意關掉，」他說，捶了導航機一拳，「別走那個匝道——」

「我得送你回——」

「不要管我了，妳不必送我——下個路口左轉——」

「那裡不能下去，那是單行道啊！」

「左轉！」他大吼，還去拉方向盤。

「不要動，太危險——」

「妳難道想錯過葬禮嗎？踩油門！先右轉——」

「這是哪裡啊？」

「相信我。」史崔克說，瞇眼望著銀白世界。「直走……我朋友尼克的爸爸是計程車司機，他教了我一些事——右轉——不要管那個禁止進入的牌子，這種夜裡誰會從那裡跑出來？直走，紅燈左轉！」

「我不能把你丟在王十字啊！」她說，盲目地聽從他的指示。「你不能開車，車子要怎麼辦？」

「管他的，我會想法子的——這邊，第二個路口右轉——」

十一點五十五分，聖潘克拉斯火車站的高塔在望，看在蘿蘋眼中，有如雪地中的天堂。

「靠邊停，下車，快跑。」史崔克說。「趕上了就打電話給我。沒趕上，我會在這裡等。」

「謝謝你。」

說完她就走了，衝入雪幕，過夜袋子拎在手上。史崔克看著她消失在夜色中，想像她在滑溜的車站地板上稍微打滑，不過沒跌倒，慌張地尋找月台……她按照他的指示丟下了汽車，就停在雙線路邊。要是她趕上了火車，他就會困在租來的汽車裡，無法駕駛，最終必定是難逃拖吊一途。

聖潘克拉斯的大鐘的黃金指針穩定地走向十一點。史崔克在心裡看見火車門關閉，蘿蘋全速衝上月台，紅金色頭髮飛揚……

一分鐘過去。他盯著車站入口，等待著。不見她的人影。他仍繼續等。五分鐘過去。六分鐘過去。

他的手機響了。

「趕上了嗎？」

「差一點就沒趕上……火車正要開……柯莫藍，謝謝你，太謝謝你了……」

「別客氣。」他說，環顧黑暗冰冷的地面，雪越下越大。「祝妳旅途平安。我也得想辦法自救了。祝妳明天一切順利。」

「謝謝！」她大聲喊。而他掛斷了電話。

是他欠她的，史崔克心裡想，伸手拿枴杖，可是儘管這麼想，一想到要獨腳跋涉過大雪覆蓋的倫敦，或是把租來的汽車丟棄在倫敦市中心所面臨的巨額罰款，他一點也不覺得安慰。

31

危險，驅策所有偉大心靈的刺馬釘。

——喬治．查普曼《布西．當伯瓦的復仇》

丹尼爾．查德不會喜歡在丹麥街上租這間窄小的閣樓，史崔克覺得，除非是他能從舊烤箱或檯燈看出什麼質樸之美，可如果你只有一條腿，那這地方的優點就多了。他的膝蓋仍無法在週六早晨裝上義肢，但此地無論是何處都伸手可及，單腳跳幾步就能到達想去的地方；冰箱裡有食物，有熱水，有香菸。史崔克今天真是衷心喜歡這個地方，玻璃窗因冷凝作用而氤氳，窗台外迷迷茫茫一片雪景。

早餐後，他躺在床上，抽菸，床邊充當小几的箱子上擺著一杯濃褐色茶水；他皺著眉頭，倒不是因為脾氣差，而是因為專注。

六天了，一無所獲。

昆恩被挖出來的內臟消失無蹤，鑑識結果也無法鎖定什麼可能的兇嫌（他知道如果有毛髮或是指紋，昨天莉奧諾拉就不必到警局接受盤問）。昆恩死前不久有個藏頭縮尾的人進入了屋子，之後就再沒有人見過他（警方是否以為是隔壁那個大近視鄰居想像出來的？）。沒有兇器，沒有監視器拍到有不速之客到塔加斯路，沒有可疑的路人發覺某處的土壤翻動過，沒有包在黑色罩袍中的腐敗內臟現蹤，昆恩裝著《蠶》筆記的帆布袋也不知去向。什麼也沒有。

六天了。他曾在六個小時內抓到兇手，不過他得承認那些人只是一時氣憤失去理智才犯下了大罪，因此線索隨著鮮血噴湧而出，而驚惶或無能的兇嫌又忙不迭地跟四周的人說謊掩飾。

昆恩一案卻不同，更奇怪，也更邪惡。

史崔克舉杯就唇，又一次看見了屍體，清晰得如同看著手機中的照片。那是一件劇場作品，是舞台佈置。

儘管對蘿蘋苛責，史崔克仍不能不自問：為什麼殺死他？是報復？還是精神失常？或是隱瞞？隱瞞什麼？鑑識的證據被鹽酸毀掉了，死亡時間難以判定，兇手出入犯罪現場來去自如。計畫得極周詳。每一個細節都想到了。六天了，一條線索也沒有……安士提說有幾條線索，史崔克卻不相信。不過話說回來了，他的老朋友不再跟他分享情報了，尤其是在鄭重警告他滾一邊去，別插手之後。

史崔克心不在焉地撢掉舊毛衣前襟上的菸灰，揀了一根菸屁股又點燃了。

我們相信兇手極其危險，安士提是這麼對記者說的，依史崔克看來，這句話是再明白不過，同時也在誤導媒體。

他忽然想起了一件事：是大衛．波華斯十八歲生日時的大冒險。

波華斯是史崔克的老朋友，兩人在幼稚園就認識了。童年和青少年期，史崔克就在康瓦耳來來去去，一會兒搬走，一會兒又搬回來；只要一回來，兩人就又形影不離，一直到他母親又突發奇想，再度中斷他們的友情。

大衛有個伯伯，十幾歲就隻手離家到澳洲打天下，現在是億萬富翁。他邀請姪子去澳洲過十八歲生日，還可以帶個朋友去。

於是兩名青少年就橫渡了世界，也經歷了年輕生命中最刺激的冒險。他們住在凱文伯伯家，那是一幢海灘旁的豪宅，全是玻璃和光亮的木頭，起居室還有吧台；湛藍的海，刺目的陽光，烤肉串上巨大的粉紅色明蝦；不同的腔調，啤酒，更多啤酒，還有在康瓦耳絕看不到的褐膚金髮妞，最精采的是在大衛生日那天的鯊魚。

「只有受了刺激，鯊魚才會危險。」凱文伯伯說，他很喜歡浮潛。「別亂碰，小伙子，好嗎？別胡鬧。」

可是大衛．波華斯在家鄉就熱愛大海，衝浪、釣魚、帆船，無所不玩，胡鬧是一種生活方式。

黑鰭鯊是天生的殺手，眼睛無神，嘴裡有好幾排短劍似的牙齒，可是史崔克目睹牠懶洋洋地看著他們游過，流線型的身體讓史崔克不得不驚歎鯊魚的美。在朦朧的天藍色海水中滑行而過應該就可以滿足了，可是大衛卻決心要去碰一碰。

他的疤到現在仍沒消褪：鯊魚撕走了他前臂上的一小塊肉，而他的右手大拇指也仍只有一點點感覺。不過並不影響他的工作：大衛是工程師，目前在布里斯托吃公家飯。勝利客棧的人都叫他「魚餌」，每次兩人回家鄉，也都會到勝利客棧去喝敦霸。大衛．波華斯頑固魯莽，天生就愛找刺激，空閒時間仍然浮潛，只不過現在不會去招惹大西洋裡做日光浴的鯊魚了。

史崔克頭頂上的天花板有條小裂縫，他很奇怪之前怎麼從來沒有發現過？他循著裂縫看過去，想起了海床上的陰影，突然間湧出一團黑血；大衛的身體劇烈擺動，無聲地尖叫著。

殺害歐文．昆恩的人就像那尾黑鰭鯊，他覺得。在這件案子裡，嫌疑犯之中並沒有狂暴的、不分青紅皂白的掠奪者。沒有一名嫌犯有已知的暴力前科。也不像其他案子，屍體一旦出現，便會引出往昔的過愆，因而鎖定嫌犯；也不見血跡拖曳在一袋內臟之後，讓饑餓的獵犬追尋。這一個兇手是一種稀有的、奇特的動物：掩藏了真正的天性，直到受了刺激才爆發。歐文．昆恩就如大衛．波華斯一樣，魯莽地調侃了一名潛伏中的殺手，給自己惹禍上身。

不管是誰都有本事能殺人，這句話史崔克聽過不少次，可是他知道這話說得不對。絕對有人輕而易舉就能殺人，而且樂在其中：他就見過不少這類的人。幾百萬的人受過殺生的訓練；史崔克本人就是其中之一。人類殺戮帶著投機的成分，為了利益，也為了自衛，在別無選擇時，就會發現自己也有嗜血的本能；但是也有人即便是在最大的壓力之下，也能挺直腰桿，不以利益至上，不投機，不打破最後也是最大的禁忌。

兇手綑綁昆恩、毒打他、將他開膛破肚，這其中的殘暴史崔克並未低估。做這些事的人不留痕跡，完全毀滅了證據，而且並未表現出足以讓他人起疑的沮喪或愧疚。種種跡像都讓人知道這是一個危險人物，極其危險的人物——一旦激怒了他。只要他們相信沒有露出馬腳，沒有人懷疑他們，他們四周的人就平安無事。可是只要是再觸怒了他們……或許就是歐文．昆恩踩到的同一隻痛腳……

「幹！」史崔克喃喃罵道，匆匆把菸丟進旁邊的菸灰缸裡，因為香菸在不知不覺中燃盡了，燙到了他的手。

那麼下一步該如何？史崔克認為既然由罪行向外延伸的痕跡完全不存在，他就得要追查導向罪行的痕跡。如果昆恩死亡之後竟異常的缺乏線索，那就該去查一查他最後幾天的行跡。

史崔克拿起手機，深深喟嘆，看著手機。還有什麼別的辦法能讓他得到第一手的資料嗎？他在腦海中搜索一長串名單，迅速否決人選。最後，他興致缺缺地得到了結論，最初的選擇還是比較可能有結果的：他的異母兄弟艾力山大。

他們兩人雖然都是這個出名的父親生的，卻沒有在同一個屋頂下生活過。艾爾比史崔克小九歲，是強尼．羅克比的婚生子，也就是說兩人的生活可說全然沒有交集。艾爾在瑞士上私立學校，此時此刻只怕是在天涯海角：在羅克比洛杉磯的住宅，或是在某個饒舌歌手的遊艇上，甚至是在澳洲的白色沙灘上，因為羅克比的第三個太太是雪梨人。

不過在他這許多同父異母的手足中，艾爾是最願意跟大哥鍛冶手足之情的。史崔克記得在他的腿炸斷之後，艾爾還到醫院去看他；會面儘管彆扭，回想起來，卻還滿感動的。

艾爾到塞利橡樹醫院探病，順便還代羅克比傳話：羅克比可以在經濟上支援史崔克，讓他開展偵探事業。其實這個提議大可以郵件傳遞。艾爾宣佈消息時還帶著驕傲，認為這表示他父親是愛他的。史崔克卻很清楚不是那一回事。他懷疑羅克比或是他的智囊團是唯恐他這個獨腳的受動老兵會把故事賣給媒體。提議資助他其實是想封他的口。

史崔克謝絕了他父親的賞賜，結果他到銀行申請貸款，每一家都碰壁。萬般無奈之下，他又打電話給艾爾，他仍拒絕金援，也拒絕了他父親自動提議的會面，卻問他父親肯不肯借錢。這下子當然得罪了羅克比。羅克比的律師從此就比最吸血的銀行還要緊迫盯人，每個月追著史崔克還債。

若不是史崔克選擇把蘿蘋留下來，貸款早已經償清了。他下定了決心要在耶誕節之後還完，決心不要再虧欠強尼．羅克比，所以他才會接下一件又一件案子。每天工作八、九個小時，沒有一天休息。回想這些點點滴滴都不會讓他打電話請弟弟幫忙變得比較舒坦。史崔克能夠了解艾爾對自己深愛的父親何以忠心耿耿，可是只要提到羅克比，兩人的對話就難免有火藥味。

點燃了早餐後的第三根香菸，史崔克又回頭去看著天花板上的裂縫冥思。導向罪行的痕跡……端視兇手是何時讀了稿子，何時察覺可以依樣畫葫蘆……

又一次，他在腦海中篩檢嫌犯，彷彿是在整理手上的牌，考慮各種可能。

伊麗莎白．塔塞爾，她毫不掩飾《蠶》造成的憤怒和痛苦。凱絲琳．肯特，她自稱沒看過稿子。匿名的琵琶 2011，昆恩在十月時曾讀過部分章節給這個人聽。傑瑞．華德葛瑞夫，他在五號就拿到了稿子，可是根據查德的說法，可能早就知道內容了。丹尼爾．查德，他自稱直到七號才看到稿子，而邁可．范寇特則是從查德那兒得知的。不錯，還有很多雜七雜八的人，收到了克里斯欽．費雪傳遍倫敦的章節，偷窺了最淫穢的內容，吃吃傻笑，可是史崔克卻很難把費雪、塔塞爾辦公室裡的拉爾夫、或是妮娜．拉塞勒等人列為嫌犯，這些人都沒有出現在《蠶》中，也都不算認識昆恩。

史崔克覺得他需要更深入，至少要能夠把那些早已被歐文．昆恩嘲弄扭曲的人的生活攪亂。他滑開通訊錄，打電話給妮娜．拉塞勒，可是並沒有比打電話給艾爾要甘願多少。

通話時間很短。妮娜很高興。他今晚當然可以過去，她會煮飯。

史崔克想不出還有什麼法子能夠刺探傑瑞・華德葛瑞夫的私生活以及邁可・范寇特身為文學刺客的名聲好壞，可是他並不期待裝上義肢的過程，更別提明天早晨要從妮娜・拉塞勒緊揪著不放的期待中脫身需要費多大的力氣。不過，在出門之前，他還有場球賽要看，兵工廠對阿斯頓維拉；他需要止痛劑、香菸、培根和麵包。

史崔克只忙著把自己弄得舒服，又滿腦子是足球和謀殺案，壓根就沒想要瞧瞧樓下雪花紛飛的街道。寒冷的天氣並未嚇阻逛街的人，音樂行、樂器店、咖啡店人來人往。如果他看了，就會發現那條戴兜帽、著黑大衣的瘦長人形，倚著六號和八號間的牆，仰頭盯著他的公寓。而儘管史崔克的眼力好，也不太可能看見那雙修長的手反覆把玩著一把美工刀。

32

起來，我的善良天使，唱出聖潔之歌，擊出我身上的惡靈，
它在輕撞我的手肘……

——托瑪斯．戴克《高貴的西班牙戰士》

雖然加裝了雪鍊，蘿蘋的母親駕駛他們家的舊荒原路華（Land Rover）在約克車站和馬森之間奔波也並不順遂。雨刷剛清出一片扇形清明，轉眼又被大雪遮蔽。這些道路蘿蘋從小就很熟，卻被多年來最嚴重的冬季風雪弄得無法辨識。大雪毫不留情，而原本一小時的車程卻走了將近三小時，有幾次蘿蘋甚至覺得無法及時趕上葬禮。好不容易，她以手機聯絡上了馬修，說明她就快抵達。馬修說還有幾人在幾哩之外，他的阿姨還要從劍橋趕來，只怕趕不上。

一到家，蘿蘋閃避了他們家的巧克力色拉不拉多的口水歡迎，匆匆上樓，換上黑色連衣裙和大衣，也沒時間熨燙，倉卒之間還把第一雙毛線褲勾脫了線，但她管不了那麼多，急奔下樓，她的父母和兄弟已經在門廳裡等她了。

一家人撐著黑傘在紛亂的雪花中步行，登上了蘿蘋小學時每天都會走的小山丘，再穿過廣場，古時候這裡是小城的中心，向後轉就會看到當地釀酒廠的高聳煙囪。週六市集暫歇一次。雪地上出現了深深的轍跡，是少數幾名勇士在早晨穿過廣場留下的，足跡在教堂附近匯集。蘿蘋看到了一群黑衣悼喪人。廣場四周的房舍是淡金色的喬治王式屋宇，屋頂像鋪上一層明亮的糖霜，而雪勢仍然不停。銀白的雪地如海潮漲起，一寸一寸掩埋了墓園裡的方形墓碑。

蘿蘋一家朝聖母教堂門口謹慎地蹭過去，蘿蘋冷得發抖。他們經過了一座九世紀的圓柱十字架古蹟，雖是十字架，卻帶著異教風貌。最後她終於看見了馬修，與他的父親姐姐立在前廊，面色蒼白，一身黑套裝，英俊得讓人心跳停止。蘿蘋看著他，想在排隊的隊伍中吸引他的目光，卻只見一名年輕女郎上前去擁抱他。蘿蘋認出她是莎拉．薛洛克，馬修的大學朋友。她的寒暄方式顯得有些放浪，在這種場合未免不合宜，可是蘿蘋內心有愧，因為她差十秒就會錯過夜車，因為她將近一週沒見馬修，所以覺得無權生氣。

「蘿蘋。」馬修一見到她就忘情地喊，忘了跟三個人握手，只對她伸出雙臂。兩人擁抱，蘿蘋覺得熱淚盈眶。這才是真實的人生，馬修和家……

「去前排坐。」馬修跟她說，她也沒有抗議。讓她的家人坐在教堂後排，而她則到第一排去和馬修的姐夫同坐。他正在逗弄腿上的女兒，愁眉苦臉地向蘿蘋點頭招呼。

這間老教堂很美，蘿蘋小學時和家人到此過耶誕節和復活節，參加豐收禮拜。她的眼睛在每一件熟悉的物品上梭巡。高高的頭頂上有聖壇的拱門，上方的畫是喬書亞．雷諾茲爵士的作品（至不濟也是喬書亞．雷諾茲畫派的）。她盯著畫看，想讓自己鎮定下來。畫面迷濛神秘，男娃天使凝望著遠處一架綻放金光的十字架……她在心中納悶，到底是誰畫的？是雷諾茲本人，抑或是某個畫室助手？但她立刻就覺得慚愧，怪自己放任好奇心漫遊，而不是為康利菲太太難過……

她原以為幾週之後就會在此地完婚。她的婚紗已掛在客房衣櫃裡，但是從走道上過來的卻是康利菲太太的棺木，黑亮反光，銀色把手。歐文．昆恩仍在停屍間……仍沒有發亮的棺木盛裝他缺少了內臟、腐爛灼傷的屍體……

別想那個，她嚴厲地告訴自己。這時馬修來到她身邊坐下，溫暖的長腿貼著她的腿。

二十四小時以來，諸事紛至沓來，蘿蘋很難相信她在這裡，在家裡。她和史崔克很可能在醫院裡，他們險些就一頭撞上那輛翻覆的油罐車……司機渾身是血……康利菲太太在絲襯墊棺材裡可能連油皮都沒擦破一塊……別想那個……

她的眼睛彷彿是被剝掉了一層舒適柔軟的焦點。或許看見五花大綁、開膛破肚的屍體畢竟是會造成什麼影響的，會改變你看世界的眼光。

該祈禱了，她比別人跪得慢，凍僵的膝蓋觸及十字繡膝墊感覺很粗糙。可憐的康利菲太太……可是馬修的母親也沒有多喜歡她。別那麼刻薄，蘿蘋懇求自己，即使她只是說出事實，康利菲太太不願意馬修和同一個女朋友綁在一塊那麼久。她曾說年輕男人逢場作戲、拈花惹草是應當應分的事……蘿蘋知道她大學休學在康利菲太太眼中是一個莫大的缺陷。

馬爾馬杜．懷維爾爵士雕像距離蘿蘋不過幾呎。她起立唱詩，他似乎就瞪著她看。他披著詹姆士一世時代的袍子，真人大小，直挺挺立在大理石架上，曲肘支頤，面對著會眾。他的妻子也是一手支頤，倒臥在他腳下。兩人的姿態放肆，手肘墊著抱枕，讓他們的大理石骨頭舒泰，竟像活人一般，而在兩人之上，在上下層窗的空間裡，則雕滿了死亡與凡人的各種寓言人物。直到死亡將我倆拆散……她的思緒又飄移：她和馬修綁在一起直到死亡……不，不是綁在一起……不要想到綁……妳是哪根筋不對了？她真的是神倦力乏了。夜車車廂過熱，行車又不穩，她每小時都會醒一次，唯恐火車會因大雪而停駛。

馬修伸手握她的手，輕捏她的手指。

入土儀式在不失禮的條件下盡速完成，大雪綿綿，墓穴邊無人徘徊；蘿蘋並不是唯一一個看得出在發抖的人。

所有人都回到康利菲家的大磚屋中，在暖烘烘的室內打轉。康利菲先生的嗓門在這種場合略嫌過大，他忙著幫人斟滿杯子，招呼大家，好似在宴客。

「我很想妳。」馬修說。「沒有妳真難過。」

「我也想你。」蘿蘋說。「真遺憾我沒能早點過來。」

又說謊。

「蘇姨今天要住一晚。」馬修說。「我在想是不是能到妳家過夜，稍微喘口氣也好，這星期事情實在太多了……」

「好啊。」蘿蘋說，捏捏他的手，很慶幸不必住在康利菲家。她覺得馬修的姐姐很難相處，康利菲先生也讓人招架不住。

可是也不過就是忍耐個一晚而已，她嚴厲地跟自己說。這樣子臨陣脫逃感覺很不應該。

於是他們回到了艾拉寇特家，從廣場走幾步就到了。馬修喜歡她的家人；也很高興能把套裝脫下，換上牛仔褲，協助蘿蘋的母親擺餐桌。艾拉寇特太太待他親切和藹；她是位豐滿的女人，和女兒一樣的紅金色頭髮隨意挽了個髻；她的興趣廣泛，目前在空中大學修英國文學。

「學校功課還好嗎，琳達？」馬修問道，幫她把沉甸甸的砂鍋菜從烤箱裡端出來。

「我們在上韋斯特的《馬爾菲的女公爵》：『而且我快要瘋了。』」

「很難啊？」馬修問道。

「我是在引述，親愛的。喔，」她手上的大湯匙鏘一聲落在旁邊，「我想起來了，我一定錯過了——」

她走到廚房另一邊，抓起一本《節目時間表》，他們家裡一定會有這本雜誌。

「不，是九點，有個節目要專訪邁可．范寇特，我想看。」

「邁可．范寇特？」蘿蘋回過頭來說。「幹嘛訪問他？」

「他深受那些復仇悲劇作家的影響。」她母親說。「我是希望他能說明箇中的旨趣。」

蘿蘋的么弟剛從街角的商店幫他母親買牛奶回來，一進門就說：「看到了嗎？頭版耶，阿蘿。那個作家的內臟被挖出來了——」

「阿強！」艾拉寇特太太厲聲制止他。

蘿蘋知道她母親責罵兒子不是顧及馬修可能不願提到蘿蘋的工作，而是不願在葬禮過後討論什麼猝死事件。

「又怎樣了？」強納森說，根本不覺得合不合宜，逕自把《每日快報》塞到蘿蘋鼻子底下。媒體一旦知道了昆恩的慘狀，自然是頭版頭條。

恐怖小說家寫下自己的兇殺案。

恐怖小說家，蘿蘋暗忖，實在算不上……不過當頭條倒是夠聳動的。

「妳覺得妳老闆會不會破案？」強納森問她，一面翻動報紙。「再讓倫敦警察隊好看？」

蘿蘋正要越過強納森的肩膀看報紙，卻瞥見了馬修的目光，慌忙移開。

大家圍坐餐桌共進燉菜與烤馬鈴薯，蘿蘋的皮包丟在地面鋪石板的廚房一角，這時，她的皮包發出嗡嗡聲。蘿蘋不理會。等吃完飯，馬修盡責地協助她母親清理餐桌，蘿蘋才晃到放皮包處，查看訊息，極詫異竟是漏接了史崔克的一通電話。偷偷摸摸看了馬修一眼，他正忙著把盤子放入洗碗機，她趁其他人在閒聊，打開了語音信箱。

您有一通新留言，今晚七點二十分。

線路滋滋響，沒人講話。

再砰一聲。史崔克在遠處大喝：

「別想，媽的——」

慘嚎。

死寂。線路滋滋叫。不明所以的嘎喳聲，拖曳聲。大口喘息聲，擦刮聲，線路中斷。

蘿蘋驚駭地愣在原地，手機緊貼著耳朵。

「怎麼了？」她父親問道，眼鏡掉在鼻頭上，拿著刀叉正要收進櫥櫃裡。

「我覺得——我覺得我老闆出——出事了——」

她手指發抖，按下史崔克的號碼，卻直接轉入語音信箱。馬修立在廚房中央看著她，不快之情一目了然。

33

女人不得不求愛，紅顏何其命薄啊！

——托瑪斯．戴克及托瑪斯．密道頓《貞潔妓女》

史崔克沒聽見蘿蘋打電話來，因為他自己並不知道十五分鐘前手機撞地，誤觸了靜音鍵。他也不知道手機從他指間滑落之際，他的拇指按下了蘿蘋的號碼。

他才剛出門，就出事了。臨街的門在他背後關上，不過兩秒鐘的工夫，他的手機還拿在手上（為了等候他不得不叫的計程車），忽然那個穿黑大衣的高個子就從暗處衝了出來。史崔克只瞄到兜帽下一團白影跟一條圍巾，來人已伸長了一條胳臂，手上緊握著刀，顫巍巍地比著他，雖不是練家子，卻果斷堅決。

史崔克嚴陣以待，險些又滑跤，急忙一掌拍門，穩住自己，倉卒間手機落地。他既驚且怒，無論來人是何方神聖，她的如影隨形已經害得他傷了膝蓋，所以他一聲暴喝——她一見機不可失，又一次攻了過來。

史崔克朝那隻手揮動枴杖，已經看見了那把美工刀，卻不幸又扭到了膝蓋。他慘叫一聲，而攻擊者向後躍開，好似已刺傷了他卻不自知，然後這一次，她又慌了手腳，拔腿就跑，全速奔入雪幕，只留下既憤怒又氣沮的史崔克，無力追上去，也無計可施，只能在雪地中摸索，尋找手機。

媽的，都怪這條爛腿！

蘿蘋打電話來，他正坐在一輛龜速的計程車中，痛得冒汗。總算是不幸中的大幸，在攻擊者手中閃現森然青光的三角形刀刃並未刺中他，但他的膝蓋又一次疼痛難當，而他因為無力去追趕這個跟蹤他的瘋子而氣得七竅生煙。他沒打過女人，沒有故意傷害過女人，但眼見白晃晃的刀子在黑暗中朝他刺來，什麼顧忌都拋到九霄雲外了。計程車司機一直從後照鏡盯著一臉怒氣的魁梧乘客，而史崔克不斷在座位上轉身，更是讓司機驚魂不定。史崔克是覺得可能會看見她走在週六夜晚的熱鬧街道上，穿著黑大衣，肩膀圓闊，刀子藏在口袋裡。

計程車在牛津街上的耶誕燈光中行進，櫥窗裡一個個一碰就碎的銀色大包裹打上了金色蝴蝶結，史崔克竭力平復被激出的火氣，想到眼前的晚餐之約，一點欣悅之情都沒有。蘿蘋打了一通又一通的電話，但他感覺不到手機震動，只因手機深埋在大衣口袋中，而大衣又擺在他身邊的座位上。

他晚了半小時才到妮娜的公寓。妮娜開門時笑得很勉強。「嗨。」

「抱歉遲到了。」史崔克說，跛行走過門檻。「我出門時出了意外。我的腿。」

他穿著大衣站在那兒，這才醒悟到忘了帶禮物。他應該帶酒或巧克力來，而他也感覺妮娜注意到了，因為她的大眼睛在他身上梭巡；她很有風度，倒讓他有些相形見絀。

「而且我把要送妳的酒也忘了。」他說謊。「我實在太差勁了，把我轟出去吧。」

妮娜笑了，笑得頗勉強。這時史崔克感到手機在口袋裡震動，想也不想就去掏。是蘿蘋。他想不通星期六她為什麼要找他。

「抱歉，」他跟妮娜說，「得接這一通電話——是急事，我的助理打來的——」

妮娜的微笑消失了，轉身就離開了玄關，把他丟在那兒，連他的大衣都不幫他掛。

「蘿蘋？」

「你還好嗎？出了什麼事？」

「妳怎麼會——？」

「我接到留言，聽起來好像是你被攻擊了！」

「哎呀，我打電話給妳了嗎？一定是在手機掉下去的時候誤觸的。對，是有人攻擊我——」

五分鐘後，史崔克把發生之事告訴了蘿蘋，這才把大衣掛起來，循著氣味找到了客廳，妮娜已擺好了兩人的餐具。客廳亮著檯燈，她打掃過，還插了幾瓶花。爆蒜頭的香味在空中久久不散。

「對不起。」他又一次道歉，看到她端著菜回來。「有時我還真希望自己是朝九晚五的上班族。」

「自己倒酒吧。」她冷淡地說。

這種情況熟得不能再熟了。他有多少次坐在一個女人對面，而這個女人卻因為他遲到、他心有旁鶩、他漫不經心而惱火？不過這一次至少還算是小意思。如果他是和夏綠蒂約會遲到，又敢接別的女人打來的電話，那只要他一進門，管保會被潑上一臉的酒，然後是疾飛而來的盤子。一念及此，他對妮娜就包容多了。

「跟偵探約會就是這麼狗屁。」他坐下來時說。

「我不會用『狗屁』來形容。」她答道，態度軟化了。「這種工作也不是下了班就可以不理不睬的。」

她以老鼠似的大眼睛盯著他。

「我昨晚作了個夢，跟你有關。」她說。

「看，我們有這麼好的開始呢。」史崔克說。妮娜笑了出來。

「你不算是主角啦，是我們兩個一起在找歐文．昆恩的腸子。」

她喝了一大口酒，凝視他。

「那找到了沒有？」史崔克問道，盡量以輕鬆的態度處理。

「找到了。」

「哪裡找到的？現在只要有線索，我照單全收。」

「在傑瑞．華德葛瑞夫的辦公桌最下面的抽屜裡。」妮娜說。史崔克覺得看見她忍住了打哆嗦的衝動。「其實還滿恐怖的。我一拉開抽屜就看到血啊內臟的……而且你還打了傑瑞。把我嚇醒了，好真實喔。」

她喝了更多酒，食物碰都沒碰。反觀史崔克已經吃了好幾大口（大蒜放太多了，可是他很餓），他忽然覺得自己不夠有同情心，連忙把食物吞下肚，說：

「好像滿恐怖的。」

「都是昨天的新聞害的。」她說，看著他。「沒有人知道，沒有人知道他——他是那樣死的。就跟《蠶》一樣。你沒跟我說。」她說，蒜味之中更多了一絲幽怨。

「我不能說。」史崔克說。「那種消息要由警方公佈。」

「今天上了《每日快報》的頭版。歐文一定會喜歡，上了頭條，可是我真後悔看了。」她說，還偷偷看他一眼。

類似的良心不安史崔克並不是沒碰過。有些人一旦知道他見過什麼、做過什麼、或摸過什麼，就會退避三舍，彷彿他身上散發出死亡的氣息。總有女人受軍人和警察吸引：她們會經歷一種產生共鳴的刺激，對男人可能見過或施加過的暴力有一種肉慾的欣賞。有些女人則覺得反感。他認為妮娜屬於前者，可如今殘暴、凌虐、病態的現實逼上她的眼前，她卻發現自己或許畢竟仍是屬於第二個族群的。

「昨天上班一點也不好玩。」她說。「尤其是大家都聽說了之後。大家都……就，既然他是那樣死的，如果兇手影印了那本書……那有嫌疑的人就變少了，對不對？再沒有人看《蠶》會笑了，我跟你說。那就像是邁可．范寇特的舊小說情節，在當年批評家說他太令人毛骨悚然的時候……而且傑瑞辭職了。」

「我聽說了。」

「真不知道是為什麼。」她不安地說。「他在羅普查德不知道多少年了。他最近好像變了個人，一天到晚在生氣。他以前可是好好先生呢。而且他又開始喝酒了，喝得很兇。」

她仍然一口食物也沒吃。

「他跟昆恩很有交情嗎？」史崔克問道。

「我覺得他們的交情比他自己估量的還要深。」妮娜慢吞吞地說。「他們合作了滿久的。歐文會把他氣得抓狂——歐文把每個人都氣得抓狂——可是傑瑞真的很難過，我看得出來。」

「我倒沒辦法想像歐文願意讓別人修改他的作品。」

「我覺得他有時候很奸詐，」妮娜說，「可是傑瑞現在連一句歐文的壞話也聽不進去。他非要說歐文是崩潰了。你在派對上也聽到了，他覺得歐文心理異常，寫出《蠶》不能說是他的錯。而且他還是非常氣伊麗莎白．塔塞爾讓那本書外流。前天她來公司談她的另一位作家——」

「朵卡絲．潘潔利？」史崔克問道，妮娜透不過氣似的笑了一聲。

「你不會看那種垃圾吧！乳浪臀海和船難？」

「那個名字嵌在我的腦子裡了。」史崔克說，嘻嘻一笑。「繼續說華德葛瑞夫的事。」

「他看到麗莎進來，她一經過，他就砰地摔上門。你也看過，門是玻璃的，差一點就震碎了。其實根本沒必要，也太明顯了，把大家都嚇了好大一跳。她的臉色很難看。」妮娜接著說。「麗莎．塔塞爾。可怕極了。要是按照她的脾氣，她絕對會殺進傑瑞的辦公室，叫他別那麼混蛋——」

「她會嗎？」

「愛說笑，麗莎．塔塞爾的脾氣可是出了名的火爆呢！」

妮娜看了看錶。

「今天晚上邁可．范寇特要上電視接受訪問；我要錄下來。」她說，又把兩人的酒杯斟滿，到現在仍然一口食物也沒吃。

「我倒不介意看一下。」史崔克說。

她忽然看了他一眼，眼神飽含算計。史崔克猜想她是想估量出他來此是為了從她的腦袋裡挖出東西，抑或是為了她單薄得像男生的肉體。

史崔克的手機又響了。他遲疑了幾秒，衡量得失；如果接了，是否會觸怒妮娜？如果不接，是否會漏掉比妮娜對傑瑞．華德葛瑞夫的看法更重要的消息？

「對不起。」他說，從口袋掏出手機。是他的弟弟艾爾打來的。

「小柯！」線路頗吵雜。「接到你的留言太好了，大哥！」

「嗨。」史崔克收斂住情緒。「你好嗎？」

「很好！我在紐約，剛收到你的簡訊。要我做什麼？」

他知道史崔克除非是有求於他，否則不會打電話來，不過艾爾畢竟不是妮娜，並不會為此而生氣。

「我在想這個週五要不要一起吃個飯，」史崔克說，「不過既然你在紐約——」

「我星期三就回來了，沒問題。要不要我訂餐廳？」

「要。」史崔克說。「一定要河岸咖啡館。」

「遵命。」艾爾說，也不問原因；說不定他是假定史崔克饞蟲上來了，想吃一頓美味的義大利餐。「傳簡訊告訴你時間吧？到時候見！」

史崔克掛上了電話，道歉的話已經到了口邊，可是妮娜已經起身往廚房去了，整個氣氛自然是變質了。

34

哎呀！我說了什麼？我這根闖禍的舌頭啊！

——威廉．康格里孚《為愛而愛》

「愛情是海市蜃樓。」電視螢幕上的邁可．范寇特說。「海市蜃樓，奇思妄想，迷思謬見。」

蘿蘋坐在褪色凹陷的沙發上，左右兩邊是馬修和她母親。巧克力色拉不拉多躺在壁爐前，睡夢中懶洋洋地拍打尾巴。兩個晚上缺少睡眠，白天又壓力與情緒大起大落，她覺得昏昏欲睡，但她努力要專心收看邁可．范寇特的訪問。而她身旁的艾拉寇特太太樂觀地希望范寇特會說幾句名言雋語，讓她在寫韋斯特能夠有點頭緒，所以大腿上放著筆記本和筆。

「話是這麼說。」主持人才開口，就被范寇特打斷了。

「我們並不愛彼此；我們愛的是我們心目中的彼此。極少有人了解這一點，或是敢於去深思。人類盲目地信奉自身的創造力。因此歸根究柢，一切的愛都是自我之愛。」

艾拉寇特先生睡著了，坐在最靠近壁爐和拉不拉多的單人沙發上，仰著頭，微微打鼾，眼鏡掉在鼻頭上。蘿蘋的三個兄弟全都悄悄溜出門了。今天是週六，晚上他們的朋友都在廣場的「海灣馬」等著他們。強納森特地從大學回來參加葬禮，卻不覺得還虧欠姐姐的未婚夫什麼，所以也跑到酒吧，坐在開放的爐火旁凹陷的銅桌前，和兄弟一起喝幾品脫的「黑羊」。

蘿蘋倒是懷疑馬修根本不想陪她們看電視，只是礙於禮數。這下子他困在這裡，看文學節目，換作在家裡，他才受不了。他會直接轉台，連問都不問她，理所當然覺得這個苦瓜臉、愛說教的男人說的話她不會有興趣。要喜歡邁可．范寇特還真是不容易，蘿蘋心裡想。無論是他的唇形或是眉形都隱隱透露出一種根深柢固的優越感。主持人也不是個無名小輩，卻顯得有些緊張。
「這就是你的新書的主題——？」
「主題之一，是的。主角在明白他太太的個性完全是出於他自己的想像之後，非但沒有狠狠斥責自己，反而設法處罰那個有血有肉的女人，只因他深信被她欺騙了。他的復仇欲望讓情節得以推展。」
「啊哈。」蘿蘋的母親輕聲說，拿起了筆。
「我們有許多人——可能是大多數的人，」主持人說，「認為愛情是一種淨化的理想，一種無私的泉源，而不是——」
「這是在自己騙自己。」范寇特說。「我們是哺乳類，需要性，需要同伴，為了生存及繁殖尋求家庭的領域來保護。我們選擇了一個所謂的愛人，其實是為了最原始的原因——我的主角偏好梨形身材的女人，就足以解釋了。愛人的笑聲、愛人的氣味像那個年少時給予你支持幫助的父母，其他的一切都只是投影，都只是創造出來的——」
「友誼——」主持人略有些狼狽地開口。
「要是我能夠讓自己跟我的男性友人發生性關係，我的人生會更快樂、更豐收。」范寇特說。「可惜，我天生的設定就是渴望女性身體，雖然是只有過程而無法開花結果。於是我跟自己說某個女人比較迷人，比較能滿足我的需求和慾望。我是個複雜、高度進化、富有想像力的生物，覺得有必要為我在最粗礪的基礎上做的選擇辯解。這才是真相，是埋藏在千年的狗屁文明下的真相。」
蘿蘋不禁納悶，范寇特的妻子（她記得他好像是結婚了）對這次的訪問作何感想？她旁邊的艾拉寇特太太寫下了幾個字。
「他又沒有談復仇。」蘿蘋喃喃說。
她母親把筆記本拿給她看。她寫的是：聽他在放狗屁。蘿蘋吃吃笑。

而她另一邊的馬修則俯身看著強納森丟在椅子上的《每日快報》。他翻開前三頁，這三頁裡史崔克的名字也在歐文．昆恩的新聞中出現了幾次。他選了別的報導看，說的是某連鎖店禁克里夫．李察的耶誕歌曲。

「你對女性的描寫備受批評，」主持人勇敢地說，「尤其是——」

「我們現在說話，我就能聽見批評家的筆像蟑螂腳一樣窸窸窣窣直響。」范寇特說，嘴角向上揚，算是微笑了。「批評家對我或是我的作品有什麼看法，我是一點興趣也沒有。」

馬修翻了一頁。蘿蘋斜睨一眼，瞥見一幀照片：翻覆的油罐車，四輪朝天的本田喜美，面目全非的賓士車。

「我們差一點就撞進去了！」

「什麼？」馬修說。

蘿蘋這句話完全沒經過大腦，她的大腦結冰了。

「這是在M４上的車禍。」馬修半嘲笑道，笑她還以為她自己可能會發生連環車禍，笑她連什麼叫高速公路也不知道。

「喔——喔，沒錯。」蘿蘋說，假裝更專心讀著照片下的說明。

但馬修已皺起了眉頭，有所領悟。

「妳昨天差一點發生車禍？」

他說得很小聲，唯恐打擾了艾拉寇特太太，她正專心看著范寇特的訪問。遲疑則後果不堪設想。做選擇吧。

「對。我不想害你擔心。」

他瞪著她。蘿蘋感覺到另一邊的母親正在做筆記。

「這一個？」他說，指著照片，蘿蘋點頭。「妳為什麼會跑到M４上面？」

「我必須載柯莫藍去訪談。」

「我想談的是女性，」主持人說，「你對女性的看法——」

「到哪裡去訪談？」

「得文郡。」蘿蘋說。

「得文郡？」

「他的腿又弄傷了，沒辦法一個人過去。」

「妳開車載他到得文郡？」

「對，馬修，我開車載他——」

「所以妳昨天才沒能趕過來？所以妳明明可以——」

「馬修，才不是那樣呢。」

他丟下報紙，站了起來，大步離開客廳。

蘿蘋很難過，回頭看著門，他並沒有摔上門，但是關得也夠大聲了，驚動了她父親，他在睡夢中嘟囔，拉不拉多則被吵醒了。

「別管他。」她母親建議道，眼睛仍盯著螢幕。

蘿蘋猛地轉回來，氣急敗壞。

「柯莫藍得去得文郡，他只有一條腿，又不能開車——」

「妳犯不著跟我說啊。」艾拉寇特太太說。

「可是這下子他以為我昨天沒辦法趕回來是騙了他。」

「妳有騙他嗎？」她母親問道，眼睛仍盯著邁可．范寇特。「趴下，榮特利，你擋住電視了。」

「我要是買頭等車票是可以趕回來的。」蘿蘋承認道。拉不拉多打個哈欠，伸個懶腰，調整位置，又躺在壁爐前的地毯上。「可是我已經買了夜車票了。」

「馬修老是惦念著妳如果接下那份人力資源的工作，能多賺多少錢。」她母親說，眼睛仍盯著螢幕。「我還以為他會很感激妳懂得省錢呢。噓，我想聽聽復仇的部分。」

主持人正設法提出有條理的問題。

「可是涉及女性，你並不總是——符合時代精神，所謂的政治正確——尤其是你說女性作家——」

「又來了？」范寇特說，兩手拍大腿（主持人當真嚇了一跳）。「我說最偉大的女性作家都沒有孩子，幾乎沒有例外。這是事實。我也說過女人一般而言都有想做母親的欲望，缺乏那種創作文學、真正的文學所需要的專心一志。我一個字也不會撤回。事實就是如此。」

蘿蘋在轉動手上的訂婚戒指，左右兩難，既想追上馬修，向他闡明她沒有做錯什麼，又很氣居然還需要多廢唇舌。每次都是他的工作需求擺在第一位；她從來就沒聽過他為了加班道歉，為了必須到倫敦另一頭出差，八點才能回家道歉……

「我是想說，」主持人慌忙說，還露出討好的笑容，「這本書可能會讓批評家閉嘴。我認為中心的女性角色描繪得極有同理心。當然啦」——他低頭看筆記，又抬頭；蘿蘋都能感覺出他的緊張——「也一定要有對照的人物——你在處理一名年輕女郎自殺的情節上，我認為你做好了準備——你一定會知道——」

「笨蛋會以為我是在自述我第一個太太自殺的事？」

「嗯，讀者一定是會這樣看的——一定是會問這類問題的——」

「那就讓我說清楚。」范寇特說，頓了頓。

他們坐在一面長窗前，窗外有陽光普照、迎風招展的草坪。蘿蘋的心中掠過一個疑問：不知這節目是何時錄的？顯然是在下雪之前。不過這個想法轉瞬即逝，因為馬修占據了她的心思。她應該去找他，可是想歸想，她還是坐在沙發上不動。

「eff——雅絲蓓死時，」范寇特開口說，「她死時——」

大特寫感覺像侵犯了他的隱私。他閉上眼睛，眼角的細紋加深了；一隻大手舉上來摀住了臉。邁可・范寇特似乎是在哭。

「還說什麼愛情是海市蜃樓、是奇思妄想呢。」艾拉寇特太太嘆道，也把筆放下了。「這些都沒用。我要鮮血和內臟，邁可。鮮血和內臟。」

無法再靜坐不動，蘿蘋站了起來，朝客廳門口走。眼前並不是正常的情況。馬修的母親今天剛下葬，她有必要去道歉，去彌補裂痕。

35

我們都可能犯錯，先生；既然如此，就不需再多言了。

——威廉．康格里孚《高齡單身漢》

隔天是週日，報紙努力尋求一個平衡點，不僅客觀報導歐文．昆恩的人生與作品，也有尊嚴地闡述他陰慘可怖的死亡。

「文壇上的小角色，偶有佳作，後期偏向自我嘲諷，光芒為當代作家所掩，卻持續耕耘他自己過時的田地。」《週日泰晤士報》在頭版的專欄如是說，而且還意猶未盡，留下更刺激的內文：虐待狂的藍圖：請看一〇至一一頁。而且在極小的一張肯尼斯．哈利維的照片旁還有一行字：書與文人：文學殺手（第三頁文化版）。

「謠傳那本尚未出版的書就是他的死亡藍圖，目前正在倫敦的文學圈中流傳。」《觀察家週報斬釘截鐵地說。「若不是怕自失品味，羅普查德絕對能夠一出書立刻熱賣。」

乖僻作家在性遊戲中遭剖腹挖腸，《週日人》如此下標題。

史崔克從妮娜．拉塞勒那兒回家途中每家報紙都買了一份，只是又要拿報紙，又要拄枴杖，在覆雪的人行道上行走實在困難。他艱辛地走向丹麥街，忽然想到自己很笨，萬一昨晚攻擊他的人又再出現，弄這麼多的報紙只會拖累他，幸好四周都不見她的人影。

稍晚，他躺在床上，終於把義肢卸了下來，一面吃薯條一面看報。

透過媒體扭曲的鏡頭來看事實，倒是刺激了他的想像力。最後，讀完了卡爾培柏在《世界新聞報》上的文章（「據可靠人士指出，昆恩喜歡被妻子綑綁，而他的妻子則否認知道這位古怪的作家去他們第二棟房子住」），史崔克任報紙落在床下，伸手拿擺在床邊的筆記本，草草寫下備忘錄。他並未把安士提的縮寫名補在待做工作或待解問題上，而是寫了書店男和范寇特幾時錄影？前面各加上一個大寫的R。接著他發簡訊給蘿蘋，提醒她明天早晨要留意一個穿黑大衣的高個子女人，如果看見了她，千萬不要走入丹麥街。

翌晨九點鐘，蘿蘋從地鐵站走到辦公室，短短的路程中並未發現有類似形貌的女人，倒是一進辦公室就看見史崔克坐在她的位置上，使用她的電腦。

「早。外面沒有怪人吧？」

「一個也沒有。」蘿蘋說，一面把大衣掛起來。

「馬修還好嗎？」

「還不錯。」蘿蘋說謊。

他們為了她載史崔克到得文郡而大吵了一架，她想到了還會頭頂冒煙。回克拉朋途中，他們仍然反覆爭吵，而且吵得很兇；她仍然因為哭過又失眠而眼睛紅腫。

「也真難為他了。」史崔克喃喃說，仍舊皺眉盯著電腦。「他母親的葬禮。」

「嗯。」蘿蘋說，走去把水壺裝滿，覺得很火，史崔克今天偏偏要同情馬修，她想聽的是有人說他是個蠻不講理的混蛋。

「你在看什麼？」她問道，在史崔克肘邊放了一杯茶，而他口齒不清地道謝。

「想看看邁可．范寇特的訪問是幾時錄的。」他說。「他週六晚上了電視。」

「我看了。」蘿蘋說。

「我也是。」史崔克說。

「自大傲慢的混蛋。」蘿蘋說，坐在仿真皮沙發上，說來也奇怪，她坐下去就不會發出放屁的聲音。史崔克覺得可能是他比較重。

「他在談他過世的太太的那一段，有沒有聽到什麼有趣的話？」史崔克問道。

「他的貓哭耗子假慈悲稍微過火了一點，」蘿蘋說，「他才剛說愛情是幻覺，什麼你情我愛都是垃圾。」

史崔克又瞧了她一眼。她的膚色白，情緒一激動就會臉紅，而且紅腫的眼睛也毋須贅言。他覺得蘿蘋對邁可・范寇特的憎惡可能只是移情作用，真正的對象只怕是另有其人。

「妳覺得他是裝的？」史崔克問道。「我也是。」

他看了看錶。

「半個小時後卡洛琳・英格里斯會來。」

「她跟她丈夫不是復合了嗎？」

「那是舊聞了。她想見我，因為週末她在老公的手機上發現了一則簡訊。所以，」史崔克說，把自己推了起來，「我需要妳來查出訪問是幾時錄影的，而我呢，要趕緊去找找案件筆記，才能擺出我還記得她那些狗屁倒灶的事的樣子。然後我跟昆恩的編輯約了吃午飯。」

「我也知道凱絲琳・肯特公寓外的診所是如何處理醫療廢棄物的。」蘿蘋說。

「說下去。」史崔克說。

「有家特殊的公司每週二會去收垃圾。我跟他們聯絡過了。」蘿蘋說，而史崔克能從她的嘆息中猜出這一條線索也是白忙一場。「兇殺案發生過後的那個星期二，他們並沒有注意到垃圾袋有什麼異常。我覺得，」她說，「他們不會注意到一袋的人類腸子，有一點不實際。他們說通常只是拭紙和針頭，而且都是封裝在特殊的袋子裡。」

「還是得查一查。」史崔克抖擻精神說。「偵探工作就是要這樣——把所有的可能一一刪除。對了，我還有別的事要做，妳能出去冒風突雪嗎？」

「我很樂意出去。」蘿蘋說，表情立刻一亮。「什麼事？」

「在普特尼那家書店的那個人覺得在八號看見過昆恩。」史崔克說。「他應該銷假回來上班了。」

「沒問題。」蘿蘋說。

週末她沒有機會跟馬修討論史崔克想給她上調查訓練課的事。在葬禮之前提時機不對，而在週六晚上他們大吵過後再提，又好像故意刺激他，甚至像火上添油。今天她渴望能到街上去，去調查，去刺探，然後回家跟馬修就事論事說她做的事。他不是要誠實嗎，那就給他誠實。

卡洛琳·英格里斯這名憔悴的金髮女郎這天早晨在史崔克的辦公室耗了一個多小時。等她終於離開，她儘管臉上淚痕斑斑，卻心意已決。而這時蘿蘋也查到了資料。

「范寇特的訪問是十一月七日錄影的。」她說。「我打電話到國家廣播公司，轉了又轉，終於問到了。」

「七號。」史崔克說。「那天是星期日。是在哪裡錄影的？」

「攝影小組到他在丘麥格納村的家裡。」蘿蘋說。「你在訪問裡是不是注意到什麼，才會這麼感興趣？」

「妳再看一遍。」史崔克說。「看在YouTube上能不能找到。妳居然當時沒注意到，也真怪。」

她像被針扎了一下，想起了馬修坐在她旁邊，在質問她M4公路上的車禍。

「我要換衣服去辛普森。」史崔克說。「我們把門鎖了，一起離開好嗎？」

四十分鐘後兩人分手，蘿蘋到普特尼的布利林頓書店，史崔克則去河濱大道的餐廳，他打算走路去。

「最近太常搭計程車了。」他粗聲粗氣說，不願意告訴蘿蘋他花了多少錢處理星期五那晚棄置在車站的豐田越野車。「反正時間還很多。」

蘿蘋看著他走開，拄著枴杖，跛得厲害。和三個兄弟一起長大，蘿蘋敏於觀察，知道男性對女性的關切往往會表現出違心的反應，不過她也不禁琢磨：史崔克到底還能強迫膝蓋支撐他多久，才會發現自己不是只殘廢個幾天而已。

將近午餐時刻，到滑鐵盧的火車上蘿蘋對面的兩個女人大聲聊天，雙腿間放著耶誕採購的提袋。地鐵的地板又濕又髒，空氣中也是潮濕的衣料和發臭的體味。蘿蘋大半路程都忙著要用手機看邁可．范寇特的訪問片段，卻都失敗。

布利林頓書店坐落在普特尼的一條大街上，窗戶裝著老派的窗櫺，從頂到底都塞滿了新書和二手書，都是垂直排列。蘿蘋跨過門檻，鈴聲叮噹，書店內的氣氛輕快，有發霉的味道。書架擠滿了更多垂直排列的書籍，頂到了天花板，兩架梯子靠著架子。懸吊的燈泡提供照明，垂得很低，如果是史崔克就會打到頭。

「早安！」一名年長紳士說，他穿著過大的花呢外套，從波紋玻璃門後的辦公室走出來，門打開還真聽得到吱吱嘎嘎聲。他走過來，蘿蘋立刻聞到很濃的體香劑。

她已備好了簡單的問題，立刻就問是否有歐文．昆恩的書。

「啊！啊！」他會意地說。「我想我也不必問為什麼突然對他有興趣了！」

他散發出自以為了不起又不食人間煙火的修道院士氣質，也不等人發話就逕自評論起昆恩的文風以及越來越不堪卒讀的作品，同時帶著蘿蘋深入書店。見面不過兩秒鐘，他就自行假設蘿蘋是因為昆恩最近被謀殺了，才會想買他的書。雖然事實也就是如此，蘿蘋還是覺得氣惱。

「你有沒有《巴爾札克兄弟》？」她問道。

「妳還不錯嘛，知道不要選《蠶》。」他說，以微微顫抖的雙手去挪梯子。「已經有三個年輕的記者跑來要買了。」

「記者為什麼會跑來這裡？」蘿蘋天真地說。他開始爬梯子，舊翻毛皮鞋上露出了一吋的芥末色短襪。

「昆恩先生在死前不久來這裡買過書，」老人家說，現在正注視著蘿蘋頭上六呎處的書背。「《巴爾札克兄弟》，《巴爾札克兄弟》……應該在這裡……咦，我確定還有一本……」

「他真的進來了，進你的店裡？」蘿蘋問道。

「是啊，我一眼就認出是他。我是約瑟夫．諾斯的書迷，他們兩個有一次一起出現在海伊文學節的傳單上。」

他慢慢爬下梯子，每踩一步，腿都發抖。蘿蘋真怕他會跌下來。

「我來查查電腦。」他說，呼吸很沉重。「我確定店裡有一本《巴爾札克兄弟》。」

蘿蘋跟著他，心裡不斷琢磨，如果這位老人家是在八〇年代中葉看過歐文．昆恩的，那麼他能否認出現在的昆恩只怕不無問題。

「他應該滿容易認的。」她說。「我看過他的照片，披那件提洛爾斗篷很醒目。」

「他的兩隻眼珠的顏色不一樣。」老人家說，正凝視著一部早期的麥金塔經典電腦，蘿蘋覺得那只怕是二十年前的了：米色、方方正正的、大鍵盤像一塊塊的太妃糖。「近看就會看到，一眼淡褐色，一眼藍色。我覺得警察也很佩服我的觀察力和記性。戰時我待過情報局。」

他帶著自鳴得意的微笑抬頭看蘿蘋。

「我沒記錯，我們的確有一本──二手書。這邊來。」

他拖著腳步走向一個亂七八糟裝滿了書的箱子。

「這個消息對警察很重要呢。」蘿蘋說，跟著他走。

「沒錯。」他自滿地說。「死亡時間。對，我可以跟他們保證八號那天他仍然活著。」

「你大概不記得他進來買什麼吧？」蘿蘋說，還輕聲一笑。「我很想知道他都看什麼書。」

「喔，我記得。」老闆立刻就說。「他買了三本小說：強納森．法蘭岑的《自由》，喬書亞．費利斯的《無名氏》，還有……我忘了第三本……他跟我說他要休息一陣子，想找點東西讀。我們還討論了數位現象——他比我能接受閱讀器……應該就在這附近。」他喃喃說，翻找著箱子。

蘿蘋也不怎麼起勁地幫忙找。

「八號。」她說。「你怎麼能確定是八號呢？」

因為她認為在這個昏暗又帶霉味的環境中，日子必然是一個一個接在一起，難以分辨。

「那天是禮拜一。」他說。「我們討論約瑟夫．諾斯，他有不少愉快的回憶，算是個愉快的插曲。」

蘿蘋依然不知道他為什麼肯定這一個特別的星期一就是八號，可是她還沒能問下去，他就從箱子深處拿了一本古舊的平裝書，還興奮的喊了一聲。

「找到了。我就知道有。」

「我對記日期最沒辦法了。」蘿蘋謊稱，跟著他回櫃台。「你應該不會有約瑟夫．諾斯的書吧？」

「只有一本。」老人說。「《走向起跑線》。我知道有，那是我個人最喜歡的書……」

他又一次去爬梯子。

「我每次都把日子搞混掉。」蘿蘋看見那雙芥末色短襪又露了出來，仍像個軍人鼓起勇氣繼續。

「很多人都會，」他自大地說，「可是我對重建推定很拿手，哈哈。我記得那天是禮拜一，因為我每次都在禮拜一買鮮奶；那天我剛買了鮮奶回來，昆恩先生就走進來了。」

蘿蘋等著他在頭頂上掃描書架。

「我跟警察說明我能夠特別記得那個禮拜一是因為那晚我到朋友查爾斯家，我常常都是禮拜一去，不過我特別記得我還跟他說歐文．昆恩進了我的書店，還跟我討論了五個在十一月八日變節投奔羅馬的國教主教。查爾斯是國教的非官方傳教師。他有很深的感觸。」

「原來如此。」蘿蘋說，在心中默默記下要去查這方面的資料。老人找到了諾斯的書，正緩緩爬下梯子。

「對，而且我記得，」他說，忽然興致勃勃，「查爾斯還拿了一些照片給我看，是在德國的什馬克登，一夕之間出現了一個落水洞。戰時我就駐紮什馬克登附近。對……那天晚上我記得我跟朋友說昆恩到書店裡，他還打岔——他對作家沒什麼興趣——『你以前不就在什馬克登嗎？』他說」——那雙虛弱又多疙瘩的手這時在櫃台忙著——「他還說出現了一個很大的板條箱……隔天的報紙刊登了很驚人的照片……

「記性這玩意實在是奇妙。」他得意地說，交給蘿蘋一個褐色紙袋，裡頭裝了她的兩本書，同時接過她的十鎊鈔票。

「我記得那個落水洞。」蘿蘋說，其實是說謊。她把手機從口袋裡掏出來，按了幾個鍵，老闆仍認真地數著零錢。「對，在這裡……什馬克登……真奇怪，那麼大的坑就這樣莫名其妙冒出來了。」

「可是，」她說，抬頭看他，「那是十一月一日的事，不是八日。」

他眨眨眼。

「不對，是八號。」他說，還做出了極不喜歡受到誤解的表情。

「可是你看。」蘿蘋把手機秀給他看，他把眼鏡推到額頭上，瞪著螢幕。「你百分之百確定是在同一天討論歐文．昆恩到書店還有落水洞的事嗎？」

「錯了。」他喃喃說，也不知道說的是《衛報》的網站，是他自己，還是蘿蘋。他把手機推回給她。

「你記不記得——？」

「還有什麼事嗎？」他大聲說，驚慌失措。「那就再見了，再見。」

蘿蘋知道她得罪了一個自以為是的老頑固，也就在叮噹聲中離開了書店。

36

醜聞先生，我很樂意和你商討他說過的話──他的言語既神秘又抽象。

──威廉・康格里孚《為愛而愛》

史崔克本就覺得傑瑞・華德葛瑞夫約他到河濱大道的辛普森餐廳吃午餐很奇怪，而他一看見堂皇的石頭門面、木質旋轉門、銅匾、燈籠，好奇心就更濃了。入口地磚仿棋盤圖案。儘管此地是有歷史的倫敦建築，他卻從未涉足。他以為這裡的常客是經營有成的殷商，或是住在城外來打牙祭的人。

不過史崔克一踏進大廳，就覺得很自在。辛普森在十八世紀是紳士的下棋俱樂部，以古老熟悉的語言向史崔克訴說著階級、秩序和華貴正派。此處的色調是黑暗的泥漿色，男人挑選的，不需要女性同胞的意見：粗厚的大理石柱，堅固的單人皮沙發足以支撐酒醉的紈袴子弟。而且從對開門看過去，衣帽間的女孩背後就是一間處處是暗色木鑲板的餐廳。他就像是回到了軍旅生涯中經常光顧的軍士食堂。只需要再加上軍團的代表色與女王的肖像，這地方就會讓史崔克覺得舊地重遊。

結實的木背椅，雪白的桌巾，銀盤上擺著巨大的牛肉；史崔克在牆邊的兩人桌坐下，發現自己在猜測蘿蘋對這地方不知有何評語，是覺得有趣，或是對明顯的傳統守舊感到氣惱。

他就坐了十分鐘華德葛瑞夫才出現，瞇著眼睛環顧餐廳。史崔克舉起一隻手，華德葛瑞夫才踉蹌走向他們的餐桌。

「哈囉，哈囉。又見面了。」

他的淡褐色頭髮仍是那麼凌亂，縐巴巴的外套翻領上沾到了牙膏。隔著小小的餐桌，微微一股葡萄酒味衝向史崔克。

「謝謝你願意跟我見面。」史崔克說。

「哪裡。我想幫忙。希望你不介意來這裡。我選這裡，」華德葛瑞夫說，「是因為不會遇到我認識的人。我父親多年前帶我來過一次。他們好像一點也沒變。」

華德葛瑞夫的圓眼睛被角質眼鏡框住，巡視過暗色木鑲板上端的沉重的線條粉刷，黃褐色不再純粹，彷彿是被多年的煙燻染污了。

「上班時間已經受夠了你的同事了吧？」史崔克問道。

「他們倒沒問題，」傑瑞·華德葛瑞夫說，推了推眼鏡，朝侍者招手，「可是上班的氣氛卻質變了。一杯紅酒，謝謝。」他跟應召而來的年輕人說。「隨便哪支酒。」

侍者胸前繡著一只小小的騎士棋子，以凌人的態度說：

「我會叫侍酒服務生過來，先生。」說完就離開了。

「你進來時看見門上的時鐘了嗎？」華德葛瑞夫問史崔克，又推了推眼鏡。「他們說一九八四年第一次有女人進來，時間就停住了。小小的圈內笑話。還有菜單上也是寫『伙食表』，而不是『菜單』，因為那是法文。我父親就愛那種玩意。我剛要上牛津，所以他才帶我來這裡。他討厭外國食物。」

史崔克能感受到華德葛瑞夫的緊張，他也習慣了對別人的這種影響。此時此刻並不適合問華德葛瑞夫是否幫昆恩寫了他的謀殺藍圖。

「你在牛津唸什麼？」

「英文。」華德葛瑞夫嘆道。「我父親是想讓我學醫的，不過他也只能勉強接受了。」

華德葛瑞夫的右手手指在桌巾上彈和弦。

「辦公室裡很緊張吧？」史崔克問他。

「可以這麼說。」華德葛瑞夫回答，又四下環顧尋找侍酒服務生。「現在我們知道了歐文是怎麼死的，氣氛變得很消沉。大家都跟白痴一樣刪除電郵，假裝沒看過那本書，不知道結局是什麼。現在沒那麼好玩了。」

「以前很好玩嗎？」史崔克問道。

「這個嘛……對，之前很好玩，我們都以為歐文又在搞失蹤。大家都喜歡看到有權有勢的人被嘲笑，不是嗎？他們並不是很有人緣，他們兩個，范寇特和查德。」

侍酒服務生來了，把酒單交給華德葛瑞夫。

「就來一瓶吧？」華德葛瑞夫說，掃描酒單。「這一餐是你請客吧？」

「好。」史崔克說，卻不無猶豫。

華德葛瑞夫點了一瓶勒榮嘉城堡，而史崔克極不安地看見那瓶酒將近五十鎊，幸好還不是最貴的，有的酒高達二百鎊。

服務生離開時，華德葛瑞夫突然虛張聲勢說：「那，有線索了嗎？知道是誰幹的？」

「還沒有。」史崔克說。

接著是彆扭的沉默。華德葛瑞夫又把眼鏡往冒汗的鼻子上推高了些。

「抱歉。」他喃喃說。「我太莽撞了——只是直覺的自衛反應。只是——我真不敢相信，我真不敢相信會有那種事。」

「那種事誰都料想不到。」史崔克說。

「我一直甩不開一個想法，是歐文自己幹的。是他佈置的。」

「真的？」史崔克說，緊密地盯著華德葛瑞夫。

「我知道不可能是他自己，我知道。」編輯的手這會兒又在桌沿測量起桌長了。「他——

他被殺的方式，太——太戲劇化了。太——太詭誕了。而……而最可怕的是……沒有作家的書能有這樣的曝光率。唉，歐文最愛出風頭了。可憐的歐文。他有一次跟我說——他可不是在開玩笑——他有一次跟我說想叫他的女朋友訪問他，他說得一本正經。說可以讓他的構思過程變得清明。我說：『你拿什麼來米克？』米克就是取笑嘲弄的意思。你知道那個笨蛋說什麼嗎？『原子筆啊，手邊有什麼就用什麼啊。』」

華德葛瑞夫又是笑又是喘，聽來卻像是哽咽。

「可憐的王八蛋。」他說。「可憐的蠢王八蛋。到最後輸個精光，是不是？哼，這下子伊麗莎白．塔塞爾高興了吧？把他騙得團團轉。」

第一個服務生帶著筆記本回來。

「要點餐了嗎？」編輯問史崔克，瞇著眼盯著伙食單。

「牛肉。」史崔克說，方才他有時間看著侍者推車繞行各桌，從銀托盤上切下牛肉。他有好幾年沒吃過約克布丁了，其實是從他上次回聖莫斯去看望舅舅舅媽之後就沒吃過了。

華德葛瑞夫點了多佛鰨魚，然後又伸長脖子看侍酒服務生回來了沒有。一看到服務生帶著酒瓶回來，他明顯地鬆了口氣，更舒服地坐進椅子裡。他的杯子斟滿了，他喝了好幾口，這才嘆口氣，像是急病終於得到了治療。

「你剛才說伊麗莎白．塔塞爾把昆恩騙得團團轉。」史崔克說。

「嗄？」華德葛瑞夫說，右手擺在耳朵上。

史崔克想起了他有一耳聽不見。餐廳的客人越來越多，也變得更吵雜。他再大聲重說一遍。

「喔，對。」華德葛瑞夫說。「對，說到范寇特。這兩個傢伙就愛東想西想范寇特對不起他們的地方。」

「什麼對不起他們的地方？」史崔克問道，而華德葛瑞夫又喝了幾口酒。

「范寇特說他們兩個的壞話，說了好幾年了。」華德葛瑞夫漫不經心地透過縐巴巴的襯衫抓了抓胸口，又喝了幾口酒。「歐文，因為他寫了醜化他過世老婆的小說；麗莎，因為她跟歐文走到一塊——不過你可要聽好了，沒有人責怪范寇特離開麗莎．塔塞爾。那女人是個潑婦。現在只剩下兩個客戶了。她有病。大概每天晚上都在計算她損失了多少：范寇特百分之十五的版稅可不是一筆小數目啊。布克獎晚宴，電影試映會……結果她只有昆恩拿原子筆自己訪問自己，還有在朵卡絲．潘潔利的後院烤焦的香腸。」

「你怎麼知道香腸烤焦了？」史崔克問道。

「朵卡絲跟我說的。」華德葛瑞夫說，已經喝完了第一杯酒，正在倒第二杯。「她想知道麗莎為什麼沒參加公司的週年慶。我跟她說了《蠶》的事，朵卡絲一再說麗莎是很可愛的女人。可愛。一定是不知道歐文的書裡寫了什麼。從來不傷別人的感情——連一隻蒼蠅都不敢殺——哈！」

「你不認為？」

「你說對了，我還真不認為。我認識一些在麗莎．塔塞爾辦公室發跡的人，聽他們說話活像是被贖回來的肉票。恃強凌弱，脾氣嚇人。」

「你覺得是她讓昆恩寫那本書的？」

「嗯，不算是直接的。」華德葛瑞夫說。「可是一個是自欺欺人的作家，深信自己的書不暢銷不是因為別人妒忌他，就是因為別人都沒有盡忠職守，而麗莎那個人總是一肚子火氣，滿嘴酸溜溜的，逢人就說什麼范寇特對不起他們兩個，只顧他自己飛黃騰達，所以才能爬到今天的地位。

「她甚至連好好把他的書讀一遍都懶。要不是他死了，我敢說她是罪有應得。白痴的混蛋不只對付了范寇特，還把她也整了，哈哈！整了該死的丹尼爾，整了我，整了每一個人。每一個人！」

傑瑞．華德葛瑞夫就像史崔克認識的其他酒鬼一樣，兩杯酒一下肚就越過了那條線，醉了。動作忽然變得笨拙，態度變得輕佻。

「你認為是伊麗莎白慫恿昆恩去攻擊范寇特的嗎？」

「我一點也不懷疑。」華德葛瑞夫說。「一點也不懷疑。」

「可是我跟她見面時，伊麗莎白．塔塞爾說昆恩寫的范寇特全都不是真的。」史崔克跟華德葛瑞夫說。

「嗄？」華德葛瑞夫又一手圍在耳朵邊。

「她跟我說，」史崔克大聲說，「昆恩在《蠶》裡寫的范寇特都是假的。范寇特並沒有寫什麼嘲諷小說，害他太太自殺——是昆恩寫的。」

「我說的不是那個。」華德葛瑞夫說，一直搖頭，活像史崔克很遲鈍似的。「我的意思不是——算了，算了。」

一瓶酒已經給他喝掉一大半了，酒精讓他的膽子大了不少。史崔克暫時收勢，知道逼得太急只會讓酒鬼更加頑固。最好是由著他，只要一隻手輕輕掌住舵。

「歐文喜歡我。」華德葛瑞夫史崔克說。「嗐，我知道要怎麼應付他。給他想要的吹捧，想讓他做什麼就能讓他做什麼。先誇他個半小時，再要求他修改稿子，沒有改不成的。再誇他個半小時，就又再改一個地方。只有這個法子。

「他並不是真心想要傷害我的。只是腦袋瓜不靈光，混蛋的傻子。他想上電視，覺得人人都在跟他作對。不明白他是在玩火。心理有病了。」

華德葛瑞夫癱坐在椅子上，後腦勺撞上了坐在他後面一位過度裝扮的龐大女人。「不好意思！不好意思！」

她怒沖沖地扭過頭來，華德葛瑞夫把椅子挪向餐桌，卻又撞得餐具嘎嘎響。

「那麼，」史崔克問道，「『剪刀手』究竟是誰？」

「嗄？」華德葛瑞夫說。

這一次史崔克很確定圈著耳朵只是做做樣子。

「『剪刀手』——」

「『剪刀手』就是編輯啊——顯而易見嘛。」華德葛瑞夫說。

「那血淋淋的布袋跟你想淹死的侏儒呢？」

「只是象徵。」華德葛瑞夫說，手隨意揮了揮，險些打翻了酒杯。「他有些想法受到我壓制，有些他珍愛的段落被我刪除了。傷了他的心。」

史崔克聽過幾千遍事先練習過的回答，發現他的反應太流暢、太圓滑、太敏捷。

「就這樣？」

「哎唷，」華德葛瑞夫說，發出喘息似的笑聲，「如果你是在影射我淹死過侏儒，我保證沒有。」

訪問酒鬼一向很棘手。從前在特偵組，喝醉的嫌犯或證人極為罕見。他記得那位酒鬼少校，他的十二歲女兒揭露了在德國唸書時曾受到性侵。史崔克抵達他們家，少校卻以破酒瓶攻擊他。史崔克把他打昏了。可是在平民世界裡，侍酒服務生在一邊流連，這個喝醉了的、舉止荒唐的編輯大可站起來走人，而史崔克卻拿他一點轍也沒有。他只能希望伺機再把話題帶回「剪刀手」上面，讓華德葛瑞夫留在座位上，讓他說個不停。

推車正堂而皇之向史崔克的側面過來。侍者鄭重地切下了蘇格蘭牛肉，華德葛瑞夫的多佛鰨魚也上桌了。

三個月別想坐計程車了，史崔克嚴峻地告訴自己，看著盤子上堆滿了約克布丁、馬鈴薯、蕪菁，忍不住流口水。推車又走了。華德葛瑞夫已經把葡萄酒喝掉三分之二瓶了，對著魚沉思，彷彿不太確定盤子裡怎麼會出現食物，接著他以手指捏起一小塊馬鈴薯放進口裡。

「昆恩在交稿之前，有沒有跟你討論過他要寫什麼？」史崔克問他。

「沒有。」華德葛瑞夫說。「他只跟我提過跟《bombys mori》有關的一件事，就是蠶是隱喻，說的是作家，作家必須要忍極大的痛苦才能改頭換面。就這樣。」

「他沒跟你請教過？」

「沒有，沒有，歐文老覺得他什麼都懂。」

「這樣算正常嗎？」

「作家各有各的作風。」華德葛瑞夫說。「可是歐文總是遮遮掩掩的。他喜歡語不驚人死不休，你知道。喜歡搞得驚天動地的。」

「警察一定會問你拿到書之後有什麼行動吧。」史崔克隨口說。

「對，早問過了。」華德葛瑞夫漠不關心地說。正忙著把鰨魚的大骨剔出來，卻老是失敗，剛才他還很滿不在乎地交代不需剔骨呢。「星期五拿到了稿子，星期六才看——」

「你不是要出遠門嗎？」

「去巴黎。」華德葛瑞夫說。「週年週末。沒去成。」

「是有什麼事嗎？」

華德葛瑞夫把最後一點酒倒進杯裡。好幾滴暗紅的酒液滴在雪白的餐桌上，擴散開來。

「到希斯洛的路上吵了一架，吵得很兇，就掉頭回家了。」

「可惜。」史崔克說。

「吵吵鬧鬧好幾年了。」華德葛瑞夫說，放棄鰨魚了，刀叉隨手一丟，鏘鎯一聲，惹得鄰座的客人都回頭看。「喬喬也長大了，沒理由再硬撐了。分手了。」

「很遺憾。」史崔克說。

華德葛瑞夫像個憂鬱小生似的聳肩，又喝了幾口酒。他的角質眼鏡鏡片上都是指紋，襯衫領子污穢磨損。史崔克覺得他的樣子就像是對這種事司空見慣，像是經常和衣而睡。

「吵架之後你就直接回家了嗎？」

「好大的一棟房子。不想見面就不需要見到。」

滴在雪白餐巾上的酒液像是深紅色的花朵。

「黑斑，我看到這個就聯想到黑斑。」華德葛瑞夫說。「《金銀島》，你知道……黑斑。疑心每一個讀過那本混帳書的人。每個知道結局的人都有嫌疑。警察跑到我的辦公室，人人都瞪著看……

「我星期天看的，」他說，回到史崔克的問題，「我也把我對麗莎．塔塞爾的看法告訴了她——然後就繼續過日子。歐文沒接電話。還以為他崩潰了——我自己家裡也有一本難唸的經。丹尼爾．查德暴跳如雷……

「去他的。老子辭職。受夠了。一大堆指控。夠了。當著整個辦公室的面對我叫罵。夠了。」

「一大堆指控？」史崔克問道。

他的訪談技巧感覺開始像靈巧的桌上足球員在盤球了；以最輕巧、最適時的撥弄引領著遲疑搖擺的受訪者。（史崔克在七〇年代有一套兵工廠隊桌上足球；他跟大衛．波華斯的烤漆朴利茅資阿蓋爾隊對戰過，兩個男孩肚子朝下躺在大衛媽媽的壁爐地毯上廝殺。）

「丹尼爾以為我跟歐文嚼舌根，說他的八卦。天殺的白痴。還以為世人都不知道……八卦早傳了好幾年了。根本不用我跟歐文說。誰不知道。」

「知道查德是同志嗎？」

「同志，誰在乎……還在那兒隱忍。不確定丹尼爾知不知道自己是同志。可是他喜歡年輕的男人，喜歡畫裸男。誰不知道。」

「他有沒有想畫你？」史崔克問道。

「沒有。」華德葛瑞夫說。「約瑟夫．諾斯好多年前跟我說過。哈！」

他吸引了侍酒服務生的目光。

「麻煩再來一杯這個。」

史崔克也只能感謝他沒有要一瓶。

「抱歉，先生，我們不論杯——」

「那隨便。紅酒就行。隨便。」

「那是多年前的事了。」華德葛瑞夫往下說，又接續上話題。「丹尼爾要約瑟夫當他的模特兒；約瑟夫叫他滾一邊去。大家都知道，好幾年了。」

他向後靠，又撞上了後面的婦人，而很不幸她正在喝湯。史崔克看著她憤怒的用餐同伴召來侍者抱怨。侍者彎腰跟華德葛瑞夫說話，雖然語帶道歉，卻仍堅定：

「麻煩您把椅子拉進一點，先生？您後面的女士——」

「不好意思，不好意思。」

華德葛瑞夫跟史崔克靠得更近一點，兩隻手肘都架在桌上，把糾結在眼睛前的頭髮撥開，大聲說：

「當他媽的屁家。」

「誰？」史崔克問，極遺憾地吃完了長久以來最可口的一餐。

「丹尼爾。整個公司放在盤子上交給他……一輩子吃喝不盡……就讓他住在鄉下，畫他的小廝，如果他要的就是那樣……受夠了。我自己要開……我自己要開公司。」

華德葛瑞夫的手機響了，他找了半天才找到。他透過眼鏡注視來電者的號碼，然後才接。

「什麼事，喬喬？」

儘管餐廳中人聲鼎沸，史崔克仍能聽得見線路那頭高亢遙遠的尖叫聲。華德葛瑞夫一臉驚恐。

「喬喬？妳——？」

但那張麵糰似的親切臉龐瞬間變得嚴厲，史崔克簡直不敢相信自己的眼睛。華德葛瑞夫頸子上的血管凸出，嘴唇拉長，發出醜惡的叫罵。

「去妳的！」他說，聲音傳到鄰近的桌子，五十個腦袋猛地向上抬，談話聲中斷。「不要用喬喬的手機打給我！不，妳他媽的酒鬼——妳聽到了——我會喝酒還不是都因為娶了妳！」

華德葛瑞夫後面的過重女士轉過頭來，神色暴怒。侍者都瞪著這邊，有個侍者正要把約克布丁放到一名日本商人的盤子裡，也愣在那裡。正派的紳士俱樂部無疑見識過酒鬼喧鬧，儘管這裡是道道地地的英國情調，是沉穩平靜的場所，這些暗色木鑲板、玻璃大吊燈和伙食單仍無力消弭驚駭震撼。

「哼，他媽的是誰的錯？」華德葛瑞夫大喊。

他搖搖晃晃站起來，又一次撞上了倒楣的鄰桌客人，但這一次她的同伴並沒有抗議。整個餐廳鴉雀無聲。華德葛瑞夫在餐桌間穿行，肚子裡的一又三分之一瓶酒讓他膽氣豪邁，對著手機叫罵，而史崔克困在桌後，倒也覺得好笑，心裡面也和其他人一樣對這個貪杯的男人不敢苟同。

「買單。」史崔克對最近一個張口結舌的侍者說。他很失望沒嚐到他在伙食單上看到的「斑點老二」，可是他必須追上華德葛瑞夫。

其他客人竊竊私語，以眼角斜睨史崔克，史崔克付了帳，把自己撐起來，扶著枴杖，跟上華德葛瑞夫笨拙的腳步，由領班憤怒的表情以及華德葛瑞夫仍在門外大吼大叫來判斷，史崔克認為華德葛瑞夫並不是主動離開餐廳的。

史崔克一出門就看見編輯倚著門左側的冰冷牆壁。雪下得很大，路面一踩就會有碎冰聲，路上行人也都包裹得緊緊的，連耳朵都不敢露出來。移除掉了背景中華麗堂皇，華德葛瑞夫也不再隱約像位落拓的學者了。酒醉、邋遢、對著大手掩住的手機咒罵，他的樣子倒像是精神異常的遊民。

「……關我屁事，笨女人！難道是我寫的嗎？是我寫的嗎？……那妳他媽的最好找她談一談，不是嗎？……妳要是不跟她談，我就……妳少威脅我，臭婊子……要是妳不那麼愛張開腿……妳他媽的聽好——」

華德葛瑞夫看到了史崔克，愣了幾秒才把電話掛掉。他亂摸亂碰，結果手機脫手，掉在雪地上。

「混蛋。」傑瑞．華德葛瑞夫說。

野狼又變回綿羊了。他在腳邊摸索手機，又把眼鏡弄掉了。史崔克幫他撿了起來。

「謝謝，謝謝。剛才的事真不好意思，不好意思……」

史崔克看著編輯把眼鏡戴上，腫脹的臉頰上有淚。他把摔裂的手機塞進口袋裡，轉頭以絕望的神情看著偵探。

「把我的人生毀了。」他說。「那本天殺的書。我覺得歐文……有一件事他奉為神聖。父女關係。有一件事……」

隨手一揮，華德葛瑞夫轉身走掉了，搖晃得很厲害，整個人醉茫茫的。史崔克估計在兩人見面之前他至少先喝了一瓶酒，跟上去也不會有什麼收穫。

看著華德葛瑞夫消失在紛飛的雪花中，經過了爭先恐後的耶誕節購物人群，心情沉重沿著泥濘的人行道而去，史崔克忽地想起了一隻手緊揪著一個人的上臂，嚴厲的男聲，更氣憤的年輕女聲。「媽咪走捷徑，你為什麼不抓住她？」

史崔克豎起了大衣領子，覺得現在他了解了，了解什麼是血淋淋布袋裡的侏儒，什麼是「剪刀手」帽子底下的角，以及最殘忍的，為何試圖淹死侏儒。

37

……我一被激怒，就沒法保持耐性和理智。

——威廉．康格里孚《雙重交易者》

史崔克往辦公室走，天空是一片骯髒的銀色，地面積雪越來越深，雪也落得更密，害他舉步維艱。他只喝了水，卻因為食物豐盛而覺得微醉，也因而有種幸福的錯覺，誤以為華德葛瑞夫今天早晨只怕是在辦公室裡喝酒打發時間。從河濱大道的辛普森餐廳到丹麥街他那間通風的小辦公室，行動自如的健康成人需要走十五分鐘。史崔克的膝蓋仍腫痛、使用過度，可是他把一整週的餐費都花到一餐上了，他只好點上一根菸，在刀子一樣的寒冷中一跛一跛步行，低頭抵擋雪花，仍不忘猜測蘿蘋到布利林頓書店不知會找到什麼線索。

史崔克走過萊森戲院的凹槽柱，心裡思忖著一個問題：丹尼爾．查德一口咬定傑瑞．華德葛瑞夫幫助昆恩寫書，而華德葛瑞夫卻認為是伊麗莎白．塔塞爾利用了昆恩的滿腹牢騷，讓他最後以白紙黑字一吐為快。會不會就是這麼簡單，大家只是在找出氣筒？昆恩慘死嚇得他們不敢揪出真正的兇手，所以查德和華德葛瑞夫想找個還活著的替罪羊，把他們受挫的怒火都發洩到他的身上？還是說他們在《蠶》中察覺出外來的影響，而事實也果真如此？

史崔克慢慢接近威靈頓街上的「馬車與馬」，猩紅色的門面對他構成了強大的誘惑，柺杖的負擔越來越重，他的膝蓋也在抱怨：溫暖的室內，啤酒，舒服的椅子……可是一週之內到俱樂部來吃三次午餐……不是他該養成的習慣……傑瑞．華德葛瑞夫就是個活生生的例子，警惕他這種的行為可能會有的下場……

可他在經過時仍不無妒意地瞥了瞥窗子，看著銅啤酒龍頭閃放光芒以及那些歡宴的人，他們不像他得受良心的苛責——

史崔克是以眼角看見她的。頎長，彎腰駝背，穿著黑大衣，雙手插進口袋裡，在泥濘的人行道上快步追在他後面：是跟蹤過他，也可能在週六夜攻擊他的人。

史崔克腳步不變，也沒轉頭查看。這一次不玩遊戲，不會停下來測試她的門外漢跟蹤術，也不讓她知道已露了形跡。他繼續前進，頭也不回，可是受過專業反跟蹤訓練的男女就會注意到他偶爾會瞧瞧櫥窗、銅門牌，藉反映之力來窺知對方的動靜；唯有受過訓練的人能看出在漫不經心底下其實是高度的專注。

大多數的殺人兇手行事不夠乾淨俐落，也因此而落網。週六夜他們已經強碰過一次，現在又跟蹤他，可見得這個人極為魯莽，史崔克就是看中了這一點，所以才繼續朝威靈頓街走，表面上渾然不覺有個口袋裡帶著刀子的女人尾隨在後。他在穿越羅素街時，她躲得不見人影，佯裝走進了「安格里西侯爵」，但不久後又出現，利用辦公大樓的方形柱隱藏，再躲進門洞裡，讓他拉開距離。

史崔克現在差不多感覺不到膝蓋痛。他再次挺直了六呎三吋的身材，全神貫注。這一次她可占不到便宜，她不可能會攻他個措手不及。如果她真有什麼計畫，應該也就是把握可乘之機，而這個機會完全要看他願不願意給，而且他也得確保給了她機會，不會讓她得逞。

經過了皇家歌劇院，典雅的門廊，圓柱，雕像；到了安代街她躲進了紅色電話亭，無疑是稍作喘息，再次確認史崔克並未發現她。史崔克繼續走，步伐不變，眼睛看著前方。她有了信心，再次融入熙來攘往的馬路，拎著手提袋的路人行色匆匆，她雜在其間跟蹤他，街道逐漸變窄，她也越跟越近，時時利用門洞遮掩。

眼看快到辦公室了，史崔克做了決定，從丹麥街左轉到弗利克羅孚特街，這條路通丹麥廣場，那裡有條暗巷，貼滿樂團的傳單，可以繞回他的辦公室。

她敢不敢跟上來？

他進入小巷，只聽見他的腳步聲在陰濕的牆上微微迴響，他放慢了腳步，但外人覺察不出。緊接著他就聽見她來了——跑步衝上來的。

史崔克以健康的左腿為軸，一個踅身，手杖揮出——她的胳臂迎上了枴杖，痛得慘呼——她手上的那把美工刀應聲飛出，撞到石牆，反彈回來，險些刺中史崔克的眼睛——這時他狠狠地抓住她，痛得她尖叫。

他很怕會有什麼見義勇為的人冒出來幫她，幸好沒有人出現，而現在的關鍵就在速度——史崔克沒料到她這麼有力，掙扎得極猛烈，想踢他的下體，抓花他的臉。史崔克身體再一扭，不費什麼力氣，就鎖住了她的頭，她的腳在潮濕的小巷地面上亂踢亂踹。

她在史崔克的懷裡扭動，想咬他，史崔克彎腰拾起了刀，順勢把她往下帶，讓她差點失去平衡；同時史崔克丟棄了手杖，多這根枴杖他沒辦法處理她，然後把她往丹麥街拖。

他的動作很快，而她因為掙扎而耗力，連呼救的力氣都沒了。寒冷的短街上不見逛街的人，查令十字路上的行人也都沒注意到有什麼不對勁，所以史崔克順利地把她拖向了黑色的臨街大門。

「開門，蘿蘋！快點！」他對著內線電話大喊，蘿蘋剛把門打開，他就撞了進去。他拖著她上了金屬梯，右膝這時正強烈抗議，而這女人也開始放聲尖叫，叫聲在樓梯間迴盪。史崔克看到他辦公室下層的那名執拗古怪的製圖師在玻璃門後移動。

「沒事，只是鬧著玩！」他對著門吆喝，把跟蹤者硬抬上樓。

「柯莫藍？怎麼——我的天啊！」蘿蘋說，站在樓梯平台往下看。「你不會——你在玩什麼把戲？放開她！」

「她才——又想——跟我動刀子。」史崔克喘著氣說，最後再一使勁，硬把跟蹤者拖過了門檻。「鎖門！」他對蘿蘋大喊。蘿蘋急急忙忙跟了進來，也鎖上了門。
史崔克把女人拋在仿皮沙發上。兜帽掉了下去，露出一張蒼白的長形臉，褐色大眼睛，波浪狀深色頭髮落在她的肩膀上。她的指甲搽了深紅色的指甲油。最多也只有二十歲。
「你這個王八蛋！王八蛋！」
她想站起來，但史崔克一臉殺氣矗立在她面前，她就又變乖了，倒回沙發上，按摩雪白的頸子，剛才被史崔克抓住的地方留下了深粉紅色的抓痕。
「要不要說說妳為什麼跟我動刀子？」史崔克問道。
「我肏你媽的！」
「這倒新鮮了。」史崔克說。「蘿蘋，報警——」
「不要！」黑衣女叫得像隻狗。「他打我。」她對著蘿蘋驚呼，把上衣扯下來，露出雪白脖子上的傷痕，顧不得什麼羞恥了。「他拖我，拉我——」
蘿蘋看著史崔克，一手按著電話。
「妳為什麼跟蹤我？」史崔克說，聳立在她面前喘氣，語調威嚇。
她又向吱嘎叫的沙發上縮，不過蘿蘋卻察覺到女人的恐懼中增添了一絲玩味，她扭身躲開史崔克，動作隱約透著淫蕩。
「最後一次機會。」史崔克沉著聲音咆哮。「妳為什麼——？」
「上面是怎麼回事啊？」平台下傳來粗聲粗氣的詢問。
蘿蘋與史崔克視線相遇，隨即快步走向門口，打開鎖，移到平台上，而史崔克則站著監視他的俘虜，繃著下巴，一手握拳。他從那雙搽著三色堇紫色眼影的大眼睛裡看見她的心裡掠過大聲求救的念頭；她全身發抖，哭了起來，可是卻齜牙咧嘴，史崔克覺得她的眼淚是憤怒多於悲悽。
「沒事啦，克勞迪先生。」蘿蘋朝下喊。「我們只是在玩，不知道吵到你了。」

蘿蘋回辦公室，仍把門鎖上。沙發上的女人很僵硬，淚珠不停滾落，手指緊抓著椅緣，指甲有如利爪。

「他媽的。」史崔克說。「妳不想說——那我就報警。」

她顯然是相信了。史崔克才朝電話跨了不到兩步，她就嗚咽道：

「我想阻止你。」

「阻止我什麼？」史崔克說。

「你自己心裡明白！」

「少跟我玩遊戲！」史崔克吼道，朝她彎下腰，兩手握拳。他受傷的膝蓋現在痛得讓他無法忽略，要不是她，他也不會摔跤，又傷了韌帶。

「柯莫藍。」蘿蘋斷然說，介入兩人之間，強迫他退後一步。「聽我說。」她跟女孩說。「聽好。把妳的原因告訴他，也許他就不會報——」

「妳一定是在開玩笑。」史崔克說。「她想捅我，兩次——」

「——也許他就不會報警。」蘿蘋大聲說，不受他干擾。

女人跳了起來，想要衝到門口。

「妳休想。」史崔克說，拖著腿繞過蘿蘋，一伸手就抱住了攻擊者的腰，把她摔回沙發上，力道還不怎麼輕。「妳是誰？」

「你把我摔痛了！」她大喊。「你真的傷到我了——我的肋骨——我要告你傷害，王八蛋——」

「那我就叫妳琵琶好了。」史崔克說。

一聲驚呼，然後是惡狠狠的瞪眼。

「你——你——王八——」

「對，對，我是王八蛋。」史崔克惱怒地說。「報上妳的名字。」

厚大衣下她的胸膛不斷起伏。

「就算我說了，你怎麼知道我說的是不是真的？」她喘著氣說，再露出叛逆的樣子。

「在我查證之前，妳不能離開這裡。」史崔克說。

「這是綁架！」她大喊，聲音跟碼頭工人一樣粗豪。

「這是公民自行逮捕罪犯。」史崔克說。「妳他媽的想殺我。好了，最後一次——」

「琵琶．密基利啦。」她恨恨地說。

「終於喔。有身分證嗎？」

她又悻悻地罵了聲髒話，這才一手伸進口袋，掏出一張公車卡，拋給他。

「這上面的名字是菲利普．密基利。」

「廢話。」

儘管氣氛緊繃，可是看著其中的深意衝擊史崔克，蘿蘋卻有一股想大笑的衝動。

「陰陽人。」琵琶．密基利忿忿地說。「你還不懂嗎？是不是對你來說太艱深了啊，豬頭？」

史崔克抬頭看她。她的喉嚨上有抓痕和瘀血，喉結極為顯著。她又把雙手插進了口袋裡。

「明天所有的資料上我就都是琵琶了。」她說。

「琵琶。」史崔克跟著說。「妳寫了〈我他媽的會幫你轉動拷問架〉是嗎？」

「喔。」蘿蘋恍然大悟，長嘆了一聲。

「喔，你好聰明喔，大老粗先生。」琵琶怨恨地模仿。

「妳跟凱絲琳．肯特是朋友，或者只是網友？」

「怎樣？現在連認識凱絲．肯特也犯罪了啊？」

「妳是怎麼認識歐文．昆恩的？」

「我不想談那個混蛋。」她說，胸膛上下起伏。「他對我做的事……他做的……假裝……他說謊……說謊的孫子王八蛋……」

眼淚又一滴滴落下，她整個人歇斯底里了。猩紅色的指甲抓著頭髮，不停跺腳，前後搖晃，哀哀大哭。史崔克厭惡地看著她，等了三十秒才說：

「拜託妳少發神——」

可是蘿蘋瞅了他一眼，制止了他，隨手從辦公桌上抽了一把面紙，塞進琵琶的手裡。

「謝、謝——」

「要不要喝杯茶或是咖啡，琵琶？」蘿蘋親切地問道。

「咖……啡……謝……」

「她剛剛還想捅死我耶，蘿蘋！」

「她並沒有得手啊，不是嗎？」蘿蘋說，忙著裝水壺。

「按照法律，」史崔克難以置信地說，「無能並不能當作辯詞。」

他又轉身瞪著琵琶，而她正張大嘴巴看著兩人交談。

「妳為什麼一直跟蹤我？妳是要阻止我什麼？我警告妳——不要以為妳一把眼淚一把鼻涕，蘿蘋吃妳這一套——」

「你是在幫她做事！」琵琶大喊。「那個有病的賤女人，他的老婆！她現在拿到他的錢了，對不對——我們知道她雇你是為了什麼，我們可不是他媽的白痴！」

「『我們』是誰？」史崔克質問她，可是琵琶的暗色眸子又飄向門口。「上帝為鑑，」史崔克說，受苦受難的膝蓋現在刺痛得讓他很想咬牙切齒，「妳要是再敢往門口跑，我立刻就報警，而且我會親自作證，我會很樂意看妳以殺人未遂的罪名坐牢，妳在牢裡面可不輕鬆喔，琵琶，」他又補充。「不會有術前諮詢喔。」

「柯莫藍！」蘿蘋不客氣地制止他。

「只是陳述事實。」史崔克說。

琵琶又縮回沙發裡，而且以赤裸裸的恐懼瞪著史崔克。

「咖啡。」蘿蘋斷然說，從辦公桌後走出來，把馬克杯塞進那隻留著利爪的手裡。「拜託妳行行好，琵琶，把前因後果告訴他。跟他說。」

雖然琵琶的情緒不穩，又一副好勇鬥狠的樣子，蘿蘋仍忍不住可憐她，她似乎壓根沒想過持刀攻擊私家偵探可能會有何種後果。蘿蘋只能假設她就跟她自己的弟弟馬丁一樣，缺乏遠見，熱愛危險，結果變成急診室的常客，次數遠遠多過了眾兄弟的總和。

「我們知道她雇你來陷害我們。」琵琶的聲音沙啞。

「這個『她』是誰？」史崔克咆哮道。「『我們』又是誰？」

「莉奧諾拉．昆恩！」琵琶說。「我們知道她是什麼人，我們也知道她有多狠！她恨我們，我跟凱絲，只要能整倒我們，她什麼手段都使得出來。她謀殺了歐文，現在還想讓我們背黑鍋！你愛擺什麼臉隨便你！」她對著史崔克大吼，史崔克的粗眉挑得老高，差點就要碰到髮線了。「她是瘋女人，動不動就吃醋——她受不了他來找我們，現在她又叫你到處刺探，想抓我們的把柄！」

「我不知道妳們是不是真相信這種疑神疑鬼的狗屁——」

「我們知道是怎麼回事！」琵琶大喊。

「閉嘴！妳開始跟蹤我的時候，除了兇手之外，沒有人知道昆恩死了。我發現屍體那天妳就跟蹤我，我知道一個星期之前妳也跟蹤過莉奧諾拉。為什麼？」看她不回答，史崔克又說：「最後一次機會了：妳為什麼從莉奧諾拉家開始跟蹤我？」

「我以為跟著你也許能找到他。」琵琶說。

「妳為什麼想知道他在哪裡？」

「我才能宰了那個王八蛋！」琵琶高聲喊，而蘿蘋也確認了她對琵琶的印象，她確實和馬丁一樣幾乎完全欠缺自保的本能。

「妳為什麼想殺他？」史崔克問，彷彿她說的話再正常不過。

「因為他在那本混蛋書裡把我們寫成那樣！你知道——你讀過——陰陽人——那個王八蛋，那個王八蛋——」

「妳給我冷靜點！妳是說妳那時就讀過《蠶》了？」

「我當然讀過——」

「所以妳才在昆恩家的信箱裡放大便？」

「他也只配收大便！」她大喊大叫。

「真會講話。那妳是幾時看的？」

「凱絲在電話上唸了寫我們的那一段，然後我就變裝——」

「她是幾時在電話上唸給妳聽的？」

「她回家就發現書掉在她的門墊上。完整的稿子。差點害她開不了門。他還塞了一張便條。」琵琶．密基利說。「她拿給我看了。」

「便條上寫什麼？」

「寫『我們兩個的報應到了。希望妳開心！歐文。』」

「『我們兩個的報應到了』？」史崔克跟著唸，皺著眉頭。「妳知道是什麼意思嗎？」

「凱絲不肯說，可是我知道她明白是什麼意思。她很、很受打擊。」琵琶說，胸膛起伏。「她——她是個很好的人。你不認識她，她對我就像媽、媽媽。我們在他的寫作課上認識，我們就像——我們就變成——」她喘口氣，抽抽噎噎地說：「他是王八蛋。他寫那種東西卻騙我們，他——他什麼都說謊——」

她又哭了起來，哽咽嗚咽；蘿蘋擔心克勞迪先生聽見，就輕聲說：

「琵琶，告訴我們他騙了妳們什麼。柯莫藍只想要追查真相，並不是要陷害誰……」

她不知道琵琶有沒有聽見，就算聽見了，會不會相信她的話；說不定她只是想要釋放一下過於緊張的情緒，可是她顫巍巍地喘了好大一口氣，連珠砲似的開口：

「他說我就像他的第二個女兒，他親口跟我說的；我什麼都跟他說了，他知道我媽把我踢出家門，他什麼都知道。我還把我、我、我的書，寫我自己的故事的，拿給他看，他、他好親切，也很有興趣，他說會幫我出、出版，他還跟、跟我們兩個，我跟凱絲說他把我們寫進了他的新、新小說裡，他說我是、是『美麗的迷失靈魂』——他是那樣說的，」琵琶喘著氣說，靈活的嘴巴動著，「而且他假、假裝每天都唸一點給我聽，在電話上，寫得——寫得很棒，後來我又讀了一遍，他——他寫那個……凱絲也、也有……洞穴……『女妖』和『陰陽人』……」

「妳說凱絲琳回家了發現門墊上都是稿子嗎？」史崔克說。「從哪裡回來？下班回家嗎？」

「她去安寧病房陪她快死掉的姐姐。」

「那是什麼時候？」史崔克第三次問。

「誰管是什麼——？」

「我就要管！」

「是不是九號？」蘿蘋問道。她在電腦上叫出了凱絲琳．肯特的部落格，不過電腦螢幕的角度偏離了沙發，琵琶看不見。「會不會是九號星期二，琵琶？煙火夜之後的星期二？」

「嗯……對，應該是！」琵琶說，顯然很驚訝蘿蘋猜中了。「對，凱絲在放煙火那晚出門，因為安琪拉病得很重——」

「妳怎麼知道是放煙火那晚？」史崔克問道。

「因為歐文跟凱絲說那晚不、不能跟她見面，因為他得陪女兒放煙火。」琵琶說。「而且凱絲真的很難過，因為他本來是要離開的。他答應了她，他終於答應要離開他那個賤老婆，結果他又說要陪那個小智——」

她猛地住口，可是史崔克幫她說完。

「陪那個小智障？」

「只是開玩笑啦。」琵琶喃喃說，覺得不好意思，使用這個字眼讓她很後悔，比試圖刺殺史崔克要後悔多了。「只是我跟凱絲這樣講啦：歐文老是拿女兒當擋箭牌，推三阻四不肯離開他老婆，搬來跟凱絲住……」

「凱絲琳那晚沒跟昆恩見面，那她做了什麼？」史崔克問道。

「我到她家去找她，後來她接到電話，說安琪拉情況變壞了，她就出門了。安琪拉得了癌症，蔓延到全身了。」

「安琪拉住在哪裡？」

「克拉朋的安寧病房。」

「凱絲琳是怎麼去的？」

「有關係嗎？」

「問妳就答。」

「不知道——搭地鐵吧。而且她陪了安琪拉三天，在她床邊打地鋪，因為他們以為安琪拉隨時都會死，可是安琪拉拖得滿久的，凱絲只好回家來拿換洗衣服，結果就在門墊上發現了稿子。」

「妳為什麼肯定她是在星期二回家的？」蘿蘋問道，而史崔克則驚訝地看著她，因為他也正要問相同的問題。他並不知道書店的老人以及德國的落水坑。

「因為星期二晚上我在求助諮詢專線工作，」琵琶說，「凱絲打電話來，哭得很慘，因為她把稿子整理好了，讀了他寫的東西——」

「嗯，這倒有意思了，」史崔克說，「因為凱絲琳．肯特跟警方說她沒有讀過《蠶》。」

琵琶的驚恐表情換作是別種情況，可能很好玩。

「你他媽的套我的話！」

「沒錯，妳這個葫蘆還真難敲開呢。」史崔克說。「少打歪主意。」他又說，立在她面前，防止她站起來。

「他是——是狗屎！」琵琶大嚷大叫，暴跳如雷卻無能為力。「他只會利用別人！假裝對我們的作品有興趣，結果從頭到尾都在利用我們，那個撒謊的王、王八蛋……我還以為他了解我的人生是什麼樣子——我們常常一聊就是幾個小時，他鼓勵我把我的故事寫出來——他說……說會幫我找出版社——」

史崔克突然覺得好累。這種狂躁症用白紙黑字印出來會是什麼玩意？

「——而且他一直在哄我，讓我把我最私密的想法和感覺告訴他，而凱絲——他對凱絲做的事——你們不了解——我很高興他的賤老婆把他宰了！要不是她——」

「妳為什麼一直說是昆恩的太太把他殺了？」史崔克質問她。

「因為凱絲有證據！」

短暫的一頓。

「什麼證據？」史崔克問道。

「你不會想知道的啦！」琵琶高喊，還發出一串歇斯底里的笑聲。「你別管！」

「既然她有證據，為什麼不交給警方？」

「還不是因為可憐她！」琵琶大嚷。「這是你不能體會的——」

「為什麼，」玻璃門外傳來可憐兮兮的聲音，「還一直大喊大叫的？」

「他媽的。」史崔克看見了樓下的克勞迪先生模糊的身影貼在玻璃門上。

蘿蘋過去把門鎖打開。

「真是對不起，克勞迪先生——」

琵琶逮住機會，一躍而起。史崔克想抓她，一動膝蓋就痛得支撐不住。她把克勞迪先生推到一邊，急衝下樓。

「別管她！」史崔克跟蘿蘋說，因為她似乎是想追上去。「至少我拿了她的刀。」

「刀？」克勞迪先生慘叫一聲。他們倆花了十五分鐘說服他不需要通知房東（因為露拉・藍德利一案引起的矚目讓這位製圖師很緊張，唯恐又一名兇手會找上史崔克，卻誤闖到別的辦公室）。

「耶穌基督。」史崔克忍不住說，費了好大的勁才把克勞迪給送走。他跌坐在沙發上；蘿蘋坐她的電腦椅，兩人互望了幾秒鐘，忽地齊聲笑了出來。

「剛才的白臉黑臉扮得還真不錯。」史崔克說。

「我不是在假扮，」蘿蘋說，「我真的有點替她難過。」

「我注意到了。那我呢？我被攻擊耶。」

「她是真的想刺殺你，還是在演戲？」蘿蘋懷疑地問。

「她可能是更喜歡那種想法，而不是付諸實踐。」史崔克承認。「問題是，不管是凡事愛搞得像演戲的笨豬還是職業殺手，刀子捅下去你都會死。而且她刺殺我是以為會得到什麼——」

「得到母愛。」蘿蘋靜靜地說。

史崔克瞪著她。

「她自己的母親跟她斷絕了母女關係，」蘿蘋說，「而且她也經歷了極創痛的一段時光，注射荷爾蒙，還有那些在手術之前必須忍受的大小瑣事。她以為她有了新家庭，不是嗎？她把昆恩和凱絲琳・肯特當成了新父母。她跟我們說昆恩說她像是他的第二個女兒，還說他在書裡還把她寫成凱絲琳・肯特的女兒。可是在《蠶》裡他卻把她寫成陰陽人。他也影射說儘管她很孝順，其實她想跟他上床。

「她的新父親，」蘿蘋說，「讓她大失所望。可是她的新母親仍然愛她，而她也被出賣了，所以琵琶就出面為她們兩個討回公道。」

史崔克的表情是既驚愕又佩服，蘿蘋不由得咧開嘴笑。

「妳到底是為什麼放棄了心理學的學位？」

「說來話長。」蘿蘋說，別過頭去看電腦螢幕。「她應該不會很大……二十歲吧？」

「差不多。」史崔克同意。「可惜沒機會問她在昆恩失蹤後她有什麼行動。」

「不是她殺的。」蘿蘋篤定地說，回頭看著史崔克。

「對，妳說的大概沒錯，」史崔克嘆著氣說，「不說別的，就說她把他的內臟都挖出來了，卻把狗屎塞進他家的信箱，光這樣就未免太虎頭蛇尾了。」

「而且她在計畫或是執行方面也不夠有效率吧？」

「豈止。」他也認同。

「你要把她交給警方嗎？」

「不一定。也許吧。唉呀，」他說，重擊了一下額頭，「我們根本都沒問到她在書裡面為什麼唱歌呢！」

蘿蘋打了一會兒字，再讀過電腦螢幕上的資料之後說：「我覺得我可能知道。唱歌可以讓聲音變柔……是變性人的發聲練習。」

「就這樣？」史崔克問，覺得匪夷所思。

「什麼意思？你覺得她反應過度？」蘿蘋說。「得了──他可是公然嘲笑某件非常私人的事──」

「我不是這個意思。」史崔克說。

他皺眉看著窗外，腦筋轉動。雪下得又快又密。

過了一會兒他說：

「布利林頓書店的情況如何？」
「喔，我差點忘了！」
她敘述了店員的說法，也說了他弄混了十一月一日和八日。
「老笨蛋。」史崔克說。
「這樣說有點惡劣吧。」蘿蘋說。
「他也太過自信了吧？星期一都一樣，每星期一到他朋友查爾斯家……」
「可是我們怎麼知道究竟是國教主教夜，還是落水坑夜？」
「妳說他自稱在講昆恩到書店來的時候被查爾斯打斷了，提到落水坑？」
「他是這麼說的。」
「那很有可能昆恩是一號到書店，不是八號。他記得這兩件事是有關聯的。老混蛋就搞糊塗了。是他想要在昆恩失蹤後見過他，他想要幫忙確立死亡時間，所以他潛意識裡尋找認為是星期一的理由，因為謀殺是在那段時間發生的，而不是前一週的星期一，那時誰都對昆恩的動向不感興趣。」
「不過還是有一點很奇怪吧？他說昆恩跟他講的話？」蘿蘋問道。
「對。」史崔克說。「因為他要離開一陣子，去買一點讀物……所以他在跟伊麗莎白．塔塞爾大吵一架的四天之前就計畫要出門了？他是早就計畫要去塔加斯路嗎？這麼多年來大家都以為他討厭那個地方，總是迴避不去？」
「你要把這件事告訴安士提嗎？」蘿蘋問他。
史崔克乾笑了一聲。
「不，我不打算告訴安士提。我們沒有證據能確定昆恩是一號去的，而不是八號。再說，目前安士提跟我關係不是那麼好。」

又是長長一陣沉默，然後蘿蘋被史崔克嚇了一跳，因為他說：

「我要去找邁可．范寇特談一談。」

「為什麼？」她問道。

「有很多理由。」史崔克說。「華德葛瑞夫在午餐時跟我說了很多。妳能幫我接洽他的經紀人，或是隨便一個能聯絡上他的人嗎？」

「好。」蘿蘋說，寫了下來。「你知道，我才剛看過那次的訪問，我還是不——」

「再看一遍。」史崔克說。「多注意，多思考。」

他又不說話了，這次是狠狠瞪著天花板。蘿蘋不想打斷了他的思緒，就只是坐在電腦前搜尋誰是邁可．范寇特的經紀人。

最後史崔克在敲鍵聲中說話。

「凱絲琳．肯特是以為她抓住了莉奧諾拉的什麼小辮子？」

「可能什麼也沒有。」蘿蘋說，專心閱讀她查出的資料。

「她卻『出於可憐』而留中不發……」

蘿蘋一聲不吭。她正在瀏覽范寇特的網站，尋找他的經紀人的電話號碼。

「但願只是歇斯底里的虛張聲勢。」史崔克說。

可是他卻憂心忡忡。

38

這麼小的一張紙
竟能承載偌大的禍根……

——約翰．韋斯特《偽君子》

布羅克赫斯特小姐，那個可能劈腿的私人助理，仍宣稱因感冒而臥床。她的情人，也就是史崔克的客戶，覺得她的藉口太離譜，而史崔克也頗認同他的看法。隔天早晨七點鐘，史崔克就在布羅克赫斯特小姐住的巴特海公寓對面的陰暗壁龕中就位，大衣、圍巾、手套樣樣俱全。他大聲打哈欠，寒氣穿透了他的四肢，剛才在路途中他到麥當勞買了三個滿福堡，現在正在吃第二個。

天氣預報說東南部氣候惡劣，整條街上已覆滿了厚厚一層深藍色的雪，而今天的第一波降雪正從無星的天空緩緩飄下，史崔克不時動動腳趾頭，確定仍能感覺得到。公寓住戶一個接一個出門上班，有的是一步一滑走向車站，有的則爬進汽車，一片靜寂中引擎發動聲顯得格外響亮。雖然明天才進入十二月，已經有三株聖誕樹從客廳窗戶向史崔克閃動光芒，橘色、綠色、霓虹藍眨動著俗豔的光；史崔克靠著牆，盯著布羅克赫斯特小姐的公寓窗，跟自己打賭，看這種天氣她會不會出門。他的膝蓋痛得要命，但雪讓世界的步調放慢，正好適合他。他從未看過布羅克赫斯特小姐穿低於四吋的高跟鞋。再配上目前的雪勢，她只怕比他還要行動不便。

上週為了搜查昆恩案的兇手，他其他的案子都給拋到腦後，可是除非他是想關門大吉，否則就得馬上趕上進度。布羅克赫斯特小姐的情人是有錢人，如果史崔克的工作令他滿意，往後就可能會接到更多的生意。這名富商偏好年輕的金髮女郎，獵豔名單有一長串（第一次會面他就很坦率地跟史崔克承認了），而這些女人都收了大筆金額和各種昂貴的禮物，卻不是離開了他，就是背叛了他。而既然這名富商看人的眼光完全沒有進步，史崔克預測他將來會有更多報酬不菲的鐘點花在跟監未來的眾多布羅克赫斯特小姐上。史崔克呼出的氣在冰冷的空氣中變成一團團的白雲，他在心裡忖度，說不定這些女人帶給他客戶的最大刺激就是劈腿；他不是沒見過這種男人。也就是這種口味才會讓這些人最終以召妓來獲得最大的滿足感。

八點五十分，窗簾輕輕抖了抖。史崔克或許姿態散漫，動作卻快，立刻舉起了藏在身邊的夜視照相機。

從昏暗冰封的街道上能夠驚鴻一瞥布羅克赫斯特小姐穿著胸罩內褲，其實她動過豐胸手術的乳房並不需要支撐。而在她後面的黑暗臥室中，有名腆著鮪魚肚、袒胸露背的男人在走動，他伸出一隻手，捧住了她的一邊乳房，贏來嬌笑斥責。兩人雙雙轉身進入臥室。

史崔克放下了照相機，檢查拍攝的結果。這張照片是最曖昧的一張，捕捉到一個男人的手和胳臂，布羅克赫斯特小姐半轉臉龐露出笑容，但是擁抱她的人臉孔卻掩在暗影下。史崔克推測他應該是要出門上班了，所以就把照相機塞進大衣內袋裡，準備好接下來的緩慢吃力的追蹤，又吃起第三個滿福堡。

不出所料，八點五十五分，布羅克赫斯特小姐的前門打開了，她的情人出現了；除了年齡以及富貴的外貌之外，他跟她的老闆毫無相似之處。他胸前斜揹著皮質公文袋，袋子夠大，足以裝下一件乾淨襯衫和一把牙刷。史崔克最近看過太多次了，已經把這種袋子歸類為「通姦者的過夜袋」了。這一對在門口舌吻，但因寒氣砭骨，布羅克赫斯特小姐身上的衣料又不超過兩盎斯，所以匆匆結束。接著她回到屋內，而「鮪魚肚」則步向克拉朋車站，已經講起了手機，無疑是在解釋他因為雪勢之故而會遲到。史崔克讓他先拉開二十碼的距離，這才從藏身處出來，拄著手杖跟上去。手杖是昨天下午蘿蘋到丹麥廣場幫他拿回來的。

跟監「鮪魚肚」很輕鬆，他除了講手機之外，對周遭人事渾不在意。他們一起走下薰衣草丘的緩坡，相隔二十碼，雪又開始飄了。「鮪魚肚」的手工鞋滑了好幾次。到了車站，史崔克很容易就跟他坐上同一節車廂，他仍在講手機；史崔克掏出手機，假裝在讀簡訊，乘機偷拍他。

就在此時，蘿蘋傳簡訊來了。

邁可．范寇特的經紀人回電了——范寇特說很樂意跟你見面！他目前在德國，六號回來。建議古魯秋俱樂部，何時適合？蘿

火車搖搖晃晃進入滑鐵盧站。還真稀奇了，史崔克心裡想，有這麼多讀過《蠶》的人想跟他談話。幾時有過嫌犯這麼踴躍，巴不得能跟偵探面對面坐下來談的？而赫赫有名的邁可．范寇特又是希望能和發現歐文．昆恩屍體的偵探的會談中得到什麼呢？

史崔克跟在「鮪魚肚」後下了車，跟著他穿過人群，在滑鐵盧車站濕滑的地磚上前進，奶白色的大樑和玻璃讓史崔克想起了帝斯巴恩園。又走到冷冽的戶外，「鮪魚肚」仍不知不覺，對著手機喋喋不休，史崔克跟著他走在步步危機的泥濘人行道上，路邊堆積著一堆堆又髒又濕的雪；他們走過了玻璃和水泥的辦公大樓，金融業的員工匆匆前進，有如螞蟻，大衣顏色單調乏味，最後「鮪魚肚」繞進了停車場，這是最大一處辦公區的停車場，他走向一輛車，顯然是他自己的。可想而知他是認為把他的寶馬停在辦公室，而不是停在布羅克赫斯特小姐的公寓外是比較明智的作法。史崔克藏身在一輛 Range Rover 後，盯著「鮪魚肚」，他感到手機震動，不過他不予理會，不願意分神。「鮪魚肚」有自己的專屬停車位。他從後車箱拿了一些物品之後，就往辦公大樓而去。史崔克可以自由自在地漫步到牆邊，查看寫在牆上的姓名，拍下「鮪魚肚」的全名及頭銜，提供情資給客戶。

接著史崔克才回辦公室。上了地鐵之後，他才檢查手機，發現漏接的電話是他最老的朋友，也就是慘遭鯊吻的大衛．波華斯打的。

波華斯還是像以前一樣管史崔克叫「滴滴」。大多數人會以為他是在說反話，因為史崔克唸小學時，就是全年級、甚至是高一級的男生裡最高大的；其實這個暱稱的由來是他母親飄泊不定的生活型態害得他也總是來來去去的。許多年之前，大衛．波華斯對此大為興奮，跟史崔克說他簡直就像「滴滴擴」，也就是康瓦耳語的吉普賽人。

史崔克一下地鐵就回電，二十分鐘後他走入辦公室，仍在講電話。蘿蘋抬頭看，想要開口，一看見史崔克在忙，就只微笑，又回頭看著電腦螢幕。

史崔克走入了裡間的辦公室，關上了門。「耶誕節回不回來？」波華斯問他。

「也許吧。」史崔克說。

「到勝利喝兩杯？」波華斯慫恿他。「又跟關妮芙．阿斯卡特上床了？」

「我才沒有，」史崔克說（這是他們一直玩不膩的玩笑），「跟關妮芙．阿斯卡特上床。」

「那就再試一次吧，滴滴，這一次搞不好會全壘打呢。也該有人嘗到她的甜頭了。說到我們兩個都沒睡過的女生……」

交談變得越發不正經，波華斯說了許多他們兩人留在聖莫斯的朋友的荒唐事，內容猥褻、非常好笑。史崔克笑得太厲害，也不管「有來電」的訊號，也懶得去看是誰。

「你又回頭去找蜜樂蒂．柏色可了吧，小子？」大衛問道，指的是夏綠蒂，他總愛用這個名字。

「沒有。」史崔克說。「人家快結婚了……四天之後。」他計算著日子。

「哎唷，你可得小心啊，滴滴，她搞不好會從地平線那兒飛奔過來。她如果臨陣脫逃，我也不會意外。真結了的話，你就可以放心喘口大氣了，兄弟。」

「對。」史崔克說。

「那就說定了？」波華斯說。「耶誕節回家？到勝利去喝啤酒？」
「好啊。」史崔克說。
又說了幾句不乾不淨的下流話之後，大衛回頭去工作，而史崔克，仍咧著嘴笑，檢查電話，看到他漏接了來自莉奧諾拉．昆恩的來電。
他一邊撥打語音信箱，一邊走到外間辦公室。
「我又把邁可．范寇特的訪問看了一遍，」蘿蘋興奮地說，「我終於明白你——」
史崔克舉手要蘿蘋安靜，因為莉奧諾拉的聲音正在他的耳邊響起，不過她並不像平常一樣不帶感情，反倒是激動又慌張。
「柯莫藍，我被捕了。我不知道是為什麼——他們什麼都不跟我說——他們把我帶到警察局了，現在在等律師什麼的。我不知道該怎麼辦——奧蘭多交給艾娜了，我不——反正，我現在在警察局……」
幾秒鐘的安靜，留言結束了。
「媽的！」史崔克說，聲音太大，嚇了蘿蘋一跳。「媽的！」
「怎麼了？」
「莉奧諾拉被捕了——她為什麼打給我，不打給依莎？媽的……」
他用力按下依莎．賀伯特的電話，等待著。
「嗨，小柯——」
「警察逮捕了莉奧諾拉．昆恩。」
「什麼？」依莎大喊。「為什麼？不會是因為倉庫那塊沾血的舊抹布吧？」
「他們可能有別的證據。」
（凱絲有證據……）

「她人在哪裡，小柯？」
「警察局……應該是基爾本，那裡最近。」
「耶穌基督，她為什麼不打電話給我？」
「鬼才知道。她說他們在幫她找律師——」
「沒人聯絡我——老天爺，難道她就不會動動腦子嗎？她為什麼不把我的名字說出來？我現在就去，小柯，我會把手邊這件事丟給別人，有人欠我人情……」
他能聽見一連串的砰砰聲，遠處的說話聲，依莎急促的腳步聲。
「等妳有消息了，打電話給我。」他說。
「可能得等上一陣子。」
「沒關係。打給我就是了。」
「糟了。」她低聲說。
她掛了電話。史崔克轉身面對蘿蘋，蘿蘋一臉駭然。
「我來打電話給安士提。」史崔克說，又猛戳手機鍵。
可是他的老朋友一點也沒有開方便之門的心情。
「我警告過你，鮑伯，我警告過你會這樣。她就是兇手，兄弟。」
「你有什麼證據？」史崔克質問他。
「不能告訴你，鮑伯，抱歉。」
「你是不是從凱絲琳．肯特那兒拿到的？」
「恕不奉告，兄弟。」
史崔克沒耐性回應安士提慣常的打氣，逕自掛上了電話。
「死豬腦袋！」他說。「天殺的死豬腦袋！」

這下子莉奧諾拉到了一個史崔克無法接觸她的地方。史崔克擔心的是她那種不願合作的態度和對警方的敵意會出現在所有與她的對談中。他差不多能聽見她抱怨奧蘭多現在只有一個人，而且執意要知道她何時能回去照顧女兒，同時非常氣憤警方為她已經夠悲慘的人生又多加許多的折磨。他替她缺乏自保的觀念害怕；他要依莎趕到那兒，而且動作要快，以免莉奧諾拉無知地說什麼她老公不顧家庭又跟眾多女人有染這種陷自己於罪的話；以免她又宣稱什麼在她老公的書有封面以前，她從來不看這種幾乎令人難以置信的話；以免她試圖解釋她為什麼會暫時失憶，忘了他們還有一棟房子，而她老公的屍體就倒在裡面幾個星期，腐爛分解。

下午五點了，依莎仍沒有消息。史崔克看著窗外漸暗的天空和雪花，堅持要蘿蘋回家。

「你一聽到消息就會打電話給我吧？」蘿蘋懇求他，套上了大衣，把一條厚羊毛圍巾圍在脖子上。

「好，我會打。」史崔克說。

但一直到六點半依莎才打電話來。

她的頭一句話就是「不能再糟了。」她的語氣疲憊緊繃。「警方在昆恩夫妻的聯合信用卡帳單上查到了購買連身工作服、長靴、手套、繩索的明細，他們是上網買的，以 VISA 卡付帳。喔——還有一件回教女性穿的罩袍。」

「妳一定是在開玩笑。」

「沒有。我知道你認為她是無辜的——」

「沒錯，我是這麼認為的。」史崔克說，傳遞出不必想勸他改變看法的警告。

「好吧，」依莎疲倦地說，「隨便你，可是我得跟你說：她是在幫倒忙。她一副想吵架的樣子，一口咬定東西是昆恩自己買的。罩袍耶，我的天……信用卡購買的繩索和綑綁屍體的繩索一模一樣。警方問她昆恩為什麼要買回教女性穿的罩袍或是能耐受化學藥劑的塑膠連身工作服，而她就只是說『我怎麼可能會知道？』每隔一句話，她就問幾時能回家照顧女兒；她根本搞不清楚狀況。那些東西是半年前買的，而且還送到塔加斯路——如果警方能查到她手寫的計畫，那就更像是預謀殺人了。她矢口否認她知道昆恩的書是如何收尾的，可是你那個安士提——」

「他也在場對吧？」

「對，他負責偵訊。他一直問她是否真以為警方會相信昆恩從來不跟她提他在寫什麼，然後她就說：『我沒有很注意。』『那他確實談過他的故事情節囉？』就這樣一問再問，想要讓她動搖，最後她說：『嗐，他有說過什麼蠶寶寶丟下去煮啦。』正中安士提下懷，他深信莉奧諾拉自始至終都在說謊，她知道整個小說情節。喔，警方還在他們家後院找到了翻動過的泥土。」

「我敢打賭他們會挖出一隻叫噗噗先生的貓，」史崔克大聲吼叫。

「那也阻止不了安士提。」依莎預測道。「他百分之百肯定莉奧諾拉是兇手，小柯。他們有權扣留她到明天早晨十一點，我相信他們會控告她。」

「他們沒有足夠的證據。」史崔克兇巴巴地說。「DNA呢？證人呢？」

「問題就在這裡，小柯，雖然沒有目擊證人，可是那張信用卡帳單卻很要命。喂，我是站在你這邊的。」依莎耐著性子說。「要不要聽聽我的看法？安士提現在是在賭一把，希望能收效。我想他是因為媒體的壓力太大，而且坦白說，你在旁邊探頭探腦的，想在這件案子上當領頭羊，也讓他覺得急躁。」

史崔克呻吟。

「他們是到哪裡去弄到一張半年前的信用卡帳單的？他們得花這麼多時間才能把他們從他書房裡帶走的東西篩檢完嗎？」

「不是的。」依莎說。「帳單是在他女兒畫的一張畫後面。很顯然是幾個月前他女兒把畫送給了他的一個朋友，而這個朋友今天早晨帶著畫到警察局，宣稱他們看了背面一眼，就明白是本案的證據。你剛才說什麼？」

「沒什麼。」史崔克嘆道。

「聽起來像『塔什干』。」

「沒那麼遠。好了，依莎，妳休息吧……多謝了。」

史崔克默然坐了幾秒鐘，充滿了挫折。

「混蛋。」他輕聲對著漆黑的辦公室說。

他知道是怎麼回事。琵琶．密基利，疑神疑鬼又歇斯底里，深信史崔克是受雇於莉奧諾拉來為謀殺案找替死鬼的，從他的辦公室直接跑去找凱絲琳．肯特。琵琶承認她戳穿了凱絲琳沒讀過《蠶》的謊言，催促她利用她手上的證據來對付莉奧諾拉。於是凱絲琳．肯特撕下了情人女兒的畫（史崔克的想像中，畫是以磁鐵貼在冰箱門上的），急急忙忙趕到警察局。

「混蛋。」他又罵一次，這次比較大聲，隨即撥了蘿蘋的號碼。

39

我和絕望過從太密，不知該如何希望……

——托瑪斯．戴克及托瑪斯．密道頓《貞潔妓女》

不出律師所料，莉奧諾拉．昆恩在翌晨十一點被控謀殺親夫。史崔克和蘿蘋得到電話通知，兩人看著新聞在網路上擴散，每一分鐘故事都會繁殖，簡直像是細胞分裂的細菌。十一點半，「太陽」網站就出現了一篇完整的文章，下的標題是蘿絲．魏斯特再現，受過屠宰訓練。記者們忙著蒐集昆恩這個差勁老公的點滴。他經常失蹤被牽扯到和其他女人幽會，他作品的性交主題被分解美化。凱絲琳．肯特也被記者找了出來，守在她家門口，拍她的照片，將她歸類為「昆恩玲瓏有致的紅髮情婦，情色小說作家」。

中午剛過，依莎就又打電話給史崔克。

「她明天出庭。」

「哪裡？」

「伍德格林，十一點。應該是直接從這裡送到哈洛威吧。」

史崔克曾和他母親、露西住在一棟屋子裡，距離北倫敦的這一間女子監獄只有三分鐘的路程。

「我想見見她。」

「你可以試一試，可是警方恐怕不會想讓你接近她，而且身為她的律師，我不得不告訴你，小柯，情況只怕並不樂——」

「依莎，我是她唯一的希望了。」

「真是謝謝你對我這麼有信心啊。」她酸溜溜地說。

「妳知道我不是那個意思。」

史崔克聽見她嘆氣。

「我也是在為你著想。你真的想捅馬蜂窩——？」

「她怎麼樣？」史崔克打斷了她的話。

「不好。」依莎說。「跟奧蘭多分開簡直是要了她的命。」

這天下午淨是記者或認識昆恩的人打電話來，都是急於取得內線消息。伊麗莎白．塔塞爾的聲音在電話中聽來實在太低沉粗糙，蘿蘋還誤以為她是男人。

「奧蘭多呢？」史崔克一接電話就聽見她這麼質問，彷彿他受託照顧昆恩家的所有成員似的。「誰照顧她？」

「應該是鄰居吧。」他說，聽著她在線路那頭氣喘吁吁。

「唉，真是一團糟。」經紀人喘息著說。「莉奧諾拉……這麼多年來蟲子終於反抗了……真是讓人難以相信……」

妮娜．拉塞勒的反應則是放下了心，而且掩飾得很差，卻也不算是出乎史崔克的預料。謀殺又退回了該在的位置，落在可能性的模糊邊緣。陰影再沾不上她；兇手不是她認識的人。

「他的太太還真有點像蘿絲．魏斯特，對不對？」她在電話上問史崔克，而他知道妮娜正盯著「太陽」網站。「只是一個是長頭髮。」

她似乎是在同情他。案子不是他破的，這次是警方贏了他。

「喂，星期五有些人要到我家，要不要來？」

「沒辦法，抱歉。」史崔克說。「我要跟我弟弟吃飯。」

他感覺得出妮娜以為他說謊。他在說「我弟弟」三個字時，幾乎無法察覺地頓了頓，也可以說這一頓是在快速動腦筋。史崔克不記得曾幾何時跟別人說過艾爾是他弟弟。他極少討論他的同父異母手足。

蘿蘋在下班前泡了杯茶放在史崔克面前，他正忙著仔細研究昆恩檔案。史崔克儘管竭力隱藏怒氣，蘿蘋仍然幾乎能感覺得到，而且她覺得這分怒氣不只針對他自己，也同樣針對安士提。

「事情還沒完呢。」她說，把圍巾繞到頸子上，準備離開。「我們會證明不是她的。」

以前史崔克陷入低潮，對自己的信心起疑，蘿蘋也用過複數的代名詞。他很感謝她的道德支持，可是他的思緒卻充滿了無力感。史崔克痛恨在案子的外圍打轉，被迫看著別人去搜尋線索和情資。

當晚他熬夜研究昆恩的檔案，重看他的訪談筆記，檢查他從手機上印出來的照片。歐文・昆恩血肉模糊的屍體似乎也像其他的屍體一般默默向他傾訴，發出洗雪冤屈的請求。有時被害人身上會傳遞出兇手留下的信息，彷彿他們僵直的手上刻下了徵兆。史崔克瞪著胸膛上灼傷的那個大口子，緊緊綁著手腕腳踝的繩索，軀幹綁得像火雞似的，可是瞪著看再久，也覺察不出什麼他已經知道的線索。最後，他只好關上燈，上樓去了。

週四早晨他到倫敦的法學院廣場，他的褐髮女客戶雇用的超昂貴離婚律師的辦公室，也算是暫時鬆懈一下，雖然心情仍是苦樂參半。史崔克很高興能有別的事情來打發無法調查昆恩兇案的時間，可是他依然覺得他是被假藉口誘來開會的。這位愛打情罵俏的離婚婦女讓他了解她的律師想要聽聽史崔克親口說他是如何蒐集到她丈夫劈腿的大量證據的。史崔克坐在她旁邊，面前的桌子是極光亮的桃花心木桌，足可坐下十二人；她不時說「柯莫藍設法找到的」及「柯莫藍親眼目睹的，不是嗎？」偶爾還摸摸他手腕。她殷勤的律師幾乎掩藏不住氣惱之情，史崔克不用多久就明白了要他出席並不是律師的意思。不過呢，反正律師的鐘點費高達五百鎊以上，史崔克也不急著加快步調。

史崔克去洗手間一趟，順便查看手機，從指甲蓋大小的圖片上看到莉奧諾拉進出伍德格林皇室法院。她被起訴了，坐警車離開。有許多媒體攝影師在場，但是並沒有民眾大聲喧嘩要她償命；反正她也沒殺死什麼大眾關心的對象。

蘿蘋的簡訊在他要再進入會議室時傳來：

今晚六點能讓你去看莉奧諾拉？

好極了，他回傳。

一等他回去坐好，他輕佻的客戶就說：「我覺得，讓柯莫藍上證人席一定很有分量。」

史崔克已經把翔實的筆記和積存的照片都交給了律師，裡面有勃內特先生每一筆的秘密交易、企圖出售公寓以及偷偷販賣翡翠項鍊。所以律師和史崔克都不認為有必要讓他親自出庭，勃內特太太顯然是極為失望。說真的，律師很難掩飾住他的悻悻然，因為他的客戶似乎太過倚重她的偵探。他無疑是認為這位富有的離婚婦人應該是要悄悄愛撫他的手，對著他不停搧睫毛才對，畢竟他可是穿著訂做細紋三件式套裝，胡椒鹽色頭髮剪裁出色，而不是某個像拳擊手的瘸子。

氣氛越來越僵，會議結束後，史崔克如逢大赦，搭地鐵回辦公室，很高興能脫下套裝，也慶幸很快就能擺脫這件特別的案子，拿到一張巨額支票，這也是他會接下這件案子的唯一理由。他現在自由了，可以集中精神處理那個關在哈洛威的灰髮五十歲女人；他在回程途中買了《標準晚報》，第二版上把她寫成作家膽小乏味的妻子，精熟切肉大刀。

「她的律師滿意嗎？」蘿蘋一看見他進辦公室就問。

「還不錯。」史崔克說，瞪著她擺在乾淨辦公桌上的迷你耶誕樹，耶誕樹以小玩意和LED

燈裝飾。

「這是幹嘛？」他簡短地問。

「耶誕節。」蘿蘋說，微微一笑，並不覺得不對。「我本來昨天就要弄的，可是莉奧諾拉被控告，我覺得沒什麼過節的氣氛。對了，我幫你約了六點，你可以去看她。你需要帶著有照片的證件——」

「做得好，謝謝。」

「——我還幫你買了三明治，還有我覺得你應該會喜歡這個。」她說。「邁可・范寇特接受訪問，談昆恩。」

她交給他一個起司醃黃瓜三明治和一份《泰晤士報》，報紙翻到了該頁。史崔克在會放屁的皮沙發上坐下來，一邊吃飯一邊看報，版面上還有一張分割的照片。左手邊的照片是范寇特立在一幢伊莉莎白式鄉間屋宇前。照片是仰角拍攝，所以他的頭不像平常那麼大。而右手邊則是昆恩，戴著羽毛鑲邊的軟氈帽，模樣古怪，眼神狂野，正向零零星星的一小群人說話，位置像是大帳幕的門口。

報導的記者強調范寇特及昆恩曾經極熟，甚至被視為一時瑜亮。

很少人記得昆恩的成名作《荷巴特之罪》，不過范寇特卻稱許本書是他所稱的昆恩的魔幻野獸風的代表。儘管范寇特是一個睚眥必報的人，卻意外地樂於與我們討論昆恩的作品。

「趣味盎然，卻往往受到低估。」他說。「我想將來的評論家應該會比當代的人要更能欣賞他的作品。」

二十五年前范寇特的第一位妻子雅絲蓓・凱爾在讀過一本嘲諷她的處女作的小說後憤而自殺，有鑑於此，范寇特的寬容確是令人詫異。這本諷刺小說據信是出自范寇特的好友暨文學對手，亦即已故的歐文．昆恩之手。

「人是在不知不覺之間成熟的——這是年齡的補償作用，因為憤怒很累人。我在最新的一本小說中把雅絲蓓的死讓我產生的諸多情緒都放下了，不過這本書並不是我的自傳，雖然說……」

史崔克跳過下兩段，因為內容似乎是在幫范寇特的下一本書宣傳，等到「暴力」兩字映入眼簾，他才又接著看。

很難將我面前這位穿花呢外套的范寇特跟一度自稱文學龐克的范寇特聯想在一起，他的早期作品創新，充滿不必要的暴力，贏得讚賞也導致批評。

「如果格雷安．格林先生說得沒錯，」哈維．柏德評論范寇特的第一本小說時寫道，「作家真需要在心裡有片薄冰，那麼邁可．范寇特顯然是心如冰雪。閱讀《貝拉弗朗特》的強暴一幕，讓人不得不懷疑這個年輕人的內臟必定是像冰河。其實，評價《貝拉弗朗特》這本有才華，有原創性的書有兩種可能的方式。第一個可能是范寇特先生寫了一部出奇成熟的處女作，在其中他抗拒了生手的慣例，並沒有將自己嵌入（反——）英雄角色。該書的荒誕不經或是道德觀或許會讓我們不敢苟同，可是沒有人能夠否認其文采與藝術性。第二個可能更令人不安，范寇特先生並不具有某個能夠存放薄冰的器官，他獨一無二的無人性故事正反映出他的內在格局。而這點唯有靠時間——以及後續的作品——來證明了。」

范寇特來自斯勞，是一位未婚護士的獨生子。他母親現在仍居住在他成長的房子裡。

「她在那裡很快樂。」他說。「她很能夠享受熟悉的人事物，令人豔羨。」

他本人的家則和斯勞的連棟樓房有很大一段差距。這次訪問的地點在一間長形會客室裡，處處是梅森家飾品以及法國歐布松地毯，會客室的窗可瞭望廣闊的安所園。

「這些都是內人挑的。」范寇特不以為意地說。「我的藝術品味截然不同，而且是非常務實的。」住宅一側的長溝將會變為水泥基座，支撐起一尊鏽蝕金屬雕像，以憤怒女神底西福涅為主角，他笑著形容是「一時衝動買下的……血案的復仇者，你知道……十分有力的一件作品。內人對它深惡痛絕。」

談著談著，我們又繞回了訪問的主題：歐文．昆恩的悽慘命運。

「我還沒有消化昆恩的兇案。」范寇特淡淡說。「我也和大多數的作家一樣，會靠書寫來找出我對某一主題的感覺。我們都是藉此詮釋世界，藉此找出一個道理來。」

這是否表示我們可以期待一部以昆恩被殺為主題的小說？

「我已經能聽到有人指責我其心可誅，藉此圖利了。」范寇特含笑說。「我可以說某些母題，諸如失去的友誼，談心、解釋、彌補的最後機會等等，都會一一出現。可是歐文被殺早就已經以小說手法處理過了——還是他親手寫的。」

那份鼎鼎有名的稿子似乎就是兇殺案的藍圖，而他是少數讀過的人。

「我是在發現昆恩屍體的同一天讀的。我的出版商催我看——因為我也是其中的一個人物。」他似乎對這件事漠不關心，不在乎他被描寫得有多不堪。「我沒興趣找律師。我鄙視審查制度。」

以文論文，他覺得這本書寫得如何？

「也就是納博科夫說的躁狂者的傑作。」他帶笑回答。「將來或許會有問世的一天，誰知道呢？」

他不會是說真的吧？

「為什麼不出版呢？」范寇特質問道。「藝術本身就是一種挑釁：單就這一點來看，《蠶》豈止是成功而已。對，有何不可呢？」這位文學龐克安坐在他的伊莉莎白式豪宅中問道。

「由邁可．范寇特寫引言嗎？」我如此建議。

「更怪異的事也發生過。」邁可．范寇特說，咧嘴一笑。「又豈止這樁。」

「我的天，」史崔克喃喃說，把《泰晤士報》丟回蘿蘋的辦公桌上，險些擊中耶誕樹。

「你有沒有看到他自稱在你發現昆恩的那天才看《蠶》的？」

「有。」史崔克說。

「他說謊。」蘿蘋說。

「是我們認為他說謊。」史崔克糾正蘿蘋。

史崔克下定決心不要再搭計程車浪費錢了，可是雪仍在下，下午的天色也逐漸昏暗，他只好搭二十九路公車，公車向北駛，在新近鋪上砂礫的馬路上走了四十分鐘。在漢普斯代路上有名形容憔悴的婦人上車，她帶了個哭哭啼啼的小男童。某種第六感告訴史崔克他們三人的目的地一致，果不其然，他們都在康頓路下車，也就是在哈洛威女子監獄光禿禿的側翼。

「你快看到媽媽了。」她告訴她照顧的小孩，史崔克猜應該是她的外孫，不過她的年紀大概也不出四十歲。

監獄四周種滿了樹葉凋盡的樹木，草皮周邊覆蓋著厚厚的白雪，乍看之下倒像是大學的紅磚教學大樓，只不過藍白獄政標幟透露了端倪，而且牆上的十六呎高大門也是為囚車出入打造的。史崔克也排進了稀稀落落的探監人群裡，有幾個帶著孩子，他們都死命地想在小路兩旁的雪堆上留下記號。隊伍慢慢走過紅棕色有迴紋飾的水泥圍牆，走過垂懸的花籃，不過在嚴寒的十二月天，花籃都成了雪球。絕大多數來探監的都是女性；史崔克在男性探監人中鶴立雞群，不僅是因為他身材偉岸，也因為他的模樣並不像被生活磨折到沉默麻痺的地步。走在他面前的是一名年輕人，穿著垮褲，露出來的肌膚上一堆刺青，每一步都跨得略顯蹣跚。史崔克在塞利橡樹醫院看過神經受損的病人，不過他推測這一類的人並未經過迫擊砲火的洗禮。

粗壯的女獄警負責檢查身分證件，史崔克出示駕照，她看過後抬頭瞪著他。

「我知道你是誰。」她說，眼神犀利。

史崔克不禁懷疑安士提是否要求獄警在他來探監時通風報信。感覺很可能。他刻意早到，以免浪費和客戶會談的一分一秒。這樣的先見之明讓他有時間在訪客等候區喝杯咖啡，咖啡吧是由某家兒童慈善機構經營的。房間明亮，氣氛倒也輕鬆，許多孩子一看到玩具卡車和泰迪熊，簡直就像看到老朋友。史崔克的憔悴同車人蕭瑟地盯著她帶來的男童在史崔克的大腳邊玩「動作英雄」公仔，當他是什麼巨型雕像（底西福涅，血債血還的人……）

六點整，他就被叫進會客室。足聲在發亮的地板上迴盪。四壁是水泥牆，但囚犯畫了鮮豔的壁畫，盡力美化洞穴似的空間。金屬和鑰匙的鏘鎯聲以及喃喃的說話聲不斷迴響。中央有一張矮桌固定在地板上，塑膠椅固定在桌子兩邊，盡量減少犯人和訪客的接觸，防止偷渡違禁品。有個小娃在哭。獄警立在牆邊，虎視眈眈。史崔克只和男性受刑人打過交道，對這個陌生的地方有一股反感。小孩子瞪著消沉的母親看，而這些母親縮在塑膠椅上，有的玩弄手指，指甲都咬得亂七八糟，顯然是有什麼心理疾病；有的昏沉沉、用藥過量。這些女人跟他在男性的拘留機構接觸的不盡相同。

莉奧諾拉坐著等待，樣子很弱小，一看到他高興的樣子令人可憐。她穿著自己的衣服，寬鬆運動衫和長褲，反倒顯得身形萎縮了。

「奧蘭多來過。」她說。眼睛紅通通的；史崔克知道她哭了很久。「她不想離開我。他們把她拖出去，不肯讓我哄她。」

以前她會是副反抗憤怒的語氣，但現在史崔克聽出她也有了那種坐牢的絕望感。四十八小時就讓她知道她失去了主導的能力。

「莉奧諾拉，我們需要談一談信用卡帳單。」

「卡不是我的。」她說。嘴唇發白顫抖。「卡都是歐文在用的，我只有偶爾去超市才會用。他都會給我現金。」

史崔克想起了當初她來找他就是因為現金快用完了。

「家裡的錢都是歐文在管，那是他的意思，可是他很粗心大意，他從來不查帳，也不管銀行通知，每次都丟在辦公室裡。我老是跟他說：『你要看一下，可能會有人騙你的錢。』可是他根本不聽。他什麼東西都拿給奧蘭多畫，所以才會有她的圖畫在上面——」

「別管什麼圖畫不圖畫的了。除了歐文跟妳之外，一定還有一個人能拿到信用卡。我們現在就來想一想有些什麼人，好嗎？」

「好吧。」她嘟囔著說，被嚇到了。

「塔加斯路的房子整修，是由伊麗莎白．塔塞爾監工的，對嗎？施工費是怎麼付的？她有你們的信用卡副卡嗎？」

「沒有。」莉奧諾拉說。

「妳確定？」

「對，我確定，因為我們跟她說要用信用卡付，可是她說歐文的下一筆版稅過幾天就到了，直接從裡面扣比較方便。他在芬蘭賣得不錯，我也不知道是為什麼，可是他們就是喜歡他的——」

「妳能不能想到有哪次伊麗莎白．塔塞爾為了房子的事使用了那張 VISA 卡？」

「沒有。」她說，一面搖頭。「一次也沒有。」

「好，」史崔克說，「妳記不記得——慢慢想，沒關係——歐文有哪次在羅普查德用他的信用卡付過帳？」

令他驚詫的是，莉奧諾拉說：「不算是在羅普查德啦，可是有用過。」

「那一次他們都在，我也在。那是……不曉得耶……兩年前嗎？可能不到兩年……在多徹斯特的出版商晚會。他們把我跟歐文安排跟那些新進的人員坐。丹尼爾．查德和傑瑞．華德葛瑞夫根本看不見人。反正就有一個拍賣會，就是把你出的價錢寫下來——」

「對，對，我知道。」史崔克說，盡量耐著性子。

「是要捐款給什麼作家慈善會的，要幫忙把作家從牢裡救出來。歐文競標這間鄉下的旅館，他贏了，必須留下他的信用卡詳細資料。有個出版社的女生打扮得很妖嬌，負責收錢。他就把信用卡給了那個女生。我會記得是因為他很生氣，」她說，隱約露出之前的鬱鬱寡歡，「他付了八百鎊。愛現。想讓人家以為他賺得跟別人一樣多。」

「他把信用卡交給了一個出版社的女生？」史崔克也跟著說。「她是在桌邊抄下了信用卡資料，還是——？」

「她的小機器壞了，」莉奧諾拉說，「就把卡拿走，再拿回來。」

「出席的人還有誰是妳認識的？」

「邁可．范寇特跟他的出版商，」她說，「坐在房間另一邊。那是在他轉到羅普查德以前。」

「他有跟歐文講話嗎？」

「不太可能。」她說。

「好，那——」他一開口就猶豫了。之前他們從來就沒挑明過有凱絲琳．肯特這個人。

「他的女朋友隨時都可以拿到信用卡，對不對？」莉奧諾拉說，彷彿看穿了他的心思。

「妳知道她？」史崔克問，實事求是。

「警察有說到。」莉奧諾拉回答，表情悽苦。「一定會有別的女人。他就是那種德行。從他的寫作班裡勾搭上的。我以前都會直接罵他。他們說他——他們說他——他被綁起來——」

她又哭了起來。

「我知道一定是女人綁的。他喜歡那樣。會讓他興奮。」

「在從警察口裡聽到凱絲琳・肯特這個名字之前，妳都不知道有她這個人嗎？」

「我有一次在他的手機上看到簡訊上有她的名字，可是歐文說沒什麼。說她只是學生，他每次都是這樣說。說絕對不會離開我們，我跟奧蘭多。」

她以細瘦發抖的手背擦了擦樣式落伍的眼鏡下的眼睛。

「可是妳一直到凱絲琳・肯特到妳家門口，說她姐姐死了，妳才第一次見到她？」

「那個就是她嗎？」莉奧諾拉問道，吸鼻子，以衣袖點眼睛。「胖胖的？那她隨時都可以用歐文的信用卡嘛，對不對？趁他睡覺的時候從他的皮夾裡偷拿。」

史崔克知道要找到凱絲琳・肯特，並且偵訊她會很困難。他很確定她會逃離公寓，躲避媒體的追逐。

「兇手用信用卡買東西，」他說，改變了方向，「是在網路上訂的。你們家裡沒有電腦吧？」

「歐文不喜歡電腦，他寧願用他的舊打字──」

「妳有線上購物過嗎？」

「有。」她答道。史崔克一聽，心頭略沉了沉。他本希望莉奧諾拉是那種幾近神秘的生物：電腦絕緣體。

「妳在哪裡上網的？」

「艾娜家。她讓我借用她的電腦去給奧蘭多訂一套畫具，給她當生日禮物，所以我就不用進城去買了。」莉奧諾拉說。

不消說，警察馬上就會沒收好心的艾娜的電腦，把它四分五裂。

隔桌一名剃光頭、嘴唇刺青的女人對獄警大喊大叫，而獄警則警告她留在座位上。女囚爆粗口，莉奧諾拉縮著身體躲開，獄警也過來了。

「莉奧諾拉，還有一件事。」史崔克大聲說話，因為隔桌的叫囂越來越吵。「五號那天歐文出門之前有沒有跟妳說過他要離開，暫時休息一下？」

「沒，」她說，「當然沒有。」

隔桌的女囚被獄警遏止了，她的訪客也一樣有刺青，猙獰的表情只稍微好一點，對獄警比中指，走了出去。

「妳能不能想到歐文說過什麼，或是做了什麼，讓妳覺得他計畫要出去一陣子？」史崔克追問莉奧諾拉，而莉奧諾拉則以貓頭鷹一樣的焦慮眼睛瞪著鄰居。

「嗄？」她心不在焉地說。「沒有──他什麼都不說──不跟我說──就只是愛走就走……如果他知道他要離開，為什麼不說再見？」

她哭了起來，一隻瘦弱的手摀住嘴巴。

「他們把我關在牢裡，多多要怎麼辦？」她啜泣著問。「艾娜不能帶她一輩子，她不懂怎麼照顧她。她把『厚臉皮猴』落下了，多多還畫了圖給我。」史崔克愣了一下，判定她一定是在說奧蘭多抱在懷裡的那隻紅毛猩猩。「要是他們把我關在這裡──」

「我會把妳弄出去。」史崔克說，事實上並沒有信心；可是給她一些希望又有何妨，至少能幫她撐過接下來的二十四小時。

會客時間結束了。史崔克頭也不回離開了，心裡卻納悶莉奧諾拉究竟是有何種魔力，能讓他如此堅持，能激出他如許的怒火？她明明就是個五十歲的壞脾氣歐巴桑，女兒的腦力受損，又過著無望的人生……

因為她不是兇手，簡單的回答蹦了出來。因為她是無辜的。

八個月來，一連串的客戶推開寫著他姓名的玻璃門，而他們找他的理由竟然全部一樣。他們來是想要找個間諜，找個武器，找個方法來彌補自己的損失，或是甩脫麻煩的關係。他們來是為了利益，因為他們覺得應該要報復，或是得到賠償。總歸一句話，他們想要更多的錢。

可是莉奧諾拉來找他是因為她想要老公回家，只是個很簡單的願望，孕育自疲憊及情愛，就算不是為浪子昆恩，也是為了想念爸爸的女兒。就因為她的欲望是這麼單純，所以史崔克覺得他必須要全力以赴。

監獄外的冷空氣聞起來不一樣。史崔克已有許久不曾過一個口令一個動作的日子了。他邁開步子，身體重量由枴杖承受，走回公車站，他能感受到自身的自由。

公車的後面坐了三名酒醉的年輕女郎，戴著頭帶，頭帶上還凸出了兩支馴鹿角，正放聲歡唱：

「他們說不切實際，可是我信任你聖尼克……」（*They say it's unrealistic, But I believe in you Saint Nick...*）

該死的耶誕節，史崔克在心裡埋怨，懊惱地想著他必須幫那些姪子姪女、教子教女買禮物，可那些小傢伙的年齡他一個也不記得。

公車哼哼哈哈駛過泥水和雪水。七彩燈光在蒸汽凝結的車窗外閃爍，看在史崔克的眼裡只是白花花的一團。他眉頭緊鎖，心裡想著不公不義和謀殺案，不費吹灰之力就讓人敬而遠之，打消了坐他旁邊座位的念頭。

40

爾為無名之輩乃是大幸；名韁利鎖，不值得。

——弗朗西斯·博蒙特及約翰弗萊契《悖信者》

隔日，雨淞、雨雪輪流鞭笞辦公室的窗。布羅克赫斯特小姐的老闆約莫中午來到辦公室，觀看她劈腿的證據。史崔克剛送走他不久，卡洛琳·英格里斯就又接踵而至。她在趕時間，正要去學校接孩子，但決定要把新開張的金蕾絲紳士俱樂部的卡片交給史崔克，這是她在老公的皮夾裡發現的。他們夫婦能夠復合，其中一個先決條件就是英格麗先生答應要遠離舞女、應召女郎、脫衣舞孃等人物。史崔克同意會在金蕾絲外監視，看英格麗先生是否又不敵誘惑。等卡洛琳·英格里斯走後，史崔克忙不迭拆開蘿蘋幫他買的三明治，才剛咬了一口，電話就響了。

他的褐髮女客戶知道兩人的專業關係即將告終，就把謹慎都拋到了九霄雲外，大膽邀請史崔克去吃晚餐。史崔克覺得他看見了蘿蘋一邊吃三明治一邊微笑，刻意盯著電腦。他盡量婉拒，起初以工作量過大為藉口，但最終還是直說他有女朋友了。

「你怎麼從來都沒說過。」她說，瞬間變得冷淡。

「我這個人喜歡公私分明。」他說。

結果他禮貌地道別，話沒說完，她就掛斷了。

「也許你應該跟她去吃飯。」蘿蘋裝無辜說。「以免她不付帳單。」

「他媽的她非付不可。」史崔克咆哮道，為了彌補浪費的時間，把半個三明治整個塞進了嘴裡。電話又響。他呻吟一聲，低頭看是誰傳簡訊給他。

他一看胃就收縮。

「是莉奧諾拉嗎？」蘿蘋問道，因為看到他的臉色垮了。

史崔克搖頭，滿口都是三明治。

簡訊只有三個字。

是你的。

他和夏綠蒂分手之後並未更改手機號碼。太麻煩了，幾百個事業上相關的人都用這個號碼。而這是八個月來她頭一次打這個號碼。

你可得小心啊，滴滴，她搞不好會從地平線那兒飛奔過來。她如果臨陣脫逃，我也不會意外。

今天是三號，他提醒自己。她的婚期應該是明天。

自從有手機以來，史崔克第一次希望手機有顯示來電者地域的功能。她是從那個他媽的克羅伊古堡傳的嗎？是不是利用檢查前菜和小教堂的花束的空檔？又或者她是站在丹麥街的街角，像琵琶．密基利一樣盯著他的辦公室？從備受矚目的盛大婚禮中逃婚會是夏綠蒂的顛峰之作，是她興風作浪、藉機生事的生涯中的扛鼎之作。

史崔克把手機放回口袋裡，瞪著第二個三明治。蘿蘋推斷她是挖掘不出史崔克表情轉為僵冷的原因的，於是就把三明治包裝紙握成一團，丟進垃圾桶，說：

「你今晚要跟你弟弟見面吧？」

「嗄？」

「你不是要跟你弟弟——？」

「喔，對。」史崔克說。「對。」

「在河岸咖啡館？」

「對。」

是你的。

「為什麼？」蘿蘋問道。

我的。是才有鬼。真的有才怪。

「什麼？」史崔克說，隱約知道蘿蘋問了他什麼。

「你還好吧？」

「喔，沒事。」他說，振作起來。「妳剛才問我什麼？」

「你們為什麼要去河岸咖啡館？」

「喔，這個啊，」史崔克說，伸手拿薯條，「雖然機會渺茫，我還是希望能找到目擊昆恩和塔塞爾大吵的人。我想查清楚是不是他自導自演，他的失蹤是不是他自己寫的劇本。」

「你是想問問看有沒有那晚上班的員工？」蘿蘋問，顯然很懷疑。

「所以才要帶艾爾去。」史崔克說。「倫敦每一家時髦餐廳的侍者他都認識。我父親的孩子都一樣。」

史崔克吃完午餐，把咖啡帶進辦公室喝，關上了門。雪雨又在敲打他的窗。他按捺不住，低頭俯視下方冰封的街道，半期待（或是希望？）看到她在下面，黑色長髮在她完美雪白的臉龐四周飛舞，仰臉看著他，以那雙帶斑點的綠褐色眼睛懇求他……但是街道上沒有她的蹤影，唯有陌生人冒著寒冽的天氣蹣跚前進。

他簡直是氣炸了。她現在人在蘇格蘭，算她走運。

稍後，蘿蘋回家了，他換上了一年多前夏綠蒂為他買的義大利套裝，當時他們也在河岸咖啡館共進晚餐，慶祝他三十五歲生日。他披上大衣，鎖好公寓的門，在零度的氣溫中朝地鐵站前進，仍然是倚杖而行。

聖誕節從途經的每一面櫥窗攻擊他，燦爛的燈光，堆積如山的新品、玩具、新發明，玻璃上貼著假雪，各式各樣的耶誕節前大拍賣廣告，在在為蕭瑟的心底更增添一股哀愁。週五晚的地鐵上出現了更多耶誕節前的縱酒狂歡客：女孩子穿著輕薄短小的亮布連衣裙，冒著體溫過低的危險，跟賣勞力的男生上下其手。史崔克覺得既疲累又心情低落。

從漢默史密斯車站出來，他不記得要走這麼長的路。他沿著富勒姆廣場路向前行，陡地發覺他距離伊麗莎白．塔塞爾的房子很近，所以很可能她挑選這家餐廳是因為對她自己很便利，儘管距離昆恩在雷布洛克綠園道的家遠了一些。

十分鐘後，史崔克向右轉，在黑暗中走向泰晤士河碼頭，穿越空空蕩蕩的街道，呼吸吐出來形成氤氳的雲朵。河岸咖啡館的花園若是在夏季，罩著白椅套的椅子會坐滿用餐的客人，此刻卻掩埋在厚厚的白雪下。泰晤士河在銀毯似的白雪之後閃動著幽光，冰冷又陰森。史崔克轉入了由紅磚倉庫改裝的餐廳，立時被燈光、溫暖和噪音淹沒。

一進門，就看到艾爾一手倚著閃亮的鋼吧台，和酒保聊得熱絡。

他勉強算五呎十吋高，在羅克比的眾多子女中屬於矮個子，而且體重稍微過重。他灰褐色的頭髮向後梳，窄下巴像他母親，不過他繼承了兩隻分得很開的瞇瞇眼，配上了羅克比的俊臉，反倒更添一股奇特的魅力，也讓艾爾一看就知道是羅克比的兒子。

艾爾看見了史崔克，立刻歡聲大叫，跳過來擁抱他。史崔克也沒回應，枴杖限制了他的行動，而且他又忙著脫大衣。艾爾退後，一臉的靦腆。

「你好嗎，老哥？」

他的英式用語很滑稽，但是口音雜糅了中大西洋腔調，一聽就知道他在歐洲與美國生活多年。

「還可以，」史崔克說，「你呢？」

「還可以。」艾爾學他說。「還可以。沒得抱怨。」

他來了個很誇張的法式聳肩。艾爾在羅實受教育，那是在瑞士的國際寄宿學校，肢體語言仍不乏歐陸作風。不過，表面下還是有別的什麼，每次見面史崔克都能感覺到：是艾爾的內疚，艾爾的自衛，隨時隨地準備要辯白何以他過著優渥的生活、而大哥卻須白手起家。

「你要喝什麼？」艾爾問道。「啤酒？還是來杯沛羅尼？」

兩兄弟並肩坐在擁擠的吧台，面對著一排排玻璃架上的瓶子，等待他們的餐桌就緒。餐廳是長形的，天花板是工業波浪鋼板，頗有藝術感，地板鋪上天藍色地毯，一端的燃柴火爐像巨型蜂巢。史崔克四下瀏覽，看見了一位著名的雕刻家，一位有名的女性建築師，還有至少一位當紅演員。

「聽說了你跟夏綠蒂的事。」艾爾說。「真可惜。」

史崔克猜想艾爾是否認識某個也認識夏綠蒂的人。他來往的人都是富家子，經常旅遊，說不定就有認識未來的克羅伊伯爵夫人的。

「喔。」史崔克聳了聳肩。「這樣最好。」

（他和夏綠蒂也曾坐在這裡，在這間美妙的河濱廳餐裡，共度兩人最後一個快樂的夜晚。而兩人的戀情耗了四個月才內爆，又四個月的爭吵和悲慘，令人身心俱疲……是你的。）

有名好看的年輕女郎出現在他們桌邊，艾爾直呼她的名字；另一名長相好看的年輕人送上菜單。史崔克等艾爾點完酒，侍者離開後，才說明何以會來這裡。

「四週前的星期五晚上，」他跟艾爾說，「一名叫歐文．昆恩的作家跟他的經紀人在這裡大吵了一架，就當著餐廳裡每個人的面前。他奪門而出，之後不久——大概是在幾天後，甚至可能是當晚——」

「——他就被殺了。」艾爾接著說，剛才他聽史崔克講述，嘴巴都合不攏。「我在報上看到了。是你發現屍體的。」

他的語氣熱中，顯然是想要多知道一些細節，但是史崔克裝糊塗。

「在這裡可能也找不出什麼線索，不過我——」

「不是說是他老婆幹的嗎。」艾爾說，摸不著頭腦。「警察抓到她了。」

「不是他老婆幹的。」史崔克說，轉而研究菜單。他之前就注意到媒體對艾爾父親及家庭的報導儘管錯誤百出，但艾爾被這類的報導團團包圍，似乎對英國的新聞媒體深具信心，從來也沒想過要質疑。

（艾爾的學校有兩處校園：夏季在日內瓦湖畔上課，冬季改到格斯達；下午滑雪溜冰。艾爾從小呼吸的就是頂級的高山空氣，交往的人淨是其他名人的子女。八卦小報遙遠的謾罵只是他生活中嗡嗡嗡嗡的背景聲音……至少，史崔克是如此解讀艾爾極少言及的少年生活的。）

「不是他老婆幹的？」艾爾等史崔克抬頭才再問一次。

「不是。」

「哇塞。你又要來一次露拉·藍德利大翻案了？」艾爾問道，露出大大的笑容，讓他不太平衡的眼睛多了一種魅力。

「我是有這個想法。」史崔克說。

「你要我跟員工打探消息？」艾爾問道。

「沒錯。」史崔克說。

艾爾一副能夠效勞極感榮寵的模樣，倒讓史崔克覺得好笑又感動。

「沒問題，沒問題。我來幫你找個幫得上忙的。露露呢？她很機靈。」

點餐之後，艾爾到洗手間去看是否能找到機靈的露露。史崔克一人獨坐，喝著艾爾點的提涅內羅紅酒，看著白衣廚師在開放式廚房裡烹調。他們都很年輕，動作熟練又有效率。火舌竄舞，刀刃閃動，厚重的鐵鍋移來移去。

他不笨，史崔克想著弟弟，看著艾爾迂迴走回來，帶著一名穿白圍裙的黑膚女孩。他只是……

「這是露露。」艾爾說，一面坐下。「她那天晚上有班。」

「妳記得有人吵架嗎？」史崔克問她，立刻就專心看著女服務生，她太忙了無法坐下，只站著對他淡淡微笑。

「記得。」她說。「他們吵得很大聲，整個餐廳的人都愣住了。」

「妳記不記得那個男的長什麼樣子？」史崔克說，急於確定她確實目睹了那一幕。

「胖胖的，戴帽子，對。」她說。「對一個灰髮的女人大吼大叫。對，他們真的吵得很兇。抱歉，我得去——」

她走了，去幫另一桌客人服務。

「等回去的時候再來找她。」艾爾跟史崔克保證。「對了，艾迪要我跟你問好。他很可惜不能來。」

「他最近好嗎？」史崔克問道，假裝有興趣。艾爾很樂於跟大哥建立起友好的關係，不過他的弟弟艾迪就冷漠多了。艾迪二十四歲，是自己樂團的主唱。樂團的歌史崔克一首也沒聽過。

「他很好。」艾爾說。

沉默籠罩下來。開胃菜來了，兩人默默進食。史崔克知道艾爾以優異成績拿到了國際學士學位。從前在阿富汗的營帳裡，有天晚上史崔克看到一張線上照片，是十八歲的艾爾穿著奶白色運動衣，口袋上還有校徽，長頭髮掃到一側，在亮麗的日內瓦陽光下閃耀金光。羅克比摟著艾爾的肩，笑得像個得意的父親。這張照片很有價值，因為羅克比從未以套裝領帶亮相過。

「哈囉，艾爾。」聲音聽來耳熟。

令史崔克驚訝的是，站在一邊的竟是丹尼爾．查德，拄著兩支枴杖，禿頭反映著波浪鋼板上的幽微燈光。出版商穿著暗紅色開領襯衫加灰色套裝，在這群偏波希米亞風的客人中看來很有型。

「喔，」艾爾說，史崔克能感覺出他忙著在腦海中搜尋查德的名字，「呃——嗨——」

「我是丹尼爾．查德。」出版商說。「我在跟你父親談他的自傳時見過你。」

「喔——對了！」艾爾說，站起來跟他握手。「這是我哥哥柯莫藍。」

史崔克看見查德過來找艾爾如果是驚訝，那查德看見史崔克時的表情就是震駭了。

「你——你哥哥？」

「同父異母。」史崔克說，私底下對查德的迷惑覺得很好玩。這個為五斗米折腰的偵探怎會和貴公子中的貴公子有關係？

查德為了潛在的有利投資而接近目標物的兒子，應該是卯足了勁，卻好像是一下子洩了氣，結果三個人只是彆扭地沉默著。

「腿好些了嗎？」史崔克問他。

「喔。」查德說。「好多了。那……那我就不打擾兩位用餐了。」

他走開了，在餐桌間靈巧地移動，回到座位，躲開了史崔克的視線。史崔克和艾爾又坐下，史崔克不由得尋思：一旦你爬到了某種地位，一旦你把那些沒有本事在最佳餐廳和俱樂部訂到桌位的人拋到腦後，倫敦就會變得非常狹小。

「想不起來他是誰。」艾爾說，不好意思地咧咧嘴。

「他在考慮要寫自傳啊？」史崔克問道。

他從不叫羅克比爸爸，但也盡量記得不要在艾爾面前直呼他羅克比。

「對。」艾爾說。「他們願意給他一大筆錢。我不知道他是要跟那個傢伙還是別人合作。可能是會找人代筆。」

史崔克心裡突然掠過一個念頭：羅克比是要如何在書裡處理長子的意外受孕以及頗有爭議的出生。搞不好是提都不提。正好，史崔克寧可這樣。

「他還是願意見你的，你知道。」艾爾說，樣子像是硬著頭皮說的。「他真的很以你為傲……藍德利的案子他連小地方都沒漏掉。」

「是嗎？」史崔克反問，四處尋找露露，那個記得昆恩的女侍。

「是啊。」艾爾說。

「那他在忙什麼，跟出版商見面嗎？」史崔克問道。他想到凱絲琳·肯特，想到昆恩，一個是找不到出版商的作家，一個是被出版社列為拒絕往來戶的；而那個年華老去的搖滾明星卻能夠任意挑選。

「算是吧。」艾爾說。「我不知道他到底是要不要寫。那個叫查德的傢伙好像是別人推薦的。」

「誰？」

「邁可·范寇特。」艾爾說，以麵包把盤子裡的燉飯抹乾淨。

「羅克比認識范寇特？」史崔克問，忘了自己的決心。

「對啊。」艾爾說，微微蹙眉，又說：「爸本來就什麼人都認識。」

史崔克倒因此而想到伊麗莎白·塔塞爾說「我以為人人都知道」她為什麼不再代理范寇特了，不過兩者有所不同。在艾爾來說，「每個人」意指「大人物」：富翁、名人、有權勢的人。買他父親的唱片的笨蛋都是無名小卒，就如史崔克一樣，他若不是逮住了殺人兇手，突然爆紅，也是無名小卒一個。

「范寇特是幾時推薦羅普查德——他是幾時推薦查德的？」史崔克問道。

「不知道——一兩個月前吧？」艾爾說得不清不楚。「他跟爸說他自己也剛換到那邊。拿了五十萬的預付款。」

「了不起。」史崔克說。

「他叫爸看新聞，說他一跳槽準會引起騷動。」

女侍露露又出現了。艾爾又召她過來；她過來了，卻神情苦惱。

「等我十分鐘，」她說，「十分鐘後我會回來跟你們說。十分鐘就好。」

史崔克吃完了豬排，艾爾問他工作上的事，他是真的很有興趣，史崔克倒是意外。

「你會想念軍隊嗎？」艾爾問他。

「有時候。」史崔克承認。「你最近在忙什麼？」

他覺得隱隱有些慚愧，這問題應該早就問的。不過仔細一想，他絲毫不了解艾爾是如何謀生的，連他需不需要謀生都不知道。

「可能要跟朋友合夥做生意。」艾爾說。

那就是沒工作了，史崔克心裡想。

「訂製衣物……休閒的機會。」艾爾口齒不清地說。

「不錯嘛。」史崔克說。

「有成果的話就不錯。」艾爾說。

稍微冷場。史崔克四下尋找露露，這就是他來此的理由，可是露露不見蹤影，想必是忙得不可開交，跟艾爾的人生只怕是恰恰相反。

「你至少有信用。」艾爾說。

「嗯？」史崔克說。

「你是白手起家，對不對？」艾爾說。

「什麼？」

史崔克忽地醒悟，餐桌上正發生了單邊危機。艾爾看著他，表情是既挑釁又羨慕。

「喔，是啊。」史崔克說，寬肩聳了聳。

他想不出還有什麼回應能既不顯得優越或委屈，又不鼓勵艾爾把交談導入更私人的領域。

「你是我們之中唯一沒動用的人。」艾爾說。「在軍隊裡反正也派不上用場吧？」不能再假裝不知道他說的是什麼了。

「大概吧。」史崔克說（事實上，僅有幾次罕見的機會他的同袍會因為他的父親是誰而多問幾句，不過他遇到的反應都是難以置信，尤其是他的長相和羅克比幾乎沒有相似的地方）。可是他卻酸溜溜地想到冰冷冬夜裡他的公寓：兩間半雜亂的房間，嵌合不夠緊密的窗玻璃。而艾爾會在梅菲爾過夜，在他們父親僕役雲集的房子裡。或許在弟弟太過浪漫化獨立自主的人生之前，讓他弄清楚現實會比較好……

「你大概以為我是在無病呻吟吧？」艾爾質問他。

史崔克在網路上看過艾爾的畢業照，而就在一個小時之前，他才盤詰過一名十九歲的大兵，他意外地以機關槍擊中了知交的胸膛和頸子，整個人都崩潰了。

「每個人都有權無病呻吟。」史崔克說。

艾爾的樣子似乎是想生氣，但還是勉強咧咧嘴。

露露突然來到他們桌邊，緊握著一杯水，以一手伶俐地脫掉圍裙，坐了下來。

「好，我可以休息五分鐘。」她一開口就跟史崔克這麼說。「艾爾說你想知道那個混蛋作家的事？」

「對。」史崔克說，立刻目不轉睛。「妳為什麼說他是混蛋？」

「他就是愛那一味。」她說，喝了一口水。

「愛哪一味？」

「愛鬧場。他又叫又罵，可是誰都知道是在演戲。他想要每個人都聽到，他想要觀眾。可惜他不是好演員。」

「妳記不記得他說了什麼？」史崔克問道，還掏出了筆記本。艾爾興奮地盯著看。

「他說了一大堆。他罵那個女人是賤人，說她撒謊騙他，說他會自己去把書出版，叫她去死。其實他很樂在其中。」她說。「他的生氣是假的。」

「那麼伊麗——那個女人有什麼反應？」

「喔，她真的快氣死了。」露露活潑地說。「她可不是在演戲。他又跳又吼，對著她揮拳，她的臉氣得紅通通的——氣得發抖，差點就失控了。她說了什麼『把那個該死的笨女人拖下水』，我覺得他好像就在那個時候氣沖沖出去的，還把帳單丟給她，人人都瞪著她看——她滿臉受到侮辱的樣子。我都替她難過。」

「她有沒有想追出去？」

「沒有，她付了錢，進去洗手間一會兒。其實，我還在懷疑她是不是躲在裡面哭呢。然後她就走了。」

「多謝妳了。」史崔克說。「妳還記不記得他們說了什麼？」

露露鎮定地說：「他大吼什麼『都是因為范寇特跟他那根軟趴趴的老二。』」

史崔克和艾爾都瞪著她。

「『都是因為范寇特跟他那根軟趴趴的老二』？」史崔克說。

「對啊。」露露說。「他一說完這句，整個餐廳都安靜了下來——」

「想也知道。」艾爾說，還吃吃竊笑。

「那個女的拉高了嗓門，想要叫他閉嘴，她真的是氣炸了，可是那個混蛋作家才不甩她呢。他就愛吸引別人注意，還以為人家真的欣賞他呢。

「唔，我得走了，」露露說，「對不起。」她站了起來，再把圍裙繫上。「再見，艾爾。」

她不知道史崔克的名字，只是對他一笑，又匆匆走開了。

丹尼爾．查德正要離開；禿頭又在人群中出現，同伴也是年齡相當、衣著高雅的人。他們一起向外走，一面談話，對彼此點頭。史崔克盯著他們走，心思卻飄到別處，也沒注意到空盤收走了。

都是因為范寇特跟他那根軟趴趴的老二……

奇怪。

我一直甩不開一個想法，是歐文自己幹的。是他佈置的……

「你還好嗎，老哥？」艾爾問道。

一張附上一個吻的便條：我們兩個的報應到了……

「嗯。」史崔克說。

一堆血腥晦暗的象徵主義……給他想要的吹捧，想讓他做什麼就能讓他做什麼……兩個陰陽人，兩個血淋淋的布袋……美麗的迷失靈魂，他是那樣跟我說的……蠶是隱喻，說的是作家，作家必須要忍極大的痛苦才能改頭換面……

有如一團團的亂麻終於抽出了線頭，史崔克心中的千頭萬緒，以及各種不相干的細節瞬間各就各位，百分之百正確，滴水不漏，無懈可擊。他在心中反覆咀嚼他的推論：嚴絲合縫，不容置疑。

問題是他還想不出該如何證明。

41

爾以為我的想法是因愛而生的癲狂？
不，那是在冥王的熔爐中燃燒的烙鐵……

——羅勃特．格林《瘋狂奧蘭多》

史崔克這一夜睡得斷斷續續，翌晨早早醒來，疲憊氣餒又浮躁。他先查看手機上是否有留言，然後才去沐浴更衣。之後他下樓到辦公室裡，發現辦公室空蕩蕩的，莫名其妙地覺得蘿蘋週六不來上班就表示她缺乏了投入這一行的精神。今天早晨她會是有用的共鳴板；昨夜得到了啟發，他今天很願意有同伴。他考慮要打電話給她，可是當面告訴她絕對更有成就感，而不是透過電話，尤其是馬修可能也會聽。

史崔克泡了茶，卻專心研究昆恩檔案，任由茶變涼。

他的無力感在靜寂中如氣球膨脹。他時不時就檢查手機。

他想要有所行動，可是他雖有心卻使不上力，因為他缺少官方職位，既無法搜索私人產業，又無法強迫目擊證人合作。在週一他和邁可．范寇特會面之前，他什麼事也做不了，除非……他是否應該打電話給安士提，把他的推論告訴他？史崔克眉鋒一皺，以粗壯的手指耙過頭髮，想像著安士提那種應付了事的反應。嚴格來說，他連一丁點的證據都沒有。一切純屬臆測——可是我沒猜錯，史崔克極自負地想，是他搞砸了。安士提的頭腦和想像力都不足，即便有某種推論可以說明這宗兇殺案中所有的詭譎之處，他也無法理解，反倒會覺得匪夷所思，因為還有一個輕鬆又現成的嫌犯，就是莉奧諾拉，雖然抓她入罪有那麼多的前後矛盾、那麼多無解的問題。

請問，史崔克質問想像中的安士提，這個女人既然那麼聰明，能夠把他的內臟帶走，不留一點痕跡，又怎會笨到拿自己的信用卡去訂購繩索和一件罩袍？請問，一個無親無故，把人生奉獻給女兒的母親怎會冒險被判無期徒刑？請問，多年來她為了這個家一直容忍昆恩的出軌和性怪癖，又為何突然決定要殺了他？

最後這個問題安士提或有個合乎常理的回答：昆恩就要為了凱絲琳．肯特而離開他的元配了。這名作家在金錢方面是極有保障的：說不定莉奧諾拉寧可守寡，只要保證經濟上有所依靠，而不要朝不保夕，坐視不負責任的前夫把金錢浪擲在第二個妻子身上。陪審團也會採信這套理論，尤其是把凱絲琳．肯特召上法庭，由她親口確認昆恩答應要娶她。

史崔克恐怕他在凱絲琳．肯特這方面辦得不漂亮，毫無預警就出現在她家門口——回想起來，這一招拙劣又不當。他嚇著了她，在一片漆黑之中出現在她的陽台上，讓琵琶．密基利輕而易舉就把他渲染成莉奧諾拉陰險的打手。他的手法應當更細膩，像對付派克勳爵的私人助理一樣贏得肯特的信任，再以關切同情一點一滴地誘出實話，而不是像警長一樣高姿態闖上她家門。

他再一次查看手機。沒有留言。他再瞧手錶，剛過九點半。他雖想專心，仍是不由得覺得注意力被分散了，無力再盯著他想要也需要盯的地方——昆恩的謀殺案，以及逮捕犯人需要處理的步驟——反而飄向了克羅伊古堡的十七世紀小教堂……

她想必是在更衣，不消說那件婚紗少說也要幾千鎊。他能想像她赤裸地立在鏡前，對鏡化妝。他就看過上百次；立在梳妝台前、飯店鏡前對鏡揮舞彩筆，對自己的秀色可餐心知肚明，幾乎修煉到了若無其事的境界。

時間滴滴答答流逝，夏綠蒂是否也在查看手機？因為她即將步上紅毯，而這短短的一段路感覺像走跳板？她是否仍在等待，仍在希望，史崔克會為她昨日的三字簡訊而有所回應？

而如果他現在回信……她需要多大的勇氣才會背轉過身，拋下婚紗（他能想像婚紗吊在房間一隅，鬼魅一般），換上牛仔褲，丟幾樣東西到大背包裡，從後門溜走？坐上汽車，一腳踩著車子地板，打道回南，回到那個一直代表脫逃的男人身邊……

「去他的。」史崔克喃喃說。

他站了起來，把手機塞進口袋，把剩下的冷茶大口喝乾，套上了大衣。保持忙碌是唯一的答案：行動始終是他的良藥。

他敢說凱絲琳．肯特目前必然是到朋友家去暫避風頭，因為記者發現了她；雖然他也後悔貿然跑到她家門口，他還是回到了克萊蒙．阿特里小區，只為了要澄清疑點。無人應門，燈光也不亮，屋裡似乎沒有動靜。

紅磚陽台吹來一陣冰寒的風。史崔克正要離開，隔壁那個一臉不高興的女人出現了，這一次像是有話要說。

「伊走了。你記者啊？」

「對。」史崔克說，因為他看得出媒體讓鄰居很興奮，而且他也不想讓肯特知道他又回來過。

「你們記者寫的那一堆。」她的幸災樂禍掩飾不住。「看你們把伊寫的！伊跑掉了啦。」

「知道她幾時會回來嗎？」

「嘸知。」鄰居遺憾地說。稀疏的灰髮燙得像鐵絲，粉紅色的頭皮清晰可見。「我可以打電話給你。」她建議道。「如果伊回來的話。」

「那就太好了。」史崔克說。

最近他的名字太常上報，不適合遞上他的名片，所以他撕下筆記簿的一頁，寫下電話號碼，交給她，還附上一張二十鎊的鈔票。

「行了。」她說，生意人似的。「再見。」

他下樓時看見一隻貓，他很確定就是凱絲琳．肯特踢的那隻貓。貓以警戒卻優越的眼神看著他走過。剛才遇見的那幫青年也消失了，如果你最保暖的衣物只是一件運動衫，那今天還真是太冷了。

在滑溜的灰白雪地上跛行極費力氣，正好讓他分散心思，自己和自己辯論，看他從甲嫌犯找到乙嫌犯究竟是為了莉奧諾拉還是夏綠蒂。就讓夏綠蒂走向她自己選擇的牢籠好了；他不會打電話，也不會傳簡訊。

地鐵站就在眼前，他掏出了手機，打給傑瑞．華德葛瑞夫。他很確定這名編輯有他需要的消息，這消息連史崔克自己都是在河岸咖啡館頓悟之後才明白是他需要的。不過華德葛瑞夫並未接電話，史崔克也不意外。華德葛瑞夫的婚姻岌岌可危，事業奄奄一息，還有個女兒要操心；何必又接偵探的電話？生活已經夠複雜的了，可以的話，不必弄得更複雜吧？

天氣酷寒，電話鈴響卻無人接聽，安靜的公寓和上鎖的大門：今天他是無所作為了。史崔克買了份報紙，走到圖騰罕酒館，坐在一幅肉感女性身披輕紗、拈花惹草的畫像下，這是某維多利亞時代的佈景設計師繪製的。今天史崔克卻覺得不自在，彷彿他是在等候室裡，消磨時間。回憶有如霰彈片，嵌入骨頭就拔不掉，只有等著感染……被綿綿的情話，被無盡的專一，被至高無上的幸福時光，被一個接一個的謊言……他的注意力不時從他讀的報紙上飄走。

有次他妹妹露西氣惱地跟他說：「你幹嘛要忍受她？怎麼？就憑她長得美嗎？」

而他曾回答：「是有點關係。」

她當然是在等他說「不」。儘管女人花費了許許多多時間想讓自己變美，可是你卻不能跟女人直說美麗是很重要的。夏綠蒂是美，是他平生所見最美的女人，而他每次想到她的美貌，總難甩一種驚豔的感覺，也因此而覺得感激，也連帶感到得意。

邁可．范寇特說愛情是一種迷思謬見。

史崔克翻了一頁，上頭有財政大臣那張臭臉，他卻視而不見。對於夏綠蒂，有許多地方是否是他一廂情願的想像？她的優點其實是他自己想像出來的，只為了搭配她驚人的美？兩人相遇時他才十九歲。現在回想起來，史崔克不能不感嘆當時真是年輕，如今的他坐在酒館裡，身上多了十三公斤的贅肉，少了半條腿。

說不定真是他創造了一個夏綠蒂，而這個夏綠蒂只存在於他因迷戀而糊塗的心裡，可是那又如何？他也愛過真實的夏綠蒂，那個在他面前脫得一絲不掛的女人，質問他是否仍愛她，如果她做過這個，如果她承認這個，如果她這樣待他……但最後她發現了他的極限，而美貌、憤怒、眼淚都不足以留住他，她就飛奔到別的男人懷中。

說不定愛情就是如此，他心裡想，認同了邁可．范寇特的話，儘管眼前似乎坐著一個隱形又責難的蘿蘋，以批評的眼神盯著他邊喝敦霸邊假裝閱讀史上最冷寒冬的報導。你跟馬修……雖然蘿蘋看不出來，史崔克卻看得出：要和馬修在一起，她就需要不做自己。

能看清彼此的情侶有幾個？露西和格瑞的婚姻似乎就是永無止境地遵奉郊區的道德標準，難道他們兩個算？還是那些不停上門的客戶，雖然出軌和幻滅的情況各異，卻一樣冗煩？還是盲目的莉奧諾拉．昆恩，一廂情願地為男人的每一種錯誤粉飾，只因「他是作家」？或是凱絲琳．肯特和琵琶．密基利把同一個傻瓜當英雄崇拜，結果這傢伙被綁得像隻火雞，還開膛破肚？

史崔克越想越沮喪。第三杯酒已喝了一半，正在考慮是否再來一杯，面朝下擺在桌面的手機響了。

他慢吞吞喝啤酒，四周的人都看著他的手機，他自己則在跟自己打賭會不會接。是在小教堂外，給我最後一個機會去阻止？或是已經結完婚，想讓我知道？

他把啤酒喝乾，再將手機翻過來。

恭喜我吧。傑哥．羅斯太太。

史崔克瞪著這行字幾秒，再把手機塞回口袋，站起來，把報紙摺好夾在臂下，準備回家。他扶杖走回丹麥街，想起了最愛的書上的幾句話，這本書他有一陣子沒讀了，現在也深埋在平台上他的個人物品箱裡。

...difficile est longum subito deponere amoren,
Difficile est, uerum hoc qua lubet efficas...
……要放掉很久的一段感情很難，
難雖難，你一定得設法放下……

吞噬了他一整天的煩躁不安如煙消雲散。他覺得好餓，也需要解脫。三點兵工廠要對戰富爾罕，他只來得及在開球之前做一頓遲來的午餐。

然後呢，他在心裡盤算，他可能會去看看妮娜·拉塞勒。今晚他不想要一個人過。

42

馬西歐……好怪的玩具。吉利安諾：欸，用以嘲弄猿猴的。

——班．強森《脾氣人人不同》

週一早晨蘿蘋抵達辦公室，覺得疲倦，隱約像打過一場仗，卻對自己很得意。她和馬修這週末大多在討論她的工作。從某方面來看，這還是他們曾有過最深刻最嚴肅的談話，回頭想想，兩人相戀九年，這還是頭一遭，也真怪。她為何不承認她對調查的興趣早就注定讓她和柯莫藍．史崔克相遇？她終於向馬修坦承從十一、二歲起就想要從事調查犯罪方面的工作，馬修似乎愣住了。

「我怎麼也沒想到……」馬修嘟嘟囔囔地說，話沒說完，卻是在隱隱指涉她大學休學的原因，不過也瞞不了蘿蘋。

「我只是一直不知道該怎麼跟你說。」她跟馬修說。「我怕你會笑我。所以並不是柯莫藍讓我留下來的，也跟他、跟他個人沒關係。」（她險些就要說「他這個男人」，幸好及時改口）。「是我自己。我自己想留，我很喜歡這份工作。現在他說他會給我訓練，馬修，我一直都很想接受這方面的訓練。」

這次一討論就討論了整個星期日，倉皇失措的馬修像一塊巨岩，一次只挪個幾吋。

「那週末的工作量呢？」他懷疑地問她。

「不知道，視需要而定吧。馬修，我很喜歡這份工作，你難道不理解嗎？我不想再假裝了。我就是想要走這條路，而我需要你的支持。」

最後，他摟住了她，同意了。蘿蘋盡量不要這麼想，可還是情不自禁：幸好他母親剛過世，讓他比平常耳根子軟。

蘿蘋很期待能跟史崔克報告這種成熟的發展，可是她抵達時，卻不見史崔克。唯有一張便條放在她的小樹邊，紙上留著他如春蚓秋蛇的獨特筆跡：

沒牛奶了，出去吃早飯，之後去漢利斯，趁人少。附註：知道是誰殺了昆恩。

蘿蘋倒抽口氣，抓起電話就撥史崔克的手機，卻只聽見忙線中的信號。漢利斯要十點才營業，可是蘿蘋覺得她等不了那麼久。她一次又一次按重撥鍵，同時拆開郵件，分門別類，可是史崔克仍然在講電話。她打開電腦查看郵件，手機緊貼著一邊耳朵；過了半個小時，接著是一小時，史崔克的手機仍然是通話中。她不由得覺得惱怒，懷疑他是故意吊她的胃口。

十點半過了，電腦輕輕叮了一聲，有郵件進來了，寄信人是Clodia2@live.com，只有一件標題寫著FYI的附檔。

蘿蘋的手指自動打開了附檔，耳朵仍聽著通話中的信號。幾秒鐘之後，電腦螢幕充滿了一張黑白照片。

背景一片荒涼；陰沉沉的天空，一棟舊石屋。照片上人人都模糊不清，只有新娘例外，她轉身看著鏡頭。一身修長合身的白婚紗，頭紗長及地板，只以細細的鑽石頭帶固定。她的黑髮在頗強的微風中飛揚，有若一褶褶的薄紗。一隻手被緊握在另一個模糊的人形的手裡，那人穿著一套晨裝，似乎在笑，可是她的表情卻一點也沒有新嫁娘的嬌羞，而是一臉的失望煩惱，像失去了什麼。她的雙眼筆直瞪著蘿蘋，彷彿她們兩人是朋友，彷彿唯有蘿蘋能夠了解她。

蘿蘋放下了手機，瞪著照片。她曾見過這張美豔驚人的臉孔。她們說過話，在電話上：蘿蘋記得是低沉沙啞的迷人嗓音。她是夏綠蒂，史崔克的前未婚妻，初見面時從這棟樓房跑出去的女人。

她真的好美。蘿蘋忽然自慚形穢，也驚於她深沉的哀悲。十六年，分分合合，跟史崔克——那個史崔克，長了一頭陰毛似的頭髮，一張臉像拳擊手，缺了半條腿，不過這些事都不重要，蘿蘋告訴自己，忘情地瞪著這一位明豔照人卻哀傷的新娘……

門打開了。史崔克突然就來到她身邊，兩手拎著兩袋玩具。蘿蘋沒聽見他上樓，嚇了一大跳，好似被他抓到從零錢箱裡偷錢。

「早。」他說。

她急急忙忙去抓滑鼠，想要把照片關掉，以免他看見，可是她手忙腳亂的樣子反而更將他的目光吸引到螢幕上。蘿蘋僵住，一臉羞愧。

「她幾分鐘前寄來的，我打開的時候不知道是什麼。對……對不起。」

史崔克瞪著照片幾秒就轉身把兩袋玩具放在她辦公桌邊的地上。

「刪掉。」他說。語氣既不哀愁也不憤怒，只是堅定。

蘿蘋遲疑了一下才把檔案關掉，刪除了郵件，清空了垃圾桶。

「天啊。」他說，挺直了腰。從他的態度來看，蘿蘋知道絕不能不識趣地討論夏綠蒂的結婚照。「我的手機裡有三十通妳的未接電話。」

「不然咧？」蘿蘋的精神昂揚。「你的字條——你說——」

「我得接一通我舅媽打來的電話。」史崔克說。「講了一小時又十分鐘，都是聖莫斯街坊鄰居的大小毛病，只因為我說會回家過耶誕節。」

一見她控制不住的沮喪，他笑了。

「好吧，可是我們得長話短說。我剛發覺今天早上在我跟范寇特見面之前，我們還有事可以做。」

他也不脫大衣，就在沙發上坐了下來，一口氣講了十分鐘，詳詳細細把他的推論告訴了蘿蘋。

等他說完，室內靜默許久。蘿蘋瞪著史崔克，幾乎是完全不敢相信，心中浮現出家鄉教會裡霧濛濛、神秘的天使男童像。

「哪一部分妳覺得有問題？」史崔克和氣地問她。

「呃……」蘿蘋說。

「我們都認為昆恩失蹤可能不是自願的，對吧？」史崔克問她。「如果再加上塔加斯路的床墊——很方便，尤其是在一棟二十五年沒人住的房子裡——再說，昆恩失蹤前一個星期還跟書店的那個人說他要離開一陣子，所以要買些閱讀的材料——還有河岸咖啡館的女侍說昆恩對塔塞爾大吼大叫時並沒有真的生氣，說他很樂在其中——我認為我們可以假設失蹤是自導自演。」

「好。」她說。史崔克的推論只有這部分是她最能接受的。她不知該如何開口跟他說她覺得其餘的部分簡直是離譜，可是想雞蛋裡挑骨頭的衝動讓她說：「難道他不會跟莉奧諾拉說他有什麼計畫嗎？」

「當然不會。連需要保命的時候她都不懂得演戲；昆恩就是要她擔心，如此一來她到處去嚷嚷他失蹤了才會很可信。說不定她會找上警察。會去和出版商大吵大鬧。搞得天翻地覆。」

「可是情況根本不是那樣啊。」蘿蘋說。「他動不動就搞失蹤，根本沒有人在乎——就連他本人也一定了解他離家出走，躲在老房子裡，是不會得到什麼大量曝光的機會吧？」

「啊，可是這一次他丟下了一本他認為會讓倫敦文藝圈蜚短流長的書啊。他故意挑了一家客滿的餐廳，當眾和經紀人大吵一架，再公然威脅要自費出版。他回家，再當著莉奧諾拉的面演出那場出走秀，偷偷溜到塔加斯路。等到晚上，他讓同夥進去，深信兩人有默契而不作他想。」

頓了很久蘿蘋才勇敢地開口，只因她不習慣挑戰史崔克的結論，因為他以前從來也沒錯過。

「可是你完全沒有證據可以證明有同謀啊，更別提……我是說……這一切……個人看法。」

他又要反覆陳列剛才說過的重點，但蘿蘋舉手阻止他。

「你剛才講我就都聽見了，可是……你是根據別人說的話推斷的，壓根就沒有物證。」

「怎麼會沒有。」史崔克說。「《蠶》就是啊。」

「那不是——」

「這是我們手上最大的一塊證據。」

「是你一直跟我說方法與機會的。」蘿蘋說。「是你一直說動機不是——」

「我並沒有說到動機。」史崔克提醒她。「事實上，我還不確定動機究竟是什麼，不過我倒是有一點想法。如果妳要找物證，妳現在就可以來幫我。」

蘿蘋懷疑地看著他。她在這裡上班這麼久，史崔克從來沒有一次要求她去蒐集證據過。

「我需要妳來幫我跟奧蘭多．昆恩說話。」他說，從沙發上站起來。「我不想自己來，她……嗯，她很麻煩。她不喜歡我的頭髮。她現在人在雷布洛克綠園道，在隔壁鄰居家裡，所以我們最好盡快出發。」

「她就是那個有學習障礙的女兒？」蘿蘋問道，已經糊塗了。

「對。」史崔克說。「她有一隻猴子，毛茸茸的，掛在她的脖子上。我在漢利斯看到了一堆——其實是睡衣褲套袋，叫做厚臉皮猴。」

蘿蘋瞪著他，似乎在替他的神志擔心。

「我見到她的時候，她脖子上就掛了一隻，而且她隨時都能變出東西來——圖畫、蠟筆、她從廚房餐桌上偷走的卡片。我剛剛才想通，她那些東西都是從那個睡衣褲套袋裡掏出來的。她偷別人的東西，」史崔克接著說，「而且她父親還在世時，她總是進進出出她父親的書房。他常常會拿紙給她畫圖。」

「你是希望她的睡衣套袋裡會有什麼線索，能追查出殺她父親的兇手？」

「不是，不過我認為很有可能她在昆恩的書房裡東偷西摸，拿了幾張《蠶》的原稿，也可能昆恩給了她幾張初稿讓她畫圖。我要找的是上頭有筆記的紙張，幾張丟棄的照片，隨便什麼都可以。是啊，我知道這是病急亂投醫，」史崔克說，正確解讀了蘿蘋的表情，「可是我們沒辦法進入昆恩的書房，警方早搜查過了，什麼也沒找著，而且我敢打賭昆恩帶走的筆記和草稿都被毀了。『厚臉皮猴』是最後一個可以搜查的地方了，再說，」他看了看錶，「要是我們要在我和范寇特見面之前來回，我們的時間也不多了。

「喔，這倒讓我想起來了……」

他離開了辦公室。蘿蘋聽到他上樓，覺得他一定是到公寓去，結果卻傳來翻找東西的聲響，所以她知道史崔克必然是在搜尋平台上那些箱子。等他回來，只見他拿了一盒乳膠手套，顯然是他離開特偵組時摸走的紀念品，還有一只透明證物袋，跟飛機上裝化妝用品的袋子一般大小。

「還有一樣關鍵證物是我想要弄到的。」他說，抽出一雙手套，交給一頭霧水的蘿蘋。「我覺得今天下午我跟范寇特見面時，妳可以試試看能不能拿到。」

他以簡短的幾句話說明了他希望蘿蘋取得的東西，也說明了緣由。

他的指示說完之後就是一陣愕然的沉默，其實也不算全然出乎史崔克的預料之外。

「你在開玩笑。」蘿蘋怯懦地說。

「不是。」

她不知不覺舉手掩口。

「一點也不危險。」史崔克向她保證。

「我擔心的不是會有危險。柯莫藍，那個──那個太噁心了。你──你真的沒開玩笑？」

「如果妳上星期在哈洛威看到莉奧諾拉．昆恩，妳就不會這麼問了。」史崔克沉悒地說。「要把她弄出來，我們非得聰明得成精不可。」

聰明？蘿蘋心裡這麼想，仍目眩口呆，乳膠手套抓在手上，愣愣站在那裡。他的建議乍聽之下似乎很瘋狂、很荒誕，而且還非常噁心。

「喂。」他突然變得一本正經。「我不知道該跟妳說什麼，只能說我能感覺得到。我能聞得出來，蘿蘋。有個精神錯亂的人，極度危險卻效率十足，潛伏在幕後。那個白痴昆恩的自戀狂剛好讓他成了他們的傀儡，而且並不是只有我一個人這麼認為。」

史崔克把蘿蘋的大衣拋給她，她穿上了，而他則把證物袋往口袋裡塞。

「他們一直在說還有別人牽涉其中：查德說是華德葛瑞夫，華德葛瑞夫說是塔塞爾，琵琶．密基利太笨，連就在眼前的事實都看不懂，而克里斯欽．費雪——嗯，他比較有見地，但是他不在書裡。」史崔克說。「他準確地指出了癥結所在，只是自己不自知。」

蘿蘋努力跟上史崔克的思路，同時對聽懂的部分將信將疑，跟著他步下金屬梯，走入寒冷的戶外。

兩人相偕走在丹麥街上。「這一宗謀殺案，」史崔克說，一邊點燃一根菸，「就算不是計畫經年，也計畫了好幾個月。仔細想想，還真是天才，可惜問題就出在機關算盡上。謀殺是不能像構思小說一樣的。真實生活中一定會有鬆散的環節。」

史崔克看得出他並未說服蘿蘋，不過他不操心。他之前也跟半信半疑的部下共事過。兩人一同走入地鐵站，搭上了中央線列車。

「你幫外甥買了什麼禮物？」蘿蘋在沉默良久之後問他。

「偽裝的工具和假槍。」史崔克說，他之所以選擇這些東西純粹是為了要惹惱妹夫。「而且我幫提摩西．安士提買了一個天大的鼓。耶誕節早上五點他們就可以好好享受了。」

儘管心事重重，蘿蘋仍噗哧一聲笑出來。

歐文．昆恩一個月前逃離的屋子也和倫敦其他地方一樣，覆蓋了白雪，屋頂純樸雪白，腳下的雪卻是又髒又灰。開心的伊努伊特人從他的酒館招牌上俯瞰來往的行人，有如主宰嚴冬街道的神祇。

今天立在昆恩住宅外守衛的警察換了一個，路邊也停了一輛白色廂型車，車門敞開。

兩人逐漸接近，看見了車子裡的鋤頭。「在花園裡挖內臟。」史崔克低聲跟蘿蘋咕噜。「他們在馬京沼澤白忙了一場，這次也不會在莉奧諾拉的花床底下找到什麼。」

「你說是就是。」蘿蘋以極輕的聲音答，有點被瞪著他們看的警察嚇到。他還滿英俊的。

「那妳今天下午要幫我證明喔。」史崔克壓低聲音說。「早。」他對著機警的警員喊，但是沒有得到回應。

史崔克似乎對他的瘋狂推論很有信心，顯得神采奕奕，可是蘿蘋心裡想如果萬一，僅僅是萬一他猜對了，那謀殺案慘絕人寰之處就遠遠不只是開膛破肚的屍體……

兩人步上了昆恩隔壁家的小徑，和守衛的警員也因此而近在咫尺。史崔克按了門鈴，只等了一會兒，門就開了，應門的是位一臉焦慮的矮小婦女，約莫六十出頭，穿著寬鬆便服，腳上是一雙鑲羊毛的拖鞋。

「妳是艾娜嗎？」史崔克問她。

「對。」她怯怯地說，抬頭看他。

史崔克介紹自己和蘿蘋，艾娜緊鎖的眉頭解開了，可憐兮兮地鬆了口氣。

「喔，是你。我聽過你的每一件事。你在幫莉奧諾拉，你會把她弄出來，對不對？」

蘿蘋非常清楚那位英俊的警員就在一呎外，把每一句話都收入耳裡。

「進來，進來。」艾娜說，從門口退開，熱切地招呼他們進屋。

「妳——對不起，我不知道妳姓什麼。」史崔克在門墊上擦腳。（她的房子和昆恩家的格局相同，不過溫暖乾淨，比昆恩家要溫馨舒適得多。）

「叫我艾娜。」她說，對他燦然一笑。

「艾娜，謝謝妳——妳知道，妳在開門讓人進來之前，應該要先看看對方的身分證件的。」

「喔，可是，」艾娜慌張了起來，「莉奧諾拉跟我說過你……」

話雖如此，史崔克仍堅持要出示駕照，然後才跟著她從走廊走到藍白相間的廚房。這間廚房也比莉奧諾拉家的明亮許多。

史崔克說明他們是來看奧蘭多的。「她在樓上。」艾娜說。「她今天不怎麼高興。要咖啡嗎？」

她忙著拿杯子，嘴上也不停，顯然是因為壓力大又寂寞。

「千萬別誤會了，我不介意照顧她，可憐的小羔羊，可是……」她無奈地看了看史崔克和蘿蘋，又脫口說：「可是要照顧多久呢？他們找不到家庭安置她。昨天有個社工來過，來看她；她說要是我不能照顧她，就得把她送到什麼收容所之類的地方；我說你們不能這樣對奧蘭多，她們從來就沒有一天分開過，她跟她媽媽，好，她可以留在我這裡，可是……」

艾娜瞧了瞧天花板。

「她剛剛非常煩躁，非常不高興。想要她媽媽回家來，我能怎麼跟她說？又不能說實話，對吧？他們又在隔壁，把整個花園都挖了，把噗噗先生挖出來了……」

「是死貓。」史崔克壓低聲音跟蘿蘋咕噥，而艾娜的眼鏡後滾出了眼淚，從她圓潤的臉頰上蹦下來。

「可憐的小羔羊。」她又說一次。

艾娜把史崔克和蘿蘋的咖啡弄好了，就上樓去叫奧蘭多下來。花了十分鐘她才把女孩哄下樓。今天奧蘭多穿了邋遢的運動服，一臉鬧脾氣的表情，可是史崔克很高興看到她緊緊摟著厚臉皮猴。

「他的名字跟巨人一樣。」她一看到史崔克，就對著廚房說。

「沒錯。」史崔克說，還點頭。「記性真好。」

奧蘭多坐上了艾娜幫她拉出來的椅子，懷裡仍緊緊抱著紅毛猩猩。

「我是蘿蘋。」蘿蘋說，對她微笑。

「一種小鳥。」奧蘭多立刻就說。「多多也是鳥。」

「她的爸媽都叫她多多。」艾娜幫忙說明。

「我們兩個都是鳥。」蘿蘋說。

奧蘭多凝視她，忽然就站了起來，走出了廚房，一句話也沒說。

艾娜深深嘆了口氣。

「不管什麼都會惹她不高興。根本就猜不透她——」

可是奧蘭多又回來了，帶著蠟筆和一本有線圈的繪圖本，史崔克敢說是艾娜買的，為的是逗她開心。奧蘭多在廚房餐桌坐下，笑望著蘿蘋，笑得又甜又開朗，卻看得蘿蘋沒來由地心酸。

「我要幫妳畫一隻知更鳥。」她宣佈道。

「太好了。」蘿蘋說。

奧蘭多著手畫了起來，還咬著舌頭。蘿蘋一聲不吭，只是看著圖畫成形。史崔克感覺到蘿蘋已經和奧蘭多打好了關係，就吃了一片艾娜擺出來的巧克力餅乾，隨口聊著天氣。

最後，奧蘭多畫好了，從本子上撕下來，推過去給蘿蘋。

「好漂亮喔。」蘿蘋說，對她綻開笑容。「真希望我能畫隻多多鳥，可是我根本就不會畫圖。」史崔克知道這句話是謊話。蘿蘋畫得很好；他見過她的隨筆亂畫。「可是我一定得給妳一點東西。」

她在皮包裡翻找，心急的奧蘭多緊盯著她看；最後她終於掏出了一面化妝小圓鏡，背後有一隻漂亮的粉紅色鳥。

「那。」蘿蘋說。「看，這是一隻火鶴。另一隻鳥。這個送妳。」

奧蘭多張大口接下了禮物，兩眼發直。

「跟阿姨說謝謝啊。」艾娜催她。

「謝謝。」奧蘭多說，把鏡子塞進了睡衣套袋裡。

「他是個袋子嗎？」蘿蘋以感興趣的活潑語氣問道。

「我的猴子。」奧蘭多說，把紅毛猩猩摟得更緊。「我爸爸給我的。我爸爸死了。」

「真遺憾。」蘿蘋小聲說，希望昆恩陳屍的那一幕沒有立刻跳入她的心底，他的軀幹空洞得就像睡衣套袋……

史崔克悄悄看了手錶。和范寇特約定的時間越來越近。蘿蘋喝了一口咖啡，又問道：

「妳都把東西收在妳的猴子裡嗎？」

「我喜歡妳的頭髮。」奧蘭多說。「又亮又黃。」

「謝謝。」蘿蘋說。「那裡面還有別的畫嗎？」

奧蘭多點頭。

「我能不能吃餅乾？」她問艾娜。

「可以給我看別的畫嗎？」蘿蘋問在啃餅乾的奧蘭多。

考慮了一下下之後，奧蘭多打開了她的紅毛猩猩。

一紮縐巴巴的圖畫拿了出來，大小不一，顏色也不盡相同。史崔克和蘿蘋都沒有一開始就翻到背面，而是在奧蘭多把畫攤在桌面上時不停稱讚；奧蘭多以蠟筆和彩色筆畫了亮麗的海星和跳舞的天使，蘿蘋還就此問她問題。他們的誇獎讓奧蘭多飄飄然，又挖出更多的寶貝。有打字機的舊色帶匣，長方形的，灰色的，上頭還有一條薄薄的色帶反印著曾打過的字。史崔克竭力自制，才沒有當下就去奪，只是眼睛始終不離，緊盯著色帶被一錫盒彩色筆和一盒薄荷掩蓋住。奧蘭多又攤開一張畫著蝴蝶的紙，背面有潦草的字跡透過來。

受到蘿蘋的鼓勵，奧蘭多又掏出了更多東西：一張貼紙，一張曼帝山的明信片，一個圓形冰箱磁鐵、上頭寫著：小心！你可能會被我寫進書裡！最後，她秀出了三張圖片，紙質較佳：兩張是校樣的插畫，一張是封面樣張。

「我爸爸從他的書裡面給我的。」奧蘭多說。「我要的時候，丹努爾還碰我。」她說，指著一張顏色鮮豔的圖片，史崔克一眼就認了出來，是「愛跳的袋鼠凱拉」。奧蘭多給凱拉加上了一頂帽子，還用霓虹色彩色筆把跟青蛙說話的公主給上了色。

艾娜很開心看見奧蘭多這麼健談，又煮了咖啡。蘿蘋和史崔克心裡惦記著時間，卻知道不能引發爭吵，激怒了奧蘭多，導致她把所有的寶貝都藏起來，所以兩人一邊閒聊，一邊把每一張紙的背面都檢查過。蘿蘋只要覺得有用的東西，都會悄悄滑給史崔克。

畫蝴蝶的紙張背後潦草寫了幾個名字：

山姆·布雷維爾。艾迪·波音？愛德華·巴斯金維爾？史蒂芬·布魯克？

曼帝山明信片是七月寄出的，寫了短短一行：

天氣好，飯店差，希望書寫得順！V xx

除此之外，就沒有別的字跡了。奧蘭多有幾張圖是史崔克上次來看過的。有一張倒畫在兒童餐廳菜單上，另一張是昆恩家的瓦斯費帳單。

「咳，我們應該走了。」史崔克說，還表示出惋惜的樣子，喝乾了咖啡。他差不多是漫不經心地握著朵卡絲．潘潔利的《惡岩堆上》封面樣張。封面上是一處峭壁拱衛的小海灣，有個身上又是泥又是水的女人仰臥的砂礫灘上，下腹部則橫陳著一道男人的陰影。奧蘭多在洶湧的藍色大海上畫了粗線條的黑魚。而封面下則藏著那個用過的色帶匣，是史崔克推過去藏匿的。

「我不要妳走。」奧蘭多跟蘿蘋說，突然緊繃，快哭出來了。

「剛才玩得不是很愉快嗎？」蘿蘋說。「我們一定會再見的啊。妳會好好保管妳的火鶴鏡子的，對不對？我也會好好保管我的知更鳥圖——」

可是奧蘭多又哀嚎又跺腳，她不想又說再見。趁著奧蘭多鬧得不可開交，史崔克就用《惡岩堆上》封面樣張把色帶匣捲住，順手收進了口袋裡，沒讓證物沾上他的指紋。

五分鐘後他們才走到街上，蘿蘋有些狼狽，因為她走向門口這段路並不平順，奧蘭多一直大哭，想要抓住她，艾娜不得不跟上來，動手抓住奧蘭多。

「可憐的孩子。」蘿蘋低聲說，不讓附近的警員聽見。「唉，實在是太糟糕了。」

「卻有收穫。」史崔克說。

「你拿到色帶匣了嗎？」

「嗯。」史崔克說，向肩後瞧了一眼，確定警員不在視線範圍內，這才拿出色帶匣，仍然捲在朵卡絲的封面裡，然後裝入了塑膠證物袋。「而且還不止。」

「真的？」蘿蘋驚訝地問他。

「可能的線索，」史崔克說，「不過也許是空歡喜一場。」

他再一看錶，就加快了速度，膝蓋立刻就刺痛，痛得他縮了縮。

「我得趕快，否則范寇特之約就要遲到了。」

二十分鐘後，兩人坐上了擁擠的地鐵，回返倫敦中區，史崔克說：

「妳知道今天下午要做什麼了吧？」

「一清二楚。」蘿蘋說，語氣卻保留。

「我知道不是什麼好玩的事情——」

「我煩惱的不是那個。」

「我也說過，應該沒有危險。」史崔克說，準備要起身了，因為就快到圖騰罕園路了。「可是……」

他頓住，忽有所思，濃眉微蹙。

「妳的頭髮。」他說。

「我的頭髮怎麼了？」蘿蘋反問他，不安地舉起了手。

「很顯眼，一見難忘。」史崔克說。「妳有沒有帽子？」

「我——我可以去買一頂。」蘿蘋說，莫名其妙覺得慌亂。

「算在零錢箱帳上。」史崔克跟她說。「小心一點總是比較好。」

43

唉呀呀，一股虛榮狂潮朝這兒捲來了！

——威廉·莎士比亞《雅典的泰蒙》

史崔克在鑼頭頌歌樂聲及應景的流行樂曲中走上熙來攘往的牛津街，再左轉，進入較安靜、較狹窄的院長街。這裡沒有商店，只有方方正正的大樓，門面各異其趣，白的、紅的、焦茶色的，容納著辦公室、小館子、酒吧、小夜總會型的餐廳。史崔克停下來讓貨車下貨，一箱箱的葡萄酒進了卸貨口；蘇活區這裡的聖誕節沒有那麼張揚，在這裡藝術界的人、廣告商和出版商雲集，而這些人出入得最頻繁的場所又首推古魯秋俱樂部。

這是一幢灰撲撲的樓房，幾乎毫無特色可言，黑框窗戶，樸實無華的凸圓欄杆，欄杆後是修剪得很美觀的樹籬。它的高貴之處不在於外觀，而在於僅有極少數人能夠進入這一家以原創藝術聞名的會員制俱樂部。史崔克跛行走過門檻，站在一處小小的門廳，櫃台後有個女孩子愉快地說：

「我能效勞嗎？」

「我跟邁可・范寇特有約。」

「好的——您是史崔克先生吧？」

「正是。」史崔克說。

他被帶入一間長形的房間，是酒吧，皮椅上坐滿了午餐來小酌一杯的人；穿過房間，往樓上走。拾級而上時，史崔克不免又暗忖，他的特殊調查局訓練並未瞻望到這樣的前景：沒有官方的身分，闖入疑犯本身的地盤，而受偵訊者有權能夠終止談話，無須理由，無須道歉。特偵組要求每一名軍官都要以人、地、事來架構偵訊過程……史崔克始終謹守這一套高效率的嚴格作業程序，但近來他必須粉飾事實，他其實把事情真相都歸檔在心裡的檔案箱裡。偵訊那些自以為是在送你人情的人需要不同的手腕。

他一登上二樓的木地板酒吧就看見了他的獵物。這裡的一面牆壁排著一溜三原色沙發，牆上掛著現代藝術家的畫作。范寇特斜倚在一張鮮紅色沙發上，一條胳臂貼著椅背，一腿微微抬高，誇飾他的舒坦。他的大頭後面就掛著一幅達米恩．赫斯特的點畫，活像個霓虹光圈。

作家豐厚的黑髮已摻雜銀絲，五官粗壯，闊嘴邊的細紋很深。他含笑看著史崔克走近，但笑容可能不是露給他認為能夠和他平起平坐的人看的（很難不這樣想，尤其是他擺出了精心研究過的舒適姿態，又習慣性地拉長一張臉），而是希望能表示自己氣度雍容。

「史崔克先生。」

他可能考慮過要站起來握手，可是史崔克的虎背熊腰常讓個頭較小的男人不願意離開座位。兩人越過小木桌握手。史崔克雖然不願意，卻也只能挑了個厚實的圓形大坐墊坐下，雖然他的體型和僅餘的膝蓋極不合適，否則就只能跟范寇特一同坐在沙發上，如此一來就顯得太過親暱，特別是作家的手臂還擱在椅背上。

他們旁邊是一名頭髮剃光的前連續劇演員，最近又在國家廣播公司的戲劇上扮演軍人。他正向兩名男士大聲談自己的事。范寇特和史崔克點了飲料，卻拒絕了菜單。范寇特不餓倒讓史崔克鬆了口氣，他的錢只夠買自己的午餐。

「你是這地方的會員多久了？」他等侍者離開後就問范寇特。

「從一開幕。我當初也是股東。」范寇特說。「我唯一需要的俱樂部。有必要的話我就在這裡過夜。樓上有房間。」

范寇特以刻意的專注目光凝視史崔克。

「我一直很期待能跟你見面。我下一部小說的主角是位所謂的反恐戰爭的老兵，旁及軍旅生涯的必然結果。等我們把礙事的歐文．昆恩給踢開，我倒想聽聽你的想法。」

名人想要操縱別人而使用的手段，史崔克碰巧略知一二。露西的吉他手父親瑞克並沒有史崔克的父親或是范寇特出名，但仍然是師奶殺手，只要在聖莫斯被中年婦女看見他排隊買冰淇淋，她們無不驚呼的驚呼，顫抖的顫抖——「我的天啊」——你怎麼會在這裡？瑞克曾偷偷和青少年的史崔克說要拐女人上床，最保險的做法就是跟她說你正在為她寫歌。邁可．范寇特宣稱他有意圖將史崔克寫進他的下一部小說裡，感覺上也是換湯不換藥。他顯然不了解對史崔克而言，看見自己的名字白紙黑字印出來並不新鮮，而且他也從未追逐過這種虛名。史崔克僅僅冷淡地一點頭，拿出了筆記本。

「你介不介意我用這個？可以幫我記住我想問你的問題。」

「請便。」范寇特說，一臉的好笑。他把剛才在看的《衛報》丟在一邊。史崔克看見一張照片，是位老人家，面容衰老，但長相極有特色，即使是上下顛倒，仍隱約覺得眼熟。照片下寫著：平克曼九十高齡。

「親愛的老平克。」范寇特說，注意到史崔克的視線。「下週我們要在切爾西藝術俱樂部幫他辦一個小宴會。」

「喔？」史崔克說，忙著找筆。

「他認識我伯父，兩人一起服役。」范寇特說。「我的頭一本小說《貝拉弗朗特》——我那時才剛牛津畢業——我可憐的老伯父，想要幫我，就寄給平克曼一本，因為他只認識平克曼一位作家。」

他說話的速度像是都測量過，彷彿某個隱形的第三者正以速記寫下他說的每一個字。他這套說詞聽來也像事前排練過，似乎是說過許多次，也可能他確實說過許多次；他畢竟經常受訪。

「平克曼當時正在寫作將來會成為《邦提的大冒險》系列的小說，對我寫的東西一個字也看不懂，」范寇特接著說，「可是為了給我伯父一個面子，就把我的書送到了查德圖書，結果僥倖的是，書落在整個公司唯一能夠看懂的那個人桌上。」

「運氣不錯。」史崔克說。

侍者端上范寇特的葡萄酒和史崔克的一杯水。

「那，」史崔克說，「你把平克曼介紹給你的經紀人，是為了還他一個人情嗎？」

「正是。」范寇特說，微微點頭，隱約像個老師，發現有一個學生注意聽講而欣喜慶幸。「那段日子平克的經紀人老是『忘記』把版稅交給他。無論你覺得伊麗莎白．塔塞爾怎麼樣，她都是個老老實實的人——在商言商，她那個人童叟無欺。」范寇特又補充一句，一面啜了一口酒。

「她也會去參加平克曼的宴會吧？」史崔克說，盯著范寇特看他作何反應。「她仍然幫他代理，對吧？」

「麗莎去不去我都無所謂。她難道還以為我對她仍充滿了敵意嗎？」范寇特問道，笑得挖苦。「我恐怕一整年都難得想到麗莎．塔塞爾一次。」

「你要求她擺脫昆恩，她為什麼拒絕？」史崔克問道。

史崔克看不出有何原因他不應該採取主動出擊的策略，畢竟這個人在他們首次見面的幾秒鐘之內就宣告了某種不為人知的動機。

「我並沒有要求她要擺脫昆恩。」范寇特說，仍然為了那名隱形的抄寫員而說得不疾不徐。「我只是說明有昆恩在她的旗下，我就不能繼續讓她代理，然後就離開了。」

「這樣啊。」史崔克說，很習慣了談論無關緊要的事情。「那你覺得她為什麼會讓你走？論經濟效益，你比較高，不是嗎？」

「我覺得說昆恩是刺魚，而我是梭魚，應該不失公允，」范寇特假笑道，「不過呢，是這樣的，麗莎和昆恩有一腿。」

「真的？我倒不曉得。」史崔克說，把筆尖按出來。

「麗莎來到牛津，」范寇特說，「這個高頭大馬的女孩一直在北方的各種農場裡協助她父親閹割公牛等等的，十分饑渴，想找人上床，可是感興趣的人不多。她看上了我，非常迷戀——我們又是同一個導師，所以其中的性張力足可媲美詹姆士一世時代的戲劇，讓女孩子慾火難耐——可是我還沒那麼有愛心，不足以犧牲自己來讓她甩掉童貞。我們一直是朋友，」范寇特說，「後來她開了經紀公司，我就把她引介給昆恩，昆恩向來就偏愛摸清大桶有多深，在性方面。於是不可避免的事就發生了。」

「有意思。」史崔克說。「大家都知道嗎？」

「不見得。」范寇特說。「昆恩已經娶了這個——嗯，這個女兇手，現在必須要這麼叫她了吧？」他若有所思地說。「要界定一段親密關係，我想『女兇手』要勝過『妻子』吧？而麗莎也會警告他，如果他仍像平常一樣四處宣揚她的閨房風光，後果不堪設想，因為她仍然抱著希望，也許能誘哄我跟她睡覺。」

這是盲目的虛榮，史崔克心裡納悶，抑或是就事論事，或是兩者皆有？

「她以前總是用那雙大牛眼看著我，等待著，期盼著……」范寇特說，嘴角不屑地一抽。「雅絲蓓死後，她終於明白即使我傷痛欲絕，也沒有要麻煩她的意思。我認為她是受不了將來數十年的禁慾人生，所以才選擇了力挺她的男人。」

「你離開了經紀公司之後，還有跟昆恩交談過嗎？」史崔克問道。

「雅絲蓓死後頭幾年，只要我進哪家酒吧，昆恩都會倉皇逃竄。」范寇特說。「後來他總算有了膽子，會留在同一間餐廳裡，緊張地偷看我。我想我們再也沒有說過一次話。」范寇特說，彷彿這件事無味得很。「你是在阿富汗受傷的吧？」

「對。」史崔克說。

這一招對女人也許有效，史崔克暗忖，刻意的專注凝睇。也許歐文．昆恩也就是以一模一樣的饑渴、吸血鬼似的目光蠱惑了凱絲琳．肯特和琵琶．密基利，說要把她們寫入《蠶》……而她們一想到部分的自己，自己的人生永遠鑲嵌入一位作家的琥珀之章中……

「怎麼受傷的？」范寇特問，視線落在史崔克的腿上。

「土製炸彈。」史崔克說。「那塔加斯路呢？你跟昆恩是那棟房子的共同持有人。難道你們都不必為那棟屋子聯絡？你可曾在那裡遇見他？」

「從來沒有。」

「你難道沒去看過？你是屋主——幾年來著——」

「二十，二十五年吧。」范寇特漠不關心。「不，自從約瑟夫過世之後，我就沒有進去過。」

「警方應該詢問過你了，有個女人說她認為在十一月八日那天看到你在屋外？」

「有。」范寇特簡短地說。「她搞錯了。」

他們旁邊的那名演員仍在大聲喧囂。

「……就想我他媽的受夠了，根本看不到我是該往哪邊跑，眼裡都是沙子……」

「那你從八六年之後就沒去過那棟房子？」

「對。」范寇特不耐煩地說。「歐文跟我根本就不想要那棟房子。」

「為什麼？」

「因為我們的朋友約瑟夫死在裡面，而且死得慘不忍睹。他討厭醫院，不肯服藥。等他陷入昏迷，那棟屋子狀況非常不堪，而他，活著時曾是阿波羅再世，被病折磨得只剩了一把骨頭，他的皮膚……他的下場很淒涼，」范寇特說，「而且還被丹尼爾．查德落井下石——」

范寇特的表情變硬，還做了咀嚼的動作，似乎是真的把未出口的話吃進去。史崔克耐著性子等。

「小丹．查德是個有意思的人。」范寇特說，很顯然是奮力想從駛入的死巷子裡倒車出來。「我認為歐文在《蠶》裡對他的描寫是浪費了一個大好的機會——不過未來的學者只怕也不會想在《蠶》中尋找什麼隱晦幽微的人物塑造吧？」他笑了一聲。

「換作是你來寫丹尼爾．查德，你會怎麼寫？」史崔克問道，而范寇特對這個問題似乎頗感意外。思索了一會兒，他才說：

「小丹是我見過最懷才不遇的人。對於他的工作範疇，他遊刃有餘，卻不快樂。他渴望年輕男性的胴體，可是除了繪畫之外，他沒有膽量更進一步。他充滿了禁忌和自厭，所以歐文醜化他，他才會有那麼不理性、歇斯底里的反應。小丹受制於他那個社交名流母親，她專制地要她極度害羞的兒子接掌家族事業。我認為，」范寇特說，「換我來寫，我會寫出滿精采的東西。」

「查德為什麼拒絕了諾斯的書？」史崔克問他。

范寇特又出現了咀嚼的動作，接著說：

「其實我滿喜歡丹尼爾．查德的。」

「我好像記得曾經有過什麼怨恨。」史崔克說。

「你怎麼會這麼想？」

「你在羅普查德的週年派對上說你『當然沒想到你自己』會回到羅普查德。」

「你也去了？」范寇特不客氣地問，一見史崔克點頭，就又追問：「為什麼？」

「我在找昆恩。」史崔克說。「他太太雇用我來找到他。」

「可是，我們大家也都知道了，他太太明明就知道他在哪裡啊。」

「不，」史崔克說，「我不認為她知道。」

「你確實是這麼想的？」范寇特問道，大頭歪向一邊。

「不錯。」史崔克說。

范寇特挑高了眉毛，專注地打量著史崔克，活像他是什麼櫃子裡的奇珍異寶。

「所以查德拒絕了諾斯的書，你並沒有對他不滿？」史崔克問道，回到了主題。

略頓了頓，范寇特才說：

「嗐，我確實是對他不滿。小丹為什麼拒不出版，這個原因你只有去問小丹自己，可是我認為是因為約瑟夫的病況受到了媒體的矚目，更讓中英格蘭的民眾對他即將出版的那本冥頑不靈的書覺得反感，而小丹，他並不清楚約瑟夫的愛滋病已經惡化，亂了方寸。他不想跟澡堂和愛滋病扯上關係，所以他就跟約瑟夫說他不要那本書了。他這種行為極度怯懦，歐文跟我——」

又是一頓。范寇特有多久不曾和昆恩一個鼻孔出氣了？

「歐文跟我都相信就是這件事殺了約瑟夫。約瑟夫連筆都拿不穩，眼睛也看不見了，可是他拚死拚活要在死前完成這本書。我們都覺得他熬住這口氣就是為了要寫書。但是查德的信來了，取消了他們的合約；約瑟夫一停筆，四十八小時之內就死了。」

「這跟你第一位太太的情況，倒是有相似之處。」史崔克說。

「這兩件事根本不能相提並論。」范寇特消沉地說。

「為什麼？」

「約瑟夫的書絕對更精采。」

但他又頓了頓，這次停頓的時間比較長。

「這是以純文學的角度來評。當然還有不同的切入角度。」

他喝完了葡萄酒，舉手召喚酒保，示意要第二杯。他們旁邊的演員仍呶呶不休，連喘口氣的時間都沒有。

「……說：『真實感個熊，不然你是要我怎樣，把我的胳臂鋸下來？』」

「你那時一定很不好過。」史崔克說。

「對。」范寇特乖戾地說。「對，我認為是可以用『不好過』來形容。」
「你失去了好朋友，又失去了妻子——嗯——就在幾個月之間吧？」
「對，僅僅幾個月。」
「那段時間你一直在寫作？」
「對，」范寇特說，發出憤怒、高高在上的笑聲，「那段時間我一直在寫作。這是我的職業。難道說還有人在你遇上了私人的困境時問你是否還在軍隊？」
「這倒沒有。」史崔克說，絲毫不懷恨。「你都寫什麼？」
「那本書沒出版。我放棄了我的書，為了要把約瑟夫的書完成。」
侍者將第二杯酒放在范寇特面前就離開了。
「諾斯的書還需要再續補嗎？」
「幾乎不用。」范寇特說。「他是很有天分的作家。我只整理了比較粗糙的部分，再把結局潤飾一下。他留下了筆記，說明了他的期望。寫完之後我就把書交給傑瑞．華德葛瑞夫，他那時在羅普查德。」
史崔克想起了查德說范寇特和華德葛瑞夫的妻子走得太勤，於是更多加小心。
「你之前和華德葛瑞夫合作過嗎？」
「我自己的書從來沒有跟他合作過，可是我聽說過他的名聲，他是很有才華的編輯，而且我知道他喜歡約瑟夫。我們一起合寫了《走向起跑線》。」
「他那本書編得很出色吧？」
范寇特方才的壞脾氣一閃即逝。說真的，他對史崔克的詢問方向倒是饒有興趣。
「是的，」他說，喝了一口酒，「非常出色。」
「可是你現在又回羅普查德，你卻不想跟他合作？」

「不怎麼想。」范寇特說，仍面帶笑容。「這些日子來他酒喝得很兇。」

「你覺得昆恩為什麼會把華德葛瑞夫寫進《蠶》裡？」

「我怎麼可能會知道？」

「華德葛瑞夫似乎一直待昆恩很好，很難理解昆恩為什麼覺得需要攻訐他。」

「是嗎？」范寇特說，仔細打量史崔克。

「我跟許多人談過，每個人對《蠶》裡的『剪刀手』一角似乎都有不同的解讀。」

「是嗎？」

「大多數的人對於昆恩攻擊華德葛瑞夫似乎都認為過分，他們看不出華德葛瑞夫做了什麼，居然受這樣的委屈。丹尼爾．查德認為從『剪刀手』可以看出還有別人跟昆恩合作。」

「他是以為誰會跟昆恩合寫《蠶》呢？」范寇特說，還哈的一聲笑。

「他有幾個人選。」史崔克說。「不過華德葛瑞夫卻認為『剪刀手』其實是在攻擊你。」

「我不是『虛榮』嗎。」范寇特含笑說。「人人都知道。」

「那為什麼華德葛瑞夫會認為『剪刀手』是在寫你呢？」

「這你就要去問傑瑞．華德葛瑞夫本人了。」范寇特說，仍笑吟吟的。「可是我怎麼覺得你認為你知道答案呢，史崔克先生。我再告訴你一句話：昆恩大錯特錯——他早該知道才對。」

陷入僵局。

「這麼多年來，你都沒有設法把塔加斯路的房子賣掉？」

「約瑟夫立了遺囑，要找到符合條件的買方非常困難。這是約瑟夫下的一步怪棋。他是個浪漫派，是個理想主義者。

「我把對這一切的感想——傳承、負擔，以及他的贈與的辛辣之處——都寫在《空屋》裡。」范寇特說，很像講師在推薦課外讀物。「歐文則把他要說的話——」范寇特又補充，還帶著淡淡的假笑，「寫在《巴爾札克兄弟》裡。」

「《巴爾札克兄弟》寫的就是塔加斯路的房子嗎？」史崔克問道。他讀了五十頁，並沒有得到這種印象。

「小說的背景是設定在那裡的。其實寫的是我們的關係，我們三個。」范寇特說。「約瑟夫死在一角，而歐文跟我想要追隨他的腳步，爬梳他死亡的意義。故事就設定在——據我看到的報導——就在你發現昆恩屍體的工作室裡。」

史崔克不吭聲，只顧著寫筆記。

「哈維．柏德這位批評家說《巴爾札克兄弟》『可怕得令人瑟縮、令人合不攏下巴、括約肌像被夾緊了。』」

「我只記得有一大堆玩弄卵蛋的部分。」史崔克說，而范寇特突然像個小女生一樣吃吃傻笑。

「那你是看過了？喔，沒錯，歐文對他的卵蛋念念不忘。」

他們旁邊的演員終於停下來喘氣了。短暫的寂靜中唯有范寇特的話聲輕響。演員及兩個用餐的同伴瞪著范寇特，范寇特只是以招牌的乖戾笑容應付，三個人立刻又匆匆聊了起來。史崔克露齒而笑。

「他真的有成見。」范寇特說，「『成見』一詞還搰法語，回頭望著史崔克。「畢卡索風，你知道，他的睪丸是他的創造力的泉源。無論是他的人生或是他的作品，他念茲在茲的都是男子氣概，男性雄風，生殖能力。有人可能會說對一個喜歡被綑綁、被宰制的人來說，這樣的執迷還真奇怪，但我卻認為那是自然而然的結果……那是昆恩在性的角色中的陰陽兩面。你應該注意到他在書裡給我們的名字吧？」

「瓦司和瓦里科塞爾。」史崔克說，又一次發現范寇特微微驚訝，驚的是像史崔克這樣的人居然也讀書，讀了居然會留意內容。

「瓦司——就是昆恩——是將精液從睪丸輸送到陰莖的管道——也就是健康的、有生殖力的創造力量。瓦里科塞爾——是睪丸中的一條血管擴大，非常痛苦，有時會導致不孕。非常典型的昆恩式蹩腳影射，說的是我在約瑟夫死後立刻就感染了流行性腮腺炎，而且因為身體太弱，連葬禮都沒法參加，另外他也指我——誠如你剛才所說——當時寫作的環境很不理想。」

「那時你們仍然是朋友嗎？」史崔克想澄清這一點。

「他動筆之初，我們仍然是——理論上來說——是朋友。」范寇特說，笑得很討厭。「可是作家是很野蠻的一群人，史崔克先生。如果你要的是一生的朋友和無私的同志之愛，那就去從軍，學怎麼殺人。如果你要的是一輩子的權宜之交，會以你的每一次失敗而得意洋洋，那就去寫小說。」

史崔克微笑。范寇特以事不關己的喜悅說：

「《巴爾札克兄弟》的書評有些倒是我讀過最辛辣的。」

「其中有來自你的嗎？」

「沒有。」范寇特說。

「你也是當時和你太太結婚的？」史崔克問道。

「沒錯。」范寇特說。他的表情閃動，恍如某隻動物的腰窩被蒼蠅碰到，抖了一抖。

「我只是想把時間弄清楚——在諾斯死後不久你也失去了她？」

「死的委婉說法還真有意思，是不是？」范寇特輕鬆地說。「我沒有『失去』她。正相反，我是在我們家的漆黑的廚房裡絆到了她，她的頭伸進了爐子裡。」

「很遺憾。」史崔克一本正經地說。

「唉……」

范寇特又叫了一杯酒。史崔克清楚他觸到了一個痛點，接下來不是可以錄下流水似的資料，就是永遠乾涸。

「你曾和昆恩談過導致你妻子輕生的那部改作小說嗎？」

「我剛才就說過了，自從雅絲蓓死後，我就沒有跟他說過話。」范寇特平靜地說。「所以答案是不。」

「可是你確定那是他寫的？」

「毫無疑問。跟許多腹中無物的作家一樣，昆恩其實是個模仿高手。我記得他拿約瑟夫的一些東西來開玩笑，相當幽默。他當然不會當眾嘲笑約瑟夫，纏著我們兩個對他的好處太多了。」

「有人承認在改作出版之前見過原稿嗎？」

「沒有人跟我這麼說過，可是如果真說了才教人意外吧，畢竟它導致了極嚴重的後果。麗莎．塔塞爾當著我的面否認歐文曾給她看過，可是我聽說她在出版前讀過。我相信她一定有鼓勵他出版。麗莎對雅絲蓓的嫉妒實在不健康。」

略一停頓，范寇特隨即以假裝的輕鬆說：

「現在很難回想當年等著紙墨印刷的書評，看你的作品被批評得一無是處。有了網路，隨便一個半文盲都可以是角谷美智子[1]。」

「昆恩始終否認是他寫的，對吧？」史崔克問道。

「不錯，那個沒種的狗雜種。」范寇特說，顯然沒留意到用詞失當。「昆恩就跟許多自命不凡的獨行俠一樣，愛嫉妒又好勝，一心一意只想聽奉承話。雅絲蓓死後，他怕極了會不見容於世。當然啦，」范寇特說，喜悅之情一眼就看得出來，「苦果還是出現了。歐文一直是靠沾光受益的，巴著約瑟夫和我，來個三人行。等約瑟夫一死，我也和他斷絕關係，他的本質就露出來了，

1.《紐約時報》評論家，曾獲普立茲獎。

他只不過是個想像力骯髒污穢，寫作風格有趣，根本不了解自己是在寫色情的人。有些作家，」范寇特說，「一生只有一本好書，那就是歐文。他以《荷巴特之罪》雷霆一現——這種說法也會正合他意——之後所有的東西都只是空洞的舊調重彈。」

「你不是說過你認為《蠶》是『躁狂者的傑作』？」

「你也看了？」范寇特說，隱隱有點受寵若驚。「嗯，不錯，那確實是文學上的一種珍品。我從來沒否認過歐文能寫，你知道，他只是從來挖不出什麼深刻或是有趣的東西來寫。其實，這種現象非常普遍。可是他終於在《蠶》這本書裡找到了題材了，不是嗎？人人都討厭我，人人都反對我，我是天才，卻沒有人賞識。他的成果怪誕特殊，滑稽可笑，散發著苦澀和自憐的酸氣，可是卻有無可否認的魅力。還有語言，」范寇特說，表現出了至今為止最大的熱忱，「值得欣賞。有些段落是他寫過的最佳文字。」

「你說的話很有幫助。」史崔克說。

范寇特似乎覺得好玩。

「是嗎？」

「我總感覺這件案子的核心就在《蠶》。」

「『案子』？」范寇特笑吟吟地說。略停一下。「難道你還是覺得殺害歐文．昆恩的兇手仍然逍遙法外？」

「對，確實如此。」史崔克說。

「既然如此，」范寇特說，笑得更愉快，「分析兇手的作品不是比分析被害人的更有用嗎？」

「也許，」史崔克說，「可是我們並不知道兇手寫不寫作。」

「喔，近年來差不多人人都是作家。」范寇特說。「全世界的人都在寫小說，只是根本沒人看。」

「我確信會有人看《蠶》，尤其是如果由你寫導論的話。」史崔克說。

「你說得沒錯。」范寇特說，笑得更加開心。
「你第一次讀是在什麼時候？」
「應該是……我想想……」
范寇特似乎是在心裡計算。
「昆恩寄過來之後，呃，週三週四吧。」范寇特說。「小丹．查德打電話來，說昆恩暗示醜化雅絲蓓那本書的小說是我寫的，小丹想說服我跟他聯合對昆恩採取法律行動。我拒絕了。」
「查德有沒有唸書中段落給你聽？」
「沒有。」范寇特說，仍面帶笑容。「因為他怕會失去他的明星作家。他只是概述了昆恩的說法，提供我他的律師團。」
「這通電話是幾時打的？」
「嗯，一定是……七號晚上。」范寇特說。「星期日晚上。」
「也就是你為新小說上電視受訪的那一天。」史崔克說。
「你還真是消息靈通啊。」范寇特說，瞇起了眼睛。
「我看了節目。」
「你知道嗎，」范寇特說，露出一絲不懷好意的模樣，「你不像會喜歡藝術節目的人。」
「我也沒說過我喜歡那種節目。」史崔克說，絲毫不意外范寇特似乎很享受他的搶白。「可是我倒是聽見你對著鏡頭提起第一位妻子時，說錯了她的名字。」
范寇特一言不發，只是就著酒杯杯緣注視史崔克。
「你先說『石』，後來又改口說『雅絲蓓』。」史崔克說。
「沒錯——我是口誤了。就連最口齒伶俐的人也會有口誤的時候。」
「在《蠶》裡頭，你過世的妻子——」

「——叫『石女』。」
「還真是巧合。」史崔克說。
「顯然是。」范寇特說。
「因為你在七號那天不可能知道昆恩把她取名為『石女』。」
「顯然是。」
「就在昆恩失蹤之後，有人把一份影印稿塞進了昆恩情婦家的信箱。」史崔克說。「你不會湊巧也提早拿到了稿子吧？」
緊接著而來的停頓變得過長。史崔克感覺到他設法在兩人之間織出的細絲應聲斷裂。無所謂。他原本就打算把這個問題留到最後才問。
「沒有。」范寇特說。「我沒提早拿到。」
他掏出了皮夾。剛剛他還宣稱要為下一部小說的角色聽聽史崔克的想法，現在似乎也拋到九霄雲外了，不過史崔克壓根不覺得遺憾。史崔克掏出了鈔票，但范寇特舉起一手，以錯不了的無禮態度說：
「不，不，我來付帳。媒體對你的報導提到你目前手頭不是很寬裕，其實這倒讓我想起了班．強森：『我是貧窮的紳士，是軍人；在仍過得去的時候，對如此卑微的權宜之計不屑一顧』。」
「是嗎？」史崔克愉快地說，把鈔票收回口袋裡。「我倒是想起了

sicine subrepsti mi, atque intestina pururens
ei misero eripuisti ominia nostra bona?
Eripuisti, eheu, mostrae crudele uenenum
Uitae, eheu nostrae pestis amicitiae.」

他板著臉看著范寇特的錯愕。但這位作家立刻就決定扳回一城。

「奧維德？」

「卡圖盧斯。」史崔克說。扶著桌子從低矮的大坐墊上起來。「粗略譯成：

原來你是如此偷偷摸了上來，如強酸腐蝕了

我的內臟，竊走了我最珍愛的一切？

唉，沒錯，偷竊：我血液中的邪毒

唉，我們曾有過的友誼竟是禍患。

「好吧，改天再見吧。」史崔克愉快地說。

他一跛一跛朝樓梯而去，范寇特的目光緊盯著他的背。

44

他的夥伴與友人全都衝入軍隊
有如澎湃的怒潮。

——托瑪斯．戴克《高貴的西班牙戰士》

當晚，史崔克在他的廚房兼客廳裡獨坐在沙發上許久，查令十字路上車來車往，偶爾還有提早慶祝耶誕節的跑趴咖模糊大叫，但是他幾乎充耳不聞。他摘掉了義肢；穿著四角褲坐在沙發上很舒服，殘肢擺脫了壓力，膝蓋的疼痛被第二劑止痛藥壓制住。沙發旁有沒吃完的麵條凝結在盤子上，小窗外的天空露出天鵝絨似的深藍夜色，但史崔克動也不動，不過他並沒有睡著。

他看見夏綠蒂一身婚紗似乎是許久許久以前的事了。一整天他都沒有想到她。是不是真正的癒合開始了？她嫁給了傑哥．羅斯，而他孤家寡人一個，守著寒冷的閣樓公寓，在昏暗的光線中沉思默想一樁精心設計的謀殺案。說不定他們兩個都終於得其所終。

他面前的桌上擺著透明塑膠證物袋，裡頭是他從奧蘭多那兒偷來的暗灰色打字機色帶匣，仍捲在《惡岩堆上》封面樣張裡，半藏半露。他瞪著這東西看，看了至少有半小時了吧，自覺像小孩子在耶誕節的早上面對一個神秘的、誘人的包裹，是耶誕樹下最大的一個包裹。可是他不該看，也不該摸，生怕會破壞了色帶上可能取得的物證。只要有遭破壞的嫌疑……

他看看手錶。他要自己等到九點半再打電話。還有孩子得哄上床，有個辛苦了一天的老婆得安撫。史崔克想要有充分的時間可以說明……

可是他的耐性也有極限。他站起來，略顯艱難，拿了辦公室的鑰匙，費力地下樓，緊扶著扶欄，單腳跳，偶爾坐下來。十分鐘後，他又回到公寓，回到仍然溫熱的沙發上，拿著瑞士刀，戴著先前他給蘿蘋的乳膠手套。

他小心翼翼把打字機色帶跟縐巴巴的封面從證物袋中取出來，把色帶匣連封面一起放在搖搖晃晃的塑膠板桌面上。他不敢大口喘氣，以附在瑞士刀上的牙籤插入裸露在外的兩吋脆弱色帶，動作極輕。輕輕一拉，拉出了一小段。露出了左右相反的一句話。

我還以為我了解艾迪這小子呢

史崔克的腎上腺素狂飆，但他只是滿意地輕聲一嘆。他很靈巧地把色帶捲回去，以附在瑞士刀上的螺絲起子來轉色帶匣上的齒輪，從頭至尾都沒有碰到他的手，然後，仍戴著乳膠手套，再把色帶裝入證物袋中。他再看了一次手錶。實在沒法再等下去了，就拿起手機，撥給大衛．波華斯。

「不方便嗎？」老朋友一接電話他就問。

「沒有。」波華斯說，語氣好奇。「什麼事，滴滴？」

「想請你幫個忙，魚餌。很大的一個忙。」

一百多哩外的工程師在布里斯托的客廳裡靜靜傾聽，讓偵探說明原委。等史崔克說完，對方並沒有立即回答。

「我知道我的要求不容易。」史崔克說，焦急地聽著線路的雜音。「我甚至不知道這種天氣有沒有可能。」

「當然有可能。」波華斯說。「不過我得看看什麼時間可以，滴滴。我馬上就有兩天假……」

「對，我也知道這一點可能有問題，」史崔克說，「我知道有危險。」

就是不知道潘妮願不願意……」

「少侮辱人，我還做過更危險的事呢。」波華斯說。「不是這個原因，是潘妮想要我帶她跟她媽媽去耶誕大採購……不過，去他的，你說這件事攸關生死嗎，滴滴？」

「差不多了。」史崔克說，閉上眼睛，咧嘴苦笑。「是攸關生命和自由。」

「而且還不必去耶誕大採購，正合我意。就這麼說定了，有結果我會打電話給你，ＯＫ？」

「小心點，兄弟。」

「廢話。」

史崔克把手機丟在旁邊的沙發上，雙手搓臉，仍咧嘴苦笑。他剛才要求波華斯做的事恐怕比抓住游過的鯊魚更瘋狂、更無稽，可是波華斯是個享受危險的人，而且現在也時機緊迫，不得不採取非常手段了。

關燈之前，史崔克又重讀了他和范寇特會面的筆記，並且還重重地在「剪刀手」一詞下面劃線，力道過大，穿透了紙頁。

45

爾難道看不出這個蠢的俏皮話？

——約翰．韋斯特《偽君子》

昆恩家與塔加斯路的房子仍持續蒐證中。莉奧諾拉仍在哈洛威監獄。現在變成了一場等待的遊戲。

史崔克習慣了在寒風中駐守數小時，監視變暗的窗戶，跟隨無臉的陌生人；習慣了無人應接的電話和大門，木然的臉，毫無所悉的旁觀者；習慣了不得不然的按兵不動。但這一次令人不安的是他無論做什麼，總甩脫不了微微的焦慮感。

你必須要保持距離，但總有人能突破這層屏障，尤其是受了冤屈的人。莉奧諾拉在坐牢，臉色蒼白，哭個不停，她的女兒完全搞不清楚狀況，脆弱可憐，又被奪走了雙親。蘿蘋把奧蘭多的圖畫釘在辦公桌上方，每天偵探和他的助手忙著別的案子，都會有一隻開心的紅腹鳥俯視他們，提醒他們雷布洛克綠園道有個鬈髮女孩仍然在等母親回家。

蘿蘋至少有了一份有意義的工作，雖然她覺得自己沒有達到史崔克的期望。她有兩天都空手回到辦公室，證物袋空空如也。史崔克警告過她，要她即便是犯錯，也寧可是因為過於小心；要她留意最小的跡象，看是否有人注意到她，或是記得她。他並不想明說他覺得蘿蘋有多麼顯眼，即使是把她的紅金色頭髮藏在一頂小圓帽下。她是非常漂亮的女人。

「我有必要那麼瞻前顧後的嗎？」她說，把他的指示奉為聖旨，恪守每一個字。

「別忘了我們是在辦什麼案子，蘿蘋。」他不客氣地說，五臟六腑都因焦慮而不舒坦。「昆恩可不是自己把自己的腸子挖出來的。」

怪的是，他的恐懼有的竟捉摸不定。他當然會擔心兇手逃之夭夭；擔心他編織的網太脆弱，會有極大的漏洞，而這張網的經緯又有極大部分是來自於他本人重新組構的想像，需要物證來做安定的錨，否則警方和辯護律師一口氣就能把它吹走。不過他擔心的還不只這些。

儘管史崔克不喜歡安士提貼在他身上的「神秘鮑伯」標籤，他卻有種逐步接近危險的感覺，其強烈的程度，幾乎就像他篤定知道「維京人」就要爆炸。大家都說這叫直覺，可是史崔克知道這是判讀細微的徵兆，下意識地把每個點連結起來。兇手的圖像漸漸從大量不相關聯的證據中浮現，而且圖像既赤裸又可怖：是一種執迷，一種狂暴的憤怒，一種工於心計、手段高明卻深深扭曲的心靈。

他越是糾纏，拒不放手，越是環繞，問的問題越犀利，就越有可能兇手某一天猛然回神，將擺出來的威脅態勢付諸實踐。史崔克對自己偵測攻擊並且予以痛擊的能力有信心，可是他猜不透某種變態的心靈可能會想出何種的解決之道，尤其是這個心靈那麼的沉迷於拜占庭式的殘酷。

波華斯放假的日子來了又走，並沒有實質的結果。

「現在別放棄，滴滴。」他在電話中跟史崔克說。不出所料，努力沒有成果，非但沒有讓波華斯洩氣，好像還更激勵他。「我星期一會請病假，再試一次。」

「我不能要求你這麼做。」史崔克喃喃說，覺得氣餒。「路途——」

「是我自己願意要幫忙的，你這個不知感恩的木腿混蛋。」

「潘妮會宰了你。她不是還要耶誕大採購嗎？」

「我出現在倫敦警察隊的機會有多大？」波華斯說。出於原則，他不喜歡倫敦，也不喜歡倫敦市民。

「你真夠義氣，魚餌。」史崔克說。

他把電話掛斷，就看見蘿蘋咧著嘴笑。

「有什麼好笑？」

「『魚餌』。」她說。聽來非常有私立學校味，非常不像史崔克。

「別想岔了。」史崔克說。於是他說起了大衛・波華斯跟那條鯊魚的事，才說到一半，手機就又響了：是不知名的號碼。他接了起來。

「請問是柯莫藍——呃——史崔克嗎？」

「正是。」

「我是茱德・葛拉罕，是凱絲・肯特的鄰居啦。伊回來了。」女性聲音開心地說。

「太好了。」史崔克說，對蘿蘋豎起大拇指。

「對，她今天早上回來的。還帶了個朋友。我問她去哪裡了，她不肯說。」她的鄰居說。

史崔克想起了茱德・葛拉罕以為他是記者。

「那個朋友是男的女的？」

「女的。」她的語氣遺憾。「高高瘦瘦的、皮膚黑，她常常跟凱絲在一起。」

「妳真是幫了大忙了，葛拉罕太太。」史崔克說。「我——呃——待會兒會從門縫裡塞點東西給妳，謝謝妳的熱心。」

「好。」鄰居開心地說。「拜。」

她掛了電話。

「凱絲琳・肯特回家了。」史崔克跟蘿蘋說。「她好像把琵琶・密基利帶回去住了。」

「喔。」蘿蘋說，盡量不要笑。「那，你大概後悔用擒拿手扣住了她的頭吧？」

史崔克懊惱地咧嘴笑。

「她們不會跟我開口。」他說。

「對。」蘿蘋同意。「我想是不會。」

「莉奧諾拉坐了牢，她們可高興了。」

「如果你把你的推論告訴她們，她們說不定會合作。」蘿蘋建議道。

史崔克輕撫下巴，看著蘿蘋，卻視而不見。

「不行。」他最後說。「萬一走漏了消息，我可能在哪個暗夜背後被捅上一刀。」

「真的假的？」

「蘿蘋，」史崔克說，微微氣惱，「昆恩被五花大綁，剖腹挖腸耶。」

他坐在沙發臂上，這個位置的雜音較小，但也被他的體重壓得吱嘎響。說：

「琵琶・密基利喜歡妳。」

「好，我來。」蘿蘋說得很乾脆。

「不能一個人去，」他說，「也許妳能把我弄進去？今晚怎麼樣？」

「當然好！」她說，興高采烈。

她跟馬修不是立下了新規矩了嗎？這是測試他的第一次。她信心滿滿地去打電話，告訴馬修今晚不知幾時才會回家，他的反應稱不上熱切，但也毫無異議接受了。

於是史崔克和蘿蘋討論了應該採取的策略，商量了許久。七點鐘，蘿蘋先出門，十分鐘後史崔克再跟上，兩人在冰冷的夜裡走向斯塔福・克里普斯大樓。

又見一群年輕人立在街區的水泥前院，這一次他們並不像兩週前戒慎恐懼地讓史崔克通過，有一個人趁蘿蘋接近內部樓梯時，在她面前倒著蹦跳，邀請她同樂，讚美她漂亮，以笑聲嘲笑蘿蘋的沉默以對，而他的同伴則在黑暗中訕笑她，討論她的背影。進入水泥樓梯間之後，取笑蘿蘋的喧鬧聲迴盪得很怪異。蘿蘋估量他最多不超過十七歲。

他為了取悅同伴，沒精打采地斜掛在樓梯上。「我需要上樓。」蘿蘋說得很果斷，其實頭皮發麻，直冒冷汗。他還是個孩子，她告訴自己。而且史崔克就跟在後面。一想到此，她勇氣十足。

「請你讓開。」她說。

他猶豫了，輕蔑地批評了她的身材之後才讓開。蘿蘋半以為他會在她經過時抓她，不過他又蹦跳回同伴身邊了。她拾級而上，那夥青年全都對著她的背污言穢語，不過讓她寬心的是沒有人跟上來，她平安來到凱絲琳．肯特的公寓門前。

屋裡亮著燈。蘿蘋頓了一秒，打起精神，按了門鈴。

過了幾秒，門開了六吋寬，有名中年婦女立在門後，紅色長髮亂糟糟的。

「妳是凱絲琳嗎？」

「妳是誰？」女人懷疑地問道。

「我有非常重要的消息要告訴妳。」蘿蘋說。「妳會需要聽一聽。」

（「千萬別說『我需要跟妳談一談，』」史崔克這麼教導她，「或是『我有問題要問妳。』妳要設個局，讓她覺得是於她有利。儘可能不要告訴她妳是誰；要聽起來事態嚴重，讓她擔心萬一讓妳走，會錯失什麼重要的事。妳要在她仔細思考之前就進到屋子裡。叫她的名字。跟她有個人的連結。一直說話，別停嘴。」）

「什麼消息？」凱絲琳．肯特質問道。

「我能進去嗎？」蘿蘋問她。「外面很冷。」

「妳是誰？」

「妳需要知道這件事，凱絲琳。」

「妳是——？」

「凱絲？」她後面有人說話。

「妳是不是記者？」

「我沒有惡意。」蘿蘋即興發揮，腳趾已過了門檻。「我是想幫忙，凱絲琳。」

「嘿——」

凱絲琳的臉孔邊出現了一張熟悉的長臉和褐色大眼。

「我跟妳說的就是她！」琵琶說。「她跟他一起工——」

「琵琶，」蘿蘋說，跟高個子女孩視線接觸，「妳知道我是站在妳這邊的——我有事需要告訴妳們兩個，很重要——」

她的一隻腳已經有三分之二進了門檻。蘿蘋凝視琵琶驚慌的眼睛，表情能多懇切就多懇切。

「琵琶，如果我不是認為很重要，也不會跑這一趟——」

「讓她進來。」琵琶跟凱絲琳說，她似乎很害怕。

門廳窄仄，似乎掛滿了大衣。凱絲琳帶蘿蘋走入一間亮著燈的小客廳，牆壁畫著簡單的木蘭花。棕色窗帘，布料極薄，對面建築的燈光以及遠處經過的汽車頭燈都能透過來。舊沙發罩著略嫌骯髒的沙發套，底下的地毯是螺旋幾何圖案，便宜的松木咖啡桌上仍放著沒吃完的外帶中國菜。客廳一角有一張顫巍巍的電腦桌，桌上有台筆電。蘿蘋看見兩個女人正在合力裝飾一株假耶誕樹，心裡突然一抽，像是自責。地板上有一串小燈泡，唯一的單人沙發上擺著一些裝飾品。其中有張瓷盤，寫著未來的名作家！

「妳想怎麼樣？」凱絲琳．肯特雙臂抱胸，不客氣地問道。

她那兩隻兇狠的小眼正氣沖沖瞪著蘿蘋。

「我可以坐下嗎？」蘿蘋問道，而且不等人家回答就逕自坐下了。（「在不會顯得沒禮貌的前提下，儘可能讓自已自在，讓她很難把妳轟出去。」史崔克是這麼教的。）

「妳想怎麼樣？」凱絲琳．肯特又問一次。

琵琶立在窗前，瞪著蘿蘋，蘿蘋看見她手上玩弄著一件小東西，是一隻打扮得像聖誕老人的老鼠。

「妳知道莉奧諾拉．昆恩因謀殺罪而被捕了嗎？」蘿蘋問她。

「我當然知道。就是我，」凱絲琳指著自己的豐胸說，「發現了買繩子、回教罩袍跟工作服的 VISA 卡帳單的。」

「對，」蘿蘋說，「這個我知道。」

「繩子跟罩袍！」凱絲琳．肯特忽然喊得很急。「他可看走了眼了吧？這麼多年來還以為她只是什麼遲鈍的小……無聊的小——小母牛——哼，看她是怎麼對他的！」

「對，」蘿蘋說，「我知道乍看之下確實是如此。」

「什麼意思，什麼叫『乍看之下』——？」

「凱絲琳，我是來警告妳的：他們不認為是她殺的。」

（「別說得太清楚。能迴避的話就不要很明顯的提到警方，別說得太清楚，讓他們可以查證，要含糊其詞。」史崔克是這麼跟她說的。）

「妳是什麼意思？」凱絲琳的聲音刺耳。「警察不認為——？」

「妳也能使用他的信用卡，也有更多機會複製——」

凱絲琳慌亂地看看蘿蘋，又看看琵琶，琵琶正緊攥著耶誕老鼠，臉色蒼白。

「可是史崔克不認為是妳殺的。」蘿蘋說。

「誰？」凱絲琳說。她顯然太困惑、太驚慌，腦筋打結了。

「她的老闆啦。」琵琶像在舞台上提詞。

「他！」凱絲琳說，又轉過來對著蘿蘋。「他可是幫莉奧諾拉的！」

「他不認為是妳殺的，」蘿蘋再說一次，「雖然有信用卡帳單——而且找到帳單的又是妳。我是說，外表看來確實很怪異，可是他很肯定妳只是湊巧——」

「是她給我的！」凱絲琳．肯特說，伸長兩手，氣憤地亂揮。「他的女兒——是她給我的，我有好幾個禮拜連翻都沒翻過來看，根本沒想到。我一直很厚道，接受她的爛圖畫，還表現得好像畫得很棒——我一直很厚道！」

「我了解。」蘿蘋說。「我們也相信妳，凱絲琳，真的。史崔克想要揪出真兇，他並不像警方。」（「暗示，別講明了。」）「他可不想隨便抓一個昆恩可能讓——妳知道——」

讓她綁起來這幾個字懸浮在空中，心照不宣。

琵琶比凱絲琳要容易看透。她容易上當，又容易驚慌，正看著凱絲琳，而凱絲琳似乎火冒三丈。

「說不定我根本就不在乎他是被誰宰了！」凱絲琳咆哮，說得咬牙切齒。

「可是妳總不會想被逮——？」

「我只聽妳在說他們在疑心我！新聞根本什麼也沒提！」

「唉……新聞怎麼可能會說呢？」蘿蘋溫和地說。「警方又不會召開記者會承認他們鎖定錯了人——」

「誰有那張信用卡？還不是她。」

「昆恩通常都自己使用，」蘿蘋說，「而且能拿到那張信用卡的人不只是他太太。」

「妳是什麼人，妳怎麼會知道警方在想什麼？」

「史崔克在倫敦警察隊裡有人脈。」蘿蘋平靜地說。「他跟那位調查的警官李察．安士提以前同在阿富汗。」

一想到曾訊問過她的警察的名字，凱絲琳似乎也認了真。又瞧了琵琶一眼。

「妳為什麼跟我說這些？」凱絲琳不客氣地問蘿蘋。

「因為我們不想看到又有無辜的女人被逮捕，」蘿蘋說，「因為我們認為警方找錯了人，在浪費時間，也因為，」（「魚鉤裝上了餌之後，再加點給自己的好處，會比較可信。」）「如果柯莫藍抓住了真兇，又一次，他顯然能得到不少好處。」她說，表現得有些難堪。

「可不是嗎，」凱絲琳說，忿忿地點頭，「就是為了這個吧？他想出名。」

跟了歐文．昆恩兩年的女人都不會不相信出名就是最大的好處。

「咳，我們也只是想警告妳他們的想法，」蘿蘋說，「也想請妳幫忙。可是，妳很顯然不想……」

蘿蘋作勢要起身。

（「等妳把好處都擺出來了，就表現出要不要隨妳的樣子。等她反過來追妳，事情就成了。」）

「我知道的都跟警察說了。」凱絲琳說，變得不知所措，因為蘿蘋站起來比她高。「我沒有別的話好說了。」

「唔，我們並不確定他們的問題是不是問對了方向。」蘿蘋說，又坐回沙發上。「妳是作家。」她說，忽然不管史崔克為她劃好的軌道，脫稿演出，眼睛盯著一角的筆電。「妳會注意細節。妳比別人都要了解他這個人以及他的作品。」

策略急轉彎，改為吹捧，竟然讓凱絲琳準備向蘿蘋吐出的氣話都卡在喉嚨裡（她的嘴巴已經張開，話都快出口了）。

「那又怎樣？」凱絲琳說。兇狠的態度現在有點假了。「妳想知道什麼？」

「妳願意讓史崔克來，聽聽妳的說法嗎？如果妳拒絕，他絕不會硬闖進來。」蘿蘋跟她保證（不過這是她擅自加上的條件）。「他會尊重妳有拒絕的權利。」（史崔克根本沒這麼說過）「可是他很想聽妳親口說。」

「我連說的話有沒有用都不知道呢。」凱絲琳說，雙臂抱胸，卻掩飾不了一絲得意之情。

「我知道這麼要求妳很過分，」蘿蘋說，「可是凱絲琳，如果妳能幫我們抓到真正的兇手，妳下次上報的原因就會很體面。」

這份承諾在小客廳中輕輕落定——凱絲琳想像著被熱心又欽佩的記者訪問，詢問她的作品，也許會問：請妳談一談《梅琳娜的犧牲》……

凱絲琳斜睨了琵琶一眼，琵琶說：

「那個王八蛋綁架我耶！」

「是妳想攻擊人家，小琶。」凱絲琳說。她略微焦急地轉向蘿蘋。「不是我教她做的。她就——我們看了他在書裡寫的東西之後——我們兩個都……我們以為他——妳老闆——是受雇來誣陷我們的。」

「我了解。」蘿蘋口是心非，其實她覺得對方的這種推論很勉強，完全是疑心病過重，不過跟歐文．昆恩在一起久了，只怕就會有這種影響。

「她沖昏頭了，沒好好想想。」凱絲琳說，看了受她保護的女孩一眼，表情是愛嗔交織。

「這也難怪。」蘿蘋虛偽地說。「我可以打電話給柯莫藍——我是說史崔克嗎？請他過來跟我們會合？」

她已經把手機從口袋裡拿了出來，低頭一瞥，就看見史崔克傳來的簡訊：

在露台上。冷死了。

她回傳：

等五分鐘。

其實她只需要三分鐘。凱絲琳被蘿蘋的熱忱與體諒的態度軟化了，而琵琶一副驚弓之鳥的模樣，唯恐史崔克來了之後會發現更不堪的事實，也刺激了她，所以等史崔克終於敲門，凱絲琳迎向大門時，態度近乎雀躍。

史崔克一到，門似乎就變小了。他往凱絲琳身邊一站，顯得既龐大又男性氣概過足。她把耶誕樹的裝飾品掃開，史崔克矮身坐進唯一的單人沙發上。琵琶退到長沙發的末端，坐在扶手上，拋給史崔克既叛逆又驚恐的眼神。

「要不要喝點什麼？」凱絲琳打量著史崔克，他仍穿著厚風衣，十四號的大腳四平八穩地放在她的螺旋圖案地毯上。

「茶就可以了。」他說。

她走到小廚房裡。琵琶一發現只剩下她和史崔克、蘿蘋三個，嚇得立刻跟了上去。

「幹得好，」史崔克喃喃跟蘿蘋說，「只要她們能把茶送上來。」

「她對於自己是作家非常的自傲，」蘿蘋也壓低聲音回答，「也就是說她對他的了解或許會比其他人要……」

可是琵琶端著一盒廉價餅乾回來了，史崔克和蘿蘋立刻就沉默下來。琵琶又坐回長沙發尾端，不時斜睨史崔克一眼，眼神中有驚嚇，卻也不失樂在其中的況味，就如她蜷縮在他們辦公室那次。

「謝謝妳願意幫忙，凱絲琳。」史崔克說。她放下茶盤後，蘿蘋看見有一只馬克杯上寫著尚洗鍊，多校勘。

「還不知道幫不幫得上忙呢。」肯特反駁他，雙臂抱胸，居高臨下怒視他。

「凱絲，坐嘛。」琵琶哄她，凱絲琳就勉為其難坐在長沙發上，夾在蘿蘋和琵琶之間。

史崔克的當務之急是讓蘿蘋培養出的貧弱信任能更強固；眼前不是正面攻擊的時候。於是他發表了一段呼應蘿蘋的話的演說，暗示當局對逮捕莉奧諾拉一事有了另類思考，目前正在再次檢驗證物，雖不直言是警方，卻句句扣緊倫敦警察隊正將辦案重心轉移到凱絲琳．肯特這邊。他說話時，遠處響起警笛聲。史崔克信誓旦旦地說他個人確定肯特是清白的，但是他認為警方不了解她這個資源有多重要，也因而無法適當運用。

「這個嘛，你說得滿有道理的。」她說。他這番安撫之詞倒還沒有讓她心花怒放到卸下心防的程度。她拿起「尚洗鍊」杯，帶著不屑說：「他們就只想知道我們的性生活。」

史崔克記得根據安士提的說法，凱絲琳無需多催促，就主動提供了許多這方面的消息。

「我對你們的性生活沒有興趣。」史崔克說。「很顯然他——請恕我直言——他在家裡並沒有得到滿足。」

「好幾年都沒跟她上床了。」凱絲琳說。蘿蘋想起了莉奧諾拉臥室中那些昆恩被綑綁的照片，連忙垂下視線看著茶水。「他們兩個完全沒有共同點。他不能跟她談他的作品，她沒興趣，也不在乎。可是他跟我們說——對不對？」——她抬頭看坐在她身邊扶手上的琵琶——「她甚至不曾好好讀他的書。他希望能在這個層面上和某人心有靈犀。他跟我就可以討論文學。」

「還有我。」琵琶說，立刻就要長篇大論。「他對身分認定的政策有興趣，而且他跟我談了好幾個小時，說我靈魂生錯了軀殼——」

「對，他跟我說能夠找一個真正了解他的作品的人傾訴，實在是非常快慰的一件事。」凱絲琳大聲說，蓋住了琵琶的話。

「我想也是。」史崔克說，還點頭。「而警方壓根就沒有想到要問一下這方面吧？」

「哼，他們只問了我們是怎麼認識的，我就跟他們說：在他的創意寫作課。」凱絲琳說。「其實我們也是日久生情，他對我的寫作有興趣……」

「……對我們的寫作……」琵琶小聲說。

凱絲琳話匣子一開就沒完沒了，史崔克不時點頭，對於師生關係逐漸變調的過程聽得津津有味，而且琵琶也總是夾在兩人之間，唯有臥室內是絕對只有昆恩和凱絲琳兩人。

「我寫奇幻小說，情節曲折。」凱絲琳說，而史崔克頗詫異，也有一些好笑，她的口氣居然變得像范寇特了：像事前排練過，言簡意賅。剎那間，他不由得納悶：是有多少坐下來寫故事的人會在小憩時練習談論自己的作品？他也想起了華德葛瑞夫跟他說的事，說昆恩很坦白地承認他會用原子筆來玩角色扮演的訪問遊戲。「其實是奇幻情色小說，不過相當有文學味。可惜傳統的出版業就是這樣，不肯冒險投資前衛的東西，只一味講究暢銷類型；如果你混合了幾種類型，如果你創造了全新的東西，他們就裹足不前……我知道那個麗莎．塔塞爾，」凱絲琳把這個名字說得像什麼病症，「跟歐文說我的作品格局太小。可是獨立出版的偉大之處就在這裡，自由——」

「對，」琵琶說，顯然急於突顯自己的重要，「一點也沒錯，我覺得類型小說也可以靠獨立出版來——」

「不過我不算是類型小說，」凱絲琳說，略微蹙眉，「我要強調的是——」

「——可是歐文覺得我的自傳還是應該回歸傳統。」琵琶說。「你知道，他對男女的性別認定真的很有興趣，而且他對我的經歷也非常著迷。我介紹他認識了幾個變性人，他答應要跟他的編輯談我的事，因為他覺得，只要促銷手法對了，再加上一個沒有人真正碰觸過的題材——」

「歐文愛死了《梅琳娜的犧牲》，等不及要知道下文。每次我寫完一章，他幾乎都是從我手裡搶過去看的，」凱絲琳大聲說，「而且他跟我說——」

她話沒說完就突然打住。琵琶因屢屢被打斷而表情氣惱，但懊惱的神色也逐漸淡去。蘿蘋看得出來，她們兩個都突然記起了昆恩從頭至尾都以溢美之詞在鼓動她們，可是離開了她們迫切的視線，舊電動打字機創造出的「女妖」和「陰陽人」兩個角色卻淫蕩醜惡。

「那他都跟妳們談他自己的作品嗎？」史崔克問道。

「一點點。」凱絲琳．肯特的語調木然。

「妳知不知道他寫《蠶》寫了多久？」

「我認識他的那段時間，他差不多都在寫。」她說。
「他有沒有說什麼？」
一陣沉默。凱絲琳和琵琶彼此互望。
「我跟他說過了，」琵琶告訴凱絲琳，還很刻意地瞧了史崔克一眼，「說他跟我們說會與眾不同。」
「對。」凱絲琳沉重地說，又交抱雙臂。「他沒跟我們說會是那種與眾不同。」
會是那種……史崔克想起了從「女妖」的雙乳中泌出的棕色的黏液。他個人覺得那是書中最令人反感的段落之一。他記得凱絲琳的姐姐死於乳癌。
「他說過書會是什麼內容嗎？」史崔克問道。
「他騙了我們。」凱絲琳說得簡短。「他說會是作者的旅程之類的，可是他……他跟我們說我們會是……」
「『美麗的迷失靈魂』，」琵琶說，她似乎對這個句子念念不忘。
「對。」凱絲琳沉重地說。
「他有沒有唸出來給妳聽過，凱絲琳？」
「沒有。」她說。「他說他想要──要──」
「喔，凱絲。」琵琶傷心地叫她。凱絲琳雙手蒙住了臉。
「來。」蘿蘋親切地說，掏出了皮包裡的面紙。
「不用。」凱絲琳粗聲粗氣地說，從沙發上站了起來，消失到廚房裡。回來時拿了一捲廚房紙巾。
「他說，」她再說一次，「他要給我們一個驚喜。那個殺千刀的。」她說，又坐了下來。「殺千刀的。」

她點點眼睛，搖頭，紅色長髮隨之搖蕩。而琵琶則幫她揉背。

「琵琶跟我說，」史崔克說，「昆恩從信箱裡塞了一份影印稿給妳。」

「對。」凱絲琳說。

琵琶顯然已經向凱絲琳坦承她的一時嘴快。

「隔壁的茱德親眼看見的。她那個三八就愛多管閒事，老是注意我的一舉一動。」

史崔克才剛把一張二十鎊鈔票塞進了愛管閒事的鄰居信箱裡，以示感激她知會他凱絲琳的動向。他說：「那是幾時？」

「六號一大早。」凱絲琳說。

史崔克幾乎能感覺到蘿蘋的緊繃與興奮。

「那時妳家大門外的燈亮著嗎？」

「燈？壞了幾個月了。」

「那她有沒有跟昆恩說話？」

「沒有，只是從窗戶向外窺探。那時候是半夜兩點吧，她穿著睡衣是不肯到門外來的。可是她看過昆恩來過好幾次，她知道他的長、長相，」凱絲琳語帶哽咽，「穿著他那件臭、臭斗篷，戴帽子。」

「琵琶說他還附了張便條。」史崔克說。

「對——『我們兩個的報應到了』。」凱絲琳說。

「紙條妳還留著嗎？」

「被我燒了。」凱絲琳說。

「是寫給妳的嗎？一開始是不是寫『親愛的凱絲琳』？」

「不是，」她說，「只有那句話，還有一個吻。王八蛋！」她啜泣道。

「我去弄點酒來好嗎？」蘿蘋自告奮勇，出乎大家的意料。

「廚房裡有。」凱絲琳說，因為拿廚房紙巾捣著臉頰和嘴巴而話聲模糊。「小琶，妳去。」

「妳確定紙條是他寫的？」史崔克在琵琶飛奔去拿酒時問。

「對，是他的筆跡，燒成灰我都認得。」凱絲琳說。

「妳認為那句話是什麼意思？」

「不知道。」凱絲琳虛弱地說，擦抹淚流不停的眼睛。「我的報應是因為他對老婆不忠嗎？他有報應是因為他對每個人使壞……甚至是對我。沒種的狗雜種。」她說，不自覺間重複了邁可．范寇特的話。「他大可跟我說他不想……要是他想結束……何必做這種事？為什麼？再說一個巴掌拍不響，又不是只有我……小琶……裝得好像他關心，跟她談她的人生……她的過去過得有多辛苦……我是說，她的回憶錄並不是什麼偉大的文學，可是──」

琵琶端著杯子和一瓶白蘭地回來了，杯子撞得叮叮響，凱絲琳立刻就打住不說。

「這是我們留下來要做聖誕布丁的。」琵琶說，靈巧地打開了白蘭地。「來，凱絲。」

凱絲琳拿了一大杯，一口喝乾。酒精似乎發揮了應有的效果。她吸吸鼻，挺直腰。蘿蘋接受了一小杯。史崔克則拒絕了。

「妳是幾時讀他的原稿的？」他問凱絲琳，她又多倒了一些白蘭地。

「我收到的同一天，九號，我回來拿些換洗衣物。我一直在安寧病房陪安琪拉，哼，他從煙火夜就沒有接我的電話，一通也沒有，我跟他說安琪拉病得很重，我還留言了。然後我就回來，在地板上看到原稿散得滿地都是。我還想是不是這樣他才不撿起來，他想要我先看？我把稿子帶回安寧病房，在那裡看的，在我陪安琪拉的時候。」

蘿蘋只能想像她陪著垂死的姐姐，又讀到她的情人是如何描繪她的，彼時彼景，情何以堪。

「我打電話給琵琶了──對不對？」凱絲琳說；琵琶點頭。「──我跟她說了他做的好事。

我一直打電話給他，可是他就是不接。後來安琪拉死了，我就想管他去死的，你躲，老娘就去找你。」白蘭地讓凱絲琳蒼白的臉添上了紅暈。「我跑到他們家，就看到了她——他老婆——我看得出她說的是真話，他不在家。所以我就要她轉告他說安琪拉死了。他見過安琪拉。」凱絲琳說，臉色又黯淡了。琵琶放下了酒杯，兩臂摟住凱絲琳顫抖的肩膀。「我以為他至少會了解他是怎麼對不起我的，在我就要失去……在我已經失去……」

好半晌，屋子裡一點聲響也沒有，只有凱絲琳在嗚咽，以及下方庭院年輕人的隱約叫聲。

「請節哀。」史崔克得體地說。

「實在是太難為妳了。」蘿蘋說。

此時四人間彌漫著一股薄弱的同志之情。大家至少在一點上意見一致：歐文．昆恩的行為實在太差勁了。

「其實我來是想要借重妳的文本分析能力的。」史崔克等凱絲琳擦乾了眼淚之後才說。她的眼睛這時已腫得剩一條縫。

「什麼意思？」她不客氣地問，但是蘿蘋卻聽出了其中的自負。

「昆恩在《蠶》寫的東西，有些地方我看不懂。」

「他寫得又不艱深。」她說，又不自覺地重複了范寇特的話：「不可能因為隱晦幽微的筆法而奪獎吧？」

「不見得吧。」史崔克說。「有一個角色就非常耐人尋味。」

「『虛榮』嗎？」她問道。

史崔克心想她當然會這麼想。范寇特是個名人。

「我說的是『剪刀手』。」

「我不想談。」她說，語氣之銳利倒嚇了蘿蘋一跳。凱絲琳瞥了瞥琵琶，蘿蘋看出這是心照不宣，心中有鬼的一眼。

「他假裝自己是個高尚的人。」凱絲琳說。「他假裝有些事情是不可褻瀆的，結果他卻……」

「我到現在都還找不到人幫我詮釋『剪刀手』這個人物。」史崔克說。

「那是因為我們有些人還是懂分寸的。」凱絲琳說。

史崔克吸引蘿蘋的目光，以眼神催她接手。

「傑瑞．華德葛瑞夫跟柯莫藍說他就是『剪刀手』。」她試探地說。

「我喜歡傑瑞．華德葛瑞夫。」凱絲琳不馴地說。

「妳見過他？」蘿蘋問道。

「歐文帶我去參加一場宴會，前年的耶誕節。」她說。「華德葛瑞夫也在。很客氣的一個人。他喝了不少。」她說。

「那時就開始喝酒了？」史崔克打岔道。

卻後悔不及。他鼓勵蘿蘋接手，因為他猜蘿蘋給對方的壓迫感較小，結果卻因為他一時嘴快，凱絲琳就不肯再往下說了。

「宴會上還有什麼有趣的人嗎？」蘿蘋問道，輕啜了一口白蘭地。

「還有邁可．范寇特。」凱絲琳立刻就說。「聽說他很自大，我倒覺得他滿迷人的。」

「喔──妳跟他說過話？」

「歐文要我躲遠一點，」她說，「可是我上洗手間，回來後遇到他，我就跟他說我有多喜歡《空屋》。歐文知道的話，一定會不高興。」她透露出可悲亦復可憐的滿意。「他老是嚷嚷什麼范寇特名不副實，可是我覺得他棒極了。反正，我們兩個聊了一會兒，後來有個人把他拉走了，不過，對，」她不服氣地再說一次，彷彿歐文．昆恩的鬼魂就在房間裡，能聽到她誇獎他的對手，「我覺得他很迷人。他還祝我寫作順利。」她說，呷了口白蘭地。

「妳有沒有跟他說妳是歐文的女朋友？」蘿蘋問她。

「有啊，」凱絲琳說，笑容一歪，「他哈哈笑，還說：『我真替妳抱屈。』他根本不當一回事。他根本不管歐文了，我看得出來。對，我覺得他是個好人，也是位了不起的作家。大家只是嫉妒，對不對，嫉妒成功的人？」

她又加了白蘭地，手拿得極穩。除了她臉上泛起紅暈之外，一點也沒有酒醉的跡象。

「妳也喜歡傑瑞．華德葛瑞夫。」蘿蘋說，幾乎像是隨口說說。

「喔，他好可愛唷。」凱絲琳說，勁頭來了，只要是昆恩可能攻擊的人，她一概讚揚。「可愛的人。可是他喝得非常非常醉。他在一個小邊間裡，人家都躲得很遠，妳知道。那個塔塞爾臭婆娘叫我們不要管他，說他在胡言亂語。」

「妳為什麼罵她是臭婆娘？」蘿蘋問道。

「勢利的老母牛。」凱絲琳說。「看她跟我說話是什麼態度，跟每個人說話是什麼態度。可是我知道是怎麼回事：她不高興，因為邁可．范寇特也在。我跟她說——我是趁歐文去看傑瑞怎麼樣的時候，雖然那個臭婆娘那樣講，他還是不想讓他醉死在椅子上——我就跟她說：『我剛才跟范寇特說話，他真有魅力。』她很不高興。」凱絲琳滿意地說。「不高興范寇特對我很好，卻討厭她。歐文跟我說她以前愛上了范寇特，可是范寇特偏偏就不肯愛她。」

她把舊八卦又重炒一遍。至少在那一夜，她是圈內人。

「我跟她說過那句話以後沒多久她就離開了。」凱絲琳滿意地說。「恐怖的女人。」

「邁可．范寇特跟我說，」史崔克才開口，凱絲琳和琵琶的眼珠子就立刻轉向他，迫切地想知道那位名作家說了什麼，「歐文．昆恩和伊麗莎白．塔塞爾有過一段情。」

瞬間寂靜，沒有人開口，突然凱絲琳．肯特噗哧一聲，大笑了起來。一聽就知道是發自內心的笑聲：洪亮沙啞，近似快活的尖笑聲充滿了室內。

「歐文・昆恩跟伊麗莎白・塔塞爾？」

「他是這麼說的。」

凱絲琳・肯特突如其來的歡樂讓琵琶也露出了燦爛的笑容。凱絲琳抵著沙發背滾動，想喘口氣，白蘭地潑到長褲上，她似乎真覺得可笑到極點。琵琶也感染了她的歇斯底里，跟著笑起來。

「不可能，」凱絲琳喘著氣說，「下……輩子……都……不可能。」

「那一定是很久以前的事。」史崔克說，可是凱絲琳的紅色長髮仍抖個不停，笑得無法抑制。

「歐文跟麗莎……不可能。不可能，絕不可能……你不懂。」她說，一面擦拭歡樂的眼淚。

「歐文覺得她很恐怖。有的話，他一定會跟我說……歐文把睡過的每一個人都拿出來講，這一點可不像紳士吧，是不是琵琶？如果有那回事，我一定會知道……真不知道邁可・范寇特是哪裡聽來的。不可能。」凱絲琳・肯特說，開心得不得了，而且堅定不移。

笑這一陣子也讓她鬆懈了。

「那妳是不知道『剪刀手』究竟是誰了？」蘿蘋問她，把空杯放在松木咖啡桌上，態度像是決定要告別的賓客。

「我沒說我不知道。」凱絲琳說，仍然喘不過氣來。「我的確知道。只不過那樣子對傑瑞實在太不厚道了。好不要臉的偽君子……歐文叫我不可以說出去，結果他自己卻寫進了《蠶》裡……」

蘿蘋不需要史崔克使眼色也知道要保持沉默，就任由凱絲琳酒後輕鬆戲謔，享受他們的全神注意，又因知道文學人物的敏感秘密而得意洋洋。

「好吧。」她說。「好吧，是這樣的……

「那是我們離開的時候歐文跟我說的。那晚傑瑞喝得很醉，你們也知道他的婚姻多年來一直不幸福……他跟費妮拉在宴會的前一晚大吵了一架，費妮拉跟他說他們的女兒可能不是他的。說她可能是……」

史崔克已經知道了下文。

「……范寇特的。」凱絲琳稍作停頓，故意先賣個關子才說。「那個大頭侏儒，是她想要打掉的胎兒，因為她不知道孩子的爹是誰，知道了吧？所以『剪刀手』的頭上才長了角……

「歐文還叫我要把嘴巴閉緊。他說：『這可不是鬧著玩的。傑瑞很愛他女兒，那是他生命中唯一的好事。』可是他自己回家路上說個不停，說范寇特的壞話，說什麼他發現自己有了女兒恨得要死，因為范寇特根本就不想要孩子……哼，說什麼要保護傑瑞，全都是狗屁！只要能整到邁可．范寇特就好，什麼手段齷齪就用什麼！」

46

黎安德努力掙扎；四周的浪翻捲，
將他拉往海底，海床上
撒滿了珍珠……

——克里斯多福．馬羅《希洛與黎安德》

既感謝廉價白蘭地的效應，又感激蘿蘋頭腦清醒融合親和力的特殊組合，史崔克在半小時後和她道別，說了一次又一次的謝謝。蘿蘋回去馬修身邊，滿足又興奮，以更開闊的胸襟來看待史崔克對殺害歐文．昆恩的真兇的推論。部分是因為凱絲琳．肯特說的話並不牴觸，但最大的原因還是她在兩人共同調查之後，對老闆格外的有好感。

史崔克回到閣樓公寓，心情就沒有這麼昂揚了。他只喝了茶，白蘭地一滴也沒碰，而且他更加堅信自己的推論沒有錯，可是他能拿出手的證物就只有一個打字機色帶匣，並不足以推翻警方對莉奧諾拉的指控。

星期六日夜晚降下了寒霜，但白日朦朧的陽光穿透了雲層。雨水把陰溝裡的積雪化成了雪水。史崔克獨自在房間和辦公室之間沉思，不理會妮娜．拉塞勒打來的電話，也婉拒了尼克和依莎的晚餐之邀，藉口要處理文書工作，其實是寧可獨處，不疾不徐地推敲昆恩一案。

他知道他這樣子像是在特偵組時期，遵循專業的守則，雖然在他離開的那一刻就已經不適用了。從法律上來看，他愛把他的懷疑告訴誰都沒問題，但他還是習慣把疑竇放在心裡，秘而不宣。說是習慣使然也無妨，但最主要是因為（別人聽了可能會訕笑）他絕對不願讓兇手聽見他的想法和作為，即使是僅有百分之一的機會。依史崔克看來，要保證機密不外流，最安全的做法就是根本不要跟別人說。

星期一，愛劈腿的布羅克赫斯特小姐的老闆兼男友又來了，他的受虐狂癮頭又犯了，現在還想知道她是否有第三個情人躲藏在某處，只因他強烈地懷疑。史崔克只用一邊耳朵聽，一半心思放在大衛．波華斯的行動上，他漸漸覺得波華斯是他最後的希望了。蘿蘋這方面仍毫無斬獲，儘管她每天都花好幾個小時搜查他要求她找的證物。

晚上六點半，他坐在公寓裡看天氣預報，這個週末又有北極冷氣團要南下。這時，他的手機響了。

「你猜怎麼著，滴滴？」波華斯說，線路雜音很重。

「真的假的？」史崔克說，胸口猛地縮緊，滿心期待。

「到手了，兄弟。」

「媽的。」史崔克低聲說。

推論是他自己的，他卻驚愕地覺得波華斯像是獨自一個人辦到的。

「裝好袋子了，等你來拿。」

「明天一大早我就叫人過去——」

「我現在要回家洗個舒舒服服的熱水澡了。」波華斯說。

「魚餌，你真是了不起——」

「我知道，我知道。以後再來聊我有多偉大吧。我快凍死了，滴滴。我要回家了。」

史崔克打電話給蘿蘋，通知她這消息。她的喜悅和他不相上下。

「好，明天！」她說，果斷堅毅。「明天我去拿，我一定會——」

「別得意忘形了。」史崔克勸她。「又不是在比賽。」

當晚他幾乎沒闔眼。

蘿蘋直等到下午一點才進辦公室，可是史崔克一聽見玻璃門關上，聽到她喊，就知道了。

「妳不會是——？」

「對。」她說得氣喘吁吁。

蘿蘋還以為他要來擁抱她，那就會跨越一條他連接近都沒接近過的線，可是她以為是對著她而來的一撲，其實是撲向他辦公桌上的手機。

「我來打給安士提。我們辦到了，蘿蘋。」

「柯莫藍，我覺得——」蘿蘋開口說話，可是他壓根沒聽見。他匆匆回到辦公室，關上了門。

蘿蘋在電腦椅上坐下來，覺得不安。門後史崔克的聲音一忽兒高一忽兒低。她坐不住，去上洗手間，洗了手，瞪著洗手台上方那面龜裂又有斑點的鏡子，觀察她那頭很難掩藏的亮金色頭髮。回到辦公室，她坐下來，仍然無法平靜，這才發現她沒把她的小金銀絲聖誕樹打開，於是打開了開關，等待著，漫不經心地咬大拇指，這是她多年沒再犯的毛病了。

二十分鐘後，史崔克從辦公室出現，下巴繃緊，表情猙獰。

「他媽的死豬頭！」他劈頭就說。

「不！」蘿蘋驚呼道。

「他一句話也不肯信。」史崔克說，太氣憤了，坐不住，只在小小的空間裡來回跛行。「他把倉庫的那塊布拿去分析了，上頭的血是昆恩的——他媽的有什麼了不起，搞不好幾個月前他割傷了。該死的混蛋，他簡直是給自己的理論蒙住了眼——」

「你有沒有跟他說，他只要申請個搜索令——？」

「死豬頭！」史崔克一聲暴喝，一拳擊中金屬檔案櫃，整個櫃子都震動，蘿蘋也嚇得跳了起來。

「可是他否認不了——只要做過鑑識——」

「問題就出在這裡，蘿蘋！」他說，呼地轉過來。「在做鑑識之前他得要先搜查，否則他可能什麼也找不到！」

「你跟他說了打字機了嗎？」

「要是這麼簡單的事實還沒辦法讓那個混蛋開眼——」

蘿蘋也不敢再提建議了，只是看著他踱來踱去，眉頭緊鎖，而且也太害怕，不敢跟他說她在擔心什麼。

「媽的。」史崔克咆哮著說，第六次走向她的辦公桌。「豁出去了。沒辦法。艾爾，」他嘀咕道，又掏出了手機，「還有尼克。」

「誰是尼克？」蘿蘋問，急於弄清楚狀況。

「他娶了莉奧諾拉的律師。」史崔克說，猛戳按鍵。「老朋友……腸胃科醫生……」

他又退回辦公室，關上了門。

蘿蘋無事可做，就去裝滿水壺，一顆心怦怦跳，幫兩人泡了茶。兩杯茶變涼了，碰也沒碰，她就枯坐著等待。

十五分鐘後，史崔克終於出現，似乎平靜了些。

「好。」他說，抓起茶杯，喝了一大口。「我有個計畫，會需要用到妳。妳來不來？」

「還用說！」蘿蘋說。

他簡明扼要地講述了他想怎麼做。很大膽，也會需要幸運女神眷顧。

「怎麼樣？」史崔克最後問她。

「沒問題。」蘿蘋說。

「可能用不到妳。」

「好。」蘿蘋說。

「另一方面來說，妳也可能是關鍵。」

「好。」蘿蘋說。

「確定沒問題？」史崔克問，仔細地盯著她看。

「一點問題也沒有。」蘿蘋說。「我想參與，我真的想——只是，」她略顯遲疑，「我覺得他——」

「怎樣？」史崔克不客氣地問。

「我覺得我最好先練習練習。」蘿蘋說。

「喔。」史崔克說，注視她。「對，有道理。反正是星期四。我現在就來查日曆……」

他又一次消失在裡間的辦公室裡。蘿蘋回到電腦椅上。

她迫不及待想在捕獲歐文·昆恩案兇手上出一分力，可是在史崔克激動的反應嚇得她把話吞回去之前，她想說的是：「我想他可能看到我了。」

47

哈哈哈，爾如春蠶，作繭自縛了。

——約翰．韋斯特《偽君子》

舊式街燈的光線一照，切爾西藝術俱樂部前像卡通似的壁畫竟然鬼氣森森，好不怕人。這幢大建築是將一長排普通的白色房屋打通，牆面以點畫繪出了一道彩虹，再畫上馬戲團的怪物：四條腿的金髮妞；大象吞吃飼主；一個會軟骨功的白子穿囚犯的條紋衣，頭似乎是消失在自己的肛門裡。俱樂部位於一條葉子多、睡意濃的上流社會街道，靜悄悄的，大雪挾著恨意似的捲土重來，下得很急，屋頂及路面積雪越來越深，彷彿冷峭的寒冬並沒有短暫收手過。暴風雪肆虐了整個星期四，而現在從一陣陣被街燈照耀的雪花間看過去，剛畫上粉彩顏色的老俱樂部竟然感覺很空靈，像畫在紙板上的風景，像很逼真的布幕。

史崔克立在老教堂街外的一條暗巷裡，盯著一個個賓客抵達。他看見上了年紀的平克曼被面無表情的傑瑞．華德葛瑞夫攙扶下計程車，而丹尼爾．查德則頭戴毛皮帽，拄著兩支枴杖，點頭微笑，彆扭地表示歡迎。伊麗莎白．塔塞爾獨坐一輛計程車到達，摸索皮包找車資，在風雪中顫抖。最後是邁可．范寇特坐著由司機駕駛的轎車抵達。他好整以暇，慢慢下車，拉直大衣，這才拾級而上，走到俱樂部的大門。

史崔克濃密的鬈髮上都是白雪，掏出了手機，撥給他的同父異母弟。

「嘿。」艾爾說，語氣興奮。「他們都在餐廳裡。」

「有多少人？」

「大概十二個。」

「我現在進去。」

史崔克拄著枴杖過街，他一說出姓名，再說明他是鄧肯．紀飛德的客人，他們就放行了。艾爾和紀飛德就站在入口不遠處。紀飛德是知名的攝影師，史崔克跟他還是第一次見面。他似乎弄不清楚史崔克是何許人，也不明白為什麼他，這個古怪又有趣的俱樂部的會員，會應他的友人艾爾之請，邀請一位他根本就不認識的客人來。

「我哥哥。」艾爾說，為兩人介紹。語氣很驕傲。

「喔。」紀飛德茫然道。他的眼鏡和克里斯欽．費雪的款式相同，細柔的直髮及肩長，剪得很凌亂。「我以為他比較年輕。」

「那是艾迪。」艾爾說。「這是柯莫藍。退伍軍人。他現在是私家偵探。」

「喔。」紀飛德說，卻更昏頭昏腦。

「謝謝了。」史崔克同時對兩人說。「要不要再來一杯？」

俱樂部實在太吵了，人也太多，除了偶爾瞥見柔軟的沙發和燒得熾熱的柴火之外，能看見的並不多。酒吧的天花板低矮，四壁真的掛滿了印刷品、畫作、照片；有一種鄉間別墅的感覺，舒適，也略雜亂。史崔克是室內最高的人，能越過人群的頭頂看向俱樂部後部的窗戶。窗外是一大片花園，有照明設備，映出一方一方的燈光。樸實的一層厚雪，純白得有如糖霜，覆住了翠綠的灌木以及潛藏在低矮樹叢裡的石雕。

史崔克走到酒吧，為同伴點酒，同時偷窺餐廳。

餐廳的人占了幾張長木桌。有羅普查德公司的，旁邊是一面落地窗，玻璃後的花園雪白一片，朦朧幽緲。十二個人，有些史崔克不認得，聚集在此向首位的九十老翁平克曼致敬。史崔克看見，無論是誰安排的座位，都把伊麗莎白．塔塞爾和邁可．范寇特隔得很遠。范寇特大聲對著平克曼的耳朵說話，查德坐在他對面。伊麗莎白．塔塞爾坐在傑瑞．華德葛瑞夫隔壁，彼此都不說話。

史崔克把葡萄酒交給艾爾和紀飛德，又回酒吧去給自己點威士忌，刻意占了一個能把羅普查德幫看清楚的位置。

「咦，」某個清晰如銀鈴的聲音在他下方某處響起，「你怎麼會在這裡？」

妮娜．拉塞勒穿著她穿去他的生日晚餐的那一件黑色緊身禮服，站在他的手肘邊。先前那種吃吃傻笑的打情罵俏態度無影無蹤了。反而一臉的責難。

「嗨。」史崔克說，也感到意外。「沒想到會遇見妳。」

「我也是。」她說。

他超過一個星期沒回她的電話，自從夏綠蒂結婚的那天晚上，他為了甩脫夏綠蒂的影子而跟妮娜睡覺之後。

「原來妳認識平克曼啊。」史崔克說，一眼就認出了對方的怨恨，所以盡量聊些輕鬆的話題。

「傑瑞要離職了，有些作家就由我負責。平克曼就是一個。」

「恭喜。」史崔克說。可是她仍板著臉。「可是華德葛瑞夫還是來參加宴會？」

「平克曼很喜歡傑瑞。你為什麼在這裡？」她又問一次。

「我在工作。」史崔克說。「設法揪出殺害歐文．昆恩的兇手。」

她滾了滾眼珠，顯然覺得他可能只是拿他的鍥而不捨當笑話說。

「你是怎麼混進來的？只有會員能進來。」

「我有認識的人。」史崔克說。

「你不會是又拿我當幌子了吧？」她問道。

史崔克並不怎麼喜歡她那雙老鼠似的大眼睛裡的倒影。不錯，他是一而再的利用她。他的行為卑劣丟臉，她不應該有這樣的待遇。

「我是覺得用過太多次，可能會不靈光。」史崔克說。
「對。」妮娜說。「你這樣想就對了。」
她轉身走開，回到餐桌，坐了最後一個空位，夾在兩個史崔克不認識的員工之間。
史崔克的位置正對著傑瑞．華德葛瑞夫的視線。華德葛瑞夫看見了他，兩隻眼睛在角質眼鏡後瞪得老大，引起了查德的注意。也在座位上轉過身，一眼就看見了史崔克。
「怎麼樣？」艾爾興奮地在史崔克的手邊問。
「很好。」史崔克說。「那個紀什麼的呢？」
「喝完酒就走了。搞不清楚我們是在做什麼。」艾爾說。
艾爾其實也不知道來俱樂部是為了什麼。史崔克什麼也沒透露，只說今晚需要進入切爾西藝術俱樂部，也可能需要搭便車。艾爾的大紅色愛快羅密歐「蜘蛛」就停在這條街幾步路之外的地方。史崔克要彎腰坐進低底盤的車裡，對他的膝蓋還真是折磨。
羅普查德幫有一半的人似乎都察覺到他的存在，正中他下懷。史崔克故意選這個位置，就是為了要看著各人的表情清楚地倒映在落地窗上。兩個伊麗莎白．塔塞爾從菜單的上方怒視他，兩個妮娜決心冷落他，兩個童山濯濯的查德召來侍者，附耳吩咐。
「那個就是我們在河岸咖啡看到的禿頭嗎？」艾爾問道。
「對。」史崔克說，咧了咧嘴，因為那名結實的侍者和窗中倒映分開，朝他們而來。「看來很快就有人來問我們有沒有資格進來了。」
「很抱歉，先生，」那名侍者一靠近史崔克就嘟囔，「能否請問——？」
「我是艾爾．羅克比——我大哥跟我是跟鄧肯．紀飛德一起來的。」艾爾搶在史崔克回應之前愉快地說。艾爾的語氣中隱含著驚訝，言下之意是怎會有人來質疑他們。他是個迷人又出身富裕的年輕人，所到之處無不大受歡迎，身分地位無可挑剔，而他隨口就把史崔克拉進了家族圈，也賦予了他同樣的地位。強尼．羅克比的眼睛從艾爾的長臉上望出去，侍者草草道歉，離開了。

「你就打算嚇他們一跳嗎？」艾爾問他，瞪著出版商那一桌。

「也無妨啊。」史崔克笑吟吟地說，小口喝著威士忌，看著丹尼爾．查德發表一篇顯然是讚揚平克曼的浮誇演說。桌子底下變出了一張賀卡與一份禮物。人人都對老作家微笑，也都忍不住偷瞥那個在酒吧盯著他們的高大男人。唯有邁可．范寇特頭也不回。他不是不曉得偵探也在場，就是絲毫不覺其擾。

開胃菜上桌之後，傑瑞．華德葛瑞夫站了起來，走向酒吧。妮娜和伊麗莎白盯著他。華德葛瑞夫走向洗手間之時，只對史崔克點頭，但在回程中卻停了下來。

「沒想到會看到你在這裡。」

「是嗎？」史崔克說。

「是啊。」華德葛瑞夫說。「你，呃……弄得大家都不舒服。」

「這點我可愛莫能助。」史崔克說。

「你可以不要瞪著我們看。」

「這是我弟弟，艾爾。」史崔克說，不理會他的話。

艾爾笑得很開心，伸出了手，華德葛瑞夫和他握手，似乎不知如何是好。

「你把丹尼爾惹惱了。」華德葛瑞夫跟史崔克說，筆直看著偵探的眼睛。

「真遺憾。」史崔克說。

編輯抓了抓不整齊的頭髮。

「好吧，隨便你吧。」

「真奇怪，你還在乎丹尼爾．查德心情好不好。」

「我不是為了他，」華德葛瑞夫說，「可是他如果心情不好，就可能會害別人的日子不好過。

我希望今晚能讓平克曼一切順心。我真不懂你為什麼會來這裡。」
「我來捎個信。」史崔克說。
他從內袋裡掏出了一只白色信封。
「這是什麼？」
「給你的。」史崔克說。
華德葛瑞夫接了過來，完全摸不著頭腦。
「你可以仔細想一想。」史崔克說，在喧鬧的酒吧中更靠近發呆的編輯一點。「你知道，范寇特的妻子死前，他得過流行性腮腺炎。」
「嗄？」華德葛瑞夫說，完全糊塗了。
「沒生過孩子。絕對是不孕。你可能會有興趣知道。」
華德葛瑞夫瞪著他，張大嘴巴，卻無話可說，就走開了，手裡仍攥著那只白色信封。
「那是怎麼回事？」艾爾問史崔克，焦急得不得了。
「是A計畫。」史崔克說。「等著瞧吧。」
華德葛瑞夫回羅普查德桌坐下。史崔克從他旁邊的黑玻璃窗上看見他打開了信封，卻表情疑惑，因為裡面是另一個信封，不過這一個信封上寫了姓名。
編輯抬頭看史崔克，史崔克則挑高了眉毛。
傑瑞．華德葛瑞夫遲疑了一下，就轉向伊麗莎白．塔塞爾，把信封交給了她。她看了一眼，眉峰微蹙，眼光飛向史崔克。史崔克一笑，舉杯向她敬酒。
她似乎一時間拿不定主意，但馬上就以手肘推了推旁邊的女孩，把信封傳了過去。信繞了一圈，落入邁可．范寇特之手。
「好了。」史崔克說。「艾爾，我要到花園裡抽根菸。你留在這裡，手機別關。」
「這裡不准使用手機——」可是艾爾一看見史崔克的表情，立刻改口：「遵命。」

48

蠶為了爾抽長了她苦心吐的黃絲嗎？為了爾抽了她自己的絲，剝了她自己的繭嗎？

——托瑪斯・密道頓《復仇者的悲劇》

花園不見人跡，冷得砭骨。史崔克的腳踝被白雪淹沒，無法感覺到寒氣滲入了他的右腿褲管。一般會選擇聚集在此抽菸的人，此刻選擇在馬路邊抽。他在冰封的銀白世界中耕出了一條溝，被四周的美景包圍，最後他停在一個圓形小池塘邊，池面變成了一只灰色冰盤。過大的蚌蛤中央坐了一個肥嘟嘟的黃銅丘比特，頭上像戴了頂白雪假髮，拉著小弓箭，對準了夜空，所以絕不可能會射中人類。

史崔克點燃了香菸，回頭盯著俱樂部發亮的窗子。用餐客人與侍者像是紙剪的人偶，在明亮的螢幕前移動。

如果史崔克對他的了解沒錯，他一定會來。此情此景，對作家而言，對一個忍不住一定要把經驗編織成文字的人，對一個熱愛死亡主題與怪奇荒誕的人，還不夠難以抗拒嗎？

不出所料，幾分鐘後史崔克聽見開門聲，談話聲與音樂聲迅速變得模糊，接著是沉重的腳步聲。

「史崔克先生？」

黑暗中，范寇特的頭大得出奇。

「到馬路上不是比較好？」

「我寧可選花園。」史崔克說。

「這樣啊。」

范寇特的語氣略帶好玩，彷彿他打算要，至少是在目前為止，不拂逆史崔克的意思。史崔克猜想整桌焦慮不安的人裡偏偏是他被召來跟這個弄得人人緊張的人談話，應該是很能滿足他的戲劇感。

「現在是什麼狀況？」范寇特問道。

「要請教你的看法。」史崔克說。「對《蠶》的分析。」

「又來了？」范寇特說。

他的好脾氣隨著他的腳一起變冷。雪勢又大又急，他把大衣攏緊一些，說：

「我對那本書的看法已經都說完了。」

「我聽到的說法中有一個說，」史崔克說，「《蠶》是在追記你的早期作品。血腥晦暗的象徵主義。說的人應該就用了這麼幾個字。」

「那又怎樣？」范寇特說。兩手插在口袋裡。

「我跟認識昆恩的人談得越多，就越明白每個人讀過的這本書只是模模糊糊類似他自稱在寫的那一本。」

范寇特的呼吸忽然變成一團雲，把史崔克原本能夠看見的五官也擋住了。

「我甚至見過一個女孩，她說她聽說的內容根本就沒有出現在最後的定稿中。」

「作家都會刪減。」范寇特說，兩腳動個不停，肩膀高拱，觸到耳朵了。「可惜歐文沒有再多刪減一些，其實他應該索性刪掉幾本小說的。」

「而且還複製了他的早期作品。」史崔克說。「兩個陰陽人，兩個血淋淋的袋子。許許多多沒必要的性事。」

「他的想像力很有限，史崔克先生。」

「他留下了一張潦草的筆記，列下了似乎是可能的人物姓名。有一個名字留在一個用過的打字機色帶上；色帶在警方封鎖了他的書房之前就拿出來了，可是在最後的定稿上卻找不到這個名字。」

「他又改變了主意了嘛。」范寇特惱怒地說。

「那個名字很普通，不像定稿裡的姓名不是象徵就是原型。」史崔克說。

他的眼睛適應了黑暗，看見了范寇特的五官，他沉默的臉上隱隱出現了好奇。

「有滿滿一餐廳的人目睹了後來變成是昆恩的最後一餐以及最後的公然表演。」史崔克接著說。「有名可靠的證人說昆恩大吼大叫，特意讓整個餐廳的人都聽見塔塞爾沒膽子為這本書代理的一個原因是『范寇特跟他那根軟趴趴的老二』。」

史崔克很懷疑出版商那桌神經兮兮的人能不能清楚看見他和范寇特，兩人的身影會融入樹林與雕像，不過不肯放過好戲的人或是心急的人也許仍能從史崔克的菸頭紅點（神槍手的準星）辨識出兩人的位置。

「問題是，《蠶》裡壓根沒提到你的老二。」史崔克往下說。「裡頭也沒有昆恩的情婦，也沒提到他年輕的變性朋友是『美麗的迷失靈魂』，而他是親口跟她們說要如此描述她們的。而且也不是在蠶身上倒強酸，而是用熱水煮蠶取絲。」

「那又怎樣？」范寇特又說。

「所以我不得不歸納出這個結論，」史崔克說，「每個人讀到的這本《蠶》其實和歐文・昆恩寫的《蠶》是不同的兩本書。」

范寇特的腳不動了。在短暫的凝立中，他似乎是在認真思索史崔克的話。

「我——不。」他說，幾乎像在自言自語。「書是昆恩寫的，是他的風格。」

「真奇怪，你居然會這麼說，因為只要是夠了解昆恩獨特風格的人，都察覺出作者還另有其人。丹尼爾・查德認為是華德葛瑞夫。華德葛瑞夫認為是伊麗莎白・塔塞爾。而克里斯欽・費雪更直指是你。」

范寇特只是以一貫的輕鬆自負聳聳肩。

「昆恩是想要模仿比他優秀的作家。」

「他對待這些活生生的模型並沒有一視同仁，你難道不覺得奇怪？」

范寇特一邊接下史崔克敬他的菸，讓他點燃，一邊默默傾聽，而且聽得頗入神。

「他說他太太和經紀人像寄生蟲。」史崔克說。「聽來刺耳，可是這種話可以用來說許多靠他養活的人。他暗示他的情婦不愛動物，還加油添醬，可能影射她專寫爛書，甚至還很病態的提到乳癌。他的變性朋友做發聲練習也被嘲笑——而且那還是她自稱她把自己寫的傳記給他看過，也把最不堪的秘密告訴了他之後。他指控查德等於是親手殺了約瑟夫．諾斯，甚至含沙射影，說查德其實是想染指他的肉體。書裡還指控你第一任妻子的死應該要怪你。

「這一切都是公領域能知道的事，都是公開的八卦，不然就是信口開河。」

「未必見得就不傷人。」范寇特靜靜地說。

「同意。」史崔克說。「所以許多人有理由生他的氣。可是書裡真正的線索卻是暗示你是喬安娜．華德葛瑞夫的生父。」

「我們上次見面我就說過了——我等於是挑明了跟你說的，」范寇特說，語氣緊繃，「那個流言不但是錯誤的，也根本不可能。我不孕，昆恩——」

「——昆恩應該知道，」史崔克接著說，「因為你感染流行性腮腺炎時跟他在表面上仍然友好，而且他在《巴爾札克兄弟》中也已經譏笑過了。所以『剪刀手』這個人物隱含的指控就更奇怪了，不是嗎？作者簡直就像是根本不知道你不孕。你在讀的時候難道都沒察覺？」

大雪落在兩個人的頭髮上、肩上。

「我覺得歐文並不在乎那些傳聞是否屬實。」范寇特慢吞吞地說，吐出了煙。「他反正就是在丟爛泥，丟得越多越好。我認為他只是想攪得滿城風雨。」

「你認為就是因為這個原因他才把初稿影印本寄給你嗎？」范寇特不回答，史崔克逕自往下說：「要追查也不麻煩，你知道。快遞——郵政系統——是會有記錄的。這點你比我清楚。」

漫長的停頓。

「好吧。」范寇特終於說。

「你是幾時拿到的？」

「六號早晨。」

「稿子你是怎麼處理的？」

「燒了。」范寇特說得很乾脆，跟凱絲琳．肯特一模一樣。「我知道他是什麼打算：想激我公然跟他大吵一架，拉抬他的身價。可惜他的算盤打錯了——我可不想讓他順心如意。」

面對花園的門開了又關上，又傳出一陣內部的喧鬧。遲疑的腳步聲踏雪而來，黑暗中出現了龐大的身形。

「這裡是怎麼回事？」伊麗莉白．塔塞爾沙啞的嗓音傳來。她裹著皮草領厚大衣。

范寇特一聽見她的聲音就要往裡走。史崔克忍不住想他們有哪一次沒在少於一百人的場合中面對面過。

「請等一下好嗎？」史崔克跟作家說。

范寇特略遲疑，塔塞爾以低沉沙啞的聲音對著史崔克說話。

「平克曼在找邁可。」

「有件事你們都知道。」史崔克說。

棉絮似的雪落在樹葉上，也落在冰封的池塘中，丘比特仍坐在那裡，弓箭指著天空。

「你認為伊麗莎白的文筆『雜蕪的可憐』吧？」史崔克問范寇特。「你們兩人都研究詹姆士一世時期的復仇劇，所以文風類似。可是妳應該很會模仿別人的風格吧。」史崔克跟塔塞爾說。

他早知道如果他把范寇特帶開，塔塞爾就會過來，因為她極怕史崔克在黑暗中會和范寇特說什麼。她一動不動，雪花落在她的皮草領上，落在她鐵灰色的頭髮上。史崔克只能就著俱樂部遠處的窗戶光線看見她的臉部輪廓。她兇狠又空洞的目光極其明顯。那種死氣沉沉又茫然木然的眼睛就像鯊魚。

「比方說，妳就把雅絲蓓・范寇特的風格模仿得維妙維肖。」

范寇特的嘴默默張開。幾秒鐘內，除了輕雪撒落的聲音之外，就只有伊麗莎白・塔塞爾的肺發出幾乎聽不見的咻咻聲。

「我從一開始就認為昆恩一定有妳的把柄。」史崔克說。「妳不像那種會讓自己變成別人的私人銀行兼女傭的女人，更不會選擇昆恩而放棄范寇特。什麼言論自由都是鬼話……害得雅絲蓓・范寇特自殺的那本書是妳寫的。這麼多年來，大家認定是昆恩寫的，完全是因為妳說他把原稿拿給妳看過。其實正好相反。」

萬籟俱寂，唯有雪花落在雪面上窸窸窣窣，以及伊麗莎白・塔塞爾的胸腔發出的詭異聲音。范寇特張口結舌，一會兒看經紀人，一會兒看偵探。

「警方懷疑昆恩勒索妳，」史崔克說，「可是妳編了一套動人的故事，說是為了奧蘭多借錢給他，搪塞過去了。妳大概付錢給昆恩付了四分之一個世紀了吧？」

他是想激她開口，可是她偏偏就一聲不吭，只是持續以蒼白臉上兩個黑洞似的眼睛瞪著他。

「我們吃飯的那次，妳是怎麼跟我描述妳自己的？」史崔克問她。「『我就是那種被定義為清白的老處女』？不過妳還是找到了宣洩挫折的出口了，是吧，伊麗莎白？」

那雙瘋狂空茫的眼睛突然轉向范寇特，他在原地動了動。

「在妳認識的人裡，靠殺戮強暴闖出一條路來，感覺很好嗎，伊麗莎白？怨毒和淫穢來一次狂猛的爆發，為妳自己向每個人報復，把自己描繪成懷才不遇的天才，附帶批評每個人，編個什麼比較幸福的愛情生活，比較圓滿的——」

黑暗中響起輕柔的聲音，史崔克一時間分不清聲音來自何處。聲音奇怪、陌生、高調子、病懨懨的：是瘋女人想要表示無辜、慈悲的聲音。

「不，史崔克先生。」她低聲說，像做母親的叫想睡覺的孩子別坐起來，別掙扎。「你這個可憐的傻男人，可憐的東西。」

她乾笑了一聲，結果胸膛起伏，肺葉咻咻叫。

「他在阿富汗傷得太重了。」她以那種令人頭皮發麻的誘哄聲音說。「他一定是給砲彈震傻了，傷了腦子，就像小奧蘭多一樣。可憐的史崔克先生，他需要幫助。」

她呼吸得更加急促，肺也咻咻響。

「後悔沒買口罩了吧，伊麗莉白？」史崔克問道。

他覺得看到了那雙眼睛變暗放大，她的瞳孔擴散，因為腎上腺素狂飆。那隻男人一樣的大手彎成了爪子。

「妳還以為妳做得天衣無縫，對吧？繩索，偽裝，保護衣，以免妳自己被強酸燒灼——可是妳沒想到光是吸入了氣體，就會有組織受損。」

冷空氣使她的喘息更加粗重，驚慌之餘，她的喘氣很像是性慾高漲。

「我認為，」史崔克說，刻意說得很殘酷，「伊麗莎白，妳真的是氣昏頭了，對不對？最好希望陪審團會吃妳這一套。這輩子真是虛擲了。妳的生意一落千丈，沒男人，沒孩子……告訴我，妳跟他是不是還墮過胎？」史崔克直率地問，盯著他們的側影。「這個『軟趴趴的老二』……我聽起來倒覺得昆恩有可能把它寫進了真正的《蠶》裡。」

他們兩人背對著光，史崔克看不見他們的表情，但從他們的肢體語言他已得到了答案：兩人霍地轉過來面對他，可見得兩人曾經是聯合陣線。

「那是幾時的事？」史崔克問道，盯著伊麗莎白的幽黑輪廓。「雅絲蓓死了之後嗎？可是後來你又移情別戀，勾搭上費妮拉．華德葛瑞夫了吧，邁可？動作還真快呀。」

伊麗莎白發出輕微的驚呼，彷彿是被他打了一拳。

「夠了。」范寇特怒吼，現在真的對史崔克生氣了。史崔克才不理會他言下的譴責。他仍然在對付伊麗莎白，刺激她，而她咻咻叫的肺在紛落的雪花中竭力想吸入氧氣。

「昆恩在河岸咖啡館一時忘情，把真正的《蠶》的內容大聲叫嚷出來，妳一定是氣得要死吧，伊麗莎白？妳都警告過他不准說出一個字了。」

「瘋了，你瘋了。」她喃喃說，還露出假笑，但眼神仍像鯊魚，而且還露出了大黃牙。「戰爭不但讓你成了瘸子——」

「唉呀呀，」史崔克欣賞地說。「這才是人人跟我說的那個仗勢欺人的臭婆娘嘛——」

「你在倫敦一瘸一瘸的亂晃，就只為了上報。」她喘著氣說。「你就跟可憐的歐文一樣，就跟他一樣……喔，他簡直愛死了上報了，是不是，邁可？」她轉而求助於范寇特。「歐文一門子心思就是曝光率，是不是？跟個小男生一樣逃家，玩捉迷藏……」

「妳鼓動昆恩去躲在塔加斯路。」史崔克說。「全是妳的主意。」

「我不要聽了。」她低聲說，大口吸入寒冬空氣，肺部咻咻叫，接著她拉高嗓門說：「我不要聽，史崔克先生，我不要聽。沒有人會聽你的話，你這個可憐的傻子……」

「妳跟我說昆恩最愛聽奉承話。」史崔克說，也拉高了音量，因為她尖著嗓子吟唱，想淹沒他的話。「我認為他在幾個月前就跟妳說了他預計要寫《蠶》，而我認為這位邁可也在他的計畫之中，只不過不像『虛榮』那麼粗糙，應該是嘲笑他的不舉吧？『我們兩個的報應到了』，對吧？」

不出他所料，塔塞爾發出小小的抽氣聲，不再發狂似的吟唱。

「妳跟昆恩說《蠶》會是本精采的小說，會是他前所未有的傑作，絕對會是暢銷書，可是他不能對外張揚，不能讓內容外洩，以免被告，而且在小說上市後也才會更轟動。但是妳卻瞞著他寫妳自己的版本。妳有的是時間慢慢醞釀，是不是，伊麗莎白？二十六年冷冷清清的夜晚，可以寫出好幾本書了，從妳在牛津的第一個男人開始……可是妳會怎麼寫呢？妳不算真正活過吧？」

塔塞爾的臉上閃過赤裸的狂怒。她的手指彎曲又伸直，但是她忍住了。史崔克就是要她衝動，要她感情用事，但是那雙鯊魚眼似乎在等著他出現弱點，在等著見縫插針。

「妳很巧妙地把謀殺計畫寫成了一本書。挖除內臟，以強酸澆屍體，並不是什麼象徵，而是要瞞過鑑識人員——但是人人都以為那是文學。

「而且妳還把那個愚昧自大的混蛋給騙進來策畫他自己的死亡。妳跟他說妳有個好主意，能夠讓他名利雙收：你們兩個會設計一場公然的大吵——妳會說這本書太有爭議性——然後他就搞失蹤。妳散播了謠言，讓書的內容口耳相傳，等到最後昆恩讓別人找到，妳會幫他弄到一張大合約。」

她在搖頭，呼吸得很吃力，可是呆滯的一雙眼睛始終不離他的臉。

「他把書寄來了。妳拖延個幾天，直到煙火夜那晚，妳是要確定轉移注意力的噪音夠大，然後妳把假的《蠶》影印本交給費雪——這樣最方便讓這本書議論紛紛——再交給華德葛瑞夫和這位邁可。妳假裝當眾大吵一架，之後妳就尾隨昆恩到了塔加斯路——」

「不。」范寇特說，顯然是控制不了自己。

「就是。」史崔克說，毫不手軟。「昆恩並不認為伊麗莎白有什麼可怕的——她畢竟是讓他東山再起的共謀。我想那時他差不多都忘了多年來他就是在勒索妳，是不是？」他問塔塞爾。「他已經養成了習慣，沒錢就跟妳要，而且有求必應。你們應該也再沒提過那本醜化小說，毀了妳一生的玩意……

「而他開門讓妳進去之後，妳知道我是怎麼想的嗎，伊麗莎白？」

史崔克不願想起，卻仍是忍不住想起了那一幕：拱形大窗，中央掛著屍體，彷彿是什麼令人毛骨悚然的靜物。

「我認為妳騙那個天真又自戀的可憐蟲說是要拍宣傳照。他有沒有跪下來？真正的《蠶》裡，主角有沒有哀求或是禱告？還是他像妳的邦彼士一樣給綁起來？他很喜歡那樣，是不是，昆恩，綑綁著擺姿勢？這時繞到他的背後，拿金屬門擋砸他的腦袋就方便多了吧？附近放煙火正好幫了妳的忙，妳把昆恩打昏，把他綁起來，剖開他的胸腹，然後——」

范寇特發出驚駭的呻吟聲，像有人勒住了他的喉嚨，可是塔塞爾又開口，以挖苦的安慰口吻勸哄他：

「史崔克先生，你應該去看醫生。可憐的史崔克先生。」而且她嚇了史崔克一跳，居然伸出一隻大手，按著他被雪覆蓋的肩膀。想起了那雙手有多麼殘酷，史崔克本能地退後，她的手重重落在身側，垂在那兒，手指一收一放。

「妳把歐文的內臟和真正的原稿裝進了帆布袋裡。」偵探說。她靠得太近，史崔克又聞到了混合香水和陳年香菸的味道。「接著妳換上了昆恩的斗篷帽子，離開了。妳跑到凱絲琳．肯特家，把第四份假《蠶》影本塞入她家信箱，為了挑起懷疑，並且陷害另一個女人，因為她得到了妳始終得不到的東西——性。友情。最起碼的一個朋友。」

她又假笑，但這一次笑聲瘋癲。她的手指繼續一曲一張。

「你跟歐文還真是氣味相投。」她低聲說。「對不對，邁可？他跟歐文簡直是哥兒倆好呢，都有病，滿腦子胡思亂想……大家會嘲笑你，史崔克先生。」她喘得更兇，那雙呆滯茫然的眼睛從雪白的臉上向外瞪。「可憐的瘸子想要重現當年勇，追逐你有名的父——」

「你說的這些事有證據嗎？」范寇特在紛飛的雪花中質問道，聲音嚴厲，因為他實在不願意相信。這不是白紙黑字寫出來的悲劇，不是油彩畫出來的死亡場景。站在他身邊的是他學生時代的朋友，無論後來兩人有何種的境遇，一想到這個他在牛津認識的大塊頭醜女、這個迷戀他的女孩變成了心狠手辣的兇手，他簡直不能接受。

「有。」史崔克輕聲說。「我取得了第二台電動打字機，跟昆恩的同一款，包在黑色罩袍和沾到氯化氫的工作服裡，還包了幾塊石頭。幾天之前我認識的一位熱愛潛水的朋友從海裡打撈上來了。東西就沉在昆西恩的巉岩峭壁底下，也就是地獄口，這地方出現在朵卡絲·潘潔利的書的封面上。妳去看她的時候，她應該把書拿給妳看過吧，伊麗莎白？妳是不是獨自一個人走回去，同時撥手機給她，跟她說收訊不良？」

她發出鬼魅似的低沉呻吟，有如男人肚子上挨了一拳。霎時間，誰也沒動，忽然塔塞爾笨拙地一個轉身，拔腿就跑，踉蹌逃開，要跑回俱樂部裡。門開了又關，一條長形的黃光閃動，隨即消失。

「你，」范寇特開口了，退了幾步，略慌亂地看著史崔克，「你不能——你得阻止她啊！」

「就算我想追也追不上啊。」史崔克說，把菸蒂丟在雪地上。「膝蓋不行。」

「她什麼事都做得——」

「她大概是去自殺吧。」史崔克也同意他的看法，一面掏出了手機。

作家瞪著他看。

「你——你這個冷血的混蛋！」

「這話我聽多了。」史崔克說，按了按鍵。「好了嗎？」他對著手機說。「開始了。」

49

危險有如星辰，越是黑暗越是閃耀。

——托瑪斯．戴克《高貴的西班牙戰士》

大塊頭女人經過了在俱樂部前抽菸的人，盲目地走，在雪地上滑了一下。接著就拔腳跑在黑暗的街道上，皮草領大衣在身後翻飛。

一輛計程車亮著「空車」燈，從巷子轉出來，她趕緊招呼，兩手亂揮。計程車停住，大燈燈光如兩束圓錐，卻被密密的落雪給切斷了。

「富勒姆廣場路。」低沉銳利的聲音，而且還雜著嗚咽。

計程車緩緩駛上馬路。計程車很老舊，分隔的玻璃都刮花了，也被長年吸菸的駕駛熏黃了。街燈掃過伊麗莎白．塔塞爾，從後照鏡就能看見她，大手掩面，無聲哽咽，全身發抖。

司機並沒有詢問是怎麼回事，只看著後面的街道，有兩個男人出現在馬路上，匆匆穿過落雪的街道，坐進了遠處一輛大紅色跑車。

計程車在路尾左轉，伊麗莎白．塔塞爾仍在掩面哭泣。司機的厚羊毛帽很癢，不過她仍慶幸在漫長的等待中有帽子保暖。上了英皇大道，計程車加速，輾過粉狀厚雪，輪胎下嘎聲不斷；暴風雪毫不留情，把路面變得更致命。

「你走錯路了。」

「雪太大封路了，得繞路走。」蘿蘋謊稱。

她在後視鏡中瞥了伊麗莎白的眼睛一眼。伊麗莎白扭頭望，紅色愛快羅密歐落後一大段距離，看不見。她慌亂地張望著經過的房子。蘿蘋能聽見她的胸口發出令人打哆嗦的咻咻聲。

「我們走的是反方向。」

「我馬上就會轉回去。」蘿蘋說。

她並沒看見伊麗莎白・塔塞爾去拉門把，是聽見的。門都鎖住了。

「我在這裡下車。」她大聲說。「放我出去！」

「這種天氣叫不到計程車的。」蘿蘋說。

他們的盤算是塔塞爾太過心神錯亂，會有一陣子不會留意方向。計程車還不到史隆廣場，距離新蘇格蘭警場還有一哩多的路。蘿蘋的眼睛又掠向後照鏡。愛快羅密歐還只是一個小紅點。

伊麗莎白解開了安全帶。

「停車！」她大喊。「停車，讓我下車！」

「這裡不能停車。」蘿蘋說，語氣鎮定，其實心裡很慌，因為塔塞爾離開了座位，兩隻大手正在扒分隔玻璃。「我得要請妳坐下來，女士——」

玻璃推開了。塔塞爾一隻手揪住了蘿蘋的帽子和一把頭髮，她的頭幾乎就在蘿蘋的臉旁邊，表情惡毒。蘿蘋的頭髮落在眼睛上，汗濕了。

「放手！」

「妳是誰？」塔塞爾尖聲問，揪著她的頭髮來回甩她的頭。「拉爾夫說他看到有個金髮女人在翻垃圾桶——妳是誰？」

「放手！」蘿蘋大喊，但是塔塞爾另一隻手掐住了她的脖子。

計程車後面兩百碼處，史崔克對艾爾大吼：

「油門踩下去啊，出差錯了。看——」

前方的計程車在馬路上蛇行。

「冰天雪地最麻煩了。」艾爾呻吟著說，愛快羅密歐略側滑。計程車全速衝向史隆廣場一角，消失了蹤影。

塔塞爾已經半個身子鑽到計程車前座了，沙啞的喉嚨大聲尖叫——蘿蘋忙著一手打退她，一手操控方向盤——頭髮遮著眼睛，前方又是茫茫大雪，而且塔塞爾兩隻手都掐著她的脖子，下死勁掐，她壓根看不到路——她慌忙踩煞車，結果計程車猛向前衝，她才明白是誤踩了油門——她無法呼吸了——她索性放開方向盤，用兩手去掰塔塞爾的手——行人尖叫，車子猛地一彈，接著是刺穿耳膜的玻璃碎裂聲，金屬撞擊水泥聲，安全帶勒住她，痛徹心扉，但是她在下沉，四周一片漆黑——

「他媽的爛車，快點，我們得趕過去！」史崔克對著艾爾大聲吆喝，壓過商店的警報器叫聲以及四竄逃命的路人尖叫聲。愛快羅密歐滑行了一段，踉蹌在馬路中央停住，距離計程車撞擊櫥窗處有一百碼。艾爾跳下車，史崔克忙著要站起來。一群路人在計程車衝上人行道時嚇得發愣，其中有參加耶誕派對的人，打著黑領帶，在千鈞一髮之際閃過了計程車，所有人都看著艾爾狂奔，腳步滑溜，險些跌倒，衝向事故現場。

計程車的後門打開來，伊麗莎白．塔塞爾從後座撲了出來，拔腿就跑。

「艾爾，抓住她！」史崔克放聲大喝，仍艱難地穿過雪地。「抓住她，艾爾！」

羅實有一支優秀的橄欖球隊。艾爾也習慣聽命行事。他一個箭步，就擒抱住了塔塞爾，她砰的一聲重重摔倒在覆雪的路面上，許多旁觀的女性尖聲抗議，但是艾爾把她釘在地上，手腳並用，嘴巴也忙著咒罵，駁斥任何想見義勇為、幫助他的被害人的男人。

史崔克對一切都無動於衷：他似乎是以慢動作在跑，盡量不要跌倒，蹣跚接近靜得很不對勁的計程車。路人都被艾爾跟他拚命掙扎、髒話連連的俘虜給吸引住，沒有人想到計程車司機。

「蘿蘋……」

她側倒成一團，仍被安全帶固定住。她的臉上有血，可是史崔克一喊她的名字，就聽見她發出模糊的呻吟。

「感謝上帝……感謝上帝……」

廣場上充斥著警笛聲，壓過了商店的警報器以及受驚的倫敦人越來越高聲的抗議。史崔克解開了蘿蘋的安全帶，輕輕把她推回座位上，她想出來，可是他說：

「待在車子裡。」

「她知道我們不是要去她家，」蘿蘋口齒不清地說。「馬上就知道我走錯了方向。」

「無所謂。」史崔克喘著氣說。「妳把蘇格蘭場帶過來了。」

廣場周圍光禿禿的樹閃爍著鑽石般明亮的光芒。雪打在聚集的人群身上，計程車有一大半突出在破碎的櫥窗外，紅色跑車橫停在馬路中央，警車停下來，藍燈閃動，反射在滿地的碎玻璃上，警笛聲消失在商店警報器的哀鳴中。

史崔克的同父異母弟忙著大聲解釋何以他會壓在一名六十歲的老媼身上，而卸下重擔、筋疲力竭的偵探跌坐在搭檔旁邊，發現自己哈哈大笑——情不自禁，也忘了禮數。

一週後

50

辛西雅：恩底米翁，你怎麼說一切都是為了愛？
恩底米翁：夫人，是眾神送給我女人的恨。
——約翰．李利《恩底米翁：月亮上的男人》

史崔克沒去過蘿蘋和馬修在伊林的公寓。他堅持要蘿蘋休幾天假，因為她有輕微腦震盪，又差點被掐死，可惜並不順利。

「蘿蘋，」他耐著性子跟她講電話，「我反正得休息幾天。丹麥街上到處都是記者……我現在住在尼克跟依莎家裡。」

可是他不能不先見她一面就消失到康瓦耳。蘿蘋來開門，史崔克很高興看見她頸子和額頭上的瘀痕已經褪成淡黃淡藍色。

「妳還好嗎？」他問道，一面在門墊上擦鞋底。

「好極了！」她說。

公寓雖小卻很怡人，而且瀰漫著她的香水味，之前他倒是沒怎麼注意。說不定一星期沒聞到反而讓他更敏感。蘿蘋帶著他到客廳，也和凱絲琳．肯特家一樣漆著木蘭花色。他看見椅子上放著一本《調查訪談心理學實務》，封面朝上，不禁感到有趣。客廳一角立著一小株聖誕樹，裝飾著白銀二色，就跟史隆廣場上的樹一樣，報紙上計程車出車禍的照片背景。
「馬修恢復正常了嗎？」史崔克問道，坐在沙發上。
「他不算是多開心啦。」蘿蘋回答，苦笑了一下。「喝茶嗎？」
她知道他的口味：苦得跟焦油一樣。
「耶誕禮物。」史崔克等她端著托盤回來，就把一只樸實的白信封交給她。蘿蘋好奇地拆開來，抽出一份裝訂在一起的影印資料。
「一月份的跟監課。」史崔克說。「下次妳再去垃圾桶裡掏狗屎，就不會有人注意妳了。」
她哈哈笑，心情很愉快。
「謝謝你。謝謝你！」
「大多數的女人會想要花。」
「我不是大多數的女人。」
「對，我注意到了。」史崔克說，拿了一片巧克力餅乾。
「他們分析過了嗎？」她問道。「那坨狗大便？」
「嗯。都是人類的內臟。她一點一點的化冰，他們在杜賓狗的碗裡還有她的冰箱裡找到了遺跡。」
「天啊。」蘿蘋說，笑容消失了。
「犯罪天才。」史崔克說。「偷溜進昆恩的書房，把兩個她用過的打字機色帶藏到書桌後面……安士提終於肯大發慈悲，送去化驗了；上頭完全沒有昆恩的ＤＮＡ。他壓根就沒碰過——因此可知，色帶上的東西都不是他打的。」
「安士提還肯跟你說話吧？」
「剛剛才通過話。他很難跟我斷絕關係。我救過他的命。」
「我能理解你們的關係為什麼會變得彆扭。」蘿蘋也說。「那他們採信了你的推論了嗎？」
「他們知道該查什麼線索，案子已經了了。她差不多兩年前買了同一款打字機，用昆恩的信用卡買了罩袍和繩索，趁工人在整修，要他們寄到那邊。這些年來要拿到他的信用卡，機會很多。趁他上廁所，大衣掛在辦公室裡……趁他睡覺、尿尿，趁派對後送他回家，都有機會偷他的皮夾。

「她很了解昆恩，知道他不是個會仔細核對帳單的人。她也能取得塔加斯路的鑰匙——很容易複製一把。那棟屋子她逛遍了，知道鹽酸放在哪裡。

「很聰明，可惜人算不如天算。」史崔克說，喝著濃茶。「現在警方當然是二十四小時監視她，防她自殺。不過妳還沒聽見最變態的部分呢。」

「還有啊？」蘿蘋駭然道。

儘管她很期待能見到史崔克，一週前發生的事仍讓她餘悸猶存。她挺直背，勇敢地面對他。

「她把那本血淋淋的書留下來了。」

蘿蘋蹙眉以對。

「你說什——？」

「跟內臟一起放在冰箱裡。到處都有血漬，因為她裝在放內臟的袋子裡。真正的原稿。昆恩寫的《蠶》。」

「可是——究竟是為什麼——？」

「鬼才知道。范寇特說——」

「你見過他？」

「匆匆一面。他現在又說他自始至終都知道是伊麗莎白。我敢跟妳賭他下一本小說會是什麼。不過呢，他說伊麗莎白再怎麼樣也狠不下心毀了一份原創的手稿。」

「拜託——毀掉作者她倒是一點也不手軟！」

「對，可是這是文學耶，蘿蘋。」史崔克說，嘻嘻一笑。「還不止呢，羅普查德非常有興趣出版那本原作，范寇特會寫導論。」

「你在開玩笑？」

「沒有。昆恩終究會變成暢銷作家了。別那副臉嘛。」史崔克給她打氣，因為她難以置信地搖頭。「可慶祝的事多了。等到《蠶》上市，莉奧諾拉和奧蘭多就有進帳了。

「喔，我想起來了，還有東西要給妳。」

史崔克把手伸進放在旁邊沙發上的大衣內袋，掏出一幅捲起來的畫，他特意放在那裡保護的。蘿蘋把畫攤開來，立刻就熱淚盈眶。兩名鬈髮天使一起跳舞，上頭還以鉛筆提了一句話：給蘿蘋，愛妳的多多。

「她們好嗎？」

「好得很。」史崔克說。

他應莉奧諾拉之邀，到南路去過。莉奧諾拉和奧蘭多手牽手來開門，奧蘭多的脖子上仍舊掛著那隻「厚臉皮猴」。

「蘿蘋呢？」奧蘭多開口就問。「我要蘿蘋來。我幫她畫了畫。」

「蘿蘋小姐出了車禍。」莉奧諾拉提醒女兒，退進了門廳讓史崔克進來，但是仍牢牢牽著女兒，似乎是唯恐又有人把母女倆拆散。「多多，我不是跟妳說過，蘿蘋小姐做了很勇敢的事，結果她出了車禍。」

「麗莎阿姨是壞蛋。」奧蘭多跟史崔克說，在走廊上倒著走，仍牽著母親的手，卻一直用那雙清澈的綠色眼睛盯著史崔克。「是她把我爸爸害死的。」

「對，我——呃——我知道。」史崔克回答道，仍然像每次見到奧蘭多一樣，總會有一種無能之感。

他發現隔壁鄰居艾娜坐在廚房裡。

「喔，你真的好聰明喔，」她一遍又一遍地說。「不過實在是太恐怖了。你可憐的搭檔還好嗎？實在是太恐怖了。」

蘿蘋在聽完史崔克詳加描述之後說：「祝福她們。」她把奧蘭多的畫攤開在咖啡桌上，就在跟監課程簡介旁，一起欣賞。「那艾爾呢？」

「興奮得昏了頭了。」史崔克悶悶地說。「我們讓他對這一行有了錯誤的印象，他還以為每天都是這麼刺激。」

「我喜歡他。」蘿蘋笑著說。

「那是因為妳撞到頭了。」史崔克說。「而且波華斯到倫敦警察隊，樂得都不知道姓什麼了。」

「你還真交了不少有趣的朋友呢。」蘿蘋說。「你把尼克爸爸的計程車撞壞了，要付多少修理費？」

「還沒收到帳單呢。」他嘆著氣說。又吃了幾片餅乾後，他的眼睛落在他送給蘿蘋的禮物上，又說：「妳去上跟監課的期間，我又得找個臨時秘書了。」

「好像是喔。」蘿蘋說，略一遲疑，她又說：「我希望她是白痴。」

史崔克笑著站起來，拿起大衣。

「這我倒不擔心。閃電不會打中你兩次。」

「你那麼多的綽號，就沒有人給你取過這個綽號嗎？」她好奇地問，送客到門口。

「什麼綽號？」

「『閃電』史崔克啊？」

「有可能嗎？」他反問，暗指他的腿。「好了，聖誕快樂，夥伴。」

擁抱的念頭在空中盤旋了一下，但是蘿蘋伸出了手，像好哥兒們一樣。史崔克就跟她握手。

「祝你在康瓦耳過得愉快。」

「也祝妳在馬森過得開心。」

要放開她的手之前，史崔克迅速地把她的手翻過來，在手背上輕吻了一下，快得讓蘿蘋反應不及。然後，咧嘴一笑，一揮手，他走了。

謝辭

以羅勃·蓋布瑞斯之名寫作其樂無窮，不過少了下列各位，就不可能有這分快樂。我要衷心感激這幾位：

SOBE，狄比，後門門房，沒有你們，我不會有今天。改天我們再來計畫持械搶劫。

大衛·雪利，我無與倫比的編輯，堅定可靠的支援，以及內向直觀型同胞。謝謝你在工作上這麼出色，認真處理一切重要的事，而且也跟我一樣找出好玩又好笑的地方。

我的經紀人尼爾·布萊爾，歡欣鼓舞地幫助我完成了我的野心，變成首次出書的作家。你真是可遇而不可求的好人。

Little公司的每一位。布朗連羅勃是誰都不知道，就辛苦熱心地處理了他的第一本小說。我特別感激有聲書小組，在羅勃的真實身分曝光之前，就讓他衝上了第一。

蘿娜與史帝夫·巴恩斯，讓我在「海灣馬」裡喝酒，讓我參觀馬爾馬杜·懷維爾爵士的墳塚，並且得知蘿蘋的家鄉應該是唸「馬森」而不是「馬遜」，為我減除了將來的難堪。

費迪·亨德生、克莉絲汀·柯林伍德、菲歐娜·夏普柯特、安琪拉·米爾恩、愛莉蓀·凱利、賽門·布朗，沒有你們的辛苦，我不會有時間寫《抽絲剝繭》，甚至不會有時間寫東西。

馬克·哈欽生、妮姬·史東希爾、蕾貝嘉·索特，因為你們我才能還保有一點理智。

我的家人，尤其是尼爾，我對你的感激不是幾行文字能夠表達的，不過在這裡，我要謝謝你支持這一樁血淋淋的謀殺案。

國家圖書館出版品預行編目資料

抽絲剝繭/羅勃・蓋布瑞斯；林靜華、趙丕慧譯. --
初版. -- 臺北市：皇冠, 2015.2
面；公分. -- (皇冠叢書;第4447種)(CHOICE;273)
譯自：The Silkworm
ISBN 978-957-33-3131-5（平裝）

873.57 103028072

皇冠叢書第4447種
CHOICE 273

抽絲剝繭
The Silkworm

作　　者—羅勃・蓋布瑞斯
譯　　者—林靜華、趙丕慧
發 行 人—平雲
出版發行—皇冠文化出版有限公司
台北市敦化北路120巷50號
電話◎02-27168888
郵撥帳號◎15261516號
皇冠出版社(香港)有限公司
香港上環文咸東街50號寶恒商業中心
23樓2301-3室
電話◎2529-1778　傳真◎2527-0904
責任主編—盧春旭
責任編輯—許婷婷
美術設計—王瓊瑤
著作完成日期—2014年
初版一刷日期—2015年2月

法律顧問—王惠光律師
有著作權・翻印必究
如有破損或裝訂錯誤，請寄回本社更換
讀者服務傳真專線◎02-27150507
電腦編號◎375273
ISBN◎978-957-33-3131-5
Printed in Taiwan
本書定價◎新台幣399元/港幣133元